REVELAÇÃO BRUTAL

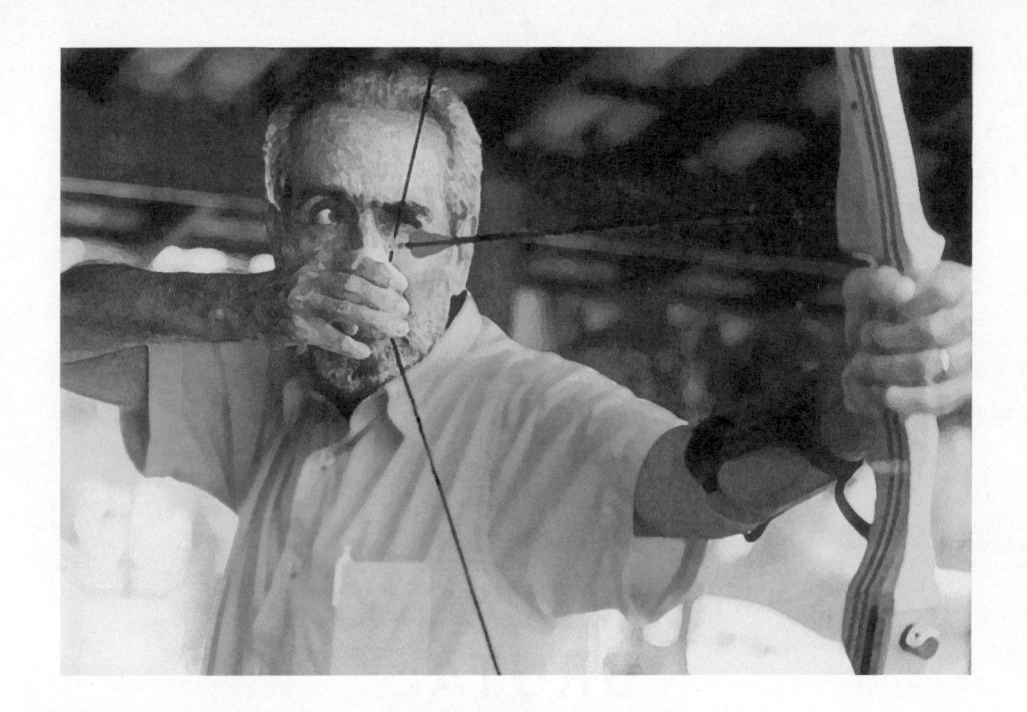

O Arqueiro

GERALDO JORDÃO PEREIRA (1938-2008) começou sua carreira aos 17 anos, quando foi trabalhar com seu pai, o célebre editor José Olympio, publicando obras marcantes como *O menino do dedo verde*, de Maurice Druon, e *Minha vida*, de Charles Chaplin.

Em 1976, fundou a Editora Salamandra com o propósito de formar uma nova geração de leitores e acabou criando um dos catálogos infantis mais premiados do Brasil. Em 1992, fugindo de sua linha editorial, lançou *Muitas vidas, muitos mestres*, de Brian Weiss, livro que deu origem à Editora Sextante.

Fã de histórias de suspense, Geraldo descobriu *O Código Da Vinci* antes mesmo de ele ser lançado nos Estados Unidos. A aposta em ficção, que não era o foco da Sextante, foi certeira: o título se transformou em um dos maiores fenômenos editoriais de todos os tempos.

Mas não foi só aos livros que se dedicou. Com seu desejo de ajudar o próximo, Geraldo desenvolveu diversos projetos sociais que se tornaram sua grande paixão.

Com a missão de publicar histórias empolgantes, tornar os livros cada vez mais acessíveis e despertar o amor pela leitura, a Editora Arqueiro é uma homenagem a esta figura extraordinária, capaz de enxergar mais além, mirar nas coisas verdadeiramente importantes e não perder o idealismo e a esperança diante dos desafios e contratempos da vida.

LOUISE PENNY

REVELAÇÃO BRUTAL

— UM CASO DO INSPETOR GAMACHE —

ARQUEIRO

Título original: *The Brutal Telling*

tradução: Natalia Sahlit

preparo de originais: Helena Mayrink

revisão: Rafaella Lemos e Sheila Louzada

diagramação: Abreu's System

capa: David Baldeosingh Rotstein

imagem de capa: Jupiterimages/Getty Images

adaptação de capa: Gustavo Cardozo

impressão e acabamento: Lis Gráfica e Editora Ltda.

CIP-BRASIL. CATALOGAÇÃO NA PUBLICAÇÃO
SINDICATO NACIONAL DOS EDITORES DE LIVROS, RJ

P465r

Penny, Louise, 1958-
Revelação brutal / Louise Penny ; tradução Natalia Sahlit. – 1. ed. – São Paulo : Arqueiro, 2023.
448 p. ; 23 cm.   (Inspetor Gamache ; 5)

Tradução de: The brutal telling
Sequência de: É proibido matar
ISBN 978-65-5565-517-9

1. Ficção canadense. I. Sahlit, Natalia. II. Título. III. Série.

CDD: 819.13
23-84018   CDU: 82-3(71)

Meri Gleice Rodrigues de Souza – Bibliotecária – CRB-7/6439

Todos os direitos reservados, no Brasil, por
Editora Arqueiro Ltda.
Rua Funchal, 538 – conjuntos 52 e 54 – Vila Olímpia
04551-060 – São Paulo – SP
Tel.: (11) 3868-4492 – Fax: (11) 3862-5818
E-mail: atendimento@editoraarqueiro.com.br
www.editoraarqueiro.com.br

Para a sede de Montérégie da Sociedade de Prevenção à Crueldade contra os Animais e todas as pessoas que "ressoariam os sinos do céu". E para Maggie, que finalmente entregou seu coração.

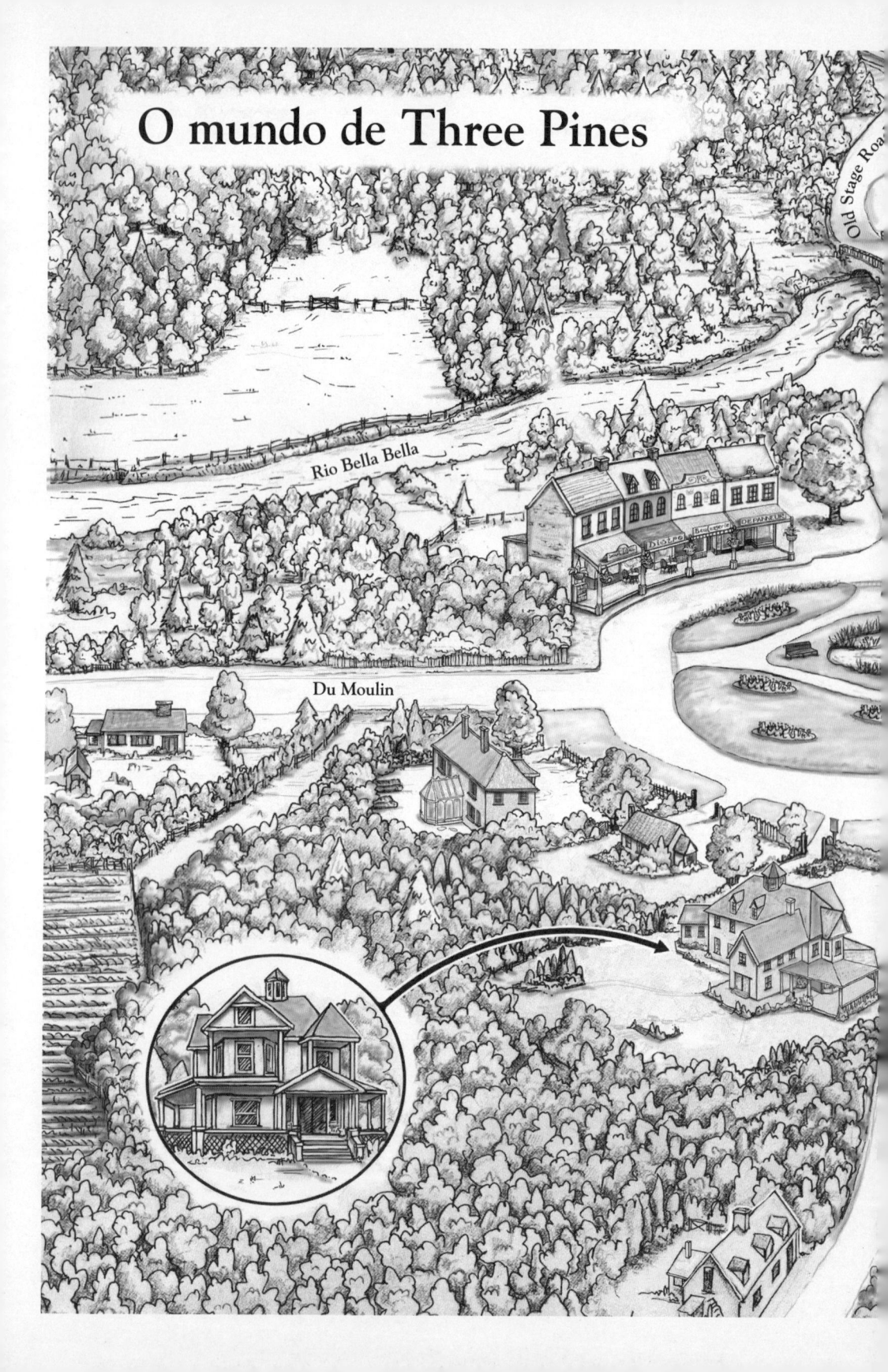

O mundo de Three Pines

Old Stage Road

Rio Bella Bella

Du Moulin

Du Moulin

Old Stage Road

INTRODUÇÃO DA AUTORA

QUANDO MICHAEL E EU ESTÁVAMOS EM turnê em Vancouver, fomos à galeria de arte da cidade. Lá havia uma exposição de Emily Carr, uma pintora canadense maravilhosa cuja atuação se deu principalmente na virada do século XX. Ela pintou em diversas áreas da Colúmbia Britânica que estavam prestes a ser arruinadas, capturando o momento em que esses lugares continuavam intactos. Havia uma descrição ao lado de cada obra, assim como uma pequena biografia. Ali, descobri que Emily Carr teve um desentendimento com o pai, de quem era muito próxima, e a certa altura simplesmente parou de falar com ele, sem nunca retomar o contato e sem jamais mencionar o motivo do rompimento. Ninguém conseguiu descobrir o porquê. Perto do fim da vida, no entanto, a artista escreveu uma carta para um amigo e, nela, se referiu a esse desentendimento, dizendo apenas: "Foi a revelação brutal." Quando li aquilo, puxei meu caderno (sempre viajo com um caderno em que anoto ideias para histórias) e escrevi "Revelação brutal". E isso se tornou o cerne desta história.

UM

– TODOS? ATÉ AS CRIANÇAS?

A lareira crepitava e estalava, abafando o arquejo dele.

– Assassinados?

– Pior.

Fez-se um silêncio. E naquela quietude pairava tudo que poderia ser ainda pior que assassinato.

– Eles estão aqui perto?

Ele sentiu um calafrio percorrer a espinha ao imaginar algo terrível se esgueirando pelo bosque. Vindo na direção deles. Olhou em volta; quase esperava ver olhos vermelhos os observando pelas janelas escuras. Dos cantos ou debaixo da cama.

– Eles estão por toda parte. Você não viu a luz no céu à noite?

– Pensei que fosse a aurora boreal.

Tons de rosa transmutando-se em verde e branco, fluindo em meio às estrelas. Como algo vivo, que brilhava e crescia. E se aproximava.

Olivier Brulé baixou o olhar, sem conseguir mais fitar os olhos perturbados e lunáticos à sua frente. Não era de hoje que convivia com aquela história, e seguia dizendo a si mesmo que não era real. Era uma lenda, uma história contada, recontada e aprimorada com o passar dos anos. Ao redor do fogo, exatamente como eles faziam naquele momento.

Era só uma história, nada mais. Uma historinha inocente.

Mas, naquela cabana simples de madeira nas profundezas da mata quebequense, parecia mais do que isso. Até Olivier sentiu que acreditava. Talvez porque o Eremita nitidamente acreditasse.

O velho estava sentado em uma poltrona entre a lareira de pedra e Olivier. Olivier olhou para o fogo, que ardia ali havia mais de uma década. A velha chama imortal resmungava e estalava na lareira, iluminando a cabana suavemente. O velho cutucou as brasas com o atiçador de ferro simples, lançando faíscas pela chaminé. A luz das velas cintilava nos objetos brilhantes, como olhos encontrados pelas chamas na escuridão.

– Não vai demorar muito.

Os olhos do Eremita brilhavam como metal em ponto de fusão. Ele havia se inclinado para a frente, como sempre fazia quando contava aquela história.

Olivier examinou o quarto de solteiro. A escuridão era quebrada por velas bruxuleantes que lançavam sombras fantásticas e grotescas no ambiente. A noite parecia ter se infiltrado pelas frestas entre as toras de madeira e se instalado na cabana, aninhando-se nos cantos e debaixo da cama. Muitos povos originários acreditavam que o mal vivia nos cantos, por isso suas casas tradicionais eram arredondadas – ao contrário das moradias quadradas que o governo lhes dera.

Olivier não acreditava que o mal vivesse nos cantos. Não mesmo. Pelo menos não à luz do dia. Mas acreditava que havia coisas à espreita nas profundezas daquela cabana, coisas que só o Eremita conhecia. Coisas que faziam seu coração disparar.

– Continue – incentivou ele, tentando manter a voz firme.

Já era tarde, e Olivier ainda tinha uma caminhada de vinte minutos pela floresta até Three Pines. Era um trajeto que ele percorria a cada quinze dias e que conhecia bem até no escuro.

Ou melhor, apenas no escuro. Aquele relacionamento só existia ao anoitecer.

Eles estavam bebendo chá preto. Uma gentileza, Olivier sabia, reservada para o convidado de honra do Eremita. Seu único convidado.

Mas estava na hora da história. Eles se aproximaram do fogo. Era início de setembro, e um ventinho frio havia se infiltrado junto com a noite.

– Onde eu estava mesmo? Ah, sim. Lembrei.

Olivier apertou ainda mais a caneca quente entre as mãos.

– A força terrível destruiu tudo que viu pela frente. O Mundo Velho e o Novo. Tudo se foi. Com exceção...

– Do quê?

– Restou um pequeno vilarejo. Como ele está escondido em um vale, o exército sombrio ainda não o encontrou. Mas vai encontrar. E, quando isso acontecer, o grande líder deles estará à frente do exército. Ele é imenso, maior do que qualquer árvore, e usa uma armadura de pedras, conchas espinhosas e ossos.

– Caos.

A palavra saiu em um sussurro e se dissipou na escuridão, onde se enroscou em um canto. E esperou.

– Caos. E as Fúrias. Doença, Fome e Desespero. Todos rondando. Buscando. E nunca vão parar. Nunca. Até que eles encontrem...

– O que foi roubado.

O Eremita assentiu, sério. Parecia estar vendo a matança e a destruição diante de si. Os homens, as mulheres e as crianças fugindo daquela força impiedosa e desalmada.

– Mas o que foi roubado? O que poderia ser tão importante a ponto de fazer o exército destruir tudo só para recuperar?

Olivier se forçou a não desviar o olhar do rosto marcado do velho. A não deixar que se voltassem para a escuridão, para as profundezas e para a coisa que ambos sabiam que estava ali, em seu pequeno saco de lona. Mas o Eremita parecia ler a mente dele, e Olivier viu um sorriso malévolo surgir no rosto do velho. E logo desaparecer.

– Não é o exército que quer isso de volta.

Os dois viram a coisa que pairava atrás do terrível exército. A coisa que até o Caos temia. Que impelia o Desespero, a Doença e a Fome com um único objetivo: encontrar o que havia sido tirado de seu mestre.

– É pior que assassinato.

Eles conversavam em voz baixa, baixíssima. Pareciam conspiradores de uma causa já perdida.

– Quando o exército enfim encontrar o que está procurando, vai parar e abrir passagem. Então vai vir a pior coisa que se pode imaginar.

Eles ficaram em silêncio de novo. E naquela quietude pairava a pior coisa que se podia imaginar.

Do lado de fora, um bando de coiotes uivou. Tinham encurralado alguma criatura.

Lenda, isso é só uma lenda, tranquilizou-se Olivier. *É só uma história.*

Ele olhou para as brasas de novo, para não ver o terror no rosto do Eremita. Então consultou o relógio, inclinando-o para a lareira até o mostrador brilhar à luz alaranjada e lhe informar as horas. Duas e meia da manhã.

– O Caos está vindo, meu velho amigo, e ninguém pode detê-lo. Ele demorou um bocado, mas finalmente chegou.

O Eremita aquiesceu, seus olhos marejados e remelentos, talvez devido à fumaça da lareira, talvez por alguma outra coisa. Olivier se recostou, surpreso ao sentir o corpo doer de repente, do alto de seus 38 anos, mas então percebeu que estivera tenso durante toda aquela história horrível.

– Desculpa, mas está ficando tarde, Gabri vai ficar preocupado. Eu preciso ir.

– Mas já?

Olivier se levantou e lavou a caneca, jogando água fresca na pia esmaltada. Em seguida, retornou ao quarto.

– Volto em breve – garantiu, sorrindo.

– Deixa eu te dar uma coisa – disse o Eremita, dando uma olhada ao redor.

Os olhos de Olivier foram direto para o canto onde estava o saco de lona. Fechado só com um pedaço de barbante.

O Eremita riu baixinho.

– Um dia, quem sabe, Olivier. Mas não hoje.

Ele foi até a lareira talhada à mão, pegou um pequeno item e o entregou ao belo homem louro.

– Pelas compras – explicou, apontando para as latas, o pão, o queijo, o leite, o chá e o café no balcão.

– Não, imagina. É um prazer – respondeu Olivier, mas os dois já conheciam aquele jogo, assim como sabiam que ele acabaria aceitando a pequena oferta. – *Merci* – disse afinal, da porta.

Do bosque, ouviu-se uma corrida aflita – a criatura que tentava escapar de seu destino e, logo atrás, os coiotes que tentavam selá-lo.

– Tome cuidado – disse o velho, examinando rapidamente o céu.

Antes de fechar a porta, ele sussurrou uma única palavra, que logo foi devorada pela mata. Olivier se perguntou se o Eremita estava se benzendo e murmurando orações do outro lado da porta, que era grossa, mas talvez não o suficiente.

Ele se perguntou se o velho acreditava nas histórias daquele grandioso e sombrio exército, com as Fúrias e a ameaça do Caos. Inexorável, implacável. Iminente.

E, atrás deles, algo mais. Algo indescritível.

Ele se perguntou, ainda, se o Eremita acreditava nas preces.

Olivier acendeu a lanterna e esquadrinhou a escuridão. Troncos de árvores cinzentos o rodeavam. Ele foi iluminando alguns pontos, tentando encontrar a trilha estreita na floresta de fim de verão. Assim que a encontrou, apertou o passo. E quanto mais se apressava, mais assustado ficava, e quanto mais medo sentia, mais corria, até que começou a tropeçar, perseguido por palavras sombrias na floresta sombria.

Finalmente, irrompeu por entre as árvores e parou, cambaleando, as mãos nos joelhos dobrados, ofegante. Então, endireitando-se devagar, olhou para o vilarejo lá embaixo, no vale.

Three Pines dormia, como sempre parecia fazer. Em paz consigo e com o mundo. Alheia ao que acontecia ao seu redor. Ou talvez ciente de tudo, mas escolhendo ficar em paz mesmo assim. Luzes suaves brilhavam em algumas janelas. Casas antigas e discretas tinham as cortinas fechadas. O perfume doce das primeiras lareiras do outono flutuava até ele.

E bem no centro do pequeno vilarejo quebequense havia três grandes pinheiros, feito sentinelas.

Olivier estava a salvo. Então tateou o bolso.

O presente. O modesto pagamento. Havia deixado para trás.

Praguejando, virou-se para a floresta que se fechara às suas costas. E pensou de novo no pequeno saco de lona no canto da cabana. A coisa com a qual o Eremita o havia provocado, que havia prometido e estendido a ele. A coisa escondida, de um homem que se escondia.

Olivier estava cansado, farto e com raiva de si mesmo por ter perdido o berloque. E com raiva do Eremita por não ter dado a ele a outra coisa. A coisa que, àquela altura, ele já fizera por merecer.

Ele hesitou, depois se virou e mergulhou de volta na floresta, sentindo o medo crescer e alimentando a própria raiva. E, conforme andava e depois corria, uma voz o seguia, açoitando suas costas. Impulsionando-o.

"O Caos está aqui, meu velho amigo."

DOIS

– ATENDE VOCÊ.

Gabri puxou as cobertas e ficou imóvel. Mas o telefone continuou tocando e, ao lado dele, Olivier parecia inconsciente. Gabri viu a garoa batendo na vidraça e sentiu que a úmida manhã de domingo ia tomando o quarto. Debaixo do edredom, porém, estava confortável e quente, e ele não tinha a menor intenção de se mexer.

Cutucou Olivier.

– Acorda.

Nada, só um ronco.

– Fogo!

Ainda assim, nada.

– Ethel Merman!

Nada. *Meu Deus, será que ele morreu?*

Gabri se debruçou sobre o companheiro, observando aquele precioso cabelo ralo caído no travesseiro e no rosto dele. Os olhos fechados, tranquilos. Sentiu o cheiro almiscarado e levemente suado de Olivier. Logo eles tomariam um banho e ficariam com cheiro de sabonete.

O telefone tocou de novo.

– É a sua mãe – sussurrou Gabri no ouvido de Olivier.

– O quê?

– Atende o telefone. É a sua mãe.

Olivier se sentou, lutando para abrir os olhos, a visão turva como se estivesse saindo de um longo túnel.

– Minha mãe? Mas ela morreu há anos.

– Se alguém pudesse voltar do mundo dos mortos para te foder, seria ela.

– Quem está me fodendo aqui é você.

– Bem que você queria. Agora pega o telefone.

Olivier esticou o braço por cima do corpo do companheiro e atendeu.

– *Oui, allô?*

Gabri se aconchegou de novo na cama quente e checou a hora no relógio: 6h43. No domingo de manhã. Do feriadão do Dia do Trabalho.

Quem diabos ligaria àquela hora?

Ele se sentou e olhou para o rosto do companheiro, estudando-o como um passageiro estuda o rosto de um comissário de bordo durante a decolagem. Estava preocupado? Assustado?

Viu a expressão de Olivier ir de levemente alarmada a intrigada e, em um instante, as sobrancelhas louras dele despencaram e o sangue abandonou seu rosto.

Meu Deus, pensou Gabri. *Nós vamos cair.*

– O que foi? – murmurou.

Olivier ouvia em silêncio. Mas seu belo rosto dizia bastante. Havia algo muito errado.

– O que aconteceu? – sibilou Gabri.

ELES ATRAVESSARAM A PRAÇA DO vilarejo apressados, seus casacos impermeáveis agitando-se ao vento. Lutando contra um enorme guarda-chuva, Myrna Landers foi ao encontro deles e, juntos, os três correram para o bistrô. Amanhecia, e o mundo estava cinzento e molhado. Os poucos passos até o bistrô foram suficientes para emplastrar o cabelo e encharcar as roupas deles. Mas, pela primeira vez, nem Olivier nem Gabri se importaram. Eles pararam ao lado de Myrna, em frente à construção de tijolinhos.

– Liguei para a polícia. Eles devem chegar daqui a pouco – contou ela.

– Você tem certeza?

Olivier fitou a amiga e vizinha. Ela estava ensopada, com suas galochas amarelo-ovo, uma capa de chuva verde-limão e um guarda-chuva vermelho pairando sobre a cabeça. Lembrava uma bola colorida de criança que houvesse explodido. No entanto, nunca parecera tão séria. Lógico que tinha certeza.

– Eu fui lá dentro e chequei – disse ela.

– Ai, meu Deus – murmurou Gabri. – Quem é?

– Não sei.

– Como você pode não saber? – perguntou Olivier.

Ele olhou pela janela mainelada do bistrô, colocando as mãos delgadas de ambos os lados do rosto para bloquear a luz fraca da manhã. Myrna o cobriu com o guarda-chuva vermelho-vivo.

A respiração de Olivier embaçou a janela, mas não antes de ele identificar o que Myrna já tinha visto. Havia alguém dentro do bistrô. Caído no velho piso de pinho. Com o rosto voltado para cima.

– O que houve? – quis saber Gabri, espichando-se e esticando o pescoço para ver também.

Mas o rosto de Olivier disse tudo que ele precisava saber. Gabri se concentrou na grande mulher negra ao seu lado.

– Ele está morto?

– Pior.

O que pode ser pior que a morte?, perguntou-se.

Myrna era o mais perto que o vilarejo tinha de um médico. Havia sido psicóloga em Montreal antes de uma quantidade excessiva de histórias tristes e muito bom senso a fazerem largar o emprego. Tinha enfiado as malas no carro com a intenção de dirigir por alguns meses até encontrar um lugar onde se instalar. Qualquer lugar que lhe agradasse.

Uma hora depois de deixar Montreal, tropeçou em Three Pines, parou para um *café au lait* e um croissant no Bistrô do Olivier e nunca mais foi embora da cidadezinha. Descarregou o carro, alugou a loja ao lado do bistrô e o apartamento logo acima e abriu um sebo.

As pessoas entravam lá atrás de livros e de uma boa conversa. Levavam as próprias histórias para ela, algumas em páginas, outras sabidas de cor. Certas histórias eram reais e outras ficcionais, ela sabia. Mas acolhia todas, embora só comprasse algumas.

– A gente devia entrar – disse Olivier. – Para garantir que ninguém mexa no corpo. Você está bem?

Gabri tinha fechado os olhos, mas então os abriu novamente e pareceu recomposto.

– Estou. Foi só o choque. Ele não me é familiar.

E Myrna viu no rosto dele o mesmo alívio que havia sentido quando entrara. Era triste pensar assim, mas, de fato, um estranho morto era muito melhor do que um amigo morto.

Eles adentraram o bistrô, colados uns nos outros como se o morto fosse estender a mão e levar um deles consigo. Aproximando-se daquela figura deitada, os três olharam para baixo. Gotas de chuva pingavam deles nas roupas gastas do sujeito e criavam uma poça no piso de tábuas largas. Então Myrna os afastou delicadamente daquele abismo.

Era exatamente assim que os dois homens se sentiam. Eles tinham acordado em um fim de semana prolongado, em sua cama confortável, em sua casa confortável, em sua vida confortável, e de repente se viram à beira de um penhasco.

Os três viraram as costas, emudecidos. Encarando-se com os olhos arregalados.

Havia um homem morto no bistrô.

E não só morto, pior que isso.

Enquanto aguardavam a polícia, Gabri preparou um bule de café. Myrna tirou a capa de chuva e se sentou perto da janela, observando o dia enevoado de setembro. Olivier acendeu as duas lareiras de pedra nas extremidades do salão. Em uma delas, atiçou o fogo com vontade e sentiu o calor atingir suas roupas úmidas. Sentia que estava dormente, e não só por conta do frio invasivo.

Quando se aproximaram do morto, Gabri murmurou: "Coitadinho."

Myrna e Olivier assentiram. O que eles viram foi um homem idoso com roupas surradas encarando-os. O rosto dele estava branco, os olhos, surpresos e a boca, ligeiramente aberta.

Myrna havia apontado para a parte de trás da cabeça dele. A poça d'água estava ficando rosa. Hesitante, Gabri se inclinou sobre ele, mas Olivier não se mexeu. O que o fascinava e atordoava não era a parte de trás da cabeça do homem, que estava espatifada, mas a da frente. O rosto.

– *Mon Dieu*, Olivier, o homem foi assassinado. Ai, meu Deus.

Olivier não parava de encarar o morto, bem nos olhos.

– Mas quem era ele? – sussurrou Gabri.

Era o Eremita. Morto. Assassinado. No bistrô.

– Não sei – respondeu Olivier.

QUANDO RECEBEU O TELEFONEMA, o inspetor-chefe Armand Gamache e Reine-Marie estavam terminando de lavar a louça do brunch de domingo. Na sala de jantar de seu apartamento no quartier Outremont, em Montreal, ele ouvia sua filha, Annie, e seu segundo em comando, Jean Guy Beauvoir. Não conversando. Eles nunca conversavam. Eles discutiam. Principalmente quando a esposa de Jean Guy, Enid, não estava lá para intermediar. Mas Enid precisava planejar aulas e desistira do brunch. Jean Guy, por outro lado, nunca recusava uma oportunidade de comer de graça. Mesmo que isso tivesse um preço. E o preço era sempre Annie.

Aquilo começara quando serviram o suco de laranja fresco, passara pelos ovos mexidos e pelo queijo brie e continuara diante das frutas frescas, dos croissants e das compotas.

– Mas como você pode defender o uso de armas de choque? – exclamou Annie na sala de jantar.

– Mais um brunch maravilhoso, *merci*, Reine-Marie – disse David, levando os pratos até a pia e beijando a sogra na bochecha.

Ele era de estatura mediana e seu cabelo escuro e curto começava a rarear. Aos 30 anos, era um pouco mais velho que a esposa, Annie, embora muitas vezes parecesse mais jovem. Gamache vira e mexe pensava que sua principal característica era o entusiasmo. Cheio de vida, mas sem exageros. O inspetor--chefe havia gostado dele no momento em que a filha os apresentara, cinco anos antes. Ao contrário de outros jovens que Annie havia levado à casa deles, a maioria advogados como ela, ele não tinha tentado ser mais durão que o sogro. Gamache não gostava desses joguinhos. Nem era o tipo de coisa que o impressionava. O que o impressionou de fato foi a reação de David quando ele conheceu Armand e Reine-Marie Gamache. O jovem abriu um sorriso que pareceu encher a sala e disse simplesmente: *"Bonjour."*

Ele era diferente de todos os outros homens por quem Annie já se interessara. David não era um erudito, um atleta, tampouco tinha o físico de um modelo. Não estava destinado a se tornar o próximo primeiro-ministro do Quebec ou mesmo o chefe do escritório de advocacia em que trabalhava.

Não, David era simplesmente aberto e gentil.

No casamento, Gamache ficara encantado de conduzi-la até o altar, com Reine-Marie do outro lado da filha. E de ver aquele homem bom se casar com Annie.

Porque Armand Gamache sabia o que era o oposto de uma pessoa boa. Ele conhecia a crueldade, o desespero e o horror. E sabia como "bom" era uma qualidade preciosa e esquecida.

– O que você prefere, que a gente atire nos suspeitos?

Na sala de jantar, Beauvoir tinha erguido o tom e o volume da voz.

– Obrigada, David – disse Reine-Marie, pegando os pratos.

Gamache deu ao genro um pano de prato limpo, e os dois começaram a secar a louça que Reine-Marie lavava.

– Então – disse David ao inspetor-chefe –, você acha que os Habs têm chance de levar a taça este ano?

– Não! – gritou Annie. – Eu prefiro que você aprenda a prender alguém sem machucar ou matar a pessoa. Eu prefiro que você veja os suspeitos como apenas isto: suspeitos. Não criminosos subumanos que você pode espancar, eletrocutar ou balear.

– Acho que sim – respondeu Gamache, entregando um prato para David secar e pegando outro para si. – Gosto do novo goleiro e acho que a preparação tática da linha de ataque deles amadureceu. Este é definitivamente o ano deles.

– Mas o ponto fraco deles ainda é a defesa, não acha? – perguntou Reine-Marie. – Os Canadiens sempre focam muito no ataque.

– Tenta prender um assassino armado! Eu ia amar ver isso. Sua, sua… – gaguejou Beauvoir.

Os três ficaram em silêncio na cozinha enquanto esperavam para ouvir o que ele diria em seguida. Aquela discussão acontecia em todos os brunches, Natais, Dias de Ação de Graças e aniversários. As palavras mudavam um pouco. Quando não eram armas de choque, eles discutiam sobre creches, educação ou meio ambiente. Se Annie dizia "azul", Beauvoir respondia "laranja". Tinha sido assim desde que o inspetor Beauvoir havia ingressado na Divisão de Homicídios da Sûreté du Québec, doze anos antes. Ele tinha se tornado um membro da equipe e da família de Gamache.

– Sua o quê? – desafiou Annie.

– Sua advogadazinha patética.

Reine-Marie apontou para a porta dos fundos da cozinha, que dava para uma varandinha de metal com acesso à escada de incêndio.

– Vamos?

– Fugir? – sussurrou Gamache, torcendo para que ela estivesse falando sério, mas suspeitando que não fosse o caso.

– Talvez você possa simplesmente dar um tiro neles, Armand – sugeriu David.

– Infelizmente, Jean Guy é mais rápido – respondeu o inspetor-chefe. – Ele ia me pegar primeiro.

– Ainda assim – insistiu a esposa –, vale a pena tentar.

– Advogadazinha patética? – repetiu Annie, a voz pingando desdém. – Nossa, brilhante. Seu fascista imbecil.

– Talvez eu possa usar uma arma de choque – disse Gamache.

– Fascista? Fascista?!

Jean Guy estava quase guinchando. Na cozinha, o pastor-alemão de Gamache, Henri, se sentou na caminha e levantou a cabeça. Ele tinha orelhas imensas, e para Gamache parecia não um cachorro de raça, mas um cruzamento entre um pastor e uma antena parabólica.

– Ih… – disse David.

Henri se enroscou na caminha, e era nítido que David faria o mesmo se pudesse.

Os três olharam melancolicamente pela porta, para o dia frio e chuvoso de início de setembro. Feriado prolongado do Dia do Trabalho em Montreal. Annie disse algo ininteligível. Mas a resposta de Beauvoir foi bem clara:

– Vai se ferrar.

– Bom, acho que esse debate está chegando ao fim – observou Reine-Marie. – Mais café? – ofereceu ela, apontando para a máquina de expresso.

– *Non, pas pour moi, merci* – respondeu David com um sorriso. – E, por favor, para Annie também não.

– Mulher idiota – murmurou Jean Guy, entrando na cozinha.

Ele pegou um pano na prateleira e começou a secar um prato furiosamente. Gamache pensou que aquela seria a última vez que eles veriam a pintura da figueira indiana no prato.

– Fala que ela é adotada.

– Não, produção caseira – respondeu Reine-Marie, entregando o prato seguinte ao marido.

– Vai se ferrar você também – disse Annie, enfiando a cabeça na cozinha antes de desaparecer.

– Ela não é uma graça? – disse Reine-Marie.

Dos dois filhos, Daniel era o mais parecido com o pai. Grande, cuidadoso e erudito. Era um homem bom, gentil e forte. Quando Annie nasceu, Reine-Marie pensou que talvez a filha acabasse sendo mais parecida com ela. Calorosa, inteligente, brilhante. Com um amor tão grande pelos livros, Reine-Marie Gamache havia se tornado bibliotecária, por fim assumindo um departamento na Biblioteca Nacional de Montreal.

Mas Annie havia surpreendido os dois. Ela era inteligente, competitiva e engraçada. Era impetuosa em tudo o que fazia e sentia.

Eles deveriam ter pressentido aquilo. Quando ela era recém-nascida, Armand a levava para intermináveis passeios de carro, tentando acalmá-la enquanto ela chorava. Com sua voz de barítono, cantava músicas dos Beatles e de Jacques Brel. Ou "La Complainte du phoque en Alaska", da banda Beau Dommage, a favorita de Daniel, bem melodiosa. Mas ela não parava.

Um dia, enquanto ele prendia a criança histérica na cadeirinha do carro e dava a partida, uma velha fita do The Weavers começou a tocar no som.

Ao ouvi-los cantar, em falsete, "The Lion Sleeps Tonight", ela se acalmou.

No início, pareceu um milagre. No entanto, após a centésima volta ao redor do quarteirão ouvindo a criança rir e o quarteto cantar "Wimoweh, a-wimoweh", Gamache se lembrou dos velhos tempos e teve vontade de gritar também. Mas, enquanto eles cantavam, a leoazinha dormiu.

Annie Gamache se tornou o filhote deles. E virou uma leoa. Mas, às vezes, em caminhadas tranquilas, ela contava ao pai sobre seus medos, decepções e tristezas cotidianas. E o inspetor-chefe era tomado por uma vontade de abraçá-la, para que ela não precisasse fingir ser tão corajosa o tempo todo.

Ela era impetuosa porque tinha medo. De tudo.

O resto do mundo via uma leoa forte e nobre. Ele olhava para a filha e via Bert Lahr, o leão de *O mágico de Oz*, embora nunca fosse dizer isso a ela. Ou ao marido dela.

– A gente pode conversar? – perguntou Annie ao pai, ignorando Beauvoir.

Gamache assentiu e entregou o pano de prato a David. Eles atravessaram o corredor e entraram na sala de estar quente, repleta de livros arrumadinhos nas prateleiras e agrupados debaixo das mesas e ao lado do sofá em pilhas nem tão arrumadas assim. Havia edições dos jornais *Le Devoir* e *The*

New York Times na mesa de centro e um fogo suave ardia na lareira. Não as chamas crepitantes de um amargo fogo de inverno, mas as chamas suaves e quase líquidas do início do outono.

Eles conversaram por alguns minutos sobre Daniel e sua vida em Paris, com a esposa, a filha e uma nova bebê prestes a chegar, cujo nascimento estava previsto para antes do fim do mês. Falaram sobre David, o marido dela, e o time de hóquei, prestes a começar mais uma temporada de inverno.

Gamache ficou mais ouvindo. Não sabia se Annie queria falar sobre alguma coisa específica ou apenas conversar. Henri entrou na sala correndo e enfiou a cabeça no colo de Annie, grunhindo e gemendo enquanto ela fazia carinho nas orelhas dele, depois acabou indo se deitar perto do fogo.

Foi aí que o telefone tocou. Gamache o ignorou.

– Acho que é o telefone do seu escritório – disse Annie.

Ela conseguia ver o aparelho na velha escrivaninha de madeira com o computador e o notebook, naquela sala cheia de livros com três cadeiras, que cheirava a sândalo e água de rosas.

Ela e Daniel costumavam subir nas cadeiras de madeira com rodinhas e girar um ao outro até quase vomitarem, enquanto o pai ficava sentado na poltrona, parado. Lendo ou às vezes só observando.

– Eu também acho.

O telefone tocou de novo. Era um som que eles conheciam muito bem. De alguma forma, diferente dos outros telefones. Era um toque que anunciava morte.

Annie parecia desconfortável.

– Isso pode esperar – disse ele baixinho. – Você queria me contar alguma coisa?

– Quer que eu atenda? – perguntou Jean Guy, olhando para dentro da sala.

Ele sorriu para Annie, mas seus olhos logo foram para o inspetor-chefe.

– Por favor. Eu já vou.

Ele se voltou para a filha, mas então David se juntou a eles, e Annie mais uma vez vestiu sua máscara pública, que não era tão diferente da particular. Apenas, talvez, um pouco menos vulnerável. E seu pai se perguntou por um instante, quando David se sentou e pegou a mão dela, por que a filha precisava usar aquela máscara na frente do marido.

– Temos um assassinato, senhor – sussurrou o inspetor Beauvoir, parado na entrada da sala.

– *Oui* – respondeu Gamache, observando a filha.

– Vai lá, pai – disse ela, balançando a mão na direção dele, não para dispensá-lo, mas para liberá-lo da necessidade de ficar.

– Eu vou daqui a pouco. Quer dar uma volta?

– Está caindo o mundo lá fora – disse David, com uma risada.

Gamache amava o genro de verdade, mas às vezes ele era um pouco distraído. Annie também riu.

– Sério, pai, nem o Henri iria na rua com um tempo assim.

Henri deu um salto e correu para pegar a bolinha. As fatídicas palavras "Henri" e "rua" combinadas haviam acionado uma força inquestionável.

– Bom – disse Gamache, enquanto o pastor-alemão voltava para a sala –, o dever me chama.

Ele lançou um olhar sugestivo a Annie e David e depois olhou de soslaio para Henri. Desta vez, até David entendeu.

– Ó, céus – murmurou David, bem-humorado, antes de se levantar do sofá e ir com Annie procurar a coleira de Henri.

Quando o inspetor-chefe Gamache e o inspetor Beauvoir chegaram a Three Pines, a força policial local já havia isolado o bistrô e os moradores circulavam debaixo de guarda-chuvas, observando a velha construção de tijolinhos. Aquele cenário de tantos drinques, refeições e festas. Agora, o cenário de um crime.

Enquanto Beauvoir descia a pequena encosta em direção ao vilarejo, Gamache pediu a ele que encostasse o carro.

– O que foi? – perguntou o inspetor.

– Só quero dar uma olhada.

Os dois permaneceram no carro aquecido, fitando o vilarejo através do arco preguiçoso dos limpadores de para-brisa. À frente deles estava a praça, com seu lago, o banco e os canteiros de rosas, hortênsias, floxes e malvas-rosa. E do outro lado, ancorando a praça e o vilarejo, estavam os três pinheiros altos.

O olhar de Gamache vagou até as construções que rodeavam a praça.

Havia chalés de ripas de madeira branca, com varandas amplas e cadeiras de vime. Havia casinhas de pedras brutas construídas séculos antes pelos primeiros colonos, que tinham limpado o terreno e extraído as rochas da terra. No entanto, a maioria das construções ao redor da praça era de tijolinhos rosados, erguidas pelos legalistas do Império Unido, fugidos da Revolução Americana. Three Pines ficava a apenas alguns quilômetros da fronteira com Vermont e, embora a relação com os Estados Unidos agora fosse amigável e afetuosa, não era assim naquele tempo. As pessoas que criaram a vila estavam desesperadas por um refúgio, escondendo-se de uma guerra na qual não acreditavam.

O inspetor-chefe olhou para a Rue du Moulin. Lá, na encosta da colina que saía do vilarejo, estava a capelinha branca. A Igreja Anglicana de St. Thomas.

Gamache se voltou para o pequeno grupo que conversava debaixo dos guarda-chuvas. O Bistrô do Olivier ficava bem no meio do semicírculo de lojas interligadas. A mercearia de monsieur Béliveau, depois a *boulangerie* de Sarah, o bistrô de Olivier e, finalmente a livraria de Myrna.

– Vamos lá – disse Gamache, assentindo.

Beauvoir estava aguardando aquelas palavras, e agora o carro avançava lentamente. Em direção à aglomeração de suspeitos, em direção ao assassino.

Mas uma das primeiras lições que o chefe havia ensinado a Beauvoir quando ele ingressara na famosa Divisão de Homicídios da Sûreté du Québec fora que, para pegar um assassino, eles não avançavam. Eles recuavam. Para o passado. Era lá que o crime começava, que o assassino começava a nascer. Algum acontecimento, talvez havia muito esquecido por todos, tinha se alojado dentro do assassino. E ele começara a apodrecer.

O que mata não pode ser visto, advertira o chefe. É isso que o torna tão perigoso. Não é uma arma, uma faca ou um punho. Não é nada que possa prever. É uma emoção. Rançosa, estragada. Esperando uma chance de atacar.

O carro continuou lentamente em direção ao bistrô, em direção ao corpo.

– *Merci* – disse Gamache um minuto depois, quando um policial da Sûreté abriu a porta do bistrô para eles.

O jovem estava prestes a exigir que o estranho se apresentasse, mas hesitou.

Beauvoir amava isso. A reação dos policiais locais quando se tocavam que aquele homem grande de 50 e poucos anos não era apenas um cidadão curioso. Para os jovens policiais, Gamache parecia um pai. Ele tinha um ar cortês. Sempre vestia um terno ou um blazer com gravata e calça de flanela cinza, como naquele dia.

Eles notavam o bigode, aparado e grisalho. O cabelo escuro também estava ficando grisalho em volta das orelhas, onde se enrolava de leve. Em um dia chuvoso como aquele, o chefe usava uma boina que tirava quando entrava em qualquer lugar e, quando fazia isso, os novatos viam a cabeça calva. Se isso não bastasse, eles notavam os olhos daquele homem. Todos notavam. Eram castanho-escuros, reflexivos, inteligentes e algo mais. Algo que distinguia o famoso chefe da Divisão de Homicídios da Sûreté du Québec de todos os outros policiais mais velhos.

Seus olhos eram gentis.

Beauvoir sabia que nisso residia tanto a sua força quanto a sua fraqueza.

Gamache sorriu para o agente atônito, que se viu cara a cara com o policial mais famoso do Quebec. O inspetor-chefe estendeu a mão, e o jovem olhou para ela por um instante antes de estender a dele.

– *Patron* – disse o policial.

– Ah, eu estava torcendo para ser o senhor – disse Gabri, passando às pressas pelos policiais da Sûreté que se debruçavam sobre a vítima. – A gente perguntou se a Sûreté podia mandar o senhor, mas parece que não é muito comum os suspeitos requisitarem um policial específico.

Ele abraçou o inspetor-chefe e depois se virou para a sala cheia de agentes.

– Estão vendo? Eu conheço mesmo ele – argumentou, e depois sussurrou para Gamache: – Acho que vai ser melhor se a gente não se beijar.

– Muito sábio da sua parte.

Gabri parecia cansado e estressado, mas composto. Estava desgrenhado, embora isso não fosse raro. Atrás dele, mais quieto, quase eclipsado, estava Olivier. Também desgrenhado. Isso, sim, era muito raro. Ele também parecia exausto, com olheiras fundas.

– A legista já está chegando, chefe – disse a agente Isabelle Lacoste, cruzando o salão para cumprimentá-lo.

Ela vestia uma saia simples com um suéter leve e conseguia fazer as duas peças parecerem estilosas. Como a maioria das quebequenses, era pequena e confiante.

– É a Dra. Harris, pelo visto.

Todos olharam para a janela, e a multidão se abriu para deixar passar a mulher, com uma maleta médica a tiracolo. Ao contrário da agente Lacoste, a Dra. Harris fazia com que a saia simples e o suéter leve que usava parecessem um tanto antiquados – porém confortáveis. E, em um dia miserável como aquele, "confortável" já era bastante atraente.

– Bom – disse o chefe, virando-se para a agente –, o que a gente sabe?

Lacoste levou Gamache e o inspetor Beauvoir até o corpo e eles se ajoelharam, em um ritual já realizado centenas de vezes. Aquilo era supreendentemente íntimo. Não tocaram no homem, mas se inclinaram e chegaram muito perto dele, mais perto do que jamais chegariam de qualquer pessoa que não fosse um ente querido.

– A vítima foi atingida por trás por um objeto contundente. Algo liso, duro e estreito.

– Um atiçador de brasas? – sugeriu Beauvoir, olhando para as lareiras de Olivier.

Gamache também olhou. Era uma manhã úmida, mas não muito fria. O fogo não era necessário. Ainda assim, provavelmente estava ali mais para reconfortar do que para aquecer.

– Se foi um atiçador, devia estar limpo. A legista vai examinar melhor, é claro, mas não tem nenhum sinal evidente de sujeira, cinzas, lenha ou qualquer outra coisa no ferimento.

Enquanto ouvia a agente, Gamache observava o buraco na cabeça do homem.

– Sem arma do crime, então? – quis saber Beauvoir.

– Ainda não. A gente está procurando, lógico.

– Quem era ele?

– Não sabemos.

Gamache olhou para a mulher, mas não disse nada.

– Não encontramos a identidade – continuou Lacoste. – Reviramos os bolsos, e nada. Nem um lenço de papel. E parece que ninguém conhece a vítima. É um homem branco de uns 75 anos, eu diria. Magro, mas não desnutrido. Por volta de 1,70 metro.

Anos antes, quando ingressara na Divisão de Homicídios, parecera bizarro à agente Lacoste enumerar aquelas coisas que o chefe era perfeitamente capaz de ver por si próprio. Mas ele ensinara aquilo a todos, e era o que ela fazia. Só anos depois, quando estava treinando outra pessoa, ela havia reconhecido o valor do exercício.

Aquilo servia para garantir que os dois estavam vendo as mesmas coisas. Os policiais estavam tão sujeitos a falhas e a subjetividades quanto qualquer outra pessoa. Deixavam passar informações, interpretavam mal alguns fatos. Aquela catalogação diminuía a probabilidade de essas coisas acontecerem. Ou isso, ou reforçava os mesmos erros.

– Ele não tem nada nas mãos e, ao que tudo indica, nada debaixo das unhas. Nenhum hematoma. Não parece ter havido luta.

Eles se levantaram.

– As condições do cômodo confirmam isso.

Olharam ao redor. Nada fora do lugar. Nada tombado. Tudo limpo e organizado.

Era um ambiente tranquilo. As lareiras nas duas extremidades do bistrô com vigas aparentes amenizavam a escuridão do dia. A luz delas brilhava no piso de madeira polida, escurecido por anos de fumaça e pés de agricultores.

Em frente a cada lareira havia sofás e grandes poltronas convidativas de tecido desbotado. Velhas cadeiras estavam agrupadas ao redor de mesas de jantar de madeira escura e, em frente às janelas salientes maineladas, três ou quatro poltronas altas esperavam por moradores degustando *café au lait* e croissants fumegantes, uísque escocês ou vinho da Borgonha. Gamache suspeitava que as pessoas do lado de fora, na chuva, precisavam de uma boa bebida forte. Olivier e Gabri certamente pareciam precisar.

O inspetor-chefe e sua equipe já haviam estado no bistrô muitas vezes, comendo em frente ao fogo crepitante no inverno ou bebendo algo refrescante no *terrasse* durante o verão. Quase sempre discutindo algum assassinato. Mas nunca com um corpo bem ali.

Sharon Harris se juntou a eles, tirando o casaco impermeável molhado. Ela sorriu para a agente Lacoste e então apertou a mão do inspetor-chefe de maneira solene.

– Dra. Harris – disse ele, fazendo uma leve mesura. – Desculpe atrapalhar o seu feriadão.

Quando o telefone havia tocado, ela estava em casa, zapeando os canais da TV atrás de alguém que não estivesse pregando as vantagens de algum produto. Pareceu um presente divino. Mas ali, olhando para o corpo, sabia que aquilo tinha bem pouco a ver com Deus.

– Vou deixar a senhora trabalhar – disse Gamache.

Pelas janelas, ele viu os moradores, ainda lá, esperando notícias. Um homem alto e bonito de cabelo grisalho se abaixou para ouvir alguma coisa que uma mulher baixa com cabelo rebelde dizia. Peter e Clara Morrow. Artistas locais. Ao lado deles, empertigada como uma vareta e sem piscar, estava Ruth Zardo. E sua pata, muito altiva. Ruth usava um chapéu sou'wester, que brilhava na chuva. Clara falou com ela, mas foi ignorada. Ruth Zardo, Gamache sabia, era uma senhora bêbada e amargurada, que por acaso também era a sua poeta favorita no mundo. Clara falou de novo e, dessa vez, Ruth respondeu. Mesmo de longe, Gamache entendeu o que ela disse:

– Vai se ferrar.

Ele sorriu. Embora um corpo dentro do bistrô certamente fosse novidade, algumas coisas nunca mudavam.

– Inspetor-chefe – cumprimentou a voz ritmada, grave e familiar.

Ao se virar, ele viu Myrna Landers atravessando o salão. Ela vestia uma calça e um casaco cor-de-rosa, as galochas amarelo-ovo fazendo barulho.

– Myrna – disse ele, sorrindo, e lhe deu dois beijinhos nas bochechas.

Isso atraiu o olhar surpreso de alguns policiais locais, que não esperavam ver o inspetor-chefe Gamache beijando os suspeitos.

– O que você está fazendo aqui? Está todo mundo lá fora! – perguntou ele, apontando para a janela.

– Fui eu que encontrei o corpo – respondeu ela.

Gamache ficou sério.

– Foi? Sinto muito. Deve ter sido um choque – disse ele, antes de conduzi-la até uma poltrona perto do fogo. – Imagino que você já tenha dado o seu depoimento para alguém.

Ela assentiu.

– Para a agente Lacoste. Eu não tinha muita coisa a dizer, infelizmente.

– Quer tomar um café ou um chá?

Myrna sorriu. Aquilo era algo que ela mesma já havia oferecido a ele muitas vezes. Algo que oferecia a todo mundo, direto da chaleira que borbulhava em seu fogão a lenha. E agora aquilo lhe estava sendo oferecido. Ela viu como era reconfortante.

– Chá, por favor.

Enquanto ela se aquecia junto ao fogo, Gamache foi pedir a Gabri um bule de chá. Ao voltar, ele se sentou na poltrona e se inclinou para a frente.

– O que aconteceu?

– Eu faço uma caminhada longa todo dia de manhã.

– É um hábito novo? Nunca soube que você fazia isso.

– Bom, é. Na verdade, desde a primavera. Desde que eu fiz 50 anos, decidi entrar em forma – explicou, depois abrindo um largo sorriso. – Ou, pelo menos, em uma forma diferente. Estou mirando em uma pera, em vez de uma maçã – debochou, dando um tapinha na barriga. – Embora eu suspeite que a minha natureza seja abarcar o pomar inteiro.

– E o que poderia ser melhor que um pomar? – disse ele, sorrindo, e depois olhou para a própria cintura. – Eu também não sou nenhuma muda. A que horas você acorda?

– Eu coloco o despertador para as 6h30 e saio às 6h45. Hoje de manhã, eu tinha acabado de sair quando percebi que a porta do Olivier estava entreaberta, então olhei aqui para dentro e chamei por ele. Eu sei que Olivier abre mais tarde aos domingos, então estranhei.

– Mas não ficou alarmada.

– Não – disse ela, surpresa com a pergunta. – Eu estava quase indo embora quando vi o homem.

Myrna estava de costas para o salão, e Gamache não desviou os olhos para o corpo. Em vez disso, sustentou o olhar dela e a encorajou com um meneio de cabeça, sem dizer nada.

O chá chegou e, embora estivesse claro que Gabri queria se juntar à dupla, ele sabia bem captar os sinais tácitos (ao contrário do genro de Gamache). Gabri colocou na mesa o bule, duas xícaras e pires de porcelana, leite, açúcar e um prato de biscoitos de gengibre. Depois foi embora.

– No início, pensei que fosse uma pilha de toalhas de mesa deixada pelos garçons – explicou Myrna quando Gabri já estava fora do alcance de sua voz. – A maioria deles é bem jovem, então nunca se sabe. Mas depois eu olhei mais de perto e vi que era um corpo.

– Um corpo?

Era a maneira como alguém descreveria um homem morto, não vivo.

– Eu soube que ele estava morto na hora. Já vi alguns, o senhor sabe.

Gamache sabia.

– Ele estava exatamente como o senhor está vendo agora – explicou ela.

Myrna observou Gamache servir o chá. Ela indicou o leite e o açúcar e aceitou a xícara com um biscoito.

– Eu cheguei perto, mas não toquei nele. Não achei que ele tivesse sido assassinado. Não de cara.

– O que você achou?

Gamache segurou a xícara entre as mãos grandes. O chá era forte e cheiroso.

– Eu achei que ele tivesse sofrido um derrame ou talvez um infarte. Algo repentino, pela expressão no rosto dele. Parecia surpreso, mas não com medo ou dor.

Aquela era uma boa forma de colocar as coisas. A morte havia surpreendido aquele homem. Mas ela surpreendia a maioria das pessoas, até os idosos e doentes. Quase ninguém espera morrer.

– Então eu vi a cabeça dele.

Gamache aquiesceu. Era difícil não ver. Não a cabeça, mas o que faltava dela.

– Você conhecia a vítima?

– Nunca vi na vida. E suspeito que não fosse do tipo que se esquece fácil.

Gamache teve que concordar. Ele parecia um mendigo. E, embora eles fossem facilmente ignorados, eram difíceis de esquecer. Armand Gamache pousou a xícara delicada no pires delicado. Sua mente não parava de voltar à pergunta que o atingira assim que havia atendido o telefone e se inteirado sobre o assassinato. No bistrô de Three Pines.

Por que ali?

Ele olhou rapidamente para Olivier, que conversava com o inspetor Beauvoir e a agente Lacoste. Estava calmo e contido. Mas não era possível que não fizesse ideia da impressão que aquilo tudo dava.

– O que você fez, então?

– Eu liguei para a polícia e para Olivier, depois fui lá para fora e esperei todo mundo.

Ela descreveu o que tinha acontecido até o momento em que a polícia havia chegado.

– *Merci* – disse Gamache, e se levantou.

Myrna pegou o chá e se juntou a Olivier e Gabri, do outro lado do salão. Eles ficaram parados, juntos, em frente à lareira.

Todos no salão sabiam quem eram os três principais suspeitos. Todos exceto os três principais suspeitos, é claro.

TRÊS

A Dra. Harris se levantou, limpou a saia e sorriu de leve para o inspetor-chefe.

– Não era um sujeito muito bem-cuidado – disse ela.

Gamache olhou para o morto.

– Parece um mendigo – comentou Beauvoir, inclinando-se para examinar as roupas puídas e descombinadas do homem.

– Devia estar morando na rua – opinou Lacoste.

Gamache se ajoelhou e, mais uma vez, analisou atentamente o rosto do velho. Sua face era marcada pelo tempo, um rosto que carregava todas as estações do ano, curtido pelo sol, pelo vento e pelo frio. Um rosto experiente. Gamache passou o polegar na bochecha do morto com delicadeza. O homem estava sem barba, mas, se tivesse, seria branca. O cabelo também era branco, com um corte simples. Uma tesourada aqui e outra ali.

Gamache pegou uma das mãos da vítima, como se tentasse reconfortá--lo. Ele a segurou por um instante e depois virou a palma para cima. Então esfregou sua própria palma na dele devagar.

– Quem quer que ele fosse, fazia trabalho braçal. Isto aqui são calos. A maioria dos mendigos não trabalha.

Gamache balançou a cabeça lentamente. *Então, quem é você? E por que está aqui? No bistrô, e neste vilarejo? Um vilarejo que poucas pessoas no mundo sequer sabem que existe. E menos gente ainda encontrou.*

Mas você encontrou, pensou Gamache, ainda segurando a mão fria do homem. *Você encontrou o vilarejo e a morte.*

– A morte ocorreu de seis a dez horas atrás – explicou a médica. – Deve ter sido depois da meia-noite, mas antes das quatro ou cinco da manhã.

Gamache olhou para a parte de trás da cabeça do homem e para o ferimento que o matara.

Era catastrófico. Parecia ter sido um único golpe com algo extremamente duro. E desferido por alguém com muita raiva. Só a raiva poderia ser responsável por aquele tipo de força. Capaz de pulverizar um crânio. E o que ele protegia.

Tudo que fazia aquele homem ser quem era estava na cabeça dele. E alguém havia esmagado aquilo ali dentro. Com um golpe brutal e decisivo.

– Não tem muito sangue – comentou Gamache.

Ele se levantou e ficou observando a equipe de perícia se espalhar e coletar evidências pelo espaçoso salão. Um cômodo agora violado. Primeiro pelo assassinato e agora por eles. Os convidados indesejados.

Olivier estava de pé, aquecendo-se junto ao fogo.

– Isso é um problema – disse a Dra. Harris. – Ferimentos na cabeça sangram bastante. Deveria ter mais sangue, bem mais.

– Talvez tenha sido limpo – sugeriu Beauvoir.

Sharon Harris se inclinou sobre o ferimento de novo por um momento.

– Com a força do golpe, o sangramento pode ter sido intenso e interno. Uma morte quase instantânea.

Aquela era a melhor notícia que Gamache já tinha recebido em uma cena de crime. Com a morte, ele conseguia lidar. Até com o assassinato. Era o sofrimento que o abalava. Ele já tinha visto muito disso. Assassinatos horríveis. Era um alívio enorme ver um rápido e decisivo. Quase humano.

Certa vez o inspetor-chefe tinha ouvido um juiz afirmar que a forma mais humana de executar um prisioneiro era dizer a ele que estava livre. E depois matá-lo.

Gamache havia se digladiado com a ideia, a rebatera e criticara o juiz. Finalmente, exausto, passara a acreditar naquilo.

Ao olhar para o rosto daquele homem, Gamache soube que ele não sofrera. O golpe atrás da cabeça indicava que ele provavelmente nem tinha visto a movimentação do assassino.

Era quase como morrer dormindo.

Embora não exatamente.

ELES COLOCARAM O CORPO EM um saco e o levaram embora. Do lado de fora, as pessoas se afastaram com um ar sombrio para deixar os policiais passarem. Os homens tiraram o gorro úmido e as mulheres assistiram, tristes, contraindo os lábios.

Gamache se afastou da janela e foi até Beauvoir, que estava sentado perto de Olivier, Gabri e Myrna. A equipe de perícia tinha ido para os cômodos nos fundos do bistrô: a sala de jantar privada, a sala dos funcionários e a cozinha. O salão principal agora estava quase normal. Exceto pelas perguntas que pairavam no ar.

– Sinto muito que isso tenha acontecido – disse Gamache a Olivier. – Como o senhor está?

Olivier deu um grande suspiro. Parecia esgotado.

– Acho que ainda estou chocado. Quem era ele? Vocês sabem?

– Não – respondeu Beauvoir. – Alguém denunciou um estranho na área?

– Denunciou? – perguntou Olivier. – Para quem?

Os três encararam Beauvoir, perplexos. O inspetor tinha esquecido que Three Pines não contava com força policial, semáforos, calçadas nem prefeito. O Corpo de Bombeiros Voluntário era comandado por aquela velha poeta gagá, Ruth Zardo, e a maioria das pessoas preferiria ser engolida pelas chamas a ligar para ela.

Não havia nem crimes no lugar. Exceto assassinatos. O único crime que já havia acontecido naquele vilarejo era o pior possível.

E lá estavam eles diante de mais um corpo. Pelo menos os outros tinham nome. Já aquele homem parecia ter caído do céu... e de cabeça.

– É um pouco mais difícil no verão, sabe? – explicou Myrna, acomodando-se no sofá. – A gente recebe mais visitantes. As famílias vêm tirar férias e os jovens voltam das universidades. Este é o último feriadão. Todo mundo vai para casa depois.

– É o fim de semana da feira do condado de Brume – comentou Gabri. – Acaba amanhã.

– Certo – disse Beauvoir, que não dava a mínima para a feira. – Então Three Pines fica vazia depois deste fim de semana. Mas os visitantes que você descreveu são amigos e familiares, não?

– A maioria, sim – respondeu Myrna, virando-se para Gabri. – Alguns estranhos aparecem na sua pousada, né?

Ele assentiu.

– A pousada lota quando as pessoas ficam sem espaço em casa.

– O que quero dizer – insistiu Beauvoir, exasperado – é que as pessoas que visitam Three Pines não são realmente estranhas. Eu só quero os fatos, preto no branco.

– Desculpa, mas o nosso negócio é mais o arco-íris – disse Gabri, levando um sorriso ao rosto cansado de Olivier.

– Eu ouvi alguma coisa sobre um estranho – comentou Myrna –, mas não prestei muita atenção.

– Ouviu de quem?

– Roar Parra – contou ela, com alguma relutância.

Ela sentiu que estava dedurando o homem, e ninguém tinha muito estômago para isso.

– Eu ouvi ele falar com o Velho Mundin e A Esposa que tinha visto alguém no bosque – concluiu Myrna.

Beauvoir anotou aquilo. Não era a primeira vez que ouvia falar nos Parras. Eles eram uma família proeminente da República Tcheca. Mas *Velho Mundin* e *A Esposa*? Aquilo só podia ser uma piada. O inspetor retorceu a boca e olhou para Myrna, sério. Ela o encarou de volta, também séria.

– Pois é – disse Myrna, lendo a mente dele, algo tão fácil que até o bule de chá seria capaz de fazer. – São os nomes deles.

– Velho e A Esposa? – repetiu ele, já sem raiva, apenas intrigado.

Myrna fez que sim com a cabeça.

– Quais são os nomes verdadeiros deles? – perguntou Beauvoir.

– São esses – disse Olivier. – Velho e A Esposa.

– Ok, Velho eu até aceito. É possível, mas ninguém olha para um recém-nascido e decide dar o nome de A Esposa. Pelo menos eu espero que não.

Myrna sorriu.

– O senhor tem razão. É que eu estou tão acostumada que nem penso mais nisso. Não faço ideia do nome verdadeiro dela.

Beauvoir se perguntou quão patética uma mulher tinha que ser para permitir que a chamassem de A Esposa. Parecia até uma coisa meio bíblica, do Antigo Testamento.

Gabri colocou algumas cervejas, Cocas e tigelas de nozes e castanhas na mesa. Lá fora, os moradores finalmente tinham se dispersado e ido para casa.

Parecia frio e úmido, mas lá dentro estava quente e confortável. Quase dava para esquecer que aquela não era uma reunião social. A equipe de perícia aparentava ter evaporado, sua presença evidenciada apenas quando se ouvia um leve arranhar ou murmurar por ali. Feito ratos ou fantasmas. Ou investigadores de homicídios.

– Falem sobre a noite passada – pediu Gamache.

– Isto aqui estava uma loucura – contou Gabri. – Este é o último fim de semana prolongado do verão, então todo mundo apareceu. Muita gente veio da feira, que aconteceu durante o dia, então todos estavam cansados. Não queriam cozinhar. É sempre assim no fim de semana do Dia do Trabalho. Nós estávamos preparados.

– Como assim? – perguntou a agente Lacoste, que havia se juntado ao grupo.

– Contratei funcionários extras – explicou Olivier. – Mas foi tranquilo. As pessoas estavam bem relaxadas e a gente fechou na hora. Por volta de uma da manhã.

– O que aconteceu depois? – perguntou Lacoste.

A maioria das investigações de assassinato parecia complexa, mas na verdade era bem simples. Era apenas uma questão de perguntar "O que aconteceu depois?" várias e várias vezes. Escutar as respostas também ajudava.

– Geralmente, eu fecho o caixa e deixo o pessoal da noite arrumando e limpando tudo, mas nos sábados é diferente – continuou Olivier. – O Velho Mundin sempre vem depois que a gente fecha para entregar os móveis que consertou durante a semana e pegar os que quebraram nesse meio-tempo. Não demora muito, e ele faz isso enquanto os garçons e os funcionários da cozinha estão limpando tudo.

– Espera aí – disse Beauvoir. – O Mundin faz isso todo sábado à meia-noite? Por que não no domingo de manhã ou em qualquer outro horário normal? Por que tarde da noite?

Aquilo pareceu um tanto furtivo a Beauvoir, que tinha faro para segredos e dissimulação.

Olivier deu de ombros.

– Hábito, eu acho. Quando ele começou a fazer esse trabalho, ainda não era casado com A Esposa, então estava sempre aqui nos sábados à noite. Na hora em que a gente fechava, ele simplesmente recolhia os móveis avariados. A gente não viu razão para mudar.

Em um vilarejo onde quase nada mudava, aquilo fazia sentido.

– Então o Mundin pegou os móveis. E o que aconteceu depois? – perguntou Beauvoir.

– Eu fui embora.

– O senhor foi o último a sair daqui?

Olivier hesitou.

– Não exatamente. Como estava bem cheio, a gente tinha umas coisas extras para fazer. Eles são garotos legais, sabe? Responsáveis.

Gamache estava só ouvindo. Preferia assim. Os agentes perguntavam, e isso o liberava para observar, ouvir o que era dito, como era dito e o que ficava de fora. E agora ele percebia um tom defensivo se infiltrar na voz calma e prestativa de Olivier. Seria aquilo por conta do próprio comportamento ou ele estava tentando proteger a equipe, receoso de que alguém fosse considerado suspeito?

– Quem foi o último a sair? – perguntou a agente Lacoste.

– O jovem Parra – respondeu Olivier.

– Jovem Parra? – perguntou Beauvoir. – Como Velho Mundin?

Gabri fez uma careta.

– Claro que não. O nome dele não é "Jovem". Isso seria bizarro. O nome dele é Havoc.

Beauvoir semicerrou os olhos e encarou Gabri. O nome do menino significava "confusão" em inglês? Não era possível. Ele não gostava de ser ridicularizado e suspeitava que aquele homem grande estava fazendo exatamente isso. Então olhou para Myrna, que não estava rindo. Ela aquiesceu.

– Esse é o nome dele. Roar deu ao filho o nome de Havoc.

Jean Guy Beauvoir anotou aquilo, embora sem convicção e um tanto desgostoso.

– Ele trancou a porta? – quis saber Lacoste.

Os investigadores sabiam que aquela pergunta era crucial, mas Olivier parecia não atinar para o significado dela.

– Com certeza.

Gamache e Beauvoir se entreolharam. Agora eles estavam chegando a algum lugar. O assassino precisaria ter uma chave. O universo de suspeitos tinha diminuído drasticamente.

– Posso ver as chaves de vocês? – perguntou Beauvoir.

Olivier e Gabri pegaram as chaves no bolso e as entregaram ao inspetor. Mas um terceiro molho também apareceu em seu campo de visão. Ao se virar, ele percebeu que era Myrna quem o oferecia.

– É para o caso de eu ficar trancada fora de casa ou de acontecer alguma emergência.

– *Merci* – disse Beauvoir, com um pouco menos de confiança agora. – Vocês emprestaram a chave para alguém recentemente? – perguntou a Olivier e Gabri.

– Não.

Beauvoir sorriu. Aquilo era bom.

– Só para o Velho Mundin, é claro. Ele perdeu a dele e precisava fazer uma cópia nova.

– E para Billy Williams – recordou Gabri. – Lembra? Ele geralmente usa a que fica debaixo do vaso de plantas da entrada, mas não queria ter que se abaixar enquanto estivesse carregando a madeira. Ele ia pegar um molho para fazer mais cópias.

Beauvoir fez uma careta de descrença absoluta.

– Por que vocês sequer se dão ao trabalho de trancar a porta? – perguntou, finalmente.

– Por causa do seguro – explicou Olivier.

Bom, parece que a franquia do seguro de alguém vai aumentar, pensou Beauvoir. Ele olhou para Gamache e balançou a cabeça. Sério, todos eles mereciam ser assassinados enquanto dormiam. Mas, é claro, por ironia do destino, os que morriam eram justamente os que trancavam as portas e ligavam o alarme. Na experiência de Beauvoir, Darwin estava errado. Os mais aptos não sobreviviam. Acabavam mortos por conta da idiotice dos vizinhos, que continuavam a vagar pelo mundo, todos sem jeito, alheios a tudo.

QUATRO

– Você não reconheceu o homem? – perguntou Clara, cortando um pouco de pão fresco da *boulangerie* de Sarah.

A amiga de Myrna só podia estar falando de um homem. Myrna balançou a cabeça, cortou uns tomates dentro da salada e depois se voltou para as chalotas, que tinham sido colhidas frescas havia pouco da horta de Peter e Clara.

– E Olivier e Gabri também não o conhecem? – quis saber Peter, que trinchava um frango assado na grelha.

– Estranho, não é? – disse Myrna.

Ela olhou para os amigos: Peter, alto, grisalho, elegante e preciso, e ao lado dele a esposa, Clara, baixa, gordinha, com o cabelo escuro e rebelde repleto de crostas de pão. Os olhos dela eram azuis e geralmente bem-humorados. Mas não naquele dia.

Clara balançou a cabeça, perplexa. Algumas migalhas caíram na bancada. Ela as pegou e comeu, distraída. Agora que o choque inicial da descoberta começava a diminuir, Myrna tinha certeza de que todos estavam pensando a mesma coisa.

Aquilo tinha sido assassinato. O morto era um desconhecido. Mas será que o assassino também?

E, provavelmente, todos estavam chegando à mesma conclusão. Era improvável.

Ela havia tentado não pensar naquilo, mas a ideia acabava sempre voltando. Myrna pegou um pedaço de baguete e o mordeu. O pão era quente, macio e cheiroso, e a crosta estava crocante.

– Pelo amor de Deus – disse Clara, apontando a faca para o pão meio comido na mão de Myrna.

– Quer? – perguntou a amiga, oferecendo um pedaço.

As duas mulheres ficaram paradas em frente à bancada comendo pão fresco. Normalmente, teriam ido ao bistrô para o almoço de domingo, mas isso parecia improvável naquele dia, pela questão do corpo e tudo o mais. Então Clara, Peter e Myrna tinham ido para o loft de Myrna, que ficava ao lado. No andar de baixo, havia um alarme na porta da livraria, caso alguém entrasse. Bem, não exatamente um alarme, mas um sininho que tocava quando a porta se abria. Às vezes Myrna descia, às vezes não. Quase todos os clientes eram moradores, e todos sabiam quanto deveriam deixar na caixa registradora. Além disso, ela pensava que, se alguém precisava tanto de um livro usado a ponto de roubar, então que pegasse.

Myrna sentiu um arrepio. Olhou ao redor para ver se havia alguma janela aberta deixando entrar o ar frio e úmido. Observou as paredes de tijolinhos aparentes, as vigas robustas e a série de grandes janelas industriais. Foi até lá para checar, mas todas estavam fechadas, exceto por uma, na qual havia aberto uma nesga para deixar entrar um pouco de ar fresco.

Na volta, ela parou ao lado do fogão a lenha preto e arredondado no centro da sala, levantou a tampa redonda e enfiou mais um pedaço de lenha.

– Deve ter sido horrível para você – disse Clara, indo até Myrna.

– Foi. Aquele pobre homem caído ali… Eu não vi o ferimento de cara.

Clara e Myrna se sentaram no sofá de frente para o fogão. Peter levou dois uísques para elas e depois foi para a cozinha em silêncio. Dali, ele podia vê-las e ouvir a conversa, mas sem atrapalhar.

Ele observou as duas mulheres se aproximarem, bebericando o uísque e falando baixinho. Com intimidade. Invejava aquilo. Peter se virou e mexeu a sopa de queijo cheddar e maçã.

– O que o Gamache acha? – perguntou Clara.

– Ele parece tão intrigado quanto todos nós. Quer dizer, sério – disse Myrna, virando-se para Clara –, por que tinha um homem desconhecido no bistrô? E morto?

– Assassinado – acrescentou Clara.

As duas pensaram sobre aquilo por um instante, até que, por fim, Clara falou:

– Olivier disse alguma coisa?

– Nada. Ele só parecia chocado.

A amiga assentiu. Conhecia aquela sensação.

A polícia estava na porta deles. Logo estaria na casa, na cozinha e no quarto. Na cabeça deles.

– Não consigo imaginar o que o Gamache pensa da gente – desabafou Myrna. – Toda vez que ele aparece aqui, tem um corpo.

– Todo vilarejo do Quebec tem uma vocação – disse Clara. – Alguns fazem queijo, outros vinho ou artesanato. A gente produz corpos.

– Monastérios têm vocações, vilarejos não – corrigiu Peter com uma risada, colocando tigelas de sopa na mesa comprida de Myrna. – E a gente não produz corpos.

Mas ele não tinha tanta certeza assim.

– O Gamache é o chefe da Divisão de Homicídios da Sûreté – comentou Myrna. – Isso deve acontecer com ele o tempo todo. Aliás, ele provavelmente ia ficar surpreso se não encontrasse nenhum corpo.

Myrna e Clara se juntaram a Peter na mesa e, enquanto as duas conversavam, ele pensou no homem à frente da investigação. Ele era perigoso, Peter sabia. Perigoso para quem quer que tivesse matado o velho no bistrô. Ele se perguntou se o assassino sabia que tipo de homem estava em seu encalço. Mas temia que o assassino soubesse muito bem.

O INSPETOR JEAN GUY BEAUVOIR olhou para a sala de investigação temporária e respirou fundo. Surpreso, percebeu como o cheiro ali era familiar e até empolgante.

Cheirava a emoção, a caçadas. Cheirava a longas horas em frente a computadores hiperaquecidos, montando um quebra-cabeça. Cheirava a trabalho em equipe.

Na verdade, cheirava a óleo diesel, lenha queimada, cera de piso e concreto. Ele estava novamente na antiga estação ferroviária de Three Pines, abandonada décadas antes e deixada ali para apodrecer. Mas o Corpo de Bombeiros Voluntário de Three Pines tinha se apropriado do espaço, entrando sorrateiramente, torcendo para que ninguém notasse. E, é claro, de fato ninguém notou, já que havia tempos a empresa responsável pela pequena estação esquecera que o vilarejo existia. Então agora o local abrigava caminhões de bombeiros, trajes volumosos e equipamentos de combate a incêndios. As paredes mantiveram os painéis de madeira e eram repletas de pôsteres de paisagens montanhosas pitorescas e técnicas de salvamento. Dicas de segurança contra incêndios, escalas de voluntários e os antigos horários dos trens disputavam espaço, junto com um enorme cartaz que anunciava a ganhadora do Prêmio do Governador-Geral para Poesia em Língua Inglesa. Ali, encarando-os perpetuamente, estava uma mulher louca.

E ela também o encarava, enlouquecida, em pessoa.

– Que diabos o senhor está fazendo aqui?

Ao lado dela havia uma pata, que também o olhava.

Ruth Zardo. Provavelmente a poeta mais proeminente e respeitada do país. E sua pata, Rosa. Ele sabia que, quando Gamache olhava para ela, via uma poeta talentosa. Mas Beauvoir só sentia indigestão.

– Uma pessoa foi assassinada – disse ele, em um tom que esperava expressar distinção e autoridade.

– Eu sei que uma pessoa foi assassinada. Eu não sou idiota.

Ao lado dela, a pata balançou a cabeça e bateu as asas. Beauvoir já estava tão acostumado a vê-la com a ave que nem estranhava mais. Na verdade, embora jamais fosse admitir, ficara aliviado ao ver que Rosa ainda estava viva. A maioria das coisas, ele suspeitava, não durava muito perto daquela velha cretina e biruta.

– Nós vamos precisar usar este espaço de novo – disse ele, afastando-se.

Apesar da idade avançada, da perna manca e do temperamento diabólico, Ruth Zardo havia sido eleita chefe do Corpo de Bombeiros Voluntário. Na esperança, acreditava Beauvoir, de que um belo dia fosse consumida pelas chamas. Embora ele também acreditasse que ela não fosse se queimar.

– Não! – disse ela, batendo a bengala no piso de concreto.

Rosa não pulou, mas Beauvoir deu um salto.

– Vocês não podem usar este espaço!

– Sinto muito, madame Zardo, mas nós precisamos dele e pretendemos usá-lo.

A voz dele já não era complacente como antes. Os três se entreolharam, mas só Rosa piscou. Beauvoir sabia que aquela maluca só triunfaria sobre ele se começasse a recitar seus poemas lúgubres e ininteligíveis. Nada rimava. Nada sequer fazia sentido. Ela o quebraria em um instante. Mas ele também sabia que, de todas as pessoas do vilarejo, ela era a menos propensa a recitá-los. A velha parecia constrangida, até envergonhada, do que havia criado.

– Como vai a poesia? – perguntou ele, vendo-a vacilar.

O cabelo dela era branco, fino e bem curtinho, a ponto de dar a impressão de que nem cabelo a velha tinha. Era alta, com o pescoço magricelo e rígido, e seu corpo, antes firme (suspeitava ele), era fraco. Porém era a única coisa fraca nela.

– Eu vi em algum lugar que a senhora vai lançar outro livro em breve.

Ruth Zardo recuou um pouco.

– O inspetor-chefe também está aqui, como a senhora deve saber.

A voz dele agora estava calma, moderada e calorosa. A velha parecia estar vendo Satanás.

– Ele está ansioso para conversar com a senhora sobre isso. Já, já chega aí. Ele vem memorizando os seus versos.

Ruth Zardo se virou e saiu.

Pronto. Ele a havia banido. A bruxa estava morta ou pelo menos tinha ido embora.

Ele começou a organizar o espaço. Pediu mesas, equipamentos, computadores, impressoras, escâneres e faxes. Quadros de cortiça e canetas pilot. Colocaria um mural bem em cima do pôster daquela velha poeta sarcástica e doida. E, em cima do rosto dela, escreveria sobre assassinato.

O BISTRÔ ESTAVA EM SILÊNCIO.

A equipe de perícia já tinha ido embora, e dos policiais restava ali apenas a agente Isabelle Lacoste, ajoelhada onde o corpo havia sido encontrado, meticulosa como sempre. Certificando-se de que nenhuma pista ficara de fora. Pelo que o inspetor-chefe Gamache podia ver, Olivier e Gabri não tinham se mexido: ainda estavam sentados no velho sofá desbotado de frente para a lareira, cada um em seu próprio mundo, fitando o fogo, hipnotizados pelas chamas.

– No que vocês estão pensando? – perguntou Gamache, aproximando-se e sentando-se na poltrona grande ao lado deles.

– Eu estava pensando no morto – disse Olivier. – Estava me perguntando quem ele era. O que estava fazendo aqui. Imaginando se tem família, se alguém está sentindo falta dele.

– Eu estava pensando no almoço – respondeu Gabri. – Alguém mais está com fome?

No outro lado da sala, a agente Lacoste elevou os olhos.

– Eu!

– Eu também, *patron* – disse Gamache.

Quando ouviu Gabri mexendo nas panelas na cozinha, Gamache se inclinou para a frente. Agora eram só ele e Olivier. O dono do bistrô olhou para ele sem expressão. Mas Gamache já tinha visto aquele olhar antes. Não expressar nada era quase impossível, a não ser que a pessoa quisesse. Para o inspetor-chefe, um rosto sem expressão era sinal de uma mente frenética.

Da cozinha vinha um inconfundível aroma de alho, e eles ouviram Gabri cantar "What Do We Do with a Drunken Sailor?".

– Gabri acha que o homem era um mendigo. O que o senhor acha?

Olivier se lembrou dos olhos vidrados, fixos. E também da última vez que estivera na cabana.

O Caos está vindo, meu velho amigo. Ele demorou um bocado, mas finalmente chegou.

– O que mais ele podia ser?

– Por que o senhor acha que ele foi morto aqui, no seu bistrô?

– Não sei – respondeu Olivier, parecendo afundar no sofá. – Eu estou quebrando a cabeça para tentar entender. Por que alguém mataria um homem aqui? Não faz sentido.

– Faz sentido.

– Sério? – perguntou Olivier, se ajeitando. – Como?

– Não sei. Mas eu vou descobrir.

Olivier encarou aquele homem discreto e formidável, que parecia encher o salão inteiro sem erguer o tom de voz.

– O senhor conhecia a vítima?

– O senhor já me perguntou isso – rebateu Olivier, mas depois se recompôs. – Desculpa, mas o senhor já fez mesmo essa pergunta e, sabe, é meio irritante. Eu não conhecia aquele homem.

Gamache o encarou. O rosto de Olivier estava vermelho agora, corado.

Mas de raiva, por conta do calor do fogo ou simplesmente porque ele estava mentindo?

– Alguém o conhecia – disse Gamache finalmente, recostando-se e dando a Olivier a sensação de uma trégua, de que a pressão havia diminuído.

– Mas não eu e o Gabri – afirmou ele, franzindo a testa, e a impressão era de que Olivier estava realmente chateado. – O que ele estava fazendo aqui?

– "Aqui" em Three Pines ou "aqui" no bistrô?

– As duas coisas.

Mas Gamache sabia que Olivier tinha acabado de mentir. Era óbvio que ele estava se referindo ao bistrô. As pessoas mentiam o tempo todo em investigações de assassinato. Se a primeira vítima da guerra era a verdade, entre as primeiras vítimas de uma investigação de assassinato estavam as mentiras das pessoas. As mentiras que elas contavam a si mesmas e umas às outras. As mentirinhas que faziam com que saíssem da cama nas manhãs frias e escuras. Gamache e sua equipe caçavam essas mentiras e as expunham. Até que todas as historinhas que amenizavam o cotidiano das pessoas desaparecessem. E elas acabassem desarmadas. O truque era distinguir as mentiras importantes do resto. Aquela parecia pequena. Mas então por que se dar ao trabalho de mentir?

Gabri se aproximou carregando uma bandeja com quatro pratos fumegantes. Em poucos minutos, eles estavam sentados ao redor da lareira comendo fettuccine com camarões e vieiras ao alho e óleo. Também havia pão fresco e vinho branco seco.

Enquanto comiam, eles conversaram sobre castanheiras e o feriadão do Dia do Trabalho. Sobre a volta às aulas e noites que começavam a se alongar.

O bistrô estava vazio, exceto por eles. Mas, para o inspetor-chefe, parecia lotado. Com as mentiras já contadas a eles e as novas, que estavam sendo criadas e aguardavam a sua vez.

CINCO

DEPOIS DO ALMOÇO, ENQUANTO A AGENTE Lacoste fazia reservas para aquela noite na pousada de Gabri, Armand Gamache foi andando devagar na direção oposta. A garoa havia parado, mas uma névoa se agarrava às florestas e colinas que circundavam o vilarejo. Pessoas saíam de casa para fazer compras ou cuidar do jardim, e ele foi seguindo pela rua lamacenta. Então virou à esquerda e passou pela ponte de pedra sobre o rio Bella Bella.

– Com fome? – perguntou Gamache, abrindo a porta da antiga estação ferroviária e estendendo um saco de papel.

– Faminto, *merci*.

Beauvoir foi até o chefe quase correndo, pegou o saco e tirou dele um grande sanduíche de frango, queijo brie e molho pesto. Também havia uma lata de Coca e *pâtisserie*.

– E o senhor? – perguntou Beauvoir, a mão hesitando sobre o precioso sanduíche.

– Ah, eu já comi – respondeu o chefe, achando melhor não descrever a própria refeição para Beauvoir.

Eles levaram duas cadeiras até o fogão de lenha redondo e, enquanto o inspetor comia, compararam as anotações.

– Até agora – disse Gamache –, a gente não faz ideia de quem era a vítima, quem a matou, por que ela estava no bistrô e qual foi a arma do crime.

– Nem sinal da arma ainda?

– Não. A Dra. Harris acha que foi uma vara de metal ou algo do gênero. Lisa e dura.

– Um atiçador de lareira?

– Talvez. Pegamos os do Olivier para testar.

O chefe fez uma pausa.

– O que foi? – perguntou Beauvoir.

– É que me parece meio estranho Olivier ter acendido as duas lareiras. Está chovendo, mas não está tão frio. Também é esquisito que isso tenha sido a primeira coisa que ele fez depois de encontrar um corpo...

– O senhor acha que a arma pode ser um dos atiçadores de lareira dele? E que Olivier acendeu as lareiras para usá-los? Queimar as evidências que estavam neles?

– Acho que é possível – admitiu o chefe, com uma voz neutra.

– Vamos dar uma olhada – disse Beauvoir. – Mas mesmo que um deles seja a arma do crime, não significa que foi Olivier quem o usou. Qualquer um pode ter pegado um atiçador e esmagado a cabeça do cara.

– É verdade. Mas só Olivier acendeu as lareiras hoje de manhã e usou o atiçador.

Era evidente que, como inspetor-chefe, ele tinha que considerar todos suspeitos. No entanto, também era evidente que ele não estava nada satisfeito com isso.

Beauvoir fez sinal para que alguns homens grandes parados na porta entrassem. O equipamento da sala de investigação temporária havia chegado. Lacoste apareceu e se juntou a eles perto do fogão.

– Fiz nossas reservas na pousada. A propósito, eu esbarrei com Clara Morrow. Ela convidou a gente para jantar hoje.

Gamache assentiu. Aquilo era bom. Dava para descobrir mais em um evento social do que em um interrogatório.

– Olivier me passou o nome das pessoas que trabalharam no bistrô ontem à noite. Estou indo pegar os depoimentos – informou ela. – E a gente tem equipes vasculhando o vilarejo e a área ao redor em busca da arma do crime, com um interesse especial em atiçadores de lareira ou coisas parecidas.

O inspetor Beauvoir terminou de almoçar e foi conduzir a montagem da sala de investigação, enquanto a agente Lacoste saiu para falar com os funcionários do bistrô. Uma parte de Gamache sempre odiava ver os integrantes de sua equipe irem embora. Ele não cansava de adverti-los para não se esquecerem do que estavam fazendo e quem estavam procurando. Um assassino.

O inspetor-chefe já havia perdido um agente anos antes, assassinado. Não perderia outro de jeito nenhum. Mas não podia proteger todos o tempo todo. Como fizera com Annie, alguma hora tinha que deixá-los ir.

Era o último interrogatório do dia. Até então, a agente Lacoste havia falado com cinco pessoas que tinham trabalhado no bistrô na noite anterior – e recebido as mesmas respostas. Não, nada de anormal havia acontecido. A casa estivera cheia a noite inteira, já que era sábado e feriadão do Dia do Trabalho. As aulas voltariam na terça-feira, e todas as pessoas que tinham vindo passar o verão em Three Pines retornariam para Montreal na segunda. No dia seguinte.

Quatro dos garçons voltariam para a universidade após o recesso de verão, mas eles não ajudaram muito, já que a única coisa que pareciam ter notado era uma mesa com garotas bonitas.

A quinta garçonete foi mais útil, já que tinha visto mais do que um salão cheio de peitos. Mas, segundo todos os relatos, aquela noite fora normal, ainda que agitada. Ninguém havia mencionado um cadáver, e Lacoste imaginava que até mesmo os garotos fissurados em peitos teriam notado algo assim.

Ela dirigiu até a casa do último garçom, o jovem que tinha ficado no comando quando Olivier saíra. O que tinha dado a conferida final no bistrô e trancado o lugar.

A casa ficava atrás da rodovia principal, em uma longa estrada de terra. Bordos se enfileiravam no caminho e, embora ainda não exibissem completamente as cores vibrantes do outono, alguns já estavam ficando alaranjados e avermelhados. Em poucas semanas, fazer aquele trajeto seria espetacular.

Lacoste ficou espantada ao descer do carro. Diante dela estava um bloco de concreto e vidro. Parecia tão deslocado da paisagem quanto uma barraca na Quinta Avenida. A construção não pertencia ao espaço. Enquanto seguia naquela direção, a agente percebeu outra coisa: a casa a intimidava, e ela se perguntou por quê. Lacoste gostava de construções tradicionais, embora não antiquadas. Adorava tijolos e vigas aparentes, mas detestava lugares entulhados, embora tivesse desistido de se sentir minimamente orgulhosa da própria casa depois que tivera filhos. Nos últimos tempos, já era uma vitória conseguir atravessar um ambiente sem pisar em nenhum brinquedo.

Com certeza, aquela casa também era uma vitória. Mas será que era um lar?

A porta foi aberta por uma mulher robusta de meia-idade que falava um francês muito bom, embora talvez um pouco formal demais. Lacoste ficou surpresa. Percebeu que estava esperando que pessoas mais descoladas vivessem naquela casa tão moderna.

– Madame Parra? – disse Lacoste, mostrando o distintivo.

A mulher assentiu, sorriu calorosamente e deu um passo para trás para que os policiais entrassem.

– *Entrez.* Imagino que seja sobre o que aconteceu no bistrô – deduziu Hanna Parra.

– *Oui* – disse Lacoste, abaixando-se para tirar as botas enlameadas.

Aquilo sempre era muito estranho e deselegante: a equipe da famosa Divisão de Homicídios da Sûreté du Québec interrogava suspeitos calçando apenas meias.

Madame Parra não a impediu. Mas lhe ofereceu um par de chinelos, tirados de uma caixa de madeira cheia de sapatos velhos ao lado da porta. De novo, aquilo surpreendeu Lacoste, que esperava que tudo ali fosse limpo e organizado. E sério.

– Nós viemos falar com o seu filho.

– Havoc.

Havoc. O inspetor Beauvoir achara o nome cômico, mas a agente Lacoste não viu nada de engraçado nele. E, estranhamente, parecia combinar com aquele lugar duro e frio. O que mais poderia conter a tal confusão expressa pelo nome?

Antes de dirigir até lá, Lacoste havia feito uma pesquisa sobre os Parras. Apenas por alto, mas tinha ajudado. A mulher que agora a conduzia do vestíbulo ao interior da casa era vereadora do município de St. Rémy, e o marido, Roar, zelador de várias propriedades da região. Eles haviam fugido da República Tcheca em meados dos anos 1980, vindo para o Quebec e se estabelecido nos arredores de Three Pines. Existia, aliás, uma grande e influente comunidade tcheca na área, composta por refugiados, pessoas que tinham fugido até encontrar o que estavam procurando: liberdade e segurança. Hanna e Roar Parra pararam quando chegaram a Three Pines.

E, uma vez lá, criaram Havoc.

– Havoc! – gritou a mãe para o bosque, deixando os cachorros saírem.

Após alguns gritos, um jovem baixo e parrudo apareceu. O rosto dele estava corado pelo trabalho pesado e seus cachos escuros, desgrenhados. Ele sorriu e Lacoste soube que os outros garçons do bistrô não haviam tido nenhuma chance com as garotas. O rapaz com certeza conquistaria todas elas. Ele também roubou um pedaço do coração dela, e Lacoste fez as contas rapidamente. Ela tinha 28 anos; ele, 21. Em 25 anos, isso não importaria tanto, embora o marido e os filhos dela talvez discordassem.

– Como eu posso ajudar? – perguntou ele, abaixando-se e tirando as galochas verdes. – Ah, claro, é sobre aquele homem que foi encontrado no bistrô hoje de manhã. Desculpa. Eu devia ter me tocado.

Enquanto o garoto falava, eles entraram em uma cozinha esplêndida, diferente de qualquer outra que Lacoste tivesse visto na vida real. Em vez da disposição clássica, mais aberta, era organizada de forma que todos os eletrodomésticos e estruturas tomavam a parede de trás do ambiente iluminado. Havia uma bancada comprida de concreto, utensílios de aço inoxidável e prateleiras flutuantes com pratos branquíssimos e alinhados. Os armários inferiores eram de laminado escuro. Era supermoderno e, ao mesmo tempo, muito retrô.

Não havia ilha na cozinha, mas uma mesa de jantar de vidro fosco e o que pareciam ser cadeiras de teca vintage de frente para a bancada. Quando se sentou em uma delas e descobriu que eram supreendentemente confortáveis, Lacoste se perguntou se não seriam antiguidades trazidas de Praga. Depois se questionou se as pessoas atravessavam fronteiras com cadeiras de teca.

Do outro lado do ambiente havia uma parede de janelas que iam do chão ao teto e contornavam as laterais, oferecendo uma vista espetacular de campos, da floresta e da montanha logo atrás. Dava para ver a torre de uma igreja branca e uma coluna de fumaça à distância. O vilarejo de Three Pines.

Perto das janelas encontravam-se dois sofás, um virado para o outro, com uma mesinha de centro entre eles.

– Chá? – ofereceu Hanna, e Lacoste assentiu.

Aqueles dois Parras pareciam destoar do ambiente quase estéril e, enquanto esperavam o chá ficar pronto, Lacoste ficou imaginando como seria o Parra ausente. O pai, Roar. Talvez o aspecto sério e duro da casa fosse uma marca dele. Será que era ele quem ansiava por uma certeza fria, por linhas retas, ambientes quase vazios e prateleiras organizadas?

– A senhora sabe quem era o morto? – perguntou Hanna, colocando a xícara de chá na frente da agente Lacoste.

Um prato branco cheio de biscoitos também foi posto na mesa impecável. Lacoste agradeceu e pegou um. Era macio, estava quente e tinha gosto de passas e aveia, com um toque de açúcar mascavo e canela. Tinha gosto de casa. Ela notou que na xícara havia um boneco de neve sorridente e de traje vermelho, acenando. Bonhomme Carnaval. Uma personagem do Carnaval do Quebec.

Ela bebeu um gole: o chá era forte e doce. Como a própria Hanna, suspeitava Lacoste.

– Não, ainda não sabemos quem ele era – respondeu.

– A gente ouviu falar – comentou Hanna, hesitante – que a morte não foi natural. É verdade?

Lacoste se lembrou do crânio do homem.

– Não, não foi natural. Ele foi assassinado.

– Meu Deus – soltou Hanna. – Que horror. E a polícia já tem alguma ideia de quem foi?

– Vamos ter em breve. Por enquanto, eu só queria saber um pouco sobre a noite passada – disse ela, virando-se para o jovem sentado à sua frente.

Foi quando uma voz chamou da porta dos fundos em uma língua que Lacoste não entendeu mas supôs ser tcheco. Um homem baixo e quadrado entrou na cozinha, batendo o gorro de tricô no casaco.

– Roar, você não pode fazer isso no vestíbulo? – perguntou Hanna em francês.

Apesar da leve reprimenda, ela estava nitidamente feliz em vê-lo.

– A polícia está aqui – continuou a mulher. – Para falar sobre o corpo.

– Que corpo? – perguntou Roar, agora também em francês, com um leve sotaque. Parecia preocupado. – Onde? Aqui?

– Aqui não, pai – disse Havoc. – Eles encontraram um corpo no bistrô hoje de manhã. O homem foi morto.

– Você quer dizer assassinado? Alguém foi assassinado no bistrô ontem à noite?

A descrença do homem era evidente. Assim como o filho, era baixo e musculoso e tinha o cabelo cacheado e escuro, com a única diferença de que o dele estava ficando grisalho. Devia ter quase 50 anos, calculou Lacoste.

Ela se apresentou.

– Eu conheço a senhora – disse ele, com um olhar penetrante. Seus olhos duros eram de um azul desconcertante. – A senhora já esteve em Three Pines algumas vezes.

Ele tinha boa memória para fisionomias, percebeu Lacoste. A maioria das pessoas se lembrava do inspetor-chefe Gamache. Às vezes, do inspetor Beauvoir. Poucos se recordavam dela ou dos outros agentes.

Ele se serviu de um pouco de chá e se sentou. Também parecia ligeiramente deslocado naquele ambiente impecável e moderno. E, no entanto, estava completamente à vontade. Parecia um homem que ficava à vontade na maioria dos lugares.

– O senhor não sabia do corpo?

Roar Parra mordeu um biscoito e balançou a cabeça.

– Eu passei o dia trabalhando no bosque.

– Na chuva?

Ele deu uma risada curta, soltando o ar pelo nariz.

– Como assim? Uma chuvinha dessa não mata ninguém.

– Mas um golpe na cabeça, sim.

– Foi assim que o sujeito morreu? – quis saber Parra, e Lacoste assentiu. – Quem era ele?

– Ninguém sabe – respondeu Hanna.

– Mas talvez o senhor saiba – disse Lacoste, tirando uma foto do bolso e colocando-a virada para baixo na mesa dura e fria.

– Eu? – perguntou Parra, bufando. – Eu nem sabia que esse homem tinha morrido.

– Mas me disseram que o senhor viu um estranho vagando pelo vilarejo este verão.

– Quem disse isso?

– Não importa. Alguém ouviu o senhor falar isso. Era segredo?

Parra hesitou.

– Na verdade, não. Foi só uma vez. Talvez duas. Nada importante. Foi uma bobagem, só um cara que eu pensei ter visto.

– Uma bobagem?

De repente, Parra abriu um sorriso, o primeiro que ela via no rosto dele. O sorriso transformou a expressão severa do homem – era como se uma crosta tivesse se quebrado. Rugas marcaram as bochechas e seus olhos se iluminaram por um instante.

– Acredite, foi uma bobagem. E eu sei bem o que é bobagem, afinal, já criei um filho adolescente. Vou contar para a senhora, mas com certeza não significa nada. A antiga casa dos Hadleys agora tem novos donos. Um casal comprou a propriedade há alguns meses. Eles estão fazendo umas reformas e me contrataram para construir um estábulo e abrir umas trilhas. Também queriam que eu desse uma geral no jardim. Um trabalho grande.

O casarão dos Hadleys, ela sabia, era uma ruína vitoriana na colina que dava vista para Three Pines.

– Acho que vi alguém no bosque. Um homem. Senti alguém olhando para mim enquanto trabalhava lá, mas pensei que estivesse imaginando coisas… o que é comum naquele lugar. Às vezes eu olhava rápido em volta para ver se tinha alguém lá mesmo, mas nunca tinha. Menos uma vez.

– O que aconteceu?

– Ele despareceu. Eu chamei o homem e até corri um pouco atrás dele no bosque, mas ele já tinha ido embora.

Ele fez uma pausa.

– Talvez nunca tenha estado lá.

– Mas o senhor não acredita nisso, acredita? O senhor acha que realmente tinha alguém lá.

Parra olhou para ela e aquiesceu.

– O senhor seria capaz de reconhecer esse homem? – perguntou Lacoste.

– Talvez.

– Eu tenho uma foto do morto, tirada hoje de manhã. Pode ser um pouco chocante – advertiu ela.

Parra assentiu e ela virou a fotografia. Os três olharam para a imagem fixamente e então balançaram a cabeça. Ela deixou a imagem em cima da mesa, ao lado dos biscoitos.

– Foi tudo normal ontem à noite? Não aconteceu nada estranho? – perguntou ela a Havoc.

O que se seguiu foi a mesma descrição que os outros garçons já haviam lhe dado. O bistrô estava cheio, eles ganharam muitas gorjetas e não tiveram nem tempo para pensar.

Estranhos?

Havoc pensou sobre a pergunta e balançou a cabeça. Não. Algumas pessoas que vinham passar o verão ou o fim de semana, mas o rapaz conhecia todo mundo.

– E o que você fez depois que Olivier e o Velho Mundin foram embora?

– Eu guardei os pratos, dei uma checada rápida em tudo, apaguei as luzes e tranquei o bistrô.

– Você tem certeza de que trancou a porta? Ela estava destrancada hoje de manhã.

– Tenho certeza. Eu sempre tranco.

Um toque de medo havia se insinuado na voz do belo jovem. Mas Lacoste sabia que aquilo era normal. A maioria das pessoas, mesmo as inocentes, ficava com medo quando era escrutinada por detetives da Homicídios. Porém ela havia notado outra coisa.

O pai tinha encarado Havoc e depois, rapidamente, desviado o olhar. E Lacoste se perguntou quem Roar Parra realmente era. Agora, ele trabalhava no bosque. Cortava grama e cuidava de jardins. Mas o que fazia antes? Muitos homens só eram atraídos pela tranquilidade de um jardim após conhecerem a brutalidade da vida.

Será que Roar Parra conhecia o horror? Será que já havia provocado algum?

SEIS

– Inspetor-chefe? É Sharon Harris.

– *Oui*, Dra. Harris – disse Gamache ao telefone.

– Eu ainda não completei a autópsia, mas já tenho algumas informações preliminares.

– Pode falar – pediu Gamache, debruçando-se na mesa e puxando o caderninho para perto.

– O corpo não tem marcas de identificação, tatuagens nem cicatrizes de cirurgias. Eu mandei a arcada dentária para análise.

– Como estavam os dentes dele?

– Bom, isso é um ponto interessante. Não estavam tão ruins quanto eu imaginava. Aposto que ele não ia ao dentista com muita frequência, e tinha perdido uns dois molares por causa de alguma gengivite, mas, no geral, não estavam ruins.

– Ele costumava escovar?

Ela deu uma risadinha.

– É inacreditável, mas sim. E também passava fio dental. Tinha algumas retrações, placas e problemas, mas cuidava dos dentes. Tem algumas evidências de tratamentos. Cáries preenchidas, canais...

– Tratamentos caros.

– Exatamente. Esse homem já teve dinheiro.

Ele não havia nascido nas ruas, pensou Gamache.

– A senhora pode me dizer há quanto tempo esses tratamentos foram feitos?

– Eu diria que há pelo menos vinte anos, a julgar pelo desgaste e pelos materiais usados, mas enviei uma amostra para o dentista forense. Devo receber a resposta amanhã.

– Vinte anos atrás – refletiu Gamache, fazendo cálculos e anotando os números no caderninho. – O homem devia ter 70 e poucos. Isso significa que ele fez esses tratamentos quando tinha uns 50. Então alguma coisa aconteceu. Ele perdeu o emprego, começou a beber, teve um colapso nervoso... enfim, algo aconteceu e fez esse homem perder o controle.

– Sim, algo aconteceu – concordou a Dra. Harris –, mas não quando ele tinha 50. Aconteceu quando ele estava com uns 30 ou 40.

– Há tanto tempo assim? – perguntou Gamache, conferindo as anotações. Ele tinha escrito e circulado "*20 anos*". Agora estava confuso.

– Era isso que eu queria falar para o senhor, chefe – continuou a legista. – Tem alguma coisa errada com esse corpo.

Gamache endireitou a postura e tirou os óculos de leitura meia-lua. Do outro lado da sala, Beauvoir viu aquilo e foi até a mesa do chefe.

– Pode falar – incentivou Gamache, indicando que Beauvoir se sentasse, e apertou um botão no telefone. – Coloquei a senhora no viva-voz. O inspetor Beauvoir está aqui.

– Ótimo. Bom, me pareceu estranho que esse homem aparentemente desamparado escovasse os dentes e inclusive passasse fio dental. Mas às vezes mendigos fazem coisas esquisitas. Como o senhor sabe, muitas vezes eles têm doenças mentais e ficam obcecados com certas coisas.

– Embora a higiene raramente seja uma delas.

– É verdade. Eu achei meio estranho. Então, quando despi o corpo, percebi que ele estava limpo. Tinha tomado banho fazia pouco tempo. E o cabelo podia até ser bagunçado, mas também estava limpo.

– Existem abrigos – disse Gamache. – Ele podia estar em um. Embora uma agente tenha ligado para todos os serviços do tipo na região e ninguém o conheça.

– Como o senhor sabe? – perguntou a legista, que raramente questionava o inspetor-chefe Gamache, mas estava curiosa. – A gente não sabe o nome da vítima, e com certeza a descrição dela bate com um monte de homens em situação de rua.

– É verdade – admitiu Gamache. – Ela descreveu a vítima como um homem magro, idoso, na casa dos 70 anos, de cabelo branco, olhos azuis e pele envelhecida. Nenhum dos homens que correspondem a essa descrição e usam abrigos na área está desaparecido. Mas nós colocamos uma pessoa para circular com a foto dele.

Houve uma pausa na linha.

– O que foi?

– A sua descrição está errada.

– Como assim? – perguntou Gamache, que com certeza tinha visto o homem tão bem quanto as outras pessoas.

– Ele não era um homem idoso. Foi por isso que eu liguei para o senhor. Os dentes dele me deram uma pista, então comecei a observar. As artérias e os vasos sanguíneos tinham pouquíssima placa e quase nenhum sinal de arteriosclerose. A próstata não aumentou muito e não existe sinal de artrite. Eu diria que ele tinha cerca de 50 anos.

Como eu, pensou Gamache. Seria possível que ele e aquele caco no chão tivessem a mesma idade?

– E eu não acho que ele fosse mendigo.

– Por que não?

– Em primeiro lugar, porque estava muito limpo. Ele se cuidava. É bem verdade que não estaria na capa de uma revista, mas nem todos nós temos a aparência do inspetor Beauvoir.

Beauvoir ficou ligeiramente envaidecido.

– Ele podia até aparentar 70 anos, mas por dentro tinha uma boa condição física. Depois, dei uma olhada nas roupas dele. Também estavam limpas. E remendadas. Eram velhas e gastas, mas *propres*.

Ela usou uma palavra quebequense que quase ninguém mais usava, exceto pais idosos. Mas que parecia caber ali. *Propres*. Nada chiques. Nada glamurosas. Mas duráveis, limpas e apresentáveis. Havia uma dignidade desgastada na palavra.

– Eu ainda tenho mais algumas coisas para conferir, mas isso é o que eu tenho até agora. Vou enviar por e-mail para o senhor.

– *Bon.* A senhora tem algum palpite sobre o que ele fazia para se manter em forma?

– Que academia ele frequentava, o senhor quer dizer?

Pela voz dela, ele sentiu que a mulher do outro lado da linha estava abrindo um sorriso.

– Isso mesmo – confirmou Gamache. – Ele corria ou levantava peso? Fazia aulas de spinning, ou quem sabe pilates?

Agora a legista estava rindo.

– O meu palpite é que ele não era muito de andar, mas levantava peso. A parte de cima do corpo é ligeiramente mais tonificada que a de baixo. Mas vou refletir sobre essa pergunta durante o trabalho.

– *Merci, docteur* – agradeceu Gamache.

– Só mais uma coisa – disse Beauvoir. – A arma do crime. Alguma pista? Alguma ideia?

– Eu estou prestes a entrar nessa parte da autópsia, mas dei uma boa olhada e a minha avaliação segue a mesma. Instrumento contundente.

– Um atiçador de brasas? – perguntou Beauvoir.

– Possivelmente. Eu vi uma coisa branca no ferimento. Podem ser cinzas.

– A gente vai receber os resultados dos atiçadores enviados para o laboratório amanhã de manhã – informou Gamache.

– Eu entro em contato quando tiver mais informações.

A Dra. Harris desligou ao mesmo tempo que a agente Lacoste voltou.

– O tempo está abrindo. O pôr do sol vai ser legal.

Beauvoir olhou para a agente, incrédulo. Ela deveria estar vasculhando Three Pines atrás de pistas, tentando encontrar a arma do crime e o assassino, interrogando suspeitos, e a primeira coisa que saía da boca da mulher era um comentário sobre o pôr do sol?

Ele viu o chefe caminhar devagar até uma janela, bebericando café. Depois, Gamache se virou e disse, sorrindo:

– Lindo.

Uma mesa de reunião tinha sido montada no meio da sala, com mesinhas e cadeiras posicionadas em semicírculo em uma das pontas. Em cada mesa havia um computador e um telefone. O arranjo se parecia um pouco com Three Pines, sendo a mesa grande a praça do vilarejo e as pequenas, as lojas. Era um design antigo e testado várias vezes.

Um jovem agente da Sûreté local vagava por ali, como se quisesse dizer alguma coisa.

– Posso ajudar? – perguntou o inspetor-chefe Gamache.

Os outros agentes do destacamento local pararam e se entreolharam. Alguns trocaram sorrisos.

O jovem endireitou os ombros.

– Eu gostaria de ajudar na investigação.

Fez-se um silêncio mortal. Até os técnicos interromperam suas atividades, como fazem as pessoas ao presenciar uma calamidade.

– Perdão? – disse o inspetor Beauvoir, dando um passo à frente. – O que você acabou de dizer?

– Eu queria ajudar.

Mas agora o jovem agente via o caminhão se lançando violentamente na direção dele e sentia o próprio carro girar, fora de controle. Ele havia percebido seu erro tarde demais.

Ele viu isso tudo e continuou firme, fosse por pavor ou coragem. Era difícil dizer. Atrás dele, quatro ou cinco agentes grandalhões cruzaram os braços e não fizeram nada para ajudar.

– Você não devia estar montando as mesas e ligando os telefones? – perguntou Beauvoir, aproximando-se do rapaz.

– Eu fiz isso. Já terminei – respondeu ele, a voz mais baixa e fraca, mas ainda ali.

– E o que faz você pensar que pode ajudar?

O inspetor-chefe Gamache estava atrás de Beauvoir, observando tudo em silêncio. O jovem olhava para o inspetor Beauvoir enquanto respondia, mas depois se voltava para Gamache.

– Eu conheço a região. Conheço as pessoas.

– Eles também – disse Beauvoir, indicando a fila de policiais atrás do agente. – Se a gente precisasse de ajuda, por que escolheria você?

Aquilo pareceu derrubá-lo, e ele ficou em silêncio. Beauvoir abanou a mão, dispensando o agente, e saiu andando.

– Porque – disse o rapaz ao inspetor-chefe – eu pedi para ajudar.

Beauvoir parou e se virou, incrédulo.

– *Pardon? Pardon?* Isso é um caso de homicídio, não uma briguinha entre irmãos. Você está mesmo na Sûreté?

Não era uma pergunta ruim. O agente parecia ter 16 anos e o uniforme estava grande nele, embora o rapaz tivesse feito um nítido esforço para ajustá--lo. A imagem dele em primeiro plano com os *confrères* atrás parecia uma escala evolutiva, estando o jovem policial em vias de extinção.

– Se você não tiver mais nenhum trabalho para fazer, pode ir.

O rapaz assentiu, virou-se para voltar ao trabalho, deu de cara com a fila de policiais e parou. Então deu a volta, sendo observado por Gamache e a equipe da Homicídios. Os últimos traços que viram do jovem policial antes de se virarem foram suas costas e o pescoço extremamente vermelho.

– Venham para cá – indicou Gamache a Beauvoir e Lacoste, que se sentaram na mesa de reunião. – O que vocês acham? – perguntou baixinho.

– Sobre o corpo?

– Sobre o garoto.

– Ah, de novo, não – disse Beauvoir, exasperado. – A gente tem policiais ótimos na Homicídios se precisarmos de alguém. E, se eles estiverem ocupados em outros casos, sempre tem uma lista de espera. Tem agentes de outras divisões loucos para entrar na Homicídios. Por que escolher um moleque cru da roça? Se a gente precisar de outro investigador, pode chamar um da sede.

Era a discussão clássica deles.

A Divisão de Homicídios da Sûreté du Québec era a equipe de maior prestígio da província. Talvez do país. Eles trabalhavam com o pior tipo de crime, nas piores condições. E trabalhavam com o melhor, mais respeitado e mais famoso investigador de todos: o inspetor-chefe Gamache.

Então, por que escolher a ralé?

– De fato, a gente pode – admitiu o chefe.

Mas Beauvoir sabia que ele não chamaria. Gamache havia encontrado Isabelle Lacoste sentada do lado de fora do escritório do superintendente, prestes a se demitir da Divisão de Tráfego. Para o espanto de todos, Gamache a convidara para se juntar a ele.

Ele tinha encontrado o próprio Beauvoir reduzido à função de controle de evidências no posto avançado da Sûreté de Trois Rivières. Todos os dias, Beauvoir – então agente Beauvoir – sofria a ignomínia de vestir o uniforme da Sûreté e depois entrar na sala de evidências, quase literalmente uma jaula. E ali ficar. Como um animal. Ele tinha irritado tanto os chefes e colegas que aquele havia sido o único lugar que lhe restara. Sozinho. Com objetos inanimados. Em silêncio o dia todo, exceto quando outros agentes apareciam para deixar ou pegar alguma evidência. E eles nem sequer faziam contato visual. Ele havia se tornado intocável. Inominável. Invisível.

Mas o inspetor-chefe Gamache o vira. Um dia, havia aparecido para trabalhar em um caso, fora até a sala levando ele próprio a evidência e lá encontrara Jean Guy Beauvoir.

O agente, o homem que ninguém mais queria, agora era o segundo em comando da Homicídios.

Mas Beauvoir não conseguia afastar a certeza de que Gamache simplesmente havia tido sorte até então, com algumas notáveis exceções. A realidade era que agentes tão novatos eram um risco. Eles cometiam erros. E erros, na Homicídios, causavam mortes.

Ele se virou e olhou com desgosto para o jovem agente franzino. Seria ele quem finalmente cometeria o pior dos erros? O grandioso erro que levaria a outra morte? *O morto posso ser eu*, pensou Beauvoir. *Ou pior*. Ele olhou de relance para Gamache, ao seu lado.

– Por que ele? – sussurrou Beauvoir.

– Ele parece legal – opinou Lacoste.

– Como o pôr do sol – zombou Beauvoir, com um sorriso sarcástico.

– É, como o pôr do sol – repetiu ela. – Ele estava sozinho.

Eles ficaram em silêncio.

– É só isso? – perguntou Beauvoir.

– Está deslocado. Olhe só para ele.

– O senhor quer escolher o menor filhote da ninhada? Para avaliar detalhes de um homicídio? Pelo amor de Deus, chefe – apelou Beauvoir. – Isto aqui não é a Sociedade Protetora dos Animais.

– Você acha que não? – disse Gamache, com um sorrisinho.

– A gente precisa dos melhores para esta equipe, para este caso. A gente não tem tempo para treinar ninguém. E, sinceramente, ele parece precisar de ajuda até para amarrar os sapatos.

Gamache tinha que admitir que o jovem agente era desajeitado. Mas ele também era outra coisa.

– A gente vai ficar com ele – disse o chefe a Beauvoir. – Eu sei que você não aprova, e eu entendo as suas razões.

– Então por que a gente vai ficar com ele, senhor?

– Porque ele pediu – disse Gamache, levantando-se. – E ninguém mais fez isso.

– Mas todo mundo aqui se juntaria à equipe em um segundo – argumentou Beauvoir, levantando-se também. – Qualquer um faria isso.

– O que você procura em um membro da equipe? – perguntou Gamache. Beauvoir pensou.

– Eu quero alguém inteligente e forte.

Gamache meneou a cabeça em direção ao jovem.

– E quanta força você acha que aquilo exigiu? De quanta força você acha que ele precisa para vir trabalhar todos os dias? Quase tanta quanto você precisava em Trois Rivières, ou você – ele se virou para Lacoste – na Divisão de Tráfego. Os outros podem até querer fazer parte da nossa equipe, mas não tiveram inteligência ou coragem para pedir. O nosso rapaz ali teve ambas as coisas.

Nosso, pensou Beauvoir. *Nosso rapaz.* Ele olhou para o jovem do outro lado da sala. Sozinho. Enrolando alguns cabos com cuidado e colocando-os dentro de uma caixa.

– Você sabe que valorizo a sua opinião, Jean Guy. Mas estou decidido.

– Eu entendo – disse Beauvoir, que de fato entendia. – Sei que isso é importante para o senhor. Mas o senhor nem sempre está certo.

Gamache encarou seu inspetor, e Beauvoir recuou, receoso de que tivesse ido longe demais. Abusado da relação pessoal dos dois. Mas então o chefe sorriu.

– Por sorte, eu tenho você ao meu lado para me dizer quando estou cometendo um erro.

– Eu acho que o senhor está cometendo um agora.

– Registrado. Obrigado. Por favor, convide o rapaz para se juntar a nós.

Beauvoir atravessou a sala com determinação e parou na frente do agente.

– Vem comigo – disse ele.

O garoto endireitou a postura. Parecia preocupado.

– Sim, senhor.

Atrás dele, um policial deu uma risadinha maldosa. Beauvoir parou e se voltou para o jovem que o seguia.

– Qual é o seu nome?

– Paul Morin. Estou com o destacamento de Cowansville da Sûreté, senhor.

– Agente Morin, pegue uma cadeira. Nós queremos a sua colaboração nesta investigação de assassinato.

Morin ficou atônito. Mas não tão atônito quanto os homens robustos atrás dele. Beauvoir se virou e caminhou devagar até a mesa de reunião. Aquilo era bom.

– Relatórios, por favor – pediu Gamache, e checou rapidamente o relógio. Eram cinco e meia.

– As análises de algumas evidências que a gente coletou hoje de manhã estão começando a sair – contou Beauvoir. – O sangue da vítima foi encontrado no chão e entre algumas tábuas do piso, embora não muito.

– A Dra. Harris vai apresentar um relatório mais completo em breve – acrescentou Gamache. – Ela acredita que a falta de sangue pode ser explicada por uma hemorragia interna.

Beauvoir assentiu.

– Mas nós temos informações sobre as roupas. Nada ainda que identifique a vítima. As roupas eram velhas, mas de boa qualidade, e estavam limpas. Um suéter de lã merino, uma camisa de algodão e uma calça de veludo cotelê.

– Eu me pergunto se ele estava com as melhores roupas que tinha – comentou a agente Lacoste.

– Como assim? – perguntou Gamache, debruçando-se na mesa e tirando os óculos.

– Bom… – disse ela, organizando as ideias. – Vamos supor que ele tivesse ido encontrar alguém importante. Teria tomado um banho, feito a barba e até cortado as unhas.

– E ele pode ter pegado algumas roupas limpas – sugeriu Beauvoir, seguindo o raciocínio dela. – Talvez em uma loja de roupas usadas ou em um centro de doações.

– Tem um em Cowansville – comunicou o agente Morin. – E outro em Granby. Eu posso dar uma checada.

– Ótimo – disse o inspetor-chefe.

O agente Morin olhou para o inspetor Beauvoir, que assentiu em aprovação.

– A Dra. Harris não acredita que ele fosse um mendigo – contou o inspetor Gamache. – Ele parecia ter uns 70 e poucos anos, mas ela acha que a vítima estava mais perto dos 50.

– O senhor está brincando – disse a agente Lacoste. – O que aconteceu com ele?

Aquela era a grande pergunta, lógico, pensou Gamache. O que havia acontecido com ele? Em vida, para parecer duas décadas mais velho... E na morte.

Beauvoir se levantou e foi até as folhas de papel novas pregadas na parede. Pegou uma caneta de feltro, tirou a tampa e instintivamente a passou por debaixo do nariz.

– Vamos recapitular os acontecimentos de ontem à noite.

Isabelle Lacoste consultou as anotações e contou a eles sobre os depoimentos da equipe do bistrô.

Estavam começando a visualizar melhor o que havia acontecido na noite anterior. Enquanto escutava, Armand Gamache conseguia ver o bistrô animado, cheio de moradores jantando ou bebendo. Falando sobre a feira do condado de Brume, as competições de equitação, as avaliações do gado e a barraca de artesanatos. Celebrando o fim do verão e se despedindo de familiares e amigos. Ele viu os retardatários indo embora e os jovens garçons arrumando tudo, abafando as lareiras e lavando a louça. Depois, a porta se abrindo, e o Velho Mundin entrando. Gamache não fazia ideia de como ele era, então o substituiu por uma personagem de uma pintura de Bruegel, o Velho. Um camponês curvado e alegre. Entrando no bistrô enquanto um jovem garçom talvez ajudasse a trazer as cadeiras consertadas. Mundin e Olivier teriam conversado um pouco. O trabalho teria sido pago e Mundin teria saído com novos itens para consertar.

E depois?

Segundo os depoimentos colhidos por Lacoste, os garçons tinham saído pouco antes de Olivier e Mundin, deixando apenas uma pessoa no bistrô.

– O que você achou do Havoc Parra? – quis saber Gamache.

– Parecia surpreso com o que aconteceu – contou Lacoste. – Ele pode ter fingido, lógico. É difícil dizer. Mas o pai dele me contou uma coisa interessante: confirmou o que a gente ouviu ontem. Ele viu alguém no bosque.

– Quando?

– No início do verão. Ele está trabalhando para os novos proprietários da casa dos Hadleys e acha que viu alguém ali.

– Acha? Ou viu? – perguntou Beauvoir.

– Acha. Ele foi atrás, mas o cara desapareceu.

Eles ficaram em silêncio por um instante, então Gamache retomou:

– Havoc Parra afirma que trancou o bistrô e foi embora por volta de uma da manhã. Seis horas depois, o corpo do homem foi encontrado pela Myrna Landers, que tinha saído para fazer uma caminhada. Por que um desconhecido seria assassinado em Three Pines, e no bistrô?

– Se o Havoc realmente trancou a porta, então só pode ter sido alguém que sabia onde encontrar a chave – disse Lacoste.

– Ou que já tivesse uma – completou Beauvoir. – Vocês sabem o que eu estava me questionando? Por que o assassino o deixou lá?

– Como assim? – perguntou Lacoste.

– Bom, não tinha ninguém lá. E estava escuro. Por que não pegar o corpo e levar até o bosque? O assassino não teria que ir muito longe, só uns 30, 40 metros. Os animais iam terminar o serviço e talvez o corpo nunca fosse encontrado. A polícia nunca descobriria o assassinato.

– Por que você acha que o corpo foi deixado lá? – quis saber Gamache.

Beauvoir pensou por um instante.

– Eu acho que alguém queria que ele fosse encontrado.

– No bistrô? – perguntou Gamache.

– No bistrô.

SETE

Olivier e Gabri passeavam pela praça. Eram sete da noite e as luzes começavam a brilhar nas janelas, exceto no bistrô vazio.

– Meu Deus – grunhiu alguém em meio ao crepúsculo. – As fadas estão à solta.

– *Merde* – soltou Gabri. – A idiota do vilarejo escapou do sótão.

Ruth Zardo mancava em direção a eles, seguida por Rosa.

– Ouvi falar que você finalmente matou alguém com esse seu deboche – disse Ruth a Gabri, acompanhando o casal.

– Na verdade, parece que ele leu um dos seus poemas e a cabeça explodiu – retrucou Gabri.

– Quem dera fosse verdade – disse Ruth, enfiando os braços ossudos por entre os deles, para que os três caminhassem enlaçados até a casa de Peter e Clara. – Como vocês estão? – perguntou baixinho.

– Bem – respondeu Olivier, sem olhar para o bistrô escuro enquanto eles passavam.

O bistrô era seu bebê, sua criação. Lá, Olivier havia colocado tudo que havia de bom nele. Suas melhores antiguidades, suas receitas mais preciosas, seus vinhos mais finos. Algumas noites ele ficava atrás do bar, fingindo polir os copos, mas na verdade ouvia as risadas e observava os clientes. As pessoas pareciam felizes de estar ali. Pertenciam àquele lugar, e ele também.

Até aquilo acontecer.

Quem iria querer ir a um lugar onde havia acontecido um assassinato?

E se as pessoas descobrissem que ele, na verdade, conhecia o Eremita? E se elas descobrissem o que ele havia feito? Não. Era melhor não dizer nada e ver o que acontecia. As coisas já estavam ruins o suficiente.

Eles pararam na porta da casa de Peter e Clara. Lá dentro, viram Myrna colocar um arranjo de flores espalhafatoso na mesa da cozinha, já posta para o jantar. Clara elogiava com ardor a beleza e a técnica do buquê. Eles não conseguiam ouvir o que estava sendo dito, mas o deleite dela era nítido. Na sala de estar, Peter jogava mais um pedaço de lenha no fogo.

Ruth se voltou da reconfortante cena doméstica para o homem ao seu lado. A velha poeta se inclinou para sussurrar no ouvido dele, para que nem mesmo Gabri pudesse escutá-la.

– Dá um tempo para isso tudo assentar. Vai ficar tudo bem, você sabe disso, não sabe?

Ela olhou de novo para a janela. Clara abraçou Myrna e Peter surgiu na cozinha, também elogiando as flores. Olivier se curvou, beijou aquela bochecha velha e fria e agradeceu. Mas ele sabia que ela estava errada. Ela não sabia o que ele sabia.

O Caos havia encontrado Three Pines. Estava se aproximando, e tudo que existia de seguro, acolhedor e gentil logo seria levado embora.

Peter havia servido bebidas para todos, exceto para Ruth, que tinha feito isso por conta própria e agora bebericava um grande copo de uísque sentada no meio do sofá, de frente para a lareira. Rosa bamboleava pela sala e já quase não era notada por ninguém. Até Lucy, a golden retriever de Peter e Clara, mal olhava para ela. A primeira vez que a poeta havia aparecido com Rosa, eles tinham insistido para que deixasse a pata do lado de fora, mas ela grasnara de tal forma que os anfitriões foram forçados a deixá-la entrar, para que ficasse de bico calado.

– *Bonjour* – veio uma voz familiar e grave do vestíbulo.

– Meu Deus, vocês não convidaram o inspetor Clouseau, né? – perguntou Ruth para a sala vazia (exceto por Rosa, que correu para ficar ao lado dela).

– Que lindo – disse a agente Isabelle Lacoste, quando eles entraram na cozinha.

A longa mesa de madeira estava posta para o jantar, com cestos de baguete fatiada, manteiga, jarras de água e garrafas de vinho. O lugar cheirava a alho, alecrim e manjericão, tudo fresco da horta.

E no centro da mesa havia um deslumbrante arranjo de malvas-rosa, rosas brancas trepadeiras, clêmatis, ervilhas-de-cheiro e floxes cor-de-rosa cheirosíssimas.

Mais bebidas foram servidas e os convidados se dirigiram devagar até a sala de estar para depois vagar por ali, mordiscando o brie macio ou baguetes com patê de caribu, laranja e pistache.

Do outro lado da sala, Ruth interrogava o inspetor-chefe Gamache.

– O senhor já sabe quem era o morto?

– Infelizmente, não – respondeu Gamache, tranquilo. – Ainda não.

– E sabe como ele morreu?

– *Non.*

– Alguma ideia de quem seja o assassino?

Gamache balançou a cabeça.

– Alguma ideia do motivo de isso ter acontecido no bistrô?

– Nenhuma – admitiu Gamache.

Ruth o encarou.

– Eu só queria ter certeza de que o senhor continua incompetente como sempre. É bom saber que a gente pode confiar em algumas coisas.

– Fico feliz que a senhora aprove – declarou Gamache, fazendo uma leve mesura antes de vagar até a lareira.

Ele pegou o atiçador de brasas e o examinou.

– É um atiçador de brasas – disse Clara, surgindo ao lado dele. – Você usa para atiçar as brasas.

Ela estava sorrindo. Ele se tocou que devia estar meio esquisito, segurando a longa peça de metal perto do rosto como se nunca tivesse visto uma igual. Ele colocou o atiçador de volta no lugar. Não havia sangue nele. Gamache ficou aliviado.

– Fiquei sabendo que a sua exposição solo vai ser daqui a poucos meses – comentou ele, virando-se para ela e dando um sorriso. – Você deve estar animada.

– Se você acha animador colocar uma broca de dentista no nariz, sim.

– É tão ruim assim?

– Ah, bom, você sabe... É só tortura.

– Você já terminou todos os quadros?

– Finalmente. São uma droga, lógico, mas pelo menos terminei. O Denis Fortin em pessoa vem aqui discutir como a gente vai dispor as pinturas lá. Eu estou com uma ordem específica na cabeça. E, se ele discordar, já tenho um plano. Vou começar a chorar.

Gamache riu.

– Foi assim que eu cheguei a inspetor-chefe.

– Eu falei para você – sibilou Ruth a Rosa.

– O seu trabalho é brilhante, Clara. Você sabe disso – elogiou Gamache, afastando-a do grupo.

– Como você sabe? Você só viu um quadro. Vai ver os outros não prestam. Não sei se errei na mão e acabei me repetindo.

Gamache fez uma careta.

– Você quer ver? – perguntou ela.

– Adoraria.

– Ótimo. Que tal depois do jantar? Isso vai te dar mais ou menos uma hora para praticar uma frase do tipo: "Meu Deus, Clara, estas são as melhores obras de arte já produzidas até hoje no mundo todo!"

– Puxar saco? – disse Gamache, sorrindo. – Foi assim que eu virei inspetor.

– Você é mesmo um homem de muitos talentos.

– Estou vendo que você também.

– *Merci*. Por falar no seu trabalho, tem alguma ideia de quem era esse homem que morreu? – indagou ela, baixando a voz. – Eu sei que você falou para a Ruth que não, mas é verdade?

– Você acha que eu mentiria? – perguntou ele.

Mas também, por que não, certo?, pensou Gamache. *Todo mundo mente.* Ele prosseguiu:

– Você quer saber se estamos perto de solucionar o crime, é isso?

Clara assentiu.

– É difícil dizer. Nós temos algumas pistas, algumas ideias. Fica mais difícil saber por que ele foi morto sem saber quem era.

– E se vocês nunca descobrirem?

Gamache olhou para Clara. Havia algo na voz dela? Um desejo maldisfarçado de que eles nunca descobrissem a identidade do homem?

– Isso tornaria o nosso trabalho mais difícil – admitiu ele –, mas não impossível.

Embora relaxada, a voz dele ficou séria por um instante. Ele queria que ela soubesse que eles resolveriam o caso de um jeito ou de outro.

– Você estava no bistrô ontem à noite?

– Não. A gente tinha ido à feira com a Myrna. Nosso jantar foi nojento, hambúrguer com batatas fritas e algodão-doce. A gente deu algumas voltas nos brinquedos, viu o show de talentos e depois voltou para cá. Talvez a Myrna tenha ido para o bistrô, mas nós dois estávamos exaustos.

– Nós sabemos que o morto não era um morador. Parece que ninguém o conhecia. Você viu algum estranho por aqui?

– Sempre aparecem uns mochileiros e ciclistas – disse Clara, tomando um gole do vinho tinto e pensando. – Mas a maioria é jovem. Pelo que eu soube, o morto era bem velho.

Gamache não contou a ela o que a legista dissera a ele naquela tarde.

– Roar Parra falou para a agente Lacoste que viu alguém à espreita no bosque este verão. Isso lhe soa familiar? – perguntou ele, observando-a com atenção.

– À espreita? Não é um pouco melodramático? Mas não, eu não vi ninguém, nem o Peter. Ele teria me dito. E a gente passa um bom tempo no jardim. Se tivesse alguém lá, a gente teria visto.

Ela apontou para o quintal dos fundos, agora no escuro, mas Gamache sabia que era grande e se inclinava suavemente na direção do rio Bella Bella.

– O Sr. Parra não viu o estranho ali – explicou. – Foi lá.

Ele apontou para a antiga casa dos Hadleys, na colina. Os dois pegaram as bebidas e saíram para a varanda. Gamache estava usando a calça de flanela cinza, com camisa, gravata e blazer. Clara vestia um suéter e realmente precisava dele. Era início de setembro e as noites estavam ficando cada vez mais longas e frias. Ao redor do vilarejo, luzes brilhavam nas casas e até no casarão acima.

Os dois olharam para ele em silêncio por alguns instantes.

– Ouvi falar que a casa foi vendida – comentou Gamache, finalmente.

Clara assentiu. Dava para ouvir o murmúrio das conversas na sala de estar. A luz vazava um pouco para a varanda, de modo que Gamache via o perfil de Clara.

– Tem uns meses – disse ela. – Estamos no quê? Dia do Trabalho? Eu diria que eles compraram lá para julho e desde então estão fazendo obras. É um casal jovem. Ou pelo menos da minha idade, o que me parece jovem.

Clara riu.

Para Gamache, era difícil enxergar a antiga casa dos Hadleys como apenas mais uma construção de Three Pines. Primeiro, porque ela nunca parecera pertencer ao vilarejo. Tinha um olhar recriminador, o voyeur da colina, observando-os. Julgando-os. Esperando para dar o bote. E às vezes pegando um dos moradores para matar.

Coisas horríveis tinham acontecido naquela casa.

No início do ano, ele e a esposa, Reine-Marie, tinham ido até lá ajudar os moradores a repintar e consertar o lugar. Acreditando que todos mereciam uma segunda chance. Até as casas. E na esperança de que alguém a comprasse.

E agora tinham realmente comprado.

– Eu sei que eles contrataram o Roar para fazer algumas coisas no terreno – prosseguiu Clara. – Dar uma geral nos jardins. Ele até construiu um estábulo e começou a reabrir as trilhas. Devia ter uns 50 quilômetros de trilhas para cavalos naquele bosque na época da Timmer Hadley. A mata cresceu de novo, é claro. Roar tem muito trabalho pela frente ali.

– Ele disse que viu o estranho no bosque enquanto estava trabalhando. Contou que se sentiu observado por um tempo, mas que só avistou alguém uma vez. Tentou correr atrás do cara, mas ele desapareceu.

O olhar de Gamache foi da antiga casa dos Hadleys para Three Pines. Havia crianças brincando na praça, aproveitando ao máximo cada segundo do que ainda restava das férias de verão. Chegavam até eles fragmentos de vozes de moradores, aproveitando o início da noite em outras varandas. No entanto, o assunto principal não era o amadurecimento dos tomates, as noites mais frescas ou o bosque no inverno.

Algo podre havia se esgueirado até aquele gentil vilarejo. Palavras como "assassinato", "sangue" e "corpo" pairavam no ar da noite, assim como outra coisa. O perfume suave de água de rosas e sândalo que vinha do homem grande e quieto ao lado de Clara.

Lá dentro, Isabelle Lacoste se servia de outro uísque diluído em água, da bandeja de bebidas colocada no piano. Ela olhou em volta. Uma estante abarrotada de livros tomava uma parede inteira, interrompida apenas por uma janela e a porta que dava para a varanda, através da qual ela viu Clara e o chefe.

Do outro lado da sala, Myrna conversava com Olivier e Gabri, enquanto Peter fazia o jantar na cozinha e Ruth bebia, de frente para a lareira. Lacoste já havia estado na casa dos Morrows, mas só para colher depoimentos. Nunca como convidada.

O lugar era tão confortável quanto ela imaginara. Ela se viu voltando para Montreal e convencendo o marido a vender a casa deles, tirar as crianças da escola, largar cada qual o seu emprego e se mudar para lá. Encontrar um chalé pertinho da praça do vilarejo e conseguir novos trabalhos no bistrô ou na livraria de Myrna.

Ela afundou em uma poltrona e observou Beauvoir voltar da cozinha com um pedaço de pão lambuzado de patê em uma das mãos e uma cerveja na outra. Ele se encaminhava para o sofá, mas parou de repente ao ver Ruth, como se tivesse sido repelido, redefiniu a trajetória e foi para a varanda.

Ruth se levantou e mancou até a bandeja de bebidas, com um sorriso malevolente no rosto. Reabastecida de uísque, voltou para o sofá, como um monstro marinho deslizando novamente para baixo d'água, ainda esperando por uma vítima.

– Alguma ideia de quando a gente vai poder reabrir o bistrô? – perguntou Gabri quando ele, Olivier e Myrna se juntaram à agente Lacoste.

– Gabri! – disse Olivier, irritado.

– O quê? Eu só estou perguntando.

– A gente já fez o que tinha que fazer – disse ela a Olivier. – Vocês podem reabrir quando quiserem.

– Vocês não podem ficar fechados muito tempo – comentou Myrna. – Senão vamos todos morrer de fome.

Peter enfiou a cabeça pelo vão da porta da sala e anunciou:

– Jantar!

– Mas talvez não imediatamente – disse Myrna, enquanto eles se dirigiam à cozinha.

Ruth se levantou do sofá com esforço e foi até a porta da varanda.

– Vocês são surdos? – gritou ela para Gamache, Beauvoir e Clara. – O jantar está esfriando. Entrem.

Beauvoir sentiu um espasmo ao passar por ela. Clara o seguiu até a mesa de jantar, mas Gamache se demorou um pouco mais ali.

Ele levou um instante para perceber que não estava sozinho. Ruth estava de pé ao lado dele, apoiada na bengala, a luz se refletindo nas rugas profundas em seu rosto.

– Um presente bem estranho o que o Olivier recebeu, o senhor não acha? – disse a senhora, com aquela voz estridente e irregular, interrompendo as risadas que vinham da praça.

– Perdão? – disse Gamache, virando-se para ela.

– O morto. Nem o senhor pode ser tão estúpido. Alguém armou para o Olivier. O homem é ganancioso, preguiçoso e provavelmente bem fraco, mas ele não matou ninguém. Então, por que alguém ia escolher o bistrô dele para cometer um assassinato?

Gamache ergueu as sobrancelhas.

– A senhora acha que alguém escolheu o bistrô de propósito?

– Bom, aquilo não aconteceu por acaso. O assassino escolheu matar no bistrô do Olivier. Ele deixou o corpo para o Olivier.

– Para matar tanto um homem quanto um negócio? – perguntou Gamache. – Como dar pão de forma para um peixinho dourado?

– Vai se ferrar – disse Ruth.

– "Nada do que eu te dei foi bom para você" – citou Gamache. – "Foi como dar pão de forma para um peixinho dourado."

Ao lado dele, Ruth Zardo se enrijeceu e, depois, com um grunhido, concluiu o próprio poema:

Eles se empanturram sem parar, e isso os mata,
e flutuam no aquário, de barriga para cima,
com cara de espanto,
brincando com a nossa culpa
como se aquela gula tóxica
não fosse por conta deles.

Gamache ouviu o poema, um de seus preferidos. Depois olhou para o bistrô, escuro e vazio em uma noite em que deveria estar lotado de moradores.

Será que Ruth estava certa? Alguém tinha escolhido o bistrô de propósito?

Mas isso significaria que Olivier estava envolvido de alguma forma. Teria ele causado aquilo? Quem no vilarejo odiaria tanto o mendigo para matá-lo – e odiaria igualmente Olivier, para fazer isso no bistrô dele? Ou será que o mendigo tinha sido apenas uma ferramenta conveniente? Um pobre homem que só estava no lugar errado, na hora errada? Usado como uma arma contra Olivier?

– Quem a senhora acha que iria querer fazer isso com o Olivier? – perguntou ele a Ruth.

Ela deu de ombros, depois se virou e saiu andando. O inspetor-chefe a observou tomar seu lugar entre os amigos, todos se movendo de maneiras familiares para eles e, agora, para Gamache.

Será que também para o assassino?

OITO

O JANTAR ESTAVA CHEGANDO AO FIM. Eles tinham comido espigas de milho com manteiga, vegetais frescos do jardim de Peter e Clara e um salmão grelhado inteiro. Os convidados conversavam amigavelmente enquanto pães quentes passavam de mão em mão e a salada era servida.

O exuberante arranjo de malvas-rosa, ervilhas-de-cheiro e floxes de Myrna estava no centro da mesa, dando a sensação de que eles jantavam no jardim. Gamache ouviu Lacoste perguntar aos companheiros de mesa sobre os Parras e depois passar para Velho Mundin. O inspetor-chefe se perguntou se eles perceberam que estavam sendo interrogados.

Beauvoir estava conversando com os outros sobre a feira do condado de Brume e os visitantes. Sentada à frente dele, Ruth o encarava de cara feia. Gamache não sabia por quê, mas aquela expressão praticamente era a única que a poeta tinha.

O inspetor-chefe se virou para Peter, que pegava rúcula, alface crespa e tomates frescos e maduros.

– Ouvi falar que a antiga casa dos Hadleys foi vendida. Vocês já conhecem os novos proprietários?

Peter passou a ele a saladeira de madeira com cecídio.

– Conhecemos. São os Gilberts. Marc e Dominique. A mãe dele também mora na casa. Veio da cidade de Quebec. Acho que ela era enfermeira ou alguma coisa do gênero. Já se aposentou há muito tempo. Dominique trabalhava com publicidade em Montreal e Marc era corretor de investimentos. Fez fortuna e se aposentou antes que o mercado azedasse.

– Homem de sorte.

– Homem esperto – corrigiu Peter.

Gamache pegou um pouco de salada. Conseguia sentir o cheiro do delicado molho de alho, azeite e estragão fresco. Peter serviu a eles mais uma taça de vinho tinto e passou a garrafa pela mesa comprida. Gamache ficou observando Peter para ver se aquele comentário continha alguma alfinetada. Será que com "esperto" Peter queria dizer "astuto", "ardiloso", "malicioso"? Mas não, Gamache sentiu que Peter queria dizer exatamente o que tinha dito. Era um elogio. Embora Peter Morrow raramente insultasse qualquer pessoa, também raramente tecia elogios. No entanto, parecia impressionado com Marc Gilbert.

– Vocês chegaram a se conhecer bem?

– A gente os recebeu para jantar algumas vezes. São um casal legal.

Para os padrões de Peter, aquilo era um comentário quase efusivo.

– Com todo aquele dinheiro, é interessante que eles tenham comprado a antiga casa dos Hadleys – ponderou Gamache. – Ela está abandonada há mais ou menos um ano. Imagino que pudessem comprar qualquer imóvel por aqui.

– Nós também ficamos um pouco surpresos, mas eles disseram que queriam um recomeço, comprar um lugar que pudessem deixar com a cara deles. Praticamente destruíram a parte interna, sabe? Além disso, a casa tem um terreno imenso, e Dominique quer ter cavalos.

– Eu soube que Roar Parra está reabrindo as trilhas.

– É um trabalho lento.

Enquanto eles conversavam, a voz de Peter foi diminuindo até virar um sussurro, de modo que os dois homens acabaram bem próximos, como se estivessem conspirando. Sobre o quê, Gamache não sabia.

– É muita casa para só três pessoas. Eles têm filhos?

– Bom, não.

Peter olhou para alguém à mesa e depois de volta para Gamache. Para quem ele tinha acabado de olhar? Clara? Gabri? Era impossível dizer.

– Eles já têm amigos por aqui? – quis saber Gamache, falando em um tom de voz normal e pegando uma garfada de salada.

Peter olhou para outro ponto na mesa de novo e baixou ainda mais a voz.

– Não exatamente.

Antes que Gamache pudesse fazer mais perguntas, Peter se levantou e começou a tirar a mesa. Da pia da cozinha, olhou para os amigos, conversando.

Eles eram muito próximos. E tão próximos estavam que podiam esticar a mão e tocar uns nos outros, o que vira e mexe faziam.

Mas Peter, não. Ele se afastava e observava. Sentia saudades de Ben. Quando criança, brincava com ele na antiga casa dos Hadleys, onde o amigo morava. Conhecia cada cantinho e cada rachadura do casarão. Todos os lugares assustadores, lares de fantasmas e aranhas. Mas agora outras pessoas moravam lá e haviam transformado a casa em outra coisa.

Ao pensar nos Gilberts, Peter se sentiu um pouco mais alegre.

– No que você está pensando?

Peter levou um susto ao perceber que Gamache estava bem ao lado dele.

– Nada de mais.

Gamache pegou a batedeira da mão dele e despejou chantilly e uma gota de baunilha na tigela gelada. Ele a ligou e se virou para Peter, a voz abafada pelo zumbido da máquina, inaudível para todos, menos para seu companheiro na cozinha.

– Fale sobre a antiga casa dos Hadleys e as pessoas que estão morando ali.

Peter hesitou, mas sabia que Gamache não deixaria o assunto para lá. E aquela seria a abordagem mais discreta que o inspetor-chefe adotaria.

– Marc e Dominique estão planejando abrir um hotel de luxo com spa – declarou Peter, as palavras batidas, misturadas e ininteligíveis para qualquer um que estivesse a mais de 15 centímetros de distância.

– Na antiga casa dos Hadleys?

O espanto de Gamache foi tanto que quase fez Peter cair na risada.

– Não é o mesmo lugar de que você se lembra. Você tem que ver como está agora. Fantástico.

O inspetor-chefe se perguntou se uma camada de tinta e eletrodomésticos novos eram capazes de exorcizar demônios – e se a Igreja Católica estava ciente disso.

– Mas nem todo mundo está feliz com isso – continuou Peter. – Eles entrevistaram alguns dos funcionários do Olivier e ofereceram salários melhores. Olivier conseguiu manter a maior parte da equipe, mas teve que pagar mais. Os dois mal se falam.

– Marc e Olivier? – perguntou Gamache.

– Não ficam nem no mesmo ambiente.

– Isso deve ser esquisito, em um vilarejo tão pequeno.

– Na verdade, não.

– Então por que nós estamos sussurrando? – questionou Gamache, desligando a batedeira e falando em um tom normal de voz.

Agitado, Peter olhou para a mesa de novo.

– Olha, eu sei que Olivier vai superar, mas por enquanto é melhor não tocar no assunto.

Peter entregou a ele um *shortcake*, que Gamache cortou ao meio. Em cima da sobremesa, o dono da casa empilhou morangos maduros fatiados, envoltos no próprio suco vermelho brilhante.

Gamache notou que Clara e Myrna estavam se levantando. Olivier colocou café para coar.

– Posso ajudar com alguma coisa? – perguntou Gabri.

– Bota o chantilly aqui. Na torta, Gabri – disse Peter, enquanto Gabri se aproximava de Olivier com uma colher de chantilly.

Logo uma pequena fila de homens montando *shortcakes* de morango havia se formado. Quando terminaram, iam levar as sobremesas até a mesa, mas pararam de repente.

Ali, iluminadas apenas por velas, estavam as obras de Clara. Ou pelo menos três grandes telas, apoiadas em cavaletes. Gamache de repente ficou tonto, como se tivesse viajado no tempo para a época de Rembrandt, Da Vinci e Ticiano, quando a arte era admirada à luz do dia ou de velas. Será que tinha sido assim que a Mona Lisa fora vista pela primeira vez? Ou a Capela Sistina? Iluminadas pelo fogo? Como desenhos rupestres?

Ele limpou as mãos em um pano de prato e se aproximou dos três cavaletes. Notou que os outros convidados faziam a mesma coisa, atraídos pelas pinturas. Ao redor deles, as velas tremulavam e iluminavam mais do que Gamache esperava, embora fosse possível que os quadros tivessem luz própria.

– Eu tenho outros, lógico, mas estes vão ser as peças centrais da exposição na Galeria Fortin – explicou Clara.

Só que ninguém estava escutando. O grupo fitava os cavaletes, dividindo-se entre os quadros. Gamache ficou atrás dos outros por um instante, absorvendo a cena.

Três retratos, três mulheres idosas o encaravam.

Uma obviamente era Ruth. A que havia chamado a atenção de Denis Fortin. A que o levara a fazer a oferta extraordinária de uma exposição individual. A que havia criado um burburinho no mundo das artes, de Montreal a Toronto, Nova York e Londres. Sobre um novo talento, um tesouro, encontrado nas profundezas de Eastern Townships, no Quebec.

E lá estava ela, na frente deles.

Clara Morrow havia pintado Ruth como uma Virgem Maria velha e esquecida. Irritada, insana, a Ruth da pintura era um retrato do desespero e da amargura. De uma vida deixada para trás, oportunidades desperdiçadas, perdas e traições reais, imaginárias, criadas e causadas. Ela agarrava com as mãos macilentas um xale azul rústico que havia escorregado de um ombro ossudo e sua pele era flácida, como algo vazio que tivesse sido pregado no lugar.

Ainda assim, o quadro era radiante e enchia o ambiente a partir de um pequeno ponto de luz. Nos olhos dela. A louca e amargurada Ruth olhava para longe, para algo muito distante, que se aproximava. Mais imaginado do que real.

Esperança.

Clara tinha capturado o momento exato em que o desespero se tornava esperança. O momento em que a vida começava. De alguma forma, ela havia capturado a graça.

Aquilo fez Gamache perder o fôlego. Ele sentiu os olhos arderem, então piscou e se virou, como se algo brilhante o cegasse. Viu que todos os outros também olhavam para os quadros, os semblantes suavizados pela luz das velas.

O retrato seguinte era nitidamente a mãe de Peter. Gamache a conhecera e nunca a esquecera. Na pintura de Clara, ela encarava o espectador. Não olhava para longe, como Ruth, mas para muito perto. Perto demais. O cabelo branco estava preso em um coque frouxo e o rosto era uma teia de linhas finas, como se uma janela houvesse acabado de se quebrar, mas ainda não desabado. Na pintura, a mulher era um misto de branco com rosado, uma pessoa saudável e adorável. O sorriso calmo e gentil chegava aos ternos olhos azuis. Gamache quase conseguia sentir seu cheiro de talco e canela. E, no entanto, o retrato o perturbava profundamente. Foi quando viu. Um giro sutil da mão dela, virada para fora. O jeito como os dedos pareciam querer alcançar algo além da tela. Ele. Gamache teve a impressão de que aquela idosa gentil e adorável estava prestes a tocá-lo. E, se ela fizesse isso, ele experimentaria a tristeza como nunca antes. Conheceria aquele lugar vazio onde nada existia, nem mesmo a dor.

A mulher era repulsiva. E, no entanto, ele não conseguia evitar a atração que ela exercia, como uma pessoa com medo de altura que sente uma força levá-la à beira do precipício.

A terceira mulher idosa ele não conseguiu identificar. Nunca a tinha visto e se perguntou se seria a mãe de Clara. Havia algo vagamente familiar nela.

Ele a olhou mais de perto. Clara pintava a alma das pessoas, e ele queria saber o que aquela alma guardava.

Ela parecia feliz. Sorrindo por cima do ombro para algo que muito lhe interessava. Algo com o qual se importava muito. Ela também estava com um xale, este de uma lã vermelho-escura antiga. Ela parecia ser alguém acostumada a riquezas, mas que de repente se torna pobre. No entanto, não parecia ligar para isso.

Interessante, pensou Gamache. Ela estava indo em uma direção, mas olhando para outra. Para trás. Ele sentiu um anseio avassalador por aquela pintura. Percebeu que tudo que queria fazer era levar uma poltrona até lá, pegar uma xícara de café e olhar para o quadro pelo resto da noite. Pelo resto da vida. Era sedutor. E perigoso.

Ele teve que se esforçar para desviar o olhar, e viu Clara de pé no escuro, observando os amigos enquanto eles analisavam suas criações.

Peter também observava a cena. Com puro orgulho.

– *Bon Dieu* – soltou Gabri. – *C'est extraordinaire.*

– *Félicitations*, Clara – disse Olivier. – Meu Deus, são brilhantes. Você tem mais?

– Você quer saber se eu pintei você? – perguntou ela com um sorriso. – *Non, mon beau*. Só Ruth e a mãe do Peter.

– Quem é esta aqui? – quis saber Lacoste, apontando para a pintura que Gamache tinha encarado por tanto tempo.

Clara sorriu.

– Não vou contar. Vocês vão ter que adivinhar.

– Sou eu? – perguntou Gabri.

– É, Gabri, é você – respondeu Clara.

– Sério?

Ele viu o sorriso dela tarde demais.

O engraçado era que quase poderia ser Gabri, pensou Gamache. Ele olhou para o retrato de novo, à luz suave das velas. Não observando seus aspectos físicos, mas as emoções que passava. Havia felicidade ali. Mas também havia outra coisa. Algo que não combinava muito com Gabri.

– Então, qual delas sou eu? – perguntou Ruth, mancando para se aproximar das pinturas.

– Sua velha bêbada – disse Gabri. – É esta aqui.

Ruth esquadrinhou sua cópia.

– Não vejo semelhança nenhuma. Parece mais você.

– Bruxa – murmurou Gabri.

– Bicha – murmurou ela de volta.

– Clara pintou você como a Virgem Maria – explicou Olivier.

Ruth se aproximou da tela e balançou a cabeça.

– Virgem? – sussurrou Gabri para Myrna. – Obviamente uma cabeça fodida não conta.

– Falando nisso – disse Ruth, olhando para Beauvoir –, Peter, você tem um papel? Sinto que um poema está surgindo. Você acha demais usar as palavras "cretino" e "imbecil" na mesma frase?

Beauvoir estremeceu.

– É só fechar os olhos e pensar em outra coisa – aconselhou Ruth a Beauvoir.

Gamache foi até Peter, que continuava observando as obras da esposa.

– Como você está?

– Você quer saber se eu estou com vontade de pegar uma navalha, cortar os quadros em pedacinhos e depois queimar tudo?

– Tipo isso.

Aquela era uma conversa que eles já haviam tido antes, pois estava claro que, em breve, Peter talvez tivesse que ceder seu lugar de melhor artista da família, do vilarejo e da província para a esposa. Aceitar aquela ideia tinha se provado uma dificuldade para Peter.

– Nem se eu tentasse eu ia conseguir segurar a Clara – disse Peter. – E não quero tentar.

– Existe uma diferença entre segurar e apoiar ativamente.

– Estes quadros são tão bons que nem eu posso negar mais – admitiu Peter. – Ela me deixa embasbacado.

Os dois olharam para a mulher rechonchuda e pequena que observava os amigos toda ansiosa, aparentemente sem perceber que havia criado obras-primas.

– Você está trabalhando em alguma coisa? – perguntou Gamache, indicando com a cabeça a porta fechada do estúdio de Peter.

– Sempre estou. É uma tora.

– Uma tora?

Era difícil fazer aquilo soar brilhante. Peter Morrow era um dos artistas mais bem-sucedidos do país e havia alcançado essa posição a partir de quadros que retratavam objetos cotidianos e banais com detalhes excruciantes. A ponto de tais objetos deixarem de parecer o que eram. Ele dava um zoom neles, ampliava uma parte e a pintava.

As obras pareciam abstratas. E Peter sentia uma satisfação imensa em saber que não eram. Eram a realidade ao extremo. Tão reais que ninguém as reconhecia. E agora estava na vez da tora. Ele a havia pegado da pilha ao lado da lareira, e agora o objeto esperava por ele no estúdio.

As sobremesas foram servidas, assim como o conhaque e o café; as pessoas perambulavam pela casa, Gabri tocava piano e Gamache continuava atraído pelas pinturas. Principalmente a da mulher desconhecida. Olhando para trás. Clara se aproximou dele.

– Meu Deus, Clara, estas são as melhores obras de arte já produzidas até hoje, no mundo todo!

– Uau, sério? – perguntou ela, com uma seriedade fingida.

Ele sorriu.

– São maravilhosas, você sabe. Você não tem motivo nenhum para ficar com medo.

– Se isso fosse verdade, eu não teria produzido nada.

Gamache apontou com a cabeça para a pintura que estava olhando.

– Quem é?

– Ah, é só alguém que eu conheço.

Gamache esperou que ela elaborasse, mas Clara estava estranhamente fechada. Ele decidiu que aquilo não importava. Ela se afastou devagar, e Gamache continuou olhando para o quadro. Nisso, o retrato começou a mudar. Ou talvez, pensou ele, aquilo fosse apenas um truque da luz tremulante. Mas quanto mais ele observava a pintura, mais tinha a impressão de que

Clara havia posto outra coisa nela. Assim como o retrato de Ruth era o de uma mulher amargurada encontrando a esperança, aquele também continha um quê de inesperado.

Uma mulher feliz vendo ali, próximas, coisas que a agradavam e a reconfortavam. No entanto, os olhos dela pareciam estar concentrados em outra coisa, registrando-a. Algo distante. Mas indo na direção dela.

Gamache tomou um gole de conhaque e observou. E, aos poucos, ele se deu conta do que ela estava começando a sentir.

Medo.

NOVE

Os três policiais da Sûreté se despediram e atravessaram a praça do vilarejo. Eram onze da noite e estava um breu. Lacoste e Gamache pararam para observar o céu. Beauvoir, alguns passos à frente, como sempre, em algum momento percebeu que estava sozinho e parou também. Com relutância, olhou para cima e ficou bastante surpreso ao ver tantas estrelas. Ele se lembrou das palavras de Ruth ao se despedir.

– "Jean Guy" e "some daqui" rimam, não é?

Ele tinha arranjado um problema.

Uma luz se acendeu no loft de Myrna, acima da livraria. Eles viram a mulher fazendo um chá e colocando biscoitos em um prato. Então a luz se apagou.

– A gente acabou de ver ela se servir de chá e colocar biscoitos em um prato – disse Beauvoir.

Os outros não entenderam por que ele estava dizendo algo tão óbvio.

– Está escuro. Para fazer qualquer coisa dentro de casa, você precisa de luz – explicou Beauvoir.

Gamache ficou pensando naquela série de afirmações óbvias, mas foi Lacoste quem assimilou primeiro.

– O bistrô, ontem à noite. O assassino não teria que acender a luz? E, se ele fez isso, alguém teria visto, não?

Gamache sorriu. Eles estavam certos. Uma luz acesa no bistrô não teria passado despercebida.

Ele olhou em volta para entender de quais casas alguém poderia ter visto alguma coisa. Mas elas se espalhavam em volta do bistrô como asas. Nenhuma teria uma visão perfeita, exceto o lugar bem em frente. E lá estavam os três majestosos pinheiros, no gramado da praça. Eles tinham visto alguém tirar mais uma vida humana. Mas havia outra coisa bem em frente ao bistrô. Em frente e acima.

A antiga casa dos Hadleys. Ficava um pouco longe, mas à noite, com uma luz no bistrô, era possível que os novos donos tivessem testemunhado um assassinato.

– Tem outra possibilidade – ponderou Lacoste. – A de que o assassino não tenha acendido a luz. Ele sabia que poderia ser visto.

– Você quer dizer que ele pode ter usado uma lanterna? – perguntou Beauvoir, imaginando o assassino ali na noite anterior, esperando a vítima, e com uma lanterna para conseguir se movimentar pelo espaço.

Lacoste balançou a cabeça.

– Assim também daria para ver do lado de fora. Nem isso ele arriscaria, eu acho.

– Então ele teria deixado a luz apagada – disse Gamache, entendendo aonde ela queria chegar. – Porque não precisaria. Ele conseguiria andar pelo lugar mesmo no escuro.

O DIA SEGUINTE AMANHECEU claro e fresco. O sol voltou a ter seu efeito, e Gamache logo tirou o suéter durante sua caminhada pela praça antes do café da manhã. Algumas crianças que tinham acordado antes dos pais e avós caçavam sapos no lago, mas elas o ignoraram, e ele ficou feliz de observá-las de longe antes de continuar seu percurso solitário e tranquilo. Gamache acenou para Myrna, que subia a colina em sua própria caminhada solitária.

Aquele era o último dia das férias de verão, e, embora já tivesse saído da escola havia décadas, Gamache ainda se lembrava daquela sensação. A mistura de tristeza pelo fim das férias e a empolgação por poder ver os coleguinhas de novo. As roupas novas, compradas depois de uma espichada no verão. Os lápis novos, apontados repetidas vezes, e o cheiro das pontas. Além dos cadernos novos. Sempre estranhamente emocionantes. Intactos. Ainda sem erros. Um mundo de promessas e potencial.

O início de uma investigação de assassinato era bem parecido. Será que eles já tinham deixado marcas no caderno? Cometido algum erro?

Ele pensava nisso enquanto circulava a praça devagar, com as mãos cruzadas nas costas e o olhar distante. Após algumas voltas tranquilas, entrou na pousada para tomar café.

Beauvoir e Lacoste já estavam no andar de baixo, cada um com seu respectivo *café au lait*. Eles se levantaram quando o inspetor-chefe entrou na sala, e Gamache fez um sinal para que se sentassem novamente. Da cozinha vinha um aroma de bacon curado no xarope de bordo, ovos e café. Ele mal havia se sentado quando Gabri saiu de lá carregando pratos de ovos beneditinos, frutas e muffins.

– Olivier acabou de sair para o bistrô. Ele não tem certeza se vai abrir hoje – informou o homenzarrão, que naquela manhã falava e se portava como Julia Child. – Eu disse que ele devia abrir, mas vamos ver. Falei que ele ia perder dinheiro se não abrisse. Isso geralmente funciona. Muffins?

– *S'il vous plaît* – disse Isabelle Lacoste, pegando um.

Pareciam cogumelos gigantes. Isabelle Lacoste sentia falta do marido e dos filhos, mas ficava pasma em ver como aquele pequeno vilarejo parecia capaz de curar até mesmo aquele vazio. É claro, se você enfiasse muffins suficientes para dentro, até o maior vazio do mundo seria curado por um tempo. Ela estava disposta a tentar.

Gabri entregou o *café au lait* de Gamache e, quando saiu, Beauvoir se inclinou para a frente.

– Qual é o plano hoje, chefe?

– A gente precisa checar uns antecedentes. Eu quero saber tudo sobre Olivier e descobrir quem pode guardar algum rancor dele.

– *D'accord* – disse Lacoste.

– E sobre os Parras. Deem uma conferida aqui e na República Tcheca.

– Pode deixar – garantiu Beauvoir. – E o senhor?

– Eu vou encontrar uma velha amiga.

Armand Gamache subiu a colina que saía de Three Pines. Carregava o blazer de tweed em um dos braços e chutava uma castanha à frente. No ar, sentia o cheiro de maçãs doces e quentes nas árvores. Tudo estava maduro e bonito, mas em poucas semanas haveria uma geada mortal. E seria o fim daquilo.

Enquanto ele caminhava, a antiga casa dos Hadleys crescia cada vez mais. Ele havia se preparado para isso. Para as ondas de tristeza que emanavam dela, pairando até atingir quem fosse tolo o bastante para se aproximar.

Mas ou suas defesas estavam melhores do que ele esperava, ou algo havia mudado. Gamache parou em um ponto de sol e olhou para a casa. Era um casarão vitoriano histórico e labiríntico que contava com torres, telhas em forma de escamas, varandas amplas e grades de ferro forjado preto, além de uma vista espetacular. A pintura fresca brilhava ao sol e a porta da frente era de um vermelho vibrante e alegre. Não como sangue, mas como o Natal. As cerejas. E as maçãs crocantes do outono. O caminho de entrada estava livre dos espinheiros e tinha sido revestido com lajotas de pedra. Ele notou que as sebes haviam sido cortadas; as árvores, podadas e a madeira morta, removida. Graças a Roar Parra.

E Gamache percebeu, com surpresa, que estava parado diante da antiga casa dos Hadleys com um sorriso no rosto. Inclusive ansioso para entrar.

A porta foi aberta por uma mulher na casa dos 70 anos.

– *Oui?*

O cabelo dela era grisalho e bem cortado. Ela quase não usava maquiagem, apenas um pouco nos olhos, que o fitavam com curiosidade e, logo depois, reconhecimento. Ela sorriu e abriu mais a porta.

Gamache mostrou sua identificação.

– Sinto muito incomodar a senhora, madame, mas meu nome é Armand Gamache. Sou da Sûreté du Québec.

– Eu reconheci o senhor. Entre, por favor. Meu nome é Carole Gilbert.

Simpática, ela o conduziu até o vestíbulo. Ele já tinha estado ali. Muitas vezes. Mas o lugar estava quase irreconhecível. Como um esqueleto que tivesse recebido novos músculos, tendões e pele. A estrutura estava lá, mas todo o resto havia mudado.

– O senhor conhece a casa? – perguntou ela, observando-o.

– Eu conhecia – respondeu ele, olhando em seguida para ela.

Ela o encarou, mas não com um ar de desafio. Foi mais como faria uma castelã, segura de sua casa, sem necessidade de provar nada. Ela era amistosa, calorosa e muito, muito observadora, deduziu Gamache. O que Peter tinha dito? Que ela havia sido enfermeira? Uma muito boa, presumiu ele. As melhores enfermeiras eram observadoras. Não deixavam passar nada.

– Isto aqui mudou bastante – disse ele, ao que ela assentiu, guiando o inspetor-chefe.

Ele limpou os pés no tapete que protegia o piso de madeira brilhante e a seguiu. O vestíbulo dava em um grande hall de entrada com novíssimos ladrilhos pretos e brancos no piso. De frente para eles havia uma ampla escadaria, e arcos levavam a outros cômodos. Na última vez que estivera ali, a casa estava em péssimo estado, em ruínas. Parecia que havia se desconectado do mundo exterior e se rebelado contra si, desgostosa. A construção tinha pedaços faltando, papel de parede solto, tábuas levantadas no assoalho e partes do teto empenadas. Mas agora um imenso e alegre buquê sobre a mesa polida no meio da sala preenchia o ambiente com seu perfume. As paredes tinham sido pintadas com uma sofisticada cor fulva, algo entre o bege e o cinza. O espaço era claro, caloroso e elegante. Como a mulher em frente a ele.

– A gente ainda está trabalhando na casa – disse ela, conduzindo Gamache para a direita por baixo de um arco, descendo dois degraus e entrando na ampla sala de estar. – Eu digo "a gente", mas, na verdade, quem está à frente disso são o meu filho e a minha nora. Além dos pedreiros e outros responsáveis, é claro.

Ela disse aquilo com uma risadinha autodepreciativa.

– Dia desses, fui idiota de perguntar se podia fazer alguma coisa. Eles me deram um martelo e me pediram para ajudar com uma parede de drywall. Eu acertei um cano de água e parte da fiação elétrica.

A risada dela era tão natural e contagiante que Gamache se viu rindo também.

– Agora eu só faço o chá. Eles me chamam de "senhora do chá". Chá?

– *Merci, madame*, seria ótimo.

– Eu vou falar para Marc e Dominique que o senhor está aqui. Imagino que seja sobre aquele pobre homem encontrado no bistrô, certo?

– Isso mesmo.

Ela parecia solidária, mas não preocupada. Como se não tivesse nada a ver com aquilo. E Gamache se pegou torcendo para que não tivesse mesmo.

Enquanto esperava, ele deu uma olhada na sala e vagou até as janelas que iam do chão ao teto, pelas quais o sol entrava. O ambiente era mobiliado de maneira aconchegante, com sofás e cadeiras convidativos. O tecido caro dos estofados dava a eles um aspecto moderno e havia um par de poltronas

Eames ao lado da lareira. Era um casamento fácil entre o mundo antigo e o contemporâneo. Quem quer que tivesse decorado aquele espaço tinha um bom olho para design.

As janelas eram ladeadas por cortinas de seda feitas sob medida, que iam até o piso de madeira de lei. Gamache suspeitou que aquelas cortinas quase nunca fossem fechadas. Para que bloquear aquela vista?

Empoleirada na colina, a casa dava para o vale, e era uma visão espetacular. Gamache conseguia ver o rio Bella Bella serpenteando pelo vilarejo e contornando a montanha seguinte em direção ao vale vizinho. As árvores do alto da montanha estavam mudando de cor. Lá em cima, já era quase outono. Logo tons de vermelho, castanho-avermelhado e laranja marchariam encostas abaixo, até que toda a floresta parecesse pegar fogo. Que local privilegiado para ver aquilo. E muito mais.

De pé em frente à janela, ele viu Ruth e Rosa dando a volta na praça, a velha poeta jogando pães dormidos ou pedras para as outras aves. Viu Myrna trabalhando na horta de Clara e a agente Lacoste atravessando a ponte de pedra em direção à sala de investigação improvisada na antiga estação ferroviária. Ele a viu parar no meio da ponte e olhar para o fluxo suave da água. E se perguntou no que estaria pensando. Então ela voltou a caminhar. Outros moradores estavam na rua, cuidando dos afazeres matutinos, trabalhando no jardim ou sentados na varanda, lendo o jornal e tomando café.

De lá, ele via tudo. Inclusive o bistrô.

O AGENTE PAUL MORIN TINHA chegado antes de Lacoste e estava parado do lado de fora da estação ferroviária, fazendo anotações.

– Eu estava pensando sobre o caso ontem à noite – disse ele, observando Lacoste destrancar a porta e seguindo-a até o ambiente frio e escuro.

Ela acendeu as luzes e foi até a própria mesa.

– Eu acho que o assassino deve ter ligado as luzes do bistrô, não acha? Ontem eu tentei andar dentro de casa às duas da manhã e não consegui ver nada. Estava o maior breu. Na cidade, você vê as luzes da rua pela janela, mas aqui, não. Como ele ia saber quem estava matando?

– Se ele tiver chamado a vítima para ir até o bistrô, isso seria bem óbvio. Era só matar a única pessoa que estivesse lá.

– Eu sei – continuou Morin, puxando uma cadeira até a mesa dela. – Mas assassinato é uma coisa séria. Você não vai querer cometer um erro. Foi uma baita pancada na cabeça, não foi?

Lacoste digitou a senha no computador. O nome do marido. Morin estava tão ocupado consultando as próprias anotações que ela tinha certeza de que ele não havia percebido.

– Acho que não é tão fácil quanto parece – prosseguiu o agente, sério. – Eu também testei isso ontem à noite. Tentei acertar um melão com um martelo.

Agora ela estava prestando atenção. Não apenas porque queria saber o que havia acontecido, mas porque qualquer pessoa que tivesse levantado às duas da manhã para golpear um melão no escuro merecia atenção. Talvez, inclusive, atenção médica.

– E?

– Na primeira vez, eu só consegui deixar um arranhão. Tive que bater algumas vezes para quebrar. Foi bem complicado.

Morin se perguntou por um instante o que a namorada pensaria quando acordasse e visse a fruta cheia de buracos. Ele tinha deixado um bilhete, mas não estava certo de que ajudaria.

Fui eu que fiz isso, havia escrito. *Estava testando uma coisa.*

Talvez devesse ter sido mais explícito.

Mas o resultado daquela experiência era relevante, Lacoste entendia. Ela se recostou na cadeira e pensou. Morin teve a perspicácia de ficar calado.

– Então, o que você acha? – perguntou ela, finalmente.

– Eu acho que ele deve ter acendido a luz. Mas isso seria arriscado – comentou Morin, insatisfeito. – Não faz sentido para mim. Por que matar um homem no bistrô quando você tem esses bosques densos a poucos metros de distância? Daria para matar centenas de pessoas lá dentro e ninguém iria notar. Por que fazer isso em um lugar onde o corpo vai ser encontrado e você pode ser visto?

– Você está certo – concordou Lacoste. – Não faz sentido. O chefe acha que o crime pode ter tido alguma coisa a ver com Olivier. Talvez o assassino tenha escolhido o bistrô de propósito.

– Para incriminar Olivier?

– Ou para arruinar o negócio dele.

– Talvez tenha sido o próprio Olivier – sugeriu Morin. – Por que não?

Ele talvez seja o único que consiga se orientar ali sem acender a luz. Ele tinha a chave…

– Todo mundo tem uma chave do bistrô. Parece que tem molhos viajando pelo município inteiro, e Olivier deixava uma debaixo do vaso de plantas da porta da frente – contou Lacoste.

Morin assentiu. Não parecia surpreso. Aquele ainda era um costume no interior, pelo menos nos vilarejos menores.

– Sem dúvida ele é um dos principais suspeitos – disse Lacoste. – Mas por que ele mataria alguém no próprio bistrô?

– Pode ser que ele tenha surpreendido o cara. Talvez o mendigo tenha invadido o bistrô, Olivier tenha visto e o matado em uma briga – confabulou o policial.

Lacoste ficou em silêncio, para ver se ele chegaria até o final do raciocínio. Morin juntou as pontas dos dedos e se inclinou, olhando para o nada.

– Mas foi de madrugada. Se ele visse alguém no bistrô, não chamaria a polícia ou pelo menos acordaria o companheiro? Olivier Brulé não me parece o tipo de cara que pegaria um taco de beisebol e sairia correndo atrás do intruso sozinho.

Lacoste suspirou e olhou para o agente Morin. A luz que batia no rosto esguio daquele jovem podia até enganar e deixá-lo com cara de idiota, mas ele nitidamente não era isso.

– Eu conheço Olivier – disse Lacoste – e poderia jurar que ele ficou perplexo com o que encontrou. Ele estava em choque. Isso é bem difícil de fingir, e tenho certeza de que ele não estava fingindo. Não. Quando Olivier Brulé acordou ontem de manhã, não esperava encontrar um corpo no bistrô dele. Mas isso não significa que ele não esteja envolvido de alguma maneira. Até sem querer. O chefe quer que a gente descubra tudo sobre ele. Onde nasceu, quais são suas origens, informações sobre a família, que escolas frequentou e o que fazia antes de vir para cá. Qualquer pessoa que possa ter guardado rancor dele. Alguém que ele tenha irritado.

– Isso foi um pouco mais do que irritação.

– Como você sabe? – perguntou Lacoste.

– Bom, eu fico irritado. Mas não saio por aí matando as pessoas.

– Não, é verdade. Mas imagino que você seja uma pessoa razoavelmente equilibrada, pelo menos tirando aquele incidente com o melão – disse ela, sorrindo e fazendo Morin corar. – Olha, é um grande erro julgar os outros com base em nós mesmos. Uma das primeiras coisas que você aprende com o inspetor-chefe Gamache é que outras pessoas não necessariamente reagem como nós reagiríamos. E um assassino reage de formas ainda mais estranhas. Esse caso não começou com um golpe na cabeça. Ele começou anos atrás, com outro tipo de golpe. Alguma coisa aconteceu com o assassino, algo que talvez a gente considere insignificante, até trivial, mas que foi devastador para ele. Um acontecimento, uma esnobada, uma discussão que a maioria das pessoas deixaria para lá. Os assassinos não fazem isso. Eles ruminam; juntam e guardam ressentimentos. E esses ressentimentos crescem. Assassinatos têm a ver com emoções. Emoções que acabaram mal e fora de controle. Lembre-se disso. E nunca ache que você sabe o que outra pessoa está pensando, muito menos sentindo.

Aquela tinha sido a primeira lição que Lacoste havia aprendido com o inspetor-chefe Gamache e a primeira que agora ela passava para seu próprio protegido. Era verdade que para encontrar um assassino você seguia pistas. Mas também seguia emoções. Emoções fedidas, imundas e pútridas. Você seguia o lodo. E era lá, encurralada, que você encontrava a sua presa.

Ela havia aprendido outras lições, lógico, várias outras. E ensinaria todas a ele.

Era isso que Lacoste estava pensando na ponte. Pensando e receando. Torcendo para ser capaz de passar àquele jovem sabedoria e ferramentas suficientes para pegar um assassino.

– Nathaniel – disse Morin, levantando-se e indo até o próprio computador. – Seu marido ou seu filho?

– Marido – respondeu Lacoste, um pouco desconcertada.

Ele tinha visto, no fim das contas.

O telefone tocou. Era a legista. Ela precisava falar com o inspetor-chefe Gamache com urgência.

DEZ

A pedido de Gamache, Marc e Dominique Gilbert lhe ofereceram um tour pela casa, e agora estavam parados diante de um cômodo que ele conhecia bem. Era o quarto principal da antiga casa dos Hadleys, o quarto de Timmer Hadley.

Dois assassinatos tinham acontecido ali.

Agora ele olhava para a porta fechada, com uma camada recente de tinta branca reluzente, e se perguntava o que havia do outro lado. Dominique abriu a porta e a luz do sol se derramou sobre eles. Gamache não conseguiu esconder a surpresa.

– Uma baita mudança – disse Marc Gilbert, nitidamente satisfeito com a reação do inspetor-chefe.

O quarto estava simplesmente deslumbrante. Eles tinham removido todos os desenhos decorativos esculpidos na madeira e os apetrechos acrescentados ao longo de gerações. As molduras adornadas, a lareira escura e as cortinas de veludo que evitavam que a luz entrasse, com suas pesadas camadas de poeira, pavor e reprovação vitoriana. Tudo tinha ido embora. Inclusive a pesada e agourenta cama de dossel.

Eles haviam reduzido o quarto à sua estrutura básica, com uma simplicidade que evidenciava as proporções graciosas do ambiente. As cortinas tinham listras largas cinza e cinza-esverdeadas e deixavam a luz passar. No topo de cada uma das grandes janelas havia um lintel de vitrais. Original. Com mais de um século de idade. E derramavam suas cores divertidas pelo quarto. O piso de madeira recém-tingido brilhava. A cama king-size tinha uma cabeceira estofada e estava coberta por uma roupa de cama branca, simples e nova. A lareira estava acesa, pronta para o primeiro convidado.

– Deixa eu mostrar a suíte para o senhor – disse Dominique.

Ela era alta e esbelta. Devia ter 40 e poucos anos, calculou Gamache, usava jeans, uma camiseta branca simples e o cabelo louro solto. Tinha um ar de calma, confiança e bem-estar. As mãos estavam salpicadas de tinta branca e as unhas, cortadas bem curtinhas.

Ao lado dela, Marc Gilbert sorria, satisfeito em exibir a própria criação. E Gamache, mais do que ninguém, sabia que aquela ressurreição da antiga casa dos Hadleys era mesmo um ato de criação.

Marc também era alto, com cerca de 1,85 metro. Um pouco mais alto que Gamache e com uns 10 quilos a menos. O cabelo era curto, quase raspado, e parecia disfarçar uma calvície. Os olhos eram de um azul penetrante e alegre e ele tinha um jeito animado e acolhedor. Mas embora a esposa estivesse relaxada, havia certa agitação no comportamento de Marc Gilbert. Não exatamente uma energia nervosa, mas uma carência.

Ele quer a minha aprovação, percebeu Gamache. Não era algo estranho, já que estavam mostrando a Gamache um projeto muito importante para o casal. Dominique destacou os detalhes do banheiro, com mosaicos de azulejos azul-piscina, banheira de hidromassagem e amplo boxe separado. Ela estava orgulhosa do trabalho deles, mas não parecia precisar de elogios da parte do visitante.

Já Marc, sim.

Era fácil dar a ele aquilo de que precisava. Gamache estava realmente impressionado.

– A gente colocou esta porta na semana passada – contou Marc.

Eles abriram a porta do banheiro e entraram em uma varanda. Dava para os fundos da casa, para o jardim e um campo atrás.

Quatro cadeiras tinham sido colocadas ao redor de uma mesa.

– Achei que vocês fossem querer isso aqui – disse uma voz atrás deles, e Marc se apressou para pegar a bandeja da mãe.

Nela, havia quatro copos de chá gelado e alguns bolinhos.

– Vamos sentar? – perguntou Dominique, indicando a mesa, e Gamache puxou uma cadeira para Carole.

– *Merci* – disse a mulher mais velha antes de se acomodar.

– Às segundas chances – disse o inspetor-chefe, erguendo o copo de chá gelado.

Enquanto todos brindavam, Gamache os observou. As três pessoas que tinham sido atraídas para aquela casa triste e abandonada. Que tinham possibilitado a ela uma nova vida.

E a casa havia retribuído o favor.

– Bom, tem mais coisas para fazer – disse Marc. – Mas a gente está chegando lá.

– A gente espera receber os primeiros convidados no Dia de Ação de Graças – contou Dominique. – Se ao menos a Carole se dignasse a mexer o *derrière* e trabalhasse um pouco… Mas até agora ela se recusou a cavar os buracos para a cerca e despejar o concreto.

– Quem sabe hoje à tarde – disse Carole Gilbert com uma risada.

– Eu vi algumas antiguidades. Os senhores trouxeram de casa? – quis saber Gamache.

Carole assentiu.

– Nós juntamos as nossas peças e trouxemos para cá, mas ainda tinha muita coisa para comprar.

– Do Olivier?

– Algumas coisas.

Aquela tinha sido a resposta mais curta que Gamache havia recebido desde que entrara na casa. Ele ficou esperando o resto.

– A gente comprou um tapete lindo dele – contou Dominique. – O que está no hall de entrada, eu acho.

– Não, está no porão – corrigiu Marc, com uma voz irritada.

Ele tentou suavizar o tom com um sorriso, mas não funcionou.

– E algumas cadeiras, eu acho – apressou-se em dizer Carole.

Aquilo corresponderia a cerca de um centésimo da mobília da antiga casa. Gamache tomou um gole do chá, olhando para os três.

– A gente trouxe o resto de Montreal – disse Marc. – Da Rue Notre-Dame. O senhor conhece?

Gamache aquiesceu e então ouviu Marc descrever as andanças para cima e para baixo na famosa rua, que tinha diversas lojas de antiguidades. Algumas não vendiam mais do que sucata, mas em outras era possível se deparar com verdadeiros achados, itens quase inestimáveis.

– O Velho Mundin está consertando algumas peças que a gente comprou em vendas de garagem. Não conte aos hóspedes – comentou Dominique com uma risada.

– Por que vocês não compraram mais peças do Olivier?

As mulheres se concentraram nos bolinhos e Marc cutucou o gelo do chá.

– A gente achou os preços dele um pouco altos, inspetor-chefe – explicou Dominique, finalmente. – A gente preferia ter comprado dele, mas...

A frase ficou no ar, mas ainda assim Gamache esperou. Em algum momento, Marc continuou:

– Nós íamos comprar as mesas e as camas com ele. Acertamos tudo, daí descobrimos que ele queria cobrar quase o dobro do valor que tinha combinado no início.

– Marc, a gente não tem certeza disso – interveio a mãe.

– Temos quase certeza. Enfim, cancelamos a compra. Você pode imaginar como isso repercutiu.

Dominique tinha ficado em silêncio durante grande parte daquela explicação. Mas enfim acrescentou:

– Eu ainda acho que a gente devia ter pagado ou conversado com ele com calma. Afinal de contas, é nosso vizinho.

– Eu não gosto quando tentam me sacanear.

– Ninguém gosta – disse Dominique –, mas existem diversas formas de lidar com uma situação dessas. Talvez a gente devesse simplesmente ter pagado. Viu o que aconteceu agora?

– O que aconteceu? – perguntou Gamache.

– Bom, Olivier é uma das forças de Three Pines – comentou Dominique. – Se você irrita o homem, paga um preço. A gente não se sente confortável no vilarejo e com certeza não é bem-vindo no bistrô.

– Eu ouvi falar que o senhor abordou parte dos funcionários do Olivier – disse Gamache.

Marc ficou vermelho.

– Quem disse isso para o senhor? Foi Olivier? – rebateu ele.

– É verdade?

– E se for? O salário lá é tão baixo que eles são quase escravos.

– Algum deles concordou em vir para cá?

Marc hesitou e depois admitiu que não.

– Mas só porque ele cobriu a oferta. Pelo menos a gente acabou ajudando os funcionários.

Dominique estava assistindo àquilo com um nítido desconforto. Ela pegou a mão do marido.

– Com certeza eles também são leais ao Olivier. Parecem gostar dele.

Marc bufou e reprimiu a raiva. Um homem que não sabia como agir quando não conseguia o que queria, notou Gamache. A esposa pelo menos entendia o que aquilo parecia e havia tentado soar razoável.

– Agora ele falou mal da gente para o vilarejo inteiro – disse Marc, agarrado àquilo.

– Eles vão mudar de ideia – assegurou Carole, lançando um olhar preocupado para o filho. – Aquele casal de artistas tem sido legal.

– Peter e Clara Morrow – contou Dominique. – É. Eu gostei deles. Ela disse que vai querer andar de cavalo quando chegarem.

– E quando vai ser isso? – perguntou Gamache.

– Hoje, mais tarde.

– *Vraiment?* Isso vai ser divertido para os senhores. Quantos são?

– Quatro – respondeu Marc. – Puro-sangue.

– Na verdade, eu acho que você mudou isso, não foi? – acrescentou Carole, dirigindo-se à nora.

– Sério? Eu pensei que você quisesse puros-sangues – disse Marc a Dominique.

– Eu queria, mas depois vi alguns de caça e pensei que, já que a gente vive no campo, eles seriam mais apropriados – explicou, virando-se para Gamache de novo. – Não que eu planeje caçar. É uma raça de cavalo, *Irish Hunter*.

– Usados para saltar – disse ele.

– O senhor monta?

– Não nesse nível, mas eu gostava. Faz anos que não subo em um cavalo.

– O senhor vai ter que vir – disse Carole, embora todos eles soubessem que Gamache dificilmente se espremeria em um par de culotes e subiria em um cavalo de caça.

Mas o inspetor-chefe sorriu ao imaginar o que Gabri faria com um convite daqueles.

– Qual o nome deles? – perguntou Marc.

Dominique hesitou, e a sogra interveio:

– É difícil lembrar, não é? Mas um deles não era Trovão?

– É, isso mesmo. Trovão, Tropeiro, Troiano e qual era o outro? – respondeu ela, voltando-se para Carole.

– Relâmpago.

– Sério? Trovão e Relâmpago? – perguntou Marc.

– São irmãos – explicou Dominique.

Com os copos vazios e os bolinhos reduzidos a migalhas, eles se levantaram e voltaram para o interior da casa.

– Por que os senhores se mudaram para cá? – perguntou Gamache, enquanto eles desciam para o andar principal.

– *Pardon?* – indagou Dominique.

– Por que os senhores se mudaram para o campo e para Three Pines em particular? Este lugar não é exatamente fácil de achar.

– A gente gosta disso.

– Não querem ser encontrados? – perguntou Gamache, com um tom bem-humorado, mas o olhar atento.

– A gente queria paz e tranquilidade – respondeu Carole.

– A gente queria um desafio – disse o filho dela.

– A gente queria uma mudança. Lembra? – perguntou Dominique ao marido antes de se voltar para Gamache. – Nós dois tínhamos empregos importantes em Montreal, mas estávamos cansados. Com *burnout*.

– Isso não é bem verdade – protestou Marc.

– Bom, era quase isso. Não dava para continuar. A gente não queria continuar.

Ela deixou o resto no ar. Dominique entendia que Marc não quisesse admitir o que havia acontecido. A insônia, os ataques de pânico. Ter parado o carro no meio de uma rodovia para recuperar o fôlego. Precisar tirar as mãos do volante. Ele estava perdendo o controle.

Dia após dia, ele ia trabalhar daquele jeito. Por semanas, meses. Até finalmente admitir para Dominique como se sentia. Eles tinham tirado um fim de semana para viajar, o primeiro em anos, e conversado.

Embora ela não tivesse ataques de pânico, estava sentindo outra coisa. Um vazio crescente. Uma sensação de futilidade. Todas as manhãs, tinha que se convencer de que o que fazia importava. Campanhas de publicidade.

Estava ficando cada vez mais difícil comprar aquela ideia.

Então Dominique se lembrara de algo enterrado e esquecido havia muito tempo. Um sonho que tinha desde criança. Morar no campo e criar cavalos.

Ela sempre quisera ter um hotelzinho. Receber as pessoas, cuidar delas como uma mãe. Eles não tinham filhos, e ela sentia uma intensa necessidade de ajudar e tomar conta de outras pessoas. Por isso, eles haviam deixado Montreal, deixado as demandas de empregos estressantes demais, de vidas imaturas demais. Tinham ido até Three Pines com sacos de dinheiro, para primeiro curarem a si mesmos. E depois aos outros.

Com certeza haviam curado aquela casa ferida.

– A gente viu o anúncio desta casa na *Gazette* em um sábado, dirigiu até aqui e comprou – contou Dominique.

– Do jeito que a senhora fale, parece simples – disse Gamache.

– E foi mesmo, quando a gente decidiu o que queria.

E, ao olhar para ela, Gamache acreditou. Ela sabia algo poderoso, algo que a maioria das pessoas nunca aprendia. Que nós criamos o nosso destino.

Aquilo a tornava formidável.

– E a senhora, madame? – perguntou Gamache, virando-se para Carole Gilbert.

– Ah, eu já estou aposentada há algum tempo.

– Na cidade de Quebec, imagino.

– Isso. Parei de trabalhar e me mudei para lá depois que o meu marido morreu.

– *Désolé*.

– Tudo bem. Isso foi há muitos anos. Mas quando Marc e Dominique me convidaram para vir para cá, me pareceu divertido.

– A senhora era enfermeira? Isso vai ser útil em um spa.

– Eu espero que não – disse ela, rindo. – Vocês não têm planos de machucar ninguém, não é? – perguntou ela a Dominique. – Que Deus ajude quem pedir a minha ajuda.

Eles voltaram para a sala de estar, e o inspetor-chefe parou próximo às janelas que iam do chão ao teto antes de se voltar para o ambiente.

– Obrigado pelo tour. E pelo chá. Mas tenho algumas perguntas para os senhores.

– Sobre o assassinato no bistrô – deduziu Marc, e se aproximou um pouco mais da esposa. – Parece tão inusitado um assassinato aqui neste vilarejo.

– Parece, não é? – disse Gamache, perguntando-se se alguém havia contado a eles a história da própria casa.

Provavelmente aquilo não tinha entrado na descrição do corretor.

– Bom, para começar, os senhores viram algum estranho por aí?

– Todo mundo é estranho – disse Carole. – Agora nós já conhecemos a maioria dos moradores, ou pelo menos de vista, mas este fim de semana o vilarejo estava lotado de gente que nunca vimos.

– Seria difícil não notar este homem; ele parecia uma pessoa em situação de rua.

– Não, eu não vi ninguém assim – disse Marc. Você viu, mãe?

– Ninguém.

– Onde os senhores estavam no sábado à noite e no domingo de manhã?

– Marc, eu acho que você foi dormir primeiro. Ele geralmente vai. Dominique e eu assistimos o *Téléjournal* na Radio Canada e depois subimos.

– Tipo onze horas, não foi? – perguntou Dominique.

– Algum dos senhores levantou no meio da noite?

– Eu – respondeu Carole. – Rapidinho. Para ir ao banheiro.

– Por que o senhor está perguntando isso? – quis saber Dominique. – O assassinato aconteceu lá no bistrô. Não teve nada a ver com a gente.

Gamache se virou e apontou para a janela.

– Por isto aqui.

Os três olharam. Lá embaixo, no vilarejo, pessoas levavam malas para os carros, se abraçavam e crianças relutantes eram chamadas de volta para casa. Uma jovem caminhava rapidamente pela Rue du Moulin, na direção dos pequenos.

– Esta é a única casa de Three Pines de onde se pode ver o vilarejo inteiro e o único lugar com vista direta para o bistrô. Se o assassino tivesse acendido a luz, a senhora teria visto.

– Os quartos ficam nos fundos – lembrou Dominique.

Gamache já havia percebido isso durante o tour.

– É verdade. Mas eu estava torcendo para que alguém tivesse insônia.

– Desculpe, inspetor-chefe, mas aqui nesta casa todos nós dormimos como pedras.

A campainha tocou bem naquele instante, e os Gilberts se agitaram um pouco. Não esperavam ninguém, mas Gamache, sim. Ele havia observado a trajetória da agente Lacoste, caminhando ao redor da praça e subindo a Rue du Moulin.

Algo havia acontecido.

– Posso falar com o senhor em particular? – perguntou a agente Lacoste após ser apresentada a todos.

Os Gilberts entenderam a mensagem. Após vê-los sair, a agente Lacoste se virou para Gamache.

– A legista ligou. A vítima não foi morta no bistrô.

ONZE

Myrna bateu na porta do bistrô e a abriu.

– Você está bem? – perguntou ela baixinho, na penumbra.

Desde que havia se mudado para Three Pines, aquela era a primeira vez que via o bistrô escuro durante o dia. Olivier abria até no Natal.

O homem estava sentado em uma poltrona, olhando para o nada. Ele se virou para ela e sorriu.

– Eu estou bem.

– Bem DEMAIS? Tipo o título do livro da Ruth? Desequilibrado, egoísta, mesquinho, amargo, inseguro e solitário?

– É, bem por aí.

Myrna se sentou diante de Olivier e ofereceu a ele uma caneca do chá que havia trazido da livraria. Forte, quente, com leite e açúcar. Uma marca normal. Nada muito chique.

– Quer conversar?

Ela ficou ali em silêncio, observando o amigo. Myrna conhecia o rosto dele e havia acompanhado as pequenas mudanças que tinham surgido ali ao longo dos anos. Os pés de galinha ao redor dos olhos, o belo cabelo louro começando a rarear. O que não havia mudado, ao que tudo indicava, eram as coisas invisíveis – porém ainda mais óbvias. O coração bondoso, a consideração que tinha pelos outros. Ele era o primeiro a levar uma sopa para quem quer que estivesse doente. O primeiro a visitar as pessoas no hospital. A ler em voz alta para uma pessoa perto do fim, fraca e cansada demais para fazer isso por conta própria. Gabri, Myrna e Clara organizavam os moradores para ajudar e, quando chegavam, encontravam Olivier lá.

E agora era a vez deles de ajudá-lo.

– Eu não sei se quero reabrir o bistrô.

Myrna tomou um gole do chá e assentiu.

– É compreensível. Você foi ferido. Deve ter sido um choque horrível vê-lo aqui. Com certeza foi para mim, e o bistrô nem é meu.

Você não faz ideia, pensou Olivier. Ele não disse nada, mas olhou para a janela. Viu o inspetor-chefe Gamache e a agente Lacoste descendo a Rue du Moulin, vindo da antiga casa dos Hadleys. Rezou para que passassem direto. Para que não entrassem no bistrô. Com seus olhos de lince e perguntas afiadas.

– Não sei se não devia simplesmente vender. Seguir em frente.

Aquilo surpreendeu Myrna, mas ela não demonstrou.

– Por quê? – perguntou delicadamente.

Ele balançou a cabeça e olhou para as mãos, que descansavam no colo.

– Tudo está mudando. Tudo mudou. Por que as coisas não podem ser como sempre foram? Eles pegaram os meus atiçadores de brasas, sabe? Eu acho que o Gamache pensa que fui eu.

– Tenho certeza de que ele não pensa isso. Olivier, olhe para mim – disse ela, falando com ele de maneira assertiva. – Não importa o que ele pensa. A gente sabe a verdade sobre você. E você precisa saber uma coisa sobre a gente. A gente ama você. Você acha que a gente vem aqui todos os dias só pela comida?

Ele fez que sim com a cabeça e sorriu de leve.

– Você quer dizer que não era pelos croissants? Pelo vinho tinto? Nem mesmo pela torta de chocolate?

– Bom, é, talvez pela torta. Mas, olha, a gente vem aqui por você. Você é a grande atração. A gente ama você, Olivier.

Olivier a encarou. Ele não tinha percebido, até aquele momento, que sempre havia temido que o afeto deles fosse condicional. Ele era o dono do bistrô, o único da cidade. Eles gostavam do lugar pela atmosfera e pela recepção cordial. Pela comida e pelas bebidas. Mas acabava aí. Gostavam do lugar pelo que ele oferecia. Pelo que vendia.

Sem o bistrô, Olivier não era nada para eles.

Como Myrna sabia de algo que ele sequer havia admitido para si mesmo?

Ela sorriu para ele. Estava usando o habitual cafetã extravagante. Para o aniversário dela, Gabri tinha tecido um cafetã de inverno, de flanela.

O mundo, que vinha se fechando sobre ele havia dias, de repente afrouxou um pouco as garras.

– Nós vamos à feira do condado de Brume. É o último dia. O que você acha? Será que estaria interessado em algodão-doce, refrigerante cremoso de baunilha e hambúrguer de bisão? Eu ouvi dizer que Wayne vai mostrar a ninhada de leitões hoje de tarde. Eu sei que você adora um belo leitãozinho.

Uma vez, só uma vez, na feira anual do condado, ele havia apressado os amigos para ir até as baias dos porcos ver os filhotes. E agora tinha virado o cara dos leitões. Mas até que gostava de ser associado com os porquinhos. Era verdade, ele adorava porcos. Suspeitava que tinha muito em comum com os bichos. No entanto, balançou a cabeça.

– Não estou com ânimo, infelizmente. Mas vão vocês. Traz um bicho de pelúcia para mim.

– Você quer companhia? Eu posso ficar.

E ele sabia que ela não estava falando por falar. Mas precisava ficar sozinho.

– Obrigado, mas eu realmente estou bem desequilibrado, egoísta, mesquinho, amargo, inseguro e solitário.

– Bom, desde que você esteja bem... – debochou Myrna, levantando-se.

Após trabalhar anos como psicóloga, ela sabia escutar as pessoas. E deixá-las em paz.

Pela janela, o dono do bistrô observou Myrna, Peter, Clara, Ruth e a pata Rosa entrarem no carro dos Morrows. O grupo acenou para ele, e Olivier retribuiu o gesto alegremente. Só Myrna não acenou, apenas assentiu. Ele baixou o braço, encontrou os olhos dela e assentiu também.

Ele acreditou quando ela disse que os amigos o amavam. Mas também sabia que eles amavam um homem que não existia. Ele era uma ficção. Se conhecessem o verdadeiro Olivier, o expulsariam de suas vidas e provavelmente do vilarejo.

Enquanto o carro deles subia a colina devagar em direção ao condado de Brume, Olivier ouviu aquelas palavras de novo. Vindas da cabana escondida no bosque. Sentiu o cheiro da lenha queimada e das ervas secas. E viu o Eremita. Vivo. Com medo.

Ele ouviu a história de novo. Que não era só uma história, Olivier sabia.

Era uma vez um Rei Montanha que vigiava um tesouro. Enterrado bem fundo, o tesouro fez companhia ao Rei por milênios. Os outros deuses ficaram com inveja e raiva e advertiram o Rei de que, se ele não dividisse o tesouro, fariam algo terrível.

Mas o Rei Montanha era o mais poderoso de todos, então simplesmente riu, sabendo que os outros não podiam fazer nada contra ele. Não tinha ataque que não pudesse repelir e aplicar em dobro contra os outros. Ele era invencível. Então o Rei Montanha se preparou para o ataque deles. Que nunca veio.

Nada veio. Nunca mais.

Nenhum míssil, nenhuma lança, nenhum cavalo de guerra, cavaleiro, cão ou pássaro. Nem sequer uma semente ao vento. Nem mesmo o vento.

Nada. Nunca. Mais.

Foi o silêncio que atingiu o Rei Montanha primeiro, mas depois veio o toque. Nada tocava o Rei. Nenhuma brisa roçava a superfície rochosa dele. Nenhuma formiga caminhava sobre ele, nenhum pássaro pousava nele. Nenhuma minhoca abria um túnel.

Ele não sentia nada.

Até o dia em que um rapaz apareceu.

Olivier voltou ao bistrô, com o corpo tenso, os músculos contraídos. As unhas cravadas na palma das mãos.

Por quê?, ele se perguntou pela milionésima vez. Por que ele havia feito aquilo?

ANTES DE SAIR PARA VER A LEGISTA, o inspetor-chefe foi até o grande papel pregado na parede da sala de investigação. Em letras vermelhas, o inspetor Beauvoir havia escrito:

QUEM ERA A VÍTIMA?
POR QUE ELE FOI MORTO?
QUEM O MATOU?
QUAL FOI A ARMA DO CRIME?

Com um suspiro, o inspetor-chefe acrescentou duas novas perguntas:

ONDE ELE FOI MORTO?
POR QUE O CORPO FOI MOVIDO?

Até aquele ponto da investigação, eles tinham encontrado mais perguntas do que pistas. Mas era dali que as respostas vinham. Das perguntas. Gamache estava perplexo, mas não insatisfeito.

Jean Guy Beauvoir já o estava esperando quando o chefe chegou ao hospital de Cowansville. Os dois entraram juntos e desceram as escadas que davam no porão, onde ficavam os arquivos e os mortos.

– Eu liguei assim que percebi o que estava vendo – disse a Dra. Harris após cumprimentá-los.

Ela os levou até a sala limpa, iluminada por luzes fluorescentes. O morto estava nu em uma maca de aço. Gamache desejou que o tivessem coberto com um lençol. Ele parecia gelado. E, de fato, estava.

– Ele sofreu uma hemorragia interna, mas isso não seria suficiente. Este ferimento – explicou ela, apontando para a parte de trás da cabeça da vítima, esmagada – teria sangrado em qualquer superfície em que ele caísse.

– Quase não tinha sangue no chão do bistrô – observou Beauvoir.

– Ele foi morto em outro lugar – concluiu a legista, com uma voz segura.

– Onde? – perguntou Gamache.

– O senhor quer o endereço?

– Se a senhora não se importar – disse o inspetor-chefe, com um sorriso.

A Dra. Harris também sorriu.

– Logicamente, não sei, mas encontrei algumas coisas que podem ajudar.

A Dra. Harris foi até a mesa do laboratório, onde havia alguns frascos rotulados. Ela entregou um deles ao inspetor-chefe.

– O senhor se lembra daquela coisinha branca que estava na ferida? Eu achei que podiam ser cinzas. Ou parte de um osso, quem sabe até caspa. Bom, não era nada disso.

Gamache precisou colocar os óculos para enxergar o minúsculo floco branco dentro do frasco e depois ler a etiqueta.

Parafina, encontrada no ferimento.

– Parafina? Tipo cera?

– Isso, é conhecida como cera de parafina. É um material antigo, como o senhor deve saber. Costumava ser usado em velas, depois foi substituído por outros tipos mais estáveis de cera.

– A minha mãe usa nas conservas – comentou Beauvoir. – Ela a derrete na boca dos jarros para criar um lacre, não é isso?

– Isso mesmo – disse a Dra. Harris.

Gamache se voltou para Beauvoir.

– E onde a sua mãe estava no sábado à noite?

O outro riu.

– A única cabeça que ela ameaça esmagar é a minha. A sociedade em geral está segura.

Gamache devolveu o frasco à legista.

– A senhora tem alguma teoria?

– Como a parafina estava no fundo do ferimento, podia estar tanto na cabeça dele antes do golpe quanto na arma do crime.

– Um pote de picles? – perguntou Beauvoir.

– Com certeza coisas mais estranhas já foram usadas para esse fim – disse Gamache, embora não conseguisse pensar em nenhuma.

Beauvoir balançou a cabeça. Só podia ser um anglófono. Quem mais seria capaz de transformar um pote de picles em arma?

– Então não foi um atiçador de brasas? – perguntou Gamache.

– Só se estivesse muito limpo. Não encontrei nenhum vestígio de cinzas. Só isso – disse ela, meneando a cabeça para o frasco. – E tem outra coisa – continuou a Dra. Harris, puxando uma cadeira de laboratório até a bancada. – Na parte de trás das roupas, a gente encontrou isto aqui. Muito pouco, mas estava lá.

Ela entregou o relatório do laboratório a Gamache e apontou para uma linha.

– Poliuretano acrílico e óxido de alumínio – leu ele. – O que são?

– Varathane, um verniz à base de água – explicou Beauvoir. – A gente acabou de restaurar os pisos lá de casa. Isto é usado para selar o piso depois de lixar.

– Não só o piso – disse a Dra. Harris, pegando o frasco de volta. – É usado em madeira de forma geral. Para dar acabamento. A não ser pelo ferimento da cabeça, o homem estava bem. Podia viver mais uns 25, 30 anos.

– Estou vendo aqui que ele fez uma refeição algumas horas antes de ser morto – comentou Gamache, lendo o relatório da autópsia.

– Vegetariana. Orgânica, eu acho. Enviei para teste – disse a legista. – Uma refeição vegetariana saudável. Não é um jantar comum para um morador de rua.

– Alguém pode ter levado o homem para jantar e depois o matado – sugeriu Beauvoir.

A Dra. Harris hesitou.

– Eu pensei nisso, e é uma possibilidade.

– Mas...? – perguntou Gamache.

– Mas parece que ele se alimentava assim o tempo todo. E não só uma vez.

– Então ou ele cozinhava para si mesmo e tinha uma alimentação saudável – concluiu Gamache –, ou alguém cozinhava para ele, e ambos eram vegetarianos.

– Isso – concordou a legista.

– Também não estou vendo nem álcool, nem drogas – disse Beauvoir, examinando o relatório.

A Dra. Harris assentiu.

– Eu não acho que ele fosse uma pessoa em situação de rua. Não sei se alguém se importava com este homem, mas ele se importava consigo mesmo.

Que epitáfio maravilhoso, pensou Gamache. *Ele se importava consigo mesmo.*

– Talvez fosse um sobrevivencialista – sugeriu Beauvoir. – Sabe, um daqueles malucos que sai da cidade e se esconde no bosque pensando que o mundo está acabando?

Gamache olhou para Beauvoir. Aquele era um pensamento interessante.

– Sinceramente, eu estou intrigada – admitiu a legista. – Vocês podem ver que ele foi atingido por um único e catastrófico golpe na parte de trás da cabeça. Isso por si só já é raro. Encontrar um único golpe...

A voz da Dra. Harris foi sumindo, e ela balançou a cabeça. Depois prosseguiu:

– Normalmente, quando alguém tem coragem de espancar outra pessoa até a morte, está tomado por emoções fortes. É como um transe. A pessoa fica histérica e não para. Você encontra vários golpes. Um só, que nem este...

– O que isso diz para a senhora? – perguntou Gamache, observando o crânio afundado.

– Que não foi um crime passional – respondeu ela, virando-se para ele. – Ok, teve alguma paixão, mas também planejamento. Quem fez isso estava furioso. Mas também estava no controle dessa fúria.

Gamache ergueu as sobrancelhas. Aquilo era raro, extremamente raro. E perturbador. Era como tentar dominar uma manada de cavalos selvagens que relinchavam, se empinavam e batiam os cascos violentamente, com as narinas dilatadas.

Quem poderia controlar uma coisa dessas?

O assassino desse caso.

Beauvoir olhou para o chefe, e o chefe olhou para ele. Aquilo não era bom.

Gamache se voltou para o corpo gelado na maca. Se ele era um sobrevivencialista, a estratégia não tinha funcionado. Se aquele homem temia o fim do mundo, não havia ido longe o suficiente, não tinha se embrenhado o suficiente nas florestas canadenses.

O fim do mundo o havia encontrado.

DOZE

Dominique Gilbert parou ao lado da sogra e olhou para a estrada de terra. De vez em quando, elas tinham que se afastar, porque carros lotados de gente saíam de Three Pines para aproveitar o último dia da feira ou voltar mais cedo para a cidade e evitar o engarrafamento.

Elas não estavam olhando para Three Pines, mas para o lado oposto. Em direção à estrada que levava a Cowansville. E aos cavalos.

Dominique ainda ficava surpresa por ter se esquecido completamente de seu sonho de infância. Só que aquilo talvez não fosse tão surpreendente, já que ela também havia sonhado em se casar com Keith, de *A família Dó-Ré-Mi*, e ser descoberta como uma das garotinhas Romanov perdidas. A fantasia de ter cavalos tinha desaparecido junto com todos os outros sonhos improváveis, substituídos por reuniões de diretoria, clientes, planos mensais em academias e roupas cada vez mais caras. Até que, finalmente, o copo dela havia transbordado e derramado, fazendo com que todas aquelas promoções, férias e tratamentos de spa maravilhosos perdessem a importância. No entanto, no fundo daquele copo cheio de metas, objetivos e alvos, restou uma última gota.

O sonho de Dominique. Um cavalo só dela.

Quando era criança, ela costumava cavalgar. Com o vento no cabelo e as rédeas de couro leves nas mãos, sentia-se livre. E segura. As preocupações hesitantes daquela garotinha séria eram esquecidas.

Anos depois, quando a insatisfação se transformou em desespero, quando o espírito dela se esgotou, quando ela mal conseguia sair da cama de manhã, o sonho reapareceu. Como se fosse a Real Polícia Montada do Canadá, cavalgando para resgatá-la.

Os cavalos a salvariam. Aquelas criaturas magníficas que amavam quem os montava a ponto de entrarem em uma batalha com eles, enfrentando explosões, horrores, gritos de homens e armas. Quando o cavaleiro os incitava a avançar, eles iam.

Quem não amava aquilo?

Certa manhã, Dominique havia acordado sabendo o que precisava ser feito. Pela sanidade deles. Pela alma deles. Eles tinham que pedir demissão, comprar uma casa no campo. E ter cavalos.

Assim que compraram a antiga casa dos Hadleys e Roar começou a trabalhar no estábulo, Dominique foi atrás de seus cavalos. Ela havia passado meses pesquisando a raça e o temperamento perfeitos. Até mesmo a altura, o peso e as cores. Palomino, mesclado? Todas as palavras de sua infância voltaram. Todas as fotos arrancadas de calendários e coladas na parede ao lado de Keith Partridge. O cavalo preto com as patas brancas, o poderoso garanhão cinza empinado, o cavalo árabe, nobre, digno, forte.

Por fim, Dominique escolheu quatro cavalos de caça magníficos. Altos, com pelos brilhantes. Dois marrons, um preto e um todo branco.

– Estou ouvindo um caminhão – disse Carole, segurando de leve a mão da nora.

Como se segurasse uma rédea.

O veículo começou a surgir. Dominique acenou. O caminhão desacelerou e depois seguiu as instruções dela, entrando no pátio e parando ao lado do estábulo novinho em folha.

Quatro cavalos foram conduzidos para fora do veículo, batendo os cascos na rampa de madeira. Quando todos já estavam no pátio, o motorista foi até as mulheres, jogou um cigarro na terra e o esmagou com o pé.

– A senhora precisa assinar aqui, madame – disse ele, virando-lhe a prancheta.

Mal tirando os olhos dos cavalos, Dominique assinou o próprio nome e deu uma gorjeta ao homem.

Ele a pegou e olhou das duas mulheres confusas para os cavalos.

– A senhora tem certeza de que quer ficar com eles?

– Tenho, sim, obrigada – disse Dominique, com mais confiança do que sentia.

Agora que eles estavam realmente ali e o sonho havia se tornado realidade, ela percebeu que não tinha ideia do que fazer com um cavalo. Que dirá com quatro. O motorista pareceu entendê-la.

– A senhora quer que eu os coloque no estábulo?

– Não, tudo bem. A gente faz isso. *Merci*.

Ela queria que ele fosse embora logo. Para que não presenciasse seus gestos incertos e atrapalhados, sua falta de aptidão. Dominique Gilbert não costumava errar, mas suspeitava que estivesse prestes a se familiarizar com isso.

O motorista deu a ré e foi embora. Carole se virou para Dominique.

– Bom, *ma belle* – disse –, suspeito que a gente não tenha como se sair pior do que os últimos donos.

Enquanto o caminhão voltava para Cowansville, elas vislumbraram a palavra escrita na traseira do veículo. Em negrito, com letras pretas, para que não restasse nenhuma dúvida. *Abattoir*, abatedouro. Então as duas mulheres se voltaram para os quatro animais sofridos na frente delas. Opacos, de olhos arregalados e com as costas afundadas. Com cascos crescidos e o pelo coberto de lama e feridas.

– *Os sinos do céu ressoariam* – murmurou Carole.

Sobre os sinos do céu, Dominique não tinha como afirmar, mas sua cabeça com certeza ressoava. O que ela havia feito? Pegou uma cenoura e ofereceu ao primeiro cavalo. Uma velha égua esgotada chamada Peônia. A égua hesitou, não habituada a bondade. Depois deu um passo na direção de Dominique e, com lábios imensos e expressivos, pegou a doce cenoura da mão da mulher.

Dominique havia cancelado a compra dos magníficos cavalos de caça e decidido comprar cavalos destinados ao abate. Se estava esperando que eles a salvassem, o mínimo que podia fazer era salvá-los primeiro.

Uma hora e meia depois, Dominique, Carole e os quatro cavalos ainda estavam parados diante do estábulo. Mas agora na companhia de um veterinário.

– Depois que eles tiverem tomado banho, a senhora vai ter que esfregar isto nas feridas – explicou ele, entregando a Dominique um balde de pomada. – Duas vezes ao dia, de manhã e à noite.

– Eles podem ser cavalgados? – perguntou Carole, segurando o cabresto do cavalo maior.

Ela não falou nada, mas suspeitava que ele nem fosse um cavalo, e sim um alce. O nome do bicho era Macarrão.

– *Mais, oui.* Aliás, eu recomendo – encorajou o veterinário, caminhando de novo ao redor deles, passando as mãos grandes e seguras nos animais sofridos. – *Pauvre cheval* – murmurou ele no ouvido da velha égua Peônia, já quase sem crina, com o rabo ralo e a pelagem enlameada. – Eles precisam de exercícios, uma boa comida e muita água. Mas, principalmente, precisam de atenção.

O veterinário balançou a cabeça enquanto terminava o exame.

– A boa notícia é que não tem nada fatalmente errado com eles. Foram abandonados em campos lamacentos e estábulos gelados. Não limpavam os pelos deles. Foram negligenciados. Mas este aqui... – disse ele, aproximando-se do cavalo alto e escuro de olhos arregalados, que se esquivou.

O veterinário esperou e se aproximou de novo, de mansinho, fazendo sons tranquilizadores até que o cavalo se aquietasse. Então prosseguiu:

– Este aqui sofreu maus-tratos. Dá para ver – declarou, apontando para as cicatrizes nos flancos do animal. – Está com medo. Qual é o nome dele?

Dominique consultou a conta do abatedouro, depois olhou para Carole.

– O quê? – perguntou a idosa, indo até ela para checar o documento também. – Ah – disse ela, antes de olhar para o veterinário. – Dá para mudar o nome de um cavalo?

– Normalmente eu diria que sim, mas não o deste. Ele precisa de estabilidade. Os cavalos se acostumam aos nomes. Por quê?

– O nome dele é Marc.

– Já ouvi piores – comentou o veterinário, arrumando o material de trabalho.

As duas mulheres se entreolharam. Até então, Marc, não o equino, não fazia ideia de que Dominique havia cancelado a compra dos cavalos de caça para ficar com aqueles bichos desajustados. Era quase certo que não ficaria feliz com aquilo. Ela esperava que ele não notasse e que, se desse a eles nomes masculinos e poderosos como Trovão e Relâmpago, talvez o marido não se importasse. Mas com certeza ele notaria um caco velho meio cego e cheio de cicatrizes chamado Marc.

– É bom montar neles assim que possível – aconselhou o veterinário, do carro. – No início, apenas caminhem, para eles recuperarem as forças –

explicou, e abriu um sorriso caloroso para as duas mulheres. – Vai dar tudo certo. Não se preocupem. Estes quatro são cavalos de sorte.

E foi embora.

– *Oui* – disse Carole –, até a gente colocar a sela no lado errado.

– Eu acho que a sela vai no meio – corrigiu Dominique.

– *Merde.*

A Sûreté estava atrás de sangue. Se a vítima não tinha sido morta no bistrô, isso havia acontecido em outro lugar, e eles precisavam encontrar a cena do crime. Muito sangue tinha sido derramado. E embora o assassino tivesse contado com dois dias para limpar tudo, sangue manchava. Grudava nas coisas. Seria quase impossível apagar completamente as evidências daquele crime brutal. Cada casa, loja, galpão, estábulo, garagem e canil de Three Pines foi vasculhado. Jean Guy Beauvoir coordenou a operação, enviando equipes de policiais da Sûreté para o vilarejo e as cercanias. Da sala de investigação, ele recebia relatórios, orientava as equipes e vez ou outra até as repreendia, sua paciência erodindo conforme os resultados negativos surgiam.

Nada.

Nem sinal de cena ou arma do crime. Nem mesmo na antiga casa dos Hadleys, cujos pisos novos se mostraram livres de sangue. Os testes de laboratório feitos nos atiçadores de brasas de Olivier confirmaram que nenhum deles era a arma do crime. Ela ainda estava por aí, em algum lugar.

Encontraram as botas perdidas de Guylaine e um depósito de alimentos debaixo da casa de monsieur Béliveau, abandonado e coberto de grama, mas que ainda continha beterrabas em conserva e sidras. Havia um ninho de esquilos no sótão de Ruth (o que não chegava a ser surpreendente) e sementes suspeitas no vestíbulo de Myrna, que no fim das contas se revelaram ser de malvas-rosa.

Nada.

– Eu vou ampliar a área de busca – disse Beauvoir ao chefe pelo telefone.

– Provavelmente é uma boa ideia – respondeu Gamache.

Mas ele não parecia muito certo daquilo.

Pelo fone, Beauvoir ouviu sinos, música e risadas.

Armand Gamache estava na feira.

A feira do condado de Brume tinha mais de um século e atraía pessoas de todos os municípios. Como a maioria das feiras, tinha começado como um ponto de encontro de fazendeiros, que iam até lá mostrar o gado, vender a produção do outono, fazer negócios e ver os amigos. Havia concursos de animais em um celeiro e artesanato à mostra em outro. Bolos, pães e biscoitos estavam à venda nos longos corredores de galpões abertos e as crianças faziam fila para comprar doces de alcaçuz e de xarope de bordo, além de pipoca e rosquinhas feitas na hora.

Era a última celebração do verão, a ponte para o outono.

Armand Gamache passou pelos brinquedos e vendedores ambulantes e consultou o relógio. Já estava na hora. Ele se dirigiu para um campo ao lado dos celeiros, onde uma multidão se reunia. Para o arremesso de galochas.

Da beira do campo, observou crianças e adultos formarem uma fila. O jovem que organizava a competição os arrumou, deu a cada um uma velha galocha e, movendo-se bem para trás do grupo, levantou o braço. E ali o manteve.

A tensão era quase insuportável.

Ele então baixou o braço como um machado.

As pessoas levantaram um dos braços em um movimento quase coordenado e o jogaram para a frente. E, em meio aos gritos de encorajamento dos espectadores, uma chuva de galochas foi lançada.

Gamache soube naquele instante por que havia conseguido um lugar tão bom na lateral do campo. Pelo menos três galochas foram arremessadas na direção dele.

Ele se virou e curvou as costas, levantando o braço por instinto para proteger a cabeça. Com uma série de baques, as galochas aterrissaram ao redor do inspetor-chefe, mas não nele.

O jovem responsável pela competição correu até lá.

– O senhor está bem?

Ele tinha um cabelo castanho cacheado que o brilho do sol avermelhava. O rosto estava bronzeado e os olhos eram muito azuis. Um rapaz de beleza estonteante, mas que também estava bem irritado.

– O senhor não devia estar aqui. Eu achei que fosse sair quando começasse.

Gamache foi presenteado com um olhar de alguém que reconhecia estar na presença de uma estupidez imensurável.

– *C'était ma faute* – admitiu Gamache. – Desculpa. Eu estou procurando o Velho Mundin.

– Sou eu.

Gamache olhou para o jovem bonito e corado.

– E o senhor é o inspetor-chefe Gamache – disse ele, estendendo a mão grande e calejada. – Eu já vi o senhor em Three Pines. A sua esposa não participou da dança dos tamancos no Dia do Canadá?

Gamache mal conseguia desviar os olhos daquele rapaz cheio de vigor e luz. Ele assentiu.

– Imaginei. Eu era um dos violinistas. O senhor estava me procurando?

Atrás do Velho Mundin, as pessoas começavam a se juntar, olhando para ele. Ele deu uma olhada rápida no povo, mas parecia relaxado.

– Eu queria conversar, quando o senhor tiver um instante – disse o inspetor-chefe.

– Claro. A gente vai fazer mais alguns lançamentos, depois eu posso ir. Quer tentar?

E lhe ofereceu uma das galochas que quase o havia acertado na cabeça.

– O que eu tenho que fazer? – perguntou Gamache, pegando a bota e seguindo Mundin até a linha.

– É um arremesso de galochas – respondeu Velho Mundin, com uma risada. – Eu acho que o senhor pode deduzir.

Gamache sorriu. Aquele talvez não fosse o seu dia mais brilhante. Ele se posicionou ao lado de Clara e viu Velho Mundin correr ao lado da fileira de pessoas, até uma bela jovem e uma criança que devia ter uns 6 anos. Ele se abaixou e entregou uma galochinha para o garoto.

– É o Charles – disse Clara. – Filho dele.

Gamache olhou de novo. Charles Mundin também era lindo. Ele riu e se virou para o lado errado, o que os pais logo resolveram, pacientes. Velho Mundin beijou o filho e voltou correndo.

Charles Mundin, percebeu Gamache, tinha síndrome de Down.

– Preparados? – gritou Mundin, levantando o braço. – Em seus lugares!

Gamache agarrou a bota e olhou de soslaio para Peter e Clara, que tinham os olhos vidrados à frente.

– Valendo!

Gamache ergueu o braço e sentiu a galocha encostar nas costas. Depois a jogou para a frente, largando a bota lamacenta de mau jeito. Ela voou de lado e aterrissou cerca de meio metro à frente dele, para o lado.

Clara segurou a galocha com força, mas também não conseguiu muita coisa, e sua bota voou quase na vertical.

– Cuidado! – gritaram todos, e depois recuaram juntos, esforçando-se para ver a galocha, que voltava na direção deles.

Ela atingiu Peter. Felizmente, era uma pequena galocha infantil cor-de-rosa, que ricocheteou no homem sem causar maiores danos. Atrás de Gamache, Gabri e Myrna apostavam quanto tempo Clara levaria para arrumar uma desculpa e qual seria.

– Eu aposto 10 dólares em "A galocha estava molhada" – disse Myrna.

– Não, ela já disse isso no ano passado. Que tal "Peter bateu nela"?

– Feito.

Clara e Peter foram até eles.

– Vocês acreditam que eles me deram uma galocha molhada de novo?

Gabri e Myrna caíram na risada. Ele pagou o que devia da aposta e Clara, com um sorriso largo, olhou para Gamache. Ela se aproximou do inspetor-chefe e sussurrou:

– No ano que vem, vou dizer que o Peter encostou nela. Aposta nessa.

– Mas e se a galocha não bater nele?

– Ela sempre bate – disse Clara, séria. – Ele sempre se inclina, sabe?

– Foi o que ouvi falar.

Myrna acenou para Ruth, que vinha mancando do outro lado do campo, com Rosa a seu lado. A poeta mostrou o dedo médio. Ao ver aquilo, Charles Mundin cumprimentou todo mundo com o mesmo gesto.

– A Ruth não participa da competição? – perguntou Gamache.

– É divertido demais – disse Peter. – Ela veio comprar roupas infantis no celeiro de artesanato.

– Para quê?

– Quem sabe por que a Ruth faz qualquer coisa, né? – comentou Myrna. – Algum progresso na investigação?

– Bom, nós descobrimos uma coisa importante. – disse Gamache, fazendo com que todos se aproximassem ainda mais dele e até Ruth mancasse na direção do grupo. – A legista disse que o homem não foi morto no bistrô. Ele foi morto em outro lugar e levado até lá.

Agora Gamache ouvia as atrações da feira nitidamente, como vendedores que prometiam enormes bichos de pelúcia para quem atirasse em um pato de lata. Sinos tilintavam, chamando a atenção para os jogos, e o locutor avisava que o show de cavalos estava prestes a começar. No entanto, seu público permanecia em silêncio. Até que, finalmente, Clara falou:

– Isso é uma excelente notícia para Olivier, não?

– Você quer dizer que torna Olivier menos suspeito? – perguntou Gamache. – Acho que sim. Mas levanta uma série de outras perguntas.

– Tipo como o corpo chegou ao bistrô – disse Myrna.

– E onde o homem foi morto – emendou Peter.

– Nós estamos fazendo uma busca no vilarejo. Casa por casa.

– Fazendo o quê? – perguntou Peter. – Sem a nossa permissão?

– Nós temos mandados – disse Gamache, surpreso com a reação veemente de Peter.

– Ainda assim, isso é invasão de privacidade. Você sabia que a gente ia voltar, podia ter esperado.

– Podia, mas preferi não fazer isso. Não são visitas casuais e, sinceramente, como vocês se sentem a respeito disso é algo secundário aqui.

– Aparentemente, os nossos direitos também.

– Isso não é verdade – replicou o inspetor-chefe com firmeza.

Quanto mais agitado Peter ficava, mais calmo Gamache se tornava.

– Nós temos mandados. Infelizmente, o seu direito à privacidade acabou quando alguém cometeu um assassinato no seu vilarejo. Não fomos nós que violamos os seus direitos, e sim o assassino. Não se esqueça disso. Vocês precisam nos ajudar, e isso significa sair da frente para que façamos o nosso trabalho.

– Para que vocês vasculhem a nossa casa, né? – disse Peter. – Como você se sentiria?

– Eu também não ia gostar nada – admitiu Gamache. – Quem ia gostar? Mas imagino que eu conseguiria entender. Isso é só o começo, você sabe. Vai piorar. E, antes que acabe, nós vamos descobrir onde tudo está escondido.

Ele olhou para Peter, sério.

Peter viu a porta fechada de seu estúdio. Imaginou os policiais da Sûreté abrindo-a. Acendendo a luz. Entrando naquele espaço tão íntimo para ele. O lugar onde guardava a sua arte. O lugar onde guardava seu coração. Sua obra mais recente estava lá, debaixo de um pano. Escondida. Longe de olhares críticos.

Mas agora estranhos teriam aberto aquela porta, levantado aquele véu e visto sua pintura. O que eles pensariam?

– Pelo que eu sei, até agora nós não encontramos nada, exceto as botas desaparecidas da Guylaine.

– Então vocês encontraram aquelas botas – disse Ruth. – Aquela desgraçada me acusou de ter roubado.

– Elas foram encontradas na sebe que fica entre a sua casa e a dela – contou Gamache.

– Que coisa – comentou Ruth.

Gamache notou que os Mundins estavam na extremidade do campo, esperando.

– Com licença.

O inspetor-chefe andou rapidamente em direção ao jovem casal com o filho e se juntou a eles em uma caminhada até a barraca que Velho Mundin havia montado. Estava cheia de móveis feitos à mão. Gamache acreditava que as escolhas das pessoas eram sempre reveladoras. Mundin havia escolhido fazer móveis, móveis finos. O olhar instruído de Gamache percorreu mesas, armários e cadeiras. Era um trabalho esmerado e meticuloso. As juntas não continham pregos; os detalhes tinham sido lindamente embutidos e os acabamentos eram suaves. Impecáveis. Trabalhos como aqueles demandavam tempo e paciência. E o jovem carpinteiro nunca, jamais receberia o que aquelas mesas, cadeiras e cômodas valiam.

Ainda assim, Velho Mundin havia escolhido fazer aquilo. Algo raro para um jovem dos dias de hoje.

– Como a gente pode ajudar? – perguntou A Esposa, abrindo um sorriso caloroso.

O cabelo dela era bem escuro e curtinho. Seus olhos, grandes e atenciosos. A jovem se vestia com sobreposições e tinha um visual confortável e boêmio. *Uma mulher maternal e conectada à natureza*, pensou Gamache, *casada com um carpinteiro*.

– Eu tenho algumas perguntas, mas me fale sobre os seus móveis. Eles são lindos.

– *Merci* – agradeceu Mundin. – Eu passo grande parte do ano fazendo peças para vender aqui na feira.

Gamache passou a mão grande pela superfície lisa de uma cômoda.

– Polimento maravilhoso. Parafina?

– Não, a menos que a gente queira que elas peguem fogo – disse o jovem, rindo. – A parafina é altamente inflamável.

– Varathane?

Velho Mundin sorriu.

– Eu acho que o senhor está nos confundindo com a Ikea. Acontece muito – disse ele, em um tom brincalhão. – Não, a gente usa cera de abelhas.

A gente, pensou Gamache. Ele estava observando aquele jovem casal havia poucos minutos, mas parecia evidente que eles eram um time.

– Dá para vender muito aqui na feira? – perguntou ele.

– Só restou isto – respondeu A Esposa, apontando para as poucas peças requintadas em volta deles.

– Estas também já vão ter saído até o fim da feira – disse Velho Mundin. – Daí, eu começo tudo de novo. O outono é uma ótima época do ano para entrar nas florestas e encontrar madeira. Grande parte do trabalho de marcenaria eu faço no inverno.

– Eu gostaria de conhecer a sua oficina.

– Quando quiser.

– Que tal agora?

Velho Mundin encarou o visitante e Gamache o encarou de volta.

– Agora?

– Algum problema?

– Bom...

– Tudo bem, Velho – disse A Esposa. – Eu fico olhando a barraca. Pode ir.

– Tudo bem se o Charles for com a gente? – perguntou ele a Gamache. – Vai ser complicado para ela cuidar dele enquanto atende os clientes.

– Vai ser ótimo se ele vier – disse Gamache, oferecendo a mão ao garoto, que a segurou sem hesitar.

Gamache sentiu um aperto no peito ao perceber como aquele menino era precioso e sempre seria. Uma criança em um estado perpétuo de confiança. E como seria difícil para os pais protegê-lo.

– Ele vai ficar bem – assegurou Gamache à jovem.

– Ah, eu sei que vai, é com o senhor que eu me preocupo – comentou ela.

– Desculpa – disse Gamache, estendendo a mão para apertar a dela –, eu não sei o seu nome.

– Meu nome verdadeiro é Michelle, mas todo mundo me chama de A Esposa.

A mão dela era áspera e calejada, como a do marido, mas a mulher falava de um jeito refinado e caloroso. Um pouco como Reine-Marie.

– Por quê? – quis saber ele.

– Começou com uma brincadeira entre a gente, depois pegou. Velho e A Esposa. De alguma forma, combinou.

Gamache concordava. Os nomes combinavam com aquele casal, que parecia viver em um mundo próprio, com suas belas criações.

– Tchau – disse Charles à mãe, mostrando a ela seu novo aceno com o dedo médio.

– Velho! – repreendeu ela.

– Não fui eu! – protestou ele.

No entanto, Gamache notou que ele não dedurou Ruth.

Velho colocou o filho na van e eles deixaram o estacionamento da feira.

– "Velho" é seu nome de verdade?

– Sempre me chamaram de "Velho", mas meu nome é Patrick.

– Há quanto tempo o senhor mora aqui?

– Em Three Pines? Há alguns anos – respondeu ele, pensando por um instante. – Meu Deus, já tem onze anos. É difícil acreditar. Olivier foi a primeira pessoa que eu conheci.

– O que as pessoas acham dele?

– Eu não sei o que "as pessoas" acham, mas sei o que eu acho. Eu gosto do Olivier. Ele é sempre justo comigo.

– Mas não com todo mundo? – questionou Gamache, percebendo a inflexão na voz dele.

– Algumas pessoas não sabem o valor do que têm – comentou Velho Mundin, concentrado na estrada. – E muitas só querem causar problemas. Elas não gostam de ouvir que as antiguidades delas são só coisas velhas, sem valor. Ficam com raiva. Mas Olivier entende do assunto. Muita gente negocia antiguidades por aqui, mas não são muitos que entendem do assunto. Olivier, sim.

Depois de alguns instantes de silêncio, enquanto os dois homens observavam a paisagem campestre passar, Gamache falou:

– Eu sempre me perguntei onde os negociantes encontram as antiguidades.

– A maioria tem compradores. Pessoas que se especializam em ir a leilões ou em conhecer as pessoas da área. Em grande parte, idosos que podem estar interessados em vender seus bens. Por aqui, se alguém bate na sua porta em um domingo de manhã, é mais provável que seja um comprador de antiguidades do que uma testemunha de Jeová.

– Olivier tem algum comprador?

– Não, ele faz tudo sozinho. Ele trabalha duro pelo que recebe. E ele sabe o que tem valor e o que não tem. Ele é bom. E justo, quase sempre.

– Quase sempre?

– Bom, ele tem que ter lucro, e muita coisa precisa de reparo. Ele me passa os móveis antigos para restaurar. Às vezes dá muito trabalho.

– Eu aposto que o senhor não cobra o que o trabalho vale.

– Bom, valor é um conceito relativo – disse Velho, olhando rápido para Gamache enquanto eles sacolejavam pela estrada. – Eu amo o que faço e, se cobrasse um preço razoável por hora, ninguém conseguiria comprar as minhas peças, e Olivier não ia me contratar para consertar os achados que ele garimpa. Então acho que vale a pena cobrar menos. Eu tenho uma vida boa. Não posso reclamar.

– Alguém já se aborreceu de verdade com Olivier?

Velho continuou dirigindo em silêncio, e Gamache ficou em dúvida se ele havia escutado. Mas, por fim, o jovem respondeu:

– Uma vez, há mais ou menos um ano. A velha madame Poirier, da Mountain Road, tinha decidido se mudar para uma casa de repouso em St. Rémy. Olivier estava rondando ela há anos. Quando chegou a hora, ela vendeu a maioria dos móveis e objetos para ele. Ele encontrou umas peças incríveis na casa dela.

– Ele pagou um preço justo?

– Depende da pessoa para quem o senhor perguntar. Ela ficou feliz. E Olivier ficou feliz.

– Então quem se aborreceu?

Velho Mundin não disse nada. Gamache esperou.

– Os filhos dela. Disseram que Olivier foi se insinuando, se aproveitou de uma velhinha solitária.

Velho Mundin se dirigiu a uma pequena casa de fazenda. Malvas-rosa cresciam perto do muro e o jardim estava cheio de rosas e margaridas-amarelas. Ao lado da casa, havia uma horta bem-cuidada e organizada.

A van parou e Mundin apontou para o celeiro.

– A minha oficina é ali.

Gamache soltou Charles da cadeirinha. O garoto estava dormindo, e o inspetor-chefe o carregou enquanto os dois homens caminhavam até o celeiro.

– Continue. O senhor disse que Olivier descobriu itens inesperados na casa de madame Poirier.

– Ele pagou uma quantia fixa por todas as coisas de que ela não precisava mais. Ela escolheu o que queria conservar consigo e ele comprou o resto.

Velho Mundin parou na porta do celeiro e se virou para Gamache.

– Na casa tinha um conjunto de seis cadeiras Chippendale. Cada uma custa tipo 10 mil dólares. Eu sei porque trabalhei nelas, mas acho que ele não contou isso para mais ninguém.

– E o senhor contou?

– Não. O senhor ficaria surpreso com a discrição que eu preciso ter nesse trabalho.

– O senhor sabe se Olivier deu algum dinheiro extra a madame Poirier?

– Não sei.

– Mas os filhos dela ficaram irritados.

Mundin assentiu brevemente e abriu a porta do celeiro.

Eles se transportaram para outro mundo. Todos os aromas complexos da fazenda no fim de verão desapareceram. O leve cheiro de esterco, grama cortada, feno e ervas ao sol desapareceu.

Ali, havia apenas um aroma: madeira. Madeira recém-serrada. Madeira velha de celeiro. Todo tipo de madeira. Gamache olhou para as paredes, tomadas por pedaços de madeira que aguardavam o momento de virar móveis. Velho Mundin passou a mão sobre uma tábua áspera.

– Ninguém diz, mas debaixo disto aqui tem madeira com cecídio. A pessoa tem que saber o que procurar. As pequenas imperfeições. É engraçado como essas imperfeições exteriores indicam que tem algo esplêndido no interior.

Ele olhou Gamache nos olhos. Charles se mexeu um pouco, e o inspetor-chefe levou a mão grande às costas do garoto para tranquilizá-lo.

– Infelizmente, não sei muito sobre madeira, mas o senhor parece ter vários tipos. Por quê?

– Para diferentes propósitos. Eu uso bordo, cerejeira e pinho para peças que vão ficar em ambientes internos. Cedro para ambientes externos. Isto aqui é cedro-vermelho. Meu preferido. Agora não parece grande coisa, mas quando estiver esculpido e polido...

Mundin fez um gesto de apreciação.

Gamache viu duas cadeiras em uma plataforma. Uma estava de cabeça para baixo.

– São do bistrô? – perguntou, indo até elas.

De fato, uma estava com o braço solto e a outra, com uma das pernas bamba.

– Eu peguei estas duas no sábado à noite.

– Tudo bem a gente falar sobre o que aconteceu no bistrô na frente do Charles?

– Com certeza. Ele vai entender, ou não. De qualquer forma, não tem problema. Ele sabe que o foco não é ele.

Gamache queria que mais gente fosse capaz de fazer aquela distinção.

– O senhor esteve lá na noite do assassinato.

– É verdade. Eu vou lá todos os sábados pegar os móveis danificados e deixar os que restaurei. Foi a mesma coisa de sempre. Eu cheguei pouco depois da meia-noite. Os últimos clientes estavam indo embora e os garotos estavam começando a limpar tudo.

Garotos, pensou Gamache. No entanto, eles não eram muito mais jovens que aquele homem. Mas, de alguma forma, Velho parecia muito... bem, velho.

– Mas eu não vi nenhum corpo.

– Que pena, isso teria ajudado. O senhor notou alguma coisa estranha?

Velho Mundin pensou. Charles acordou e se contorceu. Gamache o colocou no chão, onde ele pegou um pedaço de madeira e ficou girando.

– Desculpa. Eu queria ajudar, mas parecia um sábado à noite qualquer.

Gamache também pegou um pedaço de madeira e removeu a serragem com a mão.

– Como o senhor começou a consertar os móveis de Olivier?

– Ah, foi há alguns anos. Ele me pediu para consertar uma cadeira. Tinha acabado de chegar ao bistrô, depois de ficar anos em um celeiro. Agora, o senhor precisa entender...

O que se seguiu foi um monólogo apaixonado sobre os antigos móveis de pinho do Canadá. Tinta de leite, os horrores da decapagem, os riscos de arruinar uma bela peça na restauração. Aquela linha tênue entre dar uso a uma peça e torná-la sem valor.

Gamache escutou, fascinado. Ele era apaixonado pela história do Quebec e, por extensão, pelas antiguidades quebequenses, os móveis extraordinários feitos pelos pioneiros durante os longos meses de inverno, séculos antes. Eles haviam se dedicado a criar móveis práticos e bonitos. Todas as vezes que Gamache tocava em uma mesa ou um armário antigos, imaginava o *habitant* moldando e lixando a madeira, passando as mãos ásperas várias vezes por aquela superfície. Para criar uma peça linda.

Linda e durável, graças a pessoas como Velho Mundin.

– O que trouxe o senhor a Three Pines? Por que não uma cidade maior? Com certeza deve ter mais trabalho em Montreal ou Sherbrooke.

– Eu nasci na cidade de Quebec, e seria de se pensar que teria muito trabalho para um restaurador de antiguidades lá, mas o mercado é difícil para um cara jovem que está começando. Eu fui para Montreal, para uma loja de antiguidades na Notre-Dame, mas infelizmente não levo jeito para viver na cidade grande. Então decidi ir para Sherbrooke. Entrei no carro, dirigi para o sul e me perdi. Entrei em Three Pines para pedir informação no bistrô, pedi um *café au lait*, sentei e a cadeira desabou. Eu me ofereci para consertar a cadeira e cá estou.

Os dois riram daquela situação.

– O senhor disse que está aqui há onze anos. Devia ser muito jovem quando saiu de Quebec.

– Eu tinha 16 anos. Fui embora depois que o meu pai morreu. Passei três anos em Montreal, depois vim para cá. Conheci A Esposa, tive o Charles. Abri um pequeno negócio.

Aquele jovem tinha feito muita coisa naqueles onze anos, pensou Gamache.

– Como Olivier estava no sábado à noite?

– Como sempre. O Dia do Trabalho é sempre movimentado, mas ele parecia tranquilo. O mais tranquilo que consegue ficar, eu acho – disse Mundin, sorrindo.

Era nítido que aquela era uma relação de afeto.

– Eu ouvi bem, o senhor disse que o homem não foi morto no bistrô, no fim das contas?

Gamache aquiesceu.

– Estamos tentando descobrir onde ele foi morto. Aliás, enquanto o senhor e a sua esposa estavam na feira, o meu pessoal fez uma busca na área, inclusive na sua casa.

– Sério? – perguntou Mundin, e, da porta do celeiro, fitou a escuridão. – Ou eles são muito bons, ou não fizeram nada. Não dá para perceber.

– É o objetivo – explicou Gamache, notando que, ao contrário de Peter, Velho Mundin não parecia nem um pouco preocupado.

– Agora, por que alguém iria matar uma pessoa em um lugar e depois movê-la para outro? – perguntou Mundin, quase para si mesmo. – Eu entendo um assassino querer se livrar do corpo, principalmente se tiver cometido o crime na própria casa, mas por que levar o morto até o bistrô? É uma coisa estranha de se fazer, mas é bem verdade que o bistrô tem uma localização central. Talvez tenha sido só por conveniência.

Gamache deixou a afirmação no ar. Ambos sabiam que não era verdade. Na verdade, o bistrô era um lugar bem inconveniente para largar um corpo. E isso preocupava Gamache. O assassinato não tinha sido um acidente, tampouco a localização do corpo.

Alguém muito perigoso caminhava entre eles. Alguém que parecia feliz, atencioso e até delicado. Mas aquilo era um disfarce. Uma máscara. Gamache sabia que quando encontrasse o assassino e tirasse aquela máscara, a pele viria junto. A máscara havia se tornado a pessoa. O disfarce era total.

TREZE

– A GENTE SE DIVERTIU muito na feira. Trouxe isto para você – disse Gabri, fechando a porta e acendendo as luzes do bistrô.

Ele ofereceu um leão de pelúcia a Olivier, que o pegou e segurou delicadamente no colo.

– *Merci.*

– E você ficou sabendo? Gamache contou que o sujeito não foi assassinado aqui. E a gente vai receber os atiçadores de volta. Eu quero o meu atiçador de volta, você não? – perguntou ele maliciosamente.

Mas Olivier nem respondeu.

Gabri atravessou o salão sombrio, acendendo as luminárias e depois o fogo em uma das lareiras de pedra. Olivier continuou sentado na poltrona, olhando pela janela. Gabri suspirou, serviu uma cerveja para cada um e foi até o companheiro. Juntos, eles beberam, comeram castanhas-de-caju e observaram o vilarejo, agora tranquilo no fim do dia e do verão.

– O que você está vendo? – perguntou Gabri, finalmente.

– Como assim? Eu estou vendo as mesmas coisas que você.

– Não pode ser. O que eu estou vendo me deixa feliz. E você não está feliz.

Ele estava acostumado às variações de humor do companheiro. Olivier era o mais quieto do casal, o mais contido. Gabri podia até parecer o mais sensível, mas ambos sabiam que não era verdade. Olivier sentia as coisas com intensidade e as guardava dentro de si. Gabri tinha a pele coberta pelas feridas da vida, mas as de Olivier eram nos órgãos, profundas, escondidas e talvez até fatais.

Mas Olivier também era o homem mais bondoso que Gabri já conhecera, e ele havia conhecido um bom número deles. Antes de Olivier. Tudo havia mudado quando ele batera os olhos naquele homem esguio, louro e tímido.

Gabri havia perdido seu coração espaçoso.

– O que foi? – perguntou Gabri, inclinando-se para Olivier e pegando as mãos finas dele. – Fala para mim.

– É que não tem mais graça – disse Olivier, finalmente. – Quer dizer, para que eu vou me dar ao trabalho? Ninguém vai querer voltar aqui. Quem vai querer comer em um restaurante onde um corpo foi encontrado?

– Como Ruth diz, todos nós não passamos de corpos.

– Ótimo. Vou colocar nos anúncios.

– Bom, pelo menos a gente não tem preconceitos. Mortos, pré-mortos. Todos são bem-vindos aqui. Este pode ser um slogan melhor.

Gabri viu um tremor nas extremidades dos lábios de Olivier.

– *Voyons*, a polícia informar que o homem não foi morto aqui é uma ótima notícia. Isso faz diferença.

– Você acha? – perguntou Olivier, olhando esperançoso para ele.

– Você sabe o que eu acho de verdade? – disse Gabri, agora muito sério. – Eu acho que tanto faz. Peter, Clara, Myrna: você acha que eles iam parar de vir mesmo se aquele pobre homem tivesse sido assassinado aqui? Os Parras? Monsieur Béliveau? Todos eles viriam mesmo que uma montanha de corpos fosse encontrada aqui. Você sabe por quê?

– Por que eles gostam do bistrô?

– Porque eles gostam de você. Eles amam você. Escuta, Olivier, você tem o melhor bistrô, a melhor comida e o espaço mais confortável de todos. É maravilhoso. Você é maravilhoso. Todo mundo ama você. E sabe o que mais?

– O quê? – perguntou Olivier, emburrado.

– Você é o homem mais lindo e bondoso do mundo.

– Você está falando isso só para me agradar – retrucou Olivier, sentindo-se um garotinho de novo.

Enquanto as outras crianças corriam por aí pegando sapos, gravetos e gafanhotos, ele estava sempre atrás de uma sensação de segurança. Afeto. Reunia palavras e ações, até as que vinham de desconhecidos, e as enfiava naquele buraco que não parava de crescer.

Aquilo havia funcionado. Por um tempo. Então ele tinha começado a precisar de mais do que palavras.

— Foi Myrna que disse para você falar isso?

— Aham. Nada disso é verdade, é só uma grande mentira que eu e a Myrna inventamos. Qual é o seu problema?

— Você não ia entender.

Gabri seguiu o olhar de Olivier, que atravessava a janela. E subia a colina. Ele suspirou. Já tinham conversado sobre aquilo.

— Não tem nada que a gente possa fazer em relação a eles. Talvez a gente devesse...

— Devesse o quê? — retrucou Olivier.

— Você está procurando uma desculpa para ser infeliz? É isso?

Mesmo para os padrões de Olivier, aquela havia sido uma reação exagerada. Ele tinha sido tranquilizado em relação ao corpo e ao amor de todos. Havia sido assegurado de que Gabri não iria embora. Então qual era o problema?

— Escuta, talvez a gente devesse dar uma chance para eles. Quem sabe? Talvez aquele hotel e spa até ajude a gente.

Não era isso que Olivier queria ouvir. Ele se levantou de maneira abrupta, quase derrubando a cadeira no chão. Podia sentir aquela explosão de raiva no peito. Era como um superpoder. Ela o tornava invencível. Forte. Corajoso. Brutal.

— Se você quiser ficar amiguinho deles, tudo bem. Por que você não vai se ferrar?

— Não foi isso que eu quis dizer. Eu disse que, como a gente não pode fazer nada em relação a eles, talvez fosse melhor fazer amizade.

— Do jeito que você fala, parece que a gente está no jardim de infância. Eles querem arruinar a gente. Você entende isso? Quando eles chegaram, eu fui legal, mas depois eles resolveram roubar os nossos clientes e até os nossos funcionários. Você acha que alguém vai querer ficar na sua pousadinha brega quando tiver a opção de ficar lá?

O rosto de Olivier estava corado, cheio de manchas vermelhas. Gabri notou que elas se espalhavam até pelo couro cabeludo, por baixo do ralo cabelo louro.

— Do que você está falando? Eu não estou nem aí se as pessoas vão vir, você sabe disso. A gente não precisa do dinheiro. Eu faço isso por prazer.

Olivier se esforçou para se controlar. Para não dar aquele passo que o faria ultrapassar os limites. Os dois se olharam de um jeito que fez o espaço entre eles pulsar.

– Por quê? – perguntou Olivier finalmente.

– Por que o quê?

– Se o homem não foi morto aqui, por que foi colocado aqui?

Gabri sentiu a raiva diminuir, evaporando com a pergunta.

– Eu conversei com a polícia hoje – contou Olivier em um tom quase apático. – Eles vão falar com o meu pai amanhã.

Pobre Olivier, pensou Gabri. Ele tinha mesmo com o que se preocupar.

Jean Guy Beauvoir saiu do carro e olhou para a casa de madame Poirier, do outro lado da rua.

Estava caindo aos pedaços, precisando de mais do que apenas uma demão de tinta. A varanda estava envergada, os degraus pareciam instáveis e faltavam tábuas na lateral da construção.

Beauvoir já estivera em dezenas de lugares como aquele na zona rural do Quebec, onde vivia uma geração que também havia nascido ali. Clotilde Poirier provavelmente tomava café na mesma caneca lascada que a mãe dela tinha usado. Dormia no mesmo colchão em que havia sido concebida. As paredes estariam cobertas por flores secas e colheres enviadas por parentes que teriam viajado para lugares exóticos como Rimouski, Chicoutimi ou Gaspé. E haveria uma cadeira, uma cadeira de balanço, ao lado da janela, perto do fogão a lenha. Nela, estaria uma manta meio suja, além de migalhas. E, após lavar a louça do café da manhã, Clotilde Poirier se sentaria ali, para observar.

O que ela estaria esperando encontrar, enquanto observava? Um amigo? Um carro conhecido? Outra colher?

Ela o estaria observando agora?

O Volvo de Armand Gamache surgiu na colina e parou atrás de Beauvoir. De pé ali, os dois homens olharam para a casa por um instante.

– Eu andei investigando a questão do Varathane – comentou Beauvoir, pensando que aquele lugar estava precisando de uns cem galões do produto.

– Os Gilberts não usaram na reforma. Eu falei com a Dominique. Ela disse que eles querem ser o mais ecológicos possível. Depois de lixar o chão, eles usaram óleo de tungue.

– Então o Varathane da roupa do morto não veio da antiga casa dos Hadleys – disse o chefe, desapontado.

Aquela parecia ser uma pista promissora.

– O que a gente veio fazer aqui? – perguntou Beauvoir enquanto eles se viravam para examinar a casa decadente e a caminhonete enferrujada no quintal.

Ele havia recebido um telefonema do chefe dizendo para encontrá-lo no local, mas não sabia a razão.

Gamache contou o que Velho Mundin tinha dito sobre Olivier, madame Poirier e os móveis dela. Principalmente as cadeiras Chippendale.

– Então os filhos acham que Olivier ferrou a mulher? E, por extensão, eles próprios? – indagou Beauvoir.

– Parece que sim – disse o chefe, batendo à porta.

Após um instante, uma voz ranzinza gritou lá de dentro:

– Quem é?

– Inspetor-chefe Gamache, madame. Da Sûreté du Québec.

– Eu não fiz nada de errado.

Gamache e Beauvoir se entreolharam.

– Precisamos conversar com a senhora, madame Poirier. É sobre o corpo encontrado no bistrô de Three Pines.

– E...?

Era bem difícil conduzir um interrogatório através de 2,5 centímetros de madeira lascada.

– Nós podemos entrar? Queremos conversar com a senhora sobre Olivier Brulé.

Uma mulher idosa, pequena e esguia abriu a porta. Ela olhou para eles, então se virou e andou rapidamente para dentro da casa. Gamache e Beauvoir a seguiram.

O lugar estava decorado como Beauvoir imaginara. Quer dizer, não exatamente decorado. As coisas tinham sido colocadas nas paredes assim que haviam chegado, ao longo de gerações, criando uma escavação arqueológica horizontal. Quanto mais adentravam a casa, mais recentes eram os itens. Flores enquadradas, jogos americanos plastificados, crucifixos, pinturas de Jesus e da Virgem Maria e, sim, colheres – tudo marchava no papel de parede floral desbotado.

Mas o lugar estava limpo, impecável, e cheirava a biscoitos. Havia fotos de netos, talvez até de bisnetos, em prateleiras e tampos de mesa. Uma toalha listrada e desbotada, limpa e passada, cobria a mesa da cozinha. E, no centro da mesa, estava um vaso com flores daquele fim de verão.

– Chá? – ofereceu ela, erguendo a chaleira do fogão.

Beauvoir recusou, mas Gamache aceitou. Ela voltou com xícaras de chá para todos.

– Bom, podem falar.

– Nós soubemos que Olivier comprou alguns móveis da senhora – disse Beauvoir.

– Não só alguns. Ele comprou um monte. Graças a Deus. Ele me deu mais do que qualquer outra pessoa teria me dado, apesar do que os meus filhos possam ter dito ao senhor.

– Nós ainda não conversamos com os seus filhos.

– Nem eu. Desde que eu vendi as coisas – revelou ela, embora não parecesse chateada. – Gananciosos, todos eles. Estão esperando que eu morra para herdarem tudo.

– Como a senhora conheceu Olivier? – perguntou Beauvoir.

– Ele bateu na minha porta um dia. E se apresentou. Perguntou se eu tinha alguma coisa para vender. Eu o botei para correr nas primeiras vezes – contou ela, sorrindo diante da lembrança. – Mas tinha uma coisa nele. Ele continuava voltando, então eu acabei convidando o sujeito para entrar, só para tomar um chá. Ele vinha uma vez por mês, tomava um chá e depois ia embora.

– Quando a senhora decidiu vender as coisas para ele? – quis saber Beauvoir.

– Eu vou chegar lá – retrucou ela, e o inspetor entendeu que Olivier devia ter realmente trabalhado duro por aquela mobília.

– Teve um inverno que foi particularmente longo. Com muita neve. E frio. Então eu pensei, que se dane, vou vender tudo e me mudar para St. Rémy, para aquela casa de repouso nova. Daí eu falei com o Olivier, e a gente saiu andando pela casa. Eu mostrei para ele toda aquela porcaria que os meus pais tinham deixado para mim. Armários e cômodas velhos. Móveis imensos de pinho. E pintados com cores péssimas. Azuis e verdes. Eu tentei raspar a tinta de alguns, mas não adiantou.

Ao lado dele, Beauvoir ouviu o chefe respirar fundo, mas aquele foi o único sinal de dor. Há anos ao lado de Gamache, ele conhecia a paixão do inspetor-chefe por antiguidades e sabia que nunca, jamais se removia uma pintura antiga. Era como esfolar alguém vivo.

– Então a senhora mostrou tudo para Olivier? E o que ele disse?

– Disse que ia levar tudo, inclusive o que estava no celeiro e no sótão, sem nem olhar o que tinha. Mesas e cadeiras que estavam lá desde antes dos meus avós. Eu ia mandar para o lixão, mas os preguiçosos dos meus filhos nunca apareciam para fazer isso. Então, foi bem feito. Eu vendi tudo para o Olivier.

– A senhora lembra quanto recebeu?

– Lembro o valor exato: 3.200 dólares. O suficiente para pagar por isto tudo. Comprei na Sears.

Gamache olhou para as pernas da mesa. Madeira pré-fabricada. Havia uma cadeira de balanço estofada virada para a nova TV e um armário laminado de madeira escura, com pratos decorativos.

Madame Poirier também olhava para os móveis da sala, com orgulho.

– Olivier veio algumas semanas depois, e sabem o que ele trouxe? Uma cama nova. O plástico ainda estava no colchão. Ele montou para mim e tudo. E ainda vem aqui às vezes. É um homem bom.

Beauvoir assentiu. Um homem bom que havia pagado àquela idosa uma pequena fração do que a mobília dela valia.

– Mas a senhora não foi para a casa de repouso. Por quê?

– Depois que eu comprei os móveis novos, a casa ficou diferente. Mais minha. Eu meio que voltei a gostar dela.

Ela os levou até a porta, e Beauvoir viu o tapetinho de boas-vindas. Desgastado, mas ainda ali. Eles se despediram e seguiram para a casa do filho mais velho, a 1,5 quilômetro de distância, na mesma rua. Um homem grande e barrigudo com a barba por fazer abriu a porta.

– É a polícia! – gritou ele para dentro da casa, que, assim como ele, cheirava a cerveja, suor e tabaco.

– Claude Poirier? – perguntou Beauvoir.

Era uma formalidade. Quem mais seria aquele homem? Ele tinha quase

60 anos e aparentava bem a idade que tinha. Antes de deixar a sala de investigação, Beauvoir havia se dado ao trabalho de pesquisar sobre a família Poirier. Para ver onde eles estavam se metendo.

Pequenos crimes. Embriaguez e desordem. Furtos em lojas. Fraudes em benefícios do governo.

Eram do tipo que tirava vantagens, culpava os outros, apontava o dedo. Mesmo assim, isso não significava que às vezes não estivessem certos. Como no caso de Olivier. Ele tinha de fato sacaneado a família.

Depois de se apresentarem, Poirier começou a entoar sua longa e triste ladainha. Beauvoir se esforçou para manter o foco em Olivier, tamanha era a lista de pessoas que tinham feito mal a ele. Incluindo a mãe.

Por fim, os dois investigadores cambalearam para fora daquela casa de ar viciado e respiraram fundo o ar fresco do fim da tarde.

– Você acha que foi ele? – perguntou Gamache.

– Com certeza ele tem raiva suficiente para isso – disse Beauvoir –, mas a não ser que pudesse transportar um corpo até o bistrô usando os botões do controle remoto, acho que está fora da lista de suspeitos. Eu não vejo este cara fora daquele sofá fedorento por tanto tempo.

Eles voltaram para os carros. O chefe parou.

– No que o senhor está pensando? – perguntou Beauvoir.

– Eu estava me lembrando do que madame Poirier falou. Ela estava prestes a levar todas aquelas antiguidades para o lixão. Dá para imaginar?

Dava para ver que aquela ideia causava uma dor física em Gamache.

– Mas Olivier salvou as peças – disse o chefe. – É estranho como as coisas funcionam. Talvez ele não tenha dado dinheiro suficiente para a senhora, mas deu a ela afeto e companhia. Qual é o preço disso?

– Então eu posso comprar o seu carro? Te dou umas vinte horas da minha companhia.

– Deixa de ser cínico. Um dia você talvez seja um idoso solitário, daí vai entender.

Enquanto seguia o carro do chefe até Three Pines, Beauvoir pensou naquilo e concordou que Olivier havia salvado as preciosas antiguidades e passado algum tempo com aquela velha rabugenta. Mas ele poderia ter feito isso e, ainda assim, pagado um preço justo à mulher.

Porém não tinha feito isso.

Marc Gilbert olhou para o cavalo Marc. O cavalo Marc olhou para Marc Gilbert. Nenhum dos dois parecia feliz.

– Dominique! – chamou Marc da porta do estábulo.

– Sim? – disse ela alegremente, atravessando o quintal da casa.

Ela torcia para que Marc demorasse alguns dias para ver os cavalos. Na verdade, torcia para que ele nunca os visse. Mas essa esperança estava no mesmo nível do sonho de se casar com Keith Partridge. Improvável, na melhor das hipóteses.

E agora ela o havia encontrado de braços cruzados no estábulo escuro.

– Que bichos são estes?

– São cavalos – respondeu ela, embora suspeitasse de que Macarrão fosse um alce.

– Isso eu estou vendo, mas que tipo de cavalos? Não são cavalos de caça, são?

Dominique hesitou. Por um instante, ela se perguntou o que aconteceria se dissesse que sim. Mas deduziu que, embora Marc não fosse nenhum especialista, não acreditaria nisso.

– Não, eles são melhores.

– Melhores como?

As frases dele estavam ficando mais curtas, o que nunca era um bom sinal.

– Bom, são mais baratos.

Ela viu que aquilo teve um efeito ligeiramente apaziguador. Ela podia muito bem contar a ele a história completa.

– Eu os comprei de um abatedouro. Eles iam ser mortos hoje.

Marc hesitou. Ela viu que ele lutava contra a própria raiva. Não para deixar o sentimento ir embora, mas para se agarrar a ele.

– Talvez exista uma razão para que eles fossem ser… você sabe.

– Mortos. Não, o veterinário examinou todos os cavalos e disse que eles estão bem, ou vão ficar.

O estábulo cheirava a desinfetante, sabão e remédios.

– Talvez fisicamente, mas você não vai me dizer que este aqui está bem – disse Marc, apontando para o cavalo homônimo, que abriu as narinas e bufou. – Nem limpo ele está. Por quê?

Por que o marido tinha que ser tão atento?

– Bom, ninguém conseguiu chegar perto dele – explicou ela, e então teve uma ideia. – O veterinário disse que ele precisa de um toque especial. Ele só vai deixar alguém excepcional se aproximar.

– É sério? – disse Marc, olhando para o cavalo de novo e indo até ele.

O cavalo Marc recuou. O marido dela estendeu a mão. O cavalo colocou as orelhas para trás e Dominique puxou o parceiro bem na hora em que o bicho tentou mordê-lo.

– Foi um dia longo e ele está desorientado.

– Hum… – replicou o marido, saindo do estábulo com ela. – Qual é o nome dele?

– Trovão.

– Trovão – disse Marc, experimentando o nome. – Trovão – repetiu ele, como se estivesse montado no corcel.

Carole os cumprimentou da porta da cozinha.

– Então – disse ela ao filho. – Como estão os cavalos? Como está o Marc?

– Eu estou bem, obrigado – respondeu ele, lançando-lhe um olhar curioso e pegando a bebida que ela oferecia. – E como está a Carole?

Atrás dele, Dominique gesticulava freneticamente para a sogra, que estava rindo, prestes a dizer algo, quando viu a movimentação da nora e parou.

– Eu estou bem. Você gostou dos cavalos?

– "Gostar" é uma palavra muito forte, assim como "cavalos", eu acho.

– Vai demorar um tempo para a gente se acostumar uns com os outros – disse Dominique.

Ela aceitou o uísque que Carole trazia e tomou um gole. Depois eles entraram no jardim.

Enquanto as duas mulheres conversavam, mais amigas do que sogra e nora, Marc olhou para as flores, as árvores maduras, as cercas recém-pintadas de branco e os campos mais além. Logo os cavalos, ou o que quer que fossem eles, estariam lá fora. Pastando.

Mais uma vez, ele teve aquela sensação de vazio, aquele leve rasgo que surgia enquanto o abismo se alargava.

Sair de Montreal tinha sido um baque para Dominique, e sair da cidade de Quebec tinha sido difícil para a mãe dele. Elas haviam deixado amigos para trás. Mas, embora Marc fingisse estar sofrendo, tivesse ido às festas de despedida e houvesse afirmado que sentiria a falta de todos, a verdade era que ele não sentia.

Para que sentisse a falta deles, eles teriam que fazer parte da vida de Marc, mas não faziam. Marc se lembrou de um poema de Kipling que o pai amava e havia ensinado para ele. Daquele verso. *Se para você todos os homens contarem, mas nenhum tanto assim.*

E o caso dele era esse. Ao longo de seus 45 anos, nenhum homem havia contado tanto assim.

Ele tinha muitos colegas, conhecidos, parceiros. Era um comunista emocional. Todos contavam da mesma forma, mas nenhum tanto assim.

Você será um homem, meu filho. Era como o poema terminava.

Mas enquanto ouvia a conversa tranquila das mulheres e observava aqueles belos campos infinitos, Marc Gilbert estava começando a se perguntar se aquilo era suficiente. Ou mesmo verdade.

Os policiais se reuniram em volta da mesa de reunião, e Beauvoir destampou o pilot vermelho. O agente Morin estava começando a perceber que o pequeno "pop" era como uma pistola de largada. Em seu curto tempo na Divisão de Homicídios, ele havia desenvolvido um carinho especial pelo cheiro do pilot e por seu som característico.

Ele se acomodou na cadeira, um pouco nervoso, como sempre, com medo de dizer algo estúpido. A agente Lacoste havia ajudado. Enquanto todos reuniam os papéis para a reunião, tinha visto as mãos trêmulas do jovem e sussurrara que daquela vez talvez fosse uma boa ideia se ele só escutasse.

Ele olhou surpreso para ela.

"Eles não vão achar que eu sou idiota? Que eu não tenho nada para dizer?", questionara.

"Acredite em mim, você não vai ser demitido deste trabalho só por escutar. Ou de qualquer trabalho. Relaxa, deixa que eu falo hoje, e amanhã a gente vê. Está bem?"

Então ele olhou para Lacoste, tentando descobrir que razões ela teria para ajudá-lo. Todo mundo tinha um motivo, disso ele sabia. Alguns eram movidos pela bondade, outros, não. E ele estava na Sûreté tempo suficiente para saber que a maioria dos membros da famosa força policial não fazia as coisas só porque era legal.

Aquele era um ambiente brutalmente competitivo, e nenhuma disputa era pior do que a luta para entrar na Homicídios. A divisão de maior prestígio. E a chance de trabalhar com o inspetor-chefe Gamache.

Ele mal tinha entrado e mal estava aguentando. Um passo em falso, e deslizaria porta afora, esquecido em um segundo. Ele não ia deixar isso acontecer. E sabia, por instinto, que aquele era um momento crucial. Estaria a agente Lacoste sendo sincera?

– Vamos lá, o que nós temos?

Beauvoir estava parado ao lado do papel pregado na parede, perto de um mapa do vilarejo.

– Sabemos que a vítima não foi morta no bistrô – disse Lacoste. – Mas ainda não sabemos onde o homem foi morto nem quem ele era.

– Ou por que o corpo foi movido – acrescentou Beauvoir.

Ele contou sobre a visita aos Poiriers, *mère et fils*. E Lacoste falou o que ela e Morin haviam descoberto sobre Olivier Brulé.

– Ele tem 38 anos. Filho único. Nascido e criado em Montreal. O pai é um executivo da indústria ferroviária, a mãe era dona de casa, mas já morreu. Teve uma excelente formação. Frequentou a escola Notre-Dame de Sion.

Gamache ergueu as sobrancelhas. Era uma importante escola particular católica. Annie também havia estudado lá, anos depois de Olivier, e tivera aulas com freiras rigorosas. Seu filho, Daniel, tinha se recusado a frequentar o colégio, preferindo as escolas públicas menos exigentes. Annie havia aprendido lógica, latim e resolução de problemas. Daniel tinha aprendido a enrolar um baseado. Ambos acabaram se tornando adultos bons e felizes.

– Olivier fez um MBA na Université de Montréal e conseguiu um emprego no Banque Laurentienne – prosseguiu Lacoste, lendo as anotações. – Ele lidava com clientes com altos cargos corporativos. E parece que era muito bem-sucedido. Então pediu demissão.

– Por quê? – perguntou Beauvoir.

– Não sei. Eu tenho uma reunião com o banco amanhã e também marquei com o pai do Olivier.

– E a vida pessoal dele? – quis saber Gamache.

– Eu conversei com Gabri. Eles moram juntos há quatorze anos. Gabri é um ano mais novo. Tem 37. Ele era instrutor físico na Associação Cristã de Moços local.

– O Gabri? – indagou Beauvoir, lembrando-se do homem grande e flácido.

– Pode acontecer com qualquer um de nós – disse Gamache.

– Depois que Olivier saiu do banco, eles entregaram o apartamento em Montreal, se mudaram para cá, assumiram o bistrô e passaram a morar em cima dele. Mas naquela época não era um bistrô. Era uma loja de ferragens.

– Sério? – perguntou Beauvoir.

Ele não conseguia imaginar o bistrô sendo outra coisa. Tentou ver pás, baterias e lâmpadas penduradas nas vigas expostas ou dispostas na frente das duas lareiras de pedra. Não teve sucesso.

– Mas escutem só – continuou Lacoste, inclinando-se para a frente. – Eu descobri isso vasculhando os registros de terras. Dez anos atrás, Olivier comprou não só o bistrô, mas também a pousada. Só que ele não parou por aí. Ele comprou tudo. A mercearia, a padaria, o bistrô e a livraria da Myrna.

– Tudo? – perguntou Beauvoir. – Ele é o dono do vilarejo?

– Praticamente. Eu acho que ninguém sabe. Falei com a Sarah, da *boulangerie*, e com monsieur Béliveau, da mercearia. Eles disseram que alugaram os imóveis de alguém de Montreal. Contratos longos, com valores razoáveis. Eles enviam o cheque para uma empresa sem nome, que tem só um número de registro.

– Olivier é essa empresa? – questionou Beauvoir.

Gamache ouvia com atenção, assimilando as informações.

– Quanto ele pagou por tudo isso? – quis saber Beauvoir.

– Pagou 720 mil dólares pelo lote.

– Meu Deus! – exclamou o outro. – É muita grana. De onde ele tirou esse dinheiro? É financiado?

– Não. Pagou em espécie.

– Você disse que a mãe dele morreu, talvez tenha sido uma herança.

– Eu duvido – disse Lacoste. – Ela só morreu há cinco anos, mas eu vou investigar quando estiver em Montreal.

– Siga o dinheiro – comentou Beauvoir.

Aquele era um clichê em investigações criminais, principalmente as de assassinato. E, de repente, havia um bom montante de dinheiro a ser seguido. Beauvoir terminou de rabiscar nas folhas na parede e depois contou a eles as descobertas da legista.

Morin escutava tudo, fascinado. Então era assim que se pegava um assassino. Não com exames de DNA, placas de cultura, varreduras com lanternas de luz ultravioleta ou qualquer outra coisa produzida em laboratório. Isso tudo ajudava, lógico, mas aquele era o verdadeiro laboratório. Ele olhou para o outro lado da mesa e viu outra pessoa que também só estava escutando, sem dizer nada.

O inspetor-chefe Gamache desviou os olhos castanho-escuros do inspetor Beauvoir por um instante e encarou o jovem agente. E sorriu.

A AGENTE LACOSTE FOI PARA Montreal logo após a reunião. O agente Morin voltou para casa, e Beauvoir e Gamache atravessaram devagar a ponte de pedra que dava no vilarejo. Passaram pelo bistrô escuro e encontraram Olivier e Gabri na larga varanda da pousada.

– Deixei um bilhete para vocês – disse Gabri. – Como o bistrô está fechado, vamos todos jantar fora, e vocês estão convidados.

– Na casa do Peter e da Clara de novo? – perguntou Gamache.

– Não. Na da Ruth – respondeu Gabri, e foi recompensado com o olhar perplexo dos dois.

Parecia que alguém tinha apontado uma arma para a dupla. O inspetor-chefe Gamache estava surpreso, mas Beauvoir tinha uma expressão amedrontada.

– Acho melhor o senhor colocar seus equipamentos de proteção – sussurrou Gabri para Beauvoir, enquanto os dois subiam os degraus da varanda.

– Bom, eu não vou de jeito nenhum. E o senhor? – perguntou Beauvoir, assim que entraram.

– Está brincando? E abrir mão de ver a Ruth no habitat natural dela? Eu não perco isso por nada.

Vinte minutos depois, o inspetor-chefe Gamache já tinha tomado banho, ligado para Reine-Marie e vestido sua calça folgada, uma camisa azul com gravata e um cardigã de pelo de camelo. Encontrou Beauvoir na sala de estar com uma cerveja e batatinhas chips.

– Tem certeza de que não vai mudar de ideia, *patron*?

Era tentador, Gamache tinha que admitir. Mas ele balançou a cabeça.

– Vou colocar uma vela na janela para o senhor – disse Beauvoir, observando o chefe sair.

O chalé de ripas de madeira de Ruth ficava a algumas casas de distância e dava para a praça. Era minúsculo, com uma varanda na frente e duas empenas no segundo andar. Gamache já havia estado ali, mas sempre de caderninho em punho, fazendo perguntas. Nunca como convidado. Quando o inspetor-chefe entrou, todos os olhos se voltaram para ele e o grupo foi ao seu encontro, capitaneado por Myrna.

– Pelo amor de Deus, o senhor trouxe a sua arma?

– Eu não tenho arma.

– Como assim, o senhor não tem arma?

– Elas são perigosas. Para que você quer uma?

– Para o senhor atirar nela. Ela está tentando matar todos nós – disse Myrna, agarrando Gamache pela manga da camisa e apontando para Ruth, que circulava entre os convidados com um avental de babados e uma bandeja de plástico laranja fluorescente.

– Na verdade – comentou Gabri –, ela está tentando sequestrar a gente e levar todo mundo de volta para 1950.

– Provavelmente a última vez que ela entreteve algum convidado – disse Myrna.

– *Hors-d'oeuvre*, querido? – ofereceu Ruth, avistando o novo convidado e avançando em direção a ele de maneira ameaçadora.

Gabri e Olivier se entreolharam.

– É com você! – disse um ao outro ao mesmo tempo.

Para a surpresa de todos, era com Gamache.

– Oh, meu Deus! – disse Ruth, com um sotaque britânico terrível.

Atrás dela vinha Rosa, gingando.

– Ela está falando desse jeito desde que a gente chegou – comentou Myrna, afastando-se da bandeja e derrubando uma pilha de edições do *The Times Literary Supplement*.

Gamache viu uma porção de biscoitos cream cracker patinando na bandeja laranja, lambuzados com uma coisa marrom que ele esperava que fosse manteiga de amendoim.

– Eu me lembro de ter lido alguma coisa sobre isso – continuou Myrna. – Sobre pessoas que começam a falar com outro sotaque depois de uma lesão cerebral.

– Ser possuída pelo diabo conta como lesão cerebral? – perguntou Gabri. – Ela está falando em línguas.

– Que atrocidade! – disse Ruth, ainda com uma pretensa afetação britânica.

No entanto, a coisa mais marcante da sala não eram as luminárias de arcos, os móveis de teca, a gentil Ruth britânica com sua oferta duvidosa, os sofás cobertos por livros, jornais e revistas ou o tapete verde felpudo. Era a pata.

Rosa estava de vestido.

– Esta aí acabou pagando o pato – comentou Gabri, debochado.

– Nossa Rosa – disse Ruth, que tinha abandonado os cream crackers com pasta de amendoim e agora servia palitinhos de aipo recheados de queijo processado.

Diante daquilo, Gamache se perguntou se teria que dar alguns telefonemas. Um para a Sociedade Protetora dos Animais e outro para o hospital psiquiátrico. Mas nem Rosa nem Ruth pareciam incomodadas. Ao contrário dos convidados.

– Aceita um? – perguntou Clara, oferecendo a ele uma bola coberta com o que pareciam ser sementes.

– O que é isso? – perguntou o inspetor-chefe.

– A gente acha que é sebo, para os passarinhos – respondeu Peter.

– E você está me oferecendo? – perguntou Gamache.

– Bom, alguém tem que comer para não ferir os sentimentos dela – explicou Clara, meneando a cabeça para Ruth, que estava entrando na cozinha. – E a gente está com medo.

– *Non, merci* – disse ele, sorrindo, antes de ir atrás de Olivier.

Quando passou pela cozinha, viu Ruth abrindo uma lata. Rosa estava de pé na mesa, observando a poeta.

– Bom, vamos abrir isto aqui – murmurou ela. – Será que é bom cheirar? O que você acha?

A pata não parecia achar nada. Ruth cheirou a lata aberta.

– Bom o suficiente.

A velha poeta limpou as mãos em uma toalha e levantou a barra do vestido de Rosa para alisar uma pena eriçada.

– Posso ajudar? – perguntou Gamache, da porta.

– O senhor não é um amor?

Gamache estremeceu, esperando ser atingido por um cutelo logo depois. Mas ela apenas sorriu e entregou a ele um prato de azeitonas recheadas com pedacinhos de tangerina enlatada. Ele pegou o prato e voltou para a festa. Não ficou surpreso de ser recebido como se tivesse unido forças com o inimigo. E deu graças a Deus por Beauvoir não estar lá para ver Ruth ainda mais maluca e mais inglesa que de costume, Rosa de vestido e ele próprio oferecendo aperitivos que quase certamente matariam ou machucariam gravemente quem quer que fosse tolo o suficiente para comê-los.

– Azeitonas? – ofereceu ele a Olivier.

Os dois homens fitaram o prato.

– Olivier oferecendo olivas. Nesse caso eu seria a tangerina? – perguntou Gabri.

– Você precisa tirar a cabeça do próprio cu – retrucou Olivier.

Gabri abriu a boca, mas se calou ao ver o olhar alarmado de todos.

Um pouco alheio à conversa e bebendo devagar o copo de água que Ruth havia lhe oferecido, Peter sorriu. Clara tinha dito algo bem semelhante quando ele reclamara de ter se sentido violado pela busca policial.

"Por quê?", havia perguntado ela.

"Você não se sentiu? Com todos aqueles estranhos vendo o seu trabalho?"

"Mas esse não é exatamente o conceito de exposição? Teve mais gente vendo o meu trabalho hoje à tarde do que em toda a minha carreira. Podem trazer mais policiais. Espero que tenham vindo com os talões de cheque", tinha dito Clara, rindo, já que nitidamente não se importava com aquilo.

Mas ela notara que ele, sim, se importava.

"Qual é o problema?"

"A pintura ainda não está pronta para ser vista."

"Olha, Peter, do jeito que você fala, parece que isso tudo tem alguma coisa a ver com o seu trabalho."

"Bom, e tem."

"Eles estão atrás de um assassino, não de um artista."

E lá havia ficado aquela afirmação, como a maioria das verdades desconfortáveis. Entre eles.

Gamache e Olivier tinham se afastado do grupo, indo para um canto tranquilo.

– Eu fiquei sabendo que o senhor comprou o seu imóvel há alguns anos.

Olivier corou de leve, surpreso com a pergunta. Ele esquadrinhou a sala, de forma instintiva e furtiva, para se certificar de que ninguém estava ouvindo.

– Eu achei que era um bom investimento. Tinha economizado algum dinheiro trabalhando, e os negócios aqui eram bons.

– Imagino que fossem. O senhor pagou quase 750 mil dólares.

– Aposto que vale 1 milhão hoje em dia.

– Pode ser. Mas o senhor pagou em espécie. Os negócios eram tão bons assim?

Olivier olhou em volta, mas ninguém estava escutando. Ainda assim, ele baixou a voz.

– O bistrô e a pousada vão muito bem, pelo menos por enquanto, mas foram as antiguidades que me surpreenderam.

– Como assim?

– Existe muito interesse em peças de pinheiro quebequense e achados excelentes por aqui.

Gamache assentiu.

– A gente conversou com os Poiriers hoje à tarde.

Olivier ficou sério.

– Olha, o que eles estão dizendo não é verdade. Eu não ferrei a mãe deles. Ela queria vender. Estava desesperada para vender.

– Eu sei. A gente também conversou com ela. E com os Mundins. A mobília devia estar em péssimo estado.

Olivier relaxou um pouco.

– Estava mesmo. Há anos parada em celeiros úmidos e gelados e no sótão. Tive que tirar ratos de algumas peças. Alguns móveis não tinham conserto. Um número suficiente para fazer você chorar.

– Madame Poirier disse que você apareceu na casa dela depois com uma cama nova. Foi gentil.

Olivier baixou os olhos.

– É, bom, eu queria agradecer.

Consciência, pensou Gamache. Aquele homem tinha uma enorme e terrível consciência galopando uma enorme e terrível ganância.

– O senhor falou que o bistrô e a pousada vão bem, por enquanto. O que isso quer dizer?

Olivier olhou pela janela por um instante e depois se voltou para Gamache.

– O jantar está servido! – exclamou Ruth.

– O que a gente faz? – sussurrou Clara para Myrna. – Corre?

– Tarde demais. Com certeza Ruth ou a pata vai alcançar a gente. O único jeito é procurar abrigo e rezar para amanhecer. Se o pior acontecer, se finge de morta.

Gamache e Olivier foram os últimos a se levantar.

– Imagino que o senhor saiba o que estão fazendo na antiga casa dos Hadleys.

Como Gamache não respondeu, ele continuou:

– Eles praticamente colocaram a casa abaixo e estão transformando o espaço em um hotel com spa. Com dez salas de massagem, meditação e aulas de yoga. Vão oferecer *day spa* e retiros corporativos. As pessoas vão se atropelar para frequentar aquele lugar, e atropelar a gente. Aquilo ali vai arruinar Three Pines.

– Three Pines?

– Ok – rebateu Olivier –, o bistrô e a pousada.

Eles se juntaram aos outros na cozinha, sentados à mesa de plástico branco de Ruth.

– Olha a comida! – anunciou Gabri, enquanto Ruth colocava uma tigela na frente de cada um.

Gamache olhou para o conteúdo da tigela. Conseguiu distinguir pêssegos em calda, bacon, queijo e ursinhos de goma.

– São todas as coisas que eu amo – disse Ruth, sorrindo.

Rosa estava sentada ao lado dela em um ninho de toalhas, o bico enfiado debaixo da manga do vestido.

– Uísque? – ofereceu Ruth.

– Por favor.

Seis copos foram empurrados para a frente, e Ruth serviu uma dose de uísque para cada um.

Cerca de três séculos e muitas vidas depois, eles foram embora, cambaleando pela noite fria e calma.

– Tchauzinho! – disse Ruth, acenando.

Mas o coração de Gamache se encheu de alegria ao ouvi-la soltar, assim que a porta se fechou:

– Cretinos.

QUATORZE

QUANDO CHEGARAM À POUSADA, Beauvoir os esperava. Ou quase isso. Estava dormindo profundamente na poltrona. Ao lado dele havia um prato com migalhas e um copo de achocolatado. A lareira brilhava com uns poucos restos de brasas.

– Será que a gente acorda ele? – perguntou Olivier. – Ele parece tão tranquilo.

O rosto de Beauvoir estava virado para o lado, e havia nele um leve brilho de baba. Sua respiração era pesada e constante. No peito, encontrava-se o pequeno leão de pelúcia que Gabri ganhara para Olivier na feira, e o inspetor estava com uma das mãos apoiada no bichinho.

– Como um pequeno policial bebê – comentou Gabri.

– Isto me lembra uma coisa. Ruth me pediu para dar isto aqui para ele – disse Olivier, entregando um papel a Gamache.

O chefe o pegou e, após recusar a oferta de ajuda, observou os dois homens se arrastarem escada acima, exaustos. Eram nove da noite.

– Jean Guy – sussurrou Gamache. – Acorda.

Ele se ajoelhou e tocou o ombro do homem mais jovem. Beauvoir bufou e acordou sobressaltado, o leão escorregando de seu peito.

– O que foi?

– Hora de ir para a cama.

Ele observou Beauvoir se sentar.

– Como foi lá?

– Ninguém morreu.

– É um avanço e tanto para Three Pines.

– Olivier disse que Ruth queria lhe dar isto.

Gamache entregou a ele o bilhete. Beauvoir esfregou os olhos, desdobrou o papel e leu a mensagem. Depois, balançando a cabeça, o entregou ao chefe.

Talvez exista algo nisso tudo
que eu não entenda.

– O que isso significa? É uma ameaça?

Gamache franziu a testa.

– Não tenho a menor ideia. Por que ela estaria escrevendo para você?

– Está com ciúmes? Talvez ela só seja maluca – disse ele, embora ambos soubessem que o "talvez" era generosidade dele. – Falando em malucas, a sua filha ligou.

– Annie?

Em um segundo, Gamache ficou preocupado e, instintivamente, pegou o celular, que sabia não funcionar naquele vilarejo, no meio de um vale.

– Está tudo bem. Ela queria falar com o senhor sobre um problema no trabalho. Nada importante. Só queria pedir demissão.

– Droga, devia ser sobre isso que ela queria conversar ontem, quando fomos chamados para vir para cá.

– Não se preocupe. Eu lidei com a situação.

– Não acho que falar para ela ir para o inferno pode ser considerado "lidar com a situação".

Beauvoir riu e pegou o leão de pelúcia.

– Com certeza tem uma razão para ela ser conhecida como "a leoa" na sua família. Ela é feroz.

– Ela é conhecida como a leoa porque é amorosa e apaixonada.

– E uma devoradora de homens?

– As qualidades que você detesta nela são as mesmas que você admira nos homens – disse Gamache. – Ela é inteligente e defende aquilo em que acredita. Fala o que pensa e não se curva diante da oposição. Por que você implica com a Annie? Sempre que vai almoçar ou jantar com a gente e ela está lá, a conversa acaba em discussão. Pelo menos eu estou ficando cansado disso.

– Tudo bem, eu vou me esforçar mais. Mas ela é muito irritante.

– Você também. Vocês têm muito em comum. Qual era o problema no trabalho dela? – perguntou Gamache, sentando-se ao lado de Jean Guy.

– Ah, um caso que ela queria foi atribuído a outro advogado, alguém com menos experiência. Eu conversei um pouco com ela. Tenho quase certeza de que ela não vai matar todo mundo no trabalho.

– Essa é a minha garota.

– E ela decidiu não pedir demissão. Eu falei que ela ia se arrepender de tomar qualquer decisão precipitada.

– Ah, você falou isso, foi? – perguntou Gamache com um sorriso.

Aquilo vindo do rei da impulsividade.

– Bom, alguém tinha que dar uns bons conselhos para ela – respondeu Beauvoir, rindo. – Os pais dela são malucos, sabe?

– Eu ouvi dizer. Obrigado.

Eram mesmo bons conselhos. E ele viu que Beauvoir sabia disso. O investigador parecia satisfeito.

Gamache consultou o relógio. Nove e meia. Ele pegou o telefone de Gabri.

Enquanto o chefe falava com a filha, Beauvoir acariciava distraidamente o leão em sua mão.

Talvez exista algo nisso tudo
que eu não entenda.

Aquele era o medo em uma investigação de assassinato. Deixar passar alguma coisa. Gamache tinha montado um departamento brilhante. Quase duzentas pessoas ao todo, escolhidas a dedo, investigando crimes na província inteira.

Mas a equipe dele, Beauvoir sabia, era a melhor.

Ele era o cão de caça. O que ia lá na frente, liderando.

A agente Lacoste era a caçadora. Determinada, metódica.

E o inspetor-chefe? Armand Gamache era o explorador deles. Aquele que ia aonde os outros se recusavam ou não podiam ir. Ou tinham medo de ir. Enfrentava o desconhecido. Gamache encontrava os abismos, as cavernas e as feras que se escondiam ali.

Antes, Beauvoir pensava que Gamache fazia isso porque não tinha medo de nada. Mas acabou percebendo que, na verdade, o inspetor-chefe tinha muitos medos. Essa era a força dele. Ele reconhecia o medo nos outros. O medo, mais do que tudo, era o impulso por trás da faca, do punho. Da pancada na cabeça.

E o jovem agente Morin? O que ele trazia para a equipe? Beauvoir precisava admitir que tinha se afeiçoado bastante ao rapaz. Mas isso não o impedia de enxergar sua inexperiência. Até o momento, para Beauvoir, o cão de caça, o cheiro do medo estava bastante evidente naquele caso.

Mas vinha de Morin.

Beauvoir deixou o chefe na sala conversando com a filha e subiu as escadas. No trajeto, cantarolava uma velha música de The Weavers e torcia para que Gamache não notasse que levava consigo o bicho de pelúcia.

Quando monsieur Béliveau chegou para abrir a mercearia na manhã seguinte, já havia um cliente à sua espera. O agente Paul Morin se levantou do banco da varanda e se apresentou ao idoso.

– Como eu posso ajudar? – perguntou ele, enquanto destrancava a porta.

Não era sempre que as pessoas em Three Pines precisavam tanto de seus produtos a ponto de esperar por ele na porta. Mas aquele jovem também não era um morador.

– O senhor tem parafina?

O rosto sério de monsieur Béliveau se abriu em um sorriso.

– Eu tenho tudo.

Paul Morin nunca estivera na loja e agora observava tudo à sua volta. Latas cuidadosamente empilhadas tomavam prateleiras de madeira escura. Sacos de ração para cachorro e alpiste estavam encostados no balcão. Acima das estantes havia caixas velhas com jogos de tabuleiro. Damas, *Cobras e Escadas*, *Monopoly*. Kits de pintura e quebra-cabeças estavam arrumadinhos em fileiras. Produtos secos ficavam expostos ao longo de uma parede, e tintas, botas e comedouros de pássaros ocupavam outra.

– Ali, perto dos potes de vidro. Está fazendo conservas? – perguntou ele, rindo.

– O senhor vende muito disto? – perguntou Morin.

– Nesta época do ano? É difícil até manter o estoque.

– E isto aqui? – disse ele, erguendo uma lata. – Sai muito?

– Um pouco. Mas a maioria das pessoas compra este tipo de coisa na Canadian Tire de Cowansville ou em lojas de material de construção. Eu tenho em estoque só por precaução.

– Quando foi a última vez que o senhor vendeu um destes? – perguntou o jovem agente enquanto pagava pelas mercadorias.

Na verdade, ele não esperava receber uma resposta, mas sentiu que precisava perguntar.

– Em julho.

– Sério?

Morin suspeitou que precisava melhorar um pouco seu "rosto de interrogação".

– Como o senhor se lembra disso?

– Isto é o que eu faço. Você acaba conhecendo os hábitos das pessoas. E quando elas compram algo incomum, como isto – disse ele, erguendo a lata um pouco antes de colocá-la no saco de papel –, eu noto. Aliás, duas pessoas compraram. É mais ou menos a média mesmo.

O agente Paul Morin saiu da loja de monsieur Béliveau com as mercadorias e um tanto de informações inesperadas.

A agente Isabelle Lacoste começou o dia com o mais direto dos interrogatórios. Ela apertou o botão do elevador e ele se fechou com um zunido antes de a levar ao topo da torre do Banque Laurentienne, em Montreal. Enquanto aguardava, ela observou o porto de um lado e o Mont Royal, com sua cruz enorme, do outro. Esplêndidos edifícios de vidro apinhavam-se pelo centro da cidade, refletindo o sol, refletindo as aspirações e conquistas daquela notável cidade francesa.

Isabelle Lacoste sempre se surpreendia com o orgulho que sentia ao olhar para o centro de Montreal. Os arquitetos tinham conseguido torná-lo impressionante e charmoso. Os moradores da cidade nunca viravam as costas para o passado. Os quebequenses eram assim, para o bem e para o mal.

– *Je vous en prie* – disse a recepcionista, sorrindo e indicando uma porta agora aberta.

– *Merci.*

Lacoste entrou em um escritório imponente, onde um homem de meia-
-idade esguio e de porte atlético estava de pé em frente à própria mesa. Ele
a contornou, estendeu a mão e se apresentou como Yves Charpentier.

– Tenho algumas das informações que a senhora pediu – informou ele,
em um francês culto.

A agente ficava encantada quando podia falar na própria língua com executivos de alto escalão. A geração dela conseguia aquilo. Mas ela já tinha ouvido
os pais e avós conversarem e sabia o suficiente da história recente do país
para saber que, trinta anos antes, provavelmente estaria falando com alguém
que falava inglês, e só. O inglês dela era perfeito, mas aquele não era o ponto.

Ela aceitou o café que lhe foi oferecido.

– Isto é bastante delicado – disse monsieur Charpentier, quando a secretá-
ria saiu e a porta se fechou. – Eu não quero que a senhora pense que Olivier
Brulé é um criminoso, e nunca houve a menor possibilidade de fazermos
uma acusação formal.

– Mas…?

– Nós estávamos muito satisfeitos com ele nos primeiros anos. Infelizmente, tendemos a nos impressionar com o lucro, e ele entregava isso. Ele
subiu muito rápido na empresa. As pessoas gostavam dele, principalmente
os clientes. Este negócio tem muita gente falsa, mas Olivier era verdadeiro.
Quieto, respeitoso. Era um alívio lidar com ele.

– Mas…? – repetiu Lacoste, com um leve sorriso que esperava que ame-
nizasse a insistência.

Monsieur Charpentier sorriu de volta.

– Sumiu um dinheiro da empresa. Uns 3 milhões – disse ele, esperando
uma resposta, mas ela simplesmente continuou escutando. – Nós começamos
uma investigação bem discreta. Nesse meio-tempo, mais dinheiro desapareceu. Por fim, conseguimos identificar duas pessoas envolvidas. Uma delas
era Olivier. No início, eu não acreditei, mas, depois de algumas conversas,
ele acabou admitindo.

– Ele poderia estar protegendo o outro funcionário?

– Dificilmente. Para ser sincero, o outro funcionário, embora fosse inteligente, não tinha sagacidade para fazer isso.

– Com certeza não é preciso ser um gênio para desviar dinheiro. Na
verdade, acho que a pessoa tem que ser bem estúpida.

Monsieur Charpentier riu.

– Eu concordo, mas acho que não expliquei direito. O dinheiro saiu da conta da empresa, mas não foi roubado. Olivier mostrou para nós o que tinha feito. O caminho. Parece que ele estava acompanhando alguma atividade na Malásia, viu o que pensou serem fantásticas oportunidades de investimento e levou isto para o chefe dele, que não concordou. Então Olivier fez tudo sozinho, sem ter autorização. Estava tudo lá. Ele documentou o processo todo e tinha a intenção de devolver o dinheiro, com os lucros. E ele estava certo. Aqueles 3 milhões se transformaram em 20.

Desta vez Lacoste reagiu, não verbalmente, mas sua expressão fez Charpentier assentir.

– Exatamente. O garoto tinha faro para dinheiro. Onde ele está agora?

– O senhor demitiu Olivier? – perguntou a agente, ignorando a pergunta.

– Ele se demitiu. Nós estávamos tentando decidir o que fazer com ele. Os executivos ficaram divididos. O chefe dele estava furioso e queria enforcá-lo no alto do prédio. Nós explicamos que não fazemos isso. Não mais.

Lacoste riu.

– Outras pessoas queriam manter Olivier aqui?

– Ele era bom demais no que fazia.

– Que era ganhar dinheiro, entendo. O senhor acha que ele ia mesmo devolver?

– Essa é a questão. Metade das pessoas acreditou nele, metade não acreditou. Olivier acabou se demitindo porque percebeu que tinha perdido a nossa confiança. Ora, quando você perde isso…

Ora, pensou a agente Lacoste. *Ora, ora.*

E agora Olivier estava em Three Pines. Mas como todo mundo que se mudava, ele tinha se levado junto.

Ora, ora.

Os três policiais da Sûreté se reuniram em volta da mesa na sala de investigação.

– Então, onde a gente estava? – perguntou Beauvoir, mais uma vez de pé ao lado das folhas de papel pregadas na parede.

Em vez de respostas para as perguntas que ele havia escrito ali, outros dois questionamentos tinham sido incluídos.

ONDE ELE FOI MORTO?

POR QUE O CORPO FOI MOVIDO?

Ele balançou a cabeça. Eles pareciam estar indo na direção errada. Até as poucas possibilidades que haviam sido levantadas naquele caso, como a arma do crime ser um atiçador de brasas, acabaram se revelando inúteis.

Eles não tinham nada.

– Na verdade, a gente já sabe muita coisa – disse Gamache. – A gente sabe que o homem não foi morto no bistrô.

– O que nos deixa com o resto do mundo para eliminar – retrucou Beauvoir.

– A gente sabe que parafina e Varathane estão envolvidos. E sabe que, de alguma forma, Olivier também.

– Mas a gente nem sequer sabe quem era a vítima – lembrou Beauvoir, sublinhando essa pergunta na folha, frustrado.

Gamache deixou a afirmação se assentar por um instante, então falou:

– Não. Mas a gente vai descobrir. A gente vai descobrir tudo, alguma hora. É um quebra-cabeça e, em algum momento, a imagem completa vai se revelar. A gente só precisa ser paciente. E persistente. E precisa de mais informações sobre outros possíveis suspeitos. Os Parras, por exemplo.

– Eu estou com as informações que o senhor pediu – disse o agente Morin, endireitando os ombros. – Hanna e Roar Parra chegaram aqui em meados dos anos 1980. Entraram como refugiados. Pediram o status e conseguiram. Agora são cidadãos canadenses.

– Completamente legais? – perguntou Beauvoir, com pesar.

– Completamente legais. Têm um filho. Havoc. Ele tem 21 anos. A família é bastante envolvida na comunidade tcheca daqui. Ajudou algumas pessoas.

– Ok, ok – replicou Beauvoir, abanando a mão. – Alguma coisa interessante?

Morin olhou para as inúmeras anotações que tinha. O que o inspetor consideraria interessante?

– Você encontrou alguma informação de antes de eles virem para cá? – perguntou Gamache.

– Não, senhor. Eu tenho ligações agendadas com Praga, mas o registro deles daquela época não é muito bom.

– Está bem – disse Beauvoir, recolocando a tampa no pilot com um estalo. – Algo mais?

O agente Morin colocou um saco de papel na mesa.

– Eu passei na mercearia hoje de manhã e comprei isto – contou ele, tirando um tijolo de parafina do saco. – Monsieur Béliveau disse que todo mundo está comprando parafina, principalmente nesta época do ano – acrescentou.

– Isso não ajuda muito – comentou Beauvoir, sentando-se.

– Não, mas isto talvez ajude – acrescentou Morin, puxando do saco uma lata de Varathane. – Ele vendeu duas destas em julho. Uma para Gabri e a outra para Marc Gilbert.

– Ah, é mesmo? – disse Beauvoir, destampando novamente o pilot.

A AGENTE LACOSTE, COMO TODO morador de Montreal, conhecia o Habitat 67, o estranho e exótico complexo de apartamentos residenciais criado para a Exposição Internacional de 1967. A construção tinha sido considerada vanguardista na época, e ainda era. Ficava na Cité du Havre, às margens do rio St. Lawrence, um tributo à criatividade e à visão. Uma vez visto, o Habitat 67 nunca mais era esquecido. Em vez de um prédio quadrado ou retangular, o arquiteto tinha feito cada cômodo como um bloco separado, um cubo alongado. Juntos, eles pareciam uma confusão de bloquinhos de montar para crianças, empilhados. Cada um se interconectava com outro, por cima, por baixo ou pelos lados, de modo que, quando a luz do sol brilhasse através da construção, todos os cômodos fossem iluminados. A vista de cada ambiente era espetacular, fosse do rio grandioso ou da magnífica cidade.

Lacoste nunca estivera em um dos apartamentos do Habitat 67, mas estava prestes a fazer isso. O pai de Olivier morava ali.

– Pode entrar – disse Jacques Brulé, sem sorrir, ao abrir a porta. – A senhora comentou que queria falar sobre o meu filho?

Monsieur Brulé era muito diferente do filho. Era um homem robusto, de cabelo escuro ainda volumoso. Atrás dele, ela notou o piso de madeira brilhante, a lareira de ardósia e as imensas janelas que davam para o rio. O apartamento era caro e de bom gosto.

– Será que a gente pode se sentar?

– Será que a senhora pode ir direto ao ponto?

Ele ficou na porta, bloqueando a passagem dela, não permitindo que entrasse na casa.

– Como falei ao telefone, sou da Divisão de Homicídios. Estamos investigando um assassinato em Three Pines.

O homem continuou inexpressivo.

– Onde o seu filho mora – disse ela, ao que ele assentiu uma vez. – Um corpo foi encontrado no bistrô de lá.

Ela não identificou o bistrô de propósito. O pai de Olivier esperou, sem demonstrar reconhecimento nem preocupação.

– O bistrô do Olivier – completou ela, finalmente.

– E o que a senhora quer de mim?

Embora estivesse longe de ser raro se deparar com problemas familiares em casos de assassinato, ela não esperava algo como aquilo ali.

– Eu queria saber mais sobre Olivier, a formação dele, os interesses.

– A senhora procurou o genitor errado. Teria que perguntar para a mãe dele.

– Desculpa, eu pensei que ela estivesse morta.

– Ela está.

– Por telefone, o senhor me disse que ele frequentou a Notre-Dame de Sion. É uma escola muito boa, pelo que eu sei. Mas ela só vai até o sexto ano. E depois disso?

– Acho que ele foi para a Loyola. Ou será que foi para a Brébeuf? Não lembro.

– *Pardon?* O senhor e a mãe dele eram separados?

– Não, eu nunca me divorciaria.

Aquilo foi o máximo de emoção que ele demonstrou. Tinha ficado muito mais chateado com a sugestão de divórcio do que com uma morte ou um assassinato. Lacoste esperou. E esperou. Por fim, Brulé falou.

– Eu ficava muito tempo fora, estava construindo uma carreira.

Mas a agente, que caçava assassinos e mesmo assim lembrava qual era a escola que os filhos frequentavam, sabia que aquilo não era uma boa desculpa.

– Ele já teve algum problema? Se envolveu em brigas? Qualquer coisa do gênero?

– Olivier? De jeito nenhum. Veja bem, ele era um garoto normal. Se metia em algumas besteiras, mas nada sério.

Aquilo era como interrogar um marshmallow, ou um vendedor sobre uma mesa de jantar. Monsieur Brulé parecia prestes a se referir ao filho como "isto" durante a conversa.

– Quando foi a última vez que o senhor conversou com ele?

Ela não tinha certeza de que aquilo era relevante para o caso, mas queria saber.

– Não sei.

Ela devia ter adivinhado. Quando Lacoste estava indo embora, o pai de Olivier disse:

– Manda um oi para ele por mim.

Lacoste parou diante do elevador, apertou o botão e depois olhou para trás, para o homem grande no batente da porta, bloqueando toda a luz que ela sabia fluir para o apartamento dele.

– Talvez o senhor mesmo possa dizer isso. Ou até fazer uma visita. O senhor conhece Gabri?

– Gabri?

– Gabriel. A pessoa com quem ele é casado.

– Gabrielle? Ele não me falou dela.

Lacoste entrou no elevador, se perguntando se monsieur Brulé algum dia encontraria Three Pines. Ficou pensando naquele homem, que escondia tanta coisa.

Mas, bom, nitidamente o filho dele também.

A MANHÃ CHEGAVA AO FIM e Olivier estava no bistrô, na porta da frente. Tentando decidir se deveria destrancá-la. Deixar as pessoas entrarem. Talvez a multidão abafasse a voz em sua cabeça. A voz do Eremita. E aquela história terrível que os unia. Até na morte.

O jovem apareceu na base da montanha agora estéril. Como todos da região, ele tinha ouvido as histórias. Das crianças más que eram levadas até lá como sacrifício para o terrível Rei Montanha.

Ele procurou os ossinhos no solo empoeirado, mas não encontrou nada. Nenhuma vida. Nem sequer a morte.

Quando estava prestes a ir embora, ouviu um pequeno suspiro. Uma brisa soprou onde nada antes tinha se agitado. Ele sentiu o vento na nuca, sentiu a pele esfriar e os pelos se arrepiarem. Olhou para baixo, para o vale verdejante, as florestas densas e os telhados de sapê, e se perguntou como podia ter sido tão estúpido a ponto de subir até ali. Sozinho.

– Não – ouviu no vento. – Não.

O jovem se virou.

– Vá embora – ouviu ele.

– Não vá – disse o suspiro.

QUINZE

Os três policiais saíram juntos da sala de investigação, mas se separaram na praça do vilarejo. Beauvoir se encaminhou para a antiga casa dos Hadleys, enquanto o chefe e o agente Morin foram interrogar Olivier e Gabri mais uma vez.

O inspetor estava convencido. Eles haviam pegado os Gilberts na mentira. No dia anterior, Dominique tinha dito a ele que eles nunca usavam Varathane. Fez questão de falar de como a propriedade era ecológica. Mas agora havia uma prova de que eles tinham comprado pelo menos meio litro do produto.

No entanto, o que conferia a seus passos uma agilidade extra era a curiosidade, ansiedade até, de ver o que os Gilberts tinham feito com o casarão.

Gamache tentou abrir a porta do bistrô e ficou surpreso ao encontrá-la destrancada. Mais cedo, durante o café da manhã com *pain doré*, morangos e bananas fatiados, xarope de bordo e bacon, Gabri havia admitido que não sabia quando Olivier reabriria o estabelecimento.

"Talvez nunca", confessara ele, "e aí, o que vai ser de nós? Eu vou ter que começar a aceitar hóspedes pagantes."

"Que bom que aqui é uma pousada", dissera Gamache.

"Parece uma vantagem, não é? Mas eu sofro de preguiça extrema."

E, no entanto, quando Gamache e o agente Morin entraram no bistrô, lá estava Gabri, atrás do bar, polindo a bancada. Da cozinha vinha um aroma de comida boa.

– Olivier! – gritou Gabri, saindo de trás do bar. – Nossos primeiros clientes desde o assassinato chegaram! – cantarolou.

– Ah, pelo amor de Deus, Gabri! – veio a voz da cozinha e, em seguida, um barulho de panela caindo.

Um instante depois, Olivier empurrou com força a porta vaivém.

– Ah, são vocês.

– É, somos nós, desculpe. Temos algumas perguntas. O senhor tem um instante?

Olivier fez uma cara de quem estava prestes a dizer "não", mas mudou de ideia e apontou para uma poltrona perto da lareira. O fogo estava aceso de novo. E os atiçadores tinham sido devolvidos.

Gamache olhou para o agente Morin. O policial arregalou os olhos. O inspetor-chefe não estava esperando que ele conduzisse o interrogatório, estava? Mas alguns momentos se arrastaram e ninguém disse nada. Morin vasculhou a própria mente.

Não seja muito agressivo, embora não achasse que aquilo seria um problema. *Faça o suspeito baixar a guarda*. Gabri estava sorrindo para ele, limpando as mãos no avental e esperando. *Até agora, tudo bem*, pensou Morin. *Parece que esse papel de agente idiota está funcionando. Quem dera fosse só fingimento.*

Ele sorriu de volta para os dois homens e quebrou a cabeça. Até então, as únicas pessoas que havia interrogado tinham sido motoristas que estavam correndo na Autoroute 10. Não parecia necessário perguntar a Gabri se ele tinha carteira de motorista.

– É sobre o assassinato? – perguntou Gabri, tentando ajudar.

– É, é sim – conseguiu dizer Morin, finalmente. – Não tanto sobre o assassinato, mas sobre um pequeno problema que surgiu.

– Sente-se, por favor – indicou Olivier, apontando para uma cadeira.

– Não é nada de mais – continuou Morin, sentando-se com os outros. – É só uma ponta solta. A gente estava se perguntando por que vocês compraram Varathane de monsieur Béliveau em julho.

– A gente comprou? – questionou Olivier, olhando para Gabri.

– Bom, eu comprei. A gente precisava refazer o balcão, lembra?

– Dá para você parar com isso? Eu gosto do balcão do jeito que ele é – disse Olivier. – Envelhecido.

– *Eu* estou envelhecido, é uma desgraça. Você lembra quando a gente comprou? O negócio brilhava!

Eles olharam para o longo balcão de madeira com a caixa registradora, potes de todos os tipos, jujubas e balas de alcaçuz. Atrás dele, havia prateleiras com garrafas de bebidas.

– Combina com a atmosfera – explicou Olivier. – Tudo aqui tem que ser velho ou parecer velho. E nem vem – disse ele, levantando a mão para impedir que Gabri respondesse, e depois se voltou para os policiais. – Nós sempre discordamos sobre isso. Quando nos mudamos para cá, este lugar era uma loja de ferragens. Todas as características originais tinham sido arrancadas ou cobertas.

– As vigas estavam escondidas debaixo daquele material de isolamento acústico que usam em tetos – contou Gabri. – Não tinha nem lareira mais. A gente teve que procurar um pedreiro para reconstruir.

– Sério? – disse Gamache, impressionado, já que as lareiras pareciam originais. – Mas e o Varathane?

– Pois é, Gabri. E o Varathane? – pressionou Olivier.

– Bom, eu ia remover a pintura, lixar de novo e revestir, mas…

– Mas?

– Eu estava torcendo para que o Velho Mundin pudesse fazer isso para mim. Ele sabe como fazer. E adora.

– Pode esquecer. Ninguém vai tocar naquele balcão.

– Onde está a lata que o senhor comprou de monsieur Béliveau? – perguntou o agente Morin.

– Está no nosso porão, em casa.

– Posso dar uma olhada?

– Se quiser… – respondeu Gabri, olhando para Morin como se ele estivesse louco.

JEAN GUY BEAUVOIR NÃO CONSEGUIA acreditar no que estava vendo. Mais do que isso, não conseguia acreditar em algo menos palpável. Ele estava gostando do tour pela antiga casa dos Hadleys. Até então, Marc e Dominique Gilbert tinham mostrado a ele todos os quartos magníficos, com lareiras, TVs de tela plana, banheiras de hidromassagem e boxes com chuveiro e sauna. Os reluzentes mosaicos de azulejos. A máquina de café expresso em cada quarto.

Tudo esperando os primeiros hóspedes.

E agora eles estavam na área do spa, no subsolo, com sua iluminação suave e cores e aromas tranquilizadores, até mesmo naquele momento. Ainda faltava instalar algumas prateleiras, mas os produtos que seriam expostos ali já estavam sendo desembalados. Embora nitidamente tão espetacular quando o resto do local, aquela área estava menos acabada.

– Falta mais um mês, por aí – dizia Marc. – A ideia é receber os primeiros hóspedes no feriadão do Dia de Ação de Graças. A gente estava justamente conversando sobre colocar um anúncio nos jornais.

– Para mim, é muito cedo, mas o Marc acha que dá. A gente já contratou a maioria dos funcionários. Quatro massagistas, um instrutor de yoga, um personal trainer e uma recepcionista. E isso é só para o spa.

Os dois tagarelavam, animados.

Enid adoraria aquele lugar, pensou Beauvoir.

– Quanto vocês vão cobrar para um casal?

– Uma noite no hotel e um tratamento de cura no spa custam a partir de 325 dólares cada – disse Marc. – Isso é para um quarto padrão no meio da semana, mas inclui café da manhã e jantar.

Nenhum dos quartos parecia padrão para Beauvoir. Mas o preço também não. Quanto aqueles cremes poderiam custar? Quem sabe no aniversário de casamento deles. Olivier e Gabri o matariam, mas talvez eles não precisassem saber. Beauvoir e Enid poderiam ficar só lá, no hotel. Não ir para Three Pines. Quem iria querer sair dali?

– Isso seria para cada um – explicou Marc, enquanto apagava as luzes.

Eles voltaram a subir as escadas.

– Perdão?

– São 325 dólares por pessoa. Mais as taxas.

Beauvoir deu graças a Deus por estar atrás do casal e ninguém poder ver a cara dele. Ao que tudo indicava, só os ricos seriam curados.

Até o momento, porém, ele não tinha visto nem sinal de Varathane. Havia observado pisos, balcões e portas, sempre elogiando as peças, para delírio dos Gilberts. Mas também estava procurando aquele brilho revelador. Aquele polimento artificial.

Nada.

Na porta da frente, pensou em perguntar diretamente ao casal, mas decidiu que ainda não era hora de mostrar suas cartas. Ele vagou pelo terreno, observando o agora bem-cuidado gramado, os jardins recém-plantados e as árvores firmes.

Tudo aquilo era um bálsamo para sua necessidade de organização. Era assim que o interior deveria ser. Civilizado.

Bem no momento em que o inspetor virou na lateral da casa, Roar Parra surgiu empurrando um carrinho de mão. Ele parou quando viu Beauvoir.

– Posso ajudar?

Beauvoir se apresentou e olhou para o esterco de cavalo no carrinho.

– Mais trabalho para o senhor, imagino – comentou, acompanhando Parra.

– Eu gosto de cavalos. É bom vê-los aqui de novo. A Sra. Hadley tinha alguns. O estábulo está caindo aos pedaços agora e o capim das trilhas está todo crescido.

– Ouvi falar que os novos donos pediram para o senhor reabrir as trilhas.

Parra grunhiu.

– Um trabalhão. Mas meu filho me ajuda quando pode, e eu gosto. É calmo no bosque.

– Exceto pelos estranhos que vagam por aí – disse Beauvoir.

Ele notou o olhar desconfiado no rosto de Parra.

– O que o senhor quer dizer?

– Bom, o senhor contou para a agente Lacoste que viu um estranho desaparecer na mata. Mas não era o homem que morreu. Quem o senhor acha que era?

– Eu devo ter me enganado.

– Por que o senhor diz isso? Não acha que está mesmo enganado, acha?

Pela primeira vez, Beauvoir olhou bem para o homem. Ele estava coberto de sujeira, suor e esterco. Era baixo, largo e musculoso. Mas nada disso o tornava estúpido. Na verdade, aquele homem parecia bem inteligente para Beauvoir. Então por que havia acabado de mentir?

– Eu estou cansado de as pessoas olharem para mim como se eu tivesse acabado de dizer que fui sequestrado por alienígenas. O cara estava lá um segundo e, no outro, tinha sumido. Eu fui atrás dele, mas nada. E não, eu nunca mais vi ele.

– Talvez ele tenha ido embora.

– Talvez.

Eles caminharam em silêncio. O ar estava cheio dos aromas almiscarados de feno recém-colhido e esterco.

– Fiquei sabendo que os novos donos são muito ligados às questões ambientais.

Beauvoir fez com que aquilo saísse com um ar de censura, como se achasse o assunto meio bobo. A última moda da cidade grande.

– Aposto que eles não deixam o senhor usar pesticidas ou fertilizantes.

– Eu não uso essas coisas. Falei para eles. Tive que ensinar todo mundo a fazer compostagem e até reciclar. Parece que eles nunca tinham ouvido falar disso. E eles ainda usavam sacos plásticos para as compras, dá para acreditar?

Beauvoir, que fazia a mesma coisa, balançou a cabeça. Parra jogou o esterco em uma pilha e se virou para Beauvoir, dando uma risadinha.

– O que foi? – perguntou Beauvoir.

– Agora eles são mais verdes que o próprio verde. Não tem nada de errado nisso, lógico. Queria que todo mundo fosse assim.

– Então quer dizer que com toda essa reforma eles não usaram nada tóxico, como Varathane, talvez?

De novo, o homem parrudo riu.

– Eles bem que queriam, mas eu impedi. Falei para eles do óleo de tungue.

Beauvoir sentiu seu otimismo ir embora. Deixou Roar Parra revirando a pilha da compostagem, voltou para a casa e tocou a campainha. Estava na hora de perguntar diretamente a eles. A porta foi aberta por madame Gilbert, mãe de Marc.

– Eu gostaria de falar com o seu filho de novo, se a senhora não se importar.

– É claro, inspetor. O senhor quer entrar?

Ela era gentil e graciosa. Ao contrário do filho. Por baixo daquele jeito alegre e amigável, espreitava de vez em quando um desdém, uma consciência de que ele tinha muito e os outros, menos. E de alguma forma aquilo fazia com que os outros *fossem* menos.

– Eu espero aqui. É só um detalhe.

Depois que ela desapareceu, Beauvoir ficou na entrada, admirando a pintura branca recente, os móveis polidos e as flores no hall. Aquela sensação convidativa de organização e calma. Na antiga casa dos Hadleys. Ele mal conseguia acreditar. Apesar de todos os defeitos de Marc Gilbert, ele tinha sido capaz de fazer tudo aquilo.

Pela janela, a luz inundou o vestíbulo, e um brilho tomou o piso de madeira.

Um brilho.

DEZESSEIS

Quando madame Gilbert e Marc voltaram, o inspetor Beauvoir tinha levantado o tapete e estava examinando o piso do pequeno vestíbulo.

– O que foi? – perguntou ela.

De joelhos, Beauvoir olhou para cima e fez sinal para que os dois ficassem onde estavam. E voltou a se abaixar.

O piso tinha sido tratado com Varathane. Estava liso, duro, brilhante e claro. Exceto por uma marquinha. Ele se levantou lentamente e limpou os joelhos.

– Os senhores teriam um telefone sem fio?

– Eu vou pegar – disse Marc.

– Talvez a sua mãe possa pegar – sugeriu Beauvoir, olhando para Carole Gilbert, que aquiesceu e saiu.

– O que foi? – perguntou Marc, inclinando-se e olhando para o chão.

– O senhor sabe o que foi, monsieur Gilbert. Ontem a sua esposa disse que os senhores nunca tinham usado Varathane, que estão tentando ser o mais ecológicos possível. Mas não é verdade.

Marc riu.

– O senhor está certo. A gente usou Varathane aqui. Mas isso foi antes de saber que existia algo melhor. Daí a gente parou.

Beauvoir encarou Marc Gilbert. Ele conseguia ouvir Carole voltando com o telefone, os saltos fazendo barulho no piso de madeira.

– Eu uso Varathane – disse o inspetor. – Não devo ser tão ecológico quanto os senhores, pelo visto. E eu sei que leva tipo um dia para fixar. Mas o piso demora uma semana ou mais para ficar completamente duro. Este

Varathane não tem vários meses. Os senhores não começaram por aqui, certo? Isto aqui foi feito na última semana.

Gilbert finalmente pareceu nervoso.

– Olha, eu fiz isso de noite, quando todo mundo estava dormindo. Sexta passada. Esta madeira é boa e vai ficar mais desgastada do que nas outras partes do hotel, então decidi usar Varathane. Mas só aqui. Em nenhum outro lugar. Acho que a Dominique e a minha mãe nem sabem.

– Os senhores não usam esta porta o tempo todo? É a entrada principal, afinal de contas.

– A gente estaciona ao lado da casa e usa a porta da cozinha. Nunca a da frente. Mas os nossos hóspedes vão usar.

– Aqui o telefone – disse Carole Gilbert, reaparecendo.

Beauvoir agradeceu e ligou para o bistrô.

– O inspetor-chefe Gamache está, *s'il vous plaît*?' – perguntou ele a Olivier.

– *Oui?* – disse a voz grave do chefe.

– Eu encontrei uma coisa. Acho que o senhor devia dar um pulo aqui. E trazer um kit de perícia para a cena do crime, por favor.

– Cena do crime? Como assim? – indagou Marc, começando a ficar irritado.

Mas Beauvoir já tinha parado de responder a perguntas.

Em poucos minutos, Gamache e Morin chegaram, e Beauvoir mostrou a eles o piso polido. Além da marquinha, o arranhão que estragava o brilho perfeito.

Morin tirou algumas fotos e depois, munido de luvas e pinças, colheu algumas amostras.

– Vou levar isto agora mesmo para o laboratório de Sherbrooke.

O policial saiu, e Gamache e Beauvoir se voltaram para os Gilberts. Dominique havia chegado com algumas compras e se juntado a eles.

– O que foi? – perguntou ela.

Eles estavam parados no amplo hall, longe da entrada, agora vedada pela fita amarela policial e com o tapete enrolado.

Gamache estava sério. Aquela aparência de homem amável tinha desaparecido.

– Quem era o morto?

Ele recebeu de volta três olhares atordoados.

– Já falamos – respondeu Carole. – A gente não sabe.

Gamache assentiu devagar.

– Sim, os senhores disseram isso. Mas também disseram que nunca tinham visto ninguém com a descrição da vítima, e tinham. Pelo menos um dos senhores. E essa pessoa também sabe exatamente o que o relatório do laboratório vai nos dizer.

Eles se entreolharam.

– O morto estava aqui, caído na sua entrada, em cima do Varathane, que ainda não tinha endurecido totalmente. A vítima tinha Varathane grudado no suéter. E uma parte do suéter da vítima está grudada nele.

– Mas isso é ridículo – disse Carole, olhando de Gamache para Beauvoir.

Ela também era capaz de se transformar, e agora a graciosa castelã se convertia em uma mulher difícil, com olhos raivosos e sérios.

– Saiam da nossa casa imediatamente.

Gamache fez uma pequena mesura e, para espanto de Beauvoir, virou-se para sair, olhando para o inspetor.

Eles desceram a rua de terra que dava em Three Pines.

– Bom trabalho, Jean Guy. Vasculhamos aquela casa duas vezes e duas vezes deixamos passar aquele detalhe.

– Então por que estamos indo embora? A gente devia estar lá, interrogando os três.

– Talvez. Mas o tempo está do nosso lado. Um deles sabe que a gente logo vai ter uma prova, provavelmente antes do fim do dia. Deixe a ansiedade crescer. Acredite em mim, eu não estou fazendo favor nenhum a eles.

Beauvoir concordou.

Logo antes do almoço, Marc Gilbert apareceu na sala de investigação.

– Eu posso falar com o senhor? – perguntou a Gamache.

– O senhor pode falar com todos nós. Não tem mais nenhum segredo, tem, monsieur Gilbert?

Marc ficou irritado, mas se sentou na cadeira que lhe indicaram. Beauvoir meneou a cabeça para Morin, que se juntou a eles com o caderninho.

– Eu vim por livre e espontânea vontade, como o senhor pode ver – disse Marc.

– Eu estou vendo – replicou Gamache.

Marc Gilbert tinha caminhado devagar até a antiga estação ferroviária. Repassando várias vezes o que diria a eles. O discurso parecera bom enquanto ele falava com as árvores, as pedras e os patos que voavam para o sul. Agora, já não tinha tanta certeza.

– Olha, eu sei que isso vai soar ridículo… – começou ele, com a única coisa que havia prometido a si mesmo não dizer.

Ele tentou se concentrar no inspetor-chefe, e não naquele assistente xereta ou no idiota que fazia anotações.

– … mas eu encontrei o corpo ali. Não estava conseguindo dormir, então levantei. Eu estava indo fazer um sanduíche na cozinha quando vi o homem. Caído ali, perto da porta da frente.

Ele olhou para Gamache, que o observava com aqueles olhos castanhos calmos e interessados. Sem acusá-lo nem duvidar dele. Apenas escutando.

– Estava escuro, lógico, então eu acendi a luz e cheguei mais perto. Pensei que podia ser um bêbado que tinha subido a colina vindo do bistrô, visto a nossa casa e simplesmente se acomodado ali.

Ele estava certo, aquilo realmente soava ridículo. Ainda assim, o chefe não disse nada.

– Eu ia ligar para pedir ajuda, mas não queria perturbar a Dominique e a minha mãe, então me aproximei do cara. Foi aí que vi a cabeça dele.

– E aí o senhor soube que ele tinha sido assassinado – concluiu Beauvoir, sem acreditar em uma palavra daquilo.

– Isso – disse Marc, lançando um olhar agradecido para o inspetor, até ver o sorriso de escárnio no rosto dele e se virar para Gamache. – Eu não conseguia acreditar.

– Então um homem assassinado aparece na sua casa no meio da noite. O senhor não tinha trancado a porta? – perguntou Beauvoir.

– Nós sempre trancamos, mas estamos recebendo muitas entregas e, como nunca usamos aquela porta, devemos ter esquecido.

– O que o senhor fez, monsieur Gilbert? – perguntou Gamache, com uma voz calma e tranquilizadora.

Marc abriu a boca, depois a fechou e baixou os olhos para as próprias mãos. Ele havia prometido a si mesmo que, quando chegasse àquela parte, não desviaria o olhar nem baixaria os olhos. Não vacilaria. Mas agora havia feito as três coisas.

– Eu pensei um pouco, depois peguei o cara e o carreguei para o vilarejo. Para o bistrô.

Bingo.

– Por quê? – perguntou Gamache.

– Eu ia chamar a polícia. Estava com o telefone na mão, até – contou ele, estendendo a mão vazia para os policiais como se aquilo fosse uma prova –, mas daí comecei a pensar em todo o trabalho que a gente teve com aquele lugar. E estamos tão perto, tão perto… Vamos abrir em pouco mais de um mês, o senhor sabe. E eu me toquei de que isso ia aparecer em todos os jornais. Quem ia querer relaxar em um spa onde um homem acabou de ser morto?

Beauvoir odiava dizer isso, mas tinha que concordar. Principalmente com aqueles preços.

– Então o senhor largou o homem no bistrô? – perguntou ele. – Por quê?

Gilbert se virou para ele.

– Porque eu não queria colocar o morto na casa de outra pessoa. E eu sabia que Olivier deixava a chave debaixo do vaso de plantas na porta da frente.

Ele conseguia ver o ceticismo dos policiais, mas continuou mesmo assim:

– Eu peguei o homem, deixei-o no chão do bistrô e voltei para casa. Aí peguei um tapete da área do spa para cobrir o lugar onde o havia encontrado. Eu sabia que ninguém ia dar falta do tapete lá embaixo. Tinha muita coisa acontecendo na casa.

– Este é um momento perigoso – disse Gamache, olhando para Marc. – A gente pode prender o senhor por obstrução de justiça e vilipêndio a cadáver.

– E por homicídio – completou Beauvoir.

– Precisamos saber toda a verdade. Por que o senhor levou o corpo para o bistrô? Podia ter deixado a vítima no bosque.

Marc suspirou. Ele não achou que os investigadores insistiriam naquele ponto.

– Eu pensei nisso, mas tinha um monte de crianças em Three Pines por causa do feriadão, e eu não queria que elas encontrassem um cadáver.

– Que nobre – disse Gamache, num tom equilibrado. – Mas isso seria pouco provável, não é? Com que frequência aparecem crianças brincando no bosque ao redor da sua casa?

– Acontece. O senhor arriscaria?

– Eu teria ligado para a polícia.

O chefe deixou a frase fazer efeito. Ela despojou Marc Gilbert de qualquer pretensão a uma posição de vantagem. E o deixou exposto. Um homem que, na melhor das hipóteses, havia feito algo inconcebível e, na pior, tinha matado um homem.

– A verdade – declarou Gamache, quase em um sussurro.

– Eu levei o corpo para o bistrô para que as pessoas pensassem que ele tinha sido morto lá. Olivier tratou a gente como lixo desde que a gente chegou.

– Então o senhor se vingou desovando um corpo lá? – perguntou Beauvoir.

Ele conseguia pensar em algumas pessoas em cuja casa adoraria desovar um corpo. Mas nunca faria isso. Aquele homem tinha feito, porém. Isso exemplificava bem o ódio dele por Olivier. Um grau raro e surpreendente de ódio. E a determinação dele.

Marc Gilbert fitou as mãos, depois a janela, em seguida foi observando as paredes da antiga estação ferroviária. Por fim, encarou o grande homem à sua frente.

– Foi isso que eu fiz. E não devia ter feito, eu sei.

Ele balançou a cabeça, impressionado com a própria estupidez. Então, enquanto o silêncio crescia, olhou para cima de repente. Seus olhos estavam agitados.

– Espera aí. Os senhores não acham que eu matei aquele homem, acham?

Eles não disseram nada.

Gilbert olhou de um para outro. Até mesmo para o agente idiota com a caneta apoiada no bloquinho.

– Por que eu faria isso? Eu nem sei quem ele é.

Eles continuaram em silêncio.

– Sério. Eu nunca vi aquele homem antes.

Finalmente, Beauvoir rompeu o silêncio:

– E, no entanto, lá estava ele na sua casa. Morto. Por que o corpo de um estranho estaria na sua casa?

– Está vendo? – replicou Gilbert, estendendo a mão para Beauvoir. – Está vendo? Por isso que eu não queria chamar a polícia. Porque eu sabia o que os senhores iam pensar.

Ele apoiou a cabeça nas mãos, como se tentasse conter os pensamentos confusos.

– A Dominique vai me matar. Ai, meu Deus. Ai, meu Deus – disse ele, baixando os ombros e deixando pender a cabeça, pesada pelo que ele havia feito e pelo que ainda estava por vir.

Bem naquela hora, o telefone tocou. O agente Morin atendeu.

– Sûreté du Québec.

A voz do outro lado falava com pressa e estava abafada.

– *Désolé* – disse Morin, sentindo-se mal porque sabia que estava interrompendo o interrogatório. – Não estou entendendo.

Todos olhavam para ele. Morin corou e tentou escutar melhor, mas ainda assim não entendia o que era dito.

Até que compreendeu, e seu rosto ficou pálido.

– *Un instant* – pediu ele, cobrindo o bocal. – É madame Gilbert. Tem um homem no terreno deles. Ela o viu no bosque, na parte de trás. – Morin voltou a se concentrar no telefone. – Ela disse que ele está se aproximando da casa. O que ela faz?

Os três homens se levantaram.

– Ai, meu Deus, ele deve ter me visto sair e sabe que elas estão sozinhas – disse Marc.

Gamache pegou o telefone.

– Madame Gilbert, a porta dos fundos está trancada? A senhora pode ir até lá agora? – Ele esperou. – Ótimo. Onde ele está agora?

O inspetor-chefe escutou a resposta, depois começou a se aproximar da porta, com Beauvoir e Marc Gilbert correndo a seu lado.

– A gente chega em dois minutos. Pegue a sua sogra e se tranque em um banheiro do andar de cima. Aquele que a senhora me mostrou. Isso, com a varanda. Tranque as portas e feche as cortinas. Fiquem lá até a gente chegar.

Beauvoir já tinha ligado o carro. Gamache empurrou a porta com força e devolveu o telefone a Morin.

– Fique aqui. O senhor também.

– Eu vou junto – retrucou Gilbert, alcançando a porta do carona.

– O senhor vai ficar aqui e falar com a sua esposa. Para que ela fique calma. O senhor está nos atrasando, *monsieur* – disse Gamache, com uma voz intensa e irritada.

Gilbert pegou o telefone da mão de Morin enquanto Beauvoir acelerava o carro. Eles seguiram em direção à ponte de pedra, deram a volta na praça e subiram a Du Moulin, parando perto da antiga casa dos Hadleys. Tinham chegado em menos de um minuto e saíram do carro rápido, em silêncio.

– O senhor está armado? – sussurrou Beauvoir enquanto eles corriam para a lateral da casa, abaixados.

Gamache balançou a cabeça. *Sério?*, pensou Beauvoir. Às vezes tinha vontade de atirar ele mesmo no chefe.

– Armas são perigosas – disse Gamache.

– E é por isso que ele – replicou Beauvoir, indicando os fundos da propriedade com a cabeça – provavelmente tem uma.

Gamache ergueu a mão e Beauvoir parou de falar. O chefe fez um gesto em uma direção, depois desapareceu atrás da casa. Beauvoir passou correndo pela porta da frente e contornou o outro lado. Os dois foram para os fundos, onde Dominique tinha visto o homem.

Colado à parede e ainda abaixado, Gamache avançou. Era preciso ser rápido. O estranho estava ali havia pelo menos cinco minutos ininterruptos. Ele podia já estar na casa. Muita coisa acontecia em um minuto, quanto mais em cinco.

Ele contornou um arbusto e chegou ao outro lado do antigo casarão. Lá, viu uma movimentação. Um homem. Grande. De chapéu, luvas e casaco impermeável. Estava perto da casa, perto da porta dos fundos. Se entrasse, o trabalho deles ficaria bem mais difícil. Havia muitos lugares onde se esconder. Bem mais próximos das mulheres.

Enquanto o inspetor-chefe o observava, o homem olhou em volta e foi até as portas francesas da cozinha.

Gamache saiu de trás da casa.

– Parado! – ordenou. – Sûreté du Québec.

O homem parou. Ele estava de costas para Gamache e não conseguia ver se o inspetor-chefe tinha uma arma. Mas Gamache tampouco conseguia ver se ele tinha.

– Eu quero ver as suas mãos! – disse Gamache.

Nenhum movimento. Aquilo não era bom, Gamache sabia. Ele se preparou para pular de lado se o homem se virasse e atirasse. Mas os dois se mantiveram firmes. Então o homem se virou rapidamente.

Treinado e experiente, Gamache sentiu o tempo desacelerar e o mundo desmoronar, de modo que a única coisa que existia era o homem girando à sua frente. O corpo dele, os braços. As mãos. E, enquanto o corpo do homem girava, viu que ele segurava algo na mão direita.

Gamache se abaixou.

E de repente o homem já estava caído, com Beauvoir em cima dele. Gamache correu até os dois e prendeu a mão do homem no chão.

– Ele tinha alguma coisa na mão, você viu? – perguntou Gamache.

– Eu peguei – disse Beauvoir, e Gamache pôs o homem de pé.

Ambos olharam para ele. O chapéu tinha caído e o cabelo grisalho estava desgrenhado. Ele era alto e magro.

– Que diabos vocês estão fazendo? – perguntou o sujeito.

– O senhor está invadindo a propriedade – retrucou Beauvoir, entregando o que o homem segurava a Gamache, que olhou para o objeto.

Era um pacote. De granola. Na frente havia um selo.

Manoir Bellechasse.

Gamache observou o homem com atenção. Ele parecia familiar. E o encarava de volta, com raiva, arrogante.

– Como se atreve? O senhor sabe com quem está falando?

– Na verdade – disse Gamache –, sei, sim.

Após ligarem para Morin, Marc Gilbert foi liberado. Apareceu em casa alguns minutos depois, esbaforido. Tinha sido informado de que a esposa e a mãe estavam em segurança, mas ficou aliviado ao vê-las com os próprios olhos. Ele as abraçou e beijou, depois se voltou para Gamache.

– Onde ele está? Eu quero ver o cara.

"Ver", evidentemente, era um eufemismo.

– O inspetor Beauvoir está com ele no estábulo.

– Ótimo – disse Marc, indo em direção à porta.

– Marc, espere – pediu a mãe, correndo atrás dele. – Talvez a gente devesse deixar a polícia lidar com isso.

Carole Gilbert ainda parecia assustada. E com razão, ponderou Gamache, ao pensar no sujeito no estábulo.

– Você está brincando? Este homem estava espionando a gente, talvez até mais do que isso.

– O que você quer dizer com "talvez até mais do que isso"?

Gilbert hesitou.

– O que você não está contando para a gente? – quis saber a esposa.

Ele lançou um olhar a Gamache.

– Eu acho que ele pode ter matado aquele homem e deixado o corpo aqui na nossa casa. Como uma ameaça. Ou talvez ele quisesse matar um de nós. Pensou que o estranho fosse um de nós. Eu não sei. Mas primeiro o corpo aparece, agora este cara tenta invadir a casa. Alguém está tentando machucar a gente. E eu quero descobrir por quê.

– Espera. Espera aí – disse Dominique, erguendo as mãos para interromper o marido. – O que você está dizendo? Aquele corpo realmente estava aqui? – perguntou, olhando para o vestíbulo. – Na nossa casa? – Ela olhou para Gamache. – Isso é verdade? – continuou ela, agora se voltando para o marido. – Marc?

Ele abriu e fechou a boca. Então respirou fundo.

– Ele estava aqui. A polícia estava certa. Eu encontrei aquele homem quando acordei no meio da noite. Fiquei com medo e fiz uma coisa idiota.

– Você levou o corpo para o bistrô?

A expressão de Dominique era a de quem havia sido esbofeteada por alguém que amava, tamanho era seu choque. A mãe olhava para Marc como se ele tivesse feito xixi na sala de jantar do hotel Château Frontenac. Ele reconhecia aquele olhar de quando era criança e realmente havia feito xixi na sala de jantar do Château Frontenac.

A mente-relâmpago de Gilbert disparou, procurando em algum canto escuro alguém para culpar. Com certeza aquilo não era culpa dele. Com certeza havia fatores que a esposa não estava levando em consideração. Com certeza aquele não poderia ser o ato de completa idiotice que o rosto de Dominique acusava ser.

Mas ele sabia que era.

Dominique se virou para Gamache.

– O senhor tem a minha permissão para atirar nele.

– *Merci, madame*, mas eu preciso de mais do que isso para atirar nele. Uma arma, por exemplo.

– Que pena – disse ela, e olhou para o marido. – O que te passou pela cabeça?

Ele contou às duas, da mesma forma que contara aos policiais, a linha de raciocínio que tinha parecido tão óbvia, tão brilhante, às três da manhã.

– Você fez isso pelos negócios? – perguntou Dominique, quando ele terminou. – Tem algo muito errado quando desovar corpos se torna parte do nosso plano de negócios.

– Bom, não foi exatamente planejado – defendeu-se ele. – E, sim, foi um erro terrível, mas não existe uma questão maior?

Ele finalmente havia encontrado algo enroscado em um daqueles cantos escuros. Algo que tiraria os holofotes de cima dele.

– Sim, eu movi o corpo. Mas quem o colocou lá?

Obviamente, elas estavam tão chocadas com aquela confissão que não tinham nem pensado nisso. Mas Gamache tinha. Porque ele havia notado algo mais no piso tratado com Varathane. O brilho, a marca. E a complet ausência de sangue. Beauvoir também. Ainda que Marc Gilbert tivesse esfregado aquele piso várias vezes, não teria conseguido remover o sangue todo. Haveria vestígios.

Mas não havia nada ali. Só algumas lanugens do cardigã do morto.

Gilbert podia até ter matado o homem, mas não tinha feito isso na porta de casa. O homem já estava morto quando fora colocado ali.

Gilbert se levantou.

– Esta é uma das razões que me fazem querer ver o homem que tentou invadir a nossa casa. Eu acho que ele deve ter alguma coisa a ver com isso.

A mãe ficou de pé e tocou o braço do filho.

– Eu realmente acho que você devia deixar isso com a polícia. Esse homem provavelmente não está bem.

Ela olhou para Gamache, mas o inspetor-chefe não tinha nenhuma intenção de impedir Marc Gilbert de confrontar o intruso. Era o oposto. Ele queria ver o que iria acontecer.

– Venha comigo – indicou a Marc, antes de se voltar para as mulheres. – As senhoras podem nos acompanhar, se quiserem.

– Bom, eu vou – disse Dominique. – Talvez você deva ficar aqui – sugeriu ela à sogra.

– Eu também vou.

Quando eles se aproximaram do estábulo, os cavalos ergueram os olhos. Estavam no campo, e o próprio Beauvoir, que ainda não os tinha visto, quase parou de andar quando os notou ali. Ele não tinha visto muitos cavalos na vida real. Em filmes, sim. E aqueles ali não se pareciam nada com os cavalos dos filmes. Mas, bem, a maioria dos homens tampouco se parecia com o Sean Connery, assim como a maioria das mulheres não se parecia com a Julia Roberts. Mas mesmo levando em conta a seleção natural, aqueles cavalos eram, bem, um tanto estranhos. Um deles nem parecia um cavalo. Eles começaram a se movimentar, um dos animais andando de lado.

Paul Morin, que já tinha visto um monte de cavalos, disse:

– Belas vacas.

Dominique Gilbert o ignorou. Mas teve vontade de chegar mais perto dos cavalos. Naquele momento em que a vida deles de repente desmoronava, a calma dos bichos a atraía. *Assim como o sofrimento deles*, pensou. Não, não o sofrimento, a tolerância. Se eles tinham conseguido suportar uma vida de maus-tratos e dor, ela poderia aguentar qualquer golpe que aquele estábulo reservava. Enquanto os outros passavam por ela, Dominique parou e voltou para o cercado, subiu em um balde e se debruçou sobre a cerca. Os outros cavalos, ainda tímidos, se detiveram. Mas Peônia, grande, desajeitada, feia e cheia de cicatrizes, se aproximou. A testa larga e plana da égua empurrou suavemente o peito de Dominique, como se coubesse ali. Como se fosse uma chave. E conforme ela se afastava para se juntar aos outros e enfrentar quem quer que fosse aquela sombra de pé no estábulo, sentiu o cheiro da égua em suas mãos. E a pressão tranquilizadora entre os seus seios.

Levou alguns instantes para que os olhos deles se ajustassem ao estábulo escuro. Então a sombra tomou uma forma mais firme. Humana. Diante deles surgiu um homem idoso, alto, esbelto e elegante.

– Vocês me deixaram esperando – disse a escuridão.

Marc, cuja visão não era tão boa quanto ele fingia ser, só conseguia ver o contorno do homem. Mas as palavras, a voz, foram mais do que suficientes. Ele ficou tonto e estendeu a mão. A mãe, de pé ao lado dele, pegou a mão de Marc e a segurou firme.

– Mãe? – sussurrou ele.

– Está tudo bem, Marc – disse o homem.

Mas Marc sabia que não estava tudo bem. Ele tinha ouvido rumores sobre a antiga casa dos Hadleys, sobre os fantasmas que viviam ali. Tinha adorado as histórias, porque isso significava que ninguém mais ia querer a casa e eles poderiam comprá-la por um valor tão barato que era quase desonesto.

Mas algo imundo tinha de fato ressuscitado ali. A antiga casa dos Hadleys havia produzido mais um fantasma.

– Pai?

DEZESSETE

– Pai?

Marc olhou da sombra, mais escura que a penumbra, para a mãe. Aquela voz era inconfundível, inesquecível. A voz grave e calma que trazia um leve sorriso mesmo quando o objetivo era a repreensão, para que a criança, o menino, o homem, nunca soubesse realmente onde estava pisando. Mas ele suspeitava.

– Oi, Marc.

A voz tinha uma pitada de humor, como se aquilo fosse quase engraçado. Como se o gigante choque de Marc fosse hilário.

O Dr. Vincent Gilbert saiu do estábulo e do mundo dos mortos para encontrar a luz.

– Mãe? – disse Marc, virando-se para a mulher a seu lado.

– Desculpa, Marc. Vem comigo.

Ela puxou o filho único para o sol e o sentou em um bloco de feno. A planta seca beliscou o traseiro de Marc.

– Você pode pegar alguma coisa para ele beber? – pediu Carole à nora, mas Dominique, com a mão no rosto, parecia quase tão chocada quanto o marido.

– Marc? – disse Dominique.

Beauvoir olhou para Gamache. O dia seria longo se eles só ficassem chamando uns aos outros.

Dominique se recompôs e começou a caminhar rápido, depois a correr, de volta para a casa.

– Perdão, eu surpreendi você?

– É claro que surpreendeu, Vincent – retrucou Carole. – Como você achou que ele fosse ficar?

– Eu achei que ele fosse ficar mais feliz que isso.

– Você nunca pensa.

Marc encarou o pai e depois se voltou para a mãe.

– Você disse que ele estava morto.

– Talvez eu tenha exagerado.

– Morto? Você disse que eu estava morto?

Ela se virou para o marido de novo.

– A gente combinou que eu ia dizer isso. Você está gagá?

– Eu? Eu? Você tem ideia do que fiz com a minha vida enquanto você jogava bridge?

– Tenho, você abandonou a sua família…

– Já chega – disse Gamache, erguendo a mão.

Com algum esforço, os dois se calaram e olharam para ele.

– Deixa eu ver se entendi direito – continuou Gamache. – Ele é seu pai?

Finalmente, Marc examinou o homem de pé ao lado da mãe. Ele estava mais velho, mais magro. Fazia quase vinte anos, afinal de contas. Desde que ele havia desaparecido na Índia. Ou, pelo menos, fora o que a mãe dissera. Alguns anos depois, ela havia falado que ele tinha sido declarado morto e perguntara se por acaso Marc achava que eles deveriam fazer um memorial em homenagem a ele.

Marc nem pensou naquilo. Não. Tinha coisa melhor para fazer do que ajudar a planejar um memorial para um homem que estivera desaparecido a sua vida inteira.

E foi o fim da história. O Grande Homem, porque era isso que o pai de Marc era, foi esquecido. Marc nunca falava dele, nunca pensava nele. Quando conhecera Dominique e ela perguntara se o pai dele tinha sido "aquele" Vincent Gilbert, ele havia respondido que sim. Mas ele estava morto. Caído dentro de algum buraco escuro em Calcutá, Mumbai ou Chennai.

"Ele não é um santo?", havia perguntado a agora esposa.

"Isso mesmo. São Vincent. Que ressuscitou os mortos e enterrou os vivos." Ela não perguntou mais nada.

– Aqui.

Dominique tinha voltado com uma bandeja repleta de copos e garrafas, sem saber ao certo o que a ocasião pedia. Nunca, nas reuniões de conselho de que participara, nos jantares com clientes que organizara, algo assim havia surgido. Um pai. Ressuscitado. Mas, obviamente, não reverenciado.

Ela colocou a bandeja de bebidas em um tronco e levou as mãos ao rosto, inspirando suavemente o cheiro almiscarado da égua. Aquilo a relaxou. Depois baixou as mãos, mas não a guarda. Tinha um instinto para problemas, e aquela situação com certeza era um.

– É, ele é meu pai – disse Marc, antes de se voltar para a mãe de novo. – Ele não está morto?

Aquela era uma pergunta interessante, pensou Gamache. Não *Ele está vivo?*, mas *Ele não está morto?*. Parecia haver uma diferença.

– Infelizmente, não.

– Eu estou bem aqui, sabia? – disse o Dr. Gilbert. – Estou ouvindo.

Mas ele não parecia chateado com nada daquilo, só entretido. Gamache sabia que o Dr. Vincent seria um oponente formidável. E torcia para que aquele Grande Homem, pois era isso que sabia que ele era, também não fosse um homem mau.

Carole deu a Marc um copo d'água e pegou outro para si mesma, sentando-se no feno ao lado dele.

– O seu pai e eu concordamos que o nosso casamento tinha acabado há muito tempo. Ele foi para a Índia, como você sabe.

– Por que você disse que ele estava morto? – perguntou Marc.

Se ele não tivesse perguntado, Beauvoir teria. Ele sempre havia pensado que a sua própria família era mais do que um pouco estranha. Nunca um sussurro, nunca uma conversa calma. Tudo era elétrico, cinético. Vozes nas alturas, gritando, berrando. Sempre um na cara do outro, na vida do outro. Era uma zona. Ele ansiava por calma, paz, e havia encontrado isso em Enid. A vida deles era tranquila, suave, nunca indo longe demais.

Ele deveria ligar para ela.

No entanto, por mais estranha que fosse a família do inspetor, ela não era nada perto dos Gilberts. Na verdade, aquele era um dos grandes alívios daquele trabalho. Pelo menos seus parentes eram bem melhores do que aquelas pessoas que realmente se matavam, e não apenas pensavam em fazê-lo.

– Achei que seria mais fácil – disse Carole. – Eu me sentia mais feliz sendo viúva do que divorciada.

– Mas e eu? – perguntou Marc.

– Eu achei que ia ser mais fácil para você também. Mais fácil pensar que o seu pai tinha morrido.

– Como você pôde achar uma coisa dessas?

– Desculpa. Eu estava errada. Mas você estava com 25 anos e nunca tinha sido próximo do seu pai. Eu realmente achei que você não fosse se importar.

– Então você matou o homem?

Calado até aquele momento, Vincent Gilbert riu.

– Bem colocado.

– Vai se ferrar – rebateu Marc. – Daqui a pouco chega a sua vez nessa conversa aqui.

Ele se remexeu no bloco de feno pinicante. O pai realmente era um baita de um incômodo.

– Ele concordou, não importa o que esteja dizendo agora. Eu não poderia ter feito isso sem a cooperação dele. Em troca de liberdade, ele concordou em morrer.

Marc se virou para o pai.

– Isso é verdade?

Agora Vincent Gilbert parecia menos majestoso e seguro.

– Eu estava fora de mim. Não estava bem. Eu tinha ido para a Índia para me encontrar e achei que a melhor forma de fazer isso era abandonar completamente a minha antiga vida. Me tornar um novo homem.

– Então eu simplesmente deixei de existir? – perguntou Marc. – Que grande família, hein? Onde você esteve?

– No Manoir Bellechasse.

– Vinte anos? Você passou vinte anos em um hotel de luxo?

– Ah, não. Eu passei algumas temporadas lá durante o verão. Trouxe isto aqui – atalhou ele, apontando para o pacote que estava na prateleira do estábulo. – É para você.

Ele falou aquilo para Dominique, que pegou o pacote.

– Granola – disse ela. – Do Bellechasse. Obrigada.

– Granola? – questionou Marc. – Você volta do mundo dos mortos e traz café da manhã?

– Eu não sabia do que vocês precisavam – admitiu o pai. – A sua mãe me disse que você comprou uma casa aqui, então eu comecei a vir de vez em quando para dar uma olhada.

– O senhor é o homem que Roar Parra viu no bosque – deduziu Dominique.

– Roar Parra? É o troll? O moreno atarracado?

– O homem maravilhoso que está ajudando o seu filho a transformar este lugar, você quer dizer? – perguntou Carole.

– Eu quero dizer o que eu disse.

– Vocês dois, podem parar com isso? – disse Dominique, olhando para os sogros. – Se comportem.

– O que você veio fazer aqui? – quis saber Marc, finalmente.

Vincent Gilbert hesitou, então se sentou em um bloco de feno próximo.

– Eu mantive contato com a sua mãe. Ela me contou do seu casamento. Do seu trabalho. Você parecia feliz. Mas depois ela falou que você tinha pedido demissão e se mudado para o meio do nada. Eu queria ter certeza de que você estava bem. Eu não sou um completo idiota, sabe? – disse Vincent Gilbert, com o rosto bonito e aristocrático agora sério. – Eu sei o choque que isso é. Desculpa. Eu nunca devia ter deixado a sua mãe fazer isso.

– *Pardon?* – soltou Carole.

– Ainda assim, eu não teria feito contato com você, mas daí aquele corpo foi encontrado, a polícia apareceu, e eu pensei que talvez você precisasse da minha ajuda.

– Sim, e aquele corpo? – perguntou Marc ao pai, que apenas o encarou. – Hein?

– Hein o quê? Espera aí – replicou Vincent Gilbert, virando-se do filho para Gamache, a quem observou com atenção antes de se voltar para Marc.

Ele caiu na risada.

– Vocês estão brincando, né? Vocês acham que eu tenho alguma coisa a ver com essa história?

– E tem? – quis saber Marc.

– Você realmente espera que eu responda isso?

O homem cordial à frente deles não estava apenas irritado, mas emanando raiva. Aconteceu tão rápido que até Gamache ficou surpreso com a transformação. Aquele homem culto, cosmopolita e ligeiramente entretido de repente transbordou um ódio tão grande que o sentimento o engoliu, depois tragou todos os outros. Marc havia atiçado o monstro, fosse por não lembrar que ele estava ali ou por querer ver se ele ainda existia. E ali estava a resposta. O filho ficou imóvel. Sua única reação foi um leve e revelador arregalar de olhos.

E que revelação aqueles olhos fizeram a Gamache. Neles, ele viu a criança, o menino, o jovem assustado. Sem nunca saber o que encontraria no pai. Ele seria amoroso, gentil e caloroso naquele dia? Ou iria queimar o filho vivo? Com um olhar, uma palavra. Deixando o garoto exposto e envergonhado. Sentindo-se fraco, carente, burro e egoísta. E assim o menino desenvolveu uma carapaça externa para resistir a todo tipo de ataque. Mas embora essa pele salvasse almas tenras e jovens, Gamache sabia que ela logo deixava de ser uma proteção e se tornava o problema. Porque ao mesmo tempo que a carapaça afastava a dor, também mantinha a luz do lado de fora. E, lá dentro, a pequena alma assustada se tornava algo completamente diferente, alimentada apenas na escuridão.

Gamache olhou para Marc com interesse. Ele havia atiçado o monstro à sua frente e, ok, a criatura tinha acordado e atacado. Mas será que ele também havia acordado um monstro dentro de si mesmo? Ou isso tinha acontecido antes?

Alguém havia deixado um corpo na porta deles. Tinha sido o pai? O filho? Ou outra pessoa?

– Eu estou esperando a sua resposta, *monsieur* – anunciou Gamache, virando-se para Vincent Gilbert e sustentando o olhar duro do homem.

– Doutor – corrigiu Gilbert, com frieza. – Eu não vou permitir que o senhor ou qualquer outra pessoa me diminua.

Ele olhou para o filho de novo e depois de volta para o inspetor-chefe.

– *Désolé* – disse Gamache, fazendo uma pequena mesura, sem desviar os olhos castanho-escuros do homem raivoso.

O pedido de desculpas pareceu enfurecer Gilbert ainda mais, que percebeu que um deles era forte o suficiente para aguentar um insulto e o outro, não.

– Fale sobre o corpo – insistiu Gamache, como se ele e Gilbert estivessem tendo uma conversa agradável.

Gilbert olhou para ele com ódio. Em sua visão periférica, Gamache notou que o cavalo Marc se aproximava, vindo do pasto. Parecia o cavalo de um demônio, ossudo, coberto de lama e feridas. Um dos olhos era vesgo, o outro, cego. Atraído, Gamache supôs, por algo finalmente familiar. Raiva.

Os dois homens se encararam. Por fim, Gilbert bufou com escárnio e fez um gesto de desdém com a mão, julgando Gamache e sua pergunta como triviais. O monstro recuou para a caverna.

Mas o cavalo estava cada vez mais próximo.

– Eu não sei nada sobre isso. Mas achei que ia ser muito ruim para o Marc, então queria estar por perto, caso ele precisasse de mim.

– Precisasse de você para fazer o quê? – questionou Marc. – Matar todo mundo de susto? Você não podia tocar a campainha ou escrever uma carta?

– Eu não imaginei que você ficaria tão sensível.

O chicote, a pequena ferida – o monstro sorriu e recuou. Mas Marc já tinha aguentado o suficiente. Ele se debruçou sobre a cerca e mordeu Vincent Gilbert no ombro. O cavalo Marc, lógico.

– O que é isso?! – gritou Gilbert, pulando para se afastar do cavalo, a mão no ombro viscoso.

– O senhor vai prender ele? – perguntou Marc a Gamache.

– O senhor vai prestar queixa?

Marc encarou o pai e depois a pobre criatura atrás dele. Preta, acabada e provavelmente meio louca. E sorriu.

– Não. Volte para o mundo dos mortos, pai. Mamãe estava certa. É mais fácil assim.

Ele se virou e caminhou a passos largos para a casa.

– Que família – comentou Beauvoir, enquanto eles seguiam devagar para o vilarejo.

O agente Morin tinha ido na frente e eles haviam deixado os Gilberts nas garras uns dos outros.

– Ainda assim, parece existir algum tipo de equilíbrio neste caso.

– Como assim? – quis saber Gamache.

À esquerda, ele viu Ruth Zardo saindo de casa seguida por Rosa, que usava um suéter. Gamache havia escrito um bilhete de agradecimento pelo jantar da noite anterior e o colocado na caixa de correio enferrujada da poeta durante seu passeio matinal. Ele viu quando Ruth pegou o bilhete, olhou e o enfiou no bolso de seu cardigã surrado.

– Bom, um homem morreu e outro voltou à vida.

Gamache sorriu, pensando se aquela era uma troca justa. Ruth os viu assim que Beauvoir a notou.

– Corre – sibilou ele ao chefe. – Eu dou cobertura ao senhor.

– Tarde demais, meu amigo. A pata viu a gente.

E, de fato, embora Ruth parecesse feliz em ignorá-los, Rosa gingava na direção dos dois em um ritmo alarmante.

– Parece que ela gosta do senhor – disse Ruth a Beauvoir, mancando atrás da pata. – Mas, enfim, ela tem cérebro de pato.

– Madame Zardo – cumprimentou Gamache com um sorriso, enquanto Beauvoir a olhava de cara feia.

– Eu ouvi falar que aquele Gilbert colocou o corpo do homem morto no bistrô de Olivier. Por que o senhor não o prendeu?

– A senhora já ficou sabendo? – perguntou Beauvoir. – Quem contou?

– Quem não ficou sabendo? Só se fala nisso no vilarejo. Mas e então? Vocês vão prender Marc Gilbert?

– Pelo quê? – questionou Beauvoir.

– Homicídio, por exemplo. O senhor está maluco?

– Eu estou maluco? Quem anda por aí com uma pata de suéter?

– E o que quer que eu faça? Deixe a pequena morrer congelada quando o inverno chegar? Que tipo de homem é o senhor?

– Eu? Falando em maluquice, o que foi aquele bilhete que a senhora pediu para Olivier me dar? Eu nem lembro o que estava escrito, mas não fazia sentido nenhum.

– O senhor acha que não? – rosnou a velha poeta enrugada.

– *Talvez exista algo nisso tudo que eu não entenda.*

Assim que Gamache recitou os versos, Ruth lhe lançou um olhar gelado.

– Era uma mensagem particular. Não era para você.

– O que significa, madame?

– O senhor vai descobrir. E este aqui também.

Ruth mergulhou a mão no outro bolso e tirou dele um papel cuidadosamente dobrado. Ela o entregou a Beauvoir e caminhou em direção ao bistrô.

Beauvoir olhou para o quadrado branco na palma da mão e depois fechou os dedos sobre ele.

Os dois homens observaram Ruth e Rosa atravessarem a praça do vilarejo. Do outro lado, viram pessoas entrando no bistrô.

– Ela é maluca, óbvio – disse Beauvoir enquanto eles andavam para a sala de investigação. – Mas fez uma boa pergunta. Por que a gente não prendeu ninguém? Só com o pai e o filho, dava para a gente ter passado a tarde inteira preenchendo fichas criminais.

– Com que objetivo?

– Justiça.

Gamache riu.

– Eu tinha me esquecido disso. É um bom ponto.

– Não, sério, chefe. A gente podia ter acusado aqueles dois de invasão de propriedade a assassinato.

– Nós dois sabemos que a vítima não foi morta naquele vestíbulo.

– Mas isso não significa que Marc Gilbert não tenha matado o homem em outro lugar.

– E depois colocado o morto na própria casa, recolhido o corpo de novo e o colocado no bistrô?

– O pai pode ter feito isso.

– Por quê?

Beauvoir pensou. Não dava para acreditar que aquela família não fosse culpada de alguma coisa. E assassinato combinava com eles. Embora parecesse mais provável que eles fossem matar uns aos outros.

– Talvez ele quisesse machucar o filho – disse Beauvoir.

Mas aquilo não parecia fazer sentido. Eles pararam na ponte de pedra que atravessava o rio Bella Bella e o inspetor olhou para o lado, pensativo. A luz do sol ricocheteava na água, e por um momento ele ficou hipnotizado por aquele movimento.

– Talvez seja justamente o contrário – começou ele, concatenando as ideias. – Talvez Gilbert quisesse voltar à vida do filho e precisasse de uma desculpa. Se fosse qualquer outra pessoa, eu acharia isso ridículo, mas aquele homem tem um ego imenso que talvez não permita que ele simplesmente bata à porta do filho e peça perdão. Ele precisava de uma desculpa. Eu consigo imaginá-lo matando um mendigo, alguém que considerasse muito inferior a ele. Alguém que ele pudesse usar para alcançar seu objetivo.

– E que objetivo seria esse? – perguntou Gamache, também mirando a água transparente abaixo deles.

Beauvoir se virou para o chefe, notando a luz refletida no rosto do outro.

– Se reconciliar com o filho. Mas ele teria que ser visto como o salvador, não como um pai em dívida rastejando de volta para a família.

Gamache o encarou, interessado.

– Continue.

– Então ele matou o mendigo, um homem de quem ninguém sentiria falta, colocou o corpo no vestíbulo do filho e aguardou o momento certo, imaginando que poderia fazer uma entrada triunfal e retomar o comando da família quando eles mais precisassem de ajuda.

– Mas aí Marc moveu o corpo e ele ficou sem desculpa – disse Gamache.

– Até agora. O *timing* é interessante. A gente descobre que o corpo estava na antiga casa dos Hadleys e, uma hora depois, o papai aparece.

Gamache assentiu, semicerrando os olhos, e olhou de novo para o rio. Beauvoir conhecia o chefe bem o suficiente para saber que ele estava entrando no caso devagar, abrindo caminho entre pedras escorregadias, tentando identificar uma trilha obscurecida pelo engano e pelo tempo.

Beauvoir desdobrou o papel que tinha em mãos.

Apenas fico onde fui deixada, composta
de pedra e ilusões:

– Quem é Vincent Gilbert, chefe? O senhor parecia conhecer o pai do Marc.

– Ele é um santo.

Beauvoir riu, mas, ao ver o rosto sério de Gamache, parou.

– Como assim?

– Algumas pessoas acreditam nisso.

– Para mim, parecia um imbecil.

– Essa é a parte mais difícil. Diferenciar uma coisa da outra.

– O senhor acredita que ele seja um santo? – perguntou Beauvoir, quase com medo da resposta.

De repente, Gamache sorriu.

– Vou te deixar por aqui agora. O que me diz de almoçarmos no bistrô daqui a meia hora?

O inspetor consultou o relógio: 12h35.

– Perfeito.

Ele observou o chefe caminhar devagar pela ponte de pedra e seguir até

Three Pines. Então olhou para baixo de novo, para o resto do que Ruth havia escrito.

que a divindade que mata por prazer
também cura,

Outra pessoa também observava Gamache. De dentro do bistrô, Olivier olhava pela janela enquanto ouvia os doces sons de risadas e da caixa registradora. O lugar estava lotado. O vilarejo todo, o interior todo haviam se concentrado naquele espaço para almoçar, ter mais notícias e fofocar. Para ouvir os últimos desdobramentos do drama.

A antiga casa dos Hadleys tinha produzido outro corpo e o expelido no bistrô. Ou, pelo menos, o dono da casa tinha. Todas as suspeitas que poderiam recair sobre Olivier tinham se dissipado, a mácula desparecera.

Ao seu redor, Olivier ouvia as pessoas conversando, especulando sobre Marc Gilbert. Seu estado mental, seus motivos. Seria ele o assassino? Mas sobre uma coisa não havia debate, não havia dúvida.

Gilbert estava acabado.

– Quem vai querer ficar naquele lugar? – questionou alguém. – Parra falou que eles investiram uma fortuna na casa dos Hadleys, daí acontece isso.

Todos concordavam. Era uma pena. Era inevitável. O novo hotel com spa estava arruinado antes mesmo de abrir. Pela janela, Olivier viu Gamache caminhar lentamente até o bistrô. Ruth apareceu ao lado do dono do estabelecimento.

– Imagine ser perseguido – comentou ela, observando os passos firmes do inspetor-chefe – por isto.

Clara e Gabri se espremeram por entre a multidão para se juntar a eles.

– O que vocês estão olhando? – perguntou Clara.

– Nada – respondeu Olivier.

– Ele – disse Ruth, apontando para Gamache, aparentemente perdido em pensamentos, mas fazendo progresso.

Sem pressa, mas também sem hesitar.

– Ele deve estar feliz – comentou Gabri. – Eu ouvi dizer que Marc Gilbert matou aquele homem e o colocou aqui, no bistrô. Caso encerrado.

– Então por que Gamache não prendeu Marc? – perguntou Clara, tomando um gole de cerveja.

– O Gamache é um idiota – soltou Ruth.

– Me disseram que Gilbert encontrou o corpo na casa dele – contou Clara. – Já morto.

– Aham, como se isso acontecesse muito – ironizou Olivier.

Os amigos acharam melhor não o lembrar de que tinha sido exatamente isso que havia acontecido com ele.

Clara e Gabri abriram caminho até o bar para pegar mais bebidas.

Os garçons estavam exaustos. Olivier decidiu que daria um bônus a eles. Algo para compensar os dois dias de salário perdidos. Fé. Gabri sempre dizia que ele precisava ter fé, confiar que as coisas dariam certo.

E tinham dado certo. Lindamente.

Ao lado dele, Ruth batia a bengala no piso de madeira de modo ritmado. Aquilo era mais do que irritante. De alguma forma, parecia ameaçador. Tão suave, mas tão implacável. Tap, tap, tap, tap.

– Uísque?

Aquilo a faria parar. Mas ela continuou empertigada como uma vara, a bengala subindo e descendo. Tap, tap, tap. Então ele percebeu o que ela estava marcando com as batidas.

O inspetor-chefe Gamache continuava se aproximando, devagar, sem pressa. E, a cada passo, vinha uma batida da bengala de Ruth.

– Eu me pergunto se o assassino sabe a coisa terrível que está atrás dele – disse Ruth. – Quase sinto pena dele. Deve estar se sentindo encurralado.

– Foi Gilbert quem matou. O Gamache vai prendê-lo logo, logo.

Mas as pancadas no peito de Olivier pareciam acompanhar o ritmo do ruído da bengala de Ruth. Ele observou Gamache se aproximar. Então, como que por milagre, o inspetor-chefe passou direto. E Olivier ouviu o tilintar do sino de Myrna.

– Então, parece que a antiga casa dos Hadleys andou animada nos últimos dias – disse Myrna, servindo um café a Gamache e se juntando a ele perto das estantes.

– Pois é. Quem contou para você?

– Quem *não* me contou! Todo mundo sabe que foi Marc Gilbert quem colocou o corpo no bistrô. Mas o que as pessoas não conseguem descobrir é se foi ele quem matou o homem ou não.

– Quais são as teorias?

– Bom…

Myrna tomou um gole de café enquanto observava Gamache caminhar entre as fileiras de livros.

– Algumas pessoas acham que ele matou o homem e depois colocou o corpo no bistrô para se vingar do Olivier – contou. – Todo mundo sabe que eles não gostam um do outro. Mas o resto das pessoas acha que se ele realmente quisesse fazer isso, teria matado o sujeito no bistrô. Por que matar o cara em um lugar e depois mover o corpo?

– Me diga você, que é a psicóloga – respondeu Gamache, desistindo de esquadrinhar as prateleiras e voltando-se para ela.

– Ex-psicóloga.

– Mas conhecimento não se aposenta.

– Eu não posso engatinhar de volta para o Paraíso?

Os dois levaram as xícaras de café até as poltronas próximas à janela saliente, se sentaram e bebericaram um pouco enquanto Myrna pensava. Por fim, ela falou:

– Me parece improvável.

Ela parecia insatisfeita com a própria resposta.

– Quer dizer, que o assassino seja Marc Gilbert? – perguntou ele.

– Que Deus me perdoe, mas sim. Na verdade, eu não tinha pensado nisso antes, mas agora que a possibilidade surgiu, isso seria, bom… conveniente.

– Porque ele é um estranho?

– Ele é a definição de "passou dos limites". Já ouviu aquela expressão "beyond the pale"?

– Já ouvi, lógico. Significa que alguém fez uma coisa inaceitável. De fato, é uma forma de se encarar um assassinato.

– O senhor sabe de onde veio essa expressão?

Quando Gamache balançou a cabeça, ela sorriu.

– É o tipo de conhecimento obscuro que donos de livraria colecionam. Isso vem da era medieval. As fortalezas eram circulares, construídas com paredes grossas de pedra. Já vimos muito isso, né?

Gamache já tinha visitado inúmeros castelos e fortalezas antigos, quase todos em ruínas agora, mas era das ilustrações coloridas dos livros em que se debruçava quando era criança que ele se lembrava com mais nitidez. As torres com arqueiros de guarda, os muros com ameias, as imensas portas de madeira. O fosso e a ponte levadiça. E, dentro do círculo de paredes, um pátio. Quando atacado, o povo corria lá para dentro, a ponte era erguida e as portas imensas, fechadas. Todos estavam a salvo lá dentro. Ou era o que esperavam.

Myrna abriu uma das mãos e circulava sua palma com um dedo.

– Ao redor, existem paredes, para proteger as pessoas.

Então o dedo dela parou e descansou no centro macio da palma.

– Isto aqui é o *pale*, a área cercada, delimitada.

– Então, se você está *beyond the pale*, ou seja, fora da área delimitada…

– Você é um desconhecido – concluiu Myrna. – Uma ameaça.

Ela fechou a mão devagar. Como mulher negra, sabia muito bem o que significava estar "fora da área delimitada". Passara a vida do lado de fora até se mudar para Three Pines. Agora, estava do lado de dentro, e era a vez de Gilbert.

Mas o "dentro" não era tão confortável quanto imaginara.

Gamache tomou mais um gole do café e observou Myrna. Era interessante como todos pareciam saber que Marc Gilbert havia movido o corpo, mas ninguém parecia saber nada sobre o outro Gilbert, ressuscitado do mundo dos mortos.

– O que o senhor estava procurando agora há pouco?

– Um livro chamado *Seres*.

– *Seres*? É aquele sobre o Irmão Albert e a comunidade que ele cons-truiu? – perguntou ela, levantando-se e indo até as estantes. – A gente já falou sobre ele.

Ela mudou de direção e foi até o outro lado da livraria.

– É, a gente falou, há alguns anos – confirmou Gamache, seguindo-a.

– Ah, lembrei. Eu dei um exemplar para o Velho Mundin e A Esposa quando Charles nasceu. O livro está esgotado, eu acho. Que pena. É brilhante.

Eles estavam na seção de livros usados.

– Ah, aqui está. Tem um sobrando. Com algumas orelhas, mas assim são os melhores livros.

Ela entregou o volume fino a Gamache.

– Posso deixar o senhor aqui? Eu combinei com a Clara de almoçar com ela no bistrô.

Armand Gamache se acomodou na poltrona e, banhado pelo sol que atravessava a janela, começou a ler. Sobre um imbecil. Um santo. E um milagre.

JEAN GUY BEAUVOIR CHEGOU AO bistrô lotado e, após pedir uma cerveja ao assoberbado Havoc, se espremeu entre a multidão. Ouviu trechos de conversas sobre a feira e como o julgamento do gado tinha sido horrível naquele ano, sério, o pior até então. E também sobre o tempo. Mas, principalmente, sobre o corpo.

Roar Parra e Velho Mundin estavam sentados em um canto com dois outros homens. Eles cumprimentaram Beauvoir com a cabeça, mas não saíram de seus preciosos assentos.

Beauvoir esquadrinhou o salão atrás de Gamache, mas sabia que ele não estava lá. Soubera assim que entrara no bistrô. Após alguns minutos, conseguiu uma mesa. Um minuto depois, o inspetor-chefe apareceu.

– Trabalhando muito? – perguntou Beauvoir, limpando as migalhas de biscoito da camisa do chefe.

– Sempre. E você?

Gamache pediu um refrigerante de gengibre e se concentrou em seu inspetor.

– Dei uma pesquisada no Google sobre Vincent Gilbert.

– E?

– Descobri isto aqui – disse Beauvoir, abrindo o caderninho. – Vincent Gilbert. Nascido na cidade de Quebec em 1934, em uma proeminente família francófona. O pai era membro da Assembleia Nacional e a mãe fazia parte da elite francófona. Formado em Filosofia pela Laval University e depois em Medicina pela McGill. Especialista em genética. Ficou conhecido por criar um teste para a síndrome de Down que pode ser realizado ainda no útero. Para que a condição seja detectada cedo e possivelmente tratada.

Gamache assentiu.

– Mas ele interrompeu a pesquisa, foi para a Índia e, quando voltou, em vez de retornar ao laboratório imediatamente e completar a pesquisa, se juntou ao Irmão Albert em LaPorte.

O inspetor-chefe pousou um livro na mesa e o deslizou até seu companheiro.

Beauvoir o virou. Na parte de trás, havia um rosto sério e imperioso. Exatamente o mesmo olhar que o inspetor tinha visto enquanto ajoelhava no peito do homem apenas uma hora antes.

– *Seres* – leu, depois colocou o livro de lado.

– É sobre esse período que ele passou em LaPorte – explicou Gamache.

– Eu li sobre isso – disse Beauvoir. – É um lugar para pessoas com síndrome de Down. Gilbert foi voluntário lá quando voltou da Índia, como diretor médico. Depois disso, ele se recusou a seguir com a pesquisa. Eu pensei que, depois de trabalhar lá, ele fosse querer ainda mais encontrar a cura.

Gamache deu um tapinha no livro.

– Você devia ler isto.

Beauvoir sorriu com malícia.

– O senhor devia me contar a história.

Gamache hesitou, tentando organizar os pensamentos.

– *Seres* não é bem sobre LaPorte. Não é sequer sobre Vincent Gilbert. É sobre arrogância, humildade e o que significa ser humano. É um livro lindo, escrito por um homem lindo.

– Como o senhor pode dizer isso daquele homem que a gente acabou de conhecer? Ele é um merda.

Gamache riu.

– Eu não discordo. A maioria dos santos era. Santo Inácio tinha ficha policial, São Jerônimo era um homem terrível e mesquinho e Santo Agostinho dormia com todo mundo. Uma vez, ele rezou assim: "Deus, dai-me continência e castidade, mas não agora."

Beauvoir riu.

– Várias pessoas são assim. Então por que algumas são santas e outras só imbecis?

– Isso eu não sei te dizer. É um dos grandes mistérios.

– Fala sério. O senhor nem à igreja vai. Qual é a sua opinião sincera?

Gamache se inclinou para a frente.

– Eu acho que ser santo é ser humano, coisa que Vincent Gilbert é, sem sombra de dúvida.

– O senhor acha mais do que isso, não acha? Eu estou vendo. O senhor admira o cara.

Gamache pegou a cópia gasta de *Seres*. Ao olhar para o outro lado do ambiente, viu Velho Mundin bebendo uma Coca e comendo uma baguete com queijo e patê. Gamache se lembrou da mãozinha de Charles Mundin agarrando o dedo dele. Cheio de confiança, cheio de graça.

E tentou imaginar um mundo sem isso. O Dr. Vincent Gilbert, o Grande Homem, quase com certeza teria ganhado um Prêmio Nobel se tivesse prosseguido com a pesquisa. Mas ele a havia interrompido, e assim fora desprezado pelos colegas e por grande parte do mundo.

E, no entanto, *Seres* não era um pedido de desculpas. Não era sequer uma explicação. Era só o que era. Assim como Charles Mundin.

– Já escolheram? – perguntou Gabri, materializando-se perto da mesa.

Eles fizeram os pedidos e, quando Gabri estava prestes a ir embora, o agente Morin apareceu.

– Espero que os senhores não se importem.

– De forma alguma – garantiu Gamache.

Gabri anotou o pedido dele e, quando estava prestes a ir embora de novo, a agente Lacoste surgiu. Gabri levou as mãos ao cabelo.

– Nossa! – soltou Beauvoir. – Daqui a pouco vai ter policial saindo até do armário.

– O senhor ficaria surpreso com o modo como essas coisas acontecem – comentou Gabri, antes de anotar o pedido de Lacoste. – Acabaram os pedidos? Ou vocês estão esperando a cavalaria canadense?

– *C'est tout, patron. Merci* – disse Gamache. – Eu não estava esperando você – disse ele a Lacoste quando Gabri já estava longe.

– Eu também não esperava vir, mas queria conversar com o senhor pessoalmente. Falei com o chefe de Olivier no banco onde ele trabalhava e com o pai dele.

Ela baixou o tom de voz e contou a eles o que o executivo do Banque Laurentienne tinha dito. Quando terminou, sua salada chegou. Camarões, manga e coentro com espinafre baby. Mas Lacoste olhou com inveja para o prato fumegante do chefe: massa caseira com cogumelos Portobello, alho, manjericão e parmesão.

– Então, não ficou claro se Olivier ia roubar o dinheiro ou devolver – disse Beauvoir, olhando para o próprio bife grelhado e mordendo uma batata frita temperada.

– O homem com quem eu conversei acredita que Olivier estava rendendo dinheiro para o banco. Mesmo assim, ele provavelmente teria sido demitido se não tivesse pedido demissão.

– Eles têm certeza de que todo o dinheiro que ele ganhou no negócio da Malásia foi entregue ao banco? – perguntou Gamache.

– Eles acham que foi, e até agora a gente não encontrou nenhuma outra conta no nome de Olivier.

– Então a gente ainda não sabe de onde veio o dinheiro que ele usou para comprar todos aqueles imóveis – ponderou Beauvoir. – O que o pai de Olivier disse?

Ela contou a eles sobre a visita ao Habitat 67. Ao final, os pratos já tinham sido recolhidos e menus de sobremesa haviam sido colocados na frente deles.

– Eu não vou querer nada – disse Lacoste, sorrindo para Havoc Parra.

Ele sorriu de volta, gesticulando para outro garçom limpar e arrumar uma mesa próxima.

– Quem vai dividir um profiterole comigo? – perguntou Beauvoir.

Se eles não resolvessem aquele caso logo, ele ia acabar precisando de um novo guarda-roupa.

– Eu – respondeu Lacoste.

As bolinhas recheadas de sorvete e cobertas de calda de chocolate quente chegaram, e Gamache se arrependeu de não ter pedido também. Hipnotizado, ele observou Beauvoir e Lacoste pegarem colheradas do sorvete agora derretido misturado aos profiteroles e ao chocolate amargo quente.

– Então o pai de Olivier nunca veio aqui – prosseguiu Beauvoir, limpando o rosto com o guardanapo. – Ele não faz ideia de onde Olivier mora nem do que tem feito. Ele nem sequer sabe que o filho é gay?

– Ele não é o único filho que tem medo de contar isso para o pai – comentou Lacoste.

– Segredos – disse Beauvoir. – Mais segredos.

Morin olhou pela janela, e Gamache percebeu que a expressão do rapaz mudou. Então o murmúrio de conversa do bistrô cessou. O chefe seguiu o olhar de seu agente.

Um alce galopava pela Rue du Moulin, na direção do vilarejo. Quando ele chegou mais perto, Gamache se levantou. Alguém estava montado nele, agarrado àquele pescoço imenso.

– Você fica aqui. Fica de guarda na porta – disse ele ao agente Morin. – Vocês vêm comigo – ordenou aos outros.

Antes que mais alguém conseguisse reagir, Gamache e sua equipe saíram do bistrô. Quando as pessoas tentaram seguir os policiais, o agente Morin já estava na porta. Baixo, franzino, mas determinado. Ninguém passaria por ele.

Através das vidraças, eles observaram a criatura se aproximar de maneira ameaçadora, as longas pernas a toda, desajeitadas e frenéticas. Gamache avançou, mas o bicho não desacelerou, o cavaleiro já sem qualquer controle. O chefe abriu os braços para encurralá-lo e, quando ele chegou mais perto, eles o reconheceram como um dos animais dos Gilberts. Supostamente, um cavalo. Os olhos estavam arregalados e inquietos e os cascos prosseguiam com velocidade, a espasmos. Beauvoir e Lacoste pararam um de cada lado do chefe, com os braços também abertos.

De seu posto, perto da porta, o jovem agente Morin não conseguia ver o que estava acontecendo. Só enxergava o rosto dos clientes, que assistiam à cena. Ele já havia estado em um número suficiente de cenas de acidente para saber que, quando a coisa estava muito ruim, as pessoas gritavam. Mas, na pior das hipóteses, ficavam em silêncio.

O bistrô estava em silêncio.

Os três policiais permaneceram firmes, e o cavalo foi direto até eles, depois deu uma guinada, guinchando como uma criatura possuída. O cavaleiro caiu no gramado da praça e a agente Lacoste conseguiu agarrar as rédeas enquanto o cavalo derrapava e se retorcia. Ao lado dela, Gamache também pegou as rédeas, e os dois detiveram o bicho.

O inspetor Beauvoir estava de joelhos na grama, curvado sobre a amazona caída.

– Você está bem? Não se mexa, fique parada.

Mas, como a maioria das pessoas que recebe esse aviso, a amazona se sentou e arrancou o capacete. Era Dominique Gilbert. Assim como os do cavalo, seus olhos estavam arregalados e inquietos. Gamache deixou Lacoste acalmando o animal arisco e rapidamente se juntou a Beauvoir, ajoelhando-se ao lado dele.

– O que aconteceu? – perguntou Gamache.

– No bosque – disse Dominique Gilbert, arquejando. – Uma cabana. Eu olhei lá dentro. Tinha sangue. Muito sangue.

DEZOITO

O jovem, não muito mais que um garoto, ouviu o vento. Ouviu o gemido e prestou atenção nele. Ele ficou. Depois de um dia, a família, com medo do que poderia encontrar, foi atrás dele e viu o jovem ao lado da montanha terrível. Vivo. Sozinho. Eles imploraram para que ele fosse embora, mas, inacreditavelmente, o garoto se recusou.

– Ele foi drogado – disse a mãe.

– Ele foi amaldiçoado – disse a irmã.

– Ele foi hipnotizado – disse o pai, recuando.

Mas eles estavam errados. Na verdade, ele tinha sido seduzido. Pela montanha desolada. E a solidão dela. E pelos pequenos brotos verdes debaixo do pé dele.

Ele tinha feito aquilo. Tinha trazido a montanha de volta à vida. Ele era necessário.

Então o garoto ficou, e lentamente o calor voltou para a montanha. A grama, as árvores e as flores voltaram. As raposas, os coelhos e as abelhas. Por onde o garoto andava surgiam frescas nascentes e, onde ele sentava, lagos eram criados.

O garoto era vida para a montanha. A montanha amava o garoto por isso. E ele também amava a montanha por isso.

Ao longo dos anos, a terrível montanha se tornou bela e a notícia se espalhou. Que uma coisa horrível tinha se tornado uma coisa tranquila. Gentil. E segura. Aos poucos, as pessoas voltaram, inclusive a família do garoto.

Um vilarejo surgiu, e o Rei Montanha, tão solitário por tanto tempo, protegeu a todos. E todas as noites, enquanto os outros dormiam, o garoto, agora um jovem homem, ia até o topo da montanha e, deitado no musgo verde e macio, ouvia a voz que vinha lá do fundo.

Então uma noite, enquanto ele estava deitado lá, o jovem ouviu algo inesperado. O Rei Montanha contou a ele um segredo.

OLIVIER OBSERVAVA O CAVALO SELVAGEM e a amazona caída, assim como o restante da multidão no bistrô. Ele sentia a pele arrepiada e queria muito fugir dali, gritar e abrir caminho por entre toda aquela gente. Sair correndo. Correr, correr, correr. Até cair.

Porque, ao contrário dos outros, ele sabia o que aquilo significava.

Em vez disso, ficou e assistiu à cena, como se ainda fosse um deles. Mas agora Olivier sabia que nunca mais seria.

Armand Gamache entrou no bistrô e observou o rosto das pessoas.

– Roar Parra ainda está aqui?

– Estou – disse uma voz nos fundos do recinto.

Os corpos se apartaram, e o homem parrudo apareceu.

– Madame Gilbert encontrou uma cabana no meio da floresta. Isso lhe soa familiar?

Parra refletiu, assim com os outros. Então todos balançaram a cabeça.

– Eu nunca soube que tinha uma cabana lá.

Gamache pensou por um instante e depois olhou para o lado de fora, onde Dominique recuperava o fôlego.

– Água, por favor – pediu ele, e Gabri surgiu com um copo. – Venha comigo – disse o inspetor-chefe a Parra.

– A que distância fica essa cabana? – perguntou ele a Dominique depois que ela bebeu a água. – A gente consegue chegar lá de quadriciclo?

– Não, a mata é muito densa.

– Como a senhora chegou lá? – perguntou Beauvoir.

– Macarrão me levou – explicou ela, acariciando o pescoço do cavalo suado. – Depois do que aconteceu hoje de manhã, eu precisava de um tempo sozinha, então botei a sela nele e decidi tentar encontrar as trilhas antigas.

– Essa não foi uma decisão das melhores – repreendeu Parra. – A senhora podia ter se perdido.

– E me perdi. Foi assim que achei a cabana. Eu estava em uma das trilhas que o senhor abriu, daí ela terminou, mas eu consegui distinguir o caminho antigo, então continuei. Foi aí que eu vi.

A cabeça de Dominique estava repleta de imagens. Da cabana escura, das manchas no chão. De pular no cavalo e se esforçar para encontrar o caminho de volta, tentando conter o pânico. Lembrando-se do aviso que todos os canadenses ouviam desde a infância: nunca, jamais, entre no bosque sozinha.

– A senhora consegue encontrar o caminho de volta até lá? – perguntou Gamache.

Ela conseguia? Dominique pensou, então assentiu.

– Consigo.

– Ótimo. Quer descansar um pouco?

– Eu prefiro acabar logo com isso.

Gamache aquiesceu, depois se voltou para Roar Parra.

– Venha com a gente, por favor.

Enquanto eles subiam a colina, Dominique conduzindo Macarrão com Parra a seu lado e os policiais da Sûreté logo atrás, Beauvoir sussurrou para o chefe:

– Se a gente não pode usar quadriciclos, como é que vai até lá?

– Você consegue dizer "eia"?

– Eu consigo dizer "upa" – respondeu o inspetor, como se Gamache tivesse sugerido algo obsceno.

– Bom, é melhor começar a praticar.

Dentro de meia hora, Roar tinha selado Peônia e Chester. O cavalo Marc não estava à vista, mas o marido Marc emergiu do estábulo com um capacete de hipismo.

– Eu vou com os senhores.

– Infelizmente, não vai ser possível, monsieur Gilbert – disse Gamache. – A matemática é simples. Nós temos três cavalos. A sua esposa precisa estar em um deles e o inspetor Beauvoir e eu temos que ir com ela.

Beauvoir olhou para Chester, que mudava o peso de um casco para outro como se estivesse ouvindo uma música na cabeça. O inspetor nunca havia montado antes e não tinha a mínima vontade de fazer isso agora.

Eles partiram, Dominique na frente, Gamache atrás dela com um rolo de fita rosa fluorescente para marcar o caminho e Beauvoir por último. O chefe já tinha montado várias vezes. No início do namoro com Reine--Marie, eles costumavam percorrer as trilhas para cavalos do Mont Royal. Faziam piqueniques e cavalgavam pelas trilhas da floresta que ficava bem no meio de Montreal, parando em uma clareira onde amarravam os cavalos e admiravam a cidade, bebericando vinho gelado e comendo sanduíches. Os estábulos do Mont Royal já tinham sido fechados desde então, mas de vez em quando ele e Reine-Marie saíam domingo à tarde e encontravam um lugar para cavalgar.

Apesar disso, montar Peônia era uma experiência totalmente diferente. Era como estar em um pequeno bote em alto-mar. Ele sentia uma leve náusea enquanto a égua balançava para a frente e para trás. A cada dez passos mais ou menos ele estendia a mão e amarrava outra fita cor-de-rosa em uma árvore. Montada em Macarrão, Dominique estava lá na frente. Gamache não se atrevia a olhar para trás, mas sabia que Beauvoir continuava ali pela constante torrente de palavrões.

– *Merde. Tabarnac.* Cacete.

Conforme abriam caminho pelas árvores, os galhos batiam de volta, então parecia que eles estavam apanhando da natureza.

Beauvoir havia sido instruído a manter os calcanhares baixos e as mãos firmes, mas rapidamente perdeu os dois estribos e se agarrou à crina cinzenta de seu cavalo. Ao recuperar os apoios dos pés, se endireitou a tempo de levar outra galhada na cara. Depois disso, se segurar na sela foi um exercício deselegante e inglório.

– *Tabarnac, merde.* Cacete.

O caminho se estreitava e a floresta escurecia, então eles diminuíram o passo. Gamache não estava nada convencido de que continuavam na trilha, mas não havia nada que pudesse fazer a respeito naquele momento. A agente Lacoste e o agente Morin estavam pegando o kit de perícia e iriam até lá de quadriciclo assim que Parra abrisse o caminho. Mas isso levaria um tempo.

Quanto tempo seria necessário para Lacoste perceber que eles estavam perdidos? Uma hora? Três? Só quando a noite caísse? E será que poderiam se perder completamente? A floresta estava ficando cada vez mais escura e fria. Parecia que estavam cavalgando fazia horas. Gamache consultou o relógio, mas não conseguiu ver o mostrador na penumbra.

Dominique parou. Os cavalos seguintes se amontoaram.

– Upa! – disse Beauvoir.

Gamache pegou as rédeas do cavalo do inspetor, fazendo com que ele parasse.

– É ali – sussurrou Dominique.

Gamache se virou de um lado para o outro, tentando enxergar por entre as árvores. Por fim, desmontou, amarrou a égua a uma árvore e passou à frente de Dominique. Ainda assim, não via nada.

– Onde?

– Ali – sussurrou ela. – Bem ao lado daquele trecho em que está batendo sol.

Uma grossa coluna de luz brilhava por entre as árvores. Gamache seguiu a orientação de Dominique, e lá estava. Uma cabana.

– Fique aqui – disse ele a ela, depois fez um sinal para Beauvoir, que olhou em volta, tentando descobrir como descer.

Por fim ele se inclinou, abraçou uma árvore e se arrastou para o lado. Qualquer outro cavalo teria se irritado, mas Chester já tinha visto coisa pior. Parecia já ter se afeiçoado a Beauvoir quando o inspetor deslizou de suas costas. Ele não havia chutado, chicoteado o cavalo nem batido nele sequer uma vez. Era, de longe, o cavaleiro mais gentil e bondoso que Chester havia carregado em toda a sua vida.

Os dois homens olharam para a cabana. Era feita de troncos e havia uma cadeira de balanço com uma grande almofada na varanda. Dos dois lados da porta fechada viam-se janelas com jardineiras floridas. No topo, em um dos lados da cabana, encontrava-se uma chaminé de pedra, mas nenhuma fumaça saía de lá.

Atrás deles, ouviam-se o resfolegar suave dos cavalos e o farfalhar de suas caudas. Também era possível escutar pequenas criaturas correndo para se esconder. A floresta cheirava a musgo, agulhas de pinheiros e folhas em decomposição.

Eles avançaram devagar e em silêncio. Até chegarem à varanda. Gamache examinou as tábuas do assoalho. Algumas folhas secas, mas nada de sangue. Ele acenou para Beauvoir e apontou para uma das janelas. Sem fazer barulho, Beauvoir se posicionou ao lado dela, com as costas na parede. Gamache foi até a outra janela e fez um pequeno sinal. Juntos, eles olharam para dentro.

Viram uma mesa, cadeiras e uma cama na outra extremidade. Nenhuma luz, nenhum movimento.

– Nada – disse Beauvoir.

Gamache fez que sim com a cabeça, concordando, e levou a mão à maçaneta da porta. Ela abriu uns três centímetros com um leve rangido. O chefe então deu um passo e empurrou a porta até o fim. Em seguida, olhou para dentro.

A cabana tinha um único cômodo, e Gamache logo viu que não havia ninguém ali.

Entrou. Mas Beauvoir manteve a mão na arma. Por precaução. Ele era um homem prevenido. Ser criado no meio do caos o fizera assim.

A poeira rodopiava na pouca luz que conseguia atravessar a janela. Por hábito, Beauvoir procurou um interruptor, mas depois se tocou que não encontraria nenhum. Porém achou algumas lamparinas e as acendeu. O que a luz revelou foram uma cama, uma cômoda, algumas estantes, um par de cadeiras e uma mesa.

O ambiente estava vazio. Exceto pelo que o morto havia deixado para trás. Seus pertences e seu sangue. Havia uma mancha enorme e escura no piso de madeira.

Não havia dúvidas de que eles finalmente tinham encontrado a cena do crime.

Uma hora depois, Roar Parra já havia seguido as fitas cor-de-rosa do chefe e usado uma motosserra para abrir a trilha. Os quadriciclos chegaram e, com eles, a equipe de perícia. O inspetor Beauvoir fotografava o lugar enquanto os agentes Lacoste e Morin e o restante da equipe inspecionavam o espaço atrás de evidências.

Roar Parra e Dominique Gilbert tinham montado nos cavalos e voltado para casa, levando Chester atrás. O cavalo olhou para trás, esperando ter mais um vislumbre do homem curioso que tinha se esquecido de bater nele.

À medida que o ploc-ploc dos cascos se afastava, o silêncio se aprofundava em volta deles.

Com a equipe trabalhando, o interior da cabana ficou apertado, então Gamache decidiu explorar o lado de fora. Nas janelas, capuchinhas e ervas bonitas floresciam nas jardineiras primorosamente esculpidas. Ele esfregou os dedos primeiro em uma planta e depois nas outras. As ervas cheiravam a coentro, alecrim, manjericão e estragão. Gamache então foi até o feixe de luz que atravessava as árvores ao lado da cabana.

Uma cerca de galhos retorcidos formava um grande retângulo de uns 6 metros de largura por 12 de comprimento. Trepadeiras cresciam através da cerca e, quando Gamache se aproximou, percebeu que estavam carregadas de ervilhas. Ele abriu o portão de madeira e entrou no jardim. Fileiras organizadas de vegetais tinham sido plantadas e bem cuidadas, para uma colheita que já não viria mais. Por todo o longo jardim protegido, a vítima havia plantado tomates, batatas, ervilhas, feijões, brócolis e cenouras. Gamache arrancou uma vagem de feijão e a comeu. Um carrinho de mão com um pouco de terra e uma pá estavam no meio do caminho e na outra extremidade havia uma cadeira de galhos tortos, com almofadas confortáveis e desbotadas. Era convidativa, e Gamache formou uma imagem mental do homem trabalhando no jardim e depois descansando. Sentado na cadeira em silêncio.

O inspetor-chefe olhou e viu a marca do homem nas almofadas. Ele devia ter passado horas sentado ali. No feixe de luz.

Sozinho.

Gamache sabia que poucas pessoas conseguiriam viver daquela maneira. Ainda que quisessem, ainda que escolhessem fazer, a maioria das pessoas não aguentaria o silêncio. Ficariam irrequietas e entediadas. Mas não aquele homem, suspeitava. Ele o imaginou ali, olhando para o jardim. Pensando.

No que será que pensava?

– Chefe?

Ao se virar, Gamache viu Beauvoir caminhando em sua direção.

– Terminamos a busca preliminar.

– Arma?

Beauvoir balançou a cabeça.

– Mas encontramos potes de conserva e parafina. Um bocado. Acho que sabemos por quê.

O inspetor deu uma olhada no jardim, parecendo impressionado. Organização era algo que sempre o impressionava.

Gamache assentiu.

– Quem era ele?

– Não sei.

Então o inspetor-chefe se voltou totalmente para o outro.

– Como assim? Essa cabana não pertencia à nossa vítima?

– A gente acha que sim. É quase certo que foi aqui que ele morreu. Mas a gente não encontrou nenhuma identificação. Nada. Nenhuma fotografia, certidão de nascimento, passaporte ou carteira de motorista.

– Cartas?

Beauvoir balançou a cabeça.

– Tem algumas roupas nas cômodas. Roupas velhas, gastas. Mas remendadas e limpas. Aliás, o lugar inteiro está limpo e organizado. Muitos livros, estamos dando uma olhada neles agora. Alguns têm nomes escritos, mas cada um tem um diferente. Ele deve ter arranjado em sebos. Achamos também ferramentas de marcenaria e serragem perto de uma das cadeiras. E um violino antigo. Acho que a gente já sabe o que ele fazia de noite.

Gamache teve uma visão do morto, quando ainda era vivo. Saudável, inclusive. Entrando na cabana após trabalhar no jardim. Fazendo um jantar simples, sentando-se perto do fogo e talhando a madeira. Então, à medida que a noite caía, ele pegava o violino e tocava. Para si mesmo.

Quem era aquele homem que amava tanto assim a solidão?

– Este lugar é bem primitivo – continuou Beauvoir. – Ele tinha que bombear a água na pia da cozinha. Eu não via isso há anos. E não tem banheiro nem chuveiro.

Gamache e Beauvoir olharam em volta. Descendo um caminho gasto e sinuoso, eles encontraram uma casinha. Beauvoir quase vomitou diante daquilo. O chefe abriu a porta e olhou para dentro. Ele examinou a minúscula latrina e depois fechou a porta. Também estava limpa, embora teias de aranha começassem a se formar e logo, Gamache sabia, mais e mais criaturas e plantas invadiriam o espaço até que a casinha desaparecesse, engolida pela floresta.

– Como ele se lavava? – perguntou Beauvoir, enquanto eles voltavam para a cabana.

Eles sabiam que o homem se limpava, e com frequência, segundo a legista.

– Tem um rio aqui – disse Gamache, parando.

À frente deles estava a cabana, uma pequena joia perfeita no meio da floresta.

– Dá para ouvir. Deve ser o Bella Bella, já que ele deságua no vilarejo.

Dito e feito, Beauvoir ouviu aquele som, que estranhamente soava como o trânsito. Era reconfortante. Também havia uma cisterna ao lado da cabana, projetada para recolher a água da chuva.

– Encontramos algumas impressões digitais – anunciou Beauvoir, segurando a porta para o chefe entrar na casa. – Achamos que são de duas pessoas diferentes.

Gamache ergueu as sobrancelhas. A impressão que o lugar dava, tanto por sua aparência quanto pela sensação que se tinha lá dentro, era de que apenas uma pessoa vivia ali. Mas, a julgar pelos acontecimentos, outra pessoa tinha encontrado a cabana – e o homem.

Será que eles tinham tirado a sorte grande? Será que o assassino havia deixado digitais?

Dentro da cabana estava ficando cada vez mais escuro. Morin encontrou mais duas lamparinas e algumas velas. Gamache observou a equipe em ação. Havia uma elegância naquilo, que talvez só fosse apreciada por outro policial que investigasse homicídios. Os movimentos fluidos, como dar um passo para o lado, curvar-se, descurvar-se, abaixar-se e ajoelhar-se. Era quase bonito.

Ele parou no meio da cabana e a observou. As paredes eram de troncos grandes e arredondados. As janelas tinham cortinas, o que era curioso. E, encostado na janela da cozinha, havia um painel de vidro âmbar.

A pia tinha uma bomba manual presa à bancada de madeira da cozinha, e pratos e copos estavam arrumadinhos nas prateleiras expostas. Gamache notou que havia comida na bancada. Foi até lá dar uma conferida, sem tocar em nada. Pão, manteiga e queijo. Mordiscados, e não por um ser humano. Um pouco de chá preto em uma caixa aberta. Um pote de mel. Uma garrafa de leite aberta. Ele cheirou. Leite já passado.

Gamache fez um sinal para Beauvoir se aproximar.

– O que você acha?

– O homem passou no mercado, pelo visto.

– Como? Com certeza ele não foi até a mercearia de monsieur Béliveau e muito menos até St. Rémy. Alguém trouxe essa comida para ele.

– E depois matou o sujeito? Tomou uma caneca de chá e esmagou a cabeça dele?

– Talvez, talvez – murmurou o inspetor-chefe, olhando em volta.

As lamparinas a óleo projetavam uma luz bem diferente do tipo que as lâmpadas elétricas produzem. Aquela luz era suave. Os contornos do mundo ficavam mais difusos.

Um fogão a lenha separava a rústica cozinha da sala. Uma mesinha coberta por uma toalha parecia ser a mesa de jantar. Na parede oposta havia uma lareira de seixos com uma poltrona de cada lado. Os fundos da cabana contavam com uma grande cama de latão e uma cômoda.

A cama estava feita e os travesseiros, afofados. Havia tecidos pendurados nas paredes, provavelmente para impedir a entrada de correntes de ar frio, como era comum nos castelos medievais. Além disso, tapetes encontravam-se espalhados pelo chão, um chão marcado apenas, embora profundamente, por uma escura mancha de sangue.

A estante que tomava uma parede inteira estava repleta de livros antigos. Ao se aproximar dela, Gamache notou que algo saía por entre os troncos. Ele pegou o objeto e olhou para o que segurava.

Uma nota de 1 dólar.

Fazia anos que o Canadá não usava mais notas de 1 dólar. Ao examinar a parede mais de perto, ele percebeu outros papéis salientes. Mais notas de 1 dólar. Algumas de 2 dólares. Em outras reentrâncias, as notas eram de 20.

Será que aquele era o sistema bancário daquele homem? Ele era como um velho avarento que, em vez de encher o colchão de dinheiro, havia enchido as paredes? Após analisar, Gamache concluiu que o dinheiro estava ali para manter o frio do lado de fora. A cabana era feita de madeira e dólares canadenses. Era seu sistema de isolamento térmico.

Depois ele foi até a lareira de seixos e parou diante de uma das poltronas. A que tinha marcas mais profundas no assento e nas costas. Tocou o tecido gasto. Ao olhar para a mesa ao lado da poltrona, viu as ferramentas de talhar que Beauvoir havia mencionado e, apoiado na mesa, um violino e um arco.

Um livro fechado, mas com marcador, jazia ao lado das ferramentas. Estaria o homem lendo quando foi interrompido?

Gamache pegou o exemplar e sorriu.

– *Na minha casa havia três cadeiras* – leu baixinho. – *A primeira para a solidão, a segunda para a amizade e a terceira para a sociedade.*

– *Pardon*? – disse Lacoste, de onde estava agachada, olhando debaixo da mesa.

– Thoreau. De *Walden ou a vida nos bosques* – explicou Gamache, erguendo o livro. – Ele morava em uma cabana, sabe? Não muito diferente desta aqui.

– Mas ele tinha três cadeiras – comentou Lacoste, rindo. – O nosso homem só tinha duas.

Só duas, pensou Gamache. Mas isso era o suficiente – e bastante significativo. *A segunda para a amizade.* Ele tinha um amigo?

– Eu acho que ele devia ser russo – disse ela, endireitando-se.

– Por quê?

– Tem alguns ícones nesta prateleira aqui, perto dos livros.

Lacoste apontou para trás e, dito e feito, lá estavam os ícones russos, em frente aos volumes com capa de couro.

O chefe franziu a testa e olhou ao redor, observando a pequena cabana. Após um minuto, ele ficou bem quieto, parado. Exceto pelos olhos, que disparavam aqui e ali.

Beauvoir se aproximou.

– O que foi?

O chefe não respondeu. A cabana ficou em silêncio. Ele deu uma olhada no lugar de novo, sem acreditar no que tinha visto. A surpresa foi tão grande que ele fechou os olhos e os abriu novamente.

– Cuidado com isto – avisou ao agente Morin, que segurava um copo da cozinha.

– Pode deixar – disse ele, perguntando-se por que o chefe de repente dissera aquilo.

– Você pode me passar, por favor?

Morin deu o copo a Gamache, que o levou até uma lamparina a óleo. Lá, sob a luz suave, ele viu o que esperava ver, mas nunca esperava segurar nas próprias mãos. Cristal de chumbo, em um corte habilidoso. Cortado à mão. Ele não conseguia distinguir a marca no fundo do copo e, mesmo que conseguisse, aquilo não lhe diria nada. Ele não era nenhum especialista. Mas tinha conhecimento suficiente para saber que segurava algo de valor inestimável.

Era uma peça de vidro extremamente velha, uma verdadeira antiguidade. Feita com um método que não era mais utilizado havia séculos. Gamache baixou o copo suavemente e olhou para a cozinha. Nas prateleiras abertas e rústicas, havia pelo menos dez copos, todos de tamanhos diferentes. Todos verdadeiras antiguidades. Enquanto a equipe o observava, Armand Gamache foi percorrendo as prateleiras, pegando pratos, xícaras e talheres, e depois foi até as paredes para examinar o que estava pendurado nelas. Ele examinou os tapetes, levantando os cantos e, finalmente, como um homem quase temeroso do que ia encontrar, se aproximou das estantes de livros.

– O que foi, *patron?* – perguntou Beauvoir, juntando-se a ele.

– Esta não é uma cabana qualquer, Jean Guy. É um museu. Cada peça que está aqui é uma antiguidade de valor inestimável.

– Você está brincando – disse Morin, devolvendo para o lugar um jarro, que também era uma estatueta de cavalo.

Quem era esse homem?, perguntou-se Gamache. Um homem que escolhera viver longe das outras pessoas. *A terceira para a sociedade.*

Aquele homem não queria fazer parte da sociedade. Do que ele tinha medo? Só o medo poderia impelir um homem para tão longe de qualquer companhia. Ele era um sobrevivencialista, como tinham imaginado? Gamache achava que não. O conteúdo da cabana refutava essa teoria. Não havia armas de fogo ou de qualquer natureza. Nenhuma revista com instruções, nenhuma publicação alertando contra tramas terríveis.

Em vez disso, aquele homem havia levado delicadas peças de cristal de chumbo consigo para o bosque.

Gamache examinou os livros, sem ousar tocá-los.

– Vocês já espanaram estes aqui?

– Já – respondeu Morin. – E eu olhei dentro para ver se tinha um nome escrito, mas não ajudou em nada. Quase todos têm nomes diferentes. São obviamente de segunda mão.

– Obviamente – murmurou Gamache para si mesmo.

Ele olhou para o que ainda estava em suas mãos. Ao abri-lo na página marcada, leu: *Eu fui para a floresta porque queria viver deliberadamente, confrontar apenas os fatos essenciais da vida e ver se eu conseguia aprender o que ela tinha a me ensinar, e não, na hora da morte, descobrir que eu não havia vivido.*

Gamache foi até a primeira página e inspirou suavemente.

Era uma edição original.

DEZENOVE

– PETER? – CHAMOU CLARA, batendo de leve na porta do estúdio dele.

Ele a abriu, tentando não parecer reservado, mas depois desistindo. A esposa o conhecia bem demais e sabia que ele sempre ficava assim com sua arte.

– Como está indo?

– Nada mal – disse ele, desejando fechar a porta e voltar ao trabalho.

Ele havia passado o dia pegando o pincel, aproximando-o da pintura e então o largando de novo. O quadro não podia estar pronto. Era tão constrangedor. O que Clara iria pensar? E a galeria dele? Os críticos? Aquilo era diferente de tudo que ele havia feito. Quer dizer, não de tudo. Mas com certeza de tudo desde que era criança.

Ele jamais poderia deixar alguém ver aquilo.

Era ridículo.

A obra nitidamente precisava de mais definição, mais detalhes. Mais profundidade. O tipo de coisa que seus clientes e apoiadores esperavam ver. E comprar.

Ele havia pegado e baixado o pincel uma dezena de vezes naquele dia. Isso nunca tinha acontecido antes. Ele testemunhara, perplexo, Clara ser atormentada pela insegurança, lutar contra ela e finalmente produzir um trabalho marginal. A *Marcha das orelhas felizes*, uma série inspirada nas asas das libélulas, e, lógico, sua obra-prima, *Úteros guerreiros*.

Era aquilo que vinha da inspiração.

Não, Peter era muito mais claro. Mais disciplinado. Ele planejava cada peça, desenhava e rascunhava cada obra, sabia no que ia trabalhar com meses de antecedência. Ele não dependia de inspirações fantasiosas.

Até então. Dessa vez, ele tinha ido até o estúdio com um pedaço de lenha cortado perfeitamente, para que os anéis de idade ficassem visíveis. Havia aproximado a lupa da tora, com o objetivo de ampliar uma pequena parte dela, tornando-a irreconhecível. Ele gostava de dizer aos críticos de arte em suas várias vernissages esgotadas que aquilo era uma alegoria para a vida. Como tornamos as coisas tão desproporcionais que passamos a não reconhecer mais nem uma simples verdade.

Eles engoliam. Mas dessa vez não havia funcionado. Ele tinha sido incapaz de ver a simples verdade. Em vez disso, havia pintado aquela coisa.

Quando Clara saiu, Peter se jogou na cadeira, olhou para o trabalho desconcertante no cavalete e repetiu para si mesmo em silêncio: *Eu sou brilhante, eu sou brilhante.* Então sussurrou, tão baixo que ele mesmo mal ouviu:

– Eu sou melhor que a Clara.

Olivier parou no *terrasse* externo do bistrô e olhou para o bosque escuro na colina. Three Pines era cercada por florestas, algo que ele nunca tinha notado até então.

A cabana havia sido encontrada. Ele tinha rezado para que aquilo não acontecesse, mas acontecera. E, pela primeira vez desde que chegara a Three Pines, sentiu a floresta escura se fechando ao seu redor.

– Mas se todas essas coisas são de valor inestimável – disse Beauvoir, meneando a cabeça para o interior da cabana –, por que o assassino não pegou?

– Eu estava me perguntando a mesma coisa – admitiu Gamache, confortável na poltrona grande ao lado da lareira vazia. – O que o assassino queria, Jean Guy? Para que matar esse homem que parece ter levado uma vida tranquila e secreta no bosque por anos, talvez décadas?

– E, depois que ele estava morto, para que levar o corpo e deixar os objetos de valor? – perguntou Beauvoir, sentando-se na outra poltrona.

– A não ser que o corpo fosse mais valioso que o resto.

– Então porque deixar o corpo na antiga casa dos Hadleys?

– Se o assassino tivesse deixado o corpo aqui, a gente nunca teria encontrado – concluiu Gamache, perplexo. – A gente nunca ficaria sabendo do assassinato.

– Por que matar o homem, se não pelo tesouro dele? – indagou Beauvoir.

– Tesouro?

– E o que mais é isto aqui? Objetos de valor inestimável no meio do nada? É um tesouro enterrado, só que em vez de enterrado no solo, está na floresta.

Mas o assassino tinha deixado o tesouro ali. E, em vez dele, havia tirado da cabana a única coisa que queria. Uma vida.

– O senhor viu isto? – perguntou Beauvoir, levantando-se e indo até a porta.

Ao abri-la, ele apontou para cima, com um olhar divertido.

Ali, acima da porta, havia um número.

16

– Não vai me dizer que ele recebia correspondência – disse Beauvoir, enquanto Gamache olhava para cima, intrigado.

Os números eram de bronze e estavam esverdeados devido à oxidação. Quase invisíveis no batente de madeira escura. O inspetor-chefe balançou a cabeça e olhou para o relógio. Eram quase seis horas.

Após algum debate, ficou decidido que o agente Morin passaria a noite na cabana, para vigiar os pertences.

– Venha comigo – disse Gamache a Morin. – Eu te levo enquanto os outros terminam as coisas. Você pode fazer uma mala para passar a noite aqui e arranjar um telefone via satélite.

Morin subiu no quadriciclo atrás do inspetor-chefe e procurou algum lugar onde se agarrar. Acabou se decidindo pela parte inferior do assento, e Gamache deu a partida. Suas investigações o haviam levado a minúsculos portos de pesca e assentamentos remotos. Ele já tinha dirigido motoneves, lanchas, motocicletas e quadriciclos. Embora valorizasse a conveniência daqueles veículos e a necessidade de usá-los, não gostava de nenhum deles. Perturbavam a tranquilidade, poluindo a mata com barulho e fumaça.

Se existia algo capaz de acordar os mortos, com certeza eram aquelas coisas.

Enquanto sacolejavam pelo caminho, Morin percebeu que não conseguia se segurar direito. Assim, na tentativa de se manter no quadriciclo, ele soltou o assento, envolveu o homem grande à sua frente e o segurou firme, sentindo o casaco impermeável do chefe contra a bochecha e o corpo forte por baixo da roupa. Ele cheirava a sândalo e água de rosas.

O jovem se sentou, uma das mãos na Montanha, a outra no próprio rosto. Não conseguia acreditar no que a Montanha tinha dito. Então começou a rir.

Ao ouvir aquele som, a Montanha ficou intrigada. Aquilo não era o grito de terror que geralmente ouvia das criaturas que se aproximavam dela.

Enquanto escutava, o Rei Montanha percebeu que era um som alegre. Contagiante. Assim, ele também começou a ribombar, e só parou quando as pessoas do vilarejo ficaram assustadas. Ele não queria isso. Nunca mais queria assustar qualquer coisa.

Ele dormiu bem naquela noite.

O garoto, porém, não conseguiu. Ficou se revirando de um lado para o outro e finalmente saiu da cabana para olhar para o pico.

A partir daí, todas as noites o garoto se sentia esmagado pelo segredo da Montanha. Foi ficando cansado e fraco. Seus pais e amigos começaram a comentar. Até a Montanha percebeu.

Por fim, uma noite, muito antes de o sol nascer, o garoto acordou os pais.

– Precisamos ir embora.

– O quê? – perguntou a mãe, sonolenta.

– Por quê? – perguntaram o pai e a irmã.

– O Rei Montanha me falou de uma terra maravilhosa onde as pessoas nunca morrem, nunca ficam doentes nem envelhecem. É um lugar que só ele conhece. Mas ele disse que a gente precisa ir embora agora. Hoje à noite. Enquanto ainda está escuro. E precisa ir rápido.

Eles acordaram o resto do vilarejo e, bem antes do amanhecer, fizeram as malas. O garoto foi o último a ir embora. Ele deu alguns passos para dentro da floresta e, ajoelhando-se, tocou a superfície do Rei Montanha, que dormia.

– Adeus – murmurou.

Então colocou o pacote debaixo do braço e desapareceu na noite.

JEAN GUY BEAUVOIR PAROU DO lado de fora da cabana. Já quase não havia luz, e ele estava morrendo de fome. Eles tinham terminado o trabalho, e ele só estava esperando a agente Lacoste terminar de guardar as coisas.

– Eu preciso fazer xixi – confessou ela, quando o encontrou na varanda. – Alguma ideia?

– Tem uma casinha ali – contou ele, apontando para longe da cabana.

– Ótimo – disse ela, pegando uma lanterna. – Não é assim que começam os filmes de terror?

– Ah, não, a esta altura a gente já está no segundo rolo de filmagem – respondeu Beauvoir, com um sorriso maroto.

Ele observou Lacoste avançar pelo caminho que dava na casinha.

O estômago dele roncou. Ou pelo menos ele esperava que fosse o estômago. Quanto antes voltassem à civilização, melhor. Como alguém podia morar ali? Não tinha inveja nenhuma de Morin por passar a noite naquele lugar.

O movimento da lanterna anunciou a Beauvoir que Lacoste estava voltando.

– Você entrou na casinha? – perguntou ela.

– Está louca? O chefe deu uma olhada, mas eu, não.

Só de pensar naquilo, ele ficava com ânsia de vômito.

– Então você não viu o que tinha lá dentro.

– Não vai me dizer que o papel higiênico também era dinheiro.

– Na verdade, era. Notas de 1 e 2 dólares.

– Mentira.

– Sério. E eu encontrei isto – disse ela, segurando um livro. – Edição original. Assinada por E. B. White. É *A teia de Charlotte*.

Beauvoir fitou a obra. Ele não fazia ideia do que ela estava falando.

– Era o meu livro preferido quando eu era criança. Não conhece a aranha Charlotte? O porco Wilbur?

– Se eles não explodiam, eu não li.

– Quem deixa uma edição original autografada em uma casinha de banheiro?

– Quem deixa *dinheiro* lá? – disse Beauvoir, de repente sentindo um desejo ardente de ir embora.

– *SALUT, PATRON!* – EXCLAMOU GABRI, acenando da sala de estar.

Ele estava dobrando roupinhas minúsculas e colocando-as dentro de uma caixa.

– E a cabana no bosque? Era lá que o cara morava? O morto?

– A gente acha que sim – respondeu Gamache, juntando-se a ele, enquanto observava Gabri dobrar os pequenos suéteres.

– São para a Rosa. A gente está recolhendo de todo mundo para dar para a Ruth. Este é muito grande para a Rosa? – perguntou ele, erguendo um blazer de menino. – É do Olivier. Disse que foi ele que fez, mas eu não acredito, embora Olivier seja ótimo com as mãos.

Gamache ignorou aquele último comentário.

– É um pouco grande. E muito masculino para a Rosa, não acha?

– É verdade – concordou Gabri, colocando a peça de roupa na pilha de rejeitados. – Mas, daqui a alguns anos, pode ser que caiba na Ruth.

– Ninguém nunca falou de uma cabana antes? Nem a falecida Sra. Hadley?

Gabri balançou a cabeça, mas continuou a trabalhar.

– Ninguém.

Então ele parou de dobrar as roupas e colocou as mãos no colo.

– Como será que esse cara sobrevivia? Ele ia a pé até Cowansville ou St. Rémy para comprar comida?

Aquela era mais uma coisa que eles não sabiam, pensou Gamache enquanto subia as escadas. Ele tomou um banho, fez a barba e ligou para a esposa. Estava escurecendo, e à distância ele ouvia os roncos vindos da floresta – dos quadriciclos voltando. Para o vilarejo e para a cabana.

Na sala de estar da pousada, Gabri tinha sido substituído por outra pessoa. Sentado na confortável poltrona ao lado da lareira estava Vincent Gilbert.

– As pessoas não paravam de me perturbar no bistrô, então vim aqui perturbar o senhor. Estou tentando dar espaço para o meu filho. É engraçado como voltar do mundo dos mortos já não faz tanto sucesso quanto antes.

– O senhor esperava que ele ficasse feliz?

– Quer saber? Esperava, sim. Não é incrível a capacidade que a gente tem de se enganar?

Gamache olhou para ele com um ar zombeteiro.

– Ok, a capacidade que *eu* tenho – corrigiu-se Gilbert.

Ele analisou o inspetor-chefe. Alto, forte. Provavelmente uns quatro ou cinco quilos acima do peso, talvez mais. Vai acabar ficando gordo, se não tomar cuidado. Morrendo de infarte.

Ele imaginou Gamache de repente agarrando o peito, esbugalhando os olhos e depois os fechando de dor. Cambaleando e se apoiando na parede, ofegante. E o Dr. Vincent Gilbert, o célebre médico, cruzando os braços, sem fazer nada, enquanto o chefe da Divisão de Homicídios caía no chão. Ter esse poder de vida ou morte nas mãos o reconfortava.

Gamache olhou para aquele homem rígido. Diante dele estava o rosto que o havia encarado, de cara feia, na parte de trás daquele livro lindo, *Seres*. Esnobe, desafiador e confiante.

Mas Gamache lera o livro e sabia o que havia por trás daquele rosto.

– O senhor vai ficar aqui?

Eles tinham dito a Gilbert para não deixar a área, e a pousada era o único lugar para se hospedar.

– Na verdade, não. Eu sou o primeiro hóspede do hotel com spa do Marc. Mas não vou fazer nenhum tratamento – disse ele, tendo a presença de espírito de sorrir.

Como a maioria das pessoas sérias, ele ficava muito diferente quando sorria.

A surpresa de Gamache foi óbvia.

– Eu sei – concordou Gilbert. – Na verdade, foi a Dominique que me convidou para ficar, embora ela tenha sugerido que talvez eu devesse ser...

– Discreto?

– Invisível. Foi por isso que eu vim para a cidade.

Gamache se sentou em uma poltrona.

– Por que o senhor veio atrás do seu filho agora?

Todo mundo tinha percebido que Gilbert e o corpo haviam aparecido ao mesmo tempo. De novo, Gamache viu a cabana, com suas duas poltronas confortáveis perto do fogo. Será que dois homens idosos haviam se sentado ali em uma noite de verão? Para conversar, debater? Discutir? Matar?

Vincent Gilbert olhou para as mãos. Mãos que haviam estado dentro de pessoas. Mãos que tinham segurado corações. Consertado corações. Feito com que batessem de novo, restaurado vidas. Elas tremiam, instáveis. E ele sentiu um aperto no peito.

Será que estava tendo um infarte?

Ele percebeu que o homem grande e firme o observava. E concluiu que, se estivesse tendo um infarte, aquele homem provavelmente o ajudaria.

Como explicar aquela temporada em LaPorte, de convívio com tantas pessoas com síndrome de Down? No início, ele achara que seu trabalho era só cuidar do corpo delas.

Ajude os outros.

Fora isso que o guru lhe dissera. Ele estava no *ashram* indiano havia anos, e o guru finalmente o notara. Tinha passado quase uma década lá e recebido em troca três palavras.

Ajude os outros.

Então foi isso que ele fez. Gilbert voltou ao Quebec e se juntou ao Irmão Albert, em LaPorte. Para ajudar os outros. Nunca, jamais havia ocorrido ao médico que eles é que o ajudariam. Afinal de contas, como pessoas tão prejudicadas poderiam oferecer qualquer coisa ao grande curador e filósofo?

Tinha levado anos, mas, certa manhã, ele acordou em seu chalé no terreno de LaPorte e algo havia mudado. Descera para tomar o café da manhã e percebera que sabia o nome de todo mundo. E todo mundo havia falado com ele ou sorrido. Ou ido até ele para mostrar algo que tinha encontrado. Um caracol, um graveto ou uma folha de grama.

Coisas banais. Nada. No entanto, o mundo inteiro havia mudado enquanto ele dormia. Ele tinha ido para a cama ajudando os outros e despertara curado.

Naquela tarde, à sombra de um bordo, ele começou a escrever *Seres*.

– Eu estava sempre de olho no Marc. Acompanhei todos os sucessos dele em Montreal. Quando ele vendeu a casa e comprou uma aqui, eu identifiquei os sinais.

– Sinais de quê? – perguntou Gamache.

– De burnout. Eu queria ajudar.

Ajude os outros.

Ele estava começando a compreender o poder daquelas três palavras simples. E que a ajuda podia assumir diferentes formas.

– Ajudar como? – quis saber Gamache.

– Me certificando de que ele estava bem – retrucou Gilbert. – Olha, todo mundo aqui está chateado por causa do corpo. Mover o corpo foi uma coisa estúpida, mas eu conheço o Marc. Ele não é um assassino.

– Como o senhor sabe?

Gilbert o encarou com ódio. Aquela raiva estava voltando com força total. Armand Gamache sabia o que havia por trás dela, no entanto. O que havia por trás de toda raiva.

Medo.

Do que Vincent Gilbert tinha tanto medo?

A resposta era fácil. Ele tinha medo de que o filho fosse preso por assassinato. Ou porque sabia que ele era culpado, ou porque sabia que não era.

Alguns minutos depois, uma exclamação atravessou o bistrô lotado, direcionada ao inspetor-chefe, que tinha ido até lá em busca de uma taça de vinho tinto e tranquilidade para ler seu livro.

– Seu cretino!

Algumas pessoas olharam. Myrna cruzou o salão e parou ao lado da mesa de Gamache, encarando-o irritada. Ele se levantou e fez uma leve mesura, indicando uma cadeira.

A outra se sentou tão de repente que a cadeira soltou um estalo.

– Vinho?

– Por que o senhor não me contou por que queria isto? – perguntou ela, apontando para o exemplar de *Seres* na mão dele.

Gamache abriu um sorriso largo.

– Segredos.

– E por quanto tempo o senhor achou que isso fosse permanecer em segredo?

– Tempo suficiente. Eu soube que ele apareceu por aqui para beber alguma coisa. A senhora encontrou com ele?

– Com Vincent Gilbert? Se der para chamar encarar fixamente, gaguejar e bajular de "encontrar", então, sim. Eu conheci o homem.

– Tenho certeza de que ele vai esquecer que foi você.

– Porque eu passo despercebida facilmente, né? Ele é mesmo pai do Marc?

– É.

– O senhor sabe que ele me ignorou quando eu tentei me apresentar? Olhou para mim como se eu fosse desprezível.

O vinho e a tigela de castanhas-de-caju chegaram.

– Graças a Deus eu falei para ele que o meu nome era Clara Morrow.

– Eu também – disse Gamache. – Ele deve estar começando a ficar desconfiado.

Myrna riu e sentiu a irritação evaporar.

– O Velho Mundin falou que o homem da floresta era Vincent Gilbert, espionando o filho. Era mesmo?

Gamache não sabia quanto deveria revelar, mas estava nítido que aquilo já não era um segredo. Então assentiu.

– Para que espionar o próprio filho?

– Eles estavam afastados.

– Essa foi a primeira coisa boa que eu ouvi sobre Marc Gilbert – comentou Myrna. – Ainda assim, é irônico. O famoso Dr. Gilbert ajudou tantas crianças, mas se afastou do próprio filho.

Gamache pensou em Annie de novo. Será que ele estava fazendo a mesma coisa com ela? Estava ouvindo os problemas dos outros, mas tinha deixado de escutar a própria filha? Ele havia conversado com ela na noite anterior e se assegurado de que Annie estava bem. Mas "bem" e "feliz" eram duas coisas diferentes. Algo obviamente estava errado, considerando que ela havia se disposto a ouvir Beauvoir.

– *Patron* – disse Olivier, entregando os cardápios a Gamache e Myrna.

– Eu não vou ficar – avisou ela.

Olivier continuou por ali.

– Eu ouvi falar que vocês descobriram onde o morto morava. E ele estava na floresta o tempo todo?

Lacoste e Beauvoir chegaram naquele exato momento e pediram as bebidas. Com um último gole de vinho e um punhado de castanhas, Myrna se levantou para ir embora.

– A partir de hoje, eu vou prestar muito mais atenção nos livros que o senhor compra.

– Você teria *Walden ou a vida nos bosques*? – perguntou Gamache.

– Não vai me dizer que o senhor também encontrou Thoreau lá? Tem mais alguém escondido no bosque? Jimmy Hoffa, talvez? Amelia Earhart? Aparece depois do jantar que eu te dou o meu exemplar de *Walden*.

Quando ela foi embora, Olivier anotou o pedido de todos, depois trouxe pãezinhos quentes besuntados de manteiga de ervas e patê. Beauvoir tirou da bolsa-carteiro um maço de fotos da cabana e as entregou ao chefe.

– Eu imprimi assim que a gente voltou – disse ele, mordendo um pãozinho, faminto.

A agente Lacoste também pegou um e, tomando um gole de vinho, olhou pela janela. Mas tudo o que conseguiu ver foi o reflexo do bistrô. Moradores jantando, alguns sentados em frente ao balcão com cervejas ou uísque. Outros relaxando perto do fogo. Ninguém prestava atenção nela. Então a agente encontrou um par de olhos no reflexo. Mais um espectro do que uma pessoa. E se virou no momento em que Olivier desaparecia na cozinha.

Alguns minutos depois, um prato de *escargots* banhados na manteiga foi colocado diante de Beauvoir, junto com uma tigela de sopa de ervilha e hortelã para Lacoste e outra de sopa de couve-flor e queijo com molho de pera e tâmaras para Gamache.

– Hummm – disse Lacoste, tomando uma colherada. – Direto do jardim. O seu também, provavelmente – brincou ela, apontando para os caracóis de Beauvoir.

Ele deu um sorriso apagado, mas comeu mesmo assim, mergulhando o pão crocante na manteiga de alho líquida.

Gamache observava as fotos. Baixava uma a uma devagar. Aquilo era como tropeçar na tumba do rei Tut.

– Vou me encontrar com a superintendente Brunel – declarou ele.

– A chefe da Divisão de Crimes de Receptação? – perguntou Lacoste. – É uma boa ideia.

Thérèse Brunel era especialista em roubos de obras de arte, além de amiga de Gamache.

– Ela vai morrer quando vir o que tem naquela cabana – comentou Beauvoir, rindo.

Olivier recolheu os pratos.

– Como o morto pode ter reunido todas aquelas coisas? – disse Gamache. – E colocado tudo ali?

– E por quê? – levantou Beauvoir.

– Ele também não tinha nenhum item pessoal – recordou Lacoste. – Nem uma única foto, cartas ou registro de transações bancárias. Nem identidade. Nada.

– E não achamos nenhuma arma do crime óbvia – acrescentou Beauvoir. – A gente enviou o atiçador de brasas e algumas ferramentas de jardinagem para teste, mas eles não parecem promissores.

– Eu encontrei uma coisa depois que o senhor foi embora – disse Lacoste, colocando uma sacola na mesa e abrindo-a. – Estava debaixo da cama, encostada na parede. Não vi na primeira vez que olhei – explicou. – Eu colhi as impressões digitais e peguei algumas amostras. Estão a caminho do laboratório.

Na mesa havia um pedaço de madeira esculpido, manchado com o que parecia ser sangue.

Alguém havia entalhado uma palavra na madeira.

Woe.

VINTE

O AGENTE MORIN PERAMBULAVA DENTRO DA cabana, cantarolando. Em uma das mãos, segurava o telefone via satélite e, na outra, um pedaço de lenha. Não para jogar no forno, que estava aceso e esquentando bem o espaço, nem na lareira, que também estava acesa e iluminada, mas para o caso de alguém surgir das sombras, dos cantos.

Ele havia acendido todas as lamparinas a óleo e velas. O morto parecia tê-las confeccionado por conta própria, a partir da parafina que tinha sobrado depois que ele havia selado as conservas.

Morin sentia falta da TV. Do celular. Da namorada. Da mãe. Ele levou o telefone até a boca de novo, depois o baixou pelo que parecia ser a centésima vez.

Você não pode ligar para o inspetor-chefe. O que vai dizer? Que está com medo? De ficar sozinho em uma cabana no bosque? Onde um homem foi assassinado?

E ele com certeza não podia ligar para a mãe. Ela descobriria um jeito de chegar até a cabana, e a equipe a encontraria ali com ele pela manhã. Passando as camisas do filho e fritando ovos com bacon.

Não, ele preferia morrer.

Vagou mais um pouco, cutucando coisas aqui e ali, mas sendo muito, muito cuidadoso. Como o caçador Hortelino Troca-Letras, Morin se movia furtivamente, pegando copos e observando objetos. Um painel âmbar na janela da cozinha, um castiçal de prata com uma inscrição. Por fim, ele pegou um sanduíche e abriu a embalagem. Uma baguete de presunto e queijo brie. Nada mau. Pegou a Coca-Cola, abriu a lata e se sentou perto da lareira. A poltrona era extraordinariamente confortável. Enquanto comia, o jovem agente relaxou e, quando chegou ao folheado, já tinha voltado a se sentir bem. Estendeu a mão para pegar o violino ao seu lado, mas pensou melhor. Em vez disso, escolheu um livro aleatório das prateleiras e o abriu.

Era de um autor de quem ele nunca tinha ouvido falar. Um cara chamado Currer Bell. Começou a ler sobre uma garota chamada Jane, que vivia na Inglaterra. Após um tempo, seus olhos começaram a ficar cansados pelo esforço de ler naquela luz fraca. Ele pensou que talvez já estivesse na hora de ir para a cama. Com certeza já passava da meia-noite.

Morin consultou o relógio. Oito e meia.

Hesitou, mas enfim pegou o violino. A madeira era escura e parecia quente ao toque. O policial acariciou o instrumento com delicadeza e o virou com um gesto experiente. Mas logo o devolveu para o lugar. Ele não deveria tocar o violino. Morin se voltou para o livro, mas, após poucos minutos, se viu com o instrumento nas mãos de novo. Sabendo que não deveria, implorando a si mesmo para não fazer aquilo, pegou o arco de crina de cavalo. Sabendo que não havia mais volta agora, se levantou.

O agente Morin encaixou o violino debaixo do queixo e friccionou o arco contra as cordas. O som era grave, intenso e sedutor. Era demais para o jovem agente resistir. Logo os acordes reconfortantes de "Colm Quigley" preencheram a cabana. Quase até os cantos.

OS PRATOS PRINCIPAIS TINHAM CHEGADO. Uma galinha feita no espeto e recheada com frutas para Gamache, fettuccine com tomates frescos e manjericão para Lacoste e um tagine de cordeiro e ameixa para Beauvoir. Uma travessa de legumes grelhados recém-colhidos também foi deixada na mesa.

A galinha de Gamache estava macia e saborosa, levemente aromatizada com vermute e mostarda Pommery.

– O que aquele pedaço de madeira significa? – perguntou Gamache à equipe enquanto todos comiam.

– Bom, aquilo é praticamente a única coisa da cabana não identificada como uma antiguidade – disse Lacoste. – E, como o morto tinha aquelas ferramentas, acho que foi ele mesmo que esculpiu.

Gamache assentiu. Tinha o mesmo palpite.

– Mas por que Woe?

– Será que era o nome dele? – sugeriu Beauvoir, embora sem muita confiança.

– Monsieur Woe? *Woe* é pesar, dor, desgosto, em inglês – lembrou Lacoste. – Isso talvez explique por que ele morava sozinho em uma cabana.

– Por que alguém esculpiria algo assim para si mesmo? – indagou Gamache, baixando os talheres. – E vocês não encontraram nada mais na cabana que pareça ter sido esculpido?

– Nada – respondeu Beauvoir. – A gente encontrou machados, martelos e serras. Todos bem usados. Deve ter sido ele quem construiu aquela cabana. Mas com certeza não esculpiu o lugar.

Woe, pensou Gamache, pegando os talheres novamente. *Será que o recluso era tão triste assim?*

– O senhor reparou nas fotos do riacho, chefe? – perguntou Lacoste.

– Reparei. Pelo menos agora a gente sabe como o morto mantinha a comida fresca.

Ao investigar o riacho, a agente Lacoste havia encontrado uma bolsa ancorada lá. Nela, havia potes de alimentos perecíveis. Mergulhados na água gelada.

– Mas ele obviamente não fazia leite e queijo, e ninguém se lembra de ter visto o homem nas lojas daqui – argumentou Beauvoir. – Então, só nos resta uma conclusão.

– Alguém levava mantimentos para ele – completou Lacoste.

– Tudo bem por aqui? – perguntou Olivier.

– Sim, *patron, merci* – respondeu Gamache com um sorriso.

– Gostariam de mais maionese ou manteiga?

Olivier retribuiu o sorriso, tentando não parecer um maníaco. Tentando não dizer a si mesmo que não importava quantos condimentos, pãezinhos quentes e taças de vinho trouxesse, aquilo não faria diferença. Ele nunca conseguiria agradar a si mesmo.

– *Non, merci* – disse Lacoste.

Olivier foi embora, relutante.

– Pelo menos temos impressões digitais da cabana. A gente deve descobrir alguma coisa amanhã – comentou Beauvoir.

– Acho que a gente já sabe por que ele foi morto – afirmou Gamache.

– As trilhas – disse Lacoste. – Roar Parra estava abrindo as trilhas para cavalos a pedido da Dominique. Uma delas dava quase na cabana. Perto o suficiente para a pessoa vê-la ali.

– E madame Gilbert viu – lembrou Beauvoir. – Mas a gente só tem a palavra dela, dizendo que a cabana não foi encontrada em um passeio anterior.

– Mas eles não tinham cavalos antes – ponderou Lacoste. – Só chegaram no dia seguinte ao assassinato.

– Ela pode ter caminhado pelas trilhas antigas – sugeriu Gamache. – Se preparando para a chegada dos cavalos e para dizer a Roar quais ele tinha que reabrir.

– Roar também pode ter andado por lá – disse Beauvoir. – Ou aquele filho dele. Havoc. Parra disse que o filho ia ajudar.

Os outros dois pensaram. Ainda assim, parecia não haver nenhuma razão muito boa para que Parra caminhasse pelas trilhas antigas antes de reabri-las.

– Mas por que matar o recluso? – perguntou Lacoste. – Mesmo supondo que um dos Parras ou Dominique Gilbert tenha encontrado o homem. Não faz sentido. Matar pelo tesouro, talvez. Mas por que deixaram tudo lá?

– Talvez não tenham deixado – disse Beauvoir. – A gente sabe o que encontrou. Mas talvez tivesse mais coisa na cabana.

Aquilo atingiu Gamache como uma tonelada de tijolos. Por que não havia pensado nisso? Ele tinha ficado tão impressionado com o que havia ali que não considerara o que poderia estar faltando.

O AGENTE MORIN SE DEITOU na cama e tentou ficar confortável. Era estranho dormir em uma cama feita por um homem morto.

Ele fechou os olhos. Depois se virou. Voltou a se virar. Ao abrir os olhos de novo, observou a luz do fogo tremulando na lareira. A cabana estava menos assustadora. Na verdade, era quase aconchegante.

Ele socou o travesseiro algumas vezes para afofá-lo, mas algo resistiu.

Ao se sentar, o policial pegou o travesseiro e o amassou. Com certeza havia algo além de penas lá dentro. Ele se levantou, acendeu uma lamparina a óleo e tirou a fronha. Um bolso profundo tinha sido costurado dentro do travesseiro. Com cuidado, como um veterinário faria com uma égua prenha, ele enfiou o braço até o cotovelo. Sua mão se fechou sobre algo duro e nodoso. Depois, fazendo o movimento inverso com o braço, levou o objeto até a lamparina. Era uma escultura complexa. De homens e mulheres em um navio, todos de frente para a proa. Morin ficou maravilhado com o acabamento. Quem quer que tivesse esculpido aquilo havia capturado a emoção de uma viagem. A mesma emoção que Morin e a irmã sentiam quando eram crianças e faziam viagens de carro em família para Abitibi ou Gaspé.

Ele reconheceu a alegre expectativa nos rostos a bordo. Olhando mais de perto, viu que a maioria das pessoas carregava bolsas e sacos e havia gente de diversas idades representada, desde recém-nascidos a idosos e enfermos. Alguns estavam em êxtase; outros, animados; e outros ainda, calmos e satisfeitos.

Todos pareciam felizes. Aquele era um navio cheio de esperança.

Até as velas do navio estavam marcadas ali, finíssimas. Ele virou a escultura. Havia algo escrito na parte de baixo. Ele aproximou a superfície da lamparina.

OWSVI

Aquilo era russo? A agente Lacoste achava que o homem podia ser russo, por causa dos ícones. Será que era o nome dele? Escrito naquele alfabeto estranho que eles usam?

Então ele teve uma ideia. Voltou para a cama e examinou o outro travesseiro, que estava embaixo do primeiro. Também havia um objeto duro dentro dele. Ao puxá-lo, viu que se tratava de outra escultura, também de madeira, igualmente detalhada. Esta mostrava homens e mulheres reunidos próximos a um corpo d'água, olhando para a superfície. Alguns pareciam perplexos, mas a maioria estava feliz só de estar ali. Encontrou letras na parte de baixo daquela escultura também.

MRKBVYDDO

Morin endireitou o objeto e o colocou na mesa, ao lado do outro. Havia alegria, esperança, naquelas obras. Olhou para elas com mais fascínio do que jamais sentira vendo TV.

Porém, quanto mais olhava, mais inquieto ficava, até que sentiu como se algo o estivesse observando. Ele examinou a cozinha e, em seguida, esquadrinhou o cômodo. Ao se voltar para as esculturas, ficou surpreso ao perceber que aquela sensação estranha vinha delas.

Sentiu um arrepio na espinha e se virou rapidamente para o quarto escuro, arrependendo-se instantaneamente de não ter acendido mais lamparinas. Um brilho chamou sua atenção. Lá no alto. No canto mais distante da cabana. Seriam olhos?

Ele se aproximou devagar. Quando chegou perto do canto, o brilho começou a formar um padrão. Era uma teia de aranha, que captava a luminosidade da lamparina. Mas havia algo diferente nela. Quando os olhos de Morin se ajustaram, ele sentiu os pelos da nuca se arrepiarem.

Uma palavra tinha sido tecida na teia.

Woe.

VINTE E UM

Pela manhã, todo mundo já estava à mesa quando Morin chegou, mais do que desgrenhado. A equipe olhou para ele, e Lacoste apontou uma cadeira ao lado dela, onde, milagrosamente – para deleite do jovem agente faminto –, aguardava um forte *café au lait* e um prato de ovos mexidos, bacon e torradas grossas com geleia.

Enquanto devorava a comida, Morin ouviu os relatórios. Até que chegou a sua vez.

Ele colocou as duas esculturas na mesa e as empurrou devagar até o centro. As peças eram tão vivas que parecia que o navio havia zarpado e se movia por conta própria. As pessoas da praia também pareciam aguardar ansiosamente a chegada da embarcação.

– O que é isto? – perguntou Gamache, levantando-se e dando a volta na mesa para olhar mais de perto.

– Eu encontrei ontem à noite. As duas estavam escondidas nos travesseiros da cama.

Os três policiais pareciam chocados.

– Você está brincando – disse Lacoste. – Nos travesseiros?

– Costuradas nos travesseiros. Bem escondidas, embora eu não saiba se a intenção era esconder ou proteger.

– Por que você não ligou? – questionou Beauvoir, tirando os olhos das esculturas para fitar Morin.

– Eu devia ter feito isso? – disse ele, arrasado, seus olhos pulando de um policial para o outro. – Eu só achei que não tinha nada que a gente pudesse fazer até hoje de manhã.

Ele pensou em ligar; tinha feito um esforço imenso para não discar o número da pousada e acordar todos eles. Mas não queria ceder ao medo. No entanto, podia ver no rosto deles que havia cometido um erro.

A vida inteira ele tivera medo e a vida inteira aquilo havia atrapalhado seu bom julgamento. Ele esperava que isso tivesse mudado, mas, aparentemente, não tinha.

– Da próxima vez – disse o chefe, com um olhar severo –, ligue. Nós somos uma equipe, precisamos saber de tudo.

– *Oui, patron.*

– Você colheu as impressões digitais? – perguntou Beauvoir.

Morin assentiu e ergueu um envelope.

– Aqui.

Beauvoir pegou o envelope da mão dele e o levou até o computador para escanear as digitais. Mas mesmo dali seus olhos continuavam se voltando para as duas esculturas.

Gamache estava debruçado na mesa, olhando para as peças de madeira através dos óculos meia-lua.

– São impressionantes.

A alegria dos pequenos viajantes de madeira era palpável. Gamache se ajoelhou para ficar com as esculturas no nível dos olhos, como se estivessem navegando na direção dele. Parecia que as obras eram duas metades de um todo. Um navio cheio de gente navegando em direção a uma praia. E mais pessoas felizes esperando.

Então por que ele se sentia desconfortável? Por que queria avisar ao navio para voltar?

– Tem uma coisa escrita na base de cada uma – disse Morin.

Ele pegou uma delas e mostrou para o chefe, que olhou e depois passou a escultura a Lacoste. Beauvoir pegou a outra e viu a série de letras. Não fazia o menor sentido, mas era lógico que devia fazer. Aquilo significava alguma coisa. Eles só precisavam descobrir o quê.

– É russo? – perguntou Morin.

– Não. O alfabeto russo é o cirílico. Este é o alfabeto romano – explicou Gamache.

– E o que significa?

Os três policiais mais experientes se entreolharam.

– Não faço ideia – admitiu o inspetor-chefe. – A maioria dos artesãos marca os trabalhos, assina de alguma forma. Talvez seja assim que o escultor assine as obras dele.

– Mas, nesse caso, as letras debaixo das duas esculturas não seriam as mesmas? – perguntou Morin.

– É verdade. Não sei mesmo. Talvez a superintendente Brunel possa nos dizer. Ela vai chegar daqui a pouco.

– Eu também encontrei outra coisa ontem à noite – revelou Morin. – Tirei uma foto. Ainda está na minha câmera. Não dá para ver muito bem, mas...

Ele ligou a câmera digital e a entregou a Beauvoir, que olhou brevemente para a imagem.

– Está muito pequeno, não consigo enxergar. Vou jogar no computador.

Eles continuaram a discutir o caso enquanto Beauvoir baixava a imagem, sentado diante do computador.

– *Tabarnac* – murmurou ele.

– O que foi?

Gamache foi até a mesa, seguido por Lacoste, e todos se amontoaram ao redor da tela plana.

Lá estavam a teia e a palavra.

Woe.

– O que isso significa? – perguntou Beauvoir, quase para si mesmo.

Gamache balançou a cabeça. Como uma aranha poderia ter tecido uma palavra? E por que aquela? A mesma que eles tinham encontrado esculpida e jogada debaixo da cama.

– Porco incrível.

Eles olharam para Lacoste.

– *Pardon?* – perguntou Gamache.

– Ontem, quando eu estava na casinha, encontrei uma edição original autografada.

– Era sobre uma garota chamada Jane Eyre? – perguntou Morin, e então desejou não ter falado nada.

Todos o encararam como se fosse ele quem tivesse dito "porco incrível".

– Eu achei um livro na cabana – explicou ele. – De um cara chamado Currer Bell.

Lacoste o encarou sem expressão, Gamache pareceu perplexo e Morin nem queria pensar no que o olhar de Beauvoir significava.

– Esqueçam. Continue.

– Era *A teia de Charlotte*, de E. B. White – contou a agente Lacoste. – Um dos meus livros preferidos quando eu era criança.

– Da minha filha também – comentou Gamache.

Ele se lembrava de ler o livro várias vezes para a garotinha que fingia não ter medo do escuro. Medo do armário fechado, medo dos ruídos e rangidos da casa. Ele lia a história para ela todas as noites até a filha finalmente adormecer.

A teia de Charlotte era o livro que mais a tranquilizava. Gamache praticamente o havia memorizado.

– "Porco incrível" – repetiu ele, e deu uma risada baixa e retumbante. – O livro é sobre um porquinho destinado ao matadouro. Uma aranha chamada Charlotte faz amizade com o bicho e tenta salvar a vida dele.

– Tecendo coisas sobre ele na teia – explicou Lacoste. – Coisas como "porco incrível", para que o fazendeiro pensasse que Wilbur era especial. O exemplar que encontrei na casinha foi autografado pelo autor.

Gamache balançou a cabeça. Era incrível.

– E funcionou? – quis saber Morin. – O porco foi salvo?

Beauvoir olhou para ele com desdém. No entanto, tinha que admitir que também queria saber.

– Foi – contou Gamache.

Então o inspetor-chefe franziu a testa. Obviamente, na vida real, as aranhas não teciam mensagens nas teias. Então quem havia colocado aquilo ali? Por quê? E por que "Woe"?

Ele estava ansioso para voltar lá.

– Tem outra coisa.

Todos os olhos se voltaram para o humilde agente.

– É sobre a casinha – disse ele, virando-se para Lacoste. – Você notou alguma coisa nela?

– Além da edição original autografada do livro e do dinheiro para ser usado como papel higiênico?

– Não dentro dela. Fora.

Ela pensou e depois balançou a cabeça.

– Devia estar muito escuro – disse o agente Morin. – Eu usei a casinha ontem à noite e também não notei. Só vi hoje de manhã.

– O quê, pelo amor de Deus? – esbravejou Beauvoir.

– Tem uma trilha. Ela dá na casinha, mas não para lá. Ela continua. Eu segui essa trilha hoje de manhã e ela deu aqui.

– Na sala de investigação? – perguntou Beauvoir.

– Bom, não exatamente. Ela serpenteia pelo bosque e sai lá em cima.

Ele apontou para a colina.

– Eu marquei o lugar onde começa. Acho que consigo encontrar de novo.

– Isso foi uma tolice da sua parte – repreendeu Gamache.

Sua expressão era severa e a voz, fria. Morin corou na mesma hora.

– Nunca, jamais perambule pelo bosque sozinho, entendeu? Você podia ter se perdido.

– Mas o senhor ia me achar, não ia?

Todos sabiam que sim. Gamache os havia encontrado uma vez e os encontraria de novo.

– Foi um risco desnecessário. Nunca baixe a guarda – disse Gamache, com uma intensidade nos olhos castanho-escuros. – Um erro pode custar a sua vida. Ou a de outra pessoa. Nunca relaxe. Está cheio de ameaças por aí, tanto no bosque quanto o assassino que a gente está caçando. Nenhum dos dois vai perdoar um erro seu.

– Sim, senhor.

– Certo – soltou Gamache.

Ele se levantou, e os outros ficaram de pé em um pulo.

– Agora nos mostre de onde sai a trilha.

OLIVIER OLHAVA PELA JANELA do bistrô, alheio às conversas e risadas dos moradores que tomavam café da manhã atrás dele. Ele viu Gamache e os outros caminhando no cume da colina. Os policiais pararam, depois andaram um pouco para a frente e para trás. Mesmo dali era possível ver Beauvoir gesticulando com irritação para o jovem agente que sempre parecia tão perdido.

Vai ficar tudo bem, repetiu para si mesmo. *Vai ficar tudo bem. Apenas sorria.*

Eles pararam. Olharam para a floresta enquanto Olivier os olhava.

E uma onda rebentou sobre Olivier, arrancando de seu peito o ar que ele vinha prendendo fazia tanto tempo. Arrancando o sorriso que andava fixo em seu rosto.

Era quase um alívio. Quase.

– ALI – DISSE MORIN.

Ele havia amarrado o cinto em um galho. Na ocasião, lhe parecera uma solução inteligente, mas, naquele momento, procurar um cinto marrom fininho na entrada de uma floresta já não era uma ideia tão brilhante.

No entanto, eles o encontraram.

Gamache fitou a trilha. Depois que você sabia que o caminho estava lá, ele se tornava óbvio. Quase gritante. Como aquelas ilusões de ótica em algumas pinturas, que, assim que você identifica, não consegue mais parar de ver. O tigre na louça, a nave espacial no jardim.

– Eu encontro vocês na cabana assim que puder – disse Gamache, e, junto com Lacoste, observou Beauvoir e Morin se dirigirem para o bosque.

Sentia que eles ficariam seguros se não estivessem sozinhos. Um pensamento absurdo, ele sabia. Mas o tranquilizava. Ele observou os dois homens até perdê-los de vista. Mas, ainda assim, esperou até que não pudesse mais ouvi-los. E só então desceu até Three Pines.

PETER E CLARA MORROW ESTAVAM em seus estúdios quando a campainha tocou. Era um som estranho, quase alarmante. Ninguém que eles conheciam tocava a campainha, as pessoas simplesmente entravam e ficavam à vontade. Com que frequência Clara e Peter encontravam Ruth na sala? Com os pés no sofá, lendo um livro e bebendo um martíni às dez da manhã, com Rosa aninhada no tapete gasto a seu lado? Eles pensavam que teriam que chamar um padre para se livrar delas.

Mais de uma vez tinham encontrado Gabri na banheira.

– Tem alguém em casa? – chamou uma voz masculina grave.

– Eu atendo! – gritou Clara.

Peter não se deu ao trabalho de responder. Vagava pelo estúdio, andando em círculos ao redor do cavalete, aproximando-se e depois se afastando. Sua cabeça podia estar no trabalho, como sempre, mas seu coração estava em outro lugar. Desde que a notícia da armação de Marc Gilbert correra o vilarejo, Peter não pensava em outra coisa.

Ele realmente gostava de Marc. Era atraído por ele da mesma forma que era atraído por amarelo-cádmio, azul-mariano e Clara. Ficava animado, quase eufórico, diante do pensamento de ir visitar Marc. Beber tranquilamente. Conversar. Sair para caminhar.

Marc Gilbert também tinha arruinado aquilo. Tentar arruinar Olivier era uma coisa, uma coisa terrível. Mas, secretamente, Peter não conseguia deixar de pensar que aquilo era tão ruim quanto. Como enfiar um prego enferrujado em algo ótimo. E raro. Pelo menos para Peter.

Agora ele odiava Marc Gilbert.

Do lado de fora do estúdio, ouviu Clara e uma outra voz familiar.

Armand Gamache.

Decidiu ir até lá.

– Café? – ofereceu Clara ao inspetor-chefe, depois que ele e Peter se cumprimentaram.

– *Non, merci*. Eu não posso ficar muito. Vim aqui a trabalho.

– Você teve um dia agitado ontem – comentou Clara, enquanto os três se sentavam à mesa da cozinha. – Só se fala nisso em Three Pines. É difícil saber o que é mais chocante. Que Marc Gilbert seja a pessoa que moveu o corpo, que Vincent Gilbert está aqui ou que o morto parecia estar vivendo na floresta esse tempo todo. Ele realmente morava lá?

– Pelo visto, sim, mas estamos esperando a confirmação. Ainda não sabemos quem ele era.

Gamache os observou com atenção. O casal parecia tão confuso quanto ele.

– Não dá para acreditar que ninguém sabia que ele estava ali – disse Clara.

– A gente acha que alguém sabia. Alguém estava levando comida para ele. Havia alguns itens na bancada da cozinha.

Eles se entreolharam, espantados.

– Um de nós? Quem?

Um de nós, pensou Gamache. Três palavras pequenas, mas potentes. Palavras capazes de lançar milhares de navios ao mar, dar início a milhares de ataques. Um de nós. Um círculo fechado. Uma fronteira demarcada. Os que estão dentro e os que não estão.

Famílias, clubes, grupos, cidades, estados, países. Um vilarejo.

E, assim como Myrna tinha falado, sempre havia alguém fora da área delimitada.

Mas aquilo era sobre mais do que simplesmente pertencer. A razão pela qual "pertencer" era algo tão potente, tão atraente, tão parte do anseio humano, era que também significava segurança e lealdade. Quem era "um de nós" estava protegido.

Era contra isso que Gamache estava lutando? Sua batalha era não apenas para encontrar o assassino, mas contra os esforços de quem tentava protegê-lo? A ponte levadiça tinha sido levantada? A área, delimitada? Estaria Three Pines protegendo um assassino? Alguém que era um deles?

– Por que alguém levaria comida para ele e depois mataria o homem? – perguntou Clara.

– Não faz sentido – concordou Peter.

– A não ser que o assassino não tenha ido até lá com a intenção de matar – disse Gamache. – Talvez algo o tenha provocado.

– Tudo bem, mas se ele acabou atacando e matando o homem, não teria simplesmente fugido depois? Por que carregar o corpo pelo bosque até a casa dos Gilberts? – questionou Clara

– Pois é, por quê? – indagou Gamache. – Alguma teoria?

– Porque ele queria que o corpo fosse encontrado – sugeriu Peter. – E a casa dos Gilberts é o lugar mais próximo.

O assassino queria que o corpo fosse encontrado. Por quê? A maioria dos assassinos não media esforços para esconder o crime. Por que aquele estava escancarando o dele?

– Ou que *a cabana* fosse encontrada – continuou Peter.

– A gente acha que a cabana teria sido encontrada em poucos dias, de qualquer forma – comentou Gamache. – Roar Parra está reabrindo as trilhas daquela área.

– A gente não está ajudando muito – disse Clara.

Gamache pegou a bolsa-carteiro.

– Na verdade, eu vim para mostrar uma coisa que encontrei na cabana. Queria a opinião de vocês.

Ele tirou duas toalhas da bolsa e as colocou na mesa com cuidado. Pareciam recém-nascidos, protegidos contra um mundo gelado. Gamache desembrulhou os objetos devagar.

Clara se inclinou para a frente.

– Olha só o rosto deles – disse ela, virando-se para o inspetor-chefe. – Tão lindos.

Gamache assentiu. Eram lindos mesmo. Não só por causa dos belos traços. Era também a alegria, a vitalidade deles, que os tornava bonitos.

– Posso? – perguntou Peter, estendendo a mão, ao que Gamache aquiesceu. Ele pegou uma das esculturas e a virou.

– Tem alguma coisa escrita, mas não entendo o quê. É uma assinatura?

– Algo do gênero, talvez – respondeu Gamache. – A gente ainda não descobriu o que essas letras significam.

Peter analisou os dois trabalhos, o navio e a praia.

– Foi o morto que esculpiu?

– A gente acha que sim.

Muito embora, pelo que mais havia na cabana, Gamache não ficasse surpreso se descobrisse que as obras tinham sido esculpidas por Michelangelo. A diferença era que todas as outras peças estavam à vista, ao passo que aquelas o morto mantinha escondidas. Por algum motivo, elas eram diferentes.

Gamache observou primeiro o sorriso de Clara e depois o de Peter sumirem devagar, até que os dois parecessem quase infelizes. Com certeza, desconfortáveis. Clara se remexeu na cadeira. Os Morrows levaram menos tempo que os policiais da Sûreté naquela manhã para perceber que havia algo errado. O que não era uma surpresa, pensou Gamache. Os Morrows eram artistas e estavam supostamente mais sintonizados com os próprios sentimentos.

As esculturas emanavam satisfação, alegria. Mas, por trás disso, havia outra coisa. Uma nuance triste.

– O que foi? – perguntou Gamache.

– Tem alguma coisa estranha nelas – disse Clara. – Algo está errado.

– Consegue me dizer o que é?

Peter e Clara continuaram a encarar as peças e depois se entreolharam. Finalmente, se voltaram para Gamache.

– Desculpa – disse Peter. – Às vezes, na arte, as coisas podem ser subliminares, não intencionais até mesmo para o artista. Uma proporção imperfeita, uma cor desarmônica...

– Mas eu posso dizer que são grandes obras – assegurou Clara.

– Por que você diz isso?

– Porque elas provocam uma emoção forte. Como toda grande obra de arte.

Clara analisou as esculturas de novo. Será que havia alegria demais? Era esse o problema? O excesso de beleza, satisfação e esperança era perturbador?

Ela achava que não, esperava que não. Não, havia outra coisa naquelas obras.

– Isso está me lembrando... Você não tem uma reunião com Denis Fortin daqui a pouco? – perguntou Peter.

– Ah, droga, droga, droga – soltou Clara, levantando-se de um salto.

– Não vou atrapalhar vocês – disse Gamache, reembrulhando as esculturas.

– Eu tive uma ideia – comentou ela, encontrando Gamache na porta. – Monsieur Fortin talvez entenda mais de escultura que a gente. Na verdade, é difícil entender menos. Posso mostrar uma delas para ele?

– É uma boa ideia – respondeu Gamache. – Ótima. Onde você vai encontrar com ele?

– No bistrô, daqui a cinco minutos.

Gamache tirou uma das toalhas da bolsa e a entregou a Clara.

– Maravilha – disse ela, enquanto eles desciam o caminho que dava para a rua. – Vou falar para ele que fui eu que fiz.

– Você queria ter feito?

Clara se lembrou do horror que desabrochara em seu peito enquanto ela olhava para as esculturas.

– Não.

VINTE E DOIS

QUANDO GAMACHE VOLTOU À SALA de investigação, a superintendente
Thérèse Brunel estava sentada à mesa de reunião, cercada por fotografias.
Ao vê-lo entrar, ela se levantou, sorrindo.

– Inspetor-chefe – disse, avançando com a mão estendida. – A agente
Lacoste me deixou tão à vontade que eu estou quase me mudando para cá.

Thérèse Brunel já tinha idade para se aposentar, embora ninguém na Sûreté
jamais fosse sugerir isso. Não por medo daquela mulher encantadora nem por
delicadeza. Mas porque ela, mais do que qualquer um deles, era insubstituível.

Ela havia se apresentado no escritório de recrutamento da Sûreté duas
décadas antes. O jovem policial de plantão tinha achado que era uma piada.
Lá estava uma mulher sofisticada de 40 e poucos anos, vestida de Chanel,
pedindo um formulário de inscrição. Ele entregara o formulário a ela, pensando que com certeza a outra levaria aquilo para casa, como uma forma de
ameaça a um filho ou uma filha decepcionante, e depois observara com uma
crescente perplexidade a mulher se sentar – as pernas cruzadas na altura dos
tornozelos, o delicado perfume apenas uma sugestão no ar – e preencher o
formulário ela mesma.

Thérèse Brunel tinha sido chefe de aquisições no Musée des Beaux-Arts
de Montreal, instituição de renome internacional, mas nutria uma paixão
secreta por enigmas. Enigmas de todo tipo. E quando os filhos foram para
a faculdade, ela marchou direto para a Sûreté e se inscreveu. Que enigma
poderia ser maior do que desvendar um crime? Então, nas aulas do inspetor-
-chefe Armand Gamache durante a formação policial, ela havia descoberto
outro enigma e outra paixão: a mente humana.

Ela agora tinha superado o mentor e era a chefe da Divisão de Crimes de Receptação. Tinha 60 e poucos anos e continuava vibrante como sempre.

Gamache apertou a mão dela calorosamente.

– Superintendente Brunel.

Thérèse Brunel e o marido, Jérôme, jantavam com frequência na casa dos Gamaches e também os recebiam em seu apartamento na Rue Laurier. Porém, no trabalho, eles eram "inspetor-chefe" e "superintendente".

Ele foi até a agente Lacoste, que também tinha se levantado quando o chefe entrou.

– Alguma notícia?

Ela balançou a cabeça.

– Mas eu acabei de ligar, e eles estão esperando que os resultados do laboratório saiam a qualquer momento.

– *Bon. Merci.*

Ele assentiu para a agente, que voltou a se sentar diante do computador. Então ele se voltou para a superintendente Brunel.

– Estamos esperando a análise das impressões digitais. Fico muito grato por você ter vindo tão rápido.

– *C'est un plaisir*. Além disso, o que poderia ser mais emocionante?

Ela foi na frente de volta à mesa de reunião e, inclinando-se para ele, sussurrou:

– *Voyons*, Armand, isto é sério? – perguntou, apontando para as fotos espalhadas na mesa.

– É – sussurrou ele de volta. – E talvez a gente precise da ajuda de Jérôme também.

Jérôme Brunel, médico aposentado, havia muito compartilhava o amor da esposa por enigmas, mas enquanto o dela se voltava para a mente humana, o dele se concentrava em cifras. Códigos. Em um confortável e caótico estúdio em sua casa em Montreal, ele recebia diplomatas e especialistas em segurança desesperados. Às vezes para decifrar códigos enigmáticos e às vezes para criá-los.

Era um homem alegre e culto.

Gamache tirou a escultura da bolsa, a desembrulhou e a depositou na mesa. Mais uma vez, os passageiros felizes navegavam pela mesa de reunião.

– Muito bom – disse ela, colocando os óculos e se aproximando. – Muito bom mesmo – murmurou para si mesma ao estudar a peça, sem tocá-la. – Lindamente esculpida. Quem quer que seja o artista, conhece bem a madeira, sente a madeira. E entende de arte.

Ela então deu um passo para trás e fitou a escultura. Gamache esperou e, dito e feito, o sorriso desapareceu do rosto da mulher e ela até se inclinou um pouco para longe da obra.

Era a terceira vez que Gamache via aquilo acontecer naquela manhã. E havia sentido a mesma coisa. As esculturas pareciam chegar ao âmago das pessoas, até aquela parte tão bem escondida que todos compartilhavam. Elas encontravam a humanidade das pessoas. Aí, como um dentista, começavam a perfurar. Até que aquela alegria se transformasse em pavor.

Após um instante, a expressão no rosto da superintendente se neutralizou, e ela vestiu a máscara profissional. A solucionadora de problemas havia substituído a pessoa. A mulher se aproximou da peça, movendo-se ao redor da mesa, sem tocar na escultura. Por fim, quando já a tinha visto de todos os ângulos, Brunel pegou a obra e, como todo mundo, olhou embaixo.

– OWSVI – leu. – Em caixa-alta. Riscado na madeira, não pintado.

Ela parecia uma legista, dissecando e ditando.

– É uma madeira pesada, madeira de lei. Cerejeira? – supôs ela, olhando mais de perto e até cheirando a escultura. – Não, o grão é diferente. Cedro? Não, a cor está errada, a não ser que...

Ela levou a escultura até a janela e a colocou sob uma faixa de sol. Depois, baixando-a, sorriu para Gamache por cima dos óculos.

– Cedro. Sequoia. Quase com certeza da Colúmbia Britânica. É uma boa escolha de madeira, sabe? O cedro dura para sempre, principalmente o da sequoia. É uma madeira muito forte também. No entanto, é surpreendentemente fácil de esculpir. Os haidas, da costa oeste, usaram essa madeira por séculos para fazer totens.

– Que ainda estão de pé.

– Estariam, se a maioria não tivesse sido destruída no fim do século XIX pelo governo ou pela Igreja. Mas ainda tem um muito bonito no Museu de História Canadense, em Ottawa.

Os dois notavam a ironia daquilo.

– Então, o que você está fazendo aqui? – perguntou ela à escultura. – E do que você tem tanto medo?

– Por que você diz isso?

De sua mesa, a agente Lacoste olhou para cima, querendo saber a resposta também.

– Você com certeza sentiu a mesma coisa, não, Armand?

Ela usou o primeiro nome dele, um sinal de que, embora parecesse composta, na verdade estava desconcertada.

– Tem alguma coisa fria neste trabalho. Eu hesito em dizer maligna...

Gamache inclinou a cabeça, surpreso. "Maligna" era uma palavra que ele não ouvia com frequência fora de um sermão. Brutal, cruel, sim. Horrível, até; os investigadores falavam sobre crimes horríveis.

Mas nunca "maligna". No entanto, era isso que fazia de Thérèse Brunel uma investigadora brilhante, uma solucionadora de enigmas e crimes. E sua amiga. Ela colocava a convicção acima da convenção.

– Maligna? – perguntou Lacoste de sua mesa.

A superintendente Brunel olhou para a agente.

– Eu disse que hesitei em caracterizar a escultura assim.

– E ainda está hesitando? – quis saber Gamache.

Brunel pegou a obra mais uma vez e examinou os passageiros liliputianos. Todos vestidos para uma longa viagem, os bebês envoltos em mantas, as mulheres com sacolas de pão e queijo, os homens fortes e resolutos. E todos olhando para a frente, ansiosos pelo encontro com algo maravilhoso. Os detalhes eram primorosos.

Ela virou a escultura e, em seguida, a empurrou para longe de si como se tivesse sido mordida no nariz.

– O que foi? – perguntou Gamache.

– Encontrei a fonte do mal – disse ela.

Nem Carole Gilbert nem o filho tinham dormido bem e ela suspeitava que Dominique tampouco. Em Vincent, que dormia no quartinho próximo ao patamar da escada, ela não pensou. Ou melhor, cada vez que ele surgia em sua mente, ela o empurrava de volta para o quartinho e tentava trancar a porta.

A aurora tinha sido bonita. Carole havia feito um bule de café forte na prensa francesa, depois jogado uma manta nos ombros, pegado a bandeja e a levado para fora, instalando-se no pátio tranquilo que dava para o jardim e os campos cobertos de neblina.

O dia anterior tinha parecido uma emergência sem fim, com buzinas ressoando na cabeça dela por horas a fio. Eles haviam se mantido firmes e unidos, revelação após revelação.

Que o pai de Marc ainda estava vivo.

Que Vincent estava bem ali, inclusive.

Que o homem assassinado tinha sido encontrado na casa nova deles.

E que Marc havia movido o corpo. Para o bistrô. Em uma tentativa deliberada de ferir, talvez mesmo arruinar, Olivier.

Quando o inspetor-chefe fora embora, estavam todos atordoados. Perturbados e cansados demais para atacar uns aos outros. Marc havia deixado seus sentimentos bem evidentes, depois fora até a área do spa para passar reboco, pintar e martelar. Vincent havia tido o bom senso de ir embora, só retornando tarde da noite. E Dominique tinha encontrado a cabana enquanto cavalgava o menos prejudicado dos cavalos.

Os sinos do céu ressoariam, Carole pensou consigo mesma enquanto observava os cavalos, agora no campo enevoado. Pastando. Desconfiados uns dos outros. Mesmo dali ela conseguia ver suas feridas.

Por anos o repique mais selvagem,
Se o pároco perdesse a razão
E as pessoas a delas recuperassem
E ele e elas, juntos,
Em ardentes orações se ajoelhassem
Por tigres domesticados e abatidos,
E ursos e cachorros que dançassem

– Mãe.

Carole deu um pulo, antes perdida em seus pensamentos e agora encontrada pelo filho. Ela se levantou. Ele parecia cansado, mas tinha tomado banho e feito a barba. A voz estava fria, distante. Os dois se entreolharam. Será que piscariam, se sentariam, serviriam o café e conversariam sobre o tempo? As manchetes dos jornais? Os cavalos? Será que tentariam fingir que a tempestade não os estava cercando? E que não tinha sido causada por eles mesmos?

Quem havia agido pior? Carole, ao mentir para o filho por anos, dizendo que o pai estava morto? Ou Marc, ao levar um cadáver até o bistrô e, com isso, arruinar todas as chances de eles serem aceitos na pequena comunidade?

Ela tinha estragado o passado dele, e ele, o futuro da família.

Eram um time e tanto.

– Desculpa – disse Carole, e abriu os braços.

Em silêncio, Marc andou por entre as pedras e quase se jogou dentro deles. Ele era alto, e ela, não, mas ainda assim a mãe o abraçou, afagou as costas dele e sussurrou:

– Vai ficar tudo bem, vai ficar tudo bem.

Então eles se sentaram. Entre os dois, a bandeja com croissants e geleia de morango fresca. O mundo parecia muito verde naquela manhã, muito novo, dos altos bordos e carvalhos até o prado. Marc serviu o café enquanto Carole arrumava a manta nos ombros e observava os cavalos pastarem e de vez em quando olharem para cima, para um dia que não deveriam ter visto, para um mundo do qual deveriam ter partido dois dias antes. Até naquele momento, em meio à névoa, eles pareciam estar na fronteira entre os dois mundos.

– Eles quase parecem cavalos – disse Marc –, se você estreitar os olhos.

Carole olhou para o filho e riu. Ele estava fazendo careta, tentando metamorfosear as criaturas nos cavalos de caça magníficos pelos quais havia esperado.

– Sério, aquilo é mesmo um cavalo? – perguntou, apontando para Chester, que, naquela luz difusa, parecia um camelo.

De repente, Carole ficou muito triste por eles talvez terem que deixar a casa, banidos pelas próprias atitudes. O jardim nunca estivera mais lindo e, com o tempo, só melhoraria, à medida que amadurecesse e as várias plantas se misturassem e crescessem juntas.

– Eu estou preocupado com aquele ali – comentou Marc, apontando para o animal mais escuro, afastado dos outros. – Trovão.

– É, bom... – disse Carole, remexendo-se de maneira desconfortável para olhar o bicho. – Sobre ele...

– E se ele resolver morder um dos hóspedes? Não que eu não tenha gostado do que ele fez com papai.

Carole reprimiu um sorriso. Ver o Grande Homem com baba de cavalo no ombro tinha sido a única coisa boa de um dia muito ruim.

– O que você sugere? – perguntou ela.

– Não sei.

Carole ficou em silêncio. Os dois sabiam o que Marc estava sugerindo. Se o cavalo não aprendesse boas maneiras em um mês, até o Dia de Ação de Graças, teria que ser sacrificado.

– *E cegos e miseráveis cavalos de mina* – murmurou ela. – *E lebrezinhas que, caçadas, agonizassem.*

– *Pardon?*

– O nome dele... é... O nome dele não é Trovão. É Marc.

– Você está brincando.

Mas nenhum dos dois estava rindo. Marc olhou para o campo, para o animal malévolo e louco que mantinha distância dos outros. Uma mancha preta no prado enevoado. Como um erro. Uma marca.

Um Marc.

Mais tarde, quando Dominique e o marido saíram para comprar mantimentos e materiais de construção, Carole encontrou quatro cenouras na cozinha, que deu para os cavalos. No princípio, eles relutaram em confiar nela. Mas primeiro Peônia, depois Macarrão e finalmente Chester avançaram devagar e pareceram beijar a cenoura na palma da sua mão.

Sobrou uma.

Ela sussurrou para o cavalo Marc, arrulhando para ele. Chamando-o. Implorando. De pé na cerca, ela se debruçou, segurando a cenoura em silêncio o mais longe que conseguiu.

– Por favor – pediu, tentando persuadi-lo. – Eu não vou te machucar.

Mas ele não acreditava nela.

Ela voltou para a casa, subiu as escadas e bateu na porta do quartinho.

ARMAND GAMACHE PEGOU A ESCULTURA e olhou para a multidão no convés.

Era fácil não ver, mas ainda assim ele teve vontade de se estapear. Agora, parecia óbvio. A pequena figura na parte de trás do barco, agachada bem na frente de uma mulher com um grande saco.

Ele sentiu um arrepio na espinha ao examinar o rosto do minúsculo homenzinho de madeira, pouco mais que um menino, olhando para trás. Para além da mulher. Para um ponto atrás do barco. Enquanto todos olhavam para a frente, ele estava caído, olhando para trás. Para o lugar de onde eles vinham.

E a expressão no rosto dele fez o sangue de Gamache gelar. Gelar até o âmago.

Aquela era a cara do pavor. O pequeno rosto de madeira o transmitia. E a mensagem que passava era horrível. De repente, Gamache sentiu uma vontade quase incontrolável de olhar para trás, ver o que poderia estar à espreita. Em vez disso, colocou os óculos e se aproximou ainda mais da escultura.

O jovem levava um pacote nos braços.

Por fim, Gamache colocou a escultura na mesa e baixou os óculos.

– Entendi o que você quer dizer.

A superintendente Brunel suspirou.

– Maligno. Tem algo maligno nesta viagem.

Gamache não discordou.

– Esta obra lhe parece familiar? Ela poderia estar na sua lista ativa de peças de arte roubadas?

– Aquela lista tem milhares de itens – respondeu ela, sorrindo. – De Rembrandts a esculturas de palitos de dentes.

– E aposto que você sabe todos de cabeça.

O sorriso dela se ampliou, e Brunel inclinou a cabeça de leve. Ele a conhecia bem.

– Mas não tem nada assim. Uma obra como esta teria se destacado.

– Isto é arte?

– Se você quer saber se é valiosa, eu diria que é quase inestimável. Se uma destas tivesse aparecido no mercado quando eu estava no Musée des Beaux-Arts, teria pulado em cima. E pagado uma pequena fortuna por ela.

– Por quê?

Ela olhou para o homem grande e calmo à sua frente. Tão parecido com um acadêmico. Ela podia vê-lo de borla e capelo, movendo-se pelos corredores de uma universidade antiga, com estudantes ansiosos em seu encalço. Quando o conhecera, na academia de polícia, ele era vinte anos mais novo, mas ainda assim uma figura imponente. Agora ele carregava aquela autoridade com ainda mais desenvoltura. O cabelo escuro e ondulado rareava, as têmporas e o bigode estavam ficando grisalhos e todo o seu corpo se expandia. Assim como, ela sabia, sua influência.

Ele lhe havia ensinado muitas coisas. Uma das mais valiosas era não apenas ver, mas escutar. E ele a escutava naquele momento.

– O que torna uma obra de arte única não são as cores, a composição ou o assunto. Não tem nada a ver com o que a gente vê. Por que tantas pinturas são obras-primas enquanto outras, às vezes até mais bem-feitas, são esquecidas? Por que algumas sinfonias ainda são adoradas séculos depois que o compositor morreu?

Gamache pensou a respeito. E o que lhe veio à cabeça foi a pintura colocada de forma muito casual em um cavalete após o jantar, algumas noites antes. Mal-iluminada, sem moldura.

E, no entanto, ele poderia tê-la observado para sempre.

A pintura da mulher idosa, com o corpo virado para a frente mas o rosto voltado para trás.

Ele compreendia o anseio dela. Aquela coisa dentro de si que estremecera quando ele havia olhado para a escultura tinha doído ao ver aquela mulher. Clara não havia simplesmente pintado uma mulher, nem sequer um sentimento. Ela tinha criado um mundo. Naquela única imagem.

Era uma obra-prima.

De repente, Gamache se sentiu muito mal por Peter e torceu profundamente para que ele não estivesse mais tentando competir com a esposa. Seria muito difícil superá-la naquele campo de batalha.

– Isto – disse a superintendente Brunel, apontando para a escultura com suas unhas bem-feitas – vai continuar na memória das pessoas muito depois que eu e você morrermos. Muito depois que este vilarejo encantador virar pó.

– Tem outra – comentou ele, aproveitando o raro prazer de ver Thérèse Brunel surpresa. – Mas eu acho que a gente devia ir até a cabana antes de dar uma olhada nela.

Ele olhou para o chão. A superintendente calçava sapatos novos e elegantes.

– Eu trouxe umas botas comigo, inspetor-chefe – informou ela, com um leve e zombeteiro tom de reprovação, enquanto caminhava rápido na frente dele até a porta. – Quando foi que você me levou a algum lugar que não tinha lama?

– Eu acho que eles lavaram o Place des Arts com uma mangueira antes da última sinfonia a que a gente foi – disse ele, sorrindo para a agente Lacoste enquanto saíam.

– Eu quis dizer profissionalmente. Sempre tem lama e sempre tem um corpo.

– Bom, desta vez com certeza vai ter lama, mas nenhum corpo.

– Senhor! – chamou Lacoste, correndo até o carro com uma folha de papel. – Acho que o senhor vai querer ver isto.

Ela entregou o papel ao chefe e apontou para ele. Era do laboratório. Os resultados estavam começando a aparecer e continuariam a sair ao longo do dia. E aquele trouxe um sorriso satisfeito ao rosto de Gamache. Ele se virou para Thérèse Brunel.

– Eles encontraram lascas de madeira, serragem, na verdade, ao lado de uma cadeira da cabana. Também encontraram vestígios nas roupas do morto. O laboratório afirma que é cedro-vermelho. Da Colúmbia Britânica.

– Acho que encontramos o artista – concluiu ela. – Se pelo menos a gente soubesse por que ele esculpiu tamanho pavor…

Exatamente, por quê?, pensou Gamache enquanto entrava no carro e subia a Du Moulin. Havia quadriciclos esperando por eles, e os dois adentraram a mata quebequense. Um professor e uma elegante especialista em arte. Nenhum deles era o que parecia, e eles estavam indo para uma cabana rústica que com certeza também não era.

GAMACHE PAROU O QUADRICICLO POUCO antes da curva final da trilha. Ele e a superintendente Brunel terminaram o trajeto a pé. A floresta era um outro mundo, e ele queria mostrar a ela a atmosfera do lugar onde a vítima havia escolhido viver. Um mundo de sombras frias e luz difusa, de aromas intensos de material orgânico em decomposição. De criaturas não vistas, mas ouvidas, rastejando e correndo.

Gamache e Brunel tinham plena consciência de que eram forasteiros ali.

Mesmo assim, o lugar não parecia ameaçador. Não naquele momento. Em doze horas, quando o sol se pusesse, a sensação seria bem diferente de novo.

– Estou entendendo o que você quer dizer – disse Brunel, olhando em volta. – Um homem poderia facilmente viver aqui sem ser encontrado. É muito tranquilo, né?

Ela soava quase melancólica.

– Você conseguiria? – perguntou Gamache.

– Eu acho que sim, sabe? Isso te surpreende?

Gamache ficou em silêncio, mas sorriu.

– Eu não preciso de muita coisa – continuou ela. – Antes precisava. Quando era mais nova. Viagens a Paris, um bom apartamento, roupas bonitas. Eu tenho tudo isso agora. E sou feliz.

– Mas não porque tem essas coisas – sugeriu Gamache.

– Conforme vou ficando mais velha, preciso de cada vez menos. Realmente acredito que eu poderia morar aqui. Cá entre nós, Armand? Parte de mim gostaria muito. Você conseguiria?

Ele assentiu e viu de novo a cabaninha simples, com um único cômodo.

– "A primeira cadeira para a solidão, a segunda para a amizade e a terceira para a sociedade" – disse ele.

– *Walden ou a vida nos bosques*. E de quantas cadeiras você precisaria?

Gamache pensou.

– Duas. Eu não ligo para a sociedade, mas preciso de uma outra pessoa.

– Reine-Marie – adivinhou Thérèse. – E eu só preciso de Jérôme.

– Tem uma edição original do *Walden* na cabana, sabia?

Thérèse arquejou.

– *Incroyable*. Quem era esse homem, Armand? Você tem alguma ideia?

– Nenhuma.

Eles pararam, e ela seguiu o olhar do amigo.

No início foi difícil enxergar, mas então, lentamente, ela identificou a humilde cabana de madeira, como se tivesse se materializado só para eles. E os convidasse a entrar.

– Pode entrar – disse ele.

Carole Gilbert respirou fundo e deu um passo à frente, deixando para trás a base sólida que havia cultivado por décadas. Passando por almoços tranquilos com amigos de longa data, noites de bridge e turnos de voluntariado, agradáveis tardes chuvosas lendo ao lado da janela, vendo navios porta-contêineres percorrem devagar o rio St. Lawrence. Ela atravessou rapidamente aquela vida gentil de viúva dentro das antigas muralhas fortificadas da cidade de Quebec, erguidas para manter qualquer coisa desagradável do lado de fora.

– Oi, Carole.

O homem alto e esguio estava no meio do quarto, contido. Como se a esperasse. O coração dela disparou, e as mãos e os pés ficaram frios, dormentes. Ela teve um pouco de medo de cair. Não de desmaiar, mas de perder totalmente a capacidade de se manter de pé.

– Vincent – disse ela, com uma voz firme.

O corpo dele havia mudado. Aquele corpo que ela conhecia melhor do que ninguém. Tinha encolhido, murchado. O cabelo, outrora grosso e brilhante, estava mais ralo e quase branco. Os olhos ainda eram castanhos, mas se antes eram atentos e seguros, agora se questionavam.

Ele estendeu a mão. Tudo parecia acontecer com uma lentidão excruciante. A mão tinha manchas que ela não reconhecia. Quantas vezes Carole havia segurado aquela mão, nos primeiros anos, e depois desejado que ela a amparasse? Quantas vezes havia olhado para aquela mão enquanto ele lia o jornal *Le Devoir*? O único contato com o homem para quem tinha entregado o coração, aqueles dedos longos e sensíveis segurando as notícias diárias, nitidamente mais importantes do que as notícias dela. Aqueles dedos eram uma evidência de que havia outro ser humano no ambiente, ou quase. Já que ele quase não estava lá e quase não era humano.

Então, um dia, ele baixou o jornal, a encarou com olhos de laser e disse que não estava feliz.

Ela riu.

Aquela tinha sido uma risada realmente alegre, ela lembrava. Não porque Carole achasse que fosse uma piada. Mas porque ele estava sério. Aquele homem brilhante realmente parecia pensar que o fato de não estar feliz era uma catástrofe.

Aquilo era, em muitos aspectos, perfeito. Como tantos homens da idade dele, Vincent estava tendo um caso. Ela sabia disso havia anos. Mas o caso que ele tinha era consigo mesmo. Ele se adorava. Aliás, aquela era praticamente a única coisa que eles tinham em comum. Ambos amavam Vincent Gilbert.

Mas, de repente, aquilo deixou de ser suficiente. Ele precisava de mais. E, como o grande homem que ele próprio sabia ser, a solução jamais poderia ser encontrada perto de casa. Teria que estar escondida em alguma caverna em uma montanha da Índia.

Ele era tão extraordinário que sua salvação também precisava ser.

Eles tinham passado o resto do café da manhã planejando a morte dele.

Aquilo combinava com a necessidade de drama dele e a necessidade de alívio dela. A conversa foi, ironicamente, a melhor que tiveram em anos.

Mas, lógico, eles tinham cometido um grande erro. Deveriam ter contado para Marc. No entanto, quem imaginaria que ele iria se importar?

Ela havia percebido tarde demais – menos de um dia antes, talvez? – que Marc tinha ficado profundamente abalado com a morte do pai. Não com a morte em si, é preciso frisar. Esta ele havia aceitado com facilidade. Não, fora a ressurreição dele que criara as cicatrizes, como se, ao retornar, Vincent tivesse aberto caminho através do coração de Marc, rasgando-o.

E agora o homem estava ali, enrugado, manchado e talvez até desequilibrado, com a mão inabalavelmente estendida. Convidando-a a entrar.

– A gente precisa conversar – declarou ela.

Ele baixou a mão e assentiu. Ela esperou que ele apontasse as falhas e defeitos dela, todos os erros que Carole havia cometido, a dor imensurável que tinha causado a ele.

– Eu sinto muito – disse Vincent.

Ela aquiesceu.

– Eu sei. Também sinto muito.

Ela se sentou na beirada da cama e deu um tapinha no colchão. Ele se sentou a seu lado. Daquela distância, ela conseguia ver rugas de preocupação se formando no rosto dele. Pensou como era interessante que as linhas de preocupação só aparecessem na cabeça.

– Você parece bem. Está? – perguntou ele.

– Eu queria que nada disso tivesse acontecido.

– Inclusive a minha volta? – quis saber ele, sorrindo e pegando a mão dela.

Mas, em vez de acelerar seu coração, o gesto transformou o coração de Carole em pedra. E ela percebeu que não confiava naquele homem que havia surgido do passado sem aviso prévio e de repente estava comendo da comida deles e dormindo na cama deles.

Ele era como Pinóquio. Um homem feito de madeira, imitando os humanos. Brilhante, sorridente e falso. E se alguém o cortasse, veria os anéis da madeira. Círculos de enganação, intrigas e desculpas. Era disso que ele era feito. Aquilo não havia mudado.

Mentiras dentro de mentiras dentro de mentiras moravam dentro daquele homem. E agora ele estava ali, na casa dela. E, de repente, a vida deles se desfazia.

VINTE E TRÊS

– *Bon Dieu*.

Era tudo o que a superintendente Brunel conseguia dizer, e ela repetiu isso várias vezes enquanto andava pela cabana de madeira. De vez em quando, parava e pegava um objeto. Seus olhos se arregalavam e depois ela o devolvia para o lugar. Com cuidado. E passava para o seguinte.

– *Mais, ce n'est pas possible*. Isto é da Câmara de Âmbar, eu tenho certeza – declarou ela, aproximando-se do painel laranja brilhante encostado na janela da cozinha. – *Bon Dieu*, é sim – murmurou, e quase se benzeu.

O inspetor-chefe a observou por um tempo. Ele sabia que ela não estava preparada para o que encontraria. Ele tinha tentado avisá-la, embora soubesse que as fotos não faziam justiça ao lugar.

Ele havia contado a ela sobre a porcelana.

O cristal de chumbo.

As edições originais autografadas.

As tapeçarias.

Os ícones.

– Aquilo é um violino? – perguntou ela, apontando para o instrumento de madeira escura ao lado da poltrona.

– Ele foi movido – disse Beauvoir, antes de encarar o agente Morin. – Você tocou nele ontem à noite?

O jovem policial corou, assustado.

– Um pouco. Eu só peguei. E…

Brunel agora o segurava sob a luz da janela, inclinando-o para um lado e para outro.

– Inspetor-chefe, você consegue ler isto daqui? Ela entregou o violino a ele e apontou para uma etiqueta.

Enquanto Gamache tentava ler, ela pegou o arco e o examinou.

– É um arco Tourtre – disse ela, quase bufando, e depois olhou para a cara de paisagem dos homens. – Vale algumas centenas de milhares – explicou ela, em seguida se virando para Gamache. – Na etiqueta está escrito "Stradivari"?

– Acho que não. Parece que diz "Anno 1738" – respondeu ele, semicerrando os olhos. – Carlos alguma coisa. *Fece in Cremona* – continuou, antes de tirar os óculos e olhar para Thérèse Brunel. – Significa alguma coisa para você?

Ela sorria, ainda segurando o arco.

– Carlos Bergonzi. Ele era luthier. O melhor aluno de Stradivari.

– Então não é o melhor violino do mundo? – perguntou Beauvoir, que até já tinha ouvido falar dos violinos Stradivarius, mas nunca daquele outro cara.

– Talvez não seja tão bom quanto um violino do mestre, mas um Bergonzi ainda vale 1 milhão.

– Um Bergonzi? – indagou Morin.

– É. Você conhece?

– Na verdade, não, mas a gente encontrou algumas partituras originais para violino com um bilhete anexado. Faz menção a um Bergonzi – disse Morin, indo até a estante e remexendo ali por um instante.

Ele voltou com um maço de partituras e um cartão. Entregou tudo à superintendente, que passou os olhos nos papéis e os entregou a Gamache.

– Alguma ideia de que língua seja esta? – perguntou ela. – Não é russo nem grego.

Gamache leu. Parecia endereçado a um B, mencionava um Bergonzi e estava assinado por C. O resto era ininteligível, embora parecesse incluir termos carinhosos. A data era 8 de dezembro de 1950.

– B poderia ser a vítima?

Gamache balançou a cabeça.

– As datas não batem. Ele ainda não teria nascido. E presumo que B não possa ser Bergonzi, certo?

– Não. Ele já estava morto há muito tempo. Então quem eram B e C e por que nosso homem guardou as partituras e o cartão? – se perguntou Brunel.

Ela olhou para a partitura e sorriu. Apontou para a primeira linha da partitura. A música tinha sido composta por um tal BM.

– Então – disse Gamache, baixando as folhas –, esta partitura foi composta por um BM. O bilhete junto foi endereçado a um B e menciona um violino Bergonzi. Parece lógico supor que B tocava violino e compunha e que alguém, C, deu a ele este presente – concluiu, apontando para o violino. – Então, quem era BM e por que a nossa vítima tinha a partitura e o violino dele?

– A música é boa? – perguntou Brunel a Morin.

Gamache entregou a partitura a ele. Com a boca ligeiramente aberta e os lábios grossos brilhando, o jovem agente parecia especialmente bobo. Ele olhou para a música e cantarolou baixinho. Então olhou para cima.

– Parece ok.

– Toque – disse Gamache, entregando a ele o violino de 1 milhão de dólares.

Morin pegou o instrumento com relutância.

– Você tocou ontem à noite, não tocou? – quis saber o chefe.

– Você o quê?! – indagou Beauvoir.

Morin se virou para ele.

– A gente já tinha fotografado e colhido as impressões digitais, eu achei que não tivesse problema.

– Você também fez malabarismos com a porcelana ou jogou golfe com os copos? Não se brinca com evidências.

– Desculpa.

– Toque a música, por favor – pediu Gamache.

A superintendente Brunel fez uma mesura quase inestimável a ele.

– Eu não toquei isto ontem. Só conheço músicas populares.

– Faça o melhor que puder – disse o chefe.

O agente Morin hesitou, então colocou o violino debaixo do queixo e ergueu o arco. Depois o baixou. Nas cordas de tripas de carneiro.

Notas lentas e cheias saíram do instrumento. Tão intenso era o som que eles quase podiam ver as notas preencherem o ar. Gamache suspeitou que a música que ouviam era mais lenta do que pretendia BM, já que o agente Morin tinha certa dificuldade em ler a partitura, mas ainda assim era bonita, complexa e engenhosa. Obviamente, BM sabia o que estava fazendo. Gamache fechou os olhos e imaginou o homem morto ali, sozinho. Em uma noite de inverno. A neve se acumulando lá fora. Uma simples sopa de legumes no fogão, a lareira acesa, irradiando calor. E a pequena cabana preenchida pela música. Aquela música.

Por que aquela, e não outra?

– Você conhece? – perguntou Gamache, olhando para a superintendente Brunel, que ouvia de olhos fechados.

Ela balançou a cabeça e abriu os olhos.

– *Non*, mas é linda. Quem será esse BM?

Morin baixou o instrumento, aliviado por poder parar.

– O violino estava afinado ontem, ou você teve que afinar? – perguntou ela.

– Estava afinado. Ele devia ter tocado recentemente.

O policial foi colocar o instrumento de volta onde estava, mas o inspetor--chefe o deteve.

– O que você tocou ontem à noite, se não foi isto? – perguntou ele, apontando para a partitura.

– Só umas canções populares que meu pai me ensinou. Nada de mais. Eu sei que não devia…

Gamache levantou a mão para acabar com o pedido de desculpas.

– Está tudo bem. Só toque para a gente agora o que você tocou ontem.

Quando Morin pareceu surpreso, Gamache explicou:

– O que você acabou de fazer não foi um teste justo com o violino, foi? Você estava aprendendo a música. Eu queria ouvir o violino do mesmo jeito que a vítima ouvia. Como ele foi feito para ser tocado.

– Mas, senhor, eu só toco canções populares.

– E qual é a diferença? – perguntou Gamache.

Morin hesitou.

– Não tem uma diferença real, pelo menos não no instrumento. Mas o som é diferente. O meu pai sempre dizia que a música clássica faz o violino cantar e a popular o faz dançar.

– Dance, então.

Corando totalmente, Morin colocou o violino debaixo do queixo de novo. E fez uma pausa. Depois levou o arco às cordas.

O som que surgiu surpreendeu a todos. Um lamento celta saía do arco, saía do violino, saía do agente. E preenchia a cabana até encontrar as vigas. Quase até os cantos. A melodia simples os envolveu feito cores, comida boa e conversas. E se alojou no peito deles. Não nos ouvidos ou na cabeça. Mas no coração. Lenta, digna, porém alegre. A música era tocada com confiança. Com elegância.

O jovem policial havia mudado. Seu corpo desajeitado contorcia-se perfeitamente para o violino, como se tivesse sido criado para isso. Para tocar. Para fazer música. Os olhos dele estavam fechados e a imagem de Morin representava exatamente a maneira como Gamache se sentia. Ele estava tomado de alegria. Arrebatado, mesmo. Tamanho era o poder daquela música. Daquele instrumento.

Observando-o tocar, o inspetor-chefe de repente se deu conta do que o agente o lembrava.

De uma nota musical. Com a cabeça grande e o corpo magro. Ele era uma nota ambulante, esperando um instrumento. E lá estava ele. O violino *talvez* fosse uma obra-prima, mas o agente Paul Morin com certeza era.

Após um minuto, ele parou, e a música cessou, absorvida pelas toras, pelos livros e pelas tapeçarias. Pelas pessoas.

– Isso foi lindo – elogiou a superintendente Brunel.

O policial lhe entregou o violino.

– Chama-se "Colm Quigley". É a minha preferida.

Assim que o violino deixou a mão dele, Morin voltou a ser um jovem alto e desengonçado. Embora não mais completamente para as pessoas que o tinham ouvido tocar.

– *Merci* – agradeceu Gamache.

A superintendente Brunel devolveu o violino ao lugar.

– Depois me fale o que você descobrir sobre isto – disse Gamache, entregando a Morin o bilhete e as partituras.

– Sim, senhor.

Thérèse Brunel se voltou para o resto do ambiente, caminhando até os tesouros e murmurando *"Bon Dieu"* de vez em quando. Cada exclamação parecia mais perplexa que a anterior.

Mas nada seria mais surpreendente do que o que aguardava o inspetor--chefe Gamache. Em um canto lá no fundo da cabana, perto das vigas. Se a equipe de busca tivesse visto aquilo no dia anterior, o teriam descartado como a única coisa normal do lugar inteiro. O que poderia ser mais natural que uma teia de aranha em uma cabana?

Mas ela acabou se mostrando a coisa menos normal, menos natural de todas.

– *Bon Dieu* – disse a superintendente, segurando um prato com sapos. – É da coleção de Catarina, a Grande. Estava perdido há séculos. É inacreditável.

Mas se ela queria ver algo realmente "inacreditável", pensou Gamache, precisava dar uma olhava naquilo. Beauvoir tinha acendido a lanterna.

Até ver a teia, Gamache não tinha acreditado. Mas lá estava, brilhando quase alegremente sob a luz artificial, como se zombasse deles.

Woe, dizia a teia.

– Woe – murmurou Gamache.

A superintendente Brunel encontrou Armand Gamache uma hora depois, na cadeira de galhos curvados no canto da horta.

– Já terminei de ver tudo.

Gamache se levantou e ela se sentou na cadeira, cansada, expirando profundamente.

– Eu nunca vi nada assim, Armand. Isso porque a gente já desmontou várias quadrilhas que roubavam obras de arte e encontrou coleções incríveis. Você se lembra do caso Charbonneau, no ano passado, em Lévis?

– Os Van Eycks.

Ela assentiu, depois balançou a cabeça como se tentasse visualizar tudo.

– Achados fantásticos. Todo tipo de esboço original e até uma pintura a óleo que ninguém sabia que existia.

– Não tinha um Ticiano também?

– *Oui.*

– E você está me dizendo que este lugar é ainda mais incrível?

– Não quero dar uma aula aqui, mas acho que você e seu pessoal não têm noção do alcance desta descoberta.

– Pode dar sua aula – a tranquilizou Gamache. – Foi para isso que eu chamei você aqui.

Ele sorriu, e a superintendente pensou, não pela primeira vez, que a coisa mais rara que já havia encontrado tinha sido o inspetor-chefe Gamache.

– Acho que você vai querer sentar – disse ela.

Ele encontrou uma tora, virou-a para baixo e se sentou ali.

– O caso Charbonneau foi espetacular – prosseguiu Brunel. – Mas, de certa forma, comum. A maioria das quadrilhas que rouba obras de arte e a maior parte dos colecionadores do mercado clandestino têm uma ou duas especialidades. Como o mercado é superespecializado e tem muito dinheiro envolvido, os ladrões se tornam especialistas, mas só em uma ou outra área pequenininha. Esculturas italianas do século XVII. Mestres holandeses. Antiguidades gregas. Mas nunca todos esses campos. Eles se especializam. De que outra forma saberiam que não estão roubando falsificações ou réplicas? Foi por isso que no Charbonneau a gente encontrou coisas incríveis, mas todas da mesma "família". *Vous comprenez?*

– *Oui*. Todas eram pinturas renascentistas, a maioria do mesmo artista.

– *C'est ça*. É esse o nível de especialização da maioria dos ladrões. Mas aqui – disse ela, apontando para a cabana – tem tapeçarias de seda feitas à mão e cristais de chumbo antiquíssimos. Debaixo daquela toalha de mesa bordada, você sabe o que a gente encontrou? A nossa vítima comia na mesa incrustada mais requintada que eu já vi. Deve ter uns 500 anos e ter sido feita por um mestre. Até a toalha é uma obra-prima. Na maioria dos museus, aquela toalha estaria emoldurada. O Victoria and Albert, de Londres, pagaria uma fortuna por ela.

– Talvez tenham pagado.

– Você quer dizer que ela pode ter sido roubada? Talvez. Eu tenho muito trabalho pela frente.

Parecia que ela mal podia esperar. No entanto, também parecia que não tinha a menor pressa de deixar aquela cabana, aquele jardim.

– Quem será que ele era? – pensou alto a superintendente, puxando duas vagens de uma trepadeira e entregando uma delas ao inspetor-chefe. – *Quase toda infelicidade vem de não se conseguir permanecer quieto em uma sala.*

– Pascal – disse Gamache, reconhecendo a citação e vendo como era oportuna. – Esse homem conseguia. Mas ele se cercou de objetos que tinham muito a dizer. Que tinham histórias.

– É uma forma interessante de pensar.

– O que é a Câmara de Âmbar?

– Você a conhece? – perguntou ela, lançando a Gamache um olhar inquisitivo.

– Você mencionou quando estava olhando as coisas.

– Ah, é? Dá para ver daqui. Aquela coisa laranja na janela da cozinha.

Ele olhou e, dito e feito, lá estava o painel, exalando um brilho quente à pouca luz que captava. Parecia um grande e grosso pedaço de vitral. Ela continuou olhando para o painel, hipnotizada, então finalmente voltou a si.

– Desculpa. É que eu nunca imaginei que seria a pessoa a encontrar isto.

– Como assim?

– A Câmara de Âmbar foi criada no início do século XVIII, na Prússia, por Frederico I. Era uma sala imensa feita de âmbar e ouro. Artistas e artesãos levaram anos para construir o lugar e, quando ficou pronto, se tornou uma das maravilhas do mundo.

Ela olhou para o horizonte, e ele deduziu que Brunel estava imaginando como seria aquele espaço.

– Ele mandou fazer a sala para a esposa, Sophie Charlotte. Mas, alguns anos depois, a câmara foi dada ao imperador russo e ficou em São Petersburgo até a guerra.

– Qual guerra?

Ela sorriu.

– Boa pergunta. A Segunda Guerra Mundial. Parece que os soviéticos desmantelaram o espaço quando perceberam que os nazistas iam tomar a cidade, mas não conseguiram esconder o lugar. Os alemães encontraram a sala.

Ela parou.

– Continue – incentivou Gamache.

– É isso. Isso é tudo que se sabe. A Câmara de Âmbar desapareceu. Desde então, historiadores, caçadores de tesouros e antiquários a procuram. A gente sabe que os alemães, sob o comando de Albert Speer, levaram a Câmara de Âmbar. Esconderam. Provavelmente para que fosse preservada. Mas ela nunca mais foi vista.

– Quais são as teorias? – perguntou o inspetor-chefe.

– Bom, a mais aceita é que a câmara foi destruída por um bombardeio dos Aliados. Mas tem uma outra. Albert Speer era muito inteligente, e há quem argumente que ele não era nazista de verdade. Ele era leal a Hitler, mas não à maioria dos ideais dele. Speer era um internacionalista, um homem culto cuja prioridade se tornou salvar os tesouros mundiais da destruição, dos dois lados.

– Albert Speer pode ter sido culto, mas era nazista. Ele sabia sobre os campos de concentração, sabia da matança, e aprovava. Só posava de bom moço enquanto fazia isso – declarou Gamache, a voz fria e os olhos sérios.

– Eu não discordo de você, Armand. Muito pelo contrário. Só estou te contando quais são as teorias. Naquela que envolve Speer, ele esconde a Câmara de Âmbar bem longe do Exército alemão e dos Aliados. Nos Montes Metalíferos.

– Onde?

– É uma cordilheira que fica entre a Alemanha e a atual República Tcheca.

Os dois pensaram sobre o assunto, até que finalmente Gamache falou:

– Então, como um pedaço da Câmara de Âmbar veio parar aqui?

– E onde está o resto dela?

DENIS FORTIN ESTAVA SENTADO diante de Clara Morrow. Ele era mais jovem do que tinha direito de ser. Provavelmente estava com uns 40 e poucos anos. Um artista fracassado que havia descoberto outro talento maior. Reconhecer o talento dos outros.

Aquilo era uma espécie de egoísmo esclarecido. O melhor tipo, pelo que Clara que podia ver. Ninguém era o mártir, nenhum dos dois devia nada ao outro. Ela não tinha nenhuma ilusão de que Denis Fortin pudesse estar tomando uma cerveja St. Amboise no Bistrô do Olivier, em Three Pines, por qualquer outro motivo além de interesse.

E a única razão para Clara estar ali, além de um ego desenfreado, era conseguir algo de Fortin. Especificamente fama e fortuna.

No mínimo, uma cerveja grátis.

Mas havia uma coisa que ela precisava fazer antes de ser arrebatada pela glória incomparável que era Clara Morrow. Ela alcançou a bolsa e tirou dela a toalha enrolada.

– Uma pessoa me pediu para te mostrar isto. Um homem foi encontrado morto aqui há dois dias. Assassinado.

– Sério? Isso é meio incomum, não é?

– Não tanto quanto parece. O que é incomum é que ninguém conhecia a vítima. Mas a polícia acabou de encontrar uma cabana no bosque, e isto aqui estava dentro dela. O chefe da investigação me pediu para te mostrar, para o caso de você conseguir nos dizer alguma coisa sobre isto.

– Uma pista?

Ele parecia interessado e observou atentamente enquanto ela desembrulhava a escultura. Logo os pequenos homens e mulheres estavam de pé na praia, olhando para além da extensão da madeira, para a cerveja em frente a Fortin.

Clara o observou. Ele semicerrou os olhos e se debruçou sobre o trabalho, contraindo os lábios ao se concentrar.

– Muito bonita. Boa técnica, eu diria. Detalhada, cada rosto é bem diferente, tem sua própria personalidade. Sim, no geral eu diria que é uma escultura competente. Um pouco primitiva, mas é o que se esperaria de um escultor do interior.

– Sério? – indagou Clara. – Eu achei muito boa. Excelente, até.

Ele se recostou e sorriu para ela. Não de uma forma condescendente, mas como um amigo sorri para outro mais gentil.

– Talvez eu esteja sendo muito duro, mas já vi muitas destas na minha carreira.

– Assim? Exatamente iguais?

– Não, mas próximas. Imagens esculpidas de pessoas pescando, fumando cachimbo ou montando a cavalo. São as mais valiosas. Sempre dá para encontrar um comprador para um bom cavalo ou cachorro. Ou porco. Porcos são populares.

– Bom saber. Tem uma coisa escrita aqui embaixo – disse Clara, virando a escultura e entregando-a a Fortin.

Ele semicerrou os olhos de novo e então, colocando os óculos, leu o que estava escrito e devolveu a escultura a ela.

– Não sei o que significa.

– Algum palpite? – perguntou Clara.

Ela não estava disposta a desistir. Queria levar alguma informação para Gamache.

– É quase certo que seja uma assinatura ou um número de lote. Alguma coisa que identifique a peça. Esta era a única?

– São duas. Quanto esta aqui deve valer?

– É difícil dizer – respondeu ele, pegando a escultura mais uma vez. – É muito boa, para o que é. Mas não é um porco.

– Que pena.

– Hummm…

Ele ponderou por um instante.

– Eu diria que uns 200, talvez 250 dólares.

– Só isso?

– Eu posso estar errado.

Clara percebeu que ele estava sendo educado, mas começava a ficar entediado. Ela reembrulhou a escultura e a colocou na bolsa.

– Bom – disse Denis Fortin, inclinando-se para a frente, com um olhar ansioso no rosto bonito –, vamos falar sobre obras realmente grandiosas. Como você quer que os trabalhos sejam colocados?

– Eu fiz alguns esboços – admitiu Clara, entregando o caderno a ele.

Após alguns minutos, Fortin levantou a cabeça, com os olhos atentos e brilhantes.

– Isto é maravilhoso. Eu gosto da forma como você agrupou as pinturas e depois deixou um espaço. É como um respiro, não é?

Clara assentiu. Era um alívio imenso falar com alguém para quem não precisava explicar tudo.

– Eu gosto especialmente do fato de você não ter colocado as três mulheres idosas juntas. Seria uma escolha óbvia, mas você espalhou as três, e cada uma acabou ancorando uma parede.

– Eu queria cercá-las de outras obras – disse Clara, animada.

– Como ajudantes, amigas ou críticas – comentou Fortin, também animado. – Não está claro quais são as intenções delas.

– E como elas podem mudar – completou Clara, inclinando-se para a frente.

Ela havia mostrado aquelas ideias a Peter. Ele tinha sido educado e a encorajado, mas dava para ver que não entendia de fato aonde ela queria chegar. À primeira vista, o projeto que tinha feito para a exposição podia parecer desequilibrado. E era. Intencionalmente. Clara queria que as pessoas entrassem, vissem aqueles trabalhos que pareciam muito tradicionais e aos poucos percebessem que não eram.

Havia uma profundidade, um significado, um desafio neles.

Clara e Fortin conversaram por mais ou menos uma hora, trocando ideias sobre a exposição, as direções que a arte contemporânea tomava e alguns novos artistas interessantes, entre os quais, Fortin rapidamente garantiu a Clara, ela estava na vanguarda.

– Eu não ia te contar porque talvez não aconteça, mas enviei o seu portfólio para FitzPatrick, do MoMA. Ele é um velho amigo e disse que vai à vernissage…

Clara deu um gritinho e quase derrubou a cerveja. Fortin riu.

– Mas espera, não era isso que eu ia falar. Eu sugeri que ele espalhasse a notícia, e parece que Allyne, do *New York Times*, vai aparecer…

Ele hesitou, porque parecia que Clara estava tendo um derrame. Quando ela fechou a boca, ele continuou:

– E, por sorte, Destin Browne vai estar em Nova York no mesmo mês, montando uma exposição no MoMA, e demonstrou interesse.

– Destin Browne? Vanessa Destin Browne? A curadora-chefe do Tate Modern, de Londres?

Fortin assentiu e segurou a cerveja com força. Mas agora Clara parecia longe de correr o risco de derrubar qualquer coisa, completamente paralisada. Ficou ali sentada no pequeno e alegre bistrô, a luz do fim do verão irrompendo pelas janelas maineladas. Atrás de Fortin, observou as casas antigas, aquecendo-se ao sol. Os canteiros perenes de rosas, clêmatis e malvas-rosa. Ela viu os moradores, cujo nome sabia e cujos hábitos conhecia. E viu os três pinheiros altos, como faróis. Era impossível não vê-los, mesmo cercados pela floresta. Se você soubesse o que procurar e precisasse de um farol.

A vida estava prestes a levá-la para longe dali. Do lugar onde Clara havia se tornado quem de fato era. Aquele pequeno e firme vilarejo que nunca mudava, mas ajudava seus moradores a mudar. Ela havia chegado direto da faculdade de Belas-Artes, cheia de ideias vanguardistas, vestindo tons de cinza e vendo o mundo em preto e branco. Tão segura de si. Mas ali, no meio do nada, havia descoberto as cores. E as nuances. Tinha aprendido isso com os moradores, que haviam tido a generosidade de emprestar sua alma para Clara pintar. Não como seres humanos perfeitos, mas como pessoas falhas e esforçadas. Cheias de medos e incertezas e, em pelo menos um dos casos, de martínis.

Mas que continuavam de pé. Em meio à natureza selvagem. Suas graças, seus pinheiros.

De repente, ela foi tomada por uma gratidão pelos vizinhos e por qualquer que tivesse sido a inspiração que lhe permitira fazer justiça a eles.

Fechou os olhos e inclinou o rosto para o sol.

– Você está bem? – perguntou Denis Fortin.

Clara abriu os olhos. Ele estava banhado de luz; o cabelo louro brilhava e havia um sorriso caloroso e paciente em seu rosto.

– Sabe, eu provavelmente não devia te contar isso, mas alguns anos atrás ninguém queria o meu trabalho. Todo mundo só ria. Era brutal. Eu quase desisti.

– A maioria dos grandes artistas tem essa história – assegurou ele, gentilmente.

– Quase fui reprovada na faculdade de Belas-Artes, sabe? Eu não conto isso para muita gente.

– Mais uma bebida? – perguntou Gabri, pegando o copo vazio de Fortin.

– Não para mim, *merci* – respondeu ele, então se virou para Clara. – Cá entre nós? Os melhores são reprovados. Como se testa um artista?

– Eu sempre fui bom com testes – comentou Gabri, pegando o copo de Clara. – Não, espera. Eu sempre fui bom com *testículos*, na verdade.

Ele lançou um olhar malicioso a Clara e se afastou.

– Bichas nojentas – disse Fortin, pegando um punhado de castanhas. – Não dá vontade de vomitar?

Clara congelou. Ela olhou para Fortin para conferir se ele estava brincando. Não estava. Mas ele tinha razão numa coisa: de repente, ela teve mesmo vontade de vomitar.

VINTE E QUATRO

O INSPETOR-CHEFE GAMACHE E A SUPERINTENDENTE Brunel voltaram para a cabana, ambos perdidos em pensamentos.

– Eu te contei o que eu encontrei – disse a superintendente, de volta à varanda. – Agora é a sua vez. O que você e o inspetor Beauvoir estavam sussurrando ali no canto, feito dois colegiais travessos?

Poucas pessoas considerariam a possibilidade de chamar o inspetor-chefe Gamache de colegial travesso. Ele sorriu. Então se lembrou da coisa que brilhava, zombava deles e se agarrava à quina da cabana.

– Você quer ver?

– Não, acho que vou voltar para o jardim e colher uns nabos. É lógico que eu quero ver! – disse ela, rindo.

Enquanto ele a levava para o canto da sala, a superintendente lançava olhares furtivos para as obras-primas pelas quais passavam. Até que eles pararam no canto mais escuro do lugar.

– Não estou vendo nada.

Beauvoir se juntou a eles e acendeu a lanterna. Ela seguiu o foco de luz. Até as vigas no alto da parede.

– Ainda não estou vendo.

– Mas vai ver – disse Gamache.

Ali, na espera, Beauvoir pensou sobre outras palavras, escritas para serem encontradas. Presas na porta de seu quarto da pousada, naquela manhã.

O inspetor havia perguntado a Gabri se ele sabia alguma coisa sobre o papel preso à madeira por uma tachinha, mas o homenzarrão parecera perplexo e balançara a cabeça.

Beauvoir enfiara o papel no bolso e só tivera coragem de ler depois do primeiro *café au lait* do dia.

e o corpo macio de uma mulher,
e lamberá sua febre,

O que aborrecia Beauvoir não era pensar que a velha poeta caduca tinha invadido a pousada para colocar o bilhete na porta dele. Nem o fato de não entender nenhuma palavra daquilo. O que mais o aborrecia era a vírgula.

Porque indicava que haveria mais.

– Desculpa, eu realmente não estou vendo nada – disse a superintendente Brunel, trazendo Beauvoir de volta à cabana.

– Está vendo uma teia de aranha? – perguntou Gamache.

– Estou.

– Então você está vendo. Dá uma olhada com mais atenção.

Levou um instante, mas o rosto dela finalmente mudou. Ela arregalou os olhos e levantou as sobrancelhas. Depois inclinou a cabeça ligeiramente, como se não estivesse vendo direito.

– Mas tem uma palavra lá em cima, escrita na teia. O que ela diz? Woe? Como isso é possível? Que tipo de aranha faz isso? – perguntou a superintendente, sem de fato esperar uma resposta e sem receber nenhuma.

Bem naquela hora, o telefone via satélite tocou. O agente Morin o atendeu e em seguida o entregou ao inspetor-chefe.

– É a agente Lacoste para o senhor.

– *Oui, allô?* – disse ele, e escutou calado por alguns instantes. – Sério? – perguntou, antes de ouvir um pouco mais, olhando ao redor e depois para a teia de novo. – *D'accord. Merci.*

Gamache desligou, pensou por um instante e então pegou uma escada próxima.

– O senhor quer que eu… – disse Beauvoir, gesticulando para o chefe.

– *Ce n'est pas nécessaire.*

Respirando fundo, Gamache começou a subir na escada de alumínio.

Dois degraus acima, ele estendeu a mão, vacilante, e Beauvoir se aproximou até que os dedos grandes e trêmulos encontrassem seu ombro. Agora mais firme, Gamache estendeu a mão e cutucou a teia com uma caneta.

Devagar, sem ser visto pelas pessoas que esticavam o pescoço logo abaixo, ele moveu um único fio da teia.

– *C'est ça* – murmurou.

Após voltar a terra firme, ele apontou para o canto. A lanterna de Beauvoir brilhou na teia.

– Como o senhor fez isto? – perguntou o inspetor.

A teia havia mudado sua mensagem. Já não dizia "Woe", mas "Woo".

– Um fio se soltou.

– Mas como o senhor sabia disso? – insistiu Beauvoir.

Todos tinham observado a teia com atenção. Logicamente, uma aranha não havia tecido aquilo. Parecia feita de linha, talvez linha de pesca de náilon, para aparentar ser uma teia de aranha. Eles a desceriam em breve e a analisariam direito. Ela tinha muito a dizer a eles, embora mudar a palavra de "Woe" para "Woo" não parecesse explicar nada.

– Mais resultados estão chegando à sala de investigação. Resultados das impressões digitais, sobre os quais eu falo em um minuto, mas vocês se lembram daquele pedaço de madeira que a gente encontrou debaixo da cama?

– O que também dizia Woe? – perguntou Morin, que havia se juntado a eles.

Gamache assentiu.

– Tinha sangue nele. Segundo o laboratório, sangue da vítima. Mas quando eles removeram o sangue, descobriram outra coisa. O bloco de madeira não tinha sido esculpido para dizer Woe. A mancha de sangue tapou as letras. Quando eles tiraram o sangue, ele dizia...

– Woo – deduziu Beauvoir. – Então o senhor pensou que, se um deles dizia isso, talvez o outro também dissesse.

– Valia a pena tentar.

– Eu acho que prefiro Woe – comentou Beauvoir, olhando para a teia de novo. – Pelo menos é uma palavra. O que Woo significa?

Eles pensaram. Se alguém estivesse passando pela cabana naquele momento e arriscasse dar uma olhada lá dentro, veria um grupo de adultos parados, olhando para o nada e murmurando "Woo" de vez em quando.

– *Woo* – cantarolou Brunel. – As pessoas não chamam as outras assim na rua?

– Não, seria mais *Woohoo* – replicou Beauvoir.

– Isso não é um apelido para "canguru" em inglês? – perguntou Morin.

– Cangurus? Não, o apelido é "roo" – rebateu Beauvoir.

– *Chalice* – praguejou Brunel.

– Woo, woo – disse Morin baixinho, implorando a si mesmo para sugerir alguma coisa que não soasse como o apito de um trem.

Porém, quanto mais dizia aquilo, mais sem sentido parecia a palavra.

– Woo – sussurrou.

Só Gamache permanecia em silêncio. Ele os ouvia, mas sua cabeça estava na outra notícia. Com o rosto sério, pensava no que mais havia sido revelado quando as impressões digitais sangrentas foram retiradas da escultura.

– ELE NÃO PODE FICAR AQUI.

Marc moveu os braços sob a torneira da pia da cozinha.

– Eu também não o quero aqui, mas pelo menos a gente pode ficar de olho nele – disse a mãe.

Os três olharam pela janela da cozinha para o velho sentado de pernas cruzadas na grama, meditando.

– Como assim "ficar de olho nele"? – perguntou Dominique.

Ela estava fascinada pelo sogro. Havia nele uma espécie de magnetismo danificado. Ela via que ele já tivera uma personalidade e uma influência poderosas. E que agia como se ainda tivesse. Havia nele uma dignidade surrada, mas também certa astúcia.

Marc pegou o sabonete e o esfregou nos antebraços, como um cirurgião. Estava removendo a poeira e o gesso após trabalhar no drywall.

Era um trabalho duro e que quase com certeza ele estava fazendo para outra pessoa. O proprietário seguinte do hotel-spa. Estava tudo bem, já que ele estava fazendo aquilo muito mal.

– O que eu quero dizer é que coisas acontecem ao redor do Vincent – explicou Carole. – Sempre foi assim. Ele passou pela vida navegando, alheio ao rastro de destruição que deixava.

Podia não parecer, mas ela estava sendo generosa. Pelo bem de Marc. A verdade era que não estava nem um pouco convencida de que Vincent era alheio à destruição que causava. Ela acreditava que ele navegava deliberadamente por cima das pessoas. Para destruí-las. Desviava a rota para fazer isso.

Ela tinha sido enfermeira, assistente e empregada dele. Sua testemunha e, por fim, a consciência de Vincent. Provavelmente fora por isso que ele acabara odiando Carole, inclusive. E ela, a ele.

Mais uma vez, eles olharam para o homem de pernas cruzadas sentado tranquilamente no jardim.

– Eu não consigo lidar com ele agora – disse Marc, secando as mãos.

– Temos que deixá-lo ficar – opinou Dominique. – Ele é seu pai.

Marc olhou para ela, meio achando graça, meio triste.

– O charme dele já fez efeito em você, né?

– Eu não sou uma garotinha boba, sabia?

Aquilo calou Marc. Ele se tocou de que ela havia encarado alguns dos sujeitos mais ricos e manipuladores do setor financeiro canadense. Mas com o Dr. Vincent Gilbert era diferente. Havia algo fascinante nele.

– Desculpa. Tem muita coisa acontecendo.

Ele achava que se mudar para o campo seria moleza, perto da ganância, do medo e da manipulação do mercado financeiro. Mas até ali já havia encontrado um corpo, movido o cadáver, arruinado a reputação da família no vilarejo e sido acusado de assassinato; agora estava prestes a expulsar um santo de sua casa e quase com certeza tinha arruinado o drywall.

E as folhas das árvores nem haviam caído ainda.

Mas quando isso acontecesse, eles já teriam ido embora. Para procurar uma nova casa em algum outro lugar, torcendo para se saírem melhor. Ele sentia falta da relativa facilidade do mundo dos negócios, em que bárbaros espreitavam em cada cubículo. Ali, tudo parecia muito agradável e tranquilo, mas não era.

Ele olhou pela janela de novo. Seu pai estava em primeiro plano, sentado de pernas cruzadas no jardim, e, atrás dele, no campo, encontravam-se dois velhos cavalos miseráveis – aquele que poderia ou não ser um alce e, ao longe, o bicho incrustado de lama que já deveria ter virado ração de cachorro. Não era aquilo que tinha em mente quando se mudara para o campo.

– Marc tem razão, sabe? – disse Carole para a nora. – Vincent ou intimida, ou encanta, ou deixa culpado quem passa pelo caminho dele. Mas sempre consegue o que quer.

– E o que ele quer?

Parecia uma pergunta razoável. Então por que era tão difícil responder?

A campainha tocou. Eles se entreolharam. Ao longo das últimas 24 horas, tinham começado a temer aquele som.

– Eu atendo – anunciou Dominique, deixando rapidamente a cozinha e reaparecendo um minuto depois, seguida por um garotinho e Velho Mundin.

– Acho que vocês conhecem o meu filho – comentou Velho Mundin, após cumprimentar todos com um sorriso. – Charlie, o que a mãe disse para você falar para essas pessoas legais?

Eles esperaram enquanto Charlie pensava, para depois mostrar o dedo médio.

– Na verdade, ele aprendeu isso com a Ruth – explicou Velho Mundin.

– Um excelente exemplo. Ele aceita um uísque? – perguntou Carole.

Velho Mundin abriu um sorriso.

– Não, a Ruth já deu um martíni para ele, é melhor não misturar.

Então o jovem pareceu desconfortável e, pousando as mãos nos ombros do filho, puxou o menino para si.

– Eu ouvi dizer que ele está aqui. Vocês se importam?

Marc, Dominique e Carole pareciam confusos.

– Se a gente se importa? – perguntou Dominique.

– O Dr. Gilbert. Eu o vi na floresta, sabe? Eu sabia quem ele era, mas não que ele era seu pai.

– Por que você não disse nada? – quis saber Dominique.

– Não era da minha conta. Ele não parecia querer ser visto.

Marc concluiu que talvez as coisas fossem mesmo mais simples ali, afinal de contas; era ele quem complicava tudo. O mundo empresarial de alguma forma o havia feito pensar que tudo era da conta dele, quando não era.

– Não quero incomodar o Dr. Gilbert – continuou Velho Mundin –, mas eu estava pensando se podia ver ele. Talvez apresentar Charlie – explicou o jovem e aplicado pai, que dava a impressão de que aquele esforço o feria fisicamente. – Eu li e reli o livro dele, *Seres*. Seu pai é um grande homem. Eu te invejo.

E Marc o invejava. O jeito como ele tocava o filho, o segurava. Como o protegia e amava. Como estava disposto a fazer sacrifícios por ele.

– Ele está no jardim – disse Marc.

– Obrigado.

Quando chegou à porta, Velho Mundin parou.

– Eu tenho umas ferramentas. Talvez possa voltar amanhã e ajudar. Um homem sempre pode precisar de ajuda.

Você será um homem, meu filho. Por que seu pai não havia lhe dito que um homem sempre podia precisar de ajuda?

Marc assentiu, não sem assimilar de fato o que havia acabado de acontecer. Velho Mundin estava oferecendo ajuda para os Gilberts construírem a casa deles, não para deixá-la. Porque o pai dele era Vincent Gilbert. A droga do pai os havia salvado.

Mundin se voltou para Dominique.

– A propósito, A Esposa mandou um abraço.

– Por favor mande o meu abraço de volta… – disse Dominique, hesitando depois. – Para A Esposa.

– Mando, sim.

Ele e Charlie foram até o jardim, deixando os três ali, observando-os.

O Dr. Vincent Gilbert, recém-chegado da floresta, de alguma forma havia se tornado o centro das atenções.

Quando o jovem se aproximou com o filho, Vincent Gilbert abriu um dos olhos e, através de uma fenda entre os longos cílios, olhou para eles. Não para os dois que caminhavam silenciosamente em sua direção, mas para os três na janela.

Ajude os outros, haviam dito a ele. E era o que pretendia fazer. Mas primeiro precisava ajudar a si mesmo.

O BISTRÔ ESTAVA CALMO. Nas mesas do lado de fora havia alguns moradores sentados sob o sol, aproveitando os cafés, os Camparis e a tranquilidade. Lá dentro, Olivier estava parado na janela.

– Meu Deus, homem, parece até que você nunca viu este vilarejo – disse Gabri, de trás do balcão, polindo a madeira e reabastecendo os potes de doces que ele mesmo havia ajudado a esvaziar, em grande parte.

Nos últimos dias, todas as vezes que Gabri procurava Olivier, o encontrava de pé no mesmo lugar, em frente à janela saliente, olhando para fora.

– Quer uma bala? – ofereceu Gabri, levando uma bala de alcaçuz até o companheiro, mas Olivier parecia enfeitiçado.

Gabri mordeu o doce, comendo primeiro a ponta cristalizada, conforme as regras.

– O que está te incomodando? – perguntou Gabri, seguindo o olhar do companheiro e vendo apenas o que esperava ver.

Com certeza nada tão fascinante. Apenas os clientes no *terrasse* e, mais à frente, Ruth e Rosa na praça. Agora a pata vestia um suéter de tricô.

Olivier semicerrou os olhos quando também focou na pata. Então se virou para Gabri.

– Aquele suéter não te parece familiar?

– Qual?

– O da pata, óbvio – respondeu Olivier, examinando Gabri com atenção.

O homenzarrão nunca conseguia mentir. Ele comeu o resto do cachimbo de alcaçuz e fez sua cara mais perplexa.

– Não faço ideia do que você está falando.

– Aquele suéter é meu, não é?

– Fala sério, Olivier. Você acha mesmo que você e a pata usam o mesmo número?

– Não agora, mas quando eu era criança, sim. Onde estão as minhas roupas de bebê?

Gabri ficou em silêncio, amaldiçoando Ruth por desfilar com Rosa em seu novo guarda-roupa. Bem, talvez não tão novo.

– Eu achei que já estava na hora de você se livrar delas – disse Gabri. – A Ruth precisava de suéteres e outras coisas para aquecer a Rosa no outono e no inverno, e pensei nas suas roupas de bebê. Para que você estava guardando aquilo tudo, afinal? Elas só estavam ocupando espaço no porão.

– Quanto espaço essas roupinhas podiam ocupar? – perguntou Olivier, sentindo que desmoronava por dentro, que sua reserva de energia se esfacelava. – Como você pôde fazer isso? – rosnou para Gabri, que se afastou, chocado.

– Mas você mesmo falou que queria se livrar delas.

– Eu, eu! *Eu* ia me livrar delas. Não você. Você não tinha esse direito.

– Desculpa, eu não fazia ideia de que elas significavam tanto para você.

– Pois significam. E agora, o que eu vou fazer?

Olivier observou Rosa gingar atrás de Ruth, que resmungava para a pata, dizendo Deus sabe o quê. E sentiu os olhos arderem com as lágrimas e a garganta fechar por conta da emoção. Ele não podia simplesmente pegar as roupas de volta. Não agora. Estavam perdidas. Para sempre.

– Você quer que eu pegue de volta? – perguntou Gabri, segurando a mão do companheiro.

Olivier balançou a cabeça. Nem sabia por que estava tão mexido. Ele tinha muito mais com o que se preocupar. E era verdade que havia pensado em se livrar daquela caixa de roupinhas de bebê. Só não tinha feito isso por preguiça e por não saber ao certo para quem doá-las.

Por que não para Rosa? Um grasnado distante foi ouvido no céu, e tanto Rosa quanto Ruth levantaram a cabeça. No alto, um grupo de patos rumava para o sul.

A tristeza tomou conta de Olivier. Perdido. Estava tudo perdido. Tudo.

Por semanas e semanas, os moradores do vilarejo atravessaram as florestas. No início, o jovem apressava as pessoas, olhando para trás de vez em quando. Ele se arrependeu de ter dito à família e aos amigos para irem embora com ele. Podia estar muito mais longe sem os velhos e as crianças. Mas conforme as semanas se passavam e via-se apenas um dia tranquilo depois do outro, ele começou a se preocupar menos e ficou até grato pela companhia.

Já tinha quase se esquecido de olhar para trás quando o primeiro sinal apareceu.

Era o crepúsculo, só que o crepúsculo nunca acabava. A noite nunca caía completamente. Ele não sabia se algum dos outros tinha notado. Afinal, era só um pequeno brilho ao longe, no horizonte. No dia seguinte, o sol nasceu, mas não completamente. Tinha uma escuridão no céu. Mas, de novo, só no horizonte. Como se uma sombra tivesse se espalhado a partir do outro lado.

Então o jovem soube.

Ele agarrou o pacote com mais força e apressou todo mundo, avançando depressa. Conduzindo os outros. Eles estavam dispostos a correr. Afinal de contas, a imortalidade, a juventude e a felicidade esperavam por eles. Estavam quase tontos de alegria. E naquela alegria ele se escondeu.

De noite, a luz crescia no céu. E durante o dia a sombra se espichava na direção deles.

– É aqui? – perguntou ansiosamente a tia idosa do jovem, enquanto eles subiam uma colina. – Chegamos?

Na frente deles havia água. Nada além de água.

E, atrás, a sombra se alongava.

VINTE E CINCO

– Olivier?

Ele olhava para baixo, estudando os recibos do dia. Estava quase na hora do almoço e um cheiro de alho, ervas e frango assado preenchia o bistrô.

Olivier os havia visto chegar, ouvido até. Aquele barulho, como se a própria floresta estivesse gritando. Eles tinham emergido do bosque em quadriciclos e estacionado na antiga casa dos Hadleys. Grande parte dos moradores parou o que estava fazendo para ver o inspetor-chefe Gamache e o inspetor Beauvoir entrarem no vilarejo. Os dois estavam concentrados conversando, e ninguém os incomodou. Olivier tinha se virado, então, e ido para trás do balcão. Ao redor dele, os jovens garçons serviam as mesas, enquanto Havoc Parra escrevia as ofertas do dia no quadro.

Quando a porta se abriu, Olivier virou de costas. Agarrando-se a cada momento.

– Olivier? – chamou o inspetor-chefe Gamache. – A gente precisa conversar. Em particular, por favor.

Olivier se virou e sorriu, como se uma atitude encantadora pudesse evitar que eles fizessem aquilo. O inspetor-chefe sorriu de volta, mas o sorriso não alcançou seus olhos. Olivier os conduziu até a sala dos fundos, que dava para o rio Bella Bella, indicou as cadeiras da mesa de jantar e se sentou.

– Como eu posso ajudar?

O coração dele batia forte e as mãos estavam frias e dormentes. Já não conseguia sentir as extremidades do corpo e sua visão ficava embaçada. Ele se esforçou para respirar e ficou tonto.

– Fale sobre o homem que morava na cabana – disse o inspetor-chefe sem rodeios. – O morto.

Ele cruzou as mãos, acomodando-se. Como um bom companheiro de jantar que quisesse ouvir as suas histórias.

Não havia escapatória, Olivier sabia. Soubera no instante em que vira o Eremita morto no chão do bistrô. Ele tinha visto a avalanche deslizando em sua direção, ganhando velocidade. Não adiantava correr. Jamais poderia escapar do que estava por vir.

– Ele foi um dos meus primeiros clientes quando Gabri e eu nos mudamos para Three Pines.

As palavras rastejaram para fora. Estavam guardadas dentro dele fazia muito tempo. Apodrecendo. Olivier ficou surpreso por seu hálito não feder.

Gamache meneou a cabeça de leve para encorajá-lo a continuar.

– Na época, a gente só tinha uma loja de antiguidades. Eu ainda não havia transformado isto aqui em um bistrô. A gente alugou o espaço de cima para morar. Estava horrível. Cheio de lixo e imundo. Alguém tinha rebocado tudo e coberto todas as características originais. Mas a gente trabalhou dia e noite para restaurar. Eu acho que a gente só estava aqui há algumas semanas quando ele entrou. Ele não era o homem que o senhor viu no chão. Não naquela época. Isso faz muitos anos.

Olivier viu tudo de novo. Gabri estava no andar de cima, na casa nova deles, descascando as vigas e tirando o drywall, expondo as magníficas paredes originais de tijolos. Cada descoberta era mais emocionante que a anterior. Mas nenhuma rivalizava com a consciência crescente de que eles haviam encontrado um lar. Um local onde finalmente podiam sossegar. No início, estavam tão concentrados em desfazer as malas que nem notaram direito os detalhes do vilarejo. Mas, devagar, ao longo das primeiras semanas e meses, o lugar havia se mostrado.

– Eu ainda estava montando o negócio e não tinha muita coisa, só umas quinquilharias reunidas ao longo dos anos. Sempre tinha sonhado em abrir um antiquário, desde que era criança. Então a chance surgiu.

– Ela não surgiu simplesmente – corrigiu Gamache, baixinho. – Teve uma ajuda.

Olivier suspirou. Ele deveria ter imaginado que Gamache descobriria.

– Eu larguei o meu trabalho na cidade. Era muito bem-sucedido, como o senhor deve ter ouvido falar.

Gamache aquiesceu de novo.

Olivier sorriu ao se lembrar daquela época. De ternos de seda e carteirinhas de academias, de visitar a concessionária da Mercedes quando o único problema era a cor do carro.

E de ter ido longe demais.

Tinha sido humilhante. Ele havia ficado tão deprimido que tivera medo do que poderia fazer contra si mesmo, então procurara ajuda. E lá, na sala de espera do terapeuta, estava Gabri. Grande, tagarela, vaidoso e cheio de vida.

No início, Olivier tinha sentido repulsa. Gabri era tudo o que ele desprezava. Ele pensava em si mesmo e nos amigos como homens gays. Discretos, elegantes e cínicos.

Gabri era só gay. Comum. E gordo. Não havia nada de discreto nele.

Mas também não havia nada de mau nele. E, com o tempo, Olivier começara a apreciar a beleza da bondade.

E acabou se apaixonando por Gabri. Acabou se apaixonando profunda, total e indiscretamente por ele.

Gabri concordou em deixar o trabalho na Associação Cristã de Moços de Westmount e se mudar da cidade. Não importava para onde. Eles entraram no carro e dirigiram para o sul. Até que, em uma subida na estrada, acabaram parando. Finalmente admitindo que estavam perdidos. Embora quem não tem destino não possa se perder, como disse Gabri alegremente a Olivier, que lutava com um mapa do Quebec no banco do motorista. Em algum momento, ele percebeu que Gabri estava do lado de fora, batendo de leve em sua janela e indicando que saísse também.

Irritado, Olivier jogou o mapa no banco de trás e saiu.

"O que foi?", perguntou a Gabri, que olhava para a frente.

Olivier seguiu o olhar dele. E encontrou um lar.

Ele soube imediatamente.

Aquele era o cenário dos contos de fadas que ele lia quando era criança, debaixo da cama, que o pai pensava, desejava, que fossem livros sobre batalhas navais. Ou revistas de mulher pelada. Em vez disso, ele lia sobre vilarejos, chalés e jardins. Fiozinhos de fumaça e muros de pedras soltas mais velhos do que qualquer morador.

Ele havia se esquecido disso tudo, até aquele momento no topo da colina. E, naquele instante, Olivier se lembrou de outro sonho de infância. Abrir um antiquário. Um negócio simples onde pudesse colocar os seus achados.

"Vamos lá, *ma belle*?", disse Gabri, pegando a mão de Olivier. E, deixando o carro onde estava, eles desceram a estrada de terra que dava em Three Pines.

– No início, eu fiquei decepcionado quando o Eremita entrou...

– O Eremita? – perguntou Gamache.

– Era como eu o chamava.

– Mas você não sabia o nome dele?

– Ele nunca me contou e eu nunca perguntei.

Gamache olhou para Beauvoir. O inspetor parecia ao mesmo tempo decepcionado e incrédulo.

– Continue – pediu Gamache.

– O cabelo dele era um pouco comprido e ele parecia um tanto desarrumado. Não o tipo de pessoa que compra muito. Mas quase não tinha movimento na loja, e começamos a conversar. Ele voltou na semana seguinte e passou a vir tipo uma vez por semana, por alguns meses. Até que me chamou de lado e disse que tinha uma coisa para me vender. Isso foi outra decepção. Eu havia sido legal com o cara, mas agora ele ia me pedir para comprar algum lixo, e aquilo me deixou fulo da vida. Eu quase o mandei ir embora, mas a essa altura ele já estava com a peça na mão.

Olivier se lembrou de ter olhado para baixo. Eles estavam nos fundos da loja, e a luz não era boa ali, mas o objeto não brilhava nem reluzia. Na verdade, parecia bem opaco. Olivier tentou pegá-lo, mas o Eremita afastou a mão. Foi aí que a peça refletiu a luz.

Era um retrato em miniatura. Os dois homens foram até a janela, e Olivier conseguiu dar uma boa olhada no objeto.

Tinha uma moldura velha e manchada, e a obra devia ter sido pintada com um único fio de crina de cavalo, tão delicados eram os detalhes. Mostrava um homem de perfil, de peruca empoada e roupas volumosas.

Só de lembrar, o coração de Olivier disparava.

"Quanto o senhor quer?", perguntou.

"Talvez um pouco de comida?", pediu o Eremita, e o acordo foi selado.

Olivier olhou para Gamache, cujos olhos castanhos reflexivos não tinham vacilado sequer um instante.

– E foi assim que começou. Eu concordei em ficar com a pintura em troca de algumas sacolas de mantimentos.

– E quanto aquilo valia?

– Não muito.

Olivier se lembrou de ter tirado a miniatura com cuidado da moldura e visto as letras antigas no verso. Era um conde polonês. E havia uma data: 1745.

– Eu vendi por uns poucos dólares – disse ele, sustentando o olhar de Gamache.

– Onde?

– Em um antiquário da Rue Notre-Dame, em Montreal.

Gamache assentiu.

– Continue.

– Depois disso, o Eremita passou a trazer coisas de vez em quando, e eu dava comida para ele. Mas ele foi ficando cada vez mais paranoico. Não queria mais entrar no vilarejo. Então me convidou para ir à cabana dele.

– Por que o senhor concordou em ir até lá? Era uma baita inconveniência.

Olivier estava receoso de que ele fosse perguntar aquilo.

– Porque ele começou a me dar coisas muito boas. Nada espetacular, mas de qualidade razoável, e eu fiquei curioso. Quando visitei a cabana pela primeira vez, levei alguns minutos para perceber o que ele tinha ali. Tudo parecia pertencer àquele lugar, de uma maneira meio estranha. Aí eu prestei mais atenção. Ele comia em pratos que valiam dezenas, centenas de milhares de dólares. O senhor viu os copos? – perguntou Olivier, seus olhos brilhando de empolgação. – *Fantastique*.

– Ele chegou a explicar para você como conseguiu objetos de valor inestimável feito aqueles?

– Nunca, e eu nunca perguntei. Fiquei com medo de assustá-lo.

– Ele sabia o valor do que tinha?

Aquela era uma pergunta interessante, que o próprio Olivier havia se feito. O Eremita tratava a mais fina prataria do mesmo jeito que Gabri tratava talheres de lojas de departamentos baratas. Não tentava proteger nada. Mas tampouco era desleixado. Era um homem cauteloso, isso era certo.

– Não tenho certeza.

– Então o senhor dava mantimentos para ele em troca de antiguidades de valor quase inestimável?

A voz de Gamache era neutra, curiosa. Não havia nela nada da censura que Olivier sabia que poderia (e deveria) ter.

– Ele não me dava as melhores coisas, pelo menos não no início. E eu fiz mais do que só levar mantimentos. Eu ajudei o Eremita a cavar a horta e levei as sementes para ele plantar.

– Com que frequência o senhor visitava a vítima?

– A cada duas semanas.

Gamache refletiu um pouco.

– Por que ele morava na cabana, afastado de todos?

– Devia estar se escondendo, imagino.

– Mas de quê?

Olivier balançou a cabeça.

– Não sei. Eu tentei perguntar, mas ele não quis responder.

– Você consegue nos dar alguma informação mais concreta? – perguntou Gamache, em uma voz já não tão paciente.

Beauvoir levantou os olhos do caderninho. Olivier se remexeu na cadeira.

– Eu sei que o Eremita passou vários meses construindo a cabana. Depois, carregou tudo para lá sozinho.

Olivier analisava Gamache, ansioso pela aprovação dele, ansioso por quebrar o gelo. O homem grande se inclinou um pouco para a frente, e Olivier continuou:

– Ele me contou tudo sobre isso. A maioria das coisas não era muito grande. Só as poltronas e a cama. O resto qualquer um conseguia carregar. E ele era forte.

Gamache permaneceu em silêncio. Olivier se contorceu na cadeira.

– Eu estou falando a verdade. Ele nunca me explicou como conseguiu aquelas coisas, e eu tinha medo de perguntar, mas é meio óbvio, não é? Ele deve ter roubado. Caso contrário, por que estaria se escondendo?

– Então o senhor achou que as coisas fossem roubadas e não disse nada? – perguntou Gamache, sem nenhum tom de crítica. – Não ligou para a polícia?

– Não. Eu sei que devia, mas não liguei.

Para aquilo, pelo menos, Beauvoir não fez uma expressão de desdém. Achou completamente natural e compreensível. Quantas pessoas teriam ligado, afinal de contas? Beauvoir sempre ficava surpreso quando ouvia falar de pessoas que encontravam malas cheias de dinheiro e as devolviam. Ele ponderava sobre o nível de sanidade delas.

De sua parte, Gamache estava pensando em quem estava na outra ponta. Nos donos das coisas. Do violino fabuloso, dos inestimáveis copos de cristal, da porcelana, da prataria e das peças de madeira ornamentadas. Se o Eremita estava se escondendo no bosque, alguém o havia perseguido.

– Ele disse de onde era? – perguntou Gamache.

– Não. Eu perguntei uma vez, mas ele não respondeu.

Gamache pensou.

– Como ele falava?

– Em que sentido?

– A voz dele, como era?

– Era normal. A gente conversava em francês.

– Francês do Quebec ou da França?

Olivier hesitou.

– Do Quebec, mas…

Gamache estava imóvel, como se pudesse esperar o dia todo. A semana toda. Uma vida inteira.

– … mas ele tinha um leve sotaque. Tcheco, eu acho – apressou-se em dizer Olivier.

– Tem certeza?

– Tenho. Ele era tcheco – murmurou Olivier. – Eu tenho certeza.

Gamache viu Beauvoir fazer uma anotação. Aquela era a primeira pista sobre a identidade do homem.

– Por que você não contou para a gente que conhecia o Eremita quando o corpo foi encontrado?

– Eu devia ter contado, mas pensei que vocês talvez não encontrassem a cabana.

– E por que o senhor queria que a gente não encontrasse?

Olivier tentou respirar fundo, mas o oxigênio parecia não alcançar os pulmões. Ou o cérebro. Ele contraiu os lábios frios e sentiu que os olhos ardiam. Já não tinha falado o suficiente? Mas Gamache ainda estava sentado na frente dele, aguardando. E Olivier viu nos olhos dele. Ele sabia. Gamache sabia a resposta, mas mesmo assim exigia que respondesse.

– Porque tinha coisas na cabana que eu queria. Para mim.

Olivier parecia exausto, como se tivesse colocado as próprias vísceras para fora. Mas Gamache sabia que havia mais.

– Fale sobre as esculturas.

CLARA DEIXOU A SALA DE INVESTIGAÇÃO, caminhou pela rua, atravessou a ponte que dava em Three Pines e ficou olhando, primeiro para um lado e depois para o outro.

O que deveria fazer?

Ela tinha acabado de ir até a sala de investigação para devolver a escultura.

Bichas nojentas.

Duas palavras.

Com certeza podia ignorá-las. Fingir que Fortin não tinha dito aquilo. Ou, melhor ainda, talvez pudesse encontrar alguém que garantisse a ela que o que havia feito foi certo.

Ela não havia feito nada. Dito nada. Tinha simplesmente agradecido Denis Fortin por seu tempo, concordado que aquilo era empolgante e em manter contato à medida que a exposição se aproximasse. Eles tinham se despedido com um aperto de mãos e dado dois beijinhos nas bochechas.

E agora lá estava ela, perdida, olhando de um lado para o outro. Clara tinha pensado em conversar com Gamache sobre o assunto, mas depois havia descartado a ideia. Ele era um amigo, mas também um policial, investigando um crime pior do que um comentário maldoso.

No entanto, Clara ponderava. Era assim que a maioria dos assassinatos começava? Com palavras? Algo dito que se alojava em algum lugar e infeccionava? Azedava? Matava?

Bichas nojentas.

E ela não havia feito nada.

Clara virou à direita e se dirigiu às lojas.

– QUE ESCULTURAS?

– Esta aqui, por exemplo – disse Gamache, colocando em cima da mesa o veleiro com o passageiro infeliz que se escondia entre os sorrisos.

Olivier olhou para a obra.

Eles acamparam no limite do mundo, amontoados, olhando para o oceano. Exceto o jovem, virado para trás. Para a direção do lugar de onde tinham vindo.

Agora era impossível não ver as luzes no céu escuro. E o céu ficava escuro quase o tempo todo. Já não havia mais diferença entre o dia e a noite. Mesmo assim, tamanha era a alegria e a expectativa dos moradores do vilarejo que eles pareciam não perceber nem se importar.

Como um sabre, a luz cortou a escuridão, cortou a sombra que tinha sido lançada sobre eles. Quase os alcançando.

O Rei Montanha tinha acordado. Reunido um exército feito de Bile e Raiva, liderado pelo Caos. A ira deles fatiou o céu à frente dos moradores, à procura de um homem, um jovem. Pouco mais que um garoto. E do pacote que ele segurava.

Eles marchavam, se aproximando cada vez mais. E as pessoas esperavam na praia, para serem levadas até o mundo que tinha sido prometido a elas. Onde nada de ruim acontecia e ninguém ficava doente nem envelhecia.

O jovem correu para lá e para cá, tentando encontrar um esconderijo. Uma caverna, quem sabe, algum lugar onde podia se enroscar e se esconder, ocupar o mínimo de espaço possível. E não fazer barulho algum.

– Ah – fez Olivier.

– O que você pode me contar sobre isto? – perguntou Gamache.

Uma pequena colina separava o grupo do terrível exército. Uma hora, talvez menos.

Olivier ouviu a voz de novo, a história preenchendo a cabana, até mesmo os cantos escuros.

– *Olhem!* – *gritou um dos moradores, apontando para a água.*

O jovem se virou, imaginando o horror que vinha do mar. Mas, em vez disso, viu um navio. A todo vapor. Navegando rápido na direção deles.

– Foi enviado pelos deuses! – disse a velha tia ao subir a bordo. E ele sabia que era verdade. Um dos deuses tinha ficado com pena deles e enviado um navio forte e um vento mais forte ainda. Eles logo subiram a bordo, e o navio partiu imediatamente. No mar, o jovem olhou para trás a tempo de ver uma forma escura se erguendo por trás da última colina. Ela se erguia cada vez mais alto e, ao redor do pico, voavam as Fúrias. No flanco dela, agora marchavam o Sofrimento, o Pesar e a Loucura. E na frente do exército vinha o Caos.

Ao avistar a pequena embarcação no oceano, a Montanha gritou, e o uivo encheu as velas da embarcação, de modo que ela cruzou o oceano. Na proa, o grupo feliz procurava a terra, o mundo novo. Mas o jovem, no meio deles, olhava para trás. Para a Montanha de Amargura que ele tinha criado. E para a raiva que tinha enchido as velas deles.

– Onde o senhor encontrou isto? – perguntou Olivier.

– Na cabana – respondeu Gamache, observando o outro atentamente. Ele parecia atordoado diante da escultura. Quase apavorado.

– Você já tinha visto isto?

– Nunca.

– Ou outras esculturas como esta?

– Não.

Gamache a entregou a Olivier.

– É um tema estranho, não acha?

– Como assim?

– Bom, todo mundo está tão feliz, eufórico até. Exceto ele – disse Gamache, colocando o indicador na cabeça da figura agachada.

Olivier olhou mais de perto e franziu a testa.

– Eu não entendo nada de arte. O senhor vai ter que perguntar para outra pessoa.

– O que o Eremita costumava esculpir?

– Nada de mais. Só umas coisas de madeira. Ele tentou me ensinar uma vez, mas eu não parava de me cortar. Não sou muito bom com as mãos.

– Não é o que o Gabri diz. Ele me contou que você costumava fazer as próprias roupas.

– Quando era criança – explicou Olivier, corando. – E eram péssimas.

Gamache pegou a escultura.

– A gente encontrou ferramentas de esculpir na cabana. O laboratório está trabalhando nelas, e logo a gente vai descobrir se elas foram usadas para fazer isto. Mas nós dois sabemos a resposta, certo?

Os dois homens se encararam.

– O senhor está certo – disse Olivier, com uma risada. – Eu tinha esquecido. Ele costumava fazer umas esculturas estranhas, mas nunca me mostrou esta aqui.

– E o que ele mostrou para o senhor?

– Não lembro.

Gamache raramente demonstrava impaciência, mas o inspetor Beauvoir, sim. Ele fechou o caderninho com força. O gesto fez um som não muito agradável. Porém, com certeza não desagradável o suficiente para transmitir sua frustração diante de uma testemunha que se comportava como seu sobrinho de 6 anos ao ser acusado de roubar biscoitos. Negando tudo. Mentindo sobre tudo, por mais trivial que fosse, como se não conseguisse se conter.

– Tente lembrar – insistiu Gamache.

Olivier suspirou.

– Eu me sinto mal com isso. Ele adorava esculpir e me pedia para conseguir a madeira para ele. Ele era muito específico. Cedro-vermelho, da Colúmbia Britânica. Eu pegava com o Velho Mundin. Mas quando o Eremita começou a me dar estas esculturas, eu fiquei bem decepcionado. Principalmente porque ele não estava mais me dando as antiguidades da cabana. Só estas peças – explicou ele, apontando para a obra.

– E o que você fazia com elas?

– Eu jogava fora.

– Onde?

– No bosque. Quando eu voltava para casa, jogava as esculturas na floresta. Não queria ficar com elas.

– Mas ele não deu esta aqui para você nem te mostrou?

Olivier balançou a cabeça.

Gamache fez uma pausa. Por que o Eremita havia escondido aquela peça e não as outras? Qual era a diferença entre elas? Talvez ele suspeitasse que Olivier tivesse jogado as outras fora. Talvez ele tivesse percebido que não podia confiar suas criações ao visitante.

– O que isto significa? – perguntou o inspetor-chefe, apontando para as letras talhadas sob o navio.

OWSVI

– Não sei – respondeu Olivier, parecendo perplexo. – As outras não tinham isto.

– Fale sobre o Woo – disse Gamache, tão baixo que Olivier pensou que tivesse entendido errado.

CLARA SE SENTOU NA POLTRONA funda e confortável e observou Myrna atender monsieur Béliveau. O velho dono da mercearia tinha ido até lá procurando alguma coisa para ler, mas não sabia bem o quê. Ele e Myrna conversaram e ela deu algumas sugestões ao homem. Myrna conhecia o gosto de todos, tanto os declarados quanto os verdadeiros.

Finalmente, monsieur Béliveau saiu com as biografias de Sartre e Wayne Gretzky. Ele fez uma leve mesura para Clara, que ecoou o gesto em sua cadeira, sempre em dúvida sobre o que fazer quando aquele senhor cortês a cumprimentava assim.

Myrna entregou uma limonada fresca a Clara e se sentou na poltrona de frente para a amiga. O sol da tarde entrava pela janela da livraria. De vez em quando elas viam um cachorro correndo atrás de uma bola para levar de volta a um morador, ou vice-versa.

– Você não teve uma reunião com monsieur Fortin hoje de manhã?

Clara assentiu.

– Como foi?

– Nada mau.

– Você está sentindo esse cheiro? – perguntou Myrna, fungando.

Clara olhou em volta.

– Cheiro de lorota – disse Myrna, apontando para a amiga.

– Rá, rá, muito engraçado.

Mas foi o que bastou para Clara falar. Ela tentou manter a voz leve enquanto descrevia o encontro. Quando listou as pessoas que quase com certeza estariam na noite de abertura na Galeria Fortin, Myrna ficou toda animada e abraçou a amiga.

– Dá para acreditar?

– Bicha nojenta.

– Vagabunda estúpida. Que isso, um jogo novo? – perguntou Myrna, rindo.

– Você não ficou ofendida com o que eu disse?

– Por você ter me chamado de bicha nojenta? Não.

– Por que não?

– Bom, eu sei que você não está falando sério. Está?

– E se eu estivesse?

– Nesse caso, eu ficaria preocupada com você – disse Myrna, sorrindo. – Do que a gente está falando?

– Quando a gente estava no bistrô, Gabri serviu a mesa. Assim que ele saiu, Fortin chamou ele de bicha nojenta.

Myrna respirou fundo.

– E o que você disse?

– Nada.

Myrna assentiu. Agora era a vez dela de não dizer nada.

– O QUÊ?

– Woo – repetiu o inspetor-chefe.

– Woo?

Olivier parecia confuso, mas ele havia fingido o interrogatório inteiro. Beauvoir já tinha parado de acreditar no que ele dizia há muito tempo.

– O Eremita nunca mencionou isso? – perguntou Gamache.

– Mencionou Woo? – indagou Olivier. – Eu não sei nem o que o senhor está perguntando.

– Você viu uma teia de aranha no canto da cabana?

– Uma teia de aranha? Não, nunca vi. Mas eu vou dizer uma coisa para o senhor, eu ficaria surpreso se tivesse alguma. O Eremita deixava aquela cabana impecável.

– *Propre* – disse Gamache.

– *Propre* – repetiu Olivier.

– Woo, Olivier. Isso significa alguma coisa para você?

– Nada.

– E, no entanto, essa palavra estava no pedaço de madeira que o senhor tirou da mão do Eremita. Depois que ele foi assassinado.

Aquilo era pior do que Olivier imaginara, e ele imaginara uma situação bem ruim. Parecia que Gamache sabia de tudo. Ou, pelo menos, de quase tudo.

Que Deus permita que ele não saiba de tudo, pensou Olivier.

– Eu peguei – admitiu Olivier. – Mas não olhei. Estava caído no chão perto da mão dele. Quando eu vi que tinha sangue na madeira, larguei. Aquilo dizia Woo?

Gamache assentiu e se inclinou para a frente, as mãos grandes levemente unidas e os cotovelos apoiados nos joelhos.

– Você matou o Eremita?

VINTE E SEIS

Por fim, Myrna se inclinou para a frente e pegou a mão de Clara.

– O que você fez foi natural.

– Sério? Porque parece uma merda.

– Bom, grande parte da sua vida é uma merda – disse Myrna, assentindo sabiamente. – Por isso que o seu gesto parece natural.

– Rá, rá, rá.

– Escuta, Fortin está te oferecendo tudo que você sempre sonhou, tudo que você sempre quis.

– E ele parecia legal.

– Ele provavelmente *é* legal. Você tem certeza de que ele não estava brincando?

Clara assentiu.

– Talvez ele mesmo seja gay – sugeriu Myrna.

Clara balançou a cabeça.

– Eu pensei nisso, mas ele tem esposa e dois filhos e simplesmente não parece gay.

Tanto Clara quanto Myrna tinham um gaydar bem afiado. Ambas sabiam que era imperfeito, lógico, porém provavelmente teria captado o sinal de Fortin. Mas nada.

– O que eu faço? – perguntou Clara.

Myrna permaneceu em silêncio.

– Eu preciso falar com o Gabri, né?

– Pode ajudar.

– Talvez amanhã.

Quando ela saiu, pensou no que Myrna tinha dito. Fortin estava oferecendo a ela tudo o que sempre quisera, o único sonho que tivera desde a infância. Sucesso, reconhecimento como artista. O que tinha um gostinho ainda mais especial depois de anos perdida. Ridicularizada e marginalizada.

E tudo que ela tinha que fazer era não dizer nada.

Ela podia fazer isso.

– Não, eu não matei o Eremita.

Mas mesmo enquanto dizia aquilo, Olivier percebeu o desastre que havia causado. Ao mentir o tempo todo, ele tinha tornado a verdade quase irreconhecível.

– Ele já estava morto quando eu cheguei.

Meu Deus, mesmo para ele aquilo soava como uma mentira. Eu não peguei o último biscoito, não quebrei a delicada xícara de porcelana, não roubei o dinheiro da sua bolsa. Eu não sou gay.

Só mentiras. A vida inteira. O tempo todo. Até chegar a Three Pines. Por um instante, por alguns dias gloriosos, ele tinha vivido uma vida genuína. Com Gabri. No pequeno apartamento alugado caindo aos pedaços em cima da loja.

Mas então o Eremita havia chegado. E com ele viera um rastro de mentiras.

– Escuta, é verdade. Era sábado à noite, e o bistrô estava lotado. O feriadão do Dia do Trabalho é sempre uma loucura. Mas por volta da meia-noite só tinham sobrado alguns retardatários. Aí o Velho Mundin chegou com as cadeiras e uma mesa. Quando ele saiu, o bistrô já estava vazio, e Havoc estava fazendo a limpeza final. Então eu decidi visitar o Eremita.

– Depois da meia-noite? – perguntou Gamache.

– Geralmente, era quando eu ia. Para ninguém me ver.

O inspetor-chefe se recostou devagar, distanciando-se. O gesto dizia muito. Sussurrava que Gamache não acreditava em Olivier. O dono do bistrô olhou para aquele homem que tinha considerado um amigo e sentiu um aperto no peito.

– Você não ficava com medo do escuro?

Gamache perguntou aquilo de uma forma tão simples que naquele instante Olivier reconheceu a genialidade do homem. Ele era capaz de rastejar para baixo da pele das pessoas, ir além da carne, do sangue e dos ossos. E fazer perguntas de uma enganosa simplicidade.

– Não é do escuro que eu tenho medo – disse Olivier.

E ele se lembrou da liberdade que só vinha depois que o sol se punha. Em parques urbanos, teatros escuros e quartos. O êxtase que vinha junto com a possibilidade de se livrar da casca externa e ser ele mesmo. Protegido pela noite.

Não era do escuro que ele tinha medo, mas do que poderia vir à luz.

– Eu conheço o caminho e só levava uns 20 minutos para chegar lá.

– E o que você viu quando chegou?

– Tudo parecia normal. Tinha uma luz na janela e a lanterna da varanda estava acesa.

– Ele estava esperando companhia.

– Estava me esperando. Ele sempre acendia a lanterna para mim. Eu só percebi que tinha alguma coisa errada quando cheguei à porta e vi ele ali. Eu sabia que o Eremita estava morto, mas pensei que ele tivesse só caído, talvez sofrido um infarte e batido a cabeça.

– Não tinha nenhuma arma?

– Não, nada.

Gamache se inclinou para a frente de novo.

Será que estavam começando a acreditar nele?, se perguntou Olivier.

– Você levou comida para ele?

Os pensamentos de Olivier aceleraram, dispararam. Ele assentiu.

– O que você levou?

– O de sempre. Queijo, leite, manteiga. E alguns pães. E, de presente, um pouco de mel e chá.

– O que o senhor fez com essas coisas?

– Com os mantimentos? Não sei. Eu estava em choque. Não me lembro.

– A gente encontrou a comida na cozinha. Aberta.

Os dois homens se encararam. Então Gamache semicerrou os olhos de um jeito que Olivier achou angustiante.

Gamache estava com raiva.

– Eu estive lá duas vezes naquela noite – murmurou ele para a mesa.

– Mais alto, por favor – disse o chefe.

– Eu voltei à cabana, tá?

– Está na hora, Olivier. Fale a verdade.

Olivier respirava com arquejos curtos, como algo que tivesse sido fisgado, derrubado e estivesse prestes a ser desossado.

– Na primeira vez que fui até lá, o Eremita estava vivo. A gente tomou um chá e conversou.

– Sobre o que vocês conversaram?

O Caos está vindo, meu velho amigo, e ninguém pode detê-lo. Ele demorou um bocado, mas finalmente chegou.

– Ele sempre perguntava sobre as pessoas que tinham aparecido no vilarejo. Ele me enchia de perguntas sobre o mundo exterior.

– O mundo exterior?

– O senhor sabe, aqui fora. Tinha anos que ele não se afastava mais do que 5 metros da cabana.

– Continue – disse Gamache. – O que aconteceu depois?

– Estava ficando tarde, então eu fui embora. Ele ofereceu uma coisa em troca dos mantimentos. No início, eu recusei, mas ele insistiu. Quando eu saí do bosque, percebi que tinha esquecido a recompensa, então voltei lá.

Não havia necessidade de contar a eles sobre a coisa no saco de lona.

– Quando eu cheguei lá, ele estava morto.

– Fazia quanto tempo que você tinha saído?

– Uma meia hora. Eu não demorei.

De novo, ele viu os galhos das árvores ricocheteando, os sentiu batendo em seu corpo e o cheiro das agulhas dos pinheiros, ouviu o estrondo no bosque, como um exército. Correndo, acelerando. Ele havia pensado que era só o seu próprio barulho, ampliado pelo medo e pela noite. Mas talvez não fosse.

– Você não viu nem ouviu nada?

– Nada.

– A que horas foi isso? – perguntou Gamache.

– Tipo duas, eu acho, talvez duas e meia.

Gamache entrelaçou os dedos.

– O que você fez quando percebeu o que tinha acontecido?

O resto da história saiu de uma vez só, apressado. Assim que percebeu que o Eremita estava morto, Olivier teve outra ideia. Uma forma de o Eremita ajudá-lo. Ele colocou o corpo no carrinho de mão e o conduziu pelo bosque até a antiga casa dos Hadleys.

– Demorou um pouco, mas acabei chegando lá. Eu tinha planejado deixar o corpo na varanda, mas quando tentei abrir a porta, ela estava destrancada, então coloquei o Eremita deitado na entrada.

Ele fez com que aquilo soasse gentil, mas sabia que não era. Era um ato brutal, feio e vingativo. A violação de um corpo, de uma amizade, dos Gilberts. E, finalmente, uma traição a Gabri e à vida deles em Three Pines.

Tamanho silêncio recaiu sobre a sala que ele quase poderia acreditar que estava sozinho. Ele olhou para cima e lá estava Gamache, observando-o.

– Sinto muito – disse Olivier.

Ele se repreendeu, desesperado para não ser o tipo de homem gay que chorava. Mas sabia que suas ações o haviam levado muito além do clichê ou da caricatura.

Então Armand Gamache fez uma coisa extraordinária. Ele se aproximou de modo que suas mãos grandes e seguras quase tocassem as de Olivier, como se não houvesse problema em estar perto de alguém tão vil, e falou com uma voz calma e grave:

– Se você não matou o homem, quem mais pode ter feito isso? Eu preciso da sua ajuda.

Com aquela única frase, Gamache se colocou ao lado de Olivier. Ele podia até estar nos confins do mundo, mas pelo menos não estava sozinho.

Gamache acreditava nele.

Clara estava diante da porta do estúdio de Peter. Ela quase nunca batia, quase nunca o incomodava. A menos que fosse uma emergência. Esse tipo de coisa era difícil de acontecer em Three Pines e geralmente tinha o dedo de Ruth, sendo difícil de evitar.

Clara tinha dado algumas voltas no jardim, depois entrado e andado pela sala e pela cozinha, em círculos cada vez menores, até finalmente se encontrar ali. Ela amava Myrna, confiava em Gamache, adorava Gabri e Olivier e tantos outros amigos. Mas era de Peter que precisava.

Ela bateu. Houve uma pausa e em seguida a porta se abriu.

– Eu preciso conversar.

– O que foi? – disse ele, saindo imediatamente do estúdio e fechando a porta. – Qual é o problema?

– Eu encontrei o Fortin, como você sabe, e ele falou uma coisa.

O coração de Peter seu um salto. E naquele salto havia algo mesquinho. Algo que esperava que Fortin mudasse de ideia. Cancelasse a exposição individual de Clara. Dissesse que tinha cometido um erro e que era Peter quem eles realmente queriam.

O coração dele batia por Clara 24 horas por dia. Mas, de vez em quando, dava esses pulos.

Ele pegou as mãos dela.

– O que foi que ele disse?

– Ele chamou o Gabri de bicha nojenta.

Peter esperou o resto. A parte sobre Peter ser um artista melhor. Mas Clara só o encarava.

– Explica.

Ele a conduziu até uma cadeira, e os dois se sentaram.

– Tudo estava indo muito bem. Ele amou as minhas ideias para a montagem da exposição, disse que o FitzPatrick ia estar lá representando o MoMA, além da Allyne, do *Times*. E ele acha que até a Vanessa Destin Browne vai, sabe, do Tate Modern? Dá para acreditar?

Peter achava que não.

– Continue.

Aquilo era como se atirar repetidamente contra uma parede de espinhos.

– Daí ele chamou o Gabri de bicha nojenta, pelas costas dele. E disse que aquilo fazia ele ter vontade de vomitar.

A parede de repente ficou lisa e macia.

– E o que você disse?

– Nada.

Peter baixou os olhos e depois voltou a encarar a esposa.

– Eu provavelmente também não teria dito nada.

– Sério? – perguntou Clara, analisando o rosto dele.

– Sério – assegurou o marido, sorrindo e apertando as mãos dela. – Você não estava esperando isso.

– Foi um choque – disse Clara, ansiosa por se explicar. – O que eu faço?

– Como assim?

– Eu deixo para lá ou falo alguma coisa para o Fortin?

E Peter enxergou a equação de imediato. Se ela confrontasse o dono da galeria, corria o risco de irritá-lo. Aliás, era quase certo que isso acontecesse. No mínimo, aquilo azedaria o relacionamento profissional deles. Ele poderia até cancelar a exposição.

Se não dissesse nada, estaria segura. Só que ele conhecia a esposa. Aquilo iria corroer a consciência de Clara. Uma consciência, uma vez desperta, podia ser uma coisa terrível.

GABRI APARECEU NA SALA dos fundos.

– *Salut*. Por que tão sérios?

Olivier, Gamache e Beauvoir olharam para ele. Nenhum dos três sorriu.

– Espera um minuto, você está falando com o Olivier sobre a visita ao pai dele? – perguntou Gabri, sentando-se ao lado do companheiro. – Eu também quero ouvir. O que ele disse sobre mim?

– A gente não estava falando sobre o pai dele – disse Gamache.

À frente de Gamache, os olhos de Olivier imploravam por um favor que Gamache não podia fazer.

– A gente estava falando sobre o relacionamento do Olivier com o morto.

Gabri olhou de Gamache para Olivier e depois para Beauvoir. Então, de volta a Olivier.

– O quê?

Gamache e Olivier trocaram olhares, e finalmente o dono do bistrô falou. Ele contou a Gabri sobre o Eremita, as visitas à cabana e o corpo. Gabri ouviu tudo, calado. Era a primeira vez que Beauvoir o via ficar mais de um minuto em silêncio. E mesmo quando Olivier acabou, ele não falou nada. Ficou sentado ali como se talvez não fosse falar nunca mais.

Mas então se pronunciou.

– Como você pôde ser tão estúpido?

– Desculpa. Foi uma idiotice.

– Foi mais do que uma idiotice. Eu não acredito que você não me contou dessa cabana.

– Eu devia ter te contado, eu sei. Mas ele tinha tanto medo, era tão reservado… Você não o conhecia…

– É, pelo visto não.

– ... mas se ele soubesse que eu tinha contado para alguém, ia parar de me receber.

– E por que você queria que ele te recebesse, afinal? Ele era um eremita, em uma cabana, pelo amor de Deus! Espera aí – disse Gabri, ficando quieto enquanto juntava as peças. – Para que você ia até lá?

Olivier olhou para Gamache, que assentiu. Tudo viria à tona, de qualquer maneira.

– A cabana dele estava cheia de tesouros, Gabri. Você não ia acreditar. Tinha dinheiro enfiado entre as toras para servir de isolamento térmico. Copos de cristal de chumbo e tapeçarias. Era fantástica. Tudo o que ele tinha era de valor inestimável.

– Você está inventando isso.

– Não estou. A gente comia em pratos de porcelana de Catarina, a Grande. O papel higiênico eram notas de dólar.

– *Sacré*. É o seu sonho erótico. Agora eu sei que você está brincando.

– Não, não. Era inacreditável. E às vezes, quando eu ia lá, ele me dava uma coisinha.

– E você aceitava? – perguntou Gabri, mais alto.

– Lógico que eu aceitava – rebateu Olivier. – Eu não tinha roubado, e aquelas coisas não serviam de nada para ele.

– Mas ele provavelmente era maluco. Dá no mesmo que roubar.

– Isso que você disse é horrível. Você acha que eu ia roubar de um velho?

– Por que não? Você desovou o corpo dele na antiga casa dos Hadleys... Quem sabe do que você é capaz?

– Sério? E você é inocente nisso tudo? – perguntou Olivier, agora em uma voz fria e cruel. – Como você acha que a gente conseguiu comprar o bistrô? Ou a pousada? Hein? Você nunca se perguntou como a gente deixou de morar naquele lixo de apartamento...

– Eu consertei o apartamento. Ele deixou de ser um lixo.

– ... e conseguiu abrir um bistrô e uma pousada? Como você achou que a gente de repente conseguiu dinheiro para pagar por tudo isso?

– Eu achei que o negócio de antiguidades estava indo bem.

Fez-se um silêncio.

– Você devia ter me contado – disse Gabri, finalmente, perguntando-se, assim como Gamache e Beauvoir, o que mais Olivier não estava contando.

Era fim de tarde, e Armand Gamache caminhava pelo bosque. Beauvoir tinha se oferecido para ir com ele, mas o chefe preferiu ficar a sós com seus pensamentos.

Depois que eles haviam deixado Olivier e Gabri, tinham voltado à sala de investigação, onde o agente Morin os aguardava.

– Eu descobri quem é BM – disse ele, indo atrás dos dois homens ansiosamente, mal permitindo que eles tirassem o casaco. – Olhem isso.

Ele os levou até o computador. Gamache se sentou e Beauvoir se inclinou sobre o ombro do chefe. Na tela havia um retrato formal em preto e branco de um homem fumando um cigarro.

– O nome dele era Bohuslav Martinù – contou Morin. – Ele escreveu aquela peça para violino que a gente encontrou. O aniversário dele era 8 de dezembro, então o violino deve ter sido um presente da esposa. O nome dela era Charlotte. C.

Enquanto ouvia, Gamache olhava para uma das linhas da biografia que o agente havia encontrado. Martinù tinha nascido em 8 de dezembro de 1890. Na Boêmia. Onde hoje fica a República Tcheca.

– Eles tiveram filhos? – perguntou Beauvoir, que também tinha visto a referência.

– Nenhum.

– Tem certeza? – insistiu Gamache, virando-se para fitar Morin, mas o agente balançou a cabeça.

– Eu conferi umas duas ou três vezes. É quase meia-noite lá, mas eu agendei um telefonema com o Instituto Martinù, em Praga, para levantar mais informações, aí vou perguntar. Mas parece que não.

– Pergunte também sobre o violino, ok? – disse Gamache, levantando-se e vestindo o casaco.

Ele então havia se dirigido até a cabana, caminhando devagar pelo bosque, pensando.

A policial da Sûreté que guardava a cabana o cumprimentou da varanda.

– Vem comigo, por favor – pediu Gamache, e levou a agente até o carrinho de mão perto da horta.

Gamache explicou que ele tinha sido usado para carregar o corpo e pediu à policial para colher amostras. Enquanto ela fazia isso, o inspetor-chefe foi até a cabana.

Ela seria esvaziada pela manhã. Tudo seria levado para catalogação e guardado em um cofre escuro. Longe das mãos e dos olhos humanos.

Mas antes que isso acontecesse, Gamache queria ver tudo pela última vez.

Ele fechou a porta e esperou que os olhos se ajustassem ao interior escuro. Como sempre, o cheiro foi o que o impressionou primeiro. Madeira e lenha queimada. Depois uma sugestão almiscarada de café e, finalmente, o aroma mais doce de coentro e estragão, vindo das jardineiras das janelas.

O lugar era tranquilo, sossegado. Alegre, até. Embora tudo ali fosse uma obra-prima, os objetos pareciam se encaixar na cabana rústica. O Eremita podia ou não saber o valor daquelas peças, mas com certeza sabia como usá-las e as havia usado de maneira apropriada. Os copos, os pratos, a prataria, os vasos. Tudo tinha um propósito.

Gamache pegou o violino Bergonzi e se sentou na poltrona do Eremita, perto da lareira. *A primeira para a solidão, a segunda para a amizade.*

O morto não tinha necessidade nem desejo de sociedade. Mas tinha companhia.

Agora eles sabiam quem havia se sentado naquela outra poltrona confortável. Gamache havia pensado que tinha sido o Dr. Gilbert, mas estava errado. Fora Olivier Brulé. Ele fazia companhia ao Eremita, trazendo sementes, alimentos básicos e companhia. Em troca, o Eremita dava a ele o que Olivier queria. Tesouros.

Era uma troca justa.

Mas será que outra pessoa o havia encontrado? Se não, ou se Gamache não pudesse provar isso, então Olivier Brulé seria preso por assassinato. Preso, julgado e provavelmente condenado.

Gamache não conseguia deixar de pensar em como era conveniente que o Dr. Gilbert tivesse chegado justo no momento em que o Eremita fora assassinado. Olivier não dissera que o morto estava preocupado com estranhos? Talvez Gilbert fosse esse estranho.

Gamache inclinou a cabeça para trás e pensou um pouco. Suponha que Vincent Gilbert não fosse a pessoa de quem o Eremita se escondia. Suponha que fosse outro Gilbert. Afinal de contas, havia sido Marc quem comprara a antiga casa dos Hadleys. Ele tinha largado um emprego de sucesso na cidade para se mudar para lá. Ele e Dominique tinham muito dinheiro; podiam ter comprado qualquer propriedade em Eastern Townships. Então por que comprar um casarão antigo caindo aos pedaços? A não ser que não fosse a casa o que eles queriam, mas a floresta.

E os Parras? Olivier tinha dito que o Eremita falava com um leve sotaque. Um sotaque tcheco. E Roar estava reabrindo a trilha. Que dava bem ali.

Talvez ele tivesse encontrado a cabana. E o tesouro.

Talvez eles soubessem que o homem estava ali em algum lugar e o estivessem procurando. Quando Gilbert comprou a casa, talvez Roar tenha aceitado o trabalho para explorar o bosque. Para procurar o Eremita.

E Havoc. O que havia contra ele? Segundo todos os relatos, ele parecia um jovem normal. Mas um jovem que tinha escolhido ficar ali, naquele fim de mundo, enquanto a maioria dos amigos havia se mudado. Ido para a universidade. Atrás de uma carreira. Trabalhar como garçom não podia ser considerado uma carreira. O que um jovem tão bonito e inteligente estava fazendo ali?

Gamache se ajeitou na poltrona. E viu a última noite da vida do Eremita. A multidão no bistrô. Velho Mundin chegando com os móveis e depois indo embora. Olivier saindo. Havoc trancando a porta. E então vendo o patrão fazer algo inesperado. Algo bizarro.

Será que Havoc tinha visto Olivier se virar para o bosque em vez de ir para casa?

Curioso, Havoc poderia ter seguido Olivier. Até a cabana. E os tesouros.

A cena se desenrolou diante dos olhos de Gamache. Olivier saindo e Havoc confrontando o homem assustado. Exigindo algumas das coisas. E o Eremita se recusando a ceder. Talvez ele tivesse empurrado Havoc. Talvez Havoc o tivesse atacado, pegando uma arma e esmagando a cabeça do Eremita. Ele teria fugido, assustado. Logo antes de Olivier voltar.

Mas isso não explicava tudo.

Gamache deixou o violino no chão e olhou para a teia no canto. Não, aquele assassinato não tinha acontecido de repente. Havia uma astúcia ali. E crueldade. O Eremita tinha sido torturado antes, depois assassinado. Torturado por uma palavrinha.

Woo.

Após alguns minutos, Gamache se levantou e vagou devagar pelo cômodo, pegando objetos aqui e ali, tocando em coisas que nunca havia sequer pensado em ver, quanto mais segurar. O painel da Câmara de Âmbar que lançava sua luz alaranjada na cozinha. A cerâmica antiga usada pelo Eremita para as ervas. Impressionantes colheres esmaltadas e tapeçarias de seda. E as edições originais. Uma delas na mesa de cabeceira.

Gamache pegou o livro de maneira indolente e olhou para ele. O autor era Currer Bell. O agente Morin havia mencionado aquela obra. Ele a abriu. Outra edição original. Então viu o título do livro.

Jane Eyre: Uma autobiografia. Currer Bell. Aquele era o pseudônimo usado por...

Ele abriu o livro de novo. Charlotte Brontë. Ele estava segurando a edição original de *Jane Eyre*.

Armand Gamache ficou quieto dentro da cabana. Mas o silêncio não era total. Uma palavra foi sussurrada para ele, como tinha acontecido desde o instante em que eles encontraram a cabana. Repetida várias vezes. No livro infantil da casinha, no painel da Câmara de Âmbar, no violino e agora no livro que ele tinha em mãos. Uma palavra. Um nome.

Charlotte.

VINTE E SETE

– Estão saindo mais resultados do laboratório – disse Lacoste.

Assim que voltara, o chefe havia reunido a equipe na mesa de reunião, e agora a agente Lacoste estava distribuindo folhas impressas.

– A teia foi feita com linha de pesca de náilon. Amplamente disponível. Não tinha impressões digitais, é claro, e nenhum vestígio de DNA. Quem quer que tenha feito aquilo usou luvas cirúrgicas. Tudo que o laboratório encontrou foi um pouco de poeira e uma teia de aranha – contou Lacoste, e sorriu.

– Poeira? – indagou Gamache. – Eles têm alguma ideia de há quanto tempo ela estava ali?

– Eles acreditam que não mais que alguns dias. Ou isso, ou o Eremita espanava a teia todos os dias, o que parece improvável.

Gamache assentiu.

– Então, quem colocou ela lá? – perguntou Beauvoir. – A vítima? O assassino?

– Tem mais uma coisa – disse Lacoste. – O laboratório está analisando o pedaço de madeira com a palavra Woo. Os técnicos afirmam que ele foi esculpido há vários anos.

– Foi o Eremita que esculpiu? – quis saber Gamache.

– Eles estão conferindo isso ainda.

– Algum progresso em relação ao significado de Woo?

– Tem um diretor de cinema chamado John Woo. Ele é da China. Fez *Missão impossível 2* – disse Morin, sério, como se estivesse oferecendo uma informação vital.

– Woo pode ser "World of Outlands". É uma organização automobilística – comentou Lacoste, olhando para o chefe, que a encarou sem expressão.

Ela checou depressa as anotações à procura de algo mais útil para dizer.

– E existe um jogo chamado *Woo*.

– Ah, não. Eu não acredito que me esqueci disso – disse Morin, virando-se para Gamache. – Woo não é o nome do jogo, mas de uma personagem. O jogo se chama *King of the Monsters*.

– King of the Monsters? – questionou Gamache, achando improvável que o Eremita ou seu algoz tivessem um jogo de videogame em mente. – Algo mais?

– Bom, tem o coquetel Woo – sugeriu Lacoste. – É feito de schnapps de pêssego e vodca.

– E a gente tem "woo-woo" – lembrou Beauvoir. – É uma gíria em inglês.

– *Vraiment?* – disse Gamache. – O que significa?

– Significa "maluco" – respondeu Beauvoir, sorrindo.

– E também tem o verbo "wooing", em inglês. Seduzir, cortejar uma pessoa – tentou Lacoste, para depois balançar a cabeça.

Eles estavam longe.

Gamache finalizou a reunião e, de volta ao computador, digitou uma palavra.

Charlotte.

GABRI CORTOU TOMATES, PIMENTÕES E CEBOLAS. Cortou de novo e de novo. Já havia cortado as ameixas, os morangos, as beterrabas e os picles. Ele afiava a faca e cortava um pouco mais.

Durante a tarde inteira e o início da noite.

– A gente pode conversar agora? – perguntou Olivier, parado à porta da cozinha.

O cheiro era reconfortante, mas a sensação era muito estranha.

De costas para a porta, Gabri não parou. Pegou uma couve-flor e a cortou.

– Picles de mostarda – comentou Olivier, aventurando-se para dentro da cozinha. – Meu preferido.

Um naco, outro naco e mais outro, e a couve-flor foi jogada na panela fervente para branquear.

– Desculpa – disse Olivier.

Na pia, Gabri esfregou alguns limões, depois os cortou em quatro partes e os enfiou em um pote, salpicando sal grosso por cima. Depois espremeu os limões restantes e derramou o suco em cima do sal.

– Posso ajudar? – perguntou Olivier, estendendo a mão para um pote.

Mas Gabri colocou o corpo entre Olivier e os potes e os fechou em silêncio.

Todas as superfícies da cozinha estavam lotadas de potes coloridos cheios de geleias, picles e chutneys. E parecia que Gabri faria aquilo para sempre. Preservaria, em silêncio, tudo que pudesse.

CLARA CORTOU AS PONTAS DAS cenouras frescas e observou Peter jogar as minúsculas batatas novas em água fervente. Eles estavam preparando um jantar simples naquela noite, com legumes da horta, ervas e manteiga. Era uma das refeições preferidas do casal para o fim do verão.

– Eu não sei por quem estou me sentindo pior, se pelo Olivier ou pelo Gabri – disse ela.

– Eu sei – opinou Peter, descascando algumas vagens. – O Gabri não fez nada. Dá para acreditar que o Olivier visitava aquele cara no bosque há anos e não falou nada para ninguém? Quer dizer, o que mais ele não contou para a gente?

– Você sabia que ele é gay?

– Ele deve ser hétero e está escondendo isso da gente.

Clara sorriu com malícia.

– Isso sim deixaria o Gabri furioso, embora eu conheça algumas mulheres que iam ficar bem satisfeitas – comentou ela, antes de fazer uma pausa, erguendo a faca no ar. – Eu acho que o Olivier está se sentindo um lixo.

– Fala sério. Ele ainda ia estar fazendo aquilo, se o velho não tivesse morrido.

– Ele não fez nada de errado – argumentou Clara. – O Eremita deu tudo para ele.

– É o que ele diz.

– O que você quer dizer com isso?

– Bom, o Eremita está morto. Bem conveniente, né?

Clara parou de picar os legumes.

– O que você está dizendo?

– Nada. Só estou irritado.

– Por quê? Porque ele não contou nada para a gente?

– Você não está irritada?

– Um pouco. Mas acho que estou mais pasma que outra coisa. Escuta, todo mundo sabe que o Olivier gosta de coisas boas.

– Todo mundo sabe que ele é ganancioso e mão de vaca, você quer dizer.

– O que me impressionou foi o que o Olivier fez com o corpo. Eu não consigo imaginar ele arrastando o corpo pelo bosque e desovando o homem na antiga casa dos Hadleys – disse Clara. – Eu não sabia nem que ele tinha tanta força.

– Eu não sabia que ele tinha tanta raiva – pontuou Peter.

Clara aquiesceu. Nem ela sabia. E também se perguntava o que mais o amigo deles não havia contado. Tudo isso, porém, significava que Clara não podia contar a Gabri que ele havia sido chamado de "bicha nojenta". Durante o jantar, ela explicou isso a Peter.

– Então – concluiu, com o prato quase intacto –, eu não sei o que fazer em relação ao Fortin. Será que eu devia ir até Montreal falar com ele sobre isso ou simplesmente deixar para lá?

Peter pegou outro naco da baguete, macia por dentro e com uma crosta crocante. Passou manteiga nas bordas, cobrindo cada milímetro de maneira uniforme. Metodicamente.

Ao observá-lo, Clara teve certeza de que iria gritar ou explodir, ou pelo menos agarrar aquela maldita baguete e arremessá-la longe até que ela não passasse de uma mancha de gordura na parede.

Mas Peter continuava alisando o pão com a faca. Para ter certeza de que a manteiga estava perfeita.

O que ele deveria dizer a ela? Que esquecesse? Que o que Fortin havia falado não era tão ruim assim? Com certeza não a ponto de colocar a carreira dela em risco. *Deixa pra lá*. Além disso, dizer alguma coisa quase com certeza não mudaria o que Fortin pensava sobre os gays e poderia só colocá-lo contra Clara. E o que Fortin estava oferecendo a ela não era só uma exposiçãozinha qualquer. Era tudo com que Clara sempre sonhara. Com que qualquer artista sempre sonhara. Todas as personalidades do mundo artístico estariam lá. A carreira de Clara estaria feita.

Ele deveria dizer a ela para deixar aquilo para lá ou para ela falar com Fortin? Por Gabri, Olivier e todos os amigos gays que eles tinham. Mas, principalmente, por ela mesma.

Mas se ela fizesse isso e Fortin ficasse com raiva, ele poderia muito bem cancelar a exposição.

Peter enfiou a ponta da faca em um buraco do pão para tirar a manteiga.

Ele sabia o que queria dizer, só não sabia se queria dizer aquilo pelo seu bem ou pelo de Clara.

– Então? – perguntou ela, sentindo a impaciência em sua voz. – Então? – perguntou de novo, de maneira mais branda. – O que você acha?

– O que *você* acha?

Clara examinou o rosto dele.

– Eu acho que eu devia simplesmente deixar para lá. Se ele falar isso de novo, eu digo alguma coisa. É um momento estressante para todos nós.

– Pode ser o melhor mesmo.

Clara olhou para o próprio prato quase intocado. Ela notou a hesitação na voz de Peter. Mas não era ele quem estava arriscando tudo.

ROSA GRASNOU UM POUCO enquanto dormia. Ruth afrouxou o camisolão de flanela da pata, que bateu as asas e voltou a dormir, enfiando o bico debaixo da asa.

Olivier fora visitá-las, todo chateado. Ela havia tirado as velhas edições da revista *The New Yorker* de uma cadeira e ele tinha ficado ali sentado na sala como um fugitivo. Ruth havia levado uma taça de xerez de cozinha e um talo de aipo untado com queijo processado e se sentado junto a ele. Por quase uma hora, os dois ficaram ali, sem falar nada, até que Rosa entrou na sala. Ela gingou pela porta com um blazer de flanela cinza. Ruth viu Olivier contrair os lábios e franzir o queixo. Nenhum som escapou dele. Mas lágrimas caíram, marcando linhas mornas em seu belo rosto.

Então ele contou o que havia acontecido. Contou sobre Gamache, a cabana, o Eremita e seus tesouros. Contou que movera o corpo e como comprara o bistrô, a *boulangerie* e quase tudo em Three Pines.

Ruth não se importava. Ela só conseguia pensar no que diria em troca. No que responderia. A coisa certa. Para que Olivier soubesse que ela o amava. Que Gabri o amava e nunca, jamais, iria embora. Aquele amor nunca poderia partir.

Ela imaginou que se levantava, se sentava ao lado dele, pegava a mão trêmula do amigo e dizia "Vai ficar tudo bem, vai ficar tudo bem".

E esfregava as costas arfantes de Olivier até ele recuperar o fôlego.

Em vez disso, ela se serviu de mais xerez e olhou para ele de cara feia.

Agora que o sol havia se posto e Olivier tinha ido embora, Ruth estava sentada no conjunto de mesa e cadeiras de plástico branco da cozinha, que havia encontrado no lixão. Bêbada o suficiente, ela puxou o caderno para perto e, com Rosa grasnando baixo ao fundo, coberta por uma mantinha de tricô, a poeta escreveu:

Ela se ergueu no ar, e a terra rejeitada soltou um suspiro.
Ela se ergueu por entre postes telefônicos e telhados de casas onde os mundanos se escondiam.
Ela se ergueu, mas se lembrou de dar um aceno educado para se despedir...

Então beijou Rosa na cabeça e subiu as escadas até a cama.

VINTE E OITO

Pela manhã, quando Clara desceu as escadas, ficou surpresa ao encontrar Peter no jardim, olhando para o nada. Ele tinha feito café. Ela serviu duas canecas e se aproximou do marido.

– Dormiu bem? – perguntou, entregando uma das canecas a ele.

– Não muito. E você?

– Sim. Por que você não dormiu bem?

Era uma manhã nublada com um ventinho frio. A primeira manhã que realmente indicava que o verão havia acabado e que o outono estava a caminho. Ela amava o outono. As folhas de cores vibrantes, as lareiras acesas, o cheiro de lenha queimada por todo o vilarejo. Ela amava se amontoar em uma mesa fora do bistrô, embrulhada em suéteres e bebericando *café au lait*.

Peter franziu os lábios e olhou para as galochas, que usava para se proteger do orvalho pesado.

– Eu estava pensando na sua pergunta. Sobre o que fazer em relação ao Fortin.

Clara ficou paralisada.

– Pode falar.

Peter tinha passado grande parte da noite pensando naquilo. Ele havia se levantado, descido as escadas, vagado pela cozinha e, por fim, ido parar em seu estúdio. Seu refúgio. O lugar tinha o cheiro dele. De seu odor corporal, telas e tintas a óleo. Também tinha um leve aroma de torta de limão com merengue que Peter não conseguia explicar. Era um cheiro que nenhum outro lugar da Terra tinha.

E que o reconfortava.

Peter tinha ido até o estúdio à noite para pensar e finalmente parar de pensar. Para limpar a mente do grito que havia crescido dentro dela, como se algo enorme se aproximasse. E, no fim das contas, logo antes do nascer do sol, ele soube o que precisava dizer a Clara.

– Eu acho que você devia conversar com ele.

Pronto. Ele tinha dito. Ao lado dele, Clara estava em silêncio, as mãos apertando a caneca quente de café.

– Sério?

Peter aquiesceu.

– Desculpa. Quer que eu vá com você?

– Eu nem tenho certeza se vou ainda – retrucou ela, afastando-se alguns passos.

Peter queria correr até ela, retirar o que tinha dito, falar que estava errado. Ela deveria ficar lá com ele, não tinha que dizer nada. Só fazer a exposição.

O que ele estava pensando?

– Tem razão – disse ela, virando-se para ele com um olhar arrasado. – Ele não vai se importar, vai?

– O Fortin? Não. Você não precisa agir com raiva, só diga para ele como se sente, só isso. Eu tenho certeza de que ele vai entender.

– Eu posso dizer que talvez tenha ouvido mal. E que o Gabri é um dos nossos melhores amigos.

– Isso. O Fortin provavelmente nem se lembra que disse aquilo.

– Com certeza ele não vai se importar.

Clara voltou devagar até a casa e ligou para o galerista.

– Denis? É Clara Morrow. É, foi divertido. Sério, é um bom preço? Claro, vou falar com o inspetor-chefe. Escuta, eu vou estar em Montreal hoje e pensei que talvez a gente pudesse se encontrar de novo. Eu tenho… bom, algumas ideias – disse ela, e fez uma pausa. – Aham. Aham. Ótimo. Meio-dia e meia no restaurante Santropole, em Duluth. Perfeito.

O que foi que eu fiz?, perguntou Peter a si mesmo.

O CAFÉ DA MANHÃ DA POUSADA foi uma terrível combinação de torradas queimadas, ovos borrachudos e bacon preto. O café estava fraco e o leite parecia azedo, assim como Gabri. Por consentimento mútuo e tácito, os policiais não discutiram o caso e esperaram estar de volta à sala de investigação.

– Ah, graças a Deus – exclamou a agente Lacoste, ao cair de boca nos cafés com duas colheres de creme que o agente Morin havia trazido e nos donuts com cobertura de chocolate. – Nunca pensei que fosse preferir isto ao café da manhã do Gabri – desabafou ela, dando uma enorme mordida no donut macio. – Se as coisas continuarem assim, acho que a gente vai ter que resolver o caso e ir embora.

– É uma ideia – disse Gamache, colocando os óculos meia-lua.

Beauvoir foi até o computador checar os e-mails. Ali, colado ao monitor, havia um pedaço de papel com uma caligrafia familiar. Ele o arrancou, amassou e jogou no chão.

O inspetor-chefe também estava olhando para a própria tela. Para os resultados de sua pesquisa do nome "Charlotte".

Bebericando o café, ele leu sobre a banda Good Charlotte, Charlotte Brontë, Charlotte Church, *A teia de Charlotte*, a cidade de Charlotte, na Carolina do Norte, Charlottetown, na ilha Prince Edward, e as ilhas Queen Charlotte, do outro lado do continente, na Colúmbia Britânica. Ele descobriu que a maioria dos lugares tinha sido batizada em homenagem à rainha Charlotte.

– O nome Charlotte significa alguma coisa para vocês? – perguntou ele à equipe.

Após pensarem um instante, eles balançaram a cabeça.

– E a rainha Charlotte? Ela foi casada com o rei George.

– George III? O maluco? – indagou Morin.

Os outros olharam para ele estupefatos. O agente sorriu.

– Eu era bom em história na escola.

Também ajudava o fato de ele não ter saído da escola havia muito tempo, pensou Gamache.

O telefone tocou e o agente Morin foi atender. Era do Instituto Martinù, em Praga. Gamache ouviu o lado de Morin da conversa até que seu próprio telefone tocou.

Era a superintendente Brunel.

– Quando cheguei ao meu escritório, estava parecendo um depósito. Eu mal consigo andar entre os itens do seu Eremita, Armand – disse ela, sem, no entanto, parecer insatisfeita. – Mas não estou ligando por causa disso. Eu tenho um convite para te fazer. Você quer almoçar comigo e com Jérôme no nosso apartamento? Ele quer mostrar uma coisa para você. E eu também tenho novidades.

Ele confirmou que os encontraria à uma da tarde no apartamento dos Brunels, na Rue Laurier. Quando desligou, o telefone tocou de novo.

– É Clara Morrow para o senhor – disse o agente Morin.

– *Bonjour*, Clara.

– *Bonjour*. Eu só queria contar que falei com Denis Fortin hoje de manhã. Aliás, vamos almoçar juntos hoje. Ele me contou que encontrou um comprador para as esculturas.

– É sério? Quem?

– Eu não perguntei, mas ele disse que a pessoa está disposta a pagar mil dólares pelas duas peças. Ele pareceu achar que é um bom preço.

– Interessante. Você quer uma carona até a cidade? Eu também tenho um compromisso por lá.

– Claro, obrigada.

– Eu passo aí em uma meia hora.

Quando ele desligou, o agente Morin também já estava fora do telefone.

– Eles disseram que Martinù não tinha filhos. Eles sabiam da existência do violino, mas ele desapareceu depois que o compositor morreu, em... – Morin consultou as anotações – ... 1959. Eu falei que a gente encontrou o violino e uma partitura original. Eles ficaram bastante animados e disseram que isso deve valer muito dinheiro. Na verdade, é um tesouro nacional tcheco.

E lá estava a palavra de novo. Tesouro.

– Você perguntou sobre a esposa dele, Charlotte?

– Perguntei. Eles viveram juntos por muito tempo, mas só se casaram no leito de morte dele. Ela morreu há alguns anos. Não tinha família.

Gamache assentiu, pensativo.

– Eu preciso que você converse com a comunidade tcheca daqui, principalmente com os Parras. E descubra como era a vida deles na República Tcheca. Como eles saíram de lá, quem conheciam no país, pergunte sobre a família deles. Tudo.

Ele se virou para Beauvoir.

– Eu estou indo para Montreal, para passar o dia com a superintendente Brunel e seguir algumas pistas.

– *D'accord*. Assim que o agente Morin conseguir as informações sobre os Parras, eu vou para lá.

– Não vá sozinho.

– Pode deixar.

Gamache se abaixou e pegou o papel no chão ao lado da mesa de Beauvoir. Ele o abriu e leu: *Que, no meio do seu pesadelo,*

– *Que, no meio do seu pesadelo,* – repetiu ele, entregando o papel a Beauvoir. – O que você acha que significa?

Beauvoir deu de ombros e abriu a gaveta da mesa. Um ninho de palavras enroladas jazia ali.

– Eu encontro essas coisas em todos os lugares. No bolso do meu casaco, pregadas na minha porta de manhã... Esta aqui estava colada no meu computador.

Gamache enfiou a mão na gaveta e pegou um pedaço de papel ao acaso.

que a divindade que mata por prazer
também cura,

– São todos assim?

Beauvoir aquiesceu.

– Um mais louco que o outro. O que eu faço com eles? Ela só está com raiva porque a gente está usando a sede do corpo de bombeiros voluntário. Você acha que eu consigo uma medida protetiva?

– Contra uma senhora de 80 anos, vencedora do Prêmio do Governador--Geral para Poesia em Língua Inglesa, para impedir que ela te envie alguns versos?

Posto daquele jeito, parecia improvável.

Gamache olhou de novo para as bolinhas de papel, que mais pareciam granizo.

– Bom, estou indo.

– Obrigado pela ajuda! – gritou Beauvoir para ele.

– *De rien!* – disse Gamache, acenando e indo embora.

Durante a viagem de carro de cerca de uma hora até Montreal, Gamache e Clara conversaram sobre o povo de Three Pines, os visitantes de verão e os Gilberts, que Clara achava que agora ficariam por lá.

– O Velho Mundin e o Charles estavam no vilarejo outro dia. O Velho admira muito o Vincent Gilbert. Parece que ele sabia que era o Dr. Gilbert no bosque, mas não queria dizer nada.

– Como ele reconheceu o Dr. Gilbert?

– Pelo livro *Seres* – explicou Clara.

– Certo – disse Gamache, entrando na autoestrada que dava em Montreal. – O Charles tem síndrome de Down.

– Quando ele nasceu, a Myrna deu o livro para a família. A leitura mudou a vida deles. Mudou a vida de muita gente. A Myrna acha que o Dr. Gilbert é um grande homem.

– Tenho certeza de que ele não discorda disso.

Clara riu.

– Ainda assim, acho que eu não gostaria de ter sido criada por um santo.

Gamache teve que concordar. Quase todos os santos tinham sido mártires. E haviam derrubado muita gente. Em um silêncio amigável, eles passaram por placas para St. Hilaire, St. Jean e um vilarejo chamado Ange Gardien.

– Se eu disser Woo, no que você pensa? – perguntou Gamache.

– Para além do óbvio? – perguntou ela, sorrindo de um jeito ao mesmo tempo zombeteiro e preocupado.

– Essa palavra significa alguma coisa para você?

O fato de ele insistir no assunto acendeu um alerta em Clara.

– Woo – repetiu ela. – A gente tem a expressão "pitching woo", que é uma maneira antiquada de dizer "cortejar".

– Uma maneira antiquada de dizer "cortejar"? – disse ele, rindo. – Mas entendi o que você quis dizer. Acho que não é isso que estou procurando.

– Desculpa não ajudar.

– Ah, provavelmente não importa.

Estavam na ponte Champlain. Gamache subiu o boulevard St. Laurent, virou à esquerda e a deixou no restaurante Santropole para almoçar.

Ela já estava subindo os degraus, mas deu meia-volta e retornou, debruçando-se na janela do carro.

– Se uma pessoa ofendesse alguém de quem você gosta, você diria alguma coisa? – perguntou Clara.

Gamache pensou um pouco.

– Espero que sim.

Ela assentiu e foi embora. Mas conhecia Gamache e sabia que não havia nada de "espero" quanto àquilo.

VINTE E NOVE

Após almoçarem uma sopa de pepino com ervas, camarões grelhados com salada de erva-doce e torta de pêssego, Gamache e os Brunels se acomodaram na luminosa sala de estar. O apartamento ficava no segundo andar e o cômodo era coberto por estantes de livros, além de alguns *objets trouvés*. Peças de cerâmica envelhecida e quebrada, canecas lascadas. Dava para ver que as pessoas usavam bem aquela sala, um ambiente bom para ler, conversar, pensar, rir.

– Eu andei pesquisando sobre os itens da cabana – disse Thérèse Brunel.

– E? – perguntou Gamache, inclinando-se para a frente no sofá, com uma *demi-tasse* de café expresso nas mãos.

– Até agora, nada. Por mais incrível que pareça, nenhum dos itens foi reportado como roubado, embora eu ainda não tenha terminado. Vou levar algumas semanas para rastrear tudo direitinho.

Gamache se recostou devagar e cruzou as longas pernas. Se não tinham sido roubados, então de onde vinham?

– Qual é outra opção? – quis saber ele.

– Bom, que o morto realmente fosse dono de tudo. Ou que as coisas tenham sido roubadas de pessoas mortas, que não tinham como fazer uma denúncia. Em uma guerra, por exemplo. Como aconteceu com a Câmara de Âmbar.

– Talvez as coisas tenham sido dadas para ele – sugeriu o marido, Jérôme.

– Mas são peças de valor inestimável – objetou Thérèse. – Por que alguém daria isso tudo para ele?

– Por serviços prestados? – sugeriu ele.

Os três ficaram em silêncio, imaginando que serviços exigiriam um pagamento daqueles.

– *Bon*, Armand, eu tenho uma coisa para te mostrar – disse Jérôme, levantando-se.

Ele media 1,67 metro e era quase um quadrado perfeito, mas carregava aquele volume com facilidade, como se o corpo estivesse cheio dos pensamentos que lhe transbordavam da cabeça.

Jérôme se encaixou no sofá ao lado de Gamache. Estava com as duas esculturas nas mãos.

– Em primeiro lugar, estas peças são maravilhosas. Elas quase podem falar, vocês não acham? Meu trabalho, segundo a Thérèse, é descobrir o que elas estão dizendo. Ou, mais especificamente, o que querem dizer.

Ele virou as esculturas, revelando as letras entalhadas na base.

MRKBVYDDO, gravado debaixo das pessoas na praia.

OWSVI, debaixo do veleiro.

– Isto é algum tipo de código – explicou Jérôme, colocando os óculos e examinando as letras de novo com atenção. – Eu comecei pelo mais fácil. Qwerty. É o que um amador provavelmente usaria. Vocês conhecem?

– É o teclado da máquina de escrever. E do computador – respondeu Gamache. – Qwerty são as primeiras letras da linha superior.

– O que a pessoa que usa essa codificação geralmente faz é ir até o teclado e digitar a letra seguinte à que quer. É muito fácil de decodificar. Mas isso aqui não é.

Jérôme se levantou.

– Eu tentei um monte de possibilidades e, sinceramente, não encontrei nada. Desculpa.

Gamache tinha esperança de que aquele mestre dos códigos pudesse decifrar o do Eremita. Como muitas coisas naquele caso, porém, não seria nada simples de resolver.

– Mas eu acho que sei que tipo de código é este. É uma Cifra de César.

– Continue.

– *Bon* – disse Jérôme, desfrutando o desafio e a atenção –, Júlio César era um gênio. Ele definitivamente foi o imperador mais fanático por linguagem cifrada. Era brilhante. Ele usava o alfabeto grego para enviar mensagens secretas às tropas na França. Mas, depois, refinou os próprios códigos. Mudou para o alfabeto romano, que a gente usa agora, mas trocava as letras por três à frente ou atrás. Então, se a palavra que você quer é "mate", o código na Cifra de César se torna...

Ele pegou um papel e escreveu o alfabeto.

A B C D E F G H I J K L M N O P Q R S T U V W X Y Z

Depois, circulou quatro letras. PDWH.

– Estão vendo?

Gamache e Thérèse se debruçaram na mesa bagunçada.

– Então ele só trocou as letras – disse Gamache. – Se o código debaixo da escultura é uma Cifra de César, não dá para decifrar desse jeito? Avançando ou recuando três letras no alfabeto?

Ele olhou para as letras debaixo do veleiro.

– Isso seria... L, T, P. Ok, não preciso seguir. Não faz nenhum sentido.

– Não, César era inteligente, e eu acho que esse Eremita também. Ou, pelo menos, ele entendia de codificação. O brilhantismo da Cifra de César é que ela é quase impossível de decifrar porque a troca pode ser do comprimento que você quiser. Ou, melhor ainda, você pode usar uma palavra-chave. Uma que você e o seu contato não vão esquecer. Você escreve essa palavra no início do alfabeto e daí começa a cifra. Digamos que seja "Montreal".

Ele voltou ao alfabeto e escreveu "Montreal" debaixo das primeiras oito letras, depois preencheu o resto das vinte e seis, a partir do A.

A B C D E F G H I J K L M N O P Q R S T U V W X Y Z
M O N T R E A L A B C D E F G H I J K L M N O P Q R

– Então, se a mensagem que a gente quer passar é "mate", qual seria o código agora? – perguntou Jérôme.

O inspetor-chefe pegou o lápis e circulou quatro letras. EMLR.

– Exatamente – disse o Dr. Brunel, sorrindo.

Gamache fitava o papel, fascinado. Thérèse, que já tinha visto aquilo tudo, se recostou e sorriu, orgulhosa do marido.

– A gente precisa da palavra-chave – concluiu Gamache, endireitando-se.

– Só isso – disse Jérôme, rindo.

– Bom, eu acho que sei qual é.

Jérôme assentiu, pegou uma cadeira e se sentou. Com uma caligrafia clara, escreveu o alfabeto de novo.

A B C D E F G H I J K L M N O P Q R S T U V W X Y Z

O lápis ficou pairando sobre a linha de baixo.

– Charlotte – disse Gamache.

CLARA E DENIS FORTIN PROTELAVAM para terminar o café. O jardim dos fundos do restaurante Santropole estava quase vazio. A multidão agitada da hora do almoço, em sua maioria jovens boêmios do quartier Plateau Mont Royal, havia desaparecido.

A conta tinha acabado de chegar, e Clara sabia que era a hora da virada.

– Também tinha outra coisa sobre a qual eu queria falar com você.

– É sobre as esculturas? Você as trouxe? – perguntou Fortin, inclinando--se para a frente.

– Não, o inspetor-chefe ainda está com elas, mas eu passei a sua oferta para ele. Acho que parte do problema é que elas são evidências no caso de assassinato.

– Ah, é claro. Não tem pressa, mas eu acho que o comprador pode perder o interesse se demorar muito. É realmente extraordinário que alguém queira aquelas esculturas.

Clara aquiesceu e pensou que talvez eles pudessem apenas ir embora. Ela voltaria para Three Pines, faria uma lista de convidados para a vernissage e colocaria uma pedra sobre aquele assunto. O comentário de Fortin sobre Gabri já começava a ficar distante. Com certeza não era tão sério.

– Então, sobre o que você queria falar? Se você deve comprar uma casa na Provença ou na Toscana? Que tal um iate?

Clara não sabia bem se ele estava brincando, mas certamente ele também não estava facilitando as coisas.

– É uma bobagem, na verdade. Eu devo ter ouvido errado, mas me pareceu que ontem, em Three Pines, você falou uma coisa sobre o Gabri.

Fortin pareceu interessado, preocupado, intrigado.

– O nosso garçom – explicou Clara. – Ele trouxe as bebidas.

Fortin ainda a encarava. Ela sentiu o cérebro evaporar. De repente, depois de passar grande parte da manhã ensaiando o que ia dizer, não conseguia nem se lembrar do próprio nome.

– Bom, eu só pensei, sabe...

A voz dela foi morrendo. Ela não conseguia fazer aquilo. Só podia ser um sinal, pensou, um sinal de Deus indicando que deveria ficar calada. Que estava criando caso por nada.

– Não importa – arrematou ela, sorrindo. – Eu só queria te dizer o nome dele.

Felizmente, imaginou ela, Fortin devia estar acostumado a lidar com artistas bêbados, loucos e drogados. Clara parecia se encaixar nas três categorias. Aos olhos dele, ela devia parecer uma artista brilhante por ser tão desequilibrada.

Fortin assinou a conta e deixou uma gorjeta polpuda, Clara percebeu.

– Eu me lembro dele – disse Fortin, conduzindo-a de volta pelo restaurante, com a mobília em madeira escura e o cheiro de chá de ervas. – O viado.

Eles olhavam as letras. E quanto mais olhavam, menos elas faziam sentido, o que queria dizer alguma coisa.

– Outras sugestões? – perguntou Jérôme.

Gamache estava estupefato. Ele tinha certeza de que estavam no caminho certo, de que "Charlotte" era a chave para decodificar a cifra. Pensou por um instante, analisando a situação.

– Woo – sugeriu.

Eles tentaram. Nada.

– Walden.

Mas ele sabia que estava forçando a barra. E, dito e feito, nada.

Nada, nada, nada. O que ele não estava vendo?

– Bom, eu vou continuar tentando – disse Jérôme. – Talvez não seja uma Cifra de César. Existem muitos outros códigos.

Ele abriu um sorriso tranquilizador, dando ao inspetor-chefe uma ideia de como os pacientes do Dr. Brunel deviam se sentir na presença dele. As notícias eram ruins, mas aquele homem não desistiria.

– O que você pode me dizer sobre um dos seus colegas, Vincent Gilbert? – perguntou Gamache.

– Ele não foi meu colega – respondeu Jérôme, fechando a cara. – Não era colega de ninguém, pelo que eu me lembro. Ele não tolerava os tolos com muita facilidade. Já reparou como a maioria das pessoas que se sente assim considera todo mundo idiota?

– Ele é tão ruim assim?

– Jérôme só está irritado porque o Dr. Gilbert pensava que era Deus – explicou Thérèse, empoleirando-se no braço da cadeira do marido.

– É difícil trabalhar com gente assim, entendo – comentou Gamache, que já havia trabalhado com alguns deuses.

– Ah, não, o problema não era esse – disse Thérèse, sorrindo. – Jérôme ficava irritado porque sabia que era o único Deus de verdade, e Gilbert se recusava a adorá-lo.

Eles riram, mas o sorriso de Jérôme foi o primeiro a desaparecer.

– Um homem muito perigoso, Vincent Gilbert. Eu acho que ele realmente tem um complexo de Deus. Megalomaníaco. Muito esperto. Aquele livro que ele escreveu…

– *Seres* – lembrou Gamache.

– Isso. Ele foi todo projetado, cada palavra calculada para causar um efeito. E eu tenho que tirar o chapéu para ele, porque funcionou. A maioria das pessoas que leu o livro concorda com ele. Ele é no mínimo um grande homem, talvez até um santo.

– Você não acredita nisso?

O Dr. Brunel bufou.

– O único milagre que ele fez foi convencer todo mundo da santidade dele. O que não foi uma tarefa fácil, dado o imbecil que ele é. Se eu acredito nisso? Não.

– Bom, está na hora das minhas novidades – disse Thérèse Brunel, levantando-se. – Vem comigo.

Gamache a seguiu, deixando Jérôme mexendo na cifra. No escritório havia mais jornais e revistas. Thérèse se sentou ao computador e, após alguns cliques rápidos, uma fotografia apareceu. Mostrava a escultura de um naufrágio.

Gamache puxou uma cadeira e ficou olhando.

– É…

– Uma outra escultura daquelas? *Oui* – disse ela, como uma mágica que havia tirado da cartola um coelho espetacular.

– O Eremita fez isto?

Gamache se virou para a superintendente, que assentiu. Ele voltou a olhar para a tela. A escultura era complexa. De um lado estava o naufrágio, depois uma floresta e, do outro lado, um pequeno vilarejo sendo construído.

– Mesmo na foto, a obra parece viva. Dá para ver as pessoinhas. São as mesmas das outras esculturas?

– Eu acho que sim. Mas não estou vendo o garoto assustado.

Gamache procurou a figura na vila, no veleiro, na praia e na floresta. Nada. O que havia acontecido com ele?

– A gente precisa dessa escultura – declarou o inspetor-chefe.

– Está em uma coleção particular em Zurique. Eu entrei em contato com o dono de uma galeria que conheço lá. Ele é um homem muito influente. Disse que ia ajudar.

Gamache conhecia a superintendente Brunel bem o suficiente para saber que não deveria pressioná-la a respeito de seus contatos.

– Não é só o garoto – disse ele. – A gente precisa saber o que está escrito embaixo dela.

Assim como as outras, aquela escultura era, à primeira vista, bucólica e tranquila. Mas algo espreitava. Uma inquietação.

E, no entanto, mais uma vez, as minúsculas pessoas de madeira pareciam felizes.

– Tem outra. Em uma coleção na Cidade do Cabo.

A tela piscou, e outra escultura apareceu. Um garoto estava deitado, dormindo ou morto, ao lado de uma montanha. Gamache colocou os óculos e se aproximou, semicerrando os olhos.

– É difícil dizer, mas acho que é o mesmo rapaz.

– Também acho – opinou a superintendente.

– Ele está morto?

– Eu também fiquei na dúvida, mas acho que não. Você notou algo diferente nesta escultura, Armand?

Gamache se recostou e respirou fundo, liberando um pouco da tensão que sentia. Fechou os olhos, depois os abriu de novo. Mas dessa vez não para olhar a imagem na tela. Dessa vez, ele queria sentir a escultura.

Após um instante, soube que Thérèse Brunel estava certa. Aquela escultura era diferente. Do mesmo artista, sim, disso não havia dúvidas, mas um elemento importante havia mudado.

– Esta aqui não tem medo.

Thérèse assentiu.

– Só paz. Satisfação.

– E até amor – comentou o inspetor-chefe.

Ele queria muito segurar a escultura, até mesmo possuí-la, embora soubesse que jamais poderia. Não era a primeira vez que sentia aquele leve puxão do desejo. Da ganância. Ele sabia que jamais seria guiado por ele. Mas sabia que outros talvez fossem. Aquela era uma escultura que valia a pena ter. Todas elas eram, suspeitou.

– O que você sabe sobre elas?

– Foram vendidas por meio de uma empresa em Genebra que eu conheço bem. São muito discretos, muito sofisticados.

– Quanto conseguiram por elas?

– Eles venderam sete delas. A primeira foi há seis anos. Saiu por 15 mil. Os preços subiram até 300 mil, para a última. Foi vendida no ano passado. Eles acham que podem conseguir pelo menos meio milhão pela próxima.

Gamache arquejou de espanto.

– Quem quer que tenha vendido essas esculturas deve ter embolsado centenas de milhares de dólares.

– A casa de leilões de Genebra recebe uma comissão pesada, mas eu fiz um cálculo rápido. O vendedor deve ter ganhado tipo 1,5 milhão de dólares.

A mente de Gamache disparou. Então se chocou contra um fato. Ou, pelo menos, uma afirmação.

Quando eu voltava para casa, jogava as esculturas na floresta.

Olivier dissera aquilo. E, mais uma vez, tinha mentido.

Que homem tolo, pensou Gamache. Ele voltou a olhar para a tela do computador e para o garoto deitado de costas na montanha, quase a acariciando.

Seria possível? Será que Olivier realmente havia feito aquilo? Matado o Eremita?

Um milhão de dólares era um motivo e tanto. Mas por que matar o homem que fornecia as obras para ele?

Não, havia mais coisas que Olivier não estava contando, e se Gamache tinha alguma esperança de encontrar o verdadeiro assassino, era hora de saber a verdade.

POR QUE O GABRI TEM que ser essa bicha nojenta?, pensou Clara. *Além de viado. E por que eu tenho que ser essa maldita covarde?*

– É, esse mesmo – ela se ouviu dizer, em um momento extracorpóreo.

O dia havia esquentado, mas ela fechou o casaco.

– Onde eu te deixo? – perguntou Denis Fortin.

– Onde?

Clara não sabia onde Gamache estava, mas tinha o número do celular dele.

– Eu vou voltar sozinha, obrigada.

Eles apertaram as mãos.

– Essa exposição vai ser imensa, para nós dois. Estou muito feliz por você – disse ele, calorosamente.

– Tem mais uma coisa. O Gabri. Ele é meu amigo.

Clara sentiu a mão de Fortin soltar a sua. Ainda assim, ele sorria para ela.

– Eu só preciso dizer que ele não é bicha nem viado.

– Não é? Ele parece bem gay.

– Bom, sim, ele é gay – replicou Clara, sentindo que começava a ficar confusa.

– O que você quer dizer, Clara?

– Você chamou o Gabri de bicha e viado.

– E?

– Só não me pareceu muito legal.

Agora ela se sentia uma garotinha. Palavras como "legal" não eram usadas com muita frequência no mundo das artes. A não ser como insulto.

– Você não está tentando me censurar, está?

A voz dele tinha ficado melosa. Clara sentiu que as palavras grudavam nela. E o olhar dele, antes atencioso, agora estava duro. Davam um alerta.

– Não, eu só estou dizendo que fiquei surpresa e não gostei de ouvir insultos dirigidos ao meu amigo.

– Mas ele é bicha, é viado. Você mesma admitiu.

– Eu disse que ele é gay.

Ela sentiu as bochechas ficando quentes e sabia que devia estar vermelha como uma beterraba.

– Ah – disse ele, suspirando e balançando a cabeça. – Entendi.

Agora ele a observava com certa tristeza, como alguém talvez olhe para um animal de estimação doente.

– É a garota do interior dentro de você. Você ficou muito tempo nesse vilarejozinho, Clara. Isso tornou a sua mente pequena. Você se censura e agora está tentando abafar a minha voz. Isso é muito perigoso. O politicamente correto, Clara. Uma artista precisa derrubar fronteiras, desafiar, forçar, chocar. Você não está disposta a fazer isso, está?

Ela continuou olhando para ele, incapaz de entender o significado daquelas palavras.

– Não, eu acho que não – concluiu ele. – Eu falo a verdade e digo isso de uma maneira que pode até chocar, mas pelo menos é real. Você prefere ouvir algo que seja só bonito. E legal.

– Você ofendeu um homem ótimo, pelas costas.

Ela podia sentir as lágrimas brotarem. De raiva, mas sabia o que aquilo devia parecer. Devia parecer fraqueza.

– Vou ter que repensar essa exposição – disse ele. – Eu estou muito decepcionado. Pensei que você fosse verdadeira, mas obviamente estava só fingindo. Você é superficial. Banal. Não posso arriscar a reputação da minha galeria com alguém que não esteja disposta a correr riscos artísticos.

Houve uma rara pausa no fluxo de carros, e Denis Fortin disparou pela St. Urbain. Do outro lado da rua, ele olhou para trás e balançou a cabeça de novo. Então caminhou rapidamente para o carro.

O inspetor Jean Guy Beauvoir e o agente Morin se aproximaram da casa dos Parras. Beauvoir esperava algo tradicional. Uma construção em que um lenhador tcheco pudesse morar. Um chalé suíço, talvez. Para Beauvoir, havia os quebequenses e os "outros". Estrangeiros. Os chineses eram todos parecidos, assim como os africanos. Os sul-americanos, se é que pensava neles, tinham a mesma aparência, comiam a mesma comida e moravam exatamente nas mesmas casas. Menos bonitas que a dele, lógico. Os ingleses ele sabia que eram mesmo todos iguais. Loucos.

Suíços, tchecos, alemães, noruegueses, suecos, todos se misturavam. Eram altos, louros, bons atletas quando um pouco mais corpulentos, e viviam em casas de telhado triangular com muitos painéis e muito leite.

Ele reduziu a velocidade do carro e parou em frente à casa dos Parras. Só viu vidro, algumas partes brilhando ao sol, outras refletindo o céu, as nuvens, os pássaros, o bosque, as montanhas e um pequeno campanário branco. A igreja de Three Pines, ao longe, trazida para perto por aquela bela casa que era um reflexo de toda a vida ao redor.

– Por pouco os senhores não me pegam aqui. Eu estava voltando para o trabalho – disse Roar, abrindo a porta.

Ele conduziu Beauvoir e Morin para dentro. O lugar estava repleto de luz e o chão era de concreto polido. Firme, sólido. Fazia com que o local parecesse muito seguro, mas ao mesmo tempo permitia que a casa se erguesse no espaço. E ela se erguia.

– *Merde* – murmurou Beauvoir, entrando no amplo ambiente, uma combinação de cozinha, sala de estar e de jantar.

Com paredes de vidro em três lados, parecia não haver nenhuma divisão entre aquele mundo e o seguinte. Entre o interior e o exterior. Entre a floresta e a casa.

Onde mais um lenhador tcheco poderia viver, se não no bosque? Em uma casa feita de luz?

Hanna Parra estava em frente à pia, secando as mãos, e Havoc guardava a louça do almoço. O lugar cheirava a sopa.

– Não está trabalhando no bistrô hoje? – perguntou Beauvoir a Havoc.

– Hoje foi só meio expediente – respondeu o rapaz. – Olivier perguntou se eu me importava.

– E você?

– Se eu me importo? – perguntou o jovem, enquanto eles se dirigiam até a mesa de jantar comprida. – Não. Acho que ele está bem estressado.

– Como é trabalhar para ele?

Beauvoir percebeu que Morin havia puxado o caderninho e uma caneta. Ele havia pedido ao jovem agente que fizesse isso assim que chegassem. Isso abalava os suspeitos, e Beauvoir gostava de vê-los abalados.

– Ele é ótimo, mas eu só tenho o meu pai para comparar.

– Ei, e o que você quer dizer com isso? – perguntou Roar.

Beauvoir examinou aquele homem pequeno e vigoroso em busca de sinais de agressão, mas aquela parecia ser uma piada familiar recorrente.

– Pelo menos o Olivier não me faz trabalhar com serras, machados e facões.

– A torta de chocolate e o sorvete do Olivier são muito mais perigosos. Pelo menos com o machado você é cuidadoso.

Beauvoir percebeu que ele tinha ido direto ao ponto daquele caso. O que parecia ameaçador não era. E o que parecia maravilhoso, tampouco.

– Eu queria mostrar a foto da vítima para vocês.

– Nós já vimos. A agente Lacoste mostrou – contou Hanna.

– Eu queria que vocês vissem de novo.

– Por qual razão, inspetor? – perguntou Hanna.

– Os senhores são tchecos.

– E daí?

– Já estão aqui há algum tempo, eu sei – continuou Beauvoir, ignorando a mulher. – Muitos tchecos vieram depois da invasão russa.

– Tem uma próspera comunidade tcheca aqui – concordou Hanna.

– Na verdade, ela é tão grande que existe até uma associação tcheca. Vocês se encontram uma vez por mês para fazer um jantar coletivo.

Tudo isso e muito mais ele havia aprendido com a pesquisa do agente Morin.

– É verdade – disse Roar, analisando Beauvoir e se perguntando aonde ele queria chegar.

– E o senhor foi presidente da associação algumas vezes – disse Beauvoir para Roar, antes de se voltar para Hanna. – Os dois foram.

– Isso não é uma grande honra, inspetor – comentou Hanna, sorrindo. – A gente se reveza. É um sistema de rodízio.

– É correto afirmar que os senhores conhecem todo mundo da comunidade tcheca local?

Cautelosos, eles se entreolharam e assentiram.

– Então devem conhecer a nossa vítima. O homem era tcheco.

Beauvoir tirou a fotografia do bolso e a colocou na mesa. Mas eles não olharam. Os três o encaravam. Surpresos. Por ele saber? Ou porque o homem era tcheco?

Beauvoir tinha que admitir que poderia ser qualquer uma das duas opções.

Roar pegou a foto e olhou. Por fim, balançou a cabeça antes de entregar a imagem à esposa.

– A gente já viu esta foto e falou a mesma coisa para a agente Lacoste. A gente não conhecia o homem. Se ele era tcheco, não ia aos jantares. Ele nunca fez contato com a gente. O senhor vai ter que perguntar para os outros também, é claro.

– Estamos fazendo isso – afirmou Beauvoir, enfiando a foto no bolso. – Nossos agentes estão falando com outros membros da comunidade agora mesmo.

– Isso é uma tentativa de traçar um perfil? – perguntou Hanna Parra, séria.

– Não, faz parte da investigação. Se a vítima era tcheca, faz sentido perguntar sobre ela na comunidade, não?

O telefone tocou. Hanna foi até o aparelho e olhou para baixo.

– É a Eva.

Ela atendeu e falou em francês, explicando que um policial da Sûreté estava lá e que não, tampouco havia reconhecido a pessoa da foto. E que sim, também ficara surpresa ao saber que o homem era tcheco.

Esperta, pensou Beauvoir. Hanna colocou o telefone no gancho, e ele imediatamente tocou de novo.

– É a Yanna – disse ela, desta vez deixando o aparelho tocar.

O telefone tocaria a tarde inteira, ele percebeu. À medida que os agentes chegassem, interrogassem as pessoas e fossem embora. E os tchecos ligassem uns para os outros.

Aquilo pareceu vagamente sinistro, até que Beauvoir admitiu para si mesmo, com alguma relutância, que faria a mesma coisa.

– Vocês conhecem Bohuslav Martinù?

– Quem?

Beauvoir repetiu o nome e depois mostrou a eles uma foto impressa.

– Ah, Bohuslav Martinù – disse Roar, pronunciando o nome de um jeito ininteligível para Beauvoir. – É um compositor tcheco. Não vai me dizer que ele é suspeito?

Roar riu, mas Hanna e Havoc, não.

– Alguém aqui tem laços com ele?

– Não, ninguém – respondeu Hanna, com convicção.

A pesquisa de Morin sobre os Parras havia revelado pouca coisa. As relações deles na República Tcheca pareciam se limitar a uma tia e alguns primos. Eles tinham escapado com 20 e poucos anos, solicitado o status de refugiados no Canadá e agora eram cidadãos canadenses.

Nada fora do comum. Nenhum vínculo com Martinù. Nenhum laço com alguém famoso ou infame. Nada de Woo, Charlotte ou tesouro. Nada.

E ainda assim Beauvoir estava convencido de que eles sabiam mais do que estavam contando. Mais do que Morin havia conseguido descobrir.

Enquanto os policiais se afastavam, o carro refletindo na construção de vidro, Beauvoir se perguntou se os Parras eram tão transparentes quanto a casa deles.

– Eu tenho uma pergunta para você – disse Gamache, enquanto eles voltavam para a sala de estar dos Brunels.

Jérôme ergueu os olhos por um breve instante e depois voltou a tentar extrair algum sentido das letras criptografadas.

– Pergunte à vontade.

– Denis Fortin…

– Da Galeria Fortin? – interrompeu a superintendente.

Gamache aquiesceu.

– Ele estava visitando Three Pines ontem e viu uma das esculturas. Disse que não valia nada.

Thérèse Brunel ficou em silêncio por um momento.

– Não me surpreende. Ele é um negociante de arte respeitado. Excepcional para apontar novos talentos. Mas a especialidade dele não é escultura, embora ele lide com alguns escultores importantes.

– Mas até eu vi que as esculturas são impressionantes. Como ele não veria?

– O que você está sugerindo, Armand? Que ele mentiu?

– Isso é possível?

Thérèse pensou.

– Imagino que sim. Eu sempre acho um pouco divertida, e por vezes útil, a percepção geral sobre o mundo das artes. As pessoas de fora parecem pensar que ele é feito de artistas arrogantes e malucos, compradores estúpidos e donos de galerias que unem essas duas partes. Na verdade, é um negócio, e quem não entende isso fica para trás. Em alguns casos, centenas de milhões de dólares estão em jogo. Mas ainda maiores que as pilhas de dinheiro são os egos. Juntando uma riqueza imensa com egos ainda maiores, dá uma mistura bem volátil. É um mundo brutal, muitas vezes feio e com frequência violento.

Gamache pensou em Clara e se perguntou se ela percebia isso. Questionou se ela sabia o que esperava por ela fora daquela área delimitada já tão conhecida.

– Mas com certeza nem todo mundo é assim – argumentou ele.

– Não. Mas neste nível – disse ela, apontando para as esculturas na mesa do marido –, eles são. Um homem foi morto. Se a gente pesquisar mais a fundo, talvez descubra outras pessoas que morreram.

– Por causa destas esculturas? – quis saber Gamache, pegando o veleiro.

– Por causa da grana.

Gamache olhou para a escultura. Sabia que nem todo mundo era motivado só por dinheiro. Havia outras moedas. Ciúme, raiva, vingança. Ele encarou não os passageiros que navegavam em direção a um futuro feliz, mas aquele que olhava para trás. Para o lugar de onde tinham vindo. Apavorado.

– Mas eu tenho boas notícias para você, Armand.

Gamache baixou o veleiro e olhou para a superintendente.

– Encontrei o seu Woo.

TRINTA

— Aqui está ele — disse Thérèse.

Eles tinham dirigido até o centro de Montreal, e agora a superintendente apontava para um prédio. Gamache reduziu e imediatamente provocou um buzinaço. No Quebec, era quase um crime capital desacelerar. Ele não voltou a acelerar, ignorou as buzinas e tentou ver para onde Thérèse estava apontando. Era uma galeria de arte, Heffel. Do lado de fora havia uma escultura de bronze. Mas eles acabaram passando pelo lugar antes que o inspetor-chefe pudesse dar uma boa olhada. Ele passou os 20 minutos seguintes tentando encontrar uma vaga.

— Não dá para parar e deixar o pisca-alerta ligado? — perguntou a superintendente Brunel.

— Se a gente quiser morrer, sim.

Ela bufou, mas não discordou. Por fim, eles estacionaram e caminharam de volta pela Rue Sherbrooke até a frente da galeria de arte Heffel, para observar uma escultura de bronze que Gamache já tinha visto, mas nunca havia parado para analisar.

O celular de Gamache vibrou.

— *Pardon* — disse ele à superintendente, e atendeu a ligação.

— Oi, é a Clara. Queria saber se você está indo.

— Daqui a alguns minutos. Você está bem?

Ela soava trêmula, chateada.

— Estou, sim. Onde eu te encontro?

— Eu estou na Sherbrooke, em frente à galeria Heffel.

— Eu sei onde é. Chego em uns minutos. Pode ser?

Parecia que ela estava louca para ir embora, ansiosa até.

– Perfeito. Eu vou estar aqui.

Ele desligou o telefone e se voltou para a escultura. Em silêncio, caminhou ao redor dela, enquanto Thérèse Brunel o observava com uma expressão divertida no rosto.

O que ele viu foi uma escultura de bronze quase em tamanho real de uma mulher de meia-idade desmazelada perto de um cavalo com um macaco nas costas e ao lado de um cachorro. Quando voltou ao ponto onde estava a superintendente Brunel, ele parou.

– Isto é o Woo?

– Não, esta é Emily Carr. A escultura é de Joe Fafard e se chama *Emily and Friends*.

Gamache sorriu e balançou a cabeça. Claro que era. Ele identificou a matrona atarracada que fora uma das artistas mais notáveis do Canadá. Talentosa e visionária, ela havia pintado principalmente no início do século XX e já tinha morrido fazia muito tempo. Mas sua arte só crescia em relevância e influência.

Ele se aproximou um pouco mais da mulher de bronze. Ali, ela estava mais jovem do que nas velhas fotos granuladas em preto e branco que ele tinha visto. Elas quase sempre mostravam uma mulher masculina, sozinha. Em uma floresta. Que não sorria nem parecia feliz.

Aquela mulher estava feliz. Talvez fosse a visão do escultor.

– É maravilhosa, não é? – perguntou a superintendente Brunel. – Geralmente, Emily Carr tem uma aparência medonha. Eu acho brilhante ele ter mostrado ela feliz, como ela só devia ficar quando estava cercada pelos animais. Eram as pessoas que ela odiava.

– Você disse que tinha encontrado o Woo. Onde?

Ele parecia decepcionado e longe de crer que a amiga tivesse razão. Como uma pintora nascida do outro lado do país, morta havia tanto tempo, poderia ter alguma coisa a ver com o caso?

Thérèse Brunel chegou perto da escultura e colocou uma das mãos no macaco.

– Este aqui é o Woo. Companheiro inseparável de Emily Carr.

– Woo é um macaco?

– Ela adorava os animais, mas principalmente o Woo.

Gamache cruzou os braços e encarou a escultura.

– É uma teoria interessante, mas o Woo da cabana do Eremita pode significar qualquer coisa. O que te faz pensar que é o macaco da Emily Carr?

– Isto aqui.

Ela abriu a bolsa e entregou a ele um livreto brilhoso. Era de uma retrospectiva dos trabalhos da artista na Galeria de Arte de Vancouver. Gamache olhou para as fotos das inconfundíveis pinturas de Carr da natureza selvagem da Costa Oeste, quase um século antes.

O trabalho dela era extraordinário. Tons ricos de verde e marrom unidos de modo que a floresta parecesse ao mesmo tempo frenética e tranquila. Era uma floresta havia muito desaparecida. Serrada, desmatada, arruinada. Mas ainda assim viva, graças ao pincel e ao brilhantismo de Emily Carr.

Mas não tinha sido aquilo que a tornara famosa.

Gamache virou as páginas do livreto até encontrá-la. A série que havia se tornado a marca registrada da artista. Obras que assombravam todas as almas canadenses que as tinham visto.

Os totens.

Localizados nas praias de um remoto vilarejo de pescadores haida, no norte da Colúmbia Britânica. Ela os havia pintado onde os haidas os colocaram.

Então a superintendente apontou para três letrinhas miúdas.

Ilhas Queen Charlotte.

Era lá que eles estavam.

Charlotte.

Gamache sentiu um arrepio. Será que realmente tinham encontrado o "Woo"?

– As esculturas do Eremita foram talhadas em cedro-vermelho – disse Thérèse Brunel. – Assim como a palavra Woo. O cedro-vermelho cresce em alguns lugares, mas não aqui. Não no Quebec. Um dos lugares onde ele cresce é na Colúmbia Britânica.

– Nas ilhas Queen Charlotte – murmurou Gamache, hipnotizado pelas pinturas dos totens.

Retos, altos, magníficos. Antes de serem derrubados porque eram considerados manifestações pagãs, antes de serem arrancados pelos missionários e pelo governo.

As pinturas de Emily Carr eram as únicas imagens dos totens como eles tinham sido concebidos pelos haidas. Ela nunca pintava pessoas, mas pintava o que elas criavam. Casas compridas. E totens altíssimos.

Gamache ficou olhando para a imagem, perdido naquela beleza selvagem e no desastre que ela enfrentaria.

Então se voltou de novo para a legenda. *Vilarejo haida. Queen Charlotte.*

E soube que Thérèse estava certa. O "Woo" apontava para Emily Carr, e Emily Carr apontava para as ilhas Queen Charlotte. Devia ser por isso que havia tantas referências a Charlotte na cabana do Eremita. *A teia de Charlotte*, Charlotte Brontë. Charlotte Martinů, que dera o violino ao marido. A Câmara de Âmbar, que tinha sido feita para uma Charlotte. Tudo o levava até ali. Às ilhas Queen Charlotte.

– Pode ficar com isso – disse a superintendente Brunel, apontando para o livreto. – Tem muitas informações biográficas sobre Emily Carr. Pode ser útil.

– *Merci* – agradeceu Gamache, fechando o catálogo e olhando para a escultura de Carr, a mulher que havia capturado a vergonha do Canadá, não pintando as pessoas desterradas e destruídas, mas pintando a glória delas.

CLARA OLHAVA PARA AS ÁGUAS cinzentas do rio St. Lawrence cruzando a ponte Champlain.

– Como foi o seu almoço? – perguntou Gamache quando estavam na autoestrada a caminho de Three Pines.

– Bom, podia ter sido melhor.

O humor de Clara oscilava freneticamente entre a fúria, a culpa e o arrependimento. Se em um instante ela achava que deveria ter dito a Denis Fortin com todas as letras o *merde* que ele era, logo depois estava louca para chegar em casa, ligar para ele e pedir desculpas.

Clara era um ímã de culpa. Críticas e acusações voavam pelos ares e grudavam nela. Ela parecia atrair tudo que era negativo, talvez por ser tão positiva.

Bom, já bastava. Ela se endireitou no banco do carro. *Dane-se ele.* Mas, bom, talvez devesse pedir desculpas e deixar para se impor depois da exposição, sabe.

Que idiota ela havia sido. Por que cargas-d'água havia pensado que era uma boa ideia irritar o dono da galeria que estava lhe oferecendo fama e fortuna? Reconhecimento. Aprovação. Atenção.

Droga, o que havia feito? Será que era reversível? Com certeza ela podia ter esperado até o dia seguinte à estreia, quando as críticas já tivessem saído no *The New York Times* e no *The Times*, de Londres. Quando a fúria dele já não pudesse arruiná-la, como podia agora.

Como arruinaria agora.

Ela tinha ouvido as palavras dele. E, o mais importante, tinha visto no rosto de Fortin. Ele ia arruiná-la. Embora arruinar implicasse que havia algo construído a ser derrubado. Não, o que ele ia fazer era pior. Ele ia garantir que o mundo jamais ouvisse falar de Clara Morrow. Nunca visse as pinturas dela.

Ela olhou as horas no painel do carro.

15h50. O tráfego pesado fora da cidade estava diminuindo. Eles estariam em casa dentro de uma hora. Se ela chegasse antes das cinco, poderia ligar para a galeria de Fortin e se prostrar aos pés dele.

Ou talvez ela devesse ligar para dizer quanto ele era imbecil.

Era uma longa viagem de volta.

– Você quer falar sobre isso? – perguntou Gamache depois de meia hora de silêncio.

Eles tinham saído da rodovia e estavam indo na direção de Cowansville.

– Eu não sei muito bem o que dizer. Denis Fortin chamou Gabri de "bicha nojenta" ontem no bistrô. Gabri não ouviu, mas eu ouvi e não disse nada. Eu conversei com Peter e Myrna sobre isso, eles me escutaram, mas deixaram a decisão do que fazer nas minhas mãos. Até hoje de manhã, quando Peter meio que disse que eu devia falar com Fortin.

Gamache saiu da estrada principal. As lojas e as casas se afastaram, e a floresta se fechou ao redor deles.

– Como o Fortin reagiu? – indagou ele.

– Ele disse que vai cancelar a exposição.

Gamache suspirou.

– Eu sinto muito, Clara.

Ele olhou de relance para o rosto infeliz dela, virado para fora. Ela o lembrou Annie na outra noite. Uma leoa exausta.

– Como foi o seu dia? – perguntou ela.

Eles estavam na estrada de terra agora, aos solavancos. Era uma rota usada por pouca gente. Basicamente só por pessoas que sabiam para onde estavam indo ou tinham se perdido por completo.

– Produtivo, acho. Eu tenho uma pergunta para você.

– Pode perguntar.

Ela parecia aliviada de ter outra coisa para fazer além de assistir ao relógio se aproximar das cinco da tarde.

– O que você sabe sobre Emily Carr?

– Olha, eu nunca teria apostado nessa pergunta – disse ela, sorrindo e organizando os pensamentos. – A gente estudou a obra dela na faculdade. Ela foi uma grande inspiração para vários artistas canadenses, principalmente as mulheres. Foi uma inspiração para mim, inclusive.

– Como?

– Ela foi a lugares aonde ninguém mais se atrevia a ir, só com o cavalete.

– E o macaco.

– Isso é o apelido de alguém, inspetor-chefe?

Gamache riu.

– Não, ela tinha um macaco mesmo. Continue.

– Bom, ela era muito independente. E o trabalho dela evoluiu. No início, era muito objetivo. Uma árvore era uma árvore, uma casa era uma casa. Era quase documental. Ela queria capturar os haidas nos vilarejos, sabe? Antes que eles fossem destruídos.

– Pelo que eu sei, a maioria das obras dela foi produzida nas ilhas Queen Charlotte.

– É, a maioria das mais famosas. Em algum momento ela percebeu que pintar exatamente o que podia ser visto não era suficiente. Aí ela realmente se soltou, abandonou todas as convenções e pintou não só o que via, mas o que sentia. Ela foi ridicularizada por isso. Ironicamente, hoje essas são as pinturas mais famosas dela.

Gamache assentiu, lembrando-se dos totens em frente à floresta vibrante.

– Foi uma mulher extraordinária.

– Acho que tudo começou com a revelação brutal – comentou Clara.

– Com o quê?

– Com a revelação brutal. Essa história ficou bem conhecida nos círculos artísticos. Ela era a caçula de cinco filhas e muito próxima ao pai. Aparentemente, era um relacionamento maravilhoso. Nada sugeria que não fosse uma relação de puro amor e apoio paternal.

– Nada sexual, você quer dizer.

– É, só um vínculo forte entre pai e filha. Daí, no final da adolescência, alguma coisa aconteceu e ela saiu de casa. Nunca mais falou com ele nem viu o pai de novo.

– O que aconteceu? – perguntou Gamache, desacelerando o carro.

Clara percebeu aquilo e olhou para o relógio, que se aproximava das 16h55.

– Ninguém sabe. Ela nunca contou para ninguém, e a família não disse nada. Mas ela, que foi uma criança feliz e despreocupada, se tornou uma mulher amargurada. Muito solitária, não muito simpática, parece. Então, perto do fim da vida, ela escreveu para um amigo. Na carta, ela dizia que o pai tinha dito uma coisa para ela. Uma coisa horrível e imperdoável.

– A revelação brutal.

– Foi como ela descreveu.

Eles haviam chegado. Gamache parou na frente da casa dela, e os dois ficaram sentados em silêncio por um instante. Eram 17h05. Tarde demais. Ela podia tentar, mas sabia que Fortin não iria atender.

– Obrigado – disse ele. – Você me ajudou muito.

– Você também.

– Eu queria que isso fosse verdade – replicou ele, sorrindo para ela.

Mas, surpreendentemente, ela parecia estar mesmo se sentindo melhor. Clara saiu do carro e, em vez de entrar em casa, parou na rua, depois começou a caminhar devagar. Ao redor da praça do vilarejo. Deu voltas e mais voltas, até que o fim encontrasse o começo e ela estivesse novamente no ponto de partida. E, enquanto caminhava, pensou em Emily Carr. E no ridículo que a artista havia suportado nas mãos de donos de galerias, críticos e de um público medroso demais para ir aonde ela queria levá-los.

Mais fundo. Nas profundezas do desconhecido.

Então Clara entrou em casa.

ERA TARDE DA NOITE EM Zurique quando um colecionador de arte pegou a estranha e pequena escultura pela qual havia pagado uma fortuna. A que tinham garantido a ele ser uma grande obra de arte e, o mais importante, um grande investimento.

No início, ele a havia exibido em sua casa, até que a esposa pedira que a obra fosse colocada em outro lugar. Longe dali. Então ele tinha colocado a peça em sua galeria privada. Uma vez por dia, ele se sentava ali com um conhaque e observava suas obras-primas. Os Picassos, Rodins e Henry Moores.

Mas seus olhos continuavam se voltando para a pequena escultura alegre da floresta com pessoas felizes construindo um vilarejo. A princípio, ela o deixara contente, mas agora o colecionador a achava sinistra. Ele estava pensando em colocá-la em outro lugar de novo. Dentro do armário, talvez.

Quando, mais cedo, o marchand havia ligado e perguntado se ele poderia enviá-la de volta ao Canadá para uma investigação policial, o colecionador tinha se recusado. Afinal de contas, aquilo fora um investimento. E ninguém poderia forçá-lo a nada. Ele não havia feito nada de errado, e eles não tinham jurisdição ali.

O marchand, porém, tinha transmitido dois pedidos da polícia. Ele sabia a resposta para o primeiro, mas ainda assim pegou a escultura e olhou para a base lisa. Não havia nenhuma letra ou assinatura. Nada. A outra pergunta parecia ridícula. Ainda assim, ele tentou. Estava prestes a devolver a escultura para o lugar e enviar um e-mail dizendo que não havia encontrado nada, quando seus olhos captaram algo claro entre os pinheiros escuros.

Ele espiou mais de perto. Ali, bem no fundo da floresta, longe do vilarejo, encontrou o que a polícia procurava.

Uma minúscula figura de madeira. Um jovem, não muito mais que um garoto, escondido no bosque.

TRINTA E UM

Estava ficando tarde. A agente Lacoste já tinha ido embora e o inspetor Beauvoir e o agente Morin repassavam o relatório do dia.

– A gente interrogou os Parras, os Kmeniks, os Mackus. Toda a comunidade tcheca – contou Beauvoir. – Nada. Ninguém conhecia o Eremita, ninguém viu o homem. Todos já tinham ouvido falar daquele violinista…

– Martinù – disse Morin.

– … porque parece que é um compositor tcheco famoso, mas nenhum deles o conhecia.

– Eu falei com o Instituto Martinù e chequei os antecedentes das famílias tchecas – disse Morin. – A história de todo mundo bate. Eles são refugiados da invasão comunista. Nada mais. Aliás, eles parecem cumprir mais as leis que a maioria. E não têm nenhuma conexão com o Martinù.

Beauvoir balançou a cabeça. Se as mentiras irritavam o inspetor, a verdade parecia enfurecê-lo ainda mais. Ainda mais quando era inconveniente.

– E qual foi a sua impressão? – perguntou Gamache ao agente Morin, que olhou de soslaio para o inspetor Beauvoir antes de responder.

– Eu acho que o violino e a música não têm nada a ver com ninguém daqui.

– Talvez você esteja certo – admitiu Gamache, que sabia que eles teriam que vasculhar muitas cavernas vazias antes de encontrar o assassino, e aquela podia ser uma delas. – E os Parras? – perguntou, embora soubesse a resposta.

Se houvesse alguma coisa ali, Beauvoir já teria contado a ele.

– Nenhum antecedente – confirmou Beauvoir. – Mas…

Gamache esperou.

– Eles pareciam cautelosos, na defensiva. Ficaram surpresos quando eu disse que o morto era tcheco. Todo mundo ficou.

– O que você acha? – perguntou o chefe.

Beauvoir passou a mão pelo rosto, cansado.

– Eu não estou conseguindo juntar as peças, mas acho que de alguma forma elas se encaixam.

– Você acha que existe alguma conexão? – pressionou Gamache.

– Como não, sabe? O morto era tcheco, assim como a partitura e o violino caríssimo. Tem uma grande comunidade tcheca aqui, incluindo duas pessoas que poderiam ter encontrado a cabana. A não ser que...

– Sim?

Beauvoir se inclinou para a frente, as mãos nervosas entrelaçadas sobre a mesa.

– E se nós estivermos errados? E se o morto não for tcheco?

– Você quer dizer se Olivier estiver mentindo? – perguntou Gamache.

Beauvoir fez que sim.

– Ele mentiu sobre todo o resto. Talvez tenha dito isso para nos despistar, para que a suspeita recaísse sobre outras pessoas.

– Mas e o violino e a partitura?

– O que tem eles? – disse Beauvoir, aprimorando o argumento. – Tem várias outras coisas naquela cabana. Talvez Morin esteja certo – sugeriu ele, embora com o mesmo tom que usaria para sugerir que um chimpanzé estava certo, com um misto de dúvida e espanto por presenciar um milagre. – Talvez a partitura e o violino não tenham nada a ver com a história. Afinal de contas, a cabana tinha pratos da Rússia e copos de outros lugares. As coisas não significam nada. Ele podia ser de qualquer lugar. Nós só temos a palavra do Olivier quanto a isso. E pode ser que o Olivier não esteja exatamente mentindo. Talvez o cara falasse com um sotaque, só que não tcheco. Talvez fosse russo, polonês ou de um desses outros países.

Gamache se recostou, pensativo, então assentiu e se aprumou.

– É possível. Mas será provável?

Aquela era a parte da investigação de que o inspetor-chefe mais gostava e que mais o assustava. Não a hora de encurralar um suspeito de assassinato. Mas a possibilidade de virar à esquerda quando ele deveria ter virado à direita. De descartar uma pista, desistir de um caminho promissor. Ou de não ver um caminho, por pressa de chegar a uma conclusão.

Não, Gamache precisava avançar com cuidado. Como qualquer explorador, sabia que o perigo não estava em cair de um penhasco, mas em se perder irremediavelmente. Ficar confuso. Desorientado pelo excesso de informações.

No fim das contas, a solução de uma investigação de assassinato sempre era de uma simplicidade devastadora. Era como se a resposta sempre tivesse estado ali, óbvia. Escondida entre fatos, evidências, mentiras e interpretações errôneas dos investigadores.

– Vamos deixar isso quieto por enquanto – disse ele – e manter a mente aberta. O Eremita podia ser tcheco ou não. De uma forma ou de outra, não dá para negar o conteúdo da cabana.

– O que a superintendente Brunel disse? Algum dos itens foi roubado? – quis saber Beauvoir.

– Ela não encontrou nada, mas ainda está procurando. Jérôme Brunel estudou as letras debaixo das esculturas e acha que é uma Cifra de César. É um tipo de código.

Ele explicou o funcionamento da linguagem cifrada.

– Então a gente só precisa encontrar a palavra-chave? – perguntou Beauvoir. – Deve ser bem simples. Woo.

– Não. A gente já tentou.

Beauvoir foi até a folha de papel almaço da parede e destampou o pilot. Escreveu o alfabeto e deixou o pilot pairando sobre a folha.

– Que tal "violino"? – sugeriu Morin.

Beauvoir voltou a olhar para o agente como se ele fosse um chimpanzé inesperadamente brilhante. Ele escreveu *violino* em uma folha de papel separada. Depois escreveu *Martinù, Bohuslav*.

– Boêmia – propôs Morin.

– Boa ideia – comentou Beauvoir.

Em um minuto eles tinham uma dezena de possibilidades, e em dez minutos haviam tentado todas elas sem sucesso.

Beauvoir bateu o pilot na folha de papel, um tanto irritado, e olhou para o alfabeto como se a culpa fosse dele.

– Bom, continuem tentando – disse Gamache. – A superintendente Brunel está rastreando as outras esculturas.

– O senhor acha que foi por isso que ele morreu? – perguntou Morin. – Por causa das esculturas?

– Talvez – respondeu Gamache. – Existem poucas coisas que as pessoas não fariam por itens tão valiosos.

– Mas quando a gente encontrou a cabana, ela não tinha sido revirada – recordou Beauvoir. – Se você encontrasse o cara, encontrasse a cabana, fosse até lá e matasse ele, não vasculharia o lugar depois até achar as esculturas? Não é como se o assassino tivesse que se preocupar em não chamar a atenção dos vizinhos.

– Talvez ele quisesse fazer isso, mas ouviu Olivier voltando e teve que ir embora – disse Gamache.

Beauvoir aquiesceu. Ele tinha se esquecido da volta de Olivier. Aquilo fazia sentido.

– Falando nisso – comentou ele, sentando-se –, o relatório sobre as ferramentas de entalhe e a madeira chegou. O laboratório disse que as ferramentas foram usadas para fazer as esculturas, mas não para talhar o Woo. Os sulcos não combinavam e parece que a técnica também não. Definitivamente, foram pessoas diferentes.

Era um alívio ter alguma informação definitiva sobre aquele caso.

– Mas o cedro-vermelho foi usado em todos eles? – perguntou Gamache, que queria ouvir a confirmação.

Beauvoir assentiu.

– E eles conseguiram ser mais específicos ainda, pelo menos em relação ao Woo. Eles checam a água, os insetos, os anéis de crescimento, todo tipo de coisa, para ver de onde a madeira realmente veio.

Gamache se inclinou para a frente e escreveu três palavras em uma folha de papel. Depois a deslizou pela mesa até Beauvoir, que leu e riu soltando o ar pelo nariz.

– O senhor falou com o laboratório?

– Eu falei com a superintendente Brunel.

Ele contou aos dois sobre o Woo de Emily Carr. Sobre os totens haidas, esculpidos em cedro-vermelho.

Beauvoir olhou para a anotação do chefe.

Ilhas Queen Charlotte.

E era isso que o laboratório havia falado. A madeira que havia se tornado

"Woo" tinha começado a vida como uma muda séculos antes, nas ilhas Queen Charlotte.

GABRI SEGUIA, QUASE MARCHANDO, pela Rue du Moulin. Havia tomado uma decisão e queria chegar lá antes de mudar de ideia, como tinha feito a cada cinco minutos a tarde inteira.

Ele mal havia trocado cinco palavras com Olivier desde que o interrogatório do inspetor-chefe tinha revelado quantas coisas o companheiro escondera dele. Finalmente, Gabri se viu diante do exterior reluzente do que havia sido a antiga casa dos Hadleys. Agora, uma placa de madeira entalhada encontrava-se pendurada na frente dela, balançando de leve com a brisa.

Auberge et Spa.

As letras eram refinadas, claras, elegantes. Era o tipo de placa que Gabri queria que Velho Mundin fizesse para a pousada deles, mas não tivera tempo de pedir. Acima da inscrição havia uma fileira de três pinheiros esculpidos. Icônica, memorável, clássica.

Ele também tinha pensado em fazer isso na pousada. E pelo menos o estabelecimento deles ficava realmente em Three Pines. Aquele casarão só pairava sobre o vilarejo. Não fazia parte dele de verdade.

Mesmo assim, era tarde demais. E ele não estava ali para botar defeito em nada. Muito pelo contrário.

Assim que pisou na varanda, lembrou que Olivier também estivera ali, com o corpo. Tentou se desvencilhar da imagem. De seu gentil, bondoso e discreto Olivier fazendo algo tão horrível.

Gabri tocou a campainha e esperou, observando o latão brilhante da maçaneta, o vidro chanfrado e a tinta vermelha nova na porta. Alegre e acolhedora.

– *Bonjour?* – disse Dominique Gilbert ao abrir a porta, seu rosto a imagem de uma educada suspeita.

– Madame Gilbert? A gente se conheceu no vilarejo, quando a senhora chegou. Sou Gabriel Dubeau.

Ele estendeu a mão grande, e ela a apertou.

– Eu sei quem você é. Você administra aquela pousada maravilhosa.

Gabri sabia quando estava sendo amaciado, tendo ele mesmo se especializado nisso. Ainda assim, era bom receber elogios, e ele nunca recusava um.

– Isso mesmo – confirmou, sorrindo. – Mas não é nada comparado ao que vocês fizeram aqui. Isto está deslumbrante.

– Você quer entrar?

Dominique deu um passo para o lado, e Gabri se viu no amplo vestíbulo. A última vez que tinha ido até lá, o lugar estava em ruínas, assim como ele. Mas era evidente que a antiga casa dos Hadleys já não existia mais. A tragédia, o suspiro da colina, havia se tornado um sorriso. Um *auberge* acolhedor, elegante e gracioso. Um lugar em que ele mesmo poderia se hospedar, para se mimar. Para fugir um pouco.

Ele pensou em sua pousada um tanto gasta. O que instantes antes parecia confortável, charmoso e acolhedor agora só parecia a definição perfeita de uma hospedaria surrada. Como uma grande dama cujo auge já passou. Quem ia querer visitar a casa da titia quando poderia ir para um hotel com spa todo moderno?

Olivier estava certo. Aquilo era o fim.

E, ao olhar para Dominique, calorosa e confiante, ele soube que ela não falharia. Ela parecia ter nascido para o sucesso, para ter sucesso.

– A gente está tomando uns drinques na sala de estar. Você aceita?

Ele estava prestes a recusar o convite. Tinha ido até lá para dizer uma única coisa aos Gilberts e depois ir embora, rapidamente. Aquela não era uma visita social. Mas ela já havia se virado, presumindo que ele aceitaria, e agora atravessava um grande arco.

Mas, apesar daquela elegância fácil, tanto do lugar quanto da mulher, alguma coisa não encaixava.

Ele analisou a anfitriã enquanto ela se afastava. Blusa de seda clara, calça folgada da Aquascutum, um lenço solto. E certo perfume. O que era?

Então Gabri entendeu. Ele sorriu. Em vez de cheirar a Chanel, a mulher tinha cheiro de cavalo. E não era apenas isso, mas também um leve aroma de cocô de cavalo.

O ânimo de Gabri melhorou. Pelo menos a pousada dele cheirava a muffins.

– É o Gabriel Dubeau – anunciou Dominique à sala.

A lareira estava acesa, e um homem mais velho olhava para ela. Carole Gilbert estava sentada em uma poltrona, e Marc ladeava a bandeja de bebidas. Todos elevaram o olhar.

O inspetor-chefe Gamache nunca tinha visto o bistrô tão vazio. Ele se sentou em uma poltrona perto do fogo, e Havoc Parra trouxe a bebida dele.

– Noite tranquila? – perguntou quando o jovem colocou o uísque e o prato de queijo quebequense na mesa.

– Morta – disse Havoc, corando um pouco. – Mas provavelmente vai melhorar.

Ambos sabiam que não era verdade. Já eram seis e meia. O auge do happy hour e do movimento antes do jantar. Havia dois outros clientes no amplo salão e um pequeno esquadrão de garçons à espera. De um movimento que nunca viria. Não naquela noite. Talvez nunca mais.

Three Pines havia perdoado muita coisa de Olivier. O corpo tinha sido considerado mero azar. Até o fato de conhecer o Eremita e a cabana havia sido ignorado. Não facilmente, é verdade. Mas ele era muito amado e, onde havia amor, havia tolerância. Eles até tinham conseguido perdoá-lo por mover o corpo. Aquilo fora visto como uma espécie de grande erro da parte dele.

Mas tudo acabou quando descobriram que Olivier havia ganhado milhões de dólares em segredo, em cima de um recluso que provavelmente não estava em boas condições mentais. Ao longo de anos. E que tinha comprado grande parte de Three Pines discretamente. Era o senhorio de Myrna, Sarah e monsieur Béliveau.

Aquele era o Vilarejo do Olivier, e os nativos estavam inconformados. O homem que eles pensavam conhecer, no fim das contas, era um estranho.

– Olivier está?

– Na cozinha. Ele dispensou o chef e decidiu cozinhar ele mesmo hoje à noite. Ele é um ótimo cozinheiro, como o senhor sabe.

Gamache sabia, tendo desfrutado a comida dele diversas vezes. Mas também sabia que aquela decisão permitia que Olivier se escondesse na cozinha. Onde ele não precisava ver a expressão acusadora e infeliz de pessoas que eram suas amigas. Ou, pior ainda, ver as cadeiras vazias onde os amigos costumavam se sentar.

– Você pode pedir a ele para vir até aqui?

– Vou tentar.

– Por favor.

Com aquelas duas palavrinhas, o inspetor-chefe comunicou que, embora aquilo parecesse um pedido educado, não era. Alguns minutos depois, Olivier se sentou na cadeira diante de Gamache. Eles não precisavam se preocupar em falar baixo. O bistrô agora estava vazio.

Gamache se inclinou para a frente, tomou um gole do uísque e observou o outro com atenção.

– O que o nome "Charlotte" significa para você?

Olivier ergueu as sobrancelhas, surpreso.

– Charlotte? – perguntou, depois pensou por alguns instantes. – Eu nunca conheci nenhuma Charlotte. Uma vez conheci até uma garota chamada Charlie.

– O Eremita alguma vez mencionou esse nome?

– Ele nunca mencionou nome nenhum.

– Sobre o que vocês conversavam?

Olivier ouviu de novo a voz do morto, não grave, mas de alguma forma tranquilizadora.

– A gente conversava sobre hortas, construção e encanamento. Ele aprendia coisas com os romanos, os gregos, os colonos. Era fascinante.

Mais uma vez, Gamache desejou que houvesse uma terceira cadeira na cabana, para ele próprio.

– Ele alguma vez mencionou a Cifra de César?

De novo, Olivier pareceu perplexo, em seguida balançou a cabeça.

– E as ilhas Queen Charlotte? – perguntou Gamache.

– Na Colúmbia Britânica? Por que ele falaria sobre isso?

– Você sabe se tem alguém da Colúmbia Britânica em Three Pines?

– Aqui tem gente de todos os cantos, mas eu não me lembro de ninguém da Colúmbia Britânica. Por quê?

Gamache pegou as esculturas e as colocou na mesa, de modo que o veleiro parecia estar fugindo do queijo, que, por sua vez, parecia persegui-lo.

– Porque estas aqui são de lá. Ou a madeira é, pelo menos. É cedro-vermelho das ilhas Queen Charlotte. Vamos começar de novo – disse Gamache baixinho. – Diga o que você sabe sobre estas esculturas.

O rosto de Olivier estava impassível. Gamache conhecia aquele olhar. Era o olhar de um mentiroso que tinha sido pego. Que tentava encontrar a última saída, uma alternativa, mesmo que minúscula. Ele esperou. Tomou um gole do uísque e passou um pouco do queijo no excelente pão de nozes. Colocou a fatia na frente de Olivier e preparou uma para si mesmo. Comeu e esperou.

– O Eremita esculpiu as duas – respondeu Olivier, com uma voz neutra e monótona.

– Você já disse isso. E também contou que ele te deu algumas destas, mas que você as jogou na floresta.

Gamache aguardou, sabendo que o resto viria a seguir. Ele olhou pela janela e viu Ruth levando Rosa para passear. Por alguma razão, a pata estava usando um minúsculo casaco impermeável vermelho.

– Eu não joguei as esculturas fora. Eu fiquei com elas – murmurou Olivier, e o mundo além do círculo de luz da lareira pareceu desaparecer.

Era como se os dois homens estivessem no interior de uma cabana só deles.

– Já tinha um ano que eu visitava o Eremita quando ele me deu a primeira.

– Você se lembra como era?

– Uma colina, com árvores. Mais uma montanha, na verdade. E um garoto deitado nela.

– Esta aqui? – perguntou Gamache, pegando a foto que Thérèse Brunel tinha dado a ele.

Olivier fez que sim com a cabeça.

– Eu me lembro bem dela porque não sabia que o Eremita fazia coisas assim. A cabana dele estava cheia de peças maravilhosas, mas feitas por outras pessoas.

– E o que você fez com ela?

– Eu fiquei com ela por um tempo, mas tive que escondê-la para que o Gabri não começasse a fazer perguntas. Daí eu cheguei à conclusão de que seria mais fácil vender. Então coloquei no eBay. Saiu por mil dólares. Depois disso, um negociante entrou em contato. Disse que tinha compradores, se existissem outras. Eu pensei que ele estivesse brincando, mas quando o Eremita me deu outra oito meses depois, eu me lembrei do cara e entrei em contato com ele.

– Foi Denis Fortin?

– O dono da galeria da Clara? Não. Era alguém na Europa. Eu posso passar as coordenadas dele para o senhor.

– Isso seria bem útil. Como era a segunda escultura?

– Despretensiosa. Simples. À primeira vista. Foi meio decepcionante. Era uma floresta, mas, se você olhasse bem de perto, via uma fila de pessoas andando debaixo da copa das árvores.

– O garoto era uma delas?

– Que garoto?

– Aquele da montanha.

– Ah, não. Era uma peça diferente.

– Eu sei – disse Gamache, querendo se fazer entender. – Mas parece possível que o Eremita tenha esculpido as mesmas figuras em todas as peças.

– O garoto?

– E as pessoas. Algo mais?

Olivier pensou. Havia algo mais. A sombra sobre as árvores. Algo espreitava logo atrás deles. Algo que se erguia. E ele sabia o que era.

– Não, nada. Só uma floresta e as pessoas dentro. O negociante ficou bem animado.

– Por quanto foi vendida?

– Quinze mil.

Ele observou o rosto de Gamache, esperando o choque.

Mas o olhar de Gamache não vacilou, e Olivier se parabenizou por ter dito a verdade. Estava nítido que o inspetor-chefe já sabia a resposta daquela pergunta. Dizer a verdade era sempre uma aposta. Assim como contar mentiras. Era melhor, como Olivier havia descoberto, misturar os dois.

– Quantas esculturas ele fez?

– Eu pensei que fossem oito, mas agora que o senhor encontrou estas, imagino que sejam dez.

– E você vendeu todas as que ele te deu?

Olivier assentiu.

– Você tinha dito para a gente que ele começou a te dar outras coisas da cabana como pagamento pela comida. Onde essas coisas foram parar?

– Eu levava as peças para lojas de antiguidades na Rue Notre-Dame, em Montreal. Mas quando percebi que eram valiosas, encontrei revendedores particulares.

– Quem?

– Eu não uso esse tipo de serviço há anos. Vou ter que dar uma olhada. São pessoas em Toronto e em Nova York – disse ele, recostando-se e dando uma olhada no salão vazio. – Acho que tenho que dispensar Havoc e os outros por hoje.

Gamache continuou calado.

– O senhor acha que as pessoas vão voltar?

O inspetor-chefe assentiu.

– Eles ficaram magoados com o que você fez.

– Eu? O que Marc Gilbert fez foi pior. Tome cuidado com ele. Ele não é o que parece.

– E você também não, Olivier. Você mentiu o tempo todo. Pode estar mentindo agora. Eu vou fazer uma pergunta e preciso que pense bem na resposta.

Olivier aquiesceu e se endireitou.

– O Eremita era tcheco?

Olivier abriu a boca imediatamente, mas Gamache levantou a mão para detê-lo.

– Eu disse para você pensar bem na resposta. Ponderar. Você pode ter se enganado? Talvez ele não tivesse sotaque – sugeriu Gamache, observando atentamente o outro. – Talvez ele tivesse sotaque, só que não tcheco. Talvez você tenha só presumido isso. Cuidado com o que vai dizer.

Olivier encarou a mão grande e firme de Gamache e, quando ela baixou, fitou o homem grande e firme.

– Eu não estou enganado. Eu ouvi tcheco o suficiente ao longo dos anos, vindo de amigos e vizinhos. Ele era tcheco.

Aquilo foi dito com mais certeza do que qualquer outra coisa que Olivier houvesse afirmado a Gamache desde o início da investigação. Ainda assim, o inspetor-chefe encarava o homem esbelto à sua frente. Ele examinou a boca, os olhos, as rugas da testa e a cor da pele dele. Então assentiu.

– Noite fria – comentou Ruth, jogando-se na cadeira ao lado de Gamache e conseguindo acertar com força a bengala enlameada no joelho dele. – Desculpa – disse ela, antes de fazer de novo.

Ela estava completamente alheia à conversa que interrompia e à tensão entre os dois homens. Olhou de Olivier para Gamache.

– Bom, chega dessa fofoquinha gay. Dá para acreditar no que o Olivier fez com aquele corpo? A idiotice dele eclipsa até a sua. Isso me dá uma perspectiva do infinito. É quase uma experiência espiritual. Queijo?

Ela pegou o último pedaço do queijo de Gamache e esticou o braço para alcançar o uísque dele, mas Gamache foi mais rápido. Logo em seguida, Myrna chegou, depois Clara e Peter apareceram e contaram a todos sobre

Denis Fortin. Houve uma comiseração geral, e todos concordaram que Clara tinha feito a coisa certa. Então eles concordaram que ela deveria ligar na manhã seguinte e implorar perdão. Depois concordaram que ela não deveria.

– Eu vi a Rosa lá fora – disse Clara, ansiosa para mudar de assunto. – Ela está muito elegante de jaqueta impermeável.

Ocorreu a ela perguntar por que uma pata precisava de um casaco impermeável, mas Clara deduziu que Ruth só estava acostumando Rosa aos casacos.

Em algum momento, a conversa acabou voltando para Olivier, o Eremita vivo e o Eremita morto. Ruth se inclinou para a frente e pegou a mão do dono do bistrô.

– Está tudo bem, querido, todos nós sabemos que você é ganancioso.

Depois ela se voltou para Clara:

– E todos nós sabemos que você é carente, Peter é mesquinho e o Clouseau aqui – disse ela, virando-se para Gamache – é arrogante. E você... – prosseguiu, olhando para Myrna, depois de novo para Olivier, e sussurrando alto: – Quem é esta, afinal? Ela está sempre por aqui.

– E você é uma velha bêbada, demente e desprezível – disse Myrna.

– Eu ainda não estou bêbada.

Eles terminaram as bebidas e saíram, mas não antes de Ruth entregar a Gamache um papel bem dobrado e com as bordas afiadas.

– Entregue isto para aquele camaradinha que vive seguindo o senhor por aí.

Olivier continuou olhando para a praça do vilarejo, onde Rosa estava sentada tranquilamente, esperando Ruth. Não havia sinal daquele que não estava lá, daquele que Olivier desejava tanto ver.

Gabri estava particularmente curioso para conhecer o santo. Vincent Gilbert. Myrna tinha ficado maravilhada com ele, e ela não era de se maravilhar com muita gente. Velho Mundin e A Esposa disseram que ele havia mudado a vida deles com o livro *Seres* e seu trabalho em LaPorte. E, por extensão, também mudara a vida do pequeno Charlie.

– *Bonsoir* – disse Gabri, nervoso.

Ele olhou para Vincent Gilbert. Tendo sido criado na Igreja Católica, havia passado incontáveis horas olhando para os vitrais brilhantes que mostravam a vida miserável e as mortes gloriosas dos santos. Quando se afastara da Igreja, levara consigo uma coisa: a certeza de que os santos eram bons.

– O que você quer? – perguntou Marc Gilbert.

Ele estava perto do sofá, com a esposa e a mãe. Formando um semicírculo. O pai era um satélite do outro lado. Gabri esperou que Vincent Gilbert acalmasse o filho, dissesse a ele para cumprimentar o convidado com educação. Pedisse a Marc para ser razoável.

Gilbert não disse nada.

– E então? – disse Marc.

– Desculpa não ter vindo antes para dar as boas-vindas.

Marc riu.

– A gente recebeu o seu presente de boas-vindas.

– Marc, por favor – disse Dominique. – Ele é nosso vizinho.

– Não por opção. Se dependesse dele, a gente já estaria bem longe daqui.

E Gabri não negou. Era verdade. Os problemas deles tinham chegado junto com os Gilberts. Mas lá estavam eles, e algo precisava ser dito.

– Eu vim pedir desculpas – declarou, levantando o corpo de 1,85 metro. – Desculpa não ter recebido vocês melhor. E eu sinto muito mesmo pelo corpo.

Sim, aquilo definitivamente soava tão fraco quanto ele temia. Mas Gabri esperava que pelo menos soasse genuíno.

– Por que Olivier não veio? – retrucou Marc. – Não foi você que fez aquilo. Não cabe a você se desculpar.

– Marc, sério – replicou Dominique. – Você não está vendo como isso é difícil para ele?

– Não, não estou vendo. Olivier provavelmente o mandou aqui para não ser processado. Ou para a gente não contar para todo mundo o psicopata que ele é.

– Olivier não é um psicopata – disse Gabri, sentindo uma espécie de vibração por dentro à medida que sua paciência se esgotava. – Ele é um homem maravilhoso. Você não o conhece.

– É você que não o conhece, se acha que ele é maravilhoso. Por acaso um homem maravilhoso desova um corpo na casa de um vizinho?

– Me diga você.

Os dois homens avançaram na direção um do outro.

– Eu não coloquei o corpo em uma casa, para matar os moradores de susto. Isso foi uma coisa horrível de se fazer.

– Ele foi levado a isso. Ele quis fazer amizade quando vocês chegaram, mas vocês tentaram roubar a nossa equipe e abrir este imenso hotel com spa.

– Um negócio com dez quartos de hóspedes não é imenso – argumentou Dominique.

– Não em Montreal, mas por aqui, é. Este é um vilarejo pequeno. Nós estamos aqui há muito tempo, vivendo tranquilos. Vocês chegaram e mudaram isso. Não fizeram nenhum esforço para se adaptar.

– No caso, "se adaptar" quer dizer se curvar e agradecer aos céus por vocês permitirem que a gente morasse aqui? – perguntou Marc.

– Não, quer dizer respeitar o que já estava aqui antes de vocês chegarem. O que as pessoas trabalharam duro para criar.

– Vocês querem erguer a ponte levadiça, né? – disse Marc, enojado. – Querem deixar todas as outras pessoas do lado de fora.

– Não é verdade. A maioria das pessoas de Three Pines veio de outros lugares.

– Mas vocês só aceitam quem segue as suas regras. Quem faz o que vocês mandam. A gente veio aqui para viver o nosso sonho, mas vocês não deixam. Por quê? Porque ele se choca contra o de vocês. Vocês se sentem ameaçados pela gente, então precisam botar a gente para correr. Vocês não passam de uns valentões sorridentes.

Marc estava quase cuspindo.

Gabri o encarava estupefato.

– Mas você não esperava que a gente fosse ficar feliz com isso, ou esperava? Por que você veio até aqui e irritou deliberadamente as pessoas que iam ser suas vizinhas? Você não queria fazer amizade com a gente? Você devia saber como Olivier ia reagir.

– O quê? Que ele ia desovar um corpo na nossa casa?

– Isso foi errado. Eu já disse. Mas você provocou Olivier. Todos nós. A gente queria fazer amizade, mas você dificultou isso.

– E vocês vão virar nossos amigos sob que condições? Que a gente alcance um sucesso apenas modesto? Tenha alguns hóspedes, um ou outro tratamento por dia? Talvez encha uma pequena sala de jantar, com sorte? Mas nada que se torne concorrência para você e Olivier?

– Isso mesmo – respondeu Gabri.

Aquilo calou Marc.

– Escuta, por que você acha que a gente não faz croissants? – continuou Gabri. – Ou tortas? Ou nada do tipo? A gente podia fazer. É o que eu amo fazer. Mas a *Boulangerie* da Sarah já estava aqui. Ela morou neste vilarejo a vida inteira. A padaria era da avó dela. Então a gente abriu um bistrô. Todos os nossos croissants, tortas e pães são feitos pela Sarah. A gente ajustou os nossos sonhos para que eles se encaixassem nos sonhos que já estavam aqui. Seria mais barato e divertido para a gente fazer essas coisas, mas não é esse o ponto.

– E qual é o ponto? – perguntou Vincent Gilbert, falando pela primeira vez.

– O ponto não é fazer fortuna – explicou Gabri, voltando-se para ele com gratidão. – O ponto é saber o que é suficiente. Ser feliz.

Houve uma pausa, e Gabri agradeceu ao santo em silêncio por criar aquele espaço para que a razão retornasse ao ambiente.

– Talvez você devesse lembrar o seu companheiro disso – declarou Vincent Gilbert. – Você usa palavras bonitas, mas não vive segundo elas. É conveniente culpar o meu filho. Você alardeia o seu comportamento como moral, gentil e amoroso, mas sabe o que ele é?

Vincent Gilbert estava avançando, aproximando-se de Gabri. Quanto mais perto ele chegava, mais parecia crescer, e Gabri sentiu que se encolhia.

– É egoísta – sibilou Gilbert. – O meu filho tem sido paciente. Ele contratou trabalhadores locais, criou empregos. Este é um lugar de cura, mas você não só está tentando arruinar isso, como também está tentando fazer com que ele pareça culpado.

Vincent parou ao lado do filho, tendo finalmente entendido o preço de pertencer.

Não havia mais nada a ser dito, então Gabri foi embora.

As luzes brilhavam nas janelas enquanto ele voltava para o vilarejo. Acima dele, patos voavam para o sul em sua formação em V, longe do frio mortal que se acercava e se preparava para recair. Gabri se sentou em um toco de árvore na beira da estrada, observando o sol se pôr sobre Three Pines, e pensou sobre *les temps perdus*, sentindo-se muito sozinho, sem nem mesmo a certeza dos santos para reconfortá-lo.

A cerveja de Beauvoir chegou enquanto Gamache bebericava o uísque. Eles se acomodaram nas cadeiras confortáveis e examinaram o cardápio do jantar.

O bistrô estava deserto. Peter, Clara, Myrna e Ruth já tinham ido embora, e Olivier havia se retirado para a cozinha. Havoc, o último dos garçons, anotou o pedido deles e depois os deixou conversando.

Gamache partiu uma pequena baguete e contou ao inspetor a conversa que tivera com Olivier.

– Então ele continua afirmando que o Eremita era tcheco. O senhor acredita nele?

– Acredito – disse Gamache. – Ou pelo menos acredito que Olivier acha isso. Vocês tiveram alguma sorte com a Cifra de César?

– Nenhuma.

Eles tinham desistido quando começaram a testar os próprios nomes. Ambos ligeiramente aliviados por não ter funcionado.

– O que foi? – perguntou Gamache.

Beauvoir tinha se recostado na cadeira e jogado o guardanapo de linho na mesa.

– Só estou frustrado. Parece que toda vez que a gente avança, as coisas ficam confusas. A gente ainda nem sabe quem era o morto.

Gamache sorriu. Aquele era um drama comum. Quanto mais eles adentravam um caso, mais pistas reuniam. Chegava uma hora em que aquilo parecia um uivo, como se tivessem agarrado alguma criatura selvagem que gritava pistas para eles. Gamache sabia que aquilo era o berro de algo encurralado e assustado. Eles estavam entrando nos últimos estágios daquela investigação. Logo as pistas, as peças, parariam de brigar e começariam a trair o assassino. Eles estavam perto.

– A propósito, não vou estar aqui amanhã – contou o inspetor-chefe depois que Havoc havia levado os aperitivos e saído.

– Vai voltar para Montreal? – perguntou Beauvoir, levando uma garfada de lula grelhada à boca enquanto Gamache comia sua pera com *prosciutto*.

– Um pouco mais longe que isso. Ilhas Queen Charlotte.

– Está brincando? Na Colúmbia Britânica? Lá do lado do Alasca? Por causa de um macaco chamado Woo?

– Bom, quando você fala assim…

Beauvoir espetou um pedaço de lula chamuscado e o mergulhou no molho de alho.

– *Voyons*, não parece, hum, um tanto extremo?

– Não, não parece. O nome "Charlotte" continua se repetindo – disse Gamache, enumerando as vezes nos dedos. – A edição original de Charlotte Brontë, a edição original de *A teia de Charlotte*, o painel da Câmara de Âmbar, construída para uma rainha chamada Charlotte. O bilhete que o Eremita guardou sobre o violino foi escrito por uma Charlotte. Eu vinha tentando descobrir o que tudo isso podia significar, essa repetição do nome Charlotte, e aí, hoje de tarde, a superintendente Brunel me deu a resposta. As ilhas Queen Charlotte. Onde Emily Carr pintava. De onde vem a madeira das esculturas. Pode até ser um beco sem saída, mas eu seria um burro se não seguisse essa pista.

– Mas quem está conduzindo essa busca? O senhor ou o assassino? Eu acho que ele está afastando o senhor daqui. Acho que o assassino está aqui, em Three Pines.

– Eu também, mas acho que o assassinato começou nas ilhas Queen Charlotte.

Beauvoir bufou, exasperado.

– O senhor está pegando um monte de pistas e juntando tudo para atender ao seu propósito.

– O que você está sugerindo?

Precisava tomar cuidado a partir dali. O inspetor-chefe era mais do que seu superior. O relacionamento deles era o mais profundo que Beauvoir tinha. E ele sabia que a paciência de Gamache tinha limite.

– Eu acho que o senhor está vendo o que quer ver. O senhor está vendo coisas que não estão realmente lá.

– Você quer dizer que elas não estão visíveis.

– Não, eu quero dizer que elas não estão lá. Pular algumas etapas e tirar uma conclusão precipitada não é o fim do mundo, mas o senhor está pulando para lá e para cá, e aonde isso está te levando? Para a porcaria do fim do mundo. Senhor.

Beauvoir olhou de relance para a janela, tentando se acalmar. Havoc retirou os pratos, e Beauvoir esperou o rapaz sair para continuar:

– Eu sei que o senhor ama história, literatura e arte e que a cabana do Eremita deve parecer uma loja de doces, mas acho que está vendo muito mais do que existe neste caso. Eu acho que o senhor está complicando as coisas. O senhor sabe que eu te seguiria para qualquer lugar, todos nós faríamos isso. É só o senhor apontar, e eu estou lá. Eu confio muito no senhor. Mas até o senhor pode cometer erros. O senhor sempre diz que assassinatos são, em sua essência, muito simples. Que têm a ver com uma emoção. Essa emoção está aqui, assim como o assassino. Nós temos um monte de pistas para seguir sem precisar pensar em um macaco, um pedaço de madeira e uma ilha esquecida por Deus do outro lado do país.

– Acabou? – perguntou Gamache.

Beauvoir se endireitou na cadeira e respirou fundo.

– Pode ser que tenha mais.

Gamache sorriu.

– Eu concordo com você, Jean Guy, o assassino está aqui. Alguém daqui conhecia o Eremita e alguém daqui matou a nossa vítima. Você está certo. Quando a gente joga fora todas as bugigangas brilhantes, é simples: um homem acaba ficando com antiguidades que valem uma fortuna. Talvez ele tenha roubado essas coisas. E ele quer se esconder, então vem para este vilarejo que ninguém conhece. Mas nem isso é suficiente. Ele vai ainda mais além e constrói uma cabana no meio da floresta. Será que ele está fugindo da polícia? Talvez. De algo ou alguém pior? Acho que sim. Mas ele não pode fazer isso sozinho. No mínimo, precisa ficar a par das notícias. Precisa de olhos e ouvidos lá fora. Então ele recruta Olivier.

– Por que ele?

– A Ruth disse hoje.

– "Mais uísque, imbecil?"

– Bom, isso também. Mas ela disse que Olivier é ganancioso. E ele é. Assim como o Eremita. Ele provavelmente se reconheceu no Olivier. Essa ganância. Essa necessidade de ter bens materiais. E ele sabia que podia controlá-lo. Prometendo mais antiguidades, e cada vez melhores. Mas, ao longo dos anos, algo aconteceu.

– Ele ficou maluco?

– Talvez. Mas talvez tenha sido o oposto. Talvez ele tenha ficado são. O lugar que ele construiu para se esconder se tornou um lar, um refúgio. Você sentiu isso. Tinha algo de tranquilo, reconfortante até, na vida do Eremita. Era uma vida simples. Quem não quer isso hoje em dia?

Os jantares chegaram, e a melancolia de Beauvoir se dissipou quando o perfumado *boeuf bourguignon* pousou na frente dele. Ele olhou para o inspetor-chefe Gamache, que sorria para sua lagosta à Thermidor.

– Sim, a vida simples no campo – disse Beauvoir, erguendo a taça de vinho tinto em um pequeno brinde.

Gamache inclinou sua taça de vinho branco em direção ao inspetor, depois pegou uma garfada suculenta.

Enquanto comia, pensou naqueles primeiros minutos na cabana do Eremita. E no momento em que se dera conta do que estava vendo. Tesouros. No entanto, tudo ali tinha um propósito. Havia uma razão para tudo, fosse prática ou prazerosa, como os livros e o violino.

Apenas uma única coisa, porém, parecia não ter um propósito.

Gamache baixou o garfo devagar e olhou para além de Beauvoir. Passados alguns instantes, o inspetor apoiou o talher também e acompanhou o olhar do chefe. Não havia nada ali. Apenas o salão vazio.

– O que foi?

Gamache levantou um dedo, em um sutil e gentil pedido de silêncio. Depois enfiou a mão no bolso da camisa, tirou dele uma caneta e um caderninho e escreveu alguma coisa, rapidamente, como se tivesse medo de que ela escapasse. Beauvoir se esforçou para ler. Então, emocionado, viu o que era.

O alfabeto.

Em silêncio, ele observou o chefe escrever a linha de baixo. Seu rosto se iluminou de espanto. Um espanto por ter sido tão estúpido. Por ter deixado passar o que agora parecia óbvio.

Embaixo do alfabeto, o inspetor-chefe havia escrito: DEZESSEIS.

– O número em cima da porta – murmurou Beauvoir, como se também estivesse com medo de afugentar aquela pista vital.

– Quais eram as letras dos códigos? – perguntou Gamache, agora com pressa, ansioso para chegar lá.

Beauvoir remexeu o bolso e puxou o próprio caderninho.

– MRKBVYDDO debaixo das pessoas na praia. E OWSVI debaixo do veleiro.

Ele observou Gamache trabalhar para decodificar as mensagens do Eremita.

A B C D E F G H I J K L M N O P Q R S T U V W X Y Z

D E Z E S S E I S A B C D E F G H I J K L M N O P Q

Gamache lia as letras à medida que as encontrava.

– D, alguma coisa, I, B...

– Dib – murmurou Beauvoir. – Dib...

– M, P, E, E, F.

Ele olhou para Beauvoir.

– O que isso significa?

– Talvez seja um anagrama – sugeriu Gamache. – A gente vai ter que reorganizar as letras.

Eles tentaram fazer isso durante alguns minutos, comendo enquanto trabalhavam. Finalmente, Gamache baixou a caneta e balançou a cabeça.

– Eu achei que tivesse descoberto.

– Talvez esteja certo – disse Beauvoir, que ainda não estava pronto para desistir.

Ele rabiscou outras letras, tentou o outro código. Rearranjou as letras e finalmente chegou à mesma conclusão.

A palavra-chave não era "dezesseis".

– Ainda assim – disse Beauvoir, mergulhando uma baguete crocante no molho –, queria saber por que aquele número está lá em cima.

– Talvez algumas coisas não precisem de um propósito – ponderou Gamache. – Talvez seja esse o propósito delas.

Mas aquilo era esotérico demais para Beauvoir. Assim como o raciocínio do inspetor-chefe a respeito das ilhas Queen Charlotte. Beauvoir nem chamaria aquilo de raciocínio, inclusive. Na melhor das hipóteses, era uma intuição da parte do chefe e, na pior, um chute, talvez até manipulado pelo assassino.

A única imagem que Beauvoir tinha do sombrio arquipélago no outro extremo do país era de densas florestas, montanhas e infinitas águas cinzentas. Mas, principalmente, de névoa.

E era para dentro dessa névoa que Armand Gamache estava indo, sozinho.

– Ah, eu já ia esquecendo. Ruth Zardo me deu isto aqui – disse Gamache, entregando a ele um papel.

Beauvoir o desdobrou e o leu em voz alta.

e pegará sua alma gentilmente pela nuca
e o acariciará na escuridão e no paraíso.

Pelo menos tinha um ponto final depois de "paraíso". Será que aquele era, finalmente, o fim?

TRINTA E DOIS

Armand Gamache chegou no fim da tarde às ilhas sombrias, após pegar uma série de aviões cada vez menores, até que o último parecia não passar de uma fuselagem envolvendo seu corpo, lançada da pista do aeroporto Prince Rupert.

Enquanto o minúsculo hidroavião sobrevoava o arquipélago, Gamache olhava para baixo. A paisagem era composta por montanhas e densas florestas antigas, um local escondido ao longo de milênios por névoas quase tão impenetráveis quanto as árvores. Tinha permanecido isolado. Mas não solitário. Era um caldeirão de vida que havia produzido tanto os maiores ursos-negros quanto as menores corujas do mundo. A vida ali fervilhava. Aliás, os primeiros homens tinham sido descobertos em uma concha gigante por um corvo na ponta de uma das ilhas. Foi assim, segundo as histórias de origem dos haidas, que o povo tinha ido morar lá. Mais recentemente, lenhadores também haviam sido encontrados nas ilhas. Isso não fazia parte das histórias. Eles tinham olhado através da névoa espessa e enxergado dinheiro. Haviam chegado às ilhas Queen Charlotte um século antes, ignorando as provações com as quais se depararam e vendo apenas tesouros. Florestas antiquíssimas de cedro-vermelho. Árvores valorizadas pela durabilidade da madeira, que já eram altas e retas muito antes de a rainha Charlotte ter nascido e se casado com seu monarca louco. Mas agora as serras as derrubavam, para que fossem transformadas em telhas, deques e revestimento externo. E em dez pequenas esculturas.

Depois de pousar suavemente na água, a jovem pilota ajudou aquele homem grande a desembarcar.

– Bem-vindo a Haida Gwaii – disse ela.

Naquela manhã, bem cedinho, quando acordara em Three Pines e encontrara Gabri grogue na cozinha, preparando um lanchinho nada modesto para sua jornada até o aeroporto de Montreal, Gamache não sabia nada sobre aquelas ilhas a meio mundo de distância. Mas durante os longos voos de Montreal para Vancouver, para Prince Rupert e o vilarejo de Queen Charlotte, ele tinha lido sobre as ilhas e conhecia aquela expressão.

– Obrigado por me trazer à sua terra.

A pilota tinha um olhar desconfiado, e com razão, pensou Gamache. A chegada de mais um homem branco de meia-idade vestindo terno nunca era um bom sinal. Você não precisava ser um haida para saber disso.

– O senhor deve ser o inspetor-chefe Gamache.

Um homem forte com cabelo preto e pele cor de cedro atravessava o cais com o braço estendido. Eles apertaram as mãos.

– Eu sou o sargento Minshall, da Real Polícia Montada do Canadá. A gente tem se falado.

A voz dele era grave e levemente ritmada. Ele era haida.

– *Ah, oui, merci*. Obrigado por receber o avião.

O oficial pegou a mala de pernoite com a pilota e a atirou no ombro. Agradecendo a moça, que os ignorou, os dois homens caminharam até o fim do deque, subiram uma rampa e seguiram pela estrada. O ar frio era cortante, e Gamache se lembrou que estavam mais perto do Alasca que de Vancouver.

– Estou vendo que o senhor não vai ficar muito tempo.

Gamache deu uma olhada no oceano e percebeu que o continente havia desaparecido. Não, não é que houvesse desaparecido, ele simplesmente não existia ali. Aquele era o continente.

– Eu queria ficar mais tempo, é lindo aqui. Mas preciso voltar.

– Entendi. Eu arranjei um quarto para o senhor na pousada. Acho que o senhor vai gostar. Não tem muita gente nas ilhas, como o senhor deve saber. Talvez umas cinco mil pessoas, sendo metade haida e metade – ele hesitou um pouco – não. A gente recebe muitos turistas, mas a alta temporada está acabando.

Os dois homens pararam. Eles tinham passado por uma loja de ferragens, uma cafeteria e uma pequena construção com uma sereia na frente. Mas fora o porto que chamara a atenção de Gamache. Ele nunca tinha visto uma paisagem daquelas na vida, embora conhecesse vários lugares espetaculares no Quebec. Mas nenhum chegava perto daquele, precisava admitir.

Era uma paisagem selvagem. Na água, havia incontáveis montanhas cobertas por uma mata escura. Ele conseguia distinguir uma ilha e barcos de pesca. Acima deles, águias planavam. Os homens caminharam até uma praia coberta de seixos e conchas e ficaram em silêncio por alguns instantes, ouvindo os pássaros e o barulho da água e sentindo o cheiro daquela mistura de algas, peixes e floresta.

– Tem mais ninhos de águias aqui do que em qualquer outro lugar do Canadá, sabia? É sinal de sorte.

Não era sempre que um agente da Real Polícia Montada do Canadá falava de sinais, a não ser que fossem sinais de trânsito. Gamache não se virou para encarar o homem, de tão impressionado que estava com a vista, mas o escutou.

– Os haidas têm dois clãs. A Águia e o Corvo. Eu marquei um encontro com anciãos dos dois. Eles convidaram o senhor para jantar.

– Obrigado. O senhor vai estar lá?

O sargento Minshall sorriu.

– Não. Eu achei que o senhor ficaria mais à vontade sem mim. Os haidas são um povo muito caloroso, sabe? Eles viveram aqui por milênios sem ser incomodados. Até recentemente.

Era interessante, pensou Gamache, que ele se referisse aos haidas como "eles", e não "nós". Talvez fosse para agradar Gamache, para que ele não se sentisse discriminado.

– Vou tentar não incomodar as pessoas hoje à noite.

– Tarde demais.

Armand Gamache tomou banho, fez a barba e limpou o vapor do espelho. Era como se a névoa que pairava sobre as florestas tivesse penetrado em seu quarto. Talvez para observá-lo. Para adivinhar suas intenções.

Ele abriu um pequeno buraco no espelho e viu um policial da Sûreté exausto e longe de casa. Vestiu uma camisa limpa e uma calça escura folgada, pegou uma gravata e se sentou na beirada da cama de casal, coberta pelo que parecia ser uma colcha costurada à mão.

O quarto era simples, limpo e confortável. Mas ainda que estivesse cheio de nabos, aquilo não importaria. A única coisa que o hóspede notaria seria a vista. A janela dava direto para a baía. O pôr do sol enchia o céu com tons de dourado, roxo e vermelho, ondulantes e cambiantes. Vivos. Tudo parecia vivo ali.

Ele gravitou até a janela e ficou olhando a paisagem enquanto amarrava sua gravata de seda verde. Alguém bateu na porta. Ele a abriu, esperando que fosse a proprietária ou o sargento Minshall, e ficou surpreso ao ver a jovem pilota.

– Noni, minha bisavó, me pediu para levar o senhor para o jantar.

Ela continuava sem sorrir. Aliás, parecia particularmente infeliz com aquele fato. Ele vestiu um paletó cinza e o casaco, e eles caminharam. Escurecia, e já se notavam as luzes nas casas ao redor do porto. O ar estava frio e úmido mas fresco, e o acordou de tal forma que ele se sentiu mais alerta do que estivera a tarde inteira. Eles entraram em uma velha caminhonete e saíram da cidade.

– Então, a senhorita é das ilhas Queen Charlotte?

– Eu sou de Haida Gwaii – respondeu ela.

– Claro, perdão. A senhora é do clã Águia?

– Corvo.

– Ah – disse Gamache, e percebeu que tinha soado um tanto ridículo, embora a jovem ao lado dele parecesse não se importar.

Ela parecia mais interessada em ignorá-lo.

– A sua família deve ter muito orgulho de a senhorita ser pilota.

– Por quê?

– Bom, a senhorita voa.

– Só porque eu sou um Corvo? Todo mundo aqui voa, inspetor-chefe. Eu só preciso de mais ajuda.

– A senhorita é pilota há muito tempo?

Houve um silêncio então. Evidentemente, não valia a pena responder àquela pergunta. E ele teve que concordar. O silêncio era melhor. Os olhos dele se ajustavam à noite, e Gamache conseguiu distinguir a linha de montanhas do outro lado da baía durante o trajeto de carro. Após alguns minutos, eles chegaram a outro vilarejo. A jovem pilota parou a caminhonete em frente a uma construção branca indefinida com uma placa na frente: *Salão comunitário de Skidegate*. Ela saltou do carro e foi em direção à porta, sem olhar para trás para ver se ele a acompanhava. Ou ela confiava que ele estaria lá, ou, o que era mais provável, não se importava.

Ele deixou o porto no crepúsculo e a seguiu até a porta do salão comunitário. E, depois, até um teatro lírico. Gamache se virou para se certificar de que havia mesmo uma porta ali e ele não havia, magicamente, emergido em outro mundo. Eles estavam cercados por galerias ornamentadas. O inspetor-chefe deu um lento giro de 360°, os pés guinchando de leve no chão de madeira polida. Só então percebeu que a boca estava ligeiramente aberta. Ele a fechou e olhou para a jovem a seu lado.

– *Mais, c'est extraordinaire.*

– *Haw'aa.*

Escadas largas e bonitas levavam às galerias e do outro lado da sala havia um palco. Na parede atrás dele, um mural tinha sido pintado.

– É um vilarejo haida – disse ela, meneando a cabeça para o mural.

– *Incroyable* – murmurou Gamache.

O inspetor-chefe vira e mexe se surpreendia, se espantava com a vida. Mas raramente ficava pasmo. E naquele momento estava.

– O senhor gostou?

Gamache olhou para baixo e percebeu que outra mulher havia se juntado aos dois. Ela era bem mais velha que sua companheira e ele. E, ao contrário da jovem, aquela mulher sorria. Parecia, pela facilidade do sorriso, que ela via muita graça na vida.

– Muito – confirmou ele, e estendeu a mão.

Ela a pegou.

– Esta é a minha noni – disse a pilota.

– Esther – apresentou-se ela.

– Armand Gamache – cumprimentou Gamache, fazendo uma leve mesura. – É uma honra.

– A honra é minha, inspetor-chefe. Por favor – disse ela, apontando para o centro do salão, onde uma mesa comprida tinha sido posta.

Havia um intenso aroma de comida e o espaço estava cheio de pessoas conversando, cumprimentando-se, chamando umas às outras. E rindo.

Ele esperava que a reunião dos anciãos haidas fosse em trajes tradicionais. Agora estava com vergonha daquele pensamento clichê. As pessoas estavam vestidas como se tivessem saído do trabalho, algumas de camiseta e suéteres pesados, outras de roupas formais. Alguns trabalhavam no banco, na escola, na clínica, e outros nas águas geladas. Alguns eram artistas. Pintores, mas, em grande parte, escultores.

– Esta é uma sociedade matrilinear, inspetor-chefe – explicou Esther. – Mas a maioria dos chefes é homem. Embora isso não signifique que as mulheres sejam impotentes. Muito pelo contrário.

Ela olhou para ele, os olhos límpidos. Era uma afirmação simples, não algo dito para intimidar ou se vangloriar.

Então a senhora o apresentou a todos, um por um. Ele repetiu o nome de cada um e tentou não confundi-los, embora estivesse francamente perdido após ouvir a primeira meia dúzia. Finalmente, Esther o conduziu até a mesa do bufê, onde a comida havia sido servida.

– Este é o Skaay – indicou ela, apresentando um velhinho cego, que ergueu os olhos do prato. – Ele é do clã Águia.

– Robert, se o senhor preferir – disse Skaay, sorrindo, e com uma voz tão forte quanto o aperto de mão. – As mulheres dos dois clãs fizeram um banquete haida tradicional para o senhor, inspetor-chefe – contou o homem cego, conduzindo Gamache ao longo da mesa comprida e falando o nome de cada prato. – Isto é *k'aaw*. São ovas de arenque em algas. Aquilo ali é salmão defumado com pimenta ou, se o senhor preferir, tem salmão defumado na lenha ali. Pescado hoje de manhã pelo Reg. Ele passou o dia defumando o peixe. Para o senhor.

Eles caminharam lentamente por toda a extensão do bufê. Bolinhos de polvo e de siri, halibute. Salada de batata; pão fresco, ainda quente. Sucos e água. Nada de álcool.

– Nós fazemos bailes aqui. Também é aqui que acontece a maioria das festas de casamento. E funerais. Além de vários jantares. Quando o clã Águia é o anfitrião, o clã Corvo serve. E vice-versa, lógico. Mas hoje à noite, todos nós somos anfitriões. E o senhor é o nosso convidado de honra.

Gamache, que havia participado de jantares de Estado em palácios grandiosos, banquetes promovidos em sua homenagem e entregas de prêmios, raramente se sentira tão honrado.

Ele pegou um pouquinho de cada coisa e se sentou. Para sua surpresa, a jovem pilota se juntou a ele. Durante o jantar, todos conversaram, mas ele notou que os anciãos haidas perguntavam mais do que respondiam. Eles estavam interessados no trabalho, na vida e na família dele. Perguntavam sobre o Quebec. Eram instruídos e atenciosos. Gentis e reservados.

Durante o bolo com frutas vermelhas frescas e creme, Gamache lhes contou sobre o assassinato. O Eremita na cabana no meio da floresta. Os anciãos, sempre atentos, ficaram ainda mais calados enquanto ele contava sobre o homem cercado de tesouros mas sozinho. Um homem cuja vida tinha sido tirada, deixando seus bens para trás. Um homem sem nome, cercado de história, mas sem uma própria.

– O senhor acha que ele era feliz? – perguntou Esther.

Era quase impossível descobrir se havia um líder naquele grupo, fosse por eleição ou comum acordo. Mas Gamache chutaria que, se houvesse um, seria ela.

Ele hesitou. Na verdade, não se havia feito aquela pergunta.

O Eremita era feliz?

– Eu acho que ele estava satisfeito. Levava uma vida simples, tranquila. Uma vida que me atrai.

A jovem pilota se virou para fitá-lo. Até aquele momento, ela estivera olhando para a frente.

– Ele estava cercado de beleza – continuou Gamache. – E tinha companhia de vez em quando. Uma pessoa que levava as coisas que ele não conseguia prover para si mesmo. Mas estava com medo.

– É difícil ser feliz com medo – opinou Esther. – Mas o medo pode levar à coragem.

– E a coragem pode levar à paz – disse um jovem de terno.

Aquilo lembrou Gamache do que o pescador havia escrito na parede da lanchonete da Baie des Moutons alguns anos antes. Ele tinha olhado para Gamache do outro lado do salão e aberto um sorriso tão largo que havia deixado o inspetor-chefe sem fôlego. Então rabiscara alguma coisa na parede e fora embora. Gamache fora até lá e lera:

Onde há amor, há coragem
Onde há coragem, há paz
Onde há paz, há Deus.
E quando você tem Deus, tem tudo.

Gamache pronunciou as palavras, e o salão ficou em silêncio. Os haidas eram bons em fazer silêncio. Assim como Gamache.

– É uma oração? – perguntou Esther por fim.

– Um pescador escreveu isso na parede de um lugar chamado Baie des Moutons, muito longe daqui.

– Talvez não tão longe – disse Esther.

– Um pescador? – perguntou o sujeito de terno, com um sorriso. – São umas figuras. Todos uns malucos.

Um homem mais velho ao lado dele, com um suéter grosso, deu-lhe um tapa, e os dois riram.

– Todos nós somos pescadores – explicou Esther, e Gamache teve a sensação de que ela o havia incluído.

Ela refletiu por um instante e então perguntou:

– O que o seu Eremita amava?

Gamache pensou.

– Não sei.

– Quando o senhor descobrir, talvez encontre o assassino dele. Como a gente pode ajudar?

– Tinha algumas referências a Woo e Charlotte na cabana do Eremita. Elas me levaram a Emily Carr, e ela me trouxe até aqui.

– Bom, o senhor está longe de ser o primeiro – comentou um idoso com uma risada, mas não presunçosa ou zombeteira. – Há anos os quadros dela trazem as pessoas a Haida Gwaii.

Era difícil dizer se aquilo era considerado uma coisa boa.

– Eu acho que o Eremita esteve aqui nas ilhas Queen Charlotte, talvez há uns quinze anos ou mais. A gente acha que ele era tcheco. Parece que falava com sotaque.

Gamache pegou as fotos tiradas no necrotério. Ele os advertiu sobre o que veriam, mas não estava preocupado. Aquelas eram pessoas que lidavam com a vida e a morte de maneira natural, em um lugar onde a linha que separava as duas era tênue, e seres humanos, animais e espíritos caminhavam juntos. Onde os cegos viam e todos tinham o dom de voar.

Enquanto tomavam um chá forte, eles olharam para o homem morto. Deram uma boa olhada, longa. Até a jovem pilota prestou atenção nas fotos.

E enquanto todos observavam as imagens, Gamache os observava. Para identificar algum vislumbre de reconhecimento. Uma contração no rosto, uma mudança na respiração. Ele se tornou hiperconsciente de cada um deles. Mas tudo o que viu foram pessoas tentando ajudar.

– Infelizmente, acho que desapontamos o senhor – disse Esther, enquanto Gamache devolvia as fotos à bolsa-carteiro. – Por que o senhor não enviou essas fotos por e-mail?

– Bom, eu enviei para o sargento Minshall, e ele fez as imagens circularem na polícia, mas eu queria vir pessoalmente. E tinha uma coisa que eu não podia enviar por e-mail. Uma coisa que trouxe comigo.

Ele colocou as duas bolas atoalhadas na mesa e, com cuidado, abriu a primeira.

Nenhuma colher tilintou contra uma xícara, nenhuma embalagem de creme se abriu com um estalo, ninguém respirou. Foi como se alguma outra coisa tivesse se juntado a eles. Como se o silêncio tivesse puxado uma cadeira.

Delicadamente, ele desembrulhou o segundo volume. E a peça navegou pela mesa, indo se juntar à irmã.

– Existem outras. Mais oito, a gente acha.

Se eles o ouviram, não deram sinal disso. Então um homem atarracado de meia-idade estendeu a mão. Ele parou e olhou para Gamache.

– Posso?

– Por favor.

Ele segurou o veleiro em suas mãos grandes e calejadas. Depois o ergueu até o rosto para olhar nos olhos dos homens e mulheres minúsculos que se voltavam para a frente com tanto prazer, tanta alegria.

– Este é o Haawasti – sussurrou a pilota. – Will Sommes.

– Este é Will Sommes? – perguntou Gamache.

Ele tinha lido sobre aquele homem. Era um dos maiores artistas vivos do Canadá. As esculturas haidas dele eram cheias de vida e arrebatadas por colecionadores e museus do mundo inteiro. Ele havia deduzido que Sommes era um recluso, tendo ficado tão famoso que com certeza queria se esconder. Mas o inspetor-chefe estava começando a entender que em Haida Gwaii as lendas ganhavam vida, caminhavam entre eles e às vezes tomavam chá preto e consumiam creme industrializado.

Sommes pegou a outra escultura e a girou várias vezes.

– Cedro-vermelho.

– Daqui – confirmou Gamache.

Sommes olhou embaixo do veleiro.

– Isto é uma assinatura?

– Talvez o senhor possa me dizer.

– São só letras. Mas devem significar alguma coisa.

– Parece que é um código. Mas a gente ainda não conseguiu decifrar.

– Foi o homem que morreu que fez essas esculturas? – perguntou Sommes, erguendo a peça.

– Foi.

Sommes olhou para as obras.

– Eu não sei quem ele era, mas uma coisa eu posso dizer: o seu Eremita não estava só com medo, ele estava apavorado.

TRINTA E TRÊS

Na manhã seguinte, Gamache acordou com uma brisa fresca e fria do mar e com o barulho de pássaros se alimentando. Ele se virou na cama e, enrolando-se na colcha quente, olhou pela janela. O dia anterior parecia ter sido um sonho. Acordar em Three Pines e ir dormir naquele vilarejo haida ao lado do oceano.

Águias e gaivotas planavam no vibrante céu azul. O inspetor-chefe saiu rápido da cama, vestiu suas roupas mais quentes e se amaldiçoou por ter esquecido as ceroulas.

No andar de baixo, encontrou um café da manhã completo, com bacon, ovos, torradas e café forte.

– Lavina ligou e disse para o senhor estar na doca às nove, senão ela vai embora sozinha.

Gamache olhou em volta para ver com quem a proprietária estava falando.

Ele era o único na sala.

– *Moi?*

– É, o senhor. Lavina disse para o senhor não se atrasar.

Gamache olhou para o relógio. Eram oito e meia e ele não fazia ideia de quem era Lavina, onde ficava a doca ou por que deveria estar lá. Tomou mais uma xícara de café, foi para o quarto usar o banheiro e pegar o casaco e o chapéu, depois desceu para falar com a proprietária.

– A Lavina disse em que doca vai estar?

– Imagino que seja a que ela sempre usa. Não tem como errar.

Quantas vezes Gamache tinha ouvido aquilo antes de errar? Ainda assim, ele foi para a varanda e examinou o litoral, inspirando fundo aquele ar revigorante. Havia uma série de docas ali.

Mas em apenas uma havia um hidroavião. E a jovem pilota olhando para o relógio. O nome dela era Lavina? Vergonhosamente, ele percebeu que nunca havia perguntado.

Quando alcançou as tábuas de madeira da doca, ele viu que a jovem não estava sozinha. Will Sommes a acompanhava.

– Achei que o senhor fosse querer ver de onde vieram aqueles pedaços de madeira – disse o escultor, convidando Gamache para entrar no pequeno hidroavião. – Minha neta concordou em levar a gente. O seu voo de ontem era comercial. O avião dela é este aqui.

– Também tenho uma neta – contou Gamache, procurando o cinto de segurança de maneira não muito frenética, enquanto o avião se afastava do cais e se dirigia para o estreito. – E outra a caminho. Mas a minha neta me faz pinturas com os dedos.

Ele quase acrescentou que pelo menos uma pintura feita com os dedos não podia matar, mas achou que soaria indelicado.

O avião ganhou velocidade e começou a quicar nas ondas pequenas. Foi aí que Gamache reparou nas lonas rasgadas dentro dele, nos assentos enferrujados e nas almofadas esfarrapadas. Olhou pela janela e se arrependeu de ter tomado aquele café da manhã completo.

Pouco depois, eles estavam no ar, inclinando-se para a esquerda, subindo ao céu e avançando pela costa. Voaram por quarenta minutos. Estava tão barulhento dentro da minúscula cabine que era impossível fazer qualquer coisa a não ser gritar uns com os outros. De vez em quando, Sommes se aproximava e fazia algum comentário. Acenava para uma pequena baía e dizia algo como "Foi aqui que o primeiro ser humano apareceu, dentro da concha! É o nosso Jardim do Éden!", ou, um pouco depois, "Dá uma olhada aqui embaixo! Estes são os últimos cedros-vermelhos virgens, a última floresta ancestral!".

Gamache teve uma visão completa daquele mundo. Viu rios, enseadas, florestas e montanhas esculpidas por geleiras. Por fim, eles desceram em uma baía cujos picos estavam envoltos em névoa mesmo naquele dia claro. À medida que deslizavam na água em direção à costa escura, Will Sommes se inclinou para Gamache de novo e gritou:

– Bem-vindo a Gwaii Haanas! O lugar das maravilhas!

E era mesmo.

Lavina chegou o mais perto que pôde da praia, então um homem veio de lá e empurrou um barco para a água, pulando dentro dele na última hora. À porta do hidroavião, ele estendeu a mão para ajudar o inspetor-chefe a subir no barquinho e se apresentou.

– Meu nome é John. Eu sou o vigia.

Gamache notou que ele estava descalço e viu que Lavina e o avô tiravam os sapatos e meias e arregaçavam a calça enquanto John remava. Logo entendeu por quê. O barco só ia até certo ponto – eles teriam que caminhar os últimos três metros. Ele tirou os sapatos e as meias, puxou a barra da calça para cima e pulou para a lateral do barco. Ou quase. Assim que seu dedão do pé tocou a água, recuou. À sua frente, viu Lavina e Sommes sorrirem.

– Está gelada – admitiu o vigia.

– Ah, fala sério, princesa, deixa de frescura – disse Lavina.

Gamache se perguntou se a moça havia incorporado Ruth. Será que em todo bando havia uma?

Ele então parou de frescura e se juntou a eles na praia, os pés roxos depois de apenas um minuto na água. Caminhou sobre as pedras rapidamente e chegou a um toco de árvore, onde se sentou, limpou a sola dos pés e calçou de novo as meias e os sapatos. Não se lembrava da última vez que sentira um alívio tão grande. Na verdade, a última vez provavelmente tinha sido quando o hidroavião pousara.

Ele havia ficado tão impressionado com os arredores, o vigia e a água gelada que não tinha se dado conta do que estava ali. Mas agora ele via. Bem na borda da floresta, havia um solene semicírculo de totens.

Gamache sentiu o sangue todo convergir para o centro do corpo.

– Este é o vilarejo Ninstints – sussurrou Will Sommes.

Gamache não respondeu. Não conseguia. Ele olhou para as estacas altas nas quais estavam esculpidos *Mythtimes*, aquele casamento entre animais e espíritos. Baleias, tubarões, lobos, ursos, águias e corvos, todos olhavam para ele. E algo mais. Coisas com línguas compridas e olhos e dentes imensos. Criaturas desconhecidas fora do universo dos *Mythtimes*, mas bem reais ali.

Gamache teve a sensação de estar no limiar da memória.

Alguns totens eram retos e altos, mas a maioria tinha caído ou pendia meio de lado.

– Todos nós somos pescadores – disse Will. – A Esther estava certa. O mar alimenta o nosso corpo, mas isto alimenta a nossa alma – explicou, abrindo as mãos em um gesto pequeno e simples em direção à floresta.

– Esta é a maior coleção de totens do mundo – explicou o vigia John em voz baixa, enquanto eles abriam caminho por entre os totens. – Este lugar agora é protegido, mas sem sempre foi assim. Alguns totens comemoram acontecimentos especiais e outros são mortuários. Cada um conta uma história. As imagens se complementam e estão em uma ordem intencional.

– Foi aqui que Emily Carr pintou grande parte das obras dela – disse Gamache.

– Achei que o senhor fosse querer ver – comentou Sommes.

– *Merci*. Fico muito grato.

– Este assentamento foi o último a cair. Era o mais isolado e talvez o mais teimoso – contou John. – Mas ele também acabou desmoronando. Uma onda de doenças, álcool e missionários finalmente varreu este lugar, assim como aconteceu com todos os outros. Os totens foram derrubados e as habitações comunitárias, destruídas. Isto foi tudo que restou – disse ele, apontando para uma protuberância na floresta, coberta de musgo. – Isto aqui era uma dessas habitações.

Armand Gamache vagou pelo local por uma hora. Foi autorizado a tocar nos totens e se viu colocando a mão grande naqueles rostos magníficos, tentando sentir quem quer que tivesse esculpido tal criatura.

Em dado momento, ele acabou indo até John, que havia passado todo aquele tempo parado em um único ponto, observando.

– Eu estou aqui investigando um assassinato. Posso te mostrar algumas coisas?

John assentiu.

– A primeira é a foto da vítima. Acho que ele deve ter passado algum tempo em Haida Gwaii, embora eu acredite que ele teria chamado este lugar de ilhas Queen Charlotte.

– Então ele não era haida.

– Não, acho que não.

Gamache mostrou a foto a John. Ele a pegou e a examinou com atenção.

– Desculpa, não conheço.

– Isso deve ter sido há um tempo atrás. Quinze, talvez vinte anos.

– Essa foi uma época difícil. Tinha muita gente aqui. Foi quando os hai-das finalmente detiveram as madeireiras, bloqueando as estradas. Talvez ele fosse um lenhador.

– Talvez. Ele com certeza se sentia à vontade na floresta. E construiu uma cabana de toras. Quem aqui pode ter ensinado isso para ele?

– O senhor está brincando?

– Não.

– Praticamente todo mundo. A maioria dos haidas mora em vilarejos agora, mas quase todos nós temos cabanas no bosque. Que a gente constrói ou que os nossos pais construíram.

– O senhor vive em uma cabana?

Teria John hesitado?

– Não, eu tenho um quarto no Holiday Inn Ninstints – disse ele, rindo. – Pois é. Eu construí a minha cabana há alguns anos. O senhor quer ver?

– Se o senhor não se importar.

Enquanto Will Sommes e a neta vagavam por ali, o vigia levou Gamache para o interior da floresta.

– Algumas dessas árvores têm mais de mil anos, sabia?

– Vale a pena preservar – disse Gamache.

– Nem todo mundo concorda.

Ele parou e apontou para uma pequena cabana na floresta, com uma varanda e uma cadeira de balanço.

Igualzinha à do Eremita.

– O senhor o conhecia, John? – perguntou Gamache, de repente se to-cando de que estava sozinho no bosque com um homem forte.

– O homem que morreu?

Gamache fez que sim.

John sorriu de novo.

– Não – disse ele, chegando bem perto de Gamache.

– O senhor ensinou esse homem a construir uma cabana de toras?

– Não.

– O senhor o ensinou a esculpir?

– Não.

– O senhor me diria, se tivesse feito essas coisas?

– Eu não tenho nada a temer vindo do senhor. Nada a esconder.

– Então por que está aqui completamente sozinho?

– Por que o senhor está? – perguntou John quase em um sussurro, sibilando.

Gamache desembrulhou uma das esculturas. John olhou para os homens e mulheres no barco e recuou.

– Foi feita com cedro-vermelho. De Haida Gwaii – explicou o inspetor-chefe. – Talvez até mesmo das árvores desta floresta. Foi o homem assassinado quem fez.

– Isso não significa nada para mim – disse John, e, com um rápido e último olhar para a escultura, se afastou.

Gamache o seguiu e encontrou Will Sommes na praia, sorrindo.

– Teve uma conversa boa com John?

– Ele não tinha muito a dizer.

– Ele é um vigia, não um fofoqueiro.

Gamache sorriu e começou a enrolar a escultura, mas Sommes tocou a mão dele para detê-lo e pegou a obra mais uma vez.

– O senhor diz que ela vem daqui. É madeira nativa?

– A gente não sabe. Os peritos não souberam dizer. Eles teriam que destruir a escultura para conseguir uma amostra grande o suficiente, e não deixei que fizessem isso.

– Isto vale mais do que a vida de um homem? – perguntou Sommes, erguendo a escultura.

– Poucas coisas valem mais do que a vida de um homem, *monsieur*. Mas essa vida já foi perdida. Eu espero conseguir descobrir quem fez isso sem destruir a criação dele também.

A resposta pareceu satisfazer Sommes, que devolveu a escultura a Gamache, embora não sem relutância.

– Eu queria ter conhecido o homem que fez isto. Ele era talentoso.

– Talvez ele tenha sido um lenhador. Pode ter ajudado a derrubar as florestas de vocês.

– Muita gente da minha família também era. Acontece. Isso não faz deles homens maus ou inimigos para a vida inteira.

– O senhor ensina outros artistas? – perguntou Gamache casualmente.

– O senhor acha que ele pode ter vindo aqui para falar comigo? – perguntou Sommes.

– Eu acho que ele esteve aqui. E era escultor.

– Primeiro ele era um lenhador, agora é escultor. O senhor precisa escolher, inspetor-chefe.

Foi um comentário bem-humorado, mas a crítica não passou despercebida. Ele estava tentando pescar alguma informação e Gamache sabia disso. Assim como Sommes. E Esther. *Todos nós somos pescadores*, dissera ela.

Será que tinha descoberto alguma coisa naquela visita? Estava começando a duvidar.

– O senhor dá aulas de escultura? – persistiu.

Sommes balançou a cabeça.

– Só para outros haidas.

– O Eremita usava madeira daqui. Isso surpreende o senhor?

– De jeito nenhum. Algumas áreas agora são preservadas, mas a gente concordou que certos espaços podem ser explorados. E replantados. É uma boa indústria, quando bem administrada. E as árvores novas são excelentes para o ecossistema. Eu recomendo o uso do cedro-vermelho para todo mundo que esculpe em madeira.

– É melhor a gente ir. O tempo está virando – disse Lavina.

Quando o hidroavião decolou e se afastou da baía protegida, Gamache olhou para baixo. Parecia que um dos totens tinha ganhado vida e estava acenando. Mas percebeu que era John, que guardava aquele lugar assombrado mas tinha ficado com medo do pequeno pedaço de madeira nas mãos de Gamache. O mesmo John que havia literal e ativamente passado dos limites e se afastado.

– Ele estava envolvido na disputa pela extração da madeira, sabe? – gritou Sommes por cima do barulho do velho motor.

– Parece uma boa pessoa para se ter ao lado!

– E ele foi! Ele era membro da Real Polícia Montada do Canadá! Foi forçado a prender a própria avó! Eu ainda consigo vê-lo levando ela embora!

– O John é meu tio! – gritou Lavina, da cabine.

Gamache demorou um instante para juntar as peças. O homem calado, sombrio e solitário que eles haviam encontrado, o homem que observara o avião deles decolar, tinha prendido Esther.

– E agora ele é vigia e guarda os últimos totens! – disse Gamache.

– Todos nós guardamos alguma coisa! – comentou Sommes.

O sargento Minshall havia deixado um recado para ele na pousada junto com um envelope. No almoço, enquanto comia peixe fresco e milho enlatado, Gamache o abriu e encontrou mais fotografias, impressas do computador do sargento. Também havia um e-mail.

Armand,

Nós rastreamos quatro das esculturas restantes. Duas ainda não conseguimos encontrar, a que Olivier vendeu no eBay e uma das que foram leiloadas em Genebra. Nenhum dos colecionadores concordou em enviar as obras, mas eles mandaram fotos (anexadas aqui). Nenhuma delas tem letras impressas embaixo.

Jérôme continua trabalhando no seu código. Nada ainda.

O que você acha destas fotos? Bem chocantes, não?

Eu tenho trabalhado nos itens da cabana. Até agora, nenhum foi relatado como roubado e não consegui encontrar uma conexão entre eles. Achei que um bracelete de ouro fosse tcheco, mas, na verdade, ele é dácio, de onde hoje fica a Romênia. Um achado surpreendente.

Mas é muito estranho. Os itens não parecem ter relação uns com os outros. A menos que esse seja o ponto. Tenho que pensar um pouco mais sobre isso. Estou tentando manter essas descobertas em segredo, mas já comecei a receber ligações do mundo inteiro. De agências de notícias, museus... Não faço ideia de como essas informações se espalharam, mas aconteceu. A maioria das ligações é sobre a Câmara de Âmbar. Espera só eles descobrirem sobre o resto.

Soube que você está nas ilhas Queen Charlotte. Sortudo. Se encontrar Will Sommes, fale que eu adoro o trabalho dele. Mas ele é recluso, então duvido que você o veja.

Thérèse Brunel

Ele pegou as fotos e olhou para elas enquanto comia. Quando a torta de creme de coco chegou, Gamache já tinha visto todas. Colocou-as na mesa em forma de leque, à sua frente. E agora as encarava.

O tom das esculturas havia mudado. Em uma delas, as figuras pareciam estar carregando carroças, empacotando todas as suas coisas. Pareciam animadas. Exceto o jovem, que gesticulava de maneira ansiosa para apressá-los. Mas na escultura seguinte parecia haver um crescente mal-estar entre as pessoas. E as duas últimas eram bem diferentes. Em uma, as pessoas já não estavam andando. Estavam em cabanas, casas. Mas algumas figuras olhavam pela janela. Desconfiadas. Não com medo. Ainda não. Isso ficou por conta da obra na última imagem enviada pela superintendente Brunel. Era a maior escultura de todas, e os indivíduos estavam de pé, olhando. Para cima. Para Gamache, ao que parecia.

A perspectiva era estranhíssima. Fazia o espectador se sentir parte da obra. E uma parte não muito agradável. Ele sentiu que era dele que as pessoas tinham tanto medo.

Porque era assim que elas se sentiam agora. O que Will Sommes havia falado na noite anterior, quando tinha visto o garoto encolhido dentro do veleiro?

Não só com medo, mas apavorado.

Algo terrível havia encontrado as pessoas das esculturas. E algo terrível havia encontrado o criador delas.

O estranho era que Gamache não via o garoto nas duas últimas esculturas. Ele pediu uma lupa à proprietária da pousada e, sentindo-se o próprio Sherlock Holmes, se debruçou sobre as imagens e as examinou minuciosamente. Mas nada.

Ele se recostou na cadeira e tomou um gole de chá. A torta de creme de coco permanecia intacta. Qualquer que fosse o pavor que havia roubado a felicidade das esculturas, havia feito o mesmo com seu apetite.

O sargento Minshall o encontrou alguns minutos mais tarde, e os dois caminharam mais uma vez pela cidade, parando na Construtora Greeley.

– Como posso ajudar? – perguntou um homem mais velho, de barba e cabelo grisalhos e olhos cinzentos, mas o corpo forte e cheio de energia.

– A gente queria conversar sobre alguns trabalhadores que o senhor pode ter empregado nos anos 1980 e início dos 1990 – disse o sargento Minshall.

– O senhor está brincando? Sabe como são esses lenhadores. Eles vêm e vão. Principalmente naquela época.

– Por que principalmente naquela época, *monsieur*? – quis saber Gamache.

– Este é o inspetor-chefe Gamache, da Sûreté du Québec – informou Minshall, apresentando-os.

Eles deram um aperto de mão. Gamache teve a impressão de que Greeley não era um homem a contrariar.

– O senhor veio de longe – disse Greeley.

– Pois é. Mas estou sendo muito bem-recebido. O que aconteceu de tão especial naquela época?

– No fim dos anos 1980 e início dos 1990? Está de brincadeira? Nunca ouviu falar da ilha Lyall? Dos bloqueios nas estradas, dos protestos? Com milhares de quilômetros de floresta, os haidas de repente ficaram todos revoltados com a extração da madeira. O senhor nunca ouviu falar disso?

– Eu não estava aqui. Talvez o senhor possa me contar o que aconteceu.

– Não foi culpa dos haidas. Eles foram atiçados por aqueles agitadores. Aqueles ambientalistas. Eles não passavam de uns terroristas. Recrutaram um bando de bandidos e garotos que só queriam chamar atenção. Não tinha nada a ver com as florestas. Olha, a gente não estava matando pessoas, nem sequer animais. A gente só estava derrubando árvores. Que crescem de novo. E a gente era o maior empregador da área. Mas os ambientalistas instigaram os haidas. Enfiaram um monte de baboseiras na cabeça dos garotos.

O sargento Minshall se remexeu. Mas não disse nada.

– Mas a média de idade dos haidas presos era 66 anos – retrucou Gamache. – Os idosos se colocaram entre os jovens manifestantes e vocês.

– Isso foi um truque. Não significa nada – rebateu Greeley. – Eu achei que o senhor tinha dito que não sabia nada sobre essa história.

– Eu disse que não estava aqui. Li as notícias, mas não é a mesma coisa.

– Não mesmo. A mídia acreditou em tudo. A gente saiu de bandido, quando só queria cortar algumas centenas de quilômetros a que tinha direito.

Greeley estava começando a falar mais alto. A ferida, a raiva, estava longe de curada.

– Teve violência? – perguntou Gamache.

– Um pouco. Era inevitável. Mas não era a gente que começava. A gente só queria fazer o nosso trabalho.

– Muitas pessoas iam e vinham naquela época? Lenhadores e manifestantes, imagino.

– Tinha gente à beça. E o senhor quer ajuda para encontrar um deles? – disse Greeley, rindo. – Qual era o nome dele?

– Não sei.

Gamache ignorou a risada debochada de Greeley e de seu pessoal. Em vez disso, mostrou a foto do homem morto.

– Talvez ele tivesse um sotaque tcheco.

Greeley olhou para a imagem e a entregou de volta.

– Olhe melhor, por favor – pediu o inspetor-chefe Gamache.

Os dois homens se encararam por um instante.

– O senhor pode olhar para a foto em vez de olhar para mim, *monsieur* – disse o inspetor-chefe com uma voz equilibrada mas também dura.

Greeley pegou a foto de novo e se deteve um pouco mais nela.

– Eu não conheço o sujeito. Ele pode ter estado aqui, mas quem vai saber? Ele também estaria bem mais jovem na época, lógico. Sinceramente, ele não parece um lenhador ou alguém que trabalhava na floresta. É muito pequeno.

Aquela foi a primeira coisa útil que Greeley disse. Gamache olhou de novo para o recluso morto. Três tipos de visitantes estavam nas ilhas Queen Charlotte naquela época: lenhadores, ambientalistas e artistas. Parecia mais provável que a vítima se encaixasse no último grupo. Ele agradeceu a Greeley e foi embora.

De volta à rua, Gamache consultou o relógio. Se conseguisse que Lavina o levasse até o aeroporto, ainda poderia pegar o voo noturno para Montreal. Mas se deteve um momento para fazer mais uma ligação.

– Monsieur Sommes?

– Oi, inspetor-chefe. O senhor agora suspeita que seu homem pode ter sido um ecoterrorista?

– *Voyons*, como o senhor sabe?

Will Sommes riu.

– Como posso ajudar?

– O vigia John me mostrou a cabana dele no bosque. O senhor já viu?

– Já, sim.

– É exatamente igual à casa do nosso homem morto, do outro lado do país, na mata quebequense.

Houve uma pausa.

– Monsieur Sommes? – disse Gamache, pensando que a ligação pudesse ter caído.

– Infelizmente, isso não significa muita coisa. A minha cabana também é igual. Todas elas são, com poucas exceções. Sinto desapontar o senhor.

Gamache desligou, sentindo-se zero desapontado. Ele agora sabia uma coisa sem sombra de dúvida: o Eremita com certeza estivera nas ilhas Queen Charlotte.

O INSPETOR-CHEFE POR POUCO conseguiu pegar um voo saindo de Vancouver de madrugada. Ele se espremeu na poltrona do meio e, assim que o avião decolou, o passageiro da frente reclinou o encosto do assento até quase se deitar no colo dele. Além disso, as duas pessoas ao lado de Gamache ocuparam os descansos de braço, o que deixou o inspetor-chefe com sete horas para ouvir o garotinho do outro lado do corredor brincando de boneco.

Ele colocou os óculos meia-lua e leu mais sobre Emily Carr, seu trabalho, as viagens e sua "revelação brutal". Ele observou os quadros que a artista havia pintado nas ilhas Queen Charlotte e se admirou ainda mais com aquelas imagens poderosas e poéticas. Gamache se deteve um pouco mais nas pinturas de Ninstints. Ela havia capturado o cenário pouco antes do outono, quando os totens ainda estavam altos e retos e as habitações ainda não se encontravam cobertas de musgo.

Enquanto sobrevoava Winnipeg, ele pegou as fotos das esculturas do Eremita.

Gamache olhou para elas e deixou a mente vagar. Ao fundo, o garotinho desenvolvia toda uma intrincada história de guerra, ataques e atos heroicos. Gamache pensou em Beauvoir em Three Pines, perseguido por uma avalanche de fatos e pelas palavras de Ruth Zardo. Fechou os olhos e recostou a cabeça, pensando nos dísticos que Ruth não parava de enviar, como se a poesia fosse uma arma, e lógico que era. Para ela.

e pegará sua alma gentilmente pela nuca
e o acariciará na escuridão e no paraíso.

Que lindo, pensou Gamache, caindo em um sono inquieto enquanto a Air Canada o levava de volta para casa. E, assim que ele estava prestes a cochilar, outro dístico surgiu.

que a divindade que mata por prazer
também cura,

Quando o avião começou a sobrevoar Toronto, Gamache já sabia o que as esculturas significavam e o que precisava fazer.

TRINTA E QUATRO

Enquanto Gamache estava envolto na névoa das ilhas Queen Charlotte, Clara encarava seu próprio tipo de névoa. Ela havia passado o dia dando voltas ao redor do telefone, aproximando-se mais e mais e depois correndo para longe.

Peter assistiu a tudo isso de seu estúdio. Já não sabia o que esperava que acontecesse. Que Clara ligasse para Fortin ou não. Já não sabia o que seria melhor. Para ela, para ele.

Peter encarou o quadro no cavalete. Pegou o pincel, o molhou na tinta e se aproximou. Decidido a dar à pintura o nível de detalhe que as pessoas esperavam ver em suas obras. A complexidade. As camadas.

Acrescentou um único ponto, depois recuou.

– Ai, Deus – disse, então suspirou e olhou para o ponto fresco na tela branca.

Clara se aproximava mais uma vez do telefone, vindo da geladeira. Leite com achocolatado em uma das mãos e Oreos na outra, ela fitava o telefone.

Será que estava sendo teimosa? Cabeça-dura? Ou estava defendendo aquilo em que acreditava? Era uma heroína ou só uma idiota? Estranho como essas coisas com frequência se confundiam.

Ela foi até o jardim e capinou sem muito entusiasmo por alguns minutos, depois tomou banho, se arrumou, deu um beijo de despedida em Peter, entrou no carro e dirigiu até Montreal. Até a Galeria Fortin, para pegar seu portfólio.

A caminho de casa, fez um desvio de última hora para visitar a Srta. Emily Carr. Clara olhou para a escultura da mulher desmazelada e excêntrica com o cavalo, o cachorro e o macaco. E convicção diante de uma revelação brutal.

O inspetor Beauvoir encontrou Gamache no aeroporto Trudeau.

– Alguma notícia da superintendente Brunel? – perguntou o inspetor-chefe enquanto Beauvoir jogava a mala dele no banco de trás.

– Ela encontrou mais uma escultura. Com um cara de Moscou. Ele não vai nos enviar a peça, mas mandou algumas fotos – contou Beauvoir, entregando-lhe um envelope. – E o senhor? O que descobriu?

– Você percebeu que as frases que a Ruth enviou são partes de um único poema?

– O senhor descobriu isso nas ilhas Queen Charlotte?

– Indiretamente. Você guardou as mensagens?

– Os papéis? Lógico que não. Por quê? Eles são importantes para o caso?

Gamache suspirou. Estava exausto. Tinha uma longa distância a percorrer naquele dia e não podia se dar ao luxo de cometer um erro. Não naquele momento.

– Não. Imagino que não. Mas é uma pena perder o poema.

– É, já que o senhor diz... Espera só até ela virar a caneta contra o senhor.

– *... e pegará sua alma gentilmente pela nuca e o acariciará na escuridão e no paraíso* – murmurou Gamache.

– Para onde? – perguntou Beauvoir, à medida que sacolejavam pela estrada em direção a Three Pines.

– Para o bistrô. A gente precisa falar com o Olivier de novo. Você checou a situação financeira dele?

– Ele tem cerca de 4 milhões. Dos quais 1,5 milhão é das vendas das esculturas, pouco mais de 1 milhão das antiguidades que o Eremita deu para ele, e a propriedade dele também vale tipo 1 milhão. A gente não avançou muito – disse Beauvoir, com um sorriso soturno.

Mas Gamache sabia que eles estavam muito perto. E sabia que era aí que o chão se firmava ou desabava debaixo deles.

O carro deslizou até parar na frente do bistrô. O inspetor-chefe estava tão calado no banco do carona que Beauvoir pensou que ele tivesse tirado um cochilo. Parecia cansado, e quem não estaria depois daquele voo tão longo? A Air Canada ainda por cima cobrava por tudo. Beauvoir tinha certeza de que logo haveria uma máquina para cartão de crédito ao lado das máscaras de oxigênio.

O inspetor deu uma olhada e, dito e feito, Gamache estava de cabeça baixa e com os olhos fechados. Beauvoir detestava ter que incomodar. Ele parecia tão tranquilo... Então percebeu que o chefe esfregava o polegar de leve na foto que segurava em um gesto frouxo. Beauvoir prestou atenção. Os olhos do chefe não estavam fechados, não totalmente.

Eles estavam semicerrados e fitavam atentamente a imagem na mão dele.

Nela, havia a escultura de uma montanha. Estéril, desolada. Como se tivesse sido desmatada. Só contava com alguns pinheiros ralos na base. Gamache sentiu que havia uma tristeza naquilo, um vazio. Ainda assim, tinha algo naquela obra que a tornava muito diferente das outras. Também havia uma espécie de leveza. Ele estreitou os olhos e, ao olhar mais de perto, percebeu. O que tinha confundido com mais um pinheiro no sopé da montanha era outra coisa.

Era um jovem. Um garoto, pisando, hesitante, na base da escultura.

E onde ele pisava brotavam algumas mudas.

Aquilo o lembrava da pintura de Ruth feita por Clara. Ela havia capturado o instante em que o desespero se tornava esperança. Aquela escultura notável era desoladora, mas também estranhamente esperançosa. E, sem precisar olhar mais, Gamache soube que aquele garoto era o mesmo das outras obras. Mas o medo tinha ido embora. Ou será que ainda não havia chegado?

Rosa grasnava na praça do vilarejo. Naquele dia, usava um conjuntinho rosa-claro de suéter e cardigã. E pérolas?

– *Voyons* – disse Beauvoir, meneando a cabeça para a pata quando eles saíram do carro. – Dá para imaginar ouvir isso o dia todo?

– Espera só até você ter filhos – comentou Gamache, parando do lado de fora do bistrô para observar Rosa e Ruth.

– Eles grasnam?

– Não, mas fazem muito barulho, pode ter certeza. E outras coisas. Vocês estão planejando ter filhos?

– Talvez um dia. A Enid não é tão fã da ideia.

Ele parou ao lado do chefe, e os dois observaram o vilarejo tranquilo. Tranquilo, exceto pelo grasnido.

– Alguma notícia do Daniel?

– Madame Gamache falou com ele ontem. Está tudo bem. Deve nascer daqui a duas semanas. A gente vai para Paris assim que acontecer.

Beauvoir assentiu.

– Já são duas para o Daniel. E a Annie? Tem planos?

– Nenhum. Eu acho que o David até gostaria, mas a Annie não é muito boa com crianças.

– Eu a vi com a Florence – disse Beauvoir, lembrando-se da visita de Daniel com a neta do inspetor-chefe.

Ele tinha visto Annie com a sobrinha no colo, cantando para ela.

– Ela adora a Florence – comentou.

– Ela diz que não quer filhos. Sinceramente, a gente não quer pressionar.

– É melhor não interferir.

– Não é isso. A gente acompanhou as trapalhadas em que a Annie se meteu quando era adolescente e trabalhava de babá. Assim que a criança chorava, a Annie ligava, e a gente tinha que ir lá. A gente ganhou mais dinheiro como babás do que ela. E Jean Guy... – disse Gamache, aproximando-se de seu inspetor e baixando o tom de voz. – Sem entrar em detalhes, aconteça o que acontecer, nunca deixe a Annie colocar uma fralda em mim.

– Ela me pediu a mesma coisa – replicou Beauvoir, e viu Gamache sorrir.

Então o sorriso desapareceu.

– Vamos? – perguntou o chefe, apontando para a porta do bistrô.

OS QUATRO HOMENS PREFERIRAM se sentar longe das janelas, em um ponto mais fresco e silencioso. Um fogo brando murmurava nas lareiras, em dois cantos do salão. Gamache se lembrou da primeira vez que havia entrado no bistrô, anos antes, e visto os móveis descombinados, as poltronas altas e baixas e as cadeiras de madeira. As mesas redondas, quadradas e retangulares. As lareiras de pedra e as vigas de madeira. E as etiquetas de preço penduradas em tudo.

Tudo podia ser comprado. Será que todos também? Gamache não acreditava nisso, mas às vezes se fazia essa pergunta.

– *Bon Dieu*, você está me dizendo que não falou de mim para o seu pai? – perguntou Gabri.

– Eu falei. Eu contei para ele que estava com um Gabriel.

– O seu pai acha que o senhor está com uma Gabrielle – disse Beauvoir.

– *Quoi?* – indagou Gabri, lançando um olhar furioso para Olivier. – Ele acha que eu sou mulher? Isso significa… – continuou Gabri, encarando o parceiro, incrédulo. – Que ele não sabe que você é gay?

– Eu nunca contei.

– Talvez não com todas as letras, mas com certeza você contou para ele – prosseguiu Gabri, antes de se virar para Beauvoir. – Quase 40 anos, nunca casou e é negociante de antiguidades. Meu Deus, ele me falou que quando as outras crianças cavavam para encontrar porcelana, ele estava atrás de peças da Royal Doulton. Como alguém pode ser mais gay que isso? – contestou ele, voltando-se para Olivier. – Você tinha um forninho de brinquedo e costurava as próprias fantasias de Halloween.

– Eu não contei para ele e não pretendo contar – retrucou Olivier. – Não é da conta dele.

– Que família! – disse Gabri, com um suspiro. – Na verdade, é uma combinação perfeita. Um não quer saber e o outro não quer contar.

Mas Gamache sabia que era mais do que não querer contar. Aquilo tinha a ver com um garotinho e seus segredos. Que havia se tornado um jovem com segredos. Que, por sua vez, tinha se tornado um homem. Ele tirou um envelope da bolsa-carteiro e colocou sete fotografias na mesa, diante de Olivier. Então desembrulhou as esculturas e também as colocou na mesa.

– Qual é a ordem correta?

– Eu não lembro quando ele me deu cada uma – respondeu Olivier.

Gamache olhou para ele e falou baixinho:

– Não foi isso que eu perguntei. Eu perguntei qual é a ordem correta. Você sabe, não sabe?

– Não estou entendendo – disse Olivier, parecendo confuso.

Então Armand Gamache fez algo que Beauvoir raramente via. Ele bateu a mão grande na mesa com tanta força que as pequenas figuras de madeira deram um pulo. Assim como os homens.

– Chega. Eu já aturei o suficiente.

E parecia que era mesmo verdade. O rosto dele estava duro, esculpido e polido por mentiras e segredos.

– O senhor faz ideia do rolo em que se meteu?

A voz dele era baixa, fraca, e saía com dificuldade. Ele prosseguiu:

– Precisa parar com essas mentiras agora. Se tem alguma esperança, qualquer esperança, precisa falar a verdade. Agora.

Gamache empurrou as fotos na direção de Olivier, que parecia petrificado.

– Eu não sei – disse ele, hesitando.

– Pelo amor de Deus, Olivier, por favor – implorou Gabri.

Gamache emanava raiva. Raiva, frustração e medo de que o verdadeiro assassino escapasse, escondido nas mentiras de outro homem. Olivier e o inspetor-chefe se entreolharam. Um homem que havia passado a vida enterrando segredos e outro que havia passado a vida desenterrando-os.

Seus parceiros só observavam, cientes da batalha, mas incapazes de ajudar.

– A verdade, Olivier – exigiu Gamache rispidamente.

– Como o senhor soube?

– O lugar das maravilhas. O vilarejo Ninstints, nas ilhas Queen Charlotte. Os totens me contaram.

– Eles te contaram?

– Do jeito deles. Cada imagem baseada na anterior. Cada uma conta a própria história e é uma maravilha por si só. Mas quando analisadas como um todo, elas contam uma história maior.

Ao ouvir aquilo, Beauvoir pensou nos dísticos de Ruth. O chefe lhe havia dito que era a mesma coisa com eles. Se colocados juntos, na ordem certa, também contariam uma história. Ele colocou a mão no bolso e tocou o papel enfiado por baixo da porta naquela manhã.

– Que história estas aqui contam, Olivier? – insistiu Gamache.

Na verdade, o pensamento lhe havia ocorrido no avião, enquanto ouvia o garotinho brincando de boneco e percebia o intrincado mundo que ele havia criado. Gamache tinha pensado no caso, nos haidas e no vigia. Que, movido pela própria consciência, havia finalmente encontrado a paz. Na selva.

O inspetor-chefe suspeitava que a mesma coisa tinha acontecido com o Eremita. Ele havia entrado na floresta quando era um homem ganancioso, para se esconder. Mas tinha sido encontrado. Anos antes. Por si mesmo. Por isso usava dinheiro como isolamento térmico e papel higiênico. Usava as edições originais para adquirir conhecimento e ter companhia. E usava as antiguidades como itens comuns do dia a dia.

E, naquela selva, ele tinha encontrado liberdade e felicidade. Além de paz.

Mas algo ainda lhe escapava. Ou, melhor dizendo, algo ainda se agarrava a ele. Ele tinha se livrado das "coisas" de sua vida, mas ainda restava um fardo. A verdade.

Ele então havia decidido contá-la a alguém. Olivier. Mas não podia se dar a esse luxo. Em vez disso, tinha escondido a verdade em uma fábula, uma alegoria.

– Ele me fez prometer que eu nunca ia contar – disse Olivier, baixando a cabeça.

– E o senhor cumpriu sua promessa. Enquanto ele estava vivo. Mas precisa contar agora.

Em silêncio, Olivier estendeu a mão e moveu as fotos, hesitando por um instante diante de umas e mudando a ordem das imagens pelo menos uma vez. Até que, finalmente, diante deles, estava a história do Eremita.

Em seguida, Olivier a contou, pousando a mão sobre cada imagem enquanto falava. E conforme a voz suave e quase hipnótica de Olivier preenchia o espaço, Gamache podia ver o homem morto, porém vivo outra vez. Em sua cabana, tarde da noite. Seu único visitante sentado do outro lado da lareira bruxuleante. Ouvindo aquele conto de húbris, punição, amor. E traição.

Gamache viu os moradores do vilarejo deixarem suas casas, felizes em sua ignorância. E o jovem correndo na frente, segurando o pequeno pacote, incentivando-os a se apressarem. Em direção ao paraíso, pensavam eles. Mas o garoto sabia que não seria assim. Ele havia roubado o tesouro da Montanha.

Pior.

Ele tinha roubado a confiança dela.

Cada figura que o Eremita havia esculpido ia adquirindo um significado. As pessoas esperando na praia, tendo abandonado a própria terra. E o garoto, tendo abandonado a esperança.

Então o veleiro chegou, enviado por deuses que tinham inveja da Montanha.

Mas atrás estava a sombra sempre presente. E uma ameaça invisível, embora muito real. O exército medonho, reunido pela Montanha. Composto pela Fúria e pela Vingança, prometendo uma catástrofe. Alimentado pela Raiva. E, atrás delas, a própria Montanha. Que não podia ser detida e não seria afastada.

Ela encontraria todos os moradores. Encontraria o jovem. E encontraria o tesouro que ele havia roubado.

À medida que o exército avançava, provocava guerras, fome, inundações e pragas. Devastava o mundo. O Caos liderava a tropa, e caos se espalhava por onde ele passava.

Enquanto escutava aquilo, Beauvoir amassou o último dístico de Ruth no bolso e sentiu o suor umedecê-lo. Ele olhou para as fotos das esculturas e viu os moradores felizes e ignorantes transformando-se devagar, do instante em que também sentiram que algo se aproximava até o momento em que aquilo se tornou uma certeza.

E compartilhou do horror deles.

Finalmente, as guerras e a fome chegaram às margens do Novo Mundo. Por anos, as guerras cercavam o novo lar deles, sem tocá-lo. Mas então...

Todos olharam para a última imagem. A das pessoas agrupadas. Enfraquecidas, com as roupas em farrapos. Olhando para cima. Apavoradas.

Olhando para eles.

A narrativa de Olivier parou. A história parou.

– Continue – sussurrou Gamache.

– É isso.

– E o garoto? – perguntou Gabri. – Ele não aparece mais nas últimas esculturas. Para onde ele foi?

– Ele se escondeu na floresta, sabendo que a Montanha ia encontrar os moradores do vilarejo.

– Ele traiu as pessoas também? A própria família? Os amigos? – perguntou Beauvoir.

Olivier aquiesceu.

– Mas tinha mais uma coisa.

– O quê?

– Tinha uma coisa por trás da Montanha. Algo que a impulsionava. Algo que aterrorizava até a Montanha.

– Pior que o Caos? Pior que a morte? – questionou Gabri.

– Pior que qualquer coisa.

– E o que era? – quis saber Gamache.

– Não sei. O Eremita morreu antes de chegar a esse ponto. Mas eu acho que ele esculpiu.

– Como assim? – indagou Beauvoir.

– Tinha alguma coisa em um saco de lona que ele nunca me mostrou.

Mas ele me pegou olhando para o saco. Eu não conseguia evitar. Ele sempre ria e dizia que um dia ia me mostrar.

– Mas e quando você encontrou o corpo do Eremita? – perguntou Gamache.

– O saco tinha desaparecido.

– Por que você não contou isso antes? – retrucou Beauvoir.

– Porque eu teria que admitir isso tudo. Que eu conhecia o Eremita e que tinha aceitado e vendido as esculturas. Essa era a forma que ele tinha de garantir que eu ia voltar, sabe? Parcelando pedaços do tesouro dele.

– Um traficante e um viciado – disse Gabri, sem rancor, mas tampouco surpreso.

– Como *Scheherazade*.

Todos se voltaram para Gamache.

– Quem? – indagou Gabri.

– É uma ópera, de Rimsky-Korsakov. Conta a história de *As mil e uma noites*.

Eles olharam com cara de paisagem.

– O rei desposava uma mulher a cada noite e a matava pela manhã – contou o inspetor-chefe. – Uma noite, ele escolheu Scheherazade. Ela conhecia os hábitos dele e sabia que estava em perigo, então bolou um plano.

– Matar o rei? – sugeriu Gabri.

– Melhor. Todas as noites, ela contava uma história para ele, mas não a terminava. Se ele quisesse saber o final, tinha que manter a mulher viva.

– O Eremita estava fazendo isso para salvar a própria vida? – perguntou Beauvoir, confuso.

– Acho que, de certa forma, sim – respondeu o chefe. – Como a Montanha, ele desejava companhia e talvez conhecesse Olivier bem o suficiente para saber que a única forma de fazer com que ele voltasse era sempre prometer mais.

– Isso não é justo. Do jeito que o senhor fala, parece que eu sou uma prostituta. Eu não pegava as coisas dele e deixava por isso mesmo. Eu ajudava o Eremita a cuidar do jardim e levava mantimentos. Ele ganhou muito com o nosso acordo.

– Ganhou. Mas o senhor também – replicou Gamache, cruzando as mãos grandes e olhando para Olivier. – Quem era o morto?

– Ele me fez prometer.

– E segredos são importantes para o senhor. Eu entendo isso. O senhor foi um bom amigo para o Eremita. Mas agora precisa contar tudo para a gente.

– Ele era da antiga Tchecoslováquia – admitiu Olivier, finalmente. – O nome dele era Jakob. Eu nunca soube o sobrenome. Ele veio para cá quando o Muro de Berlim caiu. Eu acho que a gente não tem noção de como aquilo foi caótico. Eu me lembro de pensar como devia ser emocionante para as pessoas. Finalmente ter liberdade. Mas ele me descreveu outra coisa. Todos os sistemas que eles conheciam entraram em colapso. Não tinha mais lei. Nada funcionava. Os telefones, os trens… Os aviões caíam. Ele disse que foi horrível. Mas também foi o momento perfeito para fugir. Para escapar.

– Ele trouxe com ele tudo o que estava naquela cabana?

Olivier assentiu.

– Com dólares americanos, uma moeda forte, como ele dizia, você arranjava qualquer coisa. Ele tinha contato com negociantes de antiquários daqui, então vendeu algumas coisas e usou o dinheiro para subornar os policiais da Tchecoslováquia. Para tirar as coisas dele de lá. Ele colocou tudo em um navio porta-contêineres e levou para o porto de Montreal. Daí colocou as coisas em um depósito e esperou.

– O quê?

– Até encontrar um lar.

– Ele primeiro foi para as ilhas Queen Charlotte, não foi? – perguntou Gamache.

Após uma pausa, Olivier aquiesceu.

– Mas ele não ficou lá – continuou Gamache. – Ele queria paz e tranquilidade, mas os protestos começaram e apareceram pessoas do mundo inteiro. Então ele foi embora. Veio para cá. Para perto dos tesouros dele. E decidiu encontrar um lugar no Quebec. Aqui no bosque.

De novo, Olivier assentiu.

– Por que Three Pines? – questionou Beauvoir.

Olivier balançou a cabeça.

– Não sei. Eu perguntei, mas ele não quis me contar.

– E o que aconteceu depois? – indagou Gamache.

– Como eu disse, ele veio para cá e começou a construir a cabana. Quando ela ficou pronta, ele tirou as coisas do depósito e colocou tudo lá. Demorou um pouco, mas ele tinha tempo.

– Os tesouros que ele trouxe da Tchecoslováquia eram dele? – quis saber Gamache.

– Eu nunca perguntei, e ele nunca me disse, mas acho que não. Ele tinha muito medo. Eu sei que ele estava se escondendo de alguma coisa. De alguém. Mas não sei de quem.

– Você faz ideia de quanto tempo fez a gente perder? Meu Deus, no que você estava pensando? – perguntou Beauvoir.

– Eu só pensava que os senhores iam descobrir quem tinha matado ele e que nenhuma dessas outras coisas precisava vir à tona.

– Outras coisas? – repetiu Beauvoir. – É isso o que acha que elas são? Meros detalhes? Como a gente ia encontrar o assassino com você mentindo e deixando a gente correr para lá e para cá?

Gamache ergueu um pouco a mão e, com algum esforço, Beauvoir se acalmou, respirando fundo.

– Fale sobre o Woo – pediu Gamache.

Olivier levantou a cabeça, semicerrando os olhos. Estava pálido e magro e havia envelhecido vinte anos em uma semana.

– Eu achei que o senhor tivesse dito que era aquele macaco da Emily Carr.

– Eu achei que era, mas depois fiquei pensando. Acho que isso significava outra coisa para o morto. Algo mais pessoal. Apavorante. Acho que a palavra foi deixada na teia e talhada na madeira como uma ameaça. Algo que talvez só ele e o assassino entendessem.

– Então por que está perguntando para mim?

– Porque Jakob pode ter te contado. Ele contou, Olivier?

Gamache cravou os olhos nos de Olivier, insistindo na verdade.

– Ele não me falou nada – declarou Olivier, finalmente.

Não dava para acreditar piamente naquela resposta.

Gamache encarou o dono do bistrô, tentando, com toda a força, enxergar para além da névoa de mentiras. Será que Olivier estava finalmente dizendo a verdade?

O inspetor-chefe se levantou. Da porta, se virou e olhou para os dois homens. Olivier esgotado, vazio. Não havia sobrado nada. Ou, pelo menos,

Gamache esperava que não. Desvendar cada mentira era como arrancar um pedaço da pele de Olivier, até ele ficar despedaçado.

– O que aconteceu com o jovem? – perguntou Gamache. – O da história. A Montanha o encontrou?

– Deve ter encontrado. Ele foi morto, não foi? – respondeu Olivier.

TRINTA E CINCO

GAMACHE TOMOU BANHO, FEZ A BARBA e trocou de roupa. Olhou de relance para sua cama na pousada, com os lençóis limpos e passados e o edredom dobrado. Esperando por ele. Mas resistiu ao canto da sereia, e logo ele e Beauvoir voltavam a atravessar a praça do vilarejo em direção à sala de investigação, onde os agentes Lacoste e Morin os aguardavam.

Eles se sentaram ao redor da mesa de reunião, em frente a canecas de café forte e às esculturas do Eremita. De maneira sucinta, o inspetor-chefe contou a eles sobre a viagem às ilhas Queen Charlotte e o depoimento de Olivier.

– Então o morto estava contando uma história o tempo todo. Com as esculturas – recapitulou Lacoste.

– Vamos repassar isso desde o início – disse Beauvoir, indo até as folhas de papel da parede. – O Eremita sai da antiga Tchecoslováquia com os tesouros assim que a União Soviética começa a desmoronar. Lá está o caos, então ele suborna os policiais do porto para que as coisas dele sejam despachadas até o porto de Montreal. Uma vez lá, ele coloca tudo em um depósito.

– Se ele fosse refugiado ou imigrante, as impressões digitais dele teriam aparecido no registro – argumentou o agente Morin.

Lacoste se virou para ele. Ele era jovem, ela sabia, e inexperiente.

– Existem imigrantes ilegais no Canadá inteiro. Alguns escondidos, alguns com documentos falsos. É só dar um pouco de dinheiro para as pessoas certas.

– Então ele entrou sorrateiramente – deduziu Morin. – Mas e as antiguidades? Eram roubadas? Onde ele conseguiu? Tipo, o violino e aquele treco da Câmara de Âmbar?

– A superintendente Brunel falou que a Câmara de Âmbar desapareceu na Segunda Guerra Mundial – disse Gamache. – Existem várias teorias sobre o que aconteceu com ela, inclusive uma que diz que foi escondida por Albert Speer em uma cordilheira. Entre a Alemanha e a antiga Tchecoslováquia.

– Sério? – indagou Lacoste, cuja mente começou a trabalhar depressa. – E se Jakob a tiver encontrado?

– Se ele a tivesse encontrado, estaria com tudo – ponderou Beauvoir. – Outra pessoa deve ter encontrado a Câmara, ou parte dela, e a vendeu para o Eremita.

– E se – emendou Morin – ele a roubou?

– E se – continuou Gamache – vocês estiverem certos? E se outra pessoa a tiver encontrado, talvez décadas atrás, e dividido tudo? E o que restou para uma família foi o painel. E se aquele painel tiver sido confiado ao Eremita, para que ele o contrabandeasse para fora do país?

– Por quê? – perguntou Lacoste, debruçando-se na mesa.

– Para que eles pudessem começar uma nova vida – interveio Beauvoir. – Eles não seriam os primeiros a contrabandear e vender um tesouro de família para começar um negócio ou comprar uma casa no Canadá.

– Então eles deram o painel para o Eremita tirá-lo do país – disse Morin.

– Será que todas aquelas coisas vieram de pessoas diferentes? – perguntou-se Lacoste. – Um livro aqui, um móvel, cristal ou prataria de valor inestimável ali? E se todas essas coisas tiverem vindo de pessoas diferentes, todas esperando começar uma vida nova aqui? E se ele tiver contrabandeado tudo?

– Isso responderia à pergunta da superintendente Brunel sobre o motivo de ele ter uma variedade tão grande de itens – comentou Gamache. – Não são de uma única coleção, mas de várias.

– Ninguém confiaria coisas tão valiosas a outra pessoa – opinou Beauvoir.

– Talvez eles não tivessem alternativa – argumentou o chefe. – Eles precisavam tirar aquelas coisas do país. Se o Eremita fosse um estranho, talvez eles não tivessem confiado nele. Mas se fosse um amigo...

– Como o garoto da história – lembrou Beauvoir. – Que traiu todo mundo que confiou nele.

Eles olhavam para a frente. Em silêncio. Morin nunca achou que assassinos fossem pegos em silêncio. Mas eram.

O que teria acontecido? As famílias ficavam esperando em Praga, em cidades menores e vilarejos. Aguardando notícias. De seu amigo de confiança. Em que estágio a esperança havia se tornado desespero? E finalmente raiva? E então vingança?

Será que algum deles tinha conseguido escapar, chegado ao Novo Mundo e encontrado o Eremita?

– Mas por que ele veio para cá? – quis saber o agente Morin.

– Por que não? – perguntou Beauvoir.

– Bom, tem uma grande população tcheca aqui. Se ele estava trazendo vários objetos roubados, que tinha tirado de pessoas da Tchecoslováquia, não ia querer ficar o mais longe possível delas?

Eles apelavam para Gamache, que escutava, pensativo. Então ele se inclinou para a frente e puxou as fotos das esculturas para si. Concentrando-se principalmente em uma das pessoas felizes construindo um vilarejo novo, em seu novo lar. Sem o jovem.

– Talvez Olivier não seja o único que mente – disse ele, levantando-se. – Talvez o Eremita não estivesse sozinho quando chegou aqui. Talvez ele tivesse cúmplices.

– Que ainda estão em Three Pines – sugeriu Beauvoir.

Hanna Parra estava tirando a mesa do almoço. Ela havia preparado uma sopa farta, e o lugar tinha o mesmo cheiro da casa da mãe em sua cidadezinha natal. De caldo, salsinha, folhas de louro, hortaliças e legumes variados.

Sua casa reluzente de metal e vidro não poderia ser mais diferente do chalé de madeira em que crescera. Cheio de aromas maravilhosos e uma pitada de medo. Medo de chamar a atenção. De se destacar. Os pais, as tias e os vizinhos dela levavam uma vida confortável dentro das normas. O medo de ser considerado diferente, no entanto, tinha criado uma fina película entre as pessoas.

Mas ali tudo era transparente. Ela havia se sentido leve assim que chegara ao Canadá. Um lugar onde as pessoas cuidavam da própria vida.

Ou assim ela pensava. A mão de Hanna pairou sobre a bancada de mármore quando um brilho chamou sua atenção. Um carro subindo a rua.

Armand Gamache olhou para o cubo de metal e vidro à sua frente. Ele havia lido os relatórios dos depoimentos dos Parras, inclusive as descrições da casa deles, mas ainda assim ficou surpreso.

A casa brilhava ao sol. Não de uma maneira ofuscante, mas parecia reluzir como se vivesse em um mundo ligeiramente diferente do deles. Um mundo de luz.

– É linda – disse Gamache, baixinho.

– O senhor precisa ver por dentro.

– Acho que preciso mesmo.

Gamache assentiu, e os dois homens atravessaram o quintal devagar.

Hanna Parra os deixou entrar e pegou o casaco deles.

– Inspetor-chefe, é um prazer.

A voz de Hanna tinha um leve sotaque, mas o francês dela era perfeito. Ela parecia alguém que não só havia aprendido o idioma, mas se apaixonado por ele. Isso ficava evidente em cada sílaba. Gamache sabia que era impossível separar uma língua de sua cultura. Que, sem uma, a outra murchava. Amar a língua era respeitar a cultura.

Por isso ele havia aprendido inglês tão bem.

– Nós gostaríamos de falar com o seu marido e com o seu filho também, se possível.

Ele disse aquilo de maneira gentil, mas de alguma forma a própria civilidade do homem dera peso às suas palavras.

– Havoc está no bosque, mas Roar está aqui.

– Onde no bosque, madame? – perguntou Beauvoir.

Hanna pareceu um pouco agitada.

– Lá atrás. Cortando madeira para o inverno.

– A senhora pode chamá-lo, por favor? – pediu Beauvoir, cuja tentativa de polidez só o tornou mais sinistro.

– A gente não sabe onde ele está.

A voz veio de trás deles, e os dois policiais se viraram. Roar se encontrava parado na porta do vestíbulo. Seu corpo era quadrado, parrudo e forte. As mãos estavam na cintura e sua postura era a de um animal ameaçado que tentava parecer maior.

– Então talvez nós possamos conversar com o senhor – disse Gamache.

Roar não se mexeu.

– Vamos para a cozinha, por favor – sugeriu Hanna. – Lá é mais quente.

Ela os conduziu para dentro da casa e lançou um olhar de advertência a Roar enquanto passava.

A cozinha banhada de sol era preenchida por um calor natural.

– *Mais, c'est formidable* – comentou Gamache.

Pelas janelas que iam do chão ao teto, ele viu os campos, depois a floresta e, mais ao longe, o campanário da Igreja de St. Thomas. Era como se eles vivessem no meio da natureza, como se a casa não fosse de forma alguma uma intrusa. Ela era inesperada, com certeza incomum. Mas não um ser estranho. Era justamente o oposto. Aquela casa pertencia ao lugar. Era perfeita.

– *Félicitations* – disse ele, virando-se para os Parras. – É uma conquista magnífica. Os senhores devem ter sonhado com ela durante muito tempo.

Roar baixou os braços e apontou para uma cadeira na mesa de vidro. Gamache aceitou a oferta.

– A gente conversou sobre isso durante um tempo. Não era a minha ideia original. Eu queria algo mais clássico.

Gamache olhou para Hanna, que havia se sentado em uma cadeira na cabeceira da mesa.

– Convencer o seu marido deve ter dado trabalho – comentou ele, sorrindo.

– Deu, sim – admitiu ela, com um sorriso apenas educado. – Demorou anos. A propriedade tinha uma cabana, e a gente morou lá até Havoc ter uns 6 anos, mas ele estava crescendo e eu queria um lugar mais nosso.

– *Je comprends*, mas por que esta casa?

– O senhor não gosta? – perguntou ela, não na defensiva, mas interessada.

– Justamente o contrário. Acho que a casa é magnífica. Parece que pertence ao espaço ao redor. Mas a senhora tem que admitir que não é muito comum. Ninguém tem uma casa como esta.

– A gente queria algo totalmente diferente do lugar onde cresceu. Uma mudança.

– A gente? – questionou Gamache.

– Eu mudei de ideia – disse Roar, com a voz séria e os olhos desconfiados. – Por que todas essas perguntas?

Gamache assentiu e se inclinou para a frente, espalmando as mãos grandes na superfície fria da mesa.

– Por que o seu filho trabalha para Olivier?

– Ele precisa do dinheiro – respondeu Hanna.

Gamache aquiesceu.

– Eu entendo. Mas ele não ganharia mais trabalhando no bosque? Ou no ramo de construção? Um garçom ganha muito pouco, mesmo com as gorjetas.

– Por que o senhor está perguntando isso pra gente? – indagou Hanna.

– Bom, eu perguntaria para o seu filho se ele estivesse aqui.

Roar e Hanna se entreolharam.

– Havoc puxou à mãe – declarou Roar, finalmente. – Ele se parece comigo fisicamente, mas tem o temperamento da mãe. Ele gosta de gente. Não se importa de trabalhar no bosque, mas prefere lidar com pessoas. O bistrô é perfeito para ele. Ele está feliz lá.

Gamache assentiu devagar.

– Havoc trabalha até tarde no bistrô todas as noites – disse Beauvoir. – A que horas ele chega em casa?

– Tipo uma, raramente mais tarde.

– Mas às vezes mais tarde? – perguntou Beauvoir.

– Às vezes, eu acho. Eu não espero acordado.

– Imagino que a senhora espere – comentou Beauvoir, virando-se para Hanna.

– Espero – admitiu ela. – Mas não me lembro de ver Havoc chegar em casa mais tarde que uma e meia. Quando os clientes não vão embora, principalmente se tem uma festa, eles precisam limpar tudo depois, daí ele chega um pouco mais tarde que o normal, mas não muito.

– Cuidado, madame – disse Gamache baixinho.

– Cuidado?

– Nós precisamos da verdade.

– E é o que os senhores estão recebendo, inspetor-chefe – afirmou Roar.

– Assim eu espero. Quem era o morto?

– Por que os senhores continuam perguntando isso para a gente? – rebateu Hanna. – A gente não conhecia aquele homem.

– O nome dele era Jakob – declarou Beauvoir. – Ele era tcheco.

– Entendi – disse Roar, o rosto se contorcendo de raiva. – E todos os tchecos se conhecem? O senhor faz ideia de como isso é ofensivo?

Armand Gamache se virou para ele.

– Isso não é ofensivo. É a natureza humana. Se eu morasse em Praga, eu gravitaria em torno dos quebequenses de lá, principalmente no início. Ele chegou aqui há mais de uma década e construiu uma cabana no bosque. E a encheu de tesouros. Os senhores sabem de onde essas coisas podem ter vindo?

– Como a gente vai saber?

– Nós acreditamos que ele pode ter roubado de algumas pessoas no país de vocês.

– E só porque as coisas vêm de lá, a gente saberia sobre elas?

– Se ele tivesse roubado esses tesouros, os senhores acham mesmo que a primeira coisa que ia fazer era aparecer para um jantar na Associação Tcheca? – questionou Hanna. – A gente não conhece esse Jakob.

– O que os senhores faziam antes de vir para cá? – perguntou Gamache.

– Nós dois éramos estudantes. A gente se conheceu na Charles University, em Praga – contou Hanna. – Eu estava estudando Ciência Política, e o Roar, Engenharia.

– A senhora trabalha nessa área – disse Gamache a Hanna, antes de se voltar para Roar. – Mas o senhor parece não ter seguido os seus interesses aqui. Por que não?

Parra hesitou, então olhou para as mãos grandes e ásperas, cutucando um dos calos.

– Eu estava de saco cheio das pessoas. Não queria nada com elas. Por que o senhor acha que existe uma comunidade tcheca imensa aqui, fora das cidades? É porque a gente desenvolveu uma aversão pelo que as pessoas são capazes de fazer. Quando instigadas pelos outros, encorajadas. Infectadas pelo cinismo, pelo medo e pela suspeita. Pela inveja e pela ganância. Elas se voltam umas contra as outras. Eu não quero saber delas. Me deixa trabalhar quieto em um jardim, no bosque. As pessoas são criaturas horríveis. O senhor deve saber disso, inspetor-chefe. O senhor já viu o que elas podem fazer umas com as outras.

– Já – admitiu Gamache.

Ele ficou sem falar por um instante, e naquele instante viviam todas as coisas terríveis que o chefe da Homicídios poderia ver.

– Eu sei do que as pessoas são capazes – disse ele. Depois sorriu e falou em voz baixa: – De coisas ruins, mas também boas. Já vi sacrifícios e perdão onde parecia impossível. A bondade existe, monsieur Parra. Acredite em mim.

E, por um momento, pareceu que Parra poderia de fato acreditar. Ele encarou Gamache atônito, como se aquele homem grande e calmo o estivesse convidando para uma casa onde desejava entrar. Mas ele então recuou.

– O senhor é um tolo, inspetor-chefe – disse ele, rindo com desdém.

– Porém um tolo feliz – retrucou Gamache, sorrindo. – Mas do que a gente estava falando mesmo? Ah, sim. De assassinato.

– De quem é o carro na entrada? – perguntou o rapaz.

A voz jovem flutuou do vestíbulo, e um instante depois a porta se fechou com uma batida alta.

Beauvoir se levantou. Hanna e Roar também ficaram de pé e se entreolharam. Gamache foi até a porta da cozinha.

– O carro é meu, Havoc. Nós podemos conversar?

– Claro.

O jovem foi até a cozinha e tirou o boné. Estava com o rosto suado e sujo e sorriu de maneira desarmante.

– Por que está todo mundo tão sério? – perguntou, a expressão de repente se transformando. – Não teve outro assassinato, teve?

– Por que você diz isso? – perguntou Gamache, observando-o.

– Bom, é que está todo mundo com uma cara fechada. Parece que é dia de entrega de boletim na escola.

– De certa forma, é isso mesmo, eu acho. É hora de fazer um balanço da situação – comentou Gamache, apontando para uma cadeira ao lado da do pai de Havoc, na qual o jovem se sentou.

Gamache também se sentou.

– Você e Olivier foram as últimas pessoas a sair do bistrô no sábado à noite?

– Isso. Olivier foi embora e eu tranquei tudo.

– E para onde Olivier foi?

– Para casa, imagino – disse Havoc, que pareceu achar a pergunta engraçada.

– A gente sabe que Olivier visitava o Eremita tarde da noite. Nos sábados.

– Ah, é?

– É.

A compostura do jovem era um pouco perfeita demais. Um tanto ensaiada demais, pensou Gamache.

– Mas outra pessoa sabia sobre o Eremita. Não só Olivier. Jakob pode ter sido encontrado de algumas maneiras. Uma delas seria seguir as trilhas cobertas de mato. A outra seria seguir Olivier. Até a cabana.

O sorriso de Havoc vacilou.

– O senhor está dizendo que eu segui Olivier? – perguntou o jovem, olhando de Gamache para os pais, examinando o rosto deles, e depois se voltando de novo para o inspetor-chefe.

– Onde você estava antes de chegar?

– No bosque.

Gamache assentiu devagar.

– Fazendo o quê?

– Cortando madeira.

– Mas a gente não ouviu a serra.

– Eu já tinha cortado, só estava empilhando.

Os olhos do garoto se moveram mais rápido de Gamache para o pai e vice-versa.

Gamache se levantou, deu alguns passos até a porta da cozinha, se abaixou e pegou uma coisa. Depois se sentou e colocou o que havia encontrado na mesa polida. Era uma lasca de madeira. Não. Um pedaço de serragem. Que se enroscava.

– Como o senhor conseguiu dinheiro para construir esta casa? – perguntou Gamache a Roar.

– Como assim?

– Custaria centenas de milhares de dólares. Só os materiais sozinhos já valem isso. Mais o design e as especificações de uma casa tão incomum, além da mão de obra? Os senhores dizem que construíram a casa há cerca de quinze anos. O que aconteceu nessa época que viabilizou isso? Onde conseguiram o dinheiro?

– O que o senhor acha que aconteceu? – perguntou Roar, inclinando--se para o inspetor-chefe. – Vocês, quebequenses, são tão fechados no seu mundinho… O que aconteceu há todos esses anos? Vamos ver. Teve um referendo de soberania no Quebec, um grande incêndio florestal em Abitibi, uma eleição na província… Nada mais digno de nota.

A caminho de Gamache, as palavras de Roar roçaram na serragem e a fizeram estremecer.

– Já chega – soltou Roar. – Meu Deus, como o senhor pode não saber o que aconteceu naquela época?

– A Tchecoslováquia se separou – declarou Gamache. – E se tornou Eslováquia e República Tcheca. Na verdade, isso aconteceu há vinte anos, mas um impacto desses demora para se dissolver. Aquelas paredes caíram e estas aqui – disse ele, olhando para os painéis de vidro – foram erguidas.

– Nós pudemos ver a nossa família de novo – explicou Hanna. – Conseguimos de volta muitas coisas que tínhamos deixado para trás. Família, amigos…

– Arte, prata, relíquias de família… – completou Beauvoir.

– O senhor acha que essas coisas importavam? – perguntou Hanna. – Nós vivemos sem elas por tanto tempo… Era das pessoas que nós sentíamos falta, não das coisas. Nós nem sequer ousávamos torcer para que fosse real. Já tínhamos sido enganados antes. No verão de 1968. E com certeza as notícias que recebíamos eram diferentes das histórias que ouvíamos das pessoas do nosso país. Aqui, nós só ouvíamos como aquilo era maravilhoso. Víamos as pessoas agitando bandeiras e cantando. Mas meus primos e tias contavam outra história. O sistema antigo era terrível. Corrupto, brutal. Mas pelo menos era um sistema. Quando caiu, eles ficaram sem nada. Um vácuo. Caos.

Gamache inclinou a cabeça de leve diante da palavra. Caos. De novo.

– Era assustador. As pessoas eram espancadas, assassinadas, roubadas, e não tinha polícia, não tinha nenhum tribunal.

– Um bom momento para tirar as coisas de lá – sugeriu Beauvoir.

– A gente queria financiar os nossos primos, mas eles decidiram ficar – contou Roar.

– E a minha tia quis ficar com eles, lógico.

– Lógico – ecoou Gamache. – As pessoas não vieram, mas e as coisas?

Depois de um instante, Hanna assentiu.

– A gente conseguiu trazer algumas relíquias de família. Minha mãe e meu pai esconderam as coisas depois da guerra e disseram que elas deviam ser usadas em permutas ou barganhas se a situação piorasse.

– E a situação piorou – disse Gamache.

– A gente contrabandeou tudo e vendeu. Para construir a casa dos nossos sonhos – continuou Hanna. – A gente ficou debatendo essa ideia por muito tempo, mas no fim eu cheguei à conclusão de que os meus pais iam entender e aprovar. Eram só coisas. O lar é que importa.

– O que os senhores tinham? – quis saber Beauvoir.

– Algumas pinturas, boas peças de mobiliário e alguns ícones. A gente precisava de uma casa mais do que de um ícone – respondeu Hanna.

– Para quem os senhores venderam?

– Para um negociante em Nova York. Amigo de um amigo. Eu posso dar o nome dele para os senhores. Ele ficou com uma comissãozinha, mas pagou um preço justo – contou Parra.

– Por favor. Eu gostaria de falar com ele. Os senhores com certeza fizeram um bom uso do dinheiro – disse o inspetor-chefe, virando-se para Roar. – O senhor também é carpinteiro?

– Eu faço algumas coisas.

– E você? – perguntou Gamache a Havoc, que deu de ombros. – Vou precisar de mais do que isso.

– Eu faço algumas coisas.

Gamache empurrou lentamente a serragem pela mesa de vidro até que ela ficasse na frente de Havoc. E aguardou.

– Eu estava talhando madeira no bosque – admitiu Havoc. – Quando eu termino o meu trabalho, gosto de sentar em silêncio e raspar um pedaço de madeira. É relaxante. Bom para pensar. Para me acalmar. Eu faço uns brinquedinhos e outras coisas para o Charles Mundin. O Velho me dá uns pedaços de madeira e me mostrou como fazer. A maioria das coisas que eu faço é uma droga e eu simplesmente jogo fora ou queimo. Mas às vezes elas não ficam tão ruins, daí eu dou para o Charles. Por que o senhor se importa com isso?

– Um pedaço de madeira foi encontrado perto do morto. Nele, estava gravada a palavra "Woo". Não foi Jakob quem esculpiu. A gente acha que foi o assassino.

– O senhor acha que Havoc… – disse Roar, sem conseguir terminar a frase.

– Eu tenho um mandado de busca e uma equipe a caminho.

– O que os senhores estão procurando? – perguntou Hanna, empalidecendo. – Só as ferramentas de esculpir? A gente pode entregar isso.

– É mais do que isso, madame. Estavam faltando duas coisas na cabana do Jakob: a arma do crime e um pequeno saco de lona. Estamos atrás delas também.

– A gente nunca viu essas coisas – garantiu Hanna. – Havoc, vá buscar as suas ferramentas.

Havoc conduziu Beauvoir ao galpão enquanto Gamache aguardava a equipe de busca, que apareceu alguns minutos depois. Beauvoir voltou com as ferramentas e algo mais.

Pedaços de madeira. Cedro-vermelho. Talhado.

Ficou combinado que Beauvoir conduziria a busca enquanto Gamache voltaria para a sala de investigação.

– Qual deles o senhor acha que fez isso? – perguntou Beauvoir próximo ao carro, entregando as chaves a Gamache. – Havoc pode ter seguido Olivier e encontrado a cabana. Mas talvez tenha sido Roar. Ele pode ter encontrado a cabana quando estava abrindo a trilha. Também pode ter sido a mãe, óbvio. O assassinato não exigiu muita força. Raiva, sim, adrenalina, mas não força. Pode ser que Jakob tenha roubado a família lá na Tchecoslováquia, daí, quando chegou aqui, reconheceu os Parras e foi reconhecido por eles. Então foi para o bosque e se escondeu lá.

– Ou talvez Jakob e os Parras estivessem nisso juntos – sugeriu Gamache. – Talvez os três tenham convencido os amigos e vizinhos na Tchecoslováquia a dar aquelas coisas preciosas para eles e aí tenham desaparecido com elas.

– E, depois de chegarem aqui, Jakob ferrou os parceiros e fugiu para o bosque. Mas Roar encontrou a cabana quando estava reabrindo as trilhas.

Gamache observou as equipes de busca começarem aquele trabalho metódico. Em pouco tempo, não haveria nada que eles não soubessem sobre os Parras.

O inspetor-chefe precisava organizar os pensamentos. Então entregou as chaves do carro a Beauvoir.

– Eu vou andando.

– O senhor está brincando? – perguntou Beauvoir, para quem caminhar era uma punição. – São quilômetros.

– Vai me fazer bem, clarear a mente. Vejo você em Three Pines.

Ele seguiu pela estrada de terra, acenando para Beauvoir. Algumas vespas zuniam no ar de outono, mas não eram uma ameaça – estavam cheias e preguiçosas, quase bêbadas do néctar de maçãs, peras e uvas.

Parecia que o mundo estava prestes a apodrecer.

Enquanto Gamache caminhava devagar, os cheiros e sons familiares diminuíram e se juntaram a ele o vigia John, Lavina, que sabia voar, e o garotinho do outro lado do corredor no avião da Air Canada. Que também voava, além de contar histórias.

Aquele assassinato parecia ter a ver com um tesouro. Mas Gamache sabia que não tinha. Isso era só a aparência exterior. Na verdade, tinha a ver com algo invisível. Como todos os assassinatos.

Aquele assassinato tinha a ver com medo. E com as mentiras que ele havia criado. Porém, mais sutilmente, tinha a ver com histórias. Com as histórias que as pessoas contavam para o mundo e para si mesmas. Os *Mythtimes* e os totens, aquela incômoda fronteira entre a fábula e o fato. E as pessoas que tinham caído no abismo. Aquele assassinato tinha a ver com as histórias contadas pelas esculturas de Jakob. Do Caos e das Fúrias, de uma Montanha de Desespero e Raiva. De traição. E algo mais. Algo que apavorava até a Montanha.

E no coração daquilo estava, como agora Gamache sabia, uma revelação brutal.

TRINTA E SEIS

As equipes de busca já tinham vasculhado o lugar algumas vezes, mas olharam de novo. Com mais atenção dessa vez. Debaixo das tábuas do assoalho, sob os beirais, atrás dos quadros. Olharam de novo e de novo.

E, por fim, encontraram.

Estava atrás dos tijolos da imensa lareira de pedra. Atrás do que parecia ser um fogo perpétuo. O fogo teve que ser extinto e as toras fumegantes, removidas. Mas lá a equipe da Sûreté encontrou primeiro um, depois dois, depois quatro tijolos soltos. Uma vez removidos, eles revelaram um pequeno compartimento.

Beauvoir estendeu com cuidado a mão enluvada, sujando de fuligem o braço e o ombro.

– Eu encontrei uma coisa – disse ele.

Todos os olhos estavam no inspetor. Todos viram quando o braço dele saiu lentamente da cavidade. Na mesa em frente a Gamache, ele colocou um candelabro de prata. Uma menorá. Até mesmo Beauvoir, que não entendia nada de prata, achou o objeto impressionante. Era simples, refinado e antigo.

Aquela menorá tinha sobrevivido a cercos, *pogroms*, matanças e ao Holocausto. Havia sido estimada, escondida, guardada, usada em momentos de oração. Até que, um dia, em uma floresta quebequense, alguém a havia arruinado.

Uma menorá havia matado um homem.

– Parafina? – perguntou o inspetor Beauvoir, apontando para pedaços de um material translúcido grudado nela, misturado a sangue seco.

– Ele fazia as próprias velas. Era para isso que servia a parafina da cabana, não só para as conservas, mas também para as velas – informou o chefe, assentindo.

Beauvoir voltou para a lareira e enfiou de novo o braço no buraco. Eles ficaram observando o rosto dele e finalmente viram aquela pequena mudança, a surpresa. Quando a mão dele alcançou outra coisa.

Ele colocou um pequeno saco de aniagem ao lado da menorá. Ninguém falou nada, até que por fim o inspetor-chefe Gamache fez uma pergunta ao homem sentado à sua frente:

– Você olhou dentro?

– Não.

– Por que não?

Houve outra pausa longa, mas Gamache não o apressou. Não havia pressa agora.

– Eu não tive tempo. Só peguei o saco da cabana do Eremita e escondi junto com o candelabro, pensando em dar uma olhada de manhã. Mas aí o corpo foi encontrado, o que chamou muita atenção.

– Foi por isso que você acendeu as lareiras, Olivier? Antes de a polícia chegar?

Olivier baixou a cabeça. Tinha acabado. Finalmente.

– Como o senhor soube onde procurar? – perguntou ele.

– No início, eu não soube. Mas, enquanto eu estava aqui acompanhando a busca, lembrei que você tinha dito que o bistrô antes era uma casa de ferragens. E que as lareiras precisaram ser refeitas. Elas eram as únicas coisas novas no salão, embora parecessem antigas. E eu me lembrei do fogo aceso naquela manhã úmida mas não fria. Foi a primeira coisa que o senhor fez quando o corpo foi descoberto. Por quê? – disse ele, meneando a cabeça para as coisas na mesa. – Para ter certeza de que a gente não ia encontrar isto.

Armand Gamache se inclinou para a frente, na direção de Olivier, do outro lado da menorá e do saco de aniagem. Ultrapassando os limites.

– Conte o que aconteceu. A verdade, desta vez.

Gabri estava sentado ao lado de Olivier, ainda em choque. Ele tinha achado graça no início, quando a equipe de busca da Sûreté havia aparecido, vindo direto da casa dos Parras para o bistrô. Havia feito algumas piadas fracas. Mas, à medida que a busca se tornava cada vez mais invasiva, o bom humor de Gabri tinha desaparecido, sendo substituído por irritação e, depois, raiva. E, por fim, choque.

Mas ele não havia saído do lado de Olivier em momento algum, e não sairia agora.

– Ele estava morto quando eu o encontrei. Eu admito, peguei estas coisas – confessou Olivier, gesticulando para os itens da mesa. – Mas eu não matei ele.

– Cuidado, Olivier. Eu estou implorando para você tomar cuidado – advertiu Gamache, com um tom cortante que fez até os policiais da Sûreté gelarem.

– É a verdade – disse Olivier, fechando os olhos, quase acreditando que, se não pudesse vê-los, eles não estariam lá.

Que a menorá de prata e o saquinho esquálido não estariam na mesa do bistrô. Que a polícia não estaria ali. Que só haveria ele e Gabri. Em paz.

Quando enfim abriu os olhos, Olivier viu o inspetor-chefe olhando diretamente para ele.

– Não fui eu, eu juro por Deus, não fui eu.

Ele se virou para Gabri, que o encarou de volta, depois pegou a mão do companheiro e se virou para o inspetor-chefe.

– Olha, o senhor conhece o Olivier. Eu conheço o Olivier. Não foi ele.

Os olhos de Olivier disparavam de um para o outro. Tinha que haver uma saída, certo? Uma fenda, mesmo minúscula, por onde pudesse se espremer e passar.

– Conte o que aconteceu – insistiu Gamache.

– Eu já contei.

– De novo – disse Gamache.

Olivier respirou fundo.

– Eu deixei Havoc fechar o bistrô e fui para a cabana. Fiquei lá por cerca de 45 minutos, tomei uma caneca de chá e, quando fui embora, ele queria me dar uma jarrinha. Mas eu esqueci. Quando cheguei ao vilarejo, percebi o que tinha feito e fiquei com raiva. Eu estava furioso, porque ele vivia me prometendo isso – disse ele, apontando para o saco –, mas nunca me dava. Só me dava coisas pequenas.

– Aquela jarrinha foi avaliada em 50 mil dólares. Pertencia a Catarina, a Grande.

– Mas não era isso – argumentou Olivier, olhando de novo para o saco. – Quando eu voltei, o Eremita estava morto.

– O senhor disse que o saco tinha sumido.

– Eu menti. Estava lá.

– O senhor já tinha visto a menorá?

Olivier assentiu.

– Ele usava o tempo todo.

– Para rezar?

– Para iluminar.

– Com certeza, também deve ser um objeto de valor inestimável. O senhor sabia disso, imagino.

– O senhor acha que foi por isso que eu peguei? Não, eu peguei porque as minhas digitais estavam na menorá inteira. Eu toquei nela centenas de vezes, acendendo e colocando velas novas.

– Conte passo a passo o que aconteceu – disse Gamache, com a voz calma e equilibrada.

E, à medida que Olivier falava, a cena se descortinava diante deles. Olivier voltando para a cabana. Vendo a porta parcialmente aberta e o feixe de luz derramando-se na varanda. Olivier empurrando a porta e vendo o Eremita lá. E sangue. Olivier havia se aproximado, atordoado, e pegado o objeto da mão do Eremita. E, ao ver o sangue, tarde demais, o tinha deixado cair. O objeto havia quicado para debaixo da cama, onde seria encontrado pela agente Lacoste. Woo.

Olivier também tinha visto a menorá, caída no chão. Coberta de sangue.

Ele havia saído da cabana, ido para a varanda, se preparado para correr. Então tinha parado. Diante dele estava aquela cena horrível. Um homem que ele conhecia e de quem passara a gostar, assassinado violentamente. Atrás dele, a floresta escura e a trilha que dava nela.

E preso entre os dois?

Olivier.

Ele tinha desabado na cadeira de balanço da varanda, para pensar. De costas para a cena terrível na cabana. Seus pensamentos a mil.

O que fazer?

O problema, Olivier sabia, era a trilha para cavalos. Ele já sabia havia semanas. Desde que os Gilberts haviam comprado inesperadamente a antiga casa dos Hadleys e ainda mais inesperadamente tinham decidido reabrir aquelas trilhas.

– Agora eu entendo por que você odiava tanto eles – disse Gabri baixinho. – Parecia uma reação tão exagerada. Não era só pela concorrência com o bistrô e a pousada, era?

– Era por causa das trilhas. Eu estava com medo, com raiva deles por terem pedido para o Roar reabrir as trilhas. Eu sabia que ele ia encontrar a cabana e seria o fim de tudo.

– O que você fez? – perguntou Gamache.

E Olivier contou a eles.

Ele havia ficado ali na varanda pelo que pareceram séculos, pensando. Revirando a situação várias e várias vezes. Até que tinha chegado a seu golpe final. Havia decidido que o Eremita faria a ele um último favor. Arruinaria Marc Gilbert e interromperia a reabertura das trilhas, de uma tacada só.

– Então eu coloquei o Eremita no carrinho de mão e levei o corpo para a antiga casa dos Hadleys. Sabia que, se outro corpo fosse encontrado lá, acabaria com o negócio. Seria o fim do hotel e das trilhas para cavalos. Roar ia interromper o trabalho. Os Gilberts iriam embora. E o mato das trilhas ia voltar a crescer.

– E depois? – questionou Gamache.

Olivier hesitou.

– Eu ia poder pegar o que quisesse da cabana. Ia dar tudo certo.

Três pessoas o encaravam. Nenhuma com admiração.

– Ah, Olivier… – soltou Gabri.

– O que mais eu podia fazer? – perguntou ao companheiro, como quem implorava por compreensão. – Eu não podia deixar que eles encontrassem a cabana.

Como explicar quanto tudo aquilo parecera razoável, brilhante até, às duas e meia da manhã? No escuro. Com um corpo a poucos metros de distância.

– Você sabe o que isso parece? – disse Gabri, rispidamente.

Olivier assentiu e baixou a cabeça.

Gabri se virou para Gamache.

– Ele nunca teria feito isso se tivesse mesmo matado aquele homem. O senhor também não teria feito, certo? Qualquer um ia querer esconder o assassinato, e não chamar atenção para ele.

– Depois disso, o que aconteceu? – indagou Gamache, não ignorando Gabri, mas tampouco querendo se desviar do ponto crucial ali.

– Eu levei o carrinho de mão de volta, peguei essas coisas e fui embora.

Eles olharam para a mesa. Os itens mais incriminatórios. E mais preciosos. A arma do crime e o saco.

– Eu trouxe para cá e escondi atrás da lareira.

– E você não olhou dentro do saco? – perguntou Gamache de novo.

– Eu achei que ia ter tempo, com toda a atenção voltada para a casa dos Gilberts. Mas daí, quando a Myrna encontrou o corpo aqui no dia seguinte, eu quase morri. Não podia simplesmente tirar as coisas dali de trás. Então acendi as lareiras, para me certificar de que os senhores não iam olhar lá dentro. Por vários dias, o bistrô recebeu muita atenção. E depois eu só queria fingir que estas coisas não existiam. Que nada disso tinha acontecido.

Fez-se um silêncio ao fim do relato.

Gamache se recostou e observou Olivier por um instante.

– Conte o resto da história, aquela que o Eremita narrou com as esculturas.

– Eu não sei o resto. Só vou saber quando a gente abrir isso – disse Olivier, mal conseguindo desviar os olhos do saco.

– Acho que a gente ainda não precisa fazer isso – replicou Gamache, inclinando-se para a frente. – Conte a história.

Olivier encarou Gamache, chocado.

– Eu falei tudo o que eu sei. Ele só me contou até a parte em que o exército encontra os moradores do vilarejo.

– E o Horror se aproxima, eu me lembro. Agora eu quero ouvir o fim.

– Mas eu não sei como termina.

– Olivier? – disse Gabri, olhando atentamente para o companheiro.

Olivier sustentou o olhar de Gabri, depois fitou Gamache.

– O senhor sabe?

– Sei – respondeu Gamache.

– O que o senhor sabe? – perguntou Gabri, olhando do inspetor-chefe para Olivier. – Conte.

– Não era o Eremita quem estava contando a história – revelou Gamache.

Gabri encarou o inspetor-chefe, sem entender nada, depois olhou para Olivier.

Que assentiu.

– Era você? – murmurou Gabri.

Olivier fechou os olhos e o bistrô sumiu. Ele ouviu o murmúrio do fogo do Eremita. Sentiu o cheiro de madeira da cabana, o cheiro doce de fumaça de madeira de bordo. Sentiu a caneca de chá quente nas mãos, como havia sentido centenas de vezes. Viu o violino, reluzindo à luz do fogo. Na sua frente estava o homem maltrapilho, com roupas limpas e remendadas e cercado por tesouros. O Eremita se inclinava para a frente, com os olhos brilhantes e cheios de medo. Enquanto escutava. E Olivier falava.

Olivier abriu os olhos, de volta ao bistrô.

– O Eremita tinha medo de alguma coisa, eu soube disso na primeira vez que a gente se viu, neste mesmo salão. Ele foi se tornando cada vez mais recluso com o passar dos anos, até mal sair da cabana para ir à cidade. Ele me pedia notícias do resto do mundo. Então eu falava sobre política, as guerras e algumas coisas que aconteciam na região. Uma vez, contei que ia ter um concerto na igreja daqui. Você ia cantar – disse ele, olhando para Gabri – e ele queria ir.

Lá estava ele, em sua encruzilhada. Uma vez proferidas, aquelas palavras jamais poderiam ser retiradas.

– Eu não podia deixar aquilo acontecer. Não queria que ninguém mais conhecesse o Eremita, muito menos fazer amizade com ele. Então disse que o concerto tinha sido cancelado. Ele quis saber por quê. Eu não sei o que me deu, mas eu comecei a inventar essa história da Montanha, dos moradores do vilarejo e do garoto roubando o tesouro dela, fugindo e se escondendo.

Olivier olhou para a borda da mesa e se concentrou nela. Conseguia ver o grão da madeira em seus pontos mais gastos. Pontos onde mãos haviam tocado, esfregado e descansado por gerações. Como ele mesmo fazia naquele momento.

– O Eremita estava com medo de alguma coisa, e as histórias apavoraram ele ainda mais. Ele foi ficando desequilibrado, impressionável. Eu sabia que, se falasse que coisas terríveis estavam acontecendo fora do bosque, ele ia acreditar.

Gabri se afastou para ter uma visão completa do companheiro.

– Você fez isso de propósito? Você deixou o homem com medo do mundo exterior a ponto de ele não querer mais sair de casa? Olivier!

A última palavra foi exalada, como se fedesse.

– Foi mais do que isso – disse Gamache, em voz baixa. – As suas histórias não só mantiveram o Eremita prisioneiro e o tesouro dele a salvo dos outros, mas também inspiraram as esculturas. Eu me pergunto o que você pensou quando viu a primeira.

– Eu quase joguei fora de verdade quando ele me deu. Mas aí me convenci de que era uma coisa boa. De que as histórias estavam servindo de inspiração para ele. Ajudando o Eremita a criar.

– Esculturas com montanhas ambulantes, monstros e exércitos marchando na direção dele? Você deve ter feito aquele pobre homem ter pesadelos – retrucou Gabri.

– O que Woo quer dizer? – perguntou Gamache.

– Não sei, não sei mesmo. Mas, às vezes, enquanto eu contava a história, ele murmurava isso. Primeiro eu achei que ele só estava expirando, mas depois notei que era uma palavra. Woo.

Olivier imitou o Eremita dizendo a palavra, baixinho. Woo.

– Então você fez a teia de aranha com essa palavra, como em *A teia de Charlotte*, um livro que ele te pediu para encontrar.

– Não. Como eu ia fazer aquilo? Eu não saberia nem por onde começar.

– Mas o Gabri contou que você costurava as próprias roupas quando era criança. Se quisesse, podia descobrir.

– Não – insistiu Olivier.

– E você admitiu que o Eremita te ensinou a talhar, a esculpir.

– Mas eu não era bom nisso – argumentou Olivier, suplicante, vendo a descrença no rosto deles.

– Sim, mas você esculpiu o Woo, que não era mesmo muito bem-feito – afirmou Gamache, avançando rápido. – Anos atrás. Você não precisava saber o que isso significava, só que significava alguma coisa para o Eremita. Algo terrível. E você guardou essa palavra, para ser usada um dia. Como os países guardam as piores armas, caso elas acabem sendo necessárias. Aquela palavra esculpida em madeira foi a sua arma final. A sua Nagasaki. A última bomba lançada sobre um homem cansado, assustado e mal da cabeça.

Gamache fez uma pausa, então prosseguiu:

– Você jogou com o sentimento de culpa dele, que foi ampliado pelo isolamento. Você deduziu que ele tinha roubado aquelas coisas, então inventou a história do garoto e da Montanha. E funcionou. A história manteve o homem lá. Mas também inspirou o Eremita a produzir aquelas esculturas, que ironicamente se tornaram o maior tesouro dele.

– Eu não matei ele.

– Você só o manteve prisioneiro. Como você pôde? – perguntou Gabri.

– Eu não falei nada em que ele não estivesse disposto a acreditar.

– Você não acha isso de verdade, certo? – retrucou Gabri.

Gamache olhou de soslaio para os itens em cima da mesa. A menorá, usada para cometer o assassinato. E o saquinho. O motivo do crime. Não dava mais para adiar. Era hora de sua própria revelação brutal. Ele se levantou.

– Olivier Brulé – disse Gamache, com a voz cansada e o rosto sombrio –, o senhor está preso sob acusação de assassinato.

TRINTA E SETE

A GEADA JAZIA GROSSA NO CHÃO quando Armand Gamache apareceu de novo em Three Pines. Ele estacionou o carro em frente à antiga casa dos Hadleys, pegou a trilha e mergulhou cada vez mais fundo no bosque. As folhas tinham caído das árvores e estalavam debaixo de seus pés. Ao pegar uma delas, ele ficou maravilhado, mais uma vez, com a perfeição da natureza, que fazia as folhas ficarem ainda mais bonitas no final da vida.

Ele parava de vez em quando, não para se orientar, porque sabia aonde estava indo e como chegar lá, mas para apreciar o lugar. A quietude. A luz suave que as árvores agora deixavam passar, atingindo aquele solo que raramente via o sol. O bosque tinha um cheiro almiscarado, denso e doce. Ele caminhava devagar, sem pressa, e, após meia hora, chegou à cabana. Parou na varanda, vendo de novo, com um sorriso, o número de bronze acima da porta.

Então entrou.

Ele não via a cabana desde o dia em que todos os tesouros foram fotografados e os peritos colheram as impressões digitais deles, os catalogaram e levaram embora.

Ele parou perto da mancha escura cor de vinho no chão de tábuas.

Depois, caminhou pelo cômodo simples. Gamache sabia que poderia chamar aquele lugar de casa se ali houvesse uma única coisa preciosa. Reine-Marie.

A segunda cadeira para a amizade.

Enquanto ele continuava em silêncio, a cabana foi se enchendo lentamente de brilhantes antiguidades e edições originais. E de uma assombrosa melodia celta. O inspetor-chefe viu de novo o jovem Morin transformar o violino em um instrumento popular, seus membros frouxos agora retesados, feitos para aquele fim.

Depois viu o Eremita Jakob, sozinho, esculpindo perto do fogo. Thoreau na mesa incrustada. O violino encostado na lareira de seixos. Aquele homem que tinha a idade dele, mas parecia ser muito mais velho. Desgastado pelo pavor. E por algo mais. A coisa que até a Montanha temia.

Ele se lembrou das duas esculturas escondidas pelo Eremita. De alguma forma, diferentes das outras. Distintas por conta do misterioso código da base. Ele realmente havia pensado que a chave para quebrar a Cifra de César era "Charlotte". Depois, tivera certeza de que era "dezesseis". Isso explicaria aqueles estranhos números sobre a porta.

Mas a Cifra de César permanecia indecifrada. Um mistério.

Gamache ruminou aqueles pensamentos. A Cifra de César. O que foi mesmo que Jérôme Brunel havia falado? O que Júlio César tinha feito com o primeiro código? Ele não havia usado uma palavra-chave, mas um número. Tinha avançado três letras no alfabeto.

Gamache foi até a lareira e, do bolso da camisa, tirou de lá um caderninho e uma caneta. Depois escreveu. Primeiro, o alfabeto e, em seguida, abaixo dele, o inspetor-chefe contou os espaços. Aquela era a chave. Não a palavra "dezesseis", mas o número: 16.

A B C D E F G H I J K L M N O P Q R S T U V W X Y Z
Q R S T U V W X Y Z A B C D E F G H I J K L M N O P

Com cuidado, receoso de se precipitar e cometer um erro, ele checou as letras. O Eremita havia gravado MRKBVYDDO debaixo da escultura das pessoas na praia. C, H, A, R... Gamache se concentrou ainda mais, forçando-se a diminuir a velocidade. L, O, T, T, E.

O inspetor-chefe deixou escapar um longo suspiro e, com ele, a palavra. Charlotte.

Então trabalhou no código embaixo das pessoas no barco. OWSVI.

Em instantes, também decifrou aquele.

Emily.

Sorrindo, ele se lembrou de sobrevoar as montanhas cobertas de névoa e lendas. Espíritos e fantasmas. Depois se lembrou do lugar esquecido pelo tempo e do vigia John, que jamais o esqueceria. E dos totens, capturados para sempre por uma pintora desmazelada.

Que mensagem Jakob, o Eremita, estava enviando? Será que ele sabia que estava em perigo e queria passar aquela mensagem, aquela pista? Ou aquilo era, como Gamache suspeitava, algo muito mais pessoal? Algo reconfortante até?

O homem havia guardado aquelas esculturas por uma razão. Ele tinha escrito debaixo delas por uma razão. Jakob havia escrito "Charlotte" e "Emily". E tinha feito as esculturas em cedro-vermelho, das ilhas Queen Charlotte, por uma razão.

Do que um homem solitário precisa? Ele tinha todo o resto. Comida, água, livros, música. Hobbies e arte. Um lindo jardim. Mas o que faltava?

Companhia. Uma comunidade. Estar dentro da área delimitada. A segunda cadeira para a amizade. Aquelas esculturas lhe faziam companhia.

Talvez nunca conseguisse provar, mas Gamache sabia, sem sombra de dúvida, que o Eremita havia estado nas ilhas Queen Charlotte, quase com certeza quando tinha acabado de chegar ao Canadá. E lá tinha aprendido a esculpir e a construir cabanas de toras. Lá, havia sentido o gosto da paz pela primeira vez, antes de ela ser interrompida pelos protestos. Como o primeiro amor, o lugar onde a paz é encontrada pela primeira vez nunca, jamais, é esquecido.

Ele havia adentrado a floresta para recriar aquilo. Construíra uma cabana exatamente igual àquelas que tinha visto nas ilhas Queen Charlotte. Havia feito esculturas em cedro-vermelho, para se sentir reconfortado pelo seu cheiro e pela sensação familiares. E havia esculpido pessoas para ter companhia. Pessoas felizes.

Com exceção de uma.

Aquelas criações tinham se tornado a família dele. Os amigos dele. Ele as guardava, as protegia. Dava nomes a elas. Dormia com elas debaixo da cabeça. E, em troca, elas lhe faziam companhia nas noites longas, escuras e frias, enquanto Jakob ouvia o quebrar de um galho e algo pior que assassinato se aproximar.

Então Gamache ouviu um graveto estalar e ficou tenso.

– Posso me juntar ao senhor?

De pé, na varanda, estava Vincent Gilbert.

– *S'il vous plaît.*

Gilbert entrou, e os dois homens apertaram as mãos.

– Eu estava na casa do Marc e vi o seu carro. Espero que o senhor não se importe. Eu te segui.

– Nem um pouco.

– O senhor parecia mergulhado em pensamentos agora há pouco.

– Muita coisa para pensar – disse Gamache, com um pequeno sorriso, enfiando o caderninho de volta no bolso da camisa.

– O que o senhor fez foi muito difícil. Lamento que tenha sido necessário.

Gamache não respondeu nada, e os dois homens ficaram em silêncio na cabana.

– Vou deixar o senhor em paz – declarou Gilbert por fim, e foi até a porta.

Gamache hesitou, então o seguiu.

– Não precisa. Eu já terminei por aqui.

Ele fechou a porta sem olhar para trás.

– Eu autografei isto para o senhor – falou Gilbert, entregando ao inspetor-chefe um livro de capa dura. – Eles reeditaram depois de toda aquela publicidade em torno do assassinato e do julgamento. Parece que é um best-seller.

– *Merci.*

Gamache virou a edição lustrosa de *Seres* e olhou para a foto do autor. Agora já sem o sorriso sarcástico. Em vez disso, um homem bonito e distinto o encarava de volta. Paciente, compreensivo.

– *Félicitations* – disse Gamache.

Gilbert sorriu, depois desdobrou um par de cadeiras de jardim de alumínio.

– Eu trouxe estas cadeiras comigo para cá faz pouco tempo. Marc disse que eu posso morar na cabana. Fazer dela a minha casa.

Gamache se sentou.

– Eu consigo ver o senhor aqui.

– Longe da sociedade educada – completou Gilbert, sorrindo. – Nós, santos, gostamos da nossa solidão.

– E, ainda assim, o senhor trouxe duas cadeiras.

– Ah, o senhor também conhece a citação? *Na minha casa, havia três cadeiras. A primeira para a solidão, a segunda para a amizade e a terceira para a sociedade.*

– A minha citação preferida de Thoreau também vem de *Walden* – contou Gamache. – *A riqueza de um homem se mede pelas coisas que é capaz de deixar de lado.*

– No seu trabalho, o senhor não pode deixar muitas coisas de lado, não é?

– Não, mas eu posso deixar para trás, depois que tudo termina.

– Então o que faz aqui?

Gamache ficou calado por um instante, mas por fim respondeu:

– Porque é mais difícil abrir mão de algumas coisas do que de outras.

Vincent Gilbert assentiu e ficou em silêncio. Enquanto o inspetor-chefe olhava para o nada, o médico tirou uma pequena garrafa térmica da mochila e serviu uma caneca de café para cada um.

– Como estão Marc e Dominique? – perguntou Gamache, tomando um gole do forte café preto.

– Muito bem. Os primeiros hóspedes chegaram. Eles parecem estar gostando de lá. E Dominique está em casa.

– Como vai o cavalo Marc? – quis saber Gamache, quase com medo.

E o leve balançar de cabeça de Vincent confirmou seus temores.

– Cavalo incrível – murmurou Gamache.

– Marc não teve escolha a não ser se livrar dele.

Gamache viu novamente a criatura selvagem, meio cega, meio louca e ferida. E soube que a escolha tinha sido feita anos antes.

– Dominique e Marc estão se adaptando e têm que agradecer ao senhor por isso – continuou Gilbert. – Se o senhor não tivesse resolvido esse caso, eles estariam arruinados. Pelo que eu vi do julgamento, era essa a intenção do Olivier quando moveu o corpo. Ele queria fechar o hotel.

Gamache não disse nada.

– Mas foi mais do que isso, lógico – emendou Gilbert, que não ia deixar aquilo passar. – Ele era ganancioso, imagino.

Gamache permaneceu calado, sem querer condenar ainda mais um homem que seguia considerando um amigo. Que os advogados, os juízes e o júri dissessem aquelas coisas.

– O fantasma faminto – disse Gilbert.

Aquilo despertou Gamache, que se contorceu na cadeira para fitar o homem a seu lado.

– *Pardon?*

– É uma crença budista. Um dos estados do homem na Roda da Vida. Quanto mais você come, mais fome sente. É considerada a pior das vidas. Tentar preencher um vazio que só fica mais cada vez mais fundo. Tentar preencher o vazio com comida, dinheiro ou poder. Com a admiração dos outros. Com o que for.

– O fantasma faminto – repetiu Gamache. – Que horrível.

– O senhor não faz ideia – comentou Gilbert.

– O senhor faz?

Após um instante, o outro assentiu. Ele já não parecia tão magnífico, mas consideravelmente mais humano.

– Eu tive que desistir de tudo para conseguir o que realmente queria.

– E o que era?

Gilbert pensou por um bom tempo.

– Companhia.

– O senhor veio para uma cabana no meio do bosque para encontrar companhia? – perguntou Gamache, sorrindo.

– Para aprender a ser uma boa companhia para mim mesmo.

Eles ficaram sentados em silêncio, até que Gilbert finalmente falou:

– Então Olivier matou o Eremita pelo tesouro?

Gamache assentiu.

– Olivier ficou com medo de que o tesouro fosse descoberto. Ele sabia que era só uma questão de tempo, uma vez que o seu filho se mudou para cá, e Parra começou a reabrir as trilhas.

– Falando nos Parras, o senhor suspeitou deles?

Gamache olhou para a caneca de café fumegante que esquentava suas mãos. Ele nunca contaria a história toda àquele homem. Seria inaceitável admitir que Havoc Parra em particular tinha sido o principal suspeito. Havoc havia trabalhado até tarde. Ele poderia ter seguido Olivier até a cabana depois de fechar o bistrô. E, embora as ferramentas de talhar do jovem tivessem testado negativo, ele poderia ter usado outras. E o Eremita não era tcheco?

Se não Havoc, então o pai, Roar, que havia reaberto as trilhas e quase com certeza estava indo direto para a cabana. Talvez ele a tivesse encontrado.

Talvez, talvez, talvez.

Uma larga trilha da palavra levava aos Parras.

Mas Gamache também escolheu não contar a Gilbert que ele próprio tinha sido considerado suspeito, assim como o filho e a nora. A cabana dava na terra deles. Por que tinham comprado uma casa em ruínas quando poderiam ter o imóvel que quisessem? Por que haviam pedido que as trilhas fossem reabertas tão rápido? Aquela tinha sido praticamente a primeira coisa que o casal fizera.

E por que o santo Dr. Gilbert e o corpo haviam aparecido ao mesmo tempo?

Por quê, por quê, por quê?

Uma larga trilha dessas palavras levava à porta da frente da antiga casa dos Hadleys.

Todos eles eram excelentes suspeitos. Mas todas as evidências concretas apontavam para Olivier. As impressões digitais, a arma do crime, o saco de lona, as esculturas. Eles não tinham encontrado nenhuma ferramenta de entalhar com Olivier, mas isso não significava nada. Ele poderia ter se livrado delas anos antes. Mas haviam encontrado linha de náilon na pousada. Do mesmo peso e resistência da que fora usada na teia. A defesa de Olivier tinha argumentado que eram medidas padronizadas e que aquilo não provava nada. Gabri havia testemunhado que usava a linha no jardim, para amarrar as madressilvas.

Não provava nada.

– Mas por que colocar aquela palavra na teia e entalhar na madeira? – perguntou Vincent.

– Para assustar o Eremita e fazer com que ele entregasse o tesouro do saco.

A solução fora chocante de tão simples. A trilha se aproximava a cada dia. Olivier sabia que o tempo estava se esgotando. Precisava convencer o Eremita a entregar o saco antes que a cabana fosse encontrada. Porque, quando isso acontecesse, o Eremita descobriria a verdade: Olivier tinha mentido. Não havia Montanha nenhuma. Nem exército do Pavor e do Desespero. Não havia Caos. Só um ganancioso negociador de antiguidades, que nunca ficava satisfeito.

Não havia horror à espreita, só mais um fantasma faminto.

A última esperança de Olivier para conseguir o saquinho de aniagem era convencer o Eremita de que o perigo era iminente. Para salvar a própria vida, Jakob tinha que se livrar do tesouro. Assim, quando a Montanha chegasse, encontraria o Eremita, mas nenhum saco.

No entanto, quando a história começou a aterrorizar menos, quando a trilha se aproximou demais, Olivier recorrera a seu napalm, seu gás mostarda, sua bomba voadora. Seu *Enola Gay*.

Ele havia posto a teia no canto. E colocado a palavra esculpida em algum lugar da cabana, para Jakob encontrar. Sabendo que quando o Eremita a visse, ele... o quê? Morreria? Talvez. Mas com certeza entraria em pânico. Ao saber que tinha sido encontrado. A coisa da qual havia se escondido, da qual havia fugido, a coisa que mais temia... Ela o havia encontrado. E deixado um cartão de visitas.

O que tinha dado errado? Será que o Eremita não havia visto a teia? Será que a ganância do Eremita excedia até mesmo a de Olivier? Qualquer que tivesse sido o desfecho, de uma coisa Gamache tinha certeza: com a paciência chegando ao fim, os nervos em frangalhos e a raiva no auge, Olivier havia agarrado a menorá. E acertado o Eremita.

O advogado dele havia optado por um julgamento com júri. Uma boa estratégia, pensou Gamache. Um júri poderia ser convencido de que aquilo fora uma insanidade temporária. O próprio Gamache tinha argumentado que Olivier deveria ser julgado pela execução de um crime não premeditado, e a promotoria concordara. O inspetor-chefe sabia que Olivier havia feito muitas coisas terríveis contra o Eremita de propósito. Mas matá-lo não era uma delas. Aprisionar Jakob, sim. Manipulá-lo e tirar vantagem dele, sim. Desequilibrar uma mente já fragilizada, sim. Mas não o assassinar. Isso, acreditava Gamache, havia surpreendido e horrorizado até mesmo Olivier.

Olivier havia cometido homicídio. Não com aquele golpe terrível, mas ao longo do tempo. Exaurindo o Eremita de modo que o rosto do homem acabasse marcado por linhas de preocupação e sua alma se encolhesse a cada barulho de galho raspando a janela.

Mas aquilo acabou se transformando em um assassinato-suicídio. Olivier havia se matado no processo. Talhando a própria alma e, aos poucos, eliminando o que era bom e gentil de si mesmo, até que o desprezo substituísse o respeito próprio. O homem que ele poderia ter sido estava morto. Consumido pelo fantasma faminto.

Não tinham sido especulações que haviam finalmente condenado Olivier, mas fatos. Evidências. Só a presença dele tinha sido identificada na cabana. As impressões digitais dele estavam lá e na arma do crime. Ele conhecia o Eremita. Vendera alguns tesouros do homem. Suas esculturas. Tinha roubado o saco de aniagem. E, para completar, a arma do crime havia sido encontrada no bistrô, junto com o saco. O advogado dele tentaria apresentar todo tipo de argumento, mas aquele caso se sustentaria. Gamache não tinha dúvidas.

Mas, embora os fatos talvez fossem suficientes para um promotor, um juiz e um júri, não eram suficientes para Gamache. Ele precisava de mais. Precisava de uma razão. Daquilo que nunca poderia ser provado porque não era visível.

O que levava um homem a matar alguém?

E esta fora a confirmação para Gamache. Quando estava voltando para Three Pines, após ordenar que a casa dos Parras fosse revistada mais uma vez, ele tinha pensado no caso. Nas evidências. Mas também no espírito malévolo por trás daquilo.

Ele percebera que todas as coisas que apontavam para os Parras também se aplicavam a Olivier. Medo e ganância. Mas o que o levara a Olivier fora que, embora os Parras não demonstrassem muita inclinação para a ganância, Olivier chafurdava nela.

Gamache sabia que Olivier temia duas coisas: a exposição e a perda.

Ambas se aproximavam, ameaçando-o.

Gamache tomou um gole de café e pensou novamente naqueles totens em Ninstints, apodrecendo, caindo, caídos. Mas eles ainda tinham uma história para contar.

Ali é que a ideia fora plantada. Que aquele assassinato tinha a ver com histórias. E as esculturas do Eremita eram a chave. Elas não eram esculturas aleatórias, individuais. Eram uma comunidade de esculturas. Cada uma delas funcionava de maneira independente, mas, juntas, contavam uma história ainda maior. Como os totens.

Olivier havia contado histórias para aprisionar o Eremita. O Eremita as tinha usado para criar esculturas extraordinárias. E Olivier havia usado aquelas obras para ficar mais rico do que jamais sonhara.

Mas o que Olivier não entendia era que suas histórias eram verdadeiras. Alegorias, sim. Mas nem por isso menos reais. Uma montanha de infelicidade se aproximava. E crescia a cada nova mentira, a cada novo conto.

Um fantasma faminto.

Quanto mais rico Olivier se tornava, mais ele queria. E o que ele queria mais que tudo era a única coisa que lhe era negada. O conteúdo do saquinho de lona.

Jakob tinha ido para Three Pines com seus tesouros, quase com certeza roubados de amigos e vizinhos na Tchecoslováquia. Pessoas que haviam confiado nele. Quando a cortina de ferro caíra e aquelas pessoas puderam sair de lá, começaram a pedir o dinheiro delas. A exigir. Ameaçando aparecer no vilarejo. Talvez até aparecendo.

Então ele havia pegado seus tesouros, os tesouros daquela gente, e se escondido com eles no bosque. Esperando que aquela confusão se dissipasse, que as pessoas desistissem. Voltassem para casa. E o deixassem em paz.

Daí, ele poderia vender tudo. Comprar jatinhos particulares e iates de luxo. Uma casa em Chelsea, um vinhedo na Borgonha.

Teria ele sido feliz, então? Aquilo finalmente seria o suficiente?

Quando o senhor descobrir o que ele amava, talvez encontre o assassino, a anciã haida Esther tinha dito a Gamache. Será que o Eremita amava o dinheiro?

Talvez no início.

Mas depois ele não havia usado o dinheiro na casinha? Como papel higiênico? Gamache não tinha encontrado notas de 20 dólares enfiadas nas frestas das paredes da cabana, servindo de isolamento térmico?

Será que o Eremita amava o tesouro? Talvez no início.

Mas depois ele o havia cedido. Em troca de leite, queijo, café.

E companhia.

Quando Olivier fora levado, Gamache voltara a se sentar e olhara para o saco. O que poderia ser pior do que o Caos, o Desespero e a Guerra? Do que até mesmo a Montanha fugiria? Gamache tinha pensado muito naquilo. O que assombrava as pessoas até, talvez principalmente, no leito de morte? O que as perseguia, torturava e deixava algumas delas de joelhos? E Gamache achava que sabia a resposta.

Arrependimento.

Arrependimento por coisas ditas, feitas e não feitas. Pelas pessoas que poderiam ter sido. E não conseguiram.

Finalmente, quando estava sozinho, o inspetor-chefe havia aberto o saco, olhado dentro dele e percebido que estava errado. A pior coisa de todas não era o arrependimento.

Clara Morrow bateu na porta de Peter.

– Pronto?

– Pronto – disse ele, e saiu limpando tinta a óleo da mão.

Peter tinha desenvolvido o hábito de borrifar as mãos com tinta, para que Clara pensasse que ele estava trabalhando duro, quando, na verdade, havia concluído a pintura semanas antes.

Ele finalmente tinha admitido aquilo para si mesmo. Só não tinha admitido para ninguém mais.

– Como eu estou?

– Ótima.

Peter tirou um pedaço de torrada do cabelo de Clara.

– Eu estava guardando para o almoço.

– Vou levar você para almoçar fora – disse ele, saindo de casa com a esposa. – Para comemorar.

Eles entraram no carro e foram para Montreal. Naquele dia terrível, quando fora buscar o portfólio com Fortin, ela havia parado em frente à escultura de Emily Carr. Mais alguém estava ali, almoçando, e Clara tinha se sentado bem na ponta do banco, olhando para a pequena mulher de bronze. E para o cavalo, o cachorro e o macaco. Woo.

Emily Carr não parecia uma das artistas mais visionárias de todos os tempos. Ela parecia alguém que você poderia encontrar no ônibus. Era baixa. Um pouco atarracada. Um pouco desmazelada.

– Ela se parece um tantinho com você – comentou a pessoa ao lado de Clara.

– Você acha? – perguntou Clara, longe de achar que aquilo fosse um elogio.

A mulher estava na casa dos 60. Belamente vestida. Com uma bela postura e toda composta. Elegante.

– Meu nome é Thérèse Brunel.

A mulher estendeu a mão. Quando Clara continuou a fitá-la, perplexa, ela acrescentou:

– Superintendente Brunel. Da Sûreté du Québec.

– Ah, verdade. Perdão. A senhora estava em Three Pines com Armand Gamache.

– É o seu trabalho? – perguntou ela, meneando a cabeça para o portfólio.

– Algumas fotos dele, sim.

– Eu posso ver?

Clara abriu o portfólio e a policial da Sûreté o folheou, sorrindo, comentando, respirando mais fundo de vez em quando. Mas ela parou em uma foto. De uma mulher alegre virada para a frente, mas olhando para trás.

– Ela é linda – disse Thérèse. – Alguém que eu ia gostar de conhecer.

Clara não disse nada. Só esperou. E, após um minuto, sua companheira piscou, então sorriu e olhou para Clara.

– É muito surpreendente. Ela está cheia de graça, mas alguma coisa acabou de acontecer, não foi?

Ainda assim, Clara permaneceu em silêncio, olhando para a reprodução de seu próprio trabalho.

Thérèse Brunel também voltou a olhar para imagem. Então respirou fundo e se virou para Clara.

– A Queda. Meu Deus, você pintou a Queda. Aquele momento. Ela nem tem consciência disso, tem? Não mesmo, mas ela vê alguma coisa, uma sugestão do horror que está por vir. A Queda da Graça.

A superintendente se calou, olhando para aquela mulher adorável e feliz. E para aquela minúscula constatação, quase invisível.

Clara assentiu.

– É.

Thérèse a examinou com mais atenção.

– Mas tem outra coisa. Eu sei o que é. É você, não é? Ela é você.

Clara aquiesceu.

Após um instante, Thérèse murmurou tão baixo que Clara ficou na dúvida se as palavras tinham sido ditas em voz alta. Talvez fosse o vento.

– Do que você tem medo?

Clara esperou um longo tempo antes de responder, não porque não soubesse a resposta, mas porque nunca tinha dito aquilo em voz alta.

– Eu tenho medo de não reconhecer o Paraíso.

Fez-se uma pausa.

– Eu também – disse a superintendente Brunel.

Ela escreveu um número e o entregou a Clara.

– Eu vou fazer uma ligação quando voltar para o escritório. Este aqui é o meu número. Me ligue hoje à tarde.

Clara ligou e, para seu espanto, aquela mulher elegante, aquela policial, tinha conseguido fazer com que o curador-chefe do Museu de Arte Contemporânea de Montreal concordasse em ver o seu portfólio.

Aquilo tinha sido algumas semanas antes. Muita coisa havia acontecido desde então. O inspetor-chefe Gamache tinha prendido Olivier por assassinato. Todo mundo sabia que aquilo havia sido um erro. Mas, à medida que o número de evidências aumentava, as dúvidas também cresciam. Enquanto isso tudo acontecia, Clara tinha levado o seu trabalho ao MAC. E eles haviam pedido uma reunião.

– Eles não vão dizer não – argumentou Peter, acelerando na autoestrada. – Eu nunca vi uma galeria convidar um artista para uma reunião e dispensar a pessoa. É uma boa notícia, Clara. Uma excelente notícia. Vai ser muito melhor do que qualquer coisa que o Fortin poderia ter feito por você.

E Clara ousava acreditar que era verdade.

Enquanto dirigia, Peter pensou na pintura em seu cavalete. Aquela que agora ele sabia que estava acabada. Assim como sua carreira. Na tela branca, Peter havia pintado um grande círculo preto, quase fechado, mas não totalmente. E no ponto em que ele poderia se fechar, Peter tinha colocado pontos.

Três pontos. Para o infinito. Para a sociedade.

JEAN GUY BEAUVOIR ESTAVA NO porão de casa olhando para as rotas tiras de papel. No andar de cima, ouvia Enid preparando o jantar.

Nas últimas semanas, ele havia aproveitado todas as chances que tivera para ir até o porão. Colocava o jogo na TV e depois se sentava de costas para ela. Em sua mesa de trabalho. Hipnotizado pelas tiras de papel. Estava torcendo para que a velha poeta louca tivesse escrito a coisa toda em uma única folha e simplesmente a rasgado em tiras, para que pudesse encaixá-las como um quebra-cabeça. Mas não, os pedaços de papel não se encaixavam. Ele ia ter que descobrir o significado das palavras.

Beauvoir havia mentido para o chefe. Ele não costumava fazer isso e não sabia por que o fizera daquela vez. Ele dissera a Gamache que havia jogado fora todos os papeizinhos com as palavras estúpidas que Ruth pregara em sua porta, enfiara em seu bolso. Dera a outras pessoas para que entregassem a ele.

Ele queria jogá-los fora, porém queria ainda mais saber o que as palavras significavam. Era quase impossível. Talvez o chefe pudesse decifrá-las, mas poesia sempre fora um monte de bosta para Beauvoir. Mesmo quando era apresentada por inteiro. Como ele poderia montar um poema?

No entanto, ele havia tentado. Por semanas.

Ele deslizou um pedaço entre dois outros e moveu um quarto para o topo.

Apenas fico onde fui deixada, composta
de pedra e ilusões:
que a divindade que mata por prazer
também cura,

Ele tomou um gole de cerveja.

– Jean Guy! – cantarolou a esposa. – Janta-ar!

– Já vou!

que, no meio do seu pesadelo,
o pesadelo final, uma gentil leoa
virá, com curativos na boca
e o corpo macio de uma mulher,

Enid chamou de novo, e ele não respondeu. Em vez disso, olhou para o poema. Então seus olhos se desviaram para os pezinhos peludos na prateleira acima da mesa. No nível dos olhos, para que ele pudesse vê-los. O leão de pelúcia que Beauvoir havia levado discretamente da pousada. Primeiro para o próprio quarto, para ter companhia. Ele o tinha colocado na cadeira, para poder vê-lo da cama. E ele a imaginou ali. Irritante, apaixonada, cheia de vida. Preenchendo os cantos vazios e tranquilos de sua existência. Com vida.

E, quando o caso havia acabado, ele tinha enfiado o leão na bolsa e o trazido até ali. Aonde Enid nunca ia.

A leoa bondosa. Com sua pele e seu sorriso suaves.

– *Wimoweh, a-wimoweh* – cantou ele baixinho, enquanto lia a estrofe final.

e lamberá sua febre,
e pegará sua alma gentilmente pela nuca
e o acariciará na escuridão e no paraíso.

UMA HORA DEPOIS, ARMAND GAMACHE saiu do bosque e desceu a encosta até Three Pines. Na varanda do bistrô, respirou fundo, se recompôs e entrou.

Demorou um instante para que seus olhos se adaptassem. Quando isso aconteceu, ele notou Gabri atrás do balcão, onde Olivier sempre ficava. O homem grande havia diminuído, perdido peso. Parecia abatido. Cansado.

– Gabri – disse Gamache, e os dois velhos amigos se entreolharam.

– *Monsieur* – cumprimentou Gabri.

Ele moveu um pote de balas de alcaçuz e outro de jujubas no balcão de madeira polida e deu a volta. Depois ofereceu uma bala a Gamache.

Myrna entrou no bistrô alguns minutos depois e encontrou Gabri e Gamache sentados em frente ao fogo. Conversando. As cabeças juntas. Os joelhos quase se tocando. Uma bala de alcaçuz intacta entre eles.

Os dois olharam para cima quando ela entrou.

– Desculpa – disse ela, parando. – Eu volto depois. Só queria te mostrar isto aqui.

Ela entregou um pedaço de papel a Gabri.

– Eu também tenho um – disse ele. – É o último poema da Ruth. O que você acha que significa?

– Não sei.

Ela não conseguia se acostumar a entrar no bistrô e ver apenas Gabri. Com Olivier na prisão, era como se algo vital estivesse faltando, como se um dos três pinheiros tivesse sido cortado.

O que estava acontecendo era lancinante. O vilarejo parecia dividido e dilacerado. Querendo apoiar Olivier e Gabri. Chocado com a prisão. Sem acreditar na coisa toda. E, no entanto, ciente de que o inspetor-chefe Gamache jamais teria feito aquilo se não tivesse certeza.

Também tinha ficado evidente quanto havia custado a Gamache prender o amigo. Parecia impossível apoiar um sem trair o outro.

Gabri se levantou, assim como Gamache.

– A gente só estava contando as novidades. Você sabia que o inspetor-chefe ganhou outra neta? Zora.

– Parabéns! – disse Myrna, abraçando aquele avô.

– Eu preciso de um pouco de ar fresco – soltou Gabri, de repente inquieto. Da porta, ele se virou para Gamache.

– E então?

O inspetor-chefe e Myrna o seguiram e, juntos, eles caminharam lentamente ao redor da praça. Onde todos podiam vê-los. Gamache e Gabri, juntos. A ferida não tinha cicatrizado, mas tampouco se aprofundaria.

– Não foi o Olivier, sabe? – disse Gabri, parando para encarar Gamache diretamente.

– Eu te admiro por ficar do lado dele.

– Eu sei que em parte ele é um saco. E diria até que é uma das minhas partes favoritas dele.

Gamache soltou uma gargalhada.

– Mas tem uma pergunta que eu queria que você respondesse – arrematou Gabri.

– *Oui?*

– Se Olivier matou o Eremita, por que moveu o corpo? Por que levou o morto até a antiga casa dos Hadleys, onde acabariam encontrando o cadáver? Por que não deixou na cabana? Ou meteu aquele corpo no fundo do bosque?

Gamache percebeu que "o Eremita" de repente tinha virado "aquele corpo". Gabri não conseguia aceitar que Olivier tivesse matado algo e com certeza não conseguia aceitar que tivesse matado outra pessoa, e não uma coisa.

– Isso foi respondido durante o julgamento – afirmou Gamache, paciente. – A cabana estava prestes a ser descoberta. Roar estava reabrindo uma trilha que dava direto nela.

Gabri assentiu com relutância. Myrna torcia para que o amigo conseguisse aceitar a agora inegável verdade.

– Eu sei – replicou Gabri. – Mas por que levar o corpo para a antiga casa dos Hadleys? Por que não para o fundo do bosque e deixar os animais terminarem o serviço?

– Porque Olivier percebeu que o corpo não era a prova mais contundente contra ele. A cabana é que era. Anos de evidências, impressões digitais, cabelo e comida. Ele nunca ia conseguir limpar tudo, pelo menos não tão rápido. Mas se a nossa investigação se concentrasse no Marc Gilbert e na antiga casa dos Hadleys, ele ia conseguir deter o avanço das trilhas. E se tudo desse errado para os Gilberts, não ia ter por que reabrir as trilhas para cavalos.

A voz de Gamache estava calma. Não havia sinal da impaciência de que Myrna sabia que era capaz. Aquela era no mínimo a décima vez que tinha ouvido o inspetor-chefe explicar a história toda para Gabri, e ainda assim ele não acreditava. Gabri balançava a cabeça.

– Eu sinto muito – disse Gamache, sincero. – A gente não chegou a nenhuma outra conclusão.

– Olivier não é um assassino.

– Eu concordo. Mas ele matou alguém. Foi homicídio, mas não premeditado, e não intencional. Você realmente acredita que ele não seria capaz de matar em um momento de raiva? Olivier trabalhou anos para que o Eremita desse o tesouro para ele e ficou com medo de perder aquilo. Tem certeza de que Olivier não poderia perder a cabeça e recorrer à violência?

Gabri hesitou. Nem Gamache nem Myrna ousavam respirar, com medo de afugentar a tímida possibilidade de pensamento racional que esvoaçava em torno do amigo.

– Não foi o Olivier – repetiu Gabri, exasperado, antes de soltar um suspiro profundo. – Por que ele ia mover o corpo?

O inspetor-chefe encarou Gabri. Não sabia mais o que dizer. Se houvesse alguma maneira de convencer aquele homem tão atormentado, ele faria isso. Odiava pensar que Gabri carregaria aquele fardo desnecessário, o horror de acreditar que seu companheiro estava preso injustamente. Era melhor aceitar aquela verdade dolorosa do que lutar e distorcer os fatos para tornar real um desejo.

Gabri deu as costas ao inspetor-chefe e foi até banco da braça, bem no centro do vilarejo.

– Que homem magnífico – comentou Gamache, enquanto ele e Myrna voltavam a caminhar.

– É mesmo. Ele vai esperar para sempre, sabe? Pela volta do Olivier.

Gamache não disse nada, e os dois passearam em silêncio.

– Eu encontrei Vincent Gilbert – disse ele, finalmente. – Ele disse que Marc e Dominique estão se adaptando.

– É. Parece que, quando não está desovando corpos pelo vilarejo, Marc é bem legal.

– Foi uma pena o que aconteceu com o cavalo Marc.

– Ele provavelmente está mais feliz agora.

Aquilo surpreendeu Gamache, que se virou para Myrna.

– Morto? – questionou.

– Morto? Vincent Gilbert enviou o bicho para LaPorte.

Gamache riu soltando o ar pelo nariz e balançou a cabeça. Ele era mesmo um santo babaca.

Conforme eles passavam pelo bistrô, Gamache pensou no saco de lona. A coisa que havia condenado Olivier de vez fora encontrada escondida atrás da lareira.

A porta de Ruth se abriu, e a velha poeta saiu mancando de casa, embrulhada em seu velho casaco de pano e seguida por Rosa. Mas naquele dia a pata estava sem roupa. Só com as penas.

Gamache estava tão acostumado a ver Rosa com seus modelitos que parecia quase antinatural que ela estivesse sem um deles. As duas atravessaram a rua até a praça, onde Ruth abriu um saquinho de papel e jogou um pouco de pão para Rosa. A pata gingou atrás das migalhas, batendo as asas.

Um grasnido vinha de cima deles, aproximando-se. Gamache e Myrna olharam na direção do som. Mas os olhos de Ruth permaneciam fixos em Rosa. No alto, os patos se aproximavam em uma formação em V, voando em direção ao sul para fugir do inverno.

Então, com um grito que soou quase humano, Rosa se ergueu e alçou voo. A pata desenhou um círculo e, por um instante, todo mundo achou que fosse voltar. Ruth levantou a mão, oferecendo mais migalhas. Ou um aceno. Um adeus.

E Rosa se foi.

– Ai, meu Deus – disse Myrna, com um arquejo.

De costas para eles, Ruth olhava para o céu, o rosto e a mão voltados para cima. Migalhas de pão caindo na grama.

Myrna tirou o papel amassado do bolso e o entregou a Gamache.

Ela se ergueu no ar, e a terra rejeitada soltou um suspiro.

Ela se ergueu por entre postes telefônicos e telhados de casas onde os mundanos se escondiam.

Ela se ergueu, mais elegante que os pardais girando à sua volta como um ciclone jubiloso

Ela se ergueu por entre satélites, e todos os celulares da Terra tocaram ao mesmo tempo.

– Rosa – murmurou Myrna. – Ruth.

Gamache observou a velha poeta. Ele sabia o que espreitava atrás da Montanha. O que esmagava tudo diante dela. A coisa que o Eremita mais temia. Que a Montanha mais temia.

A consciência.

Gamache se lembrou de ter aberto o saco áspero, sua mão deslizando na madeira lisa dentro dele. Era uma escultura simples. Um jovem em uma cadeira, ouvindo.

Olivier. Ele tinha virado a peça e encontrado três letras gravadas na madeira. GYY.

Gamache as havia decodificado na cabana minutos antes e olhado para a palavra.

Woo.

Escondida no saco grosseiro, estava uma escultura muito mais fina até do que as obras detalhadas. Ela era a definição da simplicidade. A mensagem que continha era elegante e terrível. A escultura era linda e, no entanto, aquele jovem parecia completamente vazio. As imperfeições dele lentamente desgastadas. A madeira dura e lisa, de modo que o mundo passava por ela deslizando. Não haveria toque e, portanto, nenhum sentimento.

Era o Rei Montanha retratado como um homem. Inatacável, mas também inacessível. Gamache teve vontade de jogar a escultura no meio da floresta. Para que ficasse onde o Eremita havia se colocado. Escondendo-se de um monstro que ele mesmo havia criado.

Mas não havia como se esconder da Consciência.

Nem em casas ou carros novos. Em viagens. Em meditações ou atividades frenéticas. Nas crianças, em boas causas. Na ponta dos pés ou de joelhos. Em grandes carreiras. Ou em uma pequena cabana.

Ela encontraria você. O passado sempre encontrava.

E por isso, Gamache sabia, era vital estar ciente das próprias ações no presente. Porque o presente se tornava o passado, e o passado crescia. Depois, se levantava e seguia você.

E o encontrava. Assim como tinha acontecido com o Eremita. E com Olivier. Gamache fitou o tesouro frio, duro e sem vida em sua mão.

Quem não teria medo daquilo?

Ruth mancou até o banco da praça e se sentou. Com sua mão cheia de veias, apertou o casaco azul contra o pescoço. Gabri estendeu o braço, pegou a outra mão dela, a alisou de leve e murmurou:

– Vai ficar tudo bem, vai ficar tudo bem...

Ela se ergueu, mas se lembrou de dar um aceno educado para se despedir...

AGRADECIMENTOS

MAIS UMA VEZ, ESTE LIVRO é resultado de muita ajuda vinda de muita gente. Eu quero e preciso agradecer ao Michael, meu marido, por ler e reler o manuscrito, sempre me dizendo que era brilhante. Agradeço a Lise Page, minha assistente, pelo trabalho incansável e animado e por suas ótimas ideias. Obrigada também a Sherise Hobbs e Hope Dellon pela paciência e pelas observações editoriais.

Quero agradecer, como sempre, à melhor agente literária do mundo, Teresa Chris. Ela me enviou um coração de prata quando o meu último livro entrou na lista dos mais vendidos do *The New York Times* (também achei que não faria mal mencionar isso!). Teresa é muito mais do que uma agente – ela é também uma pessoa adorável e atenciosa.

Também gostaria de agradecer às minhas grandes amigas Susan McKenzie e Lili de Grandpré, pela ajuda e pelo apoio.

E, por fim, quero dizer algumas palavras sobre os poemas que uso neste livro e nos outros. Por mais tentador que seja não dizer nada e torcer para que acreditem que eu mesma escrevi cada um, preciso agradecer aos poetas incríveis que me permitiram usar as obras e as palavras deles. Eu adoro poesia, como já devem ter percebido. É algo que me inspira tanto no campo das palavras quanto no das emoções. Costumo falar para aspirantes a escritores lerem poesia, o que para muitos deles parece ser o equivalente literário a comer couve-de-bruxelas. Eles não ficam muito animados com a ideia, mas é uma pena qualquer pessoa que escreva nem tentar encontrar poemas que mexam com ela. Os poetas conseguem colocar em um dístico o que eu luto para expressar em um livro inteiro.

Achei que já estava na hora de reconhecer isso.

Neste livro, eu uso, como sempre, obras do fino volume *Morning in the Burned House*, de Margaret Atwood. Não é um título muito alegre, mas tem poemas brilhantes. Também citei uma bela obra antiga chamada "The Bells of Heaven", de Ralph Hodgson. E um poema maravilhoso chamado "Gravity Zero", do livro *Bones*, de Mike Freeman, um poeta canadense em ascensão.

Queria que todos que me leem soubessem disso. E espero que se sintam tão sensibilizados por esses poemas quanto eu me sinto.

Leia um trecho de

ENTERRE SEUS MORTOS

o próximo caso de Armand Gamache

UM

ELES SUBIRAM AS ESCADAS CORRENDO, dois degraus de cada vez, tentando fazer o mínimo de barulho possível. Gamache lutou para manter a respiração estável, como se estivesse sentado em casa, como se não tivesse nada com que se preocupar.

– Senhor? – veio a voz jovem nos fones de ouvido de Gamache.

– Acredite em mim, meu filho. Nada ruim vai acontecer com você.

O inspetor-chefe torceu para que o jovem agente não percebesse a tensão em sua voz, o tom neutro no esforço para manter a voz imperativa e determinada.

– Eu acredito.

Eles chegaram ao topo da escada. O inspetor Beauvoir parou, encarando o chefe. Gamache olhou para o relógio.

Quarenta e sete segundos.

Ainda dava tempo.

No fone de ouvido, o agente lhe contava como era bom sentir a luz do sol no rosto.

O restante da equipe chegou ao topo da escada usando coletes à prova de balas, armas em punho, olhos atentos. Focados no chefe. Ao lado dele, o inspetor Beauvoir também esperava uma decisão. Qual lado? Eles estavam perto. A poucos metros de seu objetivo.

Gamache olhou para um corredor escuro e lúgubre da fábrica abandonada, depois para outro.

Pareciam idênticos. Um raio de luz atravessava as janelas quebradas e sujas e, com ele, o dia de dezembro anunciava sua presença.

Quarenta e três segundos.

Ele apontou para a esquerda, resoluto, e todos correram em silêncio na direção da porta ao final do corredor. Enquanto corria, Gamache agarrou sua arma e falou com muita calma no comunicador:

– Não precisa se preocupar.

– Só restam quarenta segundos, senhor – respondeu o homem do outro lado da linha, cada palavra exalada como se ele não conseguisse respirar.

– Apenas me ouça – disse Gamache, empurrando uma porta com a mão. A equipe avançou.

Trinta e seis segundos.

– Não vou deixar nada acontecer com você – reforçou Gamache, sua voz convincente, firme, desafiando o jovem agente a contradizê-lo. – Você vai jantar com a sua família hoje à noite.

– Sim, senhor.

A equipe tática cercou a porta fechada, com sua janela fosca e imunda. Escura.

Gamache fez uma pausa, olhando para a porta, a mão erguida, pronto para dar o sinal para que a arrombassem. Para resgatar seu agente.

Vinte e nove segundos.

Ao seu lado, Beauvoir se esticou, esperando receber a ordem.

Tarde demais, o inspetor-chefe Gamache percebeu que havia cometido um erro.

– Dê tempo ao tempo, Armand.

– *Avec le temps?*

Gamache retribuiu o sorriso do homem mais velho e fechou o punho direito. Para parar o tremor. Um tremor tão leve que ele tinha certeza de que a garçonete daquele café na cidade de Quebec não havia reparado. Os dois estudantes do outro lado, nos notebooks, não iriam notar. Ninguém perceberia.

Exceto alguém muito próximo dele.

Ele olhou para Émile Comeau, cujo croissant esfarelava nas mãos firmes. O mentor e ex-chefe de Gamache devia ter quase 80 anos. Tinha o cabelo branco bem cortado, olhos azuis penetrantes por trás dos óculos. Ele era esguio e cheio de energia, mesmo naquela idade, embora a cada visita Gamache notasse um tênue aprofundamento da flacidez da face, um leve desacelerar dos movimentos.

Avec le temps.

Viúvo fazia cinco anos, Émile Comeau conhecia o poder e a extensão do tempo.

A esposa de Gamache, Reine-Marie, havia saído logo ao amanhecer, depois de passar uma semana com os dois na casa de pedra de Émile, na parte murada de Quebec. Eles haviam desfrutado de jantares tranquilos em frente à lareira e caminhado pelas ruas estreitas cobertas de neve. Haviam conversado. Ficado em silêncio. Lido os jornais. Discutido os acontecimentos. Eles três. Quatro, se contassem o pastor-alemão do casal, Henri.

E muitas vezes Gamache fora sozinho à biblioteca local, para ler.

Émile e Reine-Marie lhe haviam concedido esse direito, reconhecendo que, naquele momento, ele precisava de companhia, mas também de solidão.

Então chegou a hora de Reine-Marie ir embora. Depois de se despedir de Émile, ela se virou para o marido. Alto, forte, um homem que preferia bons livros e longas caminhadas a qualquer outra atividade, ele parecia mais um distinto professor de 50 e poucos anos do que o chefe da mais importante divisão de homicídios do Canadá. A Sûreté du Québec. Ele a levou ao carro e raspou do para-brisa o gelo da madrugada.

– Você não precisa ir, você sabe – comentou ele, sorrindo para a esposa naquele comecinho de dia que ainda mal se anunciava.

Henri estava acomodado em um monte de neve próximo, assistindo à cena.

– Eu sei. Mas você e Émile precisam de um tempo juntos. Percebi como vocês se entreolhavam.

– Percebeu nosso olhar de saudade? – disse o inspetor-chefe, rindo. – Achei que tínhamos sido mais discretos.

– Uma esposa sempre sabe.

Ela sorriu, fitando os olhos castanhos e profundos do marido. Ele estava de chapéu, mas ainda era possível ver o cabelo grisalho e o leve cacho que saía de sob o tecido. E tinha sua barba. Ela se acostumara aos poucos com a barba. Durante anos, ele ostentara apenas o bigode, mas nos últimos tempos, desde o ocorrido, vinha usando uma barba curta.

Ela hesitou. Deveria dizer ou não? Agora frequentemente pensava naquilo e estava prestes a tocar no assunto. Ela sabia que suas palavras seriam inúteis, se é que alguma palavra pudesse ser assim descrita. Certamente, sabia que as palavras não poderiam fazer a coisa acontecer. Se pudessem, Reine-Marie o cercaria delas.

– Volte para casa quando puder – disse em vez disso, o tom de voz leve.

Ele a beijou.

– Não vou demorar. Poucos dias, uma semana no máximo. Me avise quando chegar lá.

– *D'accord* – respondeu a esposa, entrando no carro.

– *Je t'aime* – disse ele, colocando uma das mãos no ombro de Reine-Marie. *Tome cuidado*, gritou a mente dela. *Cuide-se. Volte para casa comigo. Cuidado, cuidado, cuidado.*

Ela colocou a mão na dele, ambos de luvas.

– *Je t'aime.*

E então ela se foi, de volta para Montreal. Pelo espelho retrovisor, deu uma olhada no marido ali de pé na rua deserta, ainda tão cedo, Henri naturalmente ao seu lado. Ambos observando-a, até ela desaparecer.

O inspetor-chefe continuou olhando, mesmo depois que a esposa dobrou a esquina. Então pegou uma pá e, aos poucos, limpou a neve fofa que caíra à noite nos degraus da frente da casa. Descansando por um momento com os braços cruzados sobre o cabo da pá, ele se maravilhou com a beleza da luz da manhãzinha na neve recém-caída. A cor mais parecia um azul bem claro do que branco e em alguns pontos brilhava como prismas minúsculos, onde os flocos haviam se acumulado, se desfeito e então se restaurado, refletindo a luz. Como algo vivo e eufórico.

A vida na antiga cidade murada era assim. Ao mesmo tempo mansa e dinâmica, centenária e vibrante.

O inspetor-chefe pegou um punhado de neve e fez uma bola com uma das mãos. Henri imediatamente se levantou, mexendo o rabo com tanta força que todo o seu traseiro balançava. Os olhos fixos na bola.

Gamache atirou-a para o alto e o cachorro pulou, abocanhando a bola de neve, que se desmanchou com a mordida. Caindo de quatro, Henri ficou surpreso quando aquela coisa que era tão sólida de repente desapareceu.

Sumiu, tão depressa.

Mas na próxima vez seria diferente.

Gamache riu. Talvez ele estivesse certo.

Naquele momento, Émile atravessou a porta, enrolado em um imenso casaco de inverno para se proteger do frio cortante de fevereiro.

– Pronto?

O velho enfiou um gorro na cabeça e o puxou para baixo, de maneira a cobrir as orelhas e a testa. Em seguida colocou luvas grossas, que pareciam de um boxeador.

– Para quê? Um cerco?

– Para o café da manhã, *mon vieux*. Venha comigo antes que alguém pegue o último croissant.

Ele sabia como motivar seu ex-subordinado. Mal parando para Gamache colocar a pá de volta em seu lugar, Émile seguiu pela rua coberta de neve. Em volta deles, os outros moradores estavam acordando. Saíam de casa com pás, raspavam a neve de seus carros, andavam até a *boulangerie* em busca de baguetes e cafés.

Os dois homens e Henri seguiram pela Rue St. Jean, passando pelos restaurantes e lojas turísticas, e entraram em uma minúscula rua lateral chamada Couillard, onde ficava o Chez Temporel.

Eles frequentavam aquele café havia quinze anos, desde que o superintendente Émile Comeau se aposentara e fora morar em Vieux Québec e Gamache vinha visitá-lo, passar um tempo com seu mentor e ajudar nas pequenas tarefas que iam se acumulando. Tirar neve do entorno da casa, empilhar lenha para a lareira, vedar janelas para impedir a entrada de correntes de ar. Mas aquela visita era diferente de todas as outras vezes que o inspetor-chefe tinha ido até ali.

Dessa vez, era Gamache quem precisava de ajuda.

– Então… – Émile recostou-se na cadeira, segurando nas mãos delgadas sua xícara de *café au lait*. – Como vai a pesquisa?

– Ainda não consegui encontrar nenhuma referência ao encontro do capitão Cook com Bougainville antes da Batalha de Quebec, mas isso foi há 250 anos. Os registros estão dispersos e não eram bem-conservados. Mas eu sei que estão lá – respondeu Gamache. – É uma biblioteca incrível, Émile. As obras são de séculos atrás.

Comeau observou enquanto seu companheiro falava sobre o processo de esmiuçar livros misteriosos em uma biblioteca local e as poucas informações desconexas que estava desenterrando a respeito de uma batalha travada muito tempo antes, que fora perdida. Pelo menos do seu ponto de vista. Haveria finalmente um brilho naqueles olhos tão queridos? Aqueles olhos nos quais ele fixara os seus diversas vezes, diante de cenas de crimes terríveis, enquanto caçavam assassinos. Enquanto corriam por bosques, vilarejos e campos, seguindo pistas, suspeitas e provas. *Descendo por trevas titânicas de medos abissais*, lembrou-se Émile da citação, ao pensar naqueles dias. Sim, aquela era uma boa descrição. Medos abissais. Tanto deles quanto dos assassinos. O chefe e Gamache, um sentado de frente para o outro, por toda a província. Como naquele momento.

Mas agora era hora de descansar de assassinatos. Chega de assassinos, chega de mortes. Armand tinha visto muito disso ultimamente. Não, era melhor se enterrar na história, em vidas que havia muito se foram. Uma busca intelectual, nada além disso.

Ao lado deles, Henri se agitou, e Gamache instintivamente abaixou a mão para acariciar a cabeça do cachorro e acalmá-lo. E mais uma vez Émile percebeu o leve tremor. Naquele momento, bem suave. Às vezes, mais forte. Em outras, desaparecia por completo. Era um sinal revelador, e Émile sabia a terrível história que ele tinha para contar.

Ele queria poder pegar aquela mão, segurá-la com firmeza e dizer a Gamache que tudo ficaria bem. Porque tinha certeza de que ficaria.

Com o passar do tempo.

Observando Armand Gamache, notou novamente a cicatriz irregular em sua têmpora esquerda e a barba curta que ele tinha deixado crescer. Para que as pessoas parassem de olhar tão fixamente. Para que as pessoas não reconhecessem o mais conhecido policial do Quebec.

Mas isso não importava. Não era deles que Gamache se escondia.

A garçonete do Chez Temporel chegou com mais café.

– *Merci*, Danielle – agradeceram os dois, e ela saiu, sorrindo para aqueles homens de aparência tão diferente mas tão semelhantes.

Eles beberam o café, comeram *pain au chocolat* e croissants de amêndoas e conversaram sobre o carnaval de Quebec, que começava naquela noite. De vez em quando caíam num silêncio profundo, observando as pessoas que passavam às pressas pela rua gelada, a caminho do trabalho. Alguém havia gravado um trevo de três folhas no centro da mesa de madeira. Émile o esfregou com o dedo. E se perguntou quando Armand desejaria falar sobre o que acontecera.

DOIS

ARMAND GAMACHE SE ACOMODOU NO desgastado sofá de couro sob a estátua do general Wolfe. Fez um gesto de cabeça para o homem mais velho à sua frente e tirou as cartas de sua maleta. Depois de uma caminhada pela cidade com Émile e Henri, retornara à casa, recolhera sua correspondência, pegara suas anotações, enfiara tudo na maleta e subira a colina com Henri.

Em direção à silenciosa biblioteca da Sociedade Literária e Histórica.

Agora, olhava para o volumoso envelope de papel pardo ao seu lado, no sofá. A correspondência diária de seu gabinete em Montreal, enviada para a casa de Émile. A agente Lacoste a separara e anexara um bilhete.

Cher Patron,

Foi bom falar com o senhor outro dia. Estou com inveja de suas semanas em Quebec. Eu sempre insisto com meu marido para levarmos as crianças para o Carnaval de Inverno, mas ele insiste que ainda são muito pequenas. Acho que ele tem razão. A verdade é que eu queria muito ir.

O interrogatório do suspeito (é muito difícil chamá-lo assim quando nós todos sabemos que não há suspeitas, apenas certezas) continua. Não sei o que ele falou, se é que disse alguma coisa. Como o senhor sabe, uma Comissão Real foi formada. O senhor já deu seu depoimento? Recebi minha intimação hoje. Não tenho certeza do que dizer a eles.

Gamache baixou o bilhete por um momento. A agente Lacoste iria dizer a verdade, é claro. Contaria o que vira acontecer. Não tinha escolha, por temperamento e formação. Antes de viajar, ele havia deixado ordens para todo o departamento cooperar. Assim como ele cooperara.

Ele voltou para o bilhete.

Ninguém sabe aonde isso vai levar nem onde vai terminar. Mas há suspeitas. O ambiente está tenso.

Vou mantê-lo informado.

Isabelle Lacoste

Era difícil manter os olhos no bilhete, que ele lentamente pousou no colo. Ele olhou para a frente e viu a agente Isabelle Lacoste em flashes. As imagens se moviam, involuntariamente, entrando e saindo de sua mente. Ela o encarando, parecendo gritar, embora ele não pudesse entender suas palavras. Ele sentiu as mãos dela, pequenas e fortes, nos dois lados de sua cabeça, viu-a inclinando-se para perto, sua boca se mexendo, seus olhos intensos tentando lhe comunicar alguma coisa. Sentiu mãos arrancando o colete à prova de balas de seu peito. Viu sangue nas mãos dela e a expressão em seu rosto.

Então ele a viu de novo.

No funeral. Funerais. Em seu uniforme, junto aos outros membros da famosa Divisão de Homicídios da Sûreté du Québec, tomando seu lugar à frente daquela lúgubre fila. Um dia frio e amargo. Para enterrar aqueles que morreram sob o seu comando naquele dia, na fábrica abandonada.

Fechando os olhos, Gamache respirou fundo e sentiu o odor almiscarado da biblioteca. Cheiro de tempo passado, de estabilidade, de calma e paz. De polimento antiquado, de madeira, de palavras encadernadas em couro desgastado. Ele sentiu o próprio cheiro leve de água de rosas e sândalo.

E pensou em algo bom, alguma coisa agradável, algum porto aprazível. E o encontrou em Reine-Marie, lembrando-se de sua voz ao celular mais cedo naquele mesmo dia. Alegria. Lar. Segurança. Sua filha Annie vindo jantar com o marido. Mantimentos para comprar, plantas para regar, correspondências para ler.

Ele podia vê-la ao telefone, em seu apartamento em Outremont, de pé ao lado da estante, a sala ensolarada repleta de livros, revistas e móveis confortáveis, tudo em ordem e em paz.

Havia uma calma nessa imagem, assim como em Reine-Marie.

E ele sentiu seu coração acelerado se acalmar, sua respiração se aprofundar. Inspirando fundo pela última vez, ele abriu os olhos.

– Seu cachorro gostaria de um pouco de água?

– O que disse?

Gamache retomou o foco e viu o velho sentado à sua frente, indicando que se referia a Henri.

– Eu costumava trazer o Seamus aqui. Ele se deitava aos meus pés enquanto eu lia. Como o seu cachorro. Como ele se chama?

– Henri.

Ao ouvir seu nome, o jovem pastor-alemão se levantou, alerta, as orelhas enormes balançando para um lado e para o outro, como satélites procurando algum sinal.

– Por favor, *monsieur* – disse Gamache, sorrindo –, não diga B-O-L-A ou estaremos perdidos.

O homem deu uma risada.

– Seamus ficava agitado sempre que eu dizia L-I-V-R-O. Ele sabia que estávamos vindo para cá. Acho que gostava ainda mais que eu.

Gamache ia àquela biblioteca todos os dias havia quase uma semana e, exceto por conversas sussurradas com uma bibliotecária idosa enquanto procurava obras obscuras sobre a Batalha das Planícies de Abraão, não tinha conversado com ninguém.

Era um alívio não falar, não explicar, não sentir que uma explicação era desejada ou mesmo exigida – o que aconteceria dali a pouco tempo. Mas, por enquanto, ansiava por paz e a encontrara naquela biblioteca sombria.

Embora visitasse seu mentor havia muitos anos e tivesse passado a acreditar que conhecia intimamente Vieux Québec, ele nunca tinha estado naquele prédio. Nem sequer o notara entre as outras adoráveis casas, igrejas, conventos, escolas, hotéis e restaurantes.

Mas ali, logo acima da Rue St. Stanislas, onde ficava a velha casa de pedra de Émile, Gamache encontrara refúgio em uma biblioteca inglesa, em meio aos livros. Onde mais?

– Será que ele quer água? – indagou de novo o velho.

Ele parecia querer ajudar e, embora Gamache duvidasse que Henri precisasse de algo, ele disse sim, obrigado. Juntos, eles saíram da biblioteca e atravessaram o corredor de madeira, passando por fotografias de antigos diretores da Sociedade Literária e Histórica. Era como se o lugar estivesse incrustado de sua própria história.

Isso lhe trazia uma sensação de calma e certeza. Embora grande parte de Vieux Québec, dentro das grossas muralhas, fosse daquele jeito. A única cidade fortificada da América do Norte, protegida de ataques.

Naqueles tempos, a muralha era mais simbólica do que prática, mas Gamache sabia que os símbolos eram pelo menos tão poderosos quanto uma bomba. De fato, homens e mulheres pereceram, cidades ruíram, mas os símbolos resistiram, cresceram. Os símbolos eram imortais.

O homem mais velho derramou água em uma tigela e Gamache a levou de volta para a biblioteca, colocando-a sobre uma toalha para não molhar as tábuas largas e escuras do assoalho. Henri, é claro, a ignorou.

Os dois homens se acomodaram em seus assentos. Gamache percebeu que o velho estava lendo um livro grosso sobre horticultura. Ele voltou para suas correspondências. As cartas que Isabelle Lacoste imaginara que ele gostaria de ver. A maioria era de colegas solidários de outras partes do mundo, outras eram cartas de cidadãos que desejavam que ele soubesse como se sentiam. Ele leu todas, respondeu a todas, grato à agente Lacoste por ter enviado apenas algumas.

No final, ele leu a carta que sabia que estaria lá. Sempre estava. Todos os dias. A caligrafia agora lhe era familiar, escrita às pressas, quase ilegível, mas Gamache havia se acostumado e agora era capaz de decodificar os rabiscos.

Cher Armand,

Rezo a Deus para que esteja se sentindo melhor. Falamos sobre você muitas vezes e esperamos que venha nos visitar. Ruth quer que traga Reine-Marie, já que ela na verdade não gosta de você. Mas ela me pediu para lhe dar um alô e mandou você se ferrar.

Gamache sorriu. Era uma das coisas mais gentis que Ruth Zardo dizia para as pessoas. Quase um carinho. Quase.

Eu, no entanto, tenho uma pergunta. Por que Olivier moveria o corpo? Não faz sentido. Ele não é culpado, como você sabe.
Com amor,
Gabri

Dentro, como sempre, Gabri havia colocado um cachimbo de alcaçuz.

CONHEÇA OS LIVROS DE LOUISE PENNY

Estado de terror (com Hillary Clinton)

Série Inspetor Gamache
Natureza-morta
Graça fatal
O mais cruel dos meses
É proibido matar
Revelação brutal

Para saber mais sobre os títulos e autores da Editora Arqueiro,
visite o nosso site e siga as nossas redes sociais.
Além de informações sobre os próximos lançamentos,
você terá acesso a conteúdos exclusivos
e poderá participar de promoções e sorteios.

editoraarqueiro.com.br